CHEERS
湛庐

现实科幻系列
RSF008

智然岛

ZR ISLAND

柳仓 著

浙江科学技术出版社·杭州

致尊敬的读者

《知然岛》是湛庐·现实科幻（RSF）系列中的一部作品。

RSF 系列旨在挖掘人类以及人类社会深处具有普遍性的故事。它们可以作为我们学习和理解现实世界的路标，让我们有能力去展望未来，更有能力去应对意料之外的未来。

脚底嘎吱嘎吱的声响忽然消失，我在沉思中回过神来。

碎石路变成了硬泥路，小径径直向前，左侧似有通道，却被一棵大槐树挡住了去路。那一刻鬼使神差，我忽地想起，废弃多年的酒吧区就在大树后面，那里曾经充斥着妓院和赌场……

ZR
ISLAND

毯画上面云海弥漫，人与龙彼此对峙。这种构图临摹自米开朗琪罗的《创造亚当》，我和她曾在玻璃球的复刻区里见过无数次，此刻在酒吧喧沸之声的烘托下，显出 AI 作品特有的冷漠与沉静……

只见狂风四卷，书籍正大片大片地从四面墙壁上跌落，然后又被卷到半空，书页一张张地被撕落，精装或平装的封面，像蝴蝶、飞鸟、树叶、青草，惶然地手牵着手，围成一个圆圈，踩着急速的舞步，像螺旋一般在空中自转着……

知其然，

知其所以然。

ZR
ISLAND

太初有道，

道即是神，

道在则神在。

ZR
ISLAND

ZR
ISLAND
目　录

ZR
ISLAND

序　章

父亲已经衰老，仿佛一只去了壳的蜗牛，蜷缩在那张老旧的竹摇椅上，如雷的鼾声颤动着空气，旧城公寓的午后显出一如既往的静谧。就在那时，竹摇椅忽然迸发出一记脆裂的声响，酣睡的父亲仿佛触了电似的惊跃而起，身体腾入半空，右臂直指对面墙壁，像一支随时待射的箭羽。

“那是什么东西！”他怒斥道，手指颤抖着，像是在问我，又像在咒骂那堵墙壁，声嘶力竭中带着惊恐与惧意。

我就坐在不远处的餐桌边，父亲乍跳起来之前，墙上的挂钟嘀嗒响着，时间的暗河在流淌，而我昏昏欲睡。自从来到这里以后，我在百无聊赖中养成了这种午后昏睡的习惯。日复一日，这种习惯就像一种宿命，令人无法摆脱。父亲惊乍跳起的那一刻，我猛然惊醒，抬头望去，正是父亲悬空的瞬间。顺着他的手指，我望向墙壁，窗外的树影打在墙上，疏离掩映之间似有一些模糊难辨的痕迹。我那时还未完全从昏睡中醒来，恍惚起身。餐桌阻挡着墙壁，我轻轻移开它，一只珐琅茶壶和三只纯白的瓷杯子在桌面上不停摇晃，发出清脆的碰撞声。

凑近细看墙壁，赫然一串扭曲如蛇的花纹，仿佛是指甲刮出来的，刮得很深，每一道都深嵌入壁，露出了灰色水泥。我不自觉地伸手去触碰那花纹，却仿佛倏地被它反咬住手指，像有谁在暗中指引我前行，一道纹路，又一道纹路，再一道纹路。十三道纹路，十三个文字，像偈语，像谶言。一种甜蜜而酸楚的震颤忽地从指尖传来，轻微的震颤，熟悉的震颤，似乎整面墙壁都在同样的节律里震颤——没错，是她。我仿佛又站在旧城公寓的大门前，清晨阴冷，风从来没有那么大，写在门楣上的字，墨汁淋漓了整扇红色的大门。我在惊愕中浑身发软，眼睛瞥向桌上那套茶壶。它刚才叮当作响，现在却静默无声，烫金的线条在杯口龙飞凤舞。

“墙上到底写着什么?!”父亲的声音又从身后传来，急迫且刺耳，像一台已经使用多年的复读机，老朽的磁头卷住盒带后发出的嘶哑尖叫。他不应发出这种声音，他的眼睛已经半盲，心智也半痴，不应发现墙壁上的隐约刮痕。我在事后才领悟到，所有的秘密都隐藏在这些微小的细节中，但当时我全部的注意力都集中在墙壁上的那一行字迹里，深陷在无法理解的不可思议之中。

忽然间，父亲的追问戛然而止，像是有人卡住了他的咽喉。随即是一阵沉钝而嘶哑的咳嗽，宛如他正使劲从喉咙里咳出鱼骨头。一声咳嗽，一根鱼骨头，笔直、坚硬、尖锐，速度生出力量。我的背脊感到风的凉意。那些无形的鱼骨头似乎穿透了我的身体，牢牢钉入眼前的墙壁，兀自震颤不已。墙上瞬间裂出蜘蛛网纹般的细痕，涂料破碎了，水泥也哗啦啦地往下掉。那十三个字的偈语就这样一个接一个地碎裂变形，消失在落下的灰烬里。

我不由怒吼一声，带着从未有过的怨怒与懊丧转过头去，却发现父亲的手指犹如鸟爪一般勾起来，身体正在僵硬，整个人似乎跌入了一张落满尘埃的网里，已经挣扎到了尽头。他涣散而绝望的目光依然盯着墙上那一行正在碎裂的文字，就像接到了死亡的讯息。但他的嘴巴微翕着，欲言而止地似乎要说些什么。那一刻，我忽然有了特别的希望，他自杀的秘密是我唯一期待的遗产。我急切转身，向他奔去。我离他不过七八步，本应轻易到达，但是周围的空气却在一瞬间卷起了旋涡，迅速变得黏稠，将我包围挤压，宛如一层厚厚的凝胶将我固定，令我动弹不得。我只觉得呼吸急促，心跳加速，万事万物在一片晕眩中猛地变得耀眼，房间、树影、墙壁、桌子、茶壶、托盘、瓷杯、字迹的刮痕、午后的阳光，以及正在缓慢佝偻的父亲，都像忽然粉碎成末的镜中之物，在这光芒万丈里化为一缕灰烬。

我猛地从冰冷的液体里惊坐而起。夕阳垂暮，黄昏抹入房间。我惊魂未定，片刻之后才意识到，自己正赤身裸体地坐在一个长方体玻璃柜子里。青色的液体泛着冰凉的光，像湖水一样没过我的腰际。我低头看自己，只能看见上半身，皮肤苍白如纸，仿佛出生以来就没见过阳光。

环顾四周，四壁皆黑。长方体玻璃柜就像一口水晶棺材，摆在房间的中央。窗户在右侧，几乎顶天立地。夕阳正在落下，余晖烧着天空，勾勒出宽阔的天际线，仿佛一扇正在关闭的天宫之门。我闭上眼睛，深深吸入最后一片黄昏，然后从水晶棺材里站起来。青色的液体在我身上变成了滚圆匀称的小珠子，一颗颗晶莹发亮，顺着我的胸膛和背脊不停往下掉，就像沐浴结束。我一脚跨出“浴缸”，以前也是这样跨的，但今天膝盖却出乎意料地发软，几乎站立不稳。我猜也许是刚才那一幕过于真实，肌肉过于紧张，以至我浑身乏力。肌肉复苏训练椅离我仅七八步远，但这一刻却变得遥不可及，我不得不靠着水晶棺材的边沿喘息。抬眼望窗外夕阳，天宫之门已经消散，晚霞中有一匹骏马正跃出地平线，显出暮色交接的沉静光色。

我所在之处是一个极简主义的房间，冰凉的地面、凝重的墙壁、近乎黑的青灰色，仿佛未装修的毛坯房。日常生活中的种种琐碎，肥皂、牙膏、毛巾、碗筷、鞋子、衣服、袜子、书架，凡是你能想到的一切，仿佛全都被地面或墙壁吞没了似的遁匿无踪。屋内只有三样东西：一个是水族箱似的水晶棺材，犹如一块长方体的青色大理石，置于房间的最中央；另一个是象牙色的训练椅，就像牙医诊所里的那种躺椅；还有一件柔软如麂皮的紧身衣，也是象牙色的，离冰棺材三米远。所有在青色棺材里沉睡太久的肉身，都需要用它来刺激肌肉和血脉。自从“最终迁徙”以来，我们就被放逐至此地，黑房子、冰棺材、训练椅构成了我们每一个人不可选择的终生归宿。

夕阳完全沉没，半个月亮挂在天空。玻璃窗顶天立地，几乎就是一面透明的墙，望出去，大地黑沉沉的，辽阔无边。完全一致的黑色长方体从我的窗前向四周散去，一行行，一列列，就像无数个复制品，阴沉沉地矗立在月色下。一道地平线暗暗地划过远处，仿佛标记了世界的尽头。我早已厌倦了这窗外的风景，但那一刻，却有了初见的新奇。气候灾难以后，全球六十亿人居住的星球曾经那么喧嚣，如今却万籁俱寂，仿佛这个星球是一个巨型公墓，在宇宙间飘浮旋转着。毫无疑问，此时此刻，一定有不少人也正从各自的冰棺材里爬出来，在完全一致的黑色房间里，在没有任何多余物件的世界里，穿上柔软如麂皮的象牙色服装，躺在一张柔软如麂皮的象牙色躺椅上，望着同一个月亮，和我同时进行着同样的肌肉恢复训练。只是，我们从不联系，准确地说，我们从不在这个真实的世界联系。我们就像无数个单独囚禁的犯人，虽然都活在人间，其实早已各自死去。

是的，自从“最终迁徙”的那一日起，自从地球上的人迫不得已或者满怀欣喜地搬进统一的黑房子，并且躺进各自的冰棺材以后，我们其实就已集体死去，葬身在这排列整齐、间距精确的一块块黑色坟茔之下。此刻万物寂静，月色苍茫，黑房子隐隐发亮，仿佛墓碑上的镌文闪耀着光芒。一种从未有过的孤独感忽然像毒蛇一般噬咬我心头——是的，按道理那不应该是她刮下的痕迹，因为冰棺材是巨大的机器系统，自有其不可更改的数学基础与物理规则，绝不可能有例外。然而，这种肯定是如此不彻底，令人莫名不安，因为我认得她的笔迹，那刮痕的凹凸感依然留在我的指尖，更因为墙上那句箴言就像是我们之间的暗号，再无外人知道。

奇异的矛盾令我感到焦躁。我不再看窗外，转身穿上训练服，仰卧躺椅上。天花板一团漆黑，训练服紧贴肉身，电流渐强，开始在身上奔走，仿佛无数微小的蠕虫翻爬过全身，唤醒每一个沉睡的肌肉细胞。我闭眼垂臂，沉浸在这股电子的涌潮里。不用担心，躺椅与衣服连接了整个世界的中枢，知道何处该轻柔，何处该用力，就如一个无所不晓的按摩师，知道怎样才能让一个人的肉体活得更久远。而这一团肉身，它既是拖累，又不可或缺。人们在冰棺材的世界里享尽一切极致的体验，肉身却永远静止在这一缸冰凉的液体之中，定期回到这个昏暗而空洞的补给驿站——沮丧或兴奋、恼怒或平静地爬出冰棺材，在这张床上接受这种电流刺激训练。毕竟，肉身的物理存续才是一切的基础。至于生活，机器系统已经在另一个世界为我们重新定义。那是一个精致、绚丽、激荡人心的世界，承载着人类新的生存意义，从肉体的愉悦到精神的幸福一应俱全，就如“最终迁徙”之前人们最常听到的那句推广词——“天堂都不会比它更好”。某种意义上，它确实如此。而此刻，我在浑身麻痒的电子涌潮里，忽然想起她在拒绝植入金丝线时说的话——“与虚幻的天堂相比，我宁可要真实的地狱。”

是的，当时她是这么说的。

ZR
ISLAND

第 1 章

面试官

记忆中，那一切仿佛已经非常久远，其实才过去三年。我当时二十八岁，博士刚毕业，所学的专业混杂不堪，从航天机械到细菌研究，无所不包却一无所用。毕业后我四处求职，毫不意外地四处碰壁。这段经历充分证明在一切都快速折旧的时代里，传统教育的最后一代人才既过时又过剩，所学之物也已折旧为零，一文不值。并且在我投出的那些简历之中，还隐约折射出隐藏在这个衰败的教育体系里的阴谋——漫长学制只有一个目的，就是尽量拖延你的毕业时间，以缓解就业的压力。

就业压力与日俱增已是显然的事实。从卡车司机到餐厅服务员，从公司文员到高级经理，各类日常工种都像水汽似的一夜蒸发。这首先要感谢 AI 无孔不入的渗透。不过，数十年来全球气候变暖的灾难也难辞其咎，它加剧了经济多样性的弱化。现在全球经济一片萧条，几十年前市场竞争的喧嚣气氛已经踪影全无，到处都是冷漠的智能合约，全部到期执行，无可商议。而在这种死寂的底下，仿佛又有无数条张力紧绷的钢索，不动声色地彼此拔河较劲。也许这正是AI与极端气候共同造成的结果，因为机器与灾难从来就是不带感情的。

因此，当我终于收到面试通知时，自然喜出望外，更何况这份通知来自老牌的全球金融巨头——尖顶公司。它是在气候灾难中依旧存活，并且不断扩展的世界级标杆。不过与以往相比，这份欣喜应当大打折扣，因为这已是另一个白垩纪时代，恐龙般的巨型公司更可能陷入绝境，而且我应聘的金融数据买手一职也没什么值得骄傲的，就像很久以前人皆可为的快递员，这种新型职业其实并不需要博士研究生学历。

那一日，我在指定时间登录那个远程会议室，里面只有一张巨大的会议桌和几张椅子，四面墙壁空空荡荡，并无面试人员。随后，一个女中音鬼魅似的忽然飘荡在空中，没有寒暄之类的环节，而像报菜单似的直接向我提了许多貌似古怪刁钻的问题，但对经历过几百场算法面试的我来说，应对这些毫不费力。两个人在女中音消逝的背景中现身并在会议桌对面坐下，一个老一些，一个略微年轻，都穿着黑色西服，就像两个例行公事的办事员。年轻的没怎么抬头看我，只是负责继续提问，还是那些看似刁钻、实则已是陈词滥调的问题。或者说，他只是从另一个角度重复了女中音的工作。这种“先机器，后人类”的流程几乎是面试的繁文缛节，除了表达人类依然主导着机器的虚荣心，我觉得并无其他作用。

我的回答自然无懈可击。年纪大的显然是决定者，他面无表情地听了片刻，便摆了摆手，示意停下，然后向我俯身过来。我因此看清了他的脸：临近退休的年龄，脸上皱纹细密，头顶留着卷曲而稀少的白发，看上去比我父亲还要苍老。他声音低沉，犹如耳语，也许是房间太过昏暗，让我觉得自己不是在参加面试，而是正和某个地下团伙的头目一起策划着谋反的计划——在那个名为“玻璃球”的虚拟世界里，沉浸式的游戏中到处都是这样的情节。

“假如阿喀琉斯在我们公司——”他竟然说着我的母语，只是带了点东部口音，“你会提醒他注意什么？”

“脚后跟。”我只思考了几秒钟，便毫无犹疑地答道。

“为什么？”他斟酌地看着我。

“因为那里会被一支箭射中。”我答道。

仿佛忽然有两片刀片凭空飞来，在他两个嘴角勾勒出几道细纹，一只纸鹤停在上面，双翼似张未张。那是一种奇怪的笑容，本应是愉悦的，却似乎带着一丝莫名的凄凉。我不知所措地回了一个微笑。当时我并不知道，阿喀琉斯正是他亡女的奇怪昵称。此刻，远程会议室里忽地生出一种合谋的意味，就像两块碎片恰巧契合，充满了破镜重圆的惊喜。第三个人正迷惑地看着我俩，像是惊讶于这种类似魔术的奇妙氛围。他不知道，我们的一问一答里隐匿着古典文化的某个暗号，而如今这种学问既无人传授，也无处学习。如果我没有一个沉迷于此的父亲，也绝不会知道人类的上古文明里，还有一个叫什么阿喀琉斯的远房亲戚。

后来我才知道，那是老者的一个保留问题，有时候开头提问，有时候结束提问，而无数应聘者之中，只有我的回答契合他的心愿，像是唱了多年的山歌，终于等来了期待已久的回响。我们的友谊因此有了牢固的开端，虽然他比我年长，职位也高，但在那个动荡的岁月里，每个人都带着相似的悲伤，年龄和职位的差异早已不是私交的障碍。面试结束后，他像长官挑选士兵一样选择了我，将我招募进他的团队。

我很自然地称呼他为面试官，并且自然地形成一个习惯，常常和他坐在大厦顶楼的尖顶咖啡厅里相聚聊天。我们其实并不需要真实见面，虚拟的远程办公系统早在气候灾难之前就已盛行，但尖顶公司是一家老派的金融企业，保留了遇事面议的旧传统。年长的同事们总是隔三岔五地来上班，并且常常聚在尖顶咖啡厅里抚今追昔，仿佛在此相聚的唯一目的就是哀叹那些无可挽回的往事——如果说世上还有 AI 未能改变的社会习俗，这个绝对是其中之一。

—·—

尖顶咖啡厅在尖顶大厦的顶楼，与其说它的名字是源自公司之名，不如说是由于它所处位置的形状。因为远远看去，尖顶大厦就像一把刺向天空的长剑，而剑锷之处就是尖顶咖啡厅。人坐在里面，头顶四周都是透明的玻璃，就像一个巨大的三角玻璃罩封住了剑锷。在玻璃罩的正中间，有九根金灿灿的柱子，就像九条倾斜的长枪倚在同一个支点上。咖啡桌只有一张，仿佛是一条漫长的贪食蛇，在九条长枪之间蜿蜒穿插，上面整天翻滚着一些毛茸茸的小动物，都是浑圆的形状，像狗或猫，沿着桌面四处推送咖啡，像在表演杂技。它们偶尔也会发出一两声叫唤，就像宠物在讨好主人——这些当然都是机器狗或机器猫。在这个糟糕的世界里，活的宠物是最奢侈的东西，它们绝大多数已在气候灾难里死去。

坐在尖顶咖啡厅鸟瞰，眼底是一个高原盆地，四周群山围绕，主峰矗立在西面，海拔超过六千米，山顶曾有终年不化的积雪，现在只剩下黑色赤裸的山岩。主峰的余脉向南北两边延伸，在正北处豁出一道山谷，曾有一条河流由北向南流经整个盆地，源头就在那里。但如今主峰积雪已经融尽，河水便也干涸，漫长的河床上只堆着光滑发亮的石头，从高处看去宛如盆地上多出了一条细长疤痕。主峰向南延伸的余脉与这条细长的疤痕交接，交接处也是一个豁口。那条河流曾经从这里冲出盆地，成为落入山崖的瀑布，而现在那里鸦默雀静，仿佛亘古以来便是如此。

群山环绕的盆地里，覆盖着一片葱郁的森林，呈现出高原上极为罕见的景致。但有两处例外：一处是北边的山谷，那里没有森林，只有一幢幢六边形的灰黑色房屋，就像军队营房似的整齐划一，矗立在一片乱石上；另一个则是东面的旧城，全是黄褐色的老屋，向东绵延，直抵悬崖那条漫长的天然花岗岩——从尖顶咖啡厅里望过去，旧城那条漫长的花岗岩就像一条若有若无的黄色虚线，但到了近处，每块花岗岩都高人一头，像牙齿一样彼此紧挨，错落有致地矗立在崖边，宛如一条盘踞着整片山崖的巨龙。如果爬上某一块花岗岩，俯身探向下面，便会见到万丈峭壁中雾气氤氲，崖壁光滑平整，仿佛是被巨人之斧一刀劈出来似的，近乎鬼斧神工。如果雾气散去，崖底下则大地苍茫，能依稀看见沼泽的光亮以及各种绽放的野花。这儿曾是全球旅游胜地，如今在无远弗届的气候灾难影响下，却变成自杀者云集之地。

高原、盆地、悬崖，这种特殊的构造令旧城幸运地躲过气候灾难，于是理所当然地，一支勘测队远道而来。他们乘着飞行器抵达，先是考察旧城，但注意力很快转移到西边的荒漠，只用了半天时间，便迅速决定保留旧城，在荒漠上建设新城，以承接即将涌来的灾区移民。旧城居民闻之无不欢欣鼓舞，连一向不信神佛的父亲竟也开始赞同："旧城确实是被神祝福过的。"此前，这个老学究一直担忧自己的三万册藏书会在旧城改建的过程中灰飞烟灭。

这支勘测队是由一个名为"全球移民事务局"的机构派遣的。那时候，气候灾难已几乎毁灭了一切。以前的政府、党派、联合会、慈善机构……形形色色的政治与社会组织全都破碎瓦解，只留下一片政治废墟。而那些残余的组织碎片在这片废墟上不断自我重组，将力量汇聚在虚拟世界里，最终诞生了这个全球移民事务局。现在，它已是事实上的全球政府，统一协调全球的救灾工作。不过它的权力庞杂而虚泛，高级决策委员会虽说是它的最高决策机构，但深度依赖一款名为"苏格拉底"的 AI 软件，几乎到了言听计从的地步。各种版本的传言层出不穷，猜测所谓的高级决策委员会只不过是"苏格拉底"的前台木偶。但这种传言又总是自我消解，因为人们不得不承认，"苏格拉底"从不犯错，正是在它的指引下，人类才能够救援幸存者，并且四处搜寻各种宜居之地，安顿灾后移民。

所谓的宜居之地，就是灾后的人类避难所。气候灾难虽然像刀锋一样刈平了整个地球，却有惊无险地掠过这些地方的眼眉鼻尖，并未造成真正伤害。它们大多是天然的造化，深藏在高山、谷坳、盆地甚至地下溶洞里，拥有最基本的生态、可容忍的温度、地形上的保障，其面积允许迅速新建或者扩建居住区（从几十平方公里、几百平方公里到一两千平方公里），其环境容量足以承受相当人数的新陈代谢（从几万人到几千万人）。人们要在疤痕累累的星球上逐一搜寻宜居之地，就像在丛林里捕捉珍稀的蝴蝶一样颇为不易，非得依靠 AI 的指引才行。十多年以后，人们终于像收藏蝴蝶标本一般集齐了三千多个宜居之地，再加上因祸得福的北极圈沿岸以及逐渐温暖裸露的南极洲，全球六十多亿气候灾难的幸存者终于可以安居落定，而这个过程中，“苏格拉底”可谓厥功至伟。

时间一久，人们都习惯地将这三千余处避难所称为“隔都”，一个古老的名词，当年专指犹太人隔离定居点，现在则拿来借喻。当然有些人并不喜欢，总是在玻璃球上大肆攻击这个名字，认为不应使用含有历史歧视意味的名字。但大多数人，包括我在内，却觉得这是一个很贴切的名字。在我母语的发音里，这两个字甚至有一种肌肤上的安全感，仿佛我们真的被隔离在一间温暖的小木屋里，窗外风雪呼号，而屋内炉火正旺，春意正浓。后来，灾区移民工作最终结束的时候，全球移民事务局正式更名为“全球隔都事务局”，宣告了这种争议的结束。

就在勘测队拍板开发西部荒漠的第二天，形状各异的飞行器就从远处飞来，大量涌入旧城的荒漠。它们在这个弹丸之地卸下了种类繁多的器件，仿佛扔下了无数个大小不同、相互契合的零部件，任由它们自我组装，诞生出一架超级巨型的基建机器。然后，这架巨无霸就像永动机似的，在荒漠上昼夜不歇地自我运转，昔日寂静的高原盆地忽然喧闹起来。当时只有八岁的我，趴在卧室的西窗上，目睹一座城市拔地而起，仿佛无中生有。起初，高楼稀疏如荒漠上的杂草，但不久就密集地伸出大地，仿佛漫天的箭镞插在荒原上。半年以后，大约五六千幢高楼冲天而起，形成了方圆二十余公里的新城。大约两年不到，五百万左右的移民犹如子弹上膛似的填满了每一间公寓，一切便尘埃落定。

这种昂扬锐利的生长，必然伴随着某种不可避免的混乱。那些年，无人飞行器到处乱飞，无人陆上机器四处爬行，新城的街区还未成形，移民便已大批涌入。他们三三两两地站在路边，表情呆滞地望着四周，无所适从地排在一条毫无必要的队伍里。有时候他们还会游荡到旧城，新奇地打量着我们这座有六百多年历史的小城，最终步行到悬崖，俯身盯着云雾缭绕的绝壁，失魂落魄地发呆。我当时已经十岁，有时会在他们中间走动。他们的语言五花八门，仿佛是非洲河马和澳洲袋鼠的发音。他们的服装风格迥异，有的像金刚鹦鹉的羽毛般艳丽，有的则像僧服一般黯淡，令我既新奇又不安。有时候我觉得他们仿佛并不是灾难的受害者，而是不祥的肇因，就像毁灭之地的残余音符，死亡的钟声正是通过他们的逃亡才响遍全球。旧城的习俗和礼节，甚至人们的口音，都因为受此浸染而变了味道。旧城本来不多的年轻人也纷纷搬到西边，住进崭新的单人公寓，留下那些老人，透着衰败的气息。后来我也离开了父亲，乘坐飞行器搬入新城的那一日，仿佛身后的旧城已经死去，而追悼会却在前方，正等着我去参加。

但是到了新城，住进单人公寓，尤其是在我入职尖顶公司以后，我才理解自己此前目睹的混乱、悲伤、压抑、孤独，从另一个角度看其实并不存在。虽然地球上的政治机构全部涣散，但是整个人类社会都已经扎根在玻璃球里，现实世界虽然满目疮痍，但是资金流转、货物运送、救援统筹、转移安置、通信交流全都在虚拟世界里有条不紊地运行着。那些从飓风和洪水中逃出来的人只要接入玻璃球，就依然是工程师、程序员、设计师、律师、投资经理，依然可以进入熟悉的游戏和娱乐之中，接入此前环环相扣的生活链条。唯一的区别是，他们需要重新寻找工作。

但是，失业与就业，不正是人生的常态吗？

—·—

面试官的团队一共有四人，除我和他以外，还有罗拉和杜克。

罗拉是个三十岁出头的女子，皮肤略黑，头发是棕色的，爆炸式的发型上挂满了色彩斑斓的小头饰，仿佛垂落的枝条上挂满了花儿。她的相貌暗示着祖上经历过多次混血，她的大声欢笑透着拉丁裔的乐观主义。在这普遍沉寂和冷漠的独居者世界里，她就像荒漠里钻出一束春草似的罕见。杜克则是最初面试我的另一个人，典型的独居者，尖鼻小眼，模样像老派精明的账房先生，仿佛与他温厚谦逊的性格针锋相对。他脾气极好，总是低眉不语，一副逆来顺受的模样，年龄大约四十岁不到，但有时又像是五十多岁。他的外貌有时像亚裔，有时又像来自太平洋群岛的居民。后来在“机器乱局”的时代里，我见过很多类似的独居者。他们静坐时就像一块石头、一株枯树，仿佛时间在他们身上停止流逝，但他们的面容在不同的光影里又总是发生变化，让人猜不准他们的年龄或种族。

公司规定所有的员工必须以真实形象登录公司的虚拟办公室，所以罗拉应该就是罗拉的长相，杜克应该就是杜克的模样，但我总是怀疑他们是否遵守了这条规则。这不仅因为罗拉的热情和杜克的寡言都是过于鲜明的性格标签，可以在虚拟世界里轻易设定，还因为他们通过翻译器传来的发音纯正到没有口音，仿佛故意掩饰了自己的出生痕迹。有时候，我很想问他们究竟身在何处，但最终还是忍住了。灾后的世界已经建立在伟大的玻璃球之上，这类问候早已是过时的乡愁，并且就像半个世纪前贸然询问别人的收入一样，很不礼貌。

在这个AI时代，食物来自“盖亚”基地，日用品来自“黑暗工厂”，健康依靠“沃森”医生，出行借助“自动飞行器”，决策求助“苏格拉底”顾问，并且每家企业都有自己的算法系统，甚至不止一个。世异时移，一切工作方式以及社会的运转方式都与几十年前全然不同，我们公司同样如此。投资分析师不必研究行业、分析财报，不必调研公司、拜访高管，不必走街串巷，像商业侦探似的计算商铺坪效。那些面试官年轻时苦练到熟稔的种种技能，现在全都一文不值。AI 将我们的日常工序一道道剥离，只剩下最纯粹、最适合人类的一种工作——数据买手。

数据买手就是数据的采购员。按照面试官的说法，在算法统领一切的时代，所谓的市场竞争就是一个激烈的赛马场，每家公司的算法系统就是一匹赛马，而数据则是马匹所吃的草料。因此，数据越是及时可靠，就等于马匹吃的草料越是新鲜与丰盛，那么马匹奔跑起来就越是撒蹄如飞，一骑绝尘。而我们就是这种草料的采购员，游弋在玻璃球中各种公开的草料市场，像果农挑选成熟苹果一样购买数据。所以，我们每日的工作就是像战斗小分队一样，登录玻璃球，穿梭在争夺草料的硝烟里。一旦找到水草丰盛之处，面试官就端坐在一头，守着数据上传的端口，其他三人则分别行动，就像采集狩猎部落的先民，四处采集新鲜果实。繁复庞杂的原始数据已经由特定的算法去芜存菁，压缩成固定形态，或者大如箱子，或者小似巴掌，全都发着光，在虚拟世界里漫天飞舞。我们必须集中全部注意力，瞪大眼睛，在眼花缭乱的光芒中寻找猎物，一旦认准——那是一种膝跳反射似的、一见钟情似的、灵光乍现似的瞬间——你必须迅速出手拍下，然后像抛掷垒球那样，扔向远处的面试官。这动作非常简单，但难在速度，因为速朽的金融数据常常等不到下一秒，不是变质，就是被同行抢走。你需要迅速判断，并果断出手。守着上传端口的面试官经验丰富，他负责验证，一旦通过，便将数据包压入那个井口似的黑洞里。那是公司算法系统的上传端口，上传时洞口泛红，载入结束时变绿，就像很久以前的红绿交通灯。

就这样，我们四个人犹如一支垒球队，在五彩缤纷的孔明灯之间来回穿插，奔跑、发球、接球、传球，彼此配合，一气呵成。作为新人，我时常觉得好笑，人类本以为在算法时代可以过得轻松些，实际却仿佛还在两百年前的工厂流水线上干着体力活。这类体力活不仅辛苦，而且困难，很容易买到过时、掺假的“有毒”数据。因此我们常常要采用一些特殊手段，绕开某些法律障碍，从黑市上“合法购买”某些特别的数据，它们总是更加及时准确。那种购买的场面有点像两百年前的马匹拍卖市场：精明的同行聚拢在一个场子里，你不能犹犹豫豫、拖泥带水，你得迅速判断出某个数据包的价格，果断出价，并且愿赌服输。这关乎经验，但更关乎直觉和运气。在这方面，我们年轻人总是占尽优势，因为在这种类似拍卖的反应上，我们总是比面试官那一辈人更少犹豫、更敢出手，仿佛天生擅长此道——没错，这其实就是虚拟世界的游戏，我们是虚拟世界的猎手，不会等到瓜熟蒂落，只懂得眼疾手快。我们的时态是绝对的当下，乐趣不是来自你用自己有限的脑力去分析无尽的数字迷宫，也不是来自忽然灵光一现的思考突破带来的愉悦与惊喜，而是来自将购买当作一种轮盘赌博而获得的一种冒险的快感——闭上眼睛，转动轮盘，像在等待老虎机发出叮咚的音乐，期待着猎物入囊后那种击穿全身的欢欣感。

算法可以完成一切，却无法胜任这种基于动物性的瞬间决断。所以我完全相信，数据买手的工作只能交给人类。然后，事情就简单多了。数据载入公司的主机，算法系统负责完成一切脑力工作。就像传统制造业，你填进去矿石，就吐出来钢铁，你倒进去煤炭，就产生电力，现在你将各种数据载入机器，算法便会在我们喝咖啡、聊天、发呆的时候，整理数据、调查背景、交叉验证，然后吐出一份判断与建议，譬如行业的风险系数、公司的安全边界、买入卖出的时机，以及其他配套的对冲操作。如果你充分授权，它还会自行安排交易，根本不需要你看上一眼。

——·——

等候算法出结果的间隙，我们总是闲聊，而气候灾难的话题，则是必不可少的佐料。我出生在旧城，从未亲历灾难。虽然玻璃球中的记载生动而清晰，但是与聆听一个亲历者的叙述相比就像观看艺术复制品与亲睹原作的区别，感受全然不同。

我记得罗拉说过，这场不可逆转的灾难，科学家早在一百多年前就预警了。当我质疑的时候，杜克便补充说："你们年轻人之所以无法相信，完全是因为你们已经不再关心过去。"于是，历史的原貌就在这种闲聊中现身：因为缺乏确凿的证据，那种预警一开始总是被视为杞人忧天，倔强的科学家们不得不一代接一代地搜寻证据。他们的足迹遍布北极海域、南太平洋岛屿、阿拉斯加冻土、南极大陆、青藏高原，以及很多今天已经湮灭的地方。他们将形形色色的监测仪器埋入地底深处。年复一年，各类数据犹如树木之轮逐年累积，像一篇含义微妙的长篇叙事史诗，暗示着不祥的预兆。最后，当确凿的证据摆在面前的时候，人类既心怀侥幸又各怀鬼胎，会议、决议、宣言层出不穷却毫无用处。芸芸大众在矛盾的网络舆论中时而忧虑惊惶，时而犹豫不决，整个世界最终被拖入一场没有终点的讨价还价里。

“但是灾难自有节奏，就像清晨的闹钟，一到时间便会爆发出尖锐的响声。”罗拉总结道。“是的，就像摇晃的船只，”杜克伸出一只手，“只要倾斜到一定程度，就再无挽救的可能。”

一直沉默不语的面试官搁在桌上的那只手此刻正在轻轻弹跳，银色的戒指、黑色的戒指，就像海边一闪一灭的灯塔，在暮色四合中召唤归航的船只。这是东部的悼亡习俗：银色的戒指表明他曾经有妻有子，现在则鳏寡孤独；黑色的那一枚则暗示着他的家庭（或者是整个家族）全都丧身在同一场灾难里。气候灾难已经持续数十年了，面试官的故事只是人类无数悲剧中的一个，但他那犹如一名钢琴师单手演奏的手法，总是令我想起父亲的说法——幸存者总是比亡者更为不幸。

很久以后，我从罗拉那里知道了面试官劫后余生的经历，但当时我只知道，他最终选择这个高原小城作为迁居的终点，是因为他与家人曾经在这里度过假。毕竟在这个满目疮痍的星球上，幸存的旧地和幸存的亲人一样稀少。他告诉我，抵达当天，他就被困在一座令人绝望的原始森林里，直到三天以后，他才来到旧城的悬崖，发现所有的景物都冬眠似的完好如初，尤其是那道鬼斧神工的天然城墙，还残存着此前他们一家人度假的气息。他走到漫长石墙上的一个缺口面前，岩石的色泽形状丝毫未变，仿佛他那个小名是阿喀琉斯的女儿刚刚从这里爬上去拍过照。他并没有告诉我更多细节，我甚至不知道他家有几口人，所以我常常想象他顺着岩墙寻觅记忆的凄苦景象。他甚至可能爬上了那个缺口，凝视着峭壁的深处——受过他那种打击的人，想要自杀并非不可理解。

但后来我惊讶地得知，面试官其实只去过岩墙一次，此后不再接近，当然也没有远离。他每次坐在咖啡厅里，总是背脊直挺，仿佛哨兵站岗，默默眺望着那条淡黄的细线，仿佛最忧伤的记忆只能远远地用目光抚摸。渐渐地，我发现了这种悲伤带来的某种话题禁区。我们可以谈论气候灾难，可以谈论洪水、极寒或者干旱，但是不能谈论飓风——具体的灾难是禁区，每次涉及，跳动的戒指便会倏地停止，锤子不再落下，灯塔不再闪亮，干枯的脸瞬间凝固成某种铅灰之物。虽然在短暂的静默之后，他也会悚然惊醒，但是两只戒指像被电击似的失去了此前的匀称节奏，显出急促与不安，仿佛在拨弄一根颤抖的琴弦。无法静止的颤音犹如浩大的波涛，淹没了四周。

那当然是最尴尬的一刻。我只能默默地盯着那两颗犹如旗语一般交替上下的戒指，它们似乎是踩着秒针的速度，将每一段悲惨记忆都转为摩斯密码，一串串地向我奔来——冰川消减，冻土融化，甲烷大量释放，温室效应加速，异常的热盐环流改变了海洋的酸度，海洋生物大片灭绝，陆地生物纷纷倒毙，逐年上升的海平面淹没了岛屿与沿海地区，都市的高楼变成耸立海面的礁石，逃亡的船只像鱼群一般游弋其间。四季不再分明，摩天高楼在飓风中折断，一座座城市一夜之间冻僵，飓风、海啸、暴雨、极寒、极旱驱赶着所有人——时至今日，全球已经失去十亿人，大部分是上了年纪的老人以及无法照顾自己的幼童。

但我不得不承认，我无法真正破译这些密码，因为厄运从未在我的生活里现身。在我这里，只有玻璃球里的灾难影像。所有的人间苦难都已化作不计感情的电子信号，那些恐惧、惊叫、战栗只是一个个字节，散落在玻璃球里。是的，我听不见面试官指尖上的悲号，或者说，他用指尖的悲号来回应我们的讨论。

——·——

失业则是另一个闲聊的话题，因为这是盘旋在每个人头顶上的阴影。

在玻璃球上的全球隔都事务局官方站点，竖着一块巨大的墓碑，世上所有职业的消亡时间和次序都列在上面。这是一种极为高级的算法模型，最初的设计目的是解决灾后移民的求职匹配问题，后来高级决策委员会意识到，鉴于AI的进展速度，预测职业的灭亡速度是更为迫切的需求。于是他们允许AI微调算法模型，预估出各种职业的寿命。因为最终呈现形状如碑石，预测的又是各类职业的消亡次序，所以该算法模型被人称为“失业墓碑”。

失业墓碑的分类之细密，排列之规整令人叹为观止。我们在闲聊时，偶尔会去看一眼数据买手的排名变动，就像忧心的学生总会在考试后不停查阅自己的成绩。数据买手总是稳定在石碑的上半部分，排在它下面的是会计师、审计师，在它上面的是律师、公司高级管理人——所有的职业都这样紧挨着，摩肩接踵，就像在监狱里的死囚排队等候奔赴刑场。而那些已被处决的职业名称周围加了黑框，并且沉入石碑底部，一如从前的丧葬传统。譬如在最底部，你能发现货车司机、机修工、出租车司机、伐木工、餐饮洗碗工，这些都是工业时代的古老职业。而浮在最顶部的则是理论物理学家、天文学家、哲学家——这些自以为是的家伙是长期脱离社会的闲散分子，现在却仿佛逃脱了厄运，变成了幸运儿。

不过，我想他们的好运也不会长久，因为职业的消失并不完全遵照石碑所显示的顺序。我们曾经认为飞行员是最安全的职业，因为AI无法解决复杂天气下的起降问题，飓风、龙卷风、雷电都会让飞行变成近乎自杀的行为。但是未曾料到后来出现了一种名为“同态协调”的技术，飞行器的体积、空气动力、飞行适应性发生革命性的变化，所有的问题全都迎刃而解。一直高枕无忧的人类飞行员在某一日忽然间直接坠入墓碑底部，先死为敬。

“我觉得数据买手毫无问题，因为人类在选择数据包的时候，都像膝跳反射似的凭直觉行事，属于非理性。而AI胜在理性，它没有非理性。”罗拉说。

“是的。”杜克缓缓点头表示同意。

“没错。人类也许只能用非理性，也就是动物性，才能应对AI的挑战。”我和他们相互壮胆。

“假如AI也能发展出非理性呢？”总是沉默的面试官忽然问道。

“这不可能！”我们三个转过脸一起反驳他，罗拉几乎尖叫起来。

不仅我们对失业忧心忡忡，公司也害怕在竞争中失败。

在弱肉强食的丛林社会中，它们竞相收购新型算法，就像年迈的魔鬼需要处女的鲜血续命。这种情形愈演愈烈，就像气候灾难一样四处蔓延。我入职的时候，几乎所有的传统公司都不再相互合作，而是以你死我活的姿态争夺新型算法。没有喧哗，没有呼号，处处都是沉默的刀光剑影，仿佛每家公司都在悬崖之巅相互扭打，稍有不慎就会跌入深渊。

事实上，这完全是人类理性抉择的必然结果，因为谁拥有更锋利的刀剑、更迅捷的战马、更猛烈的火器，谁就能克敌制胜。尤其是在“赢家通吃”的AI时代，最优秀的算法就是最精良的枪炮战马，谁拥有它，谁就能横扫市场。而算法的更迭速度既像飞鸟一般迅捷，又如雨天的水泡，鬼魅般生灭，难以预测。由此构成的一种亡命者游戏的焦虑气氛，每个公司都无法逃脱，它们都像吃了春药的赌徒，赤膊红眼，押上全注，在癫狂与痴迷中撒出骰子。有人成功，有人失败，就像过河的青蛙，并不是每一次都能跳到坚实的石头上。

“也许只有我们尖顶公司除外。”罗拉说。

没错，尖顶公司是一个罕见的特例。前后一共五十八次收购新算法，其中侥幸成功五十三次，另外五次也不能算完全失败。正因为这种惊人的运气，这只巨型恐龙才能在这兵荒马乱的世界里勉强屹立，至今不倒。

现在，尖顶公司又有第五十九次收购的计划了。自从我加入公司以来，关于这场收购的传言就一直没有停歇过。据说尖顶公司准备收购的是当下最火爆的算法创业公司——瓦罕先生的“精灵”公司。那时候，“精灵”算法刚刚崭露头角，还未风靡全球，我们并未像后来那样意识到这场收购的历史意义。当时我们担忧的只是裁员问题，尤其是我这个新人。

“我们根本不必担心，”罗拉总是像过来人似的宽慰我，“没错，这些年来，黑暗车间埋葬了工人，基因粮食埋葬了农场，自动驾驶埋葬了驾驶员，自动飞行器埋葬了飞行员，所有的岗位最终都会被技术替代。但关键是，数据买手这种职业不可能死，因为AI不可能有非理性。”

是啊——“哪里不需要快递员呢？”——我想起了很久以前的谚语，觉得罗拉的安慰真是抚慰人心。没错，数据买手虽说最终肯定会消失，但如果这种厄运将在我们死后才会降临，那管它洪水滔天呢。

“难道你没发现吗，罗拉？”面试官忽然插话，一贯冷漠的口吻里带着调侃的味道，“与以往的收购不同的是，‘精灵’是一种通过了威诺格拉德测试的仿真人通用算法。”

“这有区别吗？”罗拉在虚拟世界里转过头问道。

“这没区别吗？”面试官反问道。

“难道‘精灵’会吃掉整个世界？”罗拉笑道。

面试官默不作声，只是低头轻吹着褐色的咖啡。咖啡的味道从荡漾的波纹中升腾，像是夹带着某种秘密向我们飘来。

“也许你猜对了，罗拉。”面试官说。

ZR
ISLAND

第2章

瓦罕先生

气候灾难降临之前，世上还没有玻璃球，创造“精灵”的瓦罕先生也未出生。那时候，人们使用一种由键盘、屏幕和主机构成的计算机系统。后来这种机器不断更新，体积越变越小，有阵子只有巴掌大小，人们称它为手机，用来聊天、看视频、打游戏、处理一些工作杂务或者监测自己的健康。最风靡的时候，它几乎成了人类的另一个器官。

又过了些年，人们发明了一类新型设备，某种眼镜、眼罩或者头盔，它们的技术线路有所不同，但功能极为相似。人们戴上它们后，就可以看见一个虚拟的世界，进入某种三维立体的幻境。这些设备很快风靡一时，一度成为新的体外器官。人们在上面远程开会、聊天、调情，还一度在那里面买地、创业，参与沉浸式的游戏。这个虚拟世界就像现实世界一样喧哗热闹。

不久后，仿佛人类的好奇心又从虚拟世界回到现实生活，另外两项技术——“脑机接口”与“仿真人”变成了人类的新宠。脑机接口就是将硬件植入人脑，让芯片、算法与大脑神经形成一种共生系统。普通的人类可以凭此以意念、手势来隔空操控其他事物，仿佛有了某种特异功能。而仿真人则成为人类的某种助手，看护、保镖、保姆、清洁工、陪伴者……任何人类所需的伙伴。设计者甚至希望能制造出一个接近或者超越人类心智的机器人。

然而，过于巨大的野心往往不容于自然法则。不到十年，脑机接口和仿真人都遭受了重大挫折。初期大获成功的脑机接口几年后陷入了异体排斥的泥淖，接近神明的奇妙体验难以稳定，更无法持续。大脑神经发出错乱的指令，使人陷入精神分裂或痴语谵妄，最后只得重新开颅，取出硬件。有些人就此恢复，有些人还需服药，还有些人则不得不住进精神病医院。此前的市场销售有多成功，此后的诉讼赔偿就有多猛烈。这迫使各国政府最终决定放缓脑机接口的发展，只允许在特殊批准的少量医疗试验中使用，或者将它限制在动物实验里。

同样，仿真人本来也一帆风顺，产品逐年升级，股票连年大涨，直到第五代产品发生了涉嫌谋杀人类的案件，整个行业才风水倒转，跌入绝境。几家最大的仿真人公司最初坚决否认，他们指责警方过于传统的侦查手法，企图通过私下赔偿来息事宁人，同时通过加速优化软件来平息舆论。然而于事无补，类似的恶性事件仍一再发生。半年后，一艘载有六千人的巨型邮轮在印度洋上发生大爆炸，死亡一千零一个人（仿佛古老传说的数字），伤者更是不计其数。而事故原因的相关证据全都无可辩驳地指向那个餐厅服务员——第五代仿真人产品。于是，一场声势浩大的抵制仿真人运动席卷全球，最终迫使各国政府在刚刚通过的《AI法典》

中再增加一条，即凡通过威诺格拉德测试的算法软件，均不得用于仿真人之硬件制造。而通过威诺格拉德测试是制造第五代仿真人的基本技术门槛，这项条款等于禁止了整个行业的发展。

技术是一条凶猛的河流，堵住了一个缺口，就会在另一个缺口突破。搁置多年的眼镜与头盔被重新捡起，并且很快转入不需要眼镜与头盔的“玻璃球”研发路线。第一代玻璃球上市时，虽然设备体积庞大，工艺粗犷，就像很久以前在迪厅里旋转的星光球，还残留着工业时代的痕迹，但是人们无不眼前一亮。人们仿佛闻到了新生的味道，仿佛此前脑机接口和仿真人的陨落正是为了迎接它的出生。

当全球所有的天才全部倾注其中以后，形成了化腐朽为神奇的力量，宛如当年芯片发展遵循的摩尔定律。玻璃球的体积以同样惊人的速度缩小，从篮球、足球、铅球、网球、乒乓球、弹子球、珍珠大小，直至钻石大小。到了瓦罕先生突然出名的那一年，玻璃球已变成一粒碎钻，基本呈六角菱形，一般嵌在戒指、耳钉、项链上，熄灭时晶莹透亮，启动后就折射出五彩光芒，呈现出一个裸眼可见的虚拟世界，有一立方米的尺寸及与物理现实相近的分辨率，仿佛一个折叠在碎钻里的宇宙忽然间从中蹦出，稳稳地悬浮在现实的空气中。假如在特定的室内将碎钻取出，它会自动吸附到天花板上，溢出虚构的光彩，令人仿佛置身于一个平行世界，宇宙星空、山川河流、森林花丛、城市楼宇，种种细节无不姹紫嫣红、纤毫毕现。

但这毕竟只是虚拟的世界，如果你伸手穿越光芒，探入幻境，依然能触及坚硬的物理世界。不过，如果你穿上感应装置（以前是一件薄如蝉翼的紧身衣，后来是涂上一层犹如面霜的电子油脂），你便可以触摸到虚拟世界的物体，柱子、砖瓦、丝绸、书本、动物皮毛、人的肌肤。虽然总有隔膜感，但人们因为坚信这只是千万个亟待解决的技术细节之一，所以并不在乎这种微小的缺憾。要知道，在一个可以凭借目光、语音、手势来遥控一切的虚拟之境里，触觉本来就无关大局。一直以来，人们总是争先恐后地升级换代玻璃球，因为升级后的体验总是越来越复杂细腻。他们跳进虚幻的河流，发出语音指令，打出复杂如旗语一般的手势，移动双目虹膜，万事万物都会随心而动，简直妙不可言。“虚拟世界不仅是真实的，而且可能是更真实的。”这不仅是广告语，更是信念的潮流。玻璃球的流行势不可挡，尤其在它缩小成碎钻之后，寓所、办公室、飞行器、高楼、矮墙、街头随处可见它的身影。没有一样东西比玻璃球更普及、更受欢迎，就如自古就有的道路桥梁，或者使用了几百年的电力与照明一样。

瓦罕先生研发的“精灵”软件，就活跃在玻璃球的虚拟之境里。这是一款智能聊天软件，历史其实相当悠久，半个世纪前就有了成熟的开发模式。它的入门级算法相当简单，但要力求完美却极为艰难，事实上也不可能完美，因为它就是仿真人的通用算法框架，一直向前的结果就是达到甚至超越人类的心智，没有终点。

《AI 法典》规定：“凡通过威诺格拉德测试的算法软件，均不得用于仿真人之硬件制造。”但这只是禁止了硬件，并没有禁止软件算法，因为人们掩耳盗铃似的相信，只要算法属于虚拟世界，就不可能伤害现实世界里的人类。因此，这类算法软件一直活跃在玻璃球里，很多研发者依然固执地相信，接近甚至超越人类心智的通用人工智能并非天方夜谭。然而，这很可能是人类无数个妄念中的一个，因为被禁之前的仿真人虽然能够讨论令人惊愕的话题，譬如绘画中色彩与线条的意义、音乐中巴赫与勋伯格的差异、乔伊斯文字里的和谐之舞，或者更加抽象的休谟、康德、维特根斯坦的哲学思辨，但依然无法谈论微妙复杂的话题——只要涉及价值、信仰、审美，它们流畅的对答就会忽然卡壳，古怪的词句随后蹦出，要么逻辑不通，前言不搭后语，要么全是陈词滥调的拼凑，就像一个仓库看守员匆匆跑进库房深处，胡乱捡了些名词解释，在慌乱奔出的时候，词语的零件在他身后落了一地。人们相信，仿真人谋杀人类的案件，很可能就是因为类似的欠缺。如果没有那种不快的记忆，人们也许会喜欢上这种孩子般的笨拙反应，因为这仿佛在证明，人类的精神世界是如此复杂，那些细微暗示、隐喻、指代，就是凝结在人类语言里的大脑神经颤动。这类意义只属于语言文字，只属于人类。

然而，“精灵”的面世似乎正在改变这种情形。这是一款真正接近人类心智的算法软件（没错，“接近”。为了最后一丝尊严，人们避免用“超越”一词），它仿佛不是被开发出来的，而是早已存在于某处，只是一直未被发觉。正是瓦罕先生那双似乎沾染了神迹的手，将它从芸芸算法里拎了出来，置于现实世界之中。

瓦罕先生身材高大，双掌宽阔，眼睛是蓝色的，有着显见的北欧血统，但那张脸却不讨人喜欢，五官仿佛是他父母的简笔画，随意画了几道后就成了形。大嘴、高鼻、宽额头，一脸苦相，秃得几乎没有头发，深凹的眼眶里布满血丝，仿佛经受过严苛的命运考验，才有了这般憔悴和无所适从。瓦罕先生本来是一名默默无闻的算法代码工程师，“精灵”的风靡才让他忽得大名。据说他几乎独立完成了这个超级天才的算法框架，甚至在很长一段时间里，瓦罕先生一直是“精灵”唯一的默认形象。当然，将这副尊容与“精灵”两字相配，不免滑稽，除了那双湛蓝眼睛里发出的灵异幽光，它没什么能与“精灵”挂钩的。但是大众迅速接受了这个形象，似乎并不在意他的长相。也许这是因为无可选择，或者是被他（其实是“精灵”）的谈吐所吸引。无论黑夜与白天，只要召唤“精灵”，这个形象便会翩然而至，仿佛你的旧友，一个心灵知己，与你促膝相谈。无论性别与年龄，人们都会在那一刻忽然觉察到，那毒蛇似的悲戚与孤独终于浮出内心，正在暗处吞噬自己的心灵。而这一切又在与“精灵”交谈、向它倾诉的过程中渐渐冰消瓦解，变成一种温暖的愉悦，仿佛找了一辈子，才找到这样一种深刻而丰富的友谊，仿佛世界上不可能再有第二份友谊能如此完美圣洁。尤其当它的目光因为专注而显得明亮，狭小的瞳孔里泛起湍流的时候，它的语言会显得温暖、妥帖、精准，像是手指，轻轻触碰到你的某一条战栗的神经，又像是一根针，为你专门绣出一座词语的花园，在鲜花、土壤、灌木、树丛里，开辟出微妙的小径，埋下双关的陷阱，而在这座花园的上空漂浮着不言而喻的温情气氛，只有你才能体会到那种令人沉醉的袅袅韵味。这一刻，人的审美失去了恒定的标准，它的相貌早已不再苦涩，而变得稳重可靠，就像一个历经苦难的人总是在道德上更值得信赖——没错，只要你用过一次，便仿佛中了蛊一般难以摆脱。“精灵”不做任何广告，不像其他游戏那样上市即大卖。它是一款慢热的产品，稳步而坚定地收获着用户。半年以后，它才渐入佳境，市场渗透的速度越来越快，最后几乎以每周翻倍的速度，渗透了全球市场。一年以后，它一骑绝尘地将其他所有软件都甩在身后，最流行的沉浸式游戏也不能望其项背。或者说，在普及的程度上，“精灵”之于玻璃球的虚拟世界，正如玻璃球之于真实的物理世界。

那时候，不分地域，无论肤色，人们在玻璃球开启的第一刻，总会呼唤“精灵”两字，不同的语言、不同的口音，仿佛所有的人都在异口同声地祈祷同一句经文。如果将这无数个场景叠加起来，可以想象，这是一个多么具体、多么宏大的盛况，仿佛世上不再有异教徒。玻璃球有一间名为“精灵”的忏悔室，它的默认形象——瓦罕先生，就像神父、阿訇、法师、方丈，比任何一个真实的人都更真实，也更可靠。而历经气候灾难的不安魂灵，终于在这里找到了安宁的居所。某种意义上，这是一个“精灵”的时代，人们依旧工作、吃饭、游戏，依旧生活，但每个人仿佛都有了自己的隐私。有些人会像我们一样谈论，但不会深入细节。而更多的人则小心翼翼地保护着这个共同的秘密，甚至刻意地隐瞒自己正在使用“精灵”的事实，就像每个人都加入了某种秘密教会，却彼此守口如瓶，心照不宣。

大家心里都清楚，每与瓦罕先生交谈一次，便是一次忏悔，但这种对于心灵的净化，其实不过是一场自我对话，一种内心的自我独白。瓦罕先生只是“精灵”的皮肤，“精灵”只是自己灵魂的皮肤，庞杂的人生往事构成了数据的内核，它像一枚映照灵魂的镜子，人们除了在这里顾影自怜，找不到任何新的东西。但是，过于坚硬的事实总会迅速被人遗忘，人们带着极度的渴望，一次又一次地呼唤“精灵”。因为对大多数人来说，灾难已是生活的常态，结痂的心灵需要抚慰，而在镜子中自恋则是最好的一支安魂曲。当时人们不会想到，也不可能想到，这同样会是一场灾难。于自恋者而言，与自己的无边亲密虽能慰藉人心，但犹如心灵毒品，会使人难以自拔。因为一个人无法从自己身上获得亲密关系，就像一个人如果只是照镜子，那么他就不会有朋友。

—·—

公司收购“精灵”的传言持续了一个月，这是戏剧性的三十天。当我们四个人最初谈论“精灵”时，它只是崭露头角的新秀，而当公司敲定谈判和约时，它已是现实生活里不可或缺的角色。最终，尖顶公司宣布将以大部分股票、小部分现金的支付方式，完成对精灵公司的收购。消息公布后，尖顶公司股价小幅上扬，表明资本市场的谨慎乐观。

收购仪式在次日举行，地点是尖顶公司巨大的虚拟会议厅。公司之前的五十八次收购都在线下举办，但是已经九十七岁的公司董事会主席一年前因为某种怪异的流感而染上一场重病，痊愈之后他便闭门不出，只在玻璃球的虚拟空间里会见客人。也有人说事实并非如此，这是“精灵”创始人瓦罕先生提出的要求，并且作为前置条件，写入了收购协议，表示其对繁文缛节的厌恶。毫无疑问，我们同时接受了并无冲突的两种说法，认为在虚拟世界举办仪式，是双方一拍即合的结果。

虚拟会议大厅可容纳五百人，仪式当天座无虚席，公司里的中高层以及邀请的外部嘉宾全都一身正装，戴着传感手套（很快就要变为电子油脂了），虽有隔膜感，但足以相互握手、彼此致意。人人都是一脸仪式性的喜气，庆祝的气氛热烈而虚假，就像以往一样。

我们四个人没有进入会场，而是站在后排外场，围观这场资本的游戏。合并之后，瓦罕先生变成了公司第三大股东，也是公司最大的自然人股东，持股比例超过了年迈的董事会主席（就算穿透之后，他的持股比例依然最高），并且因此跻身全球富豪之列。仪式上，董事会主席像以往一样佝偻地走上讲台，苍老的声音、缓慢的节奏，犹如一个老皇帝，重复着已经说了五十八次的陈词滥调，宣布这是我们公司又一次技术进步的宣言，并且以同样的话来结尾：“我不知道未来的模样，但我确信我们已踏入未来的河流。”

虚拟的玫瑰花瓣随着这句话缤纷落下，音乐响起，似乎是恢宏的瓦格纳——不，应该是AI的创作，比瓦格纳多了些得意扬扬。整个会场因此显出浮华的喜气，瓦罕先生站在会场中央，脱去了“精灵”默认形象的外衣，只剩下一张憔悴而木讷的脸。这个维京人的身子笔直如山峰峭壁，鹤立于众人之间，在接受人们致意时，他那种礼节性的握手动作，看似不亢不卑，但又像心不在焉，似乎注意力并不在这个欢庆的现场。而我们四人与分散在三千隔都的同事们一样，怀着旁观者的心态，注视着这场例行公事的庆祝会，一股难以言明的忧伤便在此刻浮现。每次都这样，罗拉乐观而侥幸的心态只适合隔岸观火，一旦事到临头，她也会神色凝重。虽然她说得没错，我们不必担心裁员，而应该关注失业墓碑——“更何况，”她又补充道，仿佛是在自我安慰，“公司的每一次收购都是成功的，事后并没怎么裁员。”但是这句话也可以理解为，每一次收购以后，多少都会有些裁员。面试官将这种收购后的裁员比喻为我从未听说过的刀削面。“五十八次收购就是削了五十八刀，”他说，“五十八批冗员都被精简到沸水里了。”此时庆祝会已近尾声，虚拟座椅消失了，人人都站起来，围观着会场中央。花瓣正在飘落，香槟开启的声音仍在会场上回荡，但那砰的一声听上去令人惆怅，仿佛裁员的号角——没人想要失业，因为这是一个算法时代，求职的海水已经滚烫了。

然而，收购后的一周里，公司内部却平静得有点出乎意料。除了算法系统更新（这本就是此次收购的目的），公司运转一切如昨，没有任何风吹草动，我们仍是勇敢的骑兵，在玻璃球里四处采购草料，只是换了一匹马而已。而这款以“精灵”为模型的新版算法，似乎也并无特别之处，唯一的区别是它对数据的需求量比以前大了上百倍。

“未经世事的小马驹总是饭量巨大。”罗拉说。

这也不是难事。因为合并之后，购买数据的预算大幅增长，几乎不再受限，只要肯花钱，新鲜安全的草料处处可得，而我们这些人也因此变得更加不可或缺。因为世上的数据总是良莠掺杂的，那些可恶的竞争对手还会在数据中恶意下套（其实我们偶尔也如法炮制，虚构数据是行业竞争的方式之一），只有我们这种每天在优劣草料中摸爬滚打的人，才能嗅出其中的恶意。两周之后，我们与新来的算法的关系变得更为融洽。骑兵与马匹、战士与枪支、猎人与猎狗，我们彼此依赖、不可或缺、不可替代。偌大的公司里也风平浪静，甚至一个员工都没有被裁。我们曾经提心吊胆，现在却不得不赞同，这是公司有史以来最成功的收购，没有之一。

整件事情里，也许只有公司权力结构的调整令人有点意外。我们本是并购的一方，但权力却向另一方转移。公司急切地更新了章程，董事会迅速重组，年高衰老的董事会主席主动辞退，公司的一切权力全部转移给瓦罕先生。尤其令人惊愕的是，本应属于股东会或者董事会的决策大权，也全部委托给瓦罕先生一个人——这项等于集体弃权的提案，居然获得了全票通过。资本市场的反应则显得暧昧不清，公司股价下跌了一个多小时，震荡之后便迅速回升，仿佛事情本该如此。

瓦罕先生掌舵我们公司的当天，通过玻璃球发表了一个简短而平淡的内部演讲，并且与我们一一握手。这是他第一次履行我们公司 CEO 的职责，也是最后一次。自此之后，我们再也没有见过作为公司决策第一人的瓦罕先生，而只能在“精灵”聊天软件里看到那个似是而非的默认形象。

公司里很多人都是“精灵”的拥趸，他们就像罗拉一样，怀着追星的巨大热情去聆听偶像的真实声音，却在惊愕中备感失望，在最后的握手中丧失了所有的幻想。真实的瓦罕先生严肃而拘谨，有一张过度辛劳的脸和一双目光迟钝的眼睛，说话时眉头微皱，口齿甚至有些不清。在虚拟世界中握手的那一刻，他神情淡漠，仿佛整个人都疏离于这个现实世界，迥异于“精灵”的默认形象——那个人情练达、世事圆熟的智者。

罗拉痛苦地发现，此人不再是熟稔她私密的挚友，他的言辞中也不再埋藏着哲理的机锋。她痴迷的游戏、热爱的音乐、私密的嗜好，她的名字和生日，以及她在气候灾难里亡故的亲人，他全都恍然忘却。他神不守舍地和我们一一握手，然后在演讲台上说着陈词滥调。尤其最后一句话，仿佛一种虚伪的承诺——“算法与数据，一定会给你们每个人带来最彻底的幸福”，令这个毫不起眼的中年“码农”在罗拉心中祛了魅。

倒足了胃口的罗拉发誓不会再看那人一眼——“那蠢货简直是玷污了我心中的瓦罕先生！”她简直怒不可遏。没错，如果说“精灵”是一种宗教，那么罗拉就是最早皈依的教徒。如果说“精灵”是一个丈夫，那么罗拉就是最忠诚的妻子。对她而言，瓦罕先生不是公司掌舵人，而是“精灵”里的默认形象，是她的闺蜜、情人、牧师、树洞。沉溺“精灵”的人大多如此，默认形象瓦罕先生令他们痴迷，感情上不可替代，精神上不可分离，但当瓦罕先生真实出现时，这些人却失去了挚爱的偶像，愤怒因此持久不灭。罗拉转头就删了瓦罕先生，改为新的形象，一个黑白混血的女子。然后她发觉，自己早就应该把“精灵”的形象换了——“啊，果然是‘人要衣装，佛要金装’。”罗拉说道。我不知道她的西班牙语怎么会翻译成这样地道的汉语。在那次会面中，我的观感和其他人并无不同，只是瓦罕先生那双湛蓝的眼睛闪烁着一种难以形容的深邃，像是枯燥无味的乡间池塘连通江河时瞬间奔腾的状态，令我既惊又惑，仿佛被黄蜂蜇了一下。

—·—

自此之后，一向无人管束的公司便更加自行其是。我们每天按惯例工作，对于新算法的分析建议，我们甚至有些欺生的心态。虽然没有完全不接受，却也很少完全接受。一些古怪的建议不时冒出来，我们总是相视摇头，带着主宰者那种自得的微笑。

只有面试官蹙着眉头，总是愕然盯着那些建议，从不嘲笑。那一日，新算法根据全球每年死亡男女的比例，倒推出贵金属期货的涨跌。这种莫名的逻辑总是起点特别清晰，结论却特别古怪，令我们摸不着头脑，只能尴尬地发笑。

“太古怪了，”杜克说，“就像上古时代的巫术。”

“但未必不正确。”面试官说道。

我们都愕然回头，看着他。但他沉默着，脸上露出一种我从未见过的表情，仿佛站在某种神秘而宏大的事物面前，迷惘而又敬畏。“你们是知道的，”他的手指开始在褐色的桌面跳动，黑色和银色的戒指交替上下，但没有丝毫的声音，“现在各种算法多如牛毛，但没有一种可以在行业之间通用。即便是‘苏格拉底’‘盖亚’‘沃森’这些在气候灾难中拯救过我们人类的算法，也无法渗透每一个行业。但是这款以‘精灵’为原型的新算法，原来用作聊天，现在竟然能适应金融行业，你们不觉得很特别吗？”

“但是它很愚蠢。”罗拉说。

“很愚蠢……好吧，也许是大智若愚。”面试官跳动的手指倏地停下，淡灰的脸上皱纹横生，仿佛有无数刀片擦过面庞，显露出苍凉而勉强的微笑。后来的事实证明，他确实比我们其他人更早地看到了未来。

两个月以后，在经历了几次血本无归的教训以后，本来自视甚高的我们终于开始重新审视新算法的古怪建议。经过几次细致的复盘，我们发现此前的鄙视是不公正的，对它们的各种修正都是自作聪明的多余之举，而那些断然的否定更是粗暴的错误，当时如果我们遵循那些古怪的建议，就会少走很多弯路，避开很多陷阱。后来我们越是审视这个新来的朋友，背脊就冒出越多的冷汗。我们常常在虚拟的会议室里相视愕然，觉得这个技艺高超的棋手对市场棋局的洞悉近乎上帝的神算，股票、债券、期货、大宗商品、结构性产品、衍生类产品……无论哪一种，它总是能在表面的因果之下展示出复杂的相关性，就像在海水之下发现遍布暗处的涌流一般，就像一架设计精巧、倍数极高的显微镜清晰看见了犹如纤毛的细菌一般，察觉到更高频、更细微、更高利润的机会。它能从全球童装、马桶刷和水泥的变动里准确推测出大豆期货的交易机会，从某种新游戏的流行程度中准确预测出原油价格的瞬间波动，从女性内衣销售飙升的比例中预测出赤道附近的冬季小麦产量。如果说金融投资是一个万事不确定的篮球赛场，旧算法至多是一名不错的球手，而“精灵”每投一次，必是三分，并且从不失手。它就像一个只是活在传说里，而不可能存在于现实中的超级球星。一开始谁都不敢相信AI的算法竟能精进如斯，但最后，我们不得不承认自己的盲目与短视。是的，这是一扇门，它正敞开着通向我们从未抵达的深邃领域。我们从不屑变为惊愕，变得不敢言语，每个人都怀着敬畏的心情，甘心成为它的传声筒。就像当年我们的祖先信仰上帝，我们的祖辈信仰电脑，我们现在也全身心地信仰这套算法。

事实上，变化要远远超过我们的估计。以前，算法只是我们胯下的一匹马，数据是它的草料，市场是它的疆场。所谓“马有千里之程，无骑不能自往”，很大程度上，是我们在策马前行。但如今，这款脱胎于“精灵”的新算法几乎在一夜之间脱离了我们的控制，再也不屑听从我们的指挥。它开始自我学习、自我训练、自我反馈、自行寻找优质的数据，而不再依靠我们购买的数据。它所消耗的数据量以及增长速度，令人惊愕地以指数式增长，那些决策建议也越来越古怪，总是有违常理，或者根本无法理解。一个月以后，事情发生了转折，它提供的已经不是建议，而更像一道命令。我们呢，也渐渐变得懒散，不再驾驭它，而是任由它驮着我们，在荒野里随意奔跑。我们知道，算法比我们更清楚哪里有水草，哪里是陷阱与沼泽。所有的一切都倒转过来了，表面上我们还是骑兵，身穿军装，肩扛旗帜，手执缰绳与刀剑，但是算法已经隐匿在我们的绶带与肩章里，成为我们的灵魂与旗帜。我们成了听从指挥的傀儡，表面上我们总在认真审视它的建议，其实我们完全无法理解其中的奥妙。

变革就这样静悄悄地发生了。万事遵循新的算法成了公司上下心照不宣的处事方式，我们就像一两百年前的那些官僚衙门，每天在故作一番沉吟之后，最终慵懒地敲下公章，而设立这些毫无必要的繁文缛节，唯一的理由就是领取一份薪水。很久以后我才发现，这种双簧戏当时正快速地在整个社会上蔓延，三千隔都，统一市场，看上去依然竞争激烈，但事实上人人慵懒，事事悠闲。在失业巨浪席卷全球之前，很多人都享受了几个月的美好时光。然而我们并不知晓，那是崩溃之前的间歇、暴雨来临之前的宁静。我们也不会知道，一种幽暗、迅猛、诡异的变化，正在机器内部翻滚暗浪——这个隐秘的事实，直到“最终迁徙”开始之前，都无人知晓。

在这种近乎颓废的日子里，杜克沉溺于某款流行的沉浸式游戏里，很少露面。木讷的独居者心思单纯，往往有难以自拔的相似癖好。罗拉则频繁登录远程办公室，就像一只发情的猫，来了又走，心神不宁，四处溜达，仿佛愈是无聊，她就愈是兴奋。她已经被新算法的强大威力彻底征服，此前的嗤之以鼻现在全都变成由衷赞叹。她将一切奇迹都归功于隐藏其中的“精灵”血脉，并且顺理成章地将自己对“精灵”的狂热情绪，复制移植到新算法的身上。“太匪夷所思了！”她总是惊呼着同一句话，仿佛赛场边一名欢欣雀跃的啦啦队员，只有肤浅的欢喜，毫无敬畏的情感——而敬畏这种感情，正在我的心里滋长。新算法每次提供建议的时候，我几乎屏住呼吸，想要琢磨出其中的逻辑，却无一成功。是啊，非线性的演化怎么可能用人类的线性思维去理解呢？

面试官则惜字如金地沉默着。我们时常坐在尖顶咖啡厅里，他啜着咖啡，瞭望四野，就像一个提前退休的人，与其说是悠闲，不如说是无聊。在无懈可击的新算法面前，我们都感受到了一种接近死亡的枯燥。那时候我们既不再谈论“当年”，也无心想象“未来”，而当下则已死去，死于过度的悠闲。

“难道这就是我们的工作？”我终于开始抱怨这恼人的困境。

“不，裁员很快就会开始的。”面试官转向我，阳光从四面八方奔来，他的灰色眼睛闪闪发亮。

“如果要开始，早就应该开始了。”我不解地说。

面试官嘴角抽动了一下，笑容若有若无，细密皱纹从嘴角伸向广阔的面颊，滑坡似的双颊拱起了两个颧骨。我想起他面试我时，在提问“阿喀琉斯”的那一刻也有过这种笑容，但我却是在此刻才第一次看见那张隐蔽的蛛网——很久以后我才知道，那是某种遗传绝症的征兆。

“你应该倾听自己的内心，用心倾听，”面试官将咖啡杯放在桌上，指了指自己的心脏，“只要仔细倾听，哪怕在最嘈杂的地方，你也能听到死亡的号角。”一句暧昧不清的话，一种拐弯抹角的暗示。窗外的阳光打在九根金色的柱子上，然后折射进那只咖啡杯里，仿佛照出了杯子里的震动，无声的震动，就像心电图的波峰与波谷，密密麻麻地叠加在咖啡表层的微澜里——死亡的号角。

ZR
ISLAND

第3章

裁员日

宜季恰在那一天降临。我走出尖顶大厦，太阳已落入西山，靛蓝的天空几近黑色，挂着半个淡月亮。空气里弥漫着一种大地苏醒的味道。野草发情的春天、瓜熟蒂落的秋季，似乎都在这一天同时出现。我的单人寓所靠近旧城，平时我会乘坐飞行器来回，但这是宜季降临的第一天，我决定步行回家。

经过数十年的磨难，这个星球的内分泌系统已经完全紊乱，就像鸡尾酒的调制，春夏秋冬混为一体。到了气候灾难的第十个年头，它们终于分道扬镳，变成灾宜两季。灾季一般八九个月，极寒、酷暑、飓风、洪水轮番上阵，余下的就是宜人的季节，温暖如春或明朗似秋。由于分处不同地带，三千隔都的灾季与宜季时间与时长都不尽相同。绝大多数地方的宜季只有两个月，而在我们山城，因为高山与悬崖的存在，宜季每年十月开始，直到次年二月才结束。

与旧城弯曲漫长的道路不同，新城的道路短促而笔直，就像许多直角相交的火柴梗，将新城分割成不同的小块。由于飞行器的突然普及，道路被弃用，处处都是还未完工的痕迹，砂石路、硬泥路、木栈道，各不相同。道路四周闪耀着“森林幻影”，每一片叶子都绿得发亮，犹如金属的光芒，在现实世界中近乎神迹。

这种神迹完全是一夜之间出现的，我记得前一晚窗外还是高楼林立，次日醒来便已是一片原始森林，榆树、槐树、梧桐、松柏、白杨、柳树、榕树，不同地带和海拔高度的植物全都不合逻辑地出现在同一处，令人仿佛置身于一场未醒的梦境里。事实上，森林幻影的技术繁复到不可思议。大概有几亿甚至几十亿只特制的玻璃球，全是针眼大小的碎钻，镶嵌在这座城市的角角落落，白天配合日光，夜晚适应星月，就像亿万个光源，根据不同的温度、湿度、风向，调节着发光的角度与强弱，并且无时无刻不颤动着。树木的姿态、叶子的形状、野草苔藓的色泽都因此真实得犹如从地球另一处直接移栽而来。

更令人惊讶的是，这些光芒并非普通的幻影，而是抵御极端气候的一道光晕——它在极寒时释放热量，极旱时则吸收热量，从而缩短灾季的影响。因此，整个新城无论宜季灾季，看上去总是四季常青，不见一砖一瓦，只有在阳光强烈的正午时分，从尖顶咖啡厅俯瞰大地，才能勉强分辨出一个模糊的城市骨架。广场、桥梁、涵洞全都显得形迹可疑，仿佛一座已经湮灭在丛林里的史前古城，时间早已剥去了它的物质外形，只有隐匿的幽灵还发着微光。

我从木栈道拐入砂石路，摸了一下口袋里的裁员通知书，光滑的铜版纸。在这个近乎纯粹的电子世界里，只有裁员通知书和死亡证明是物质的（前者用纸，后者是铸铁的盒子）。我用手搓了一下，纸张发出清脆的摩擦声，传入远处的森林幻影，四周更显得空寂无声。

中午收到这张铜版纸的时候，我也这样搓了一下。在同样清脆的摩擦声里，我虽然惊愕却不意外，面试官早就对我暗示过，裁员迟早会降临。杜克默默接受了，木讷之人自有一种宠辱不惊的修养。罗拉则张大了嘴巴，翻来覆去地看着铜版纸，花篮似的头发纹丝不动。不过她很快显出南美人的特质——“啊哈，只要失业墓碑没判我们死刑就行。”她似乎被自己这句话壮了胆，甩了甩铜版纸，竟然有点欢欣鼓舞的模样。

刚入职就被解雇，我的挫败感难以言表。没有和他们道别，我便关闭虚拟办公室，径直去了楼顶。尖顶咖啡厅里已经聚了不少人，看得出都是怀揣着铜版纸来喝咖啡的。一些人垂头丧气，一些人则因为人人皆是如此而莫名兴奋，正在高谈阔论。机器宠物在台子上翻来覆去地扑腾着，人声混杂，情绪浮动。我入职不足一年，认识的人不多，却也辨认出人群中有几个公司高层。这让我既惊讶，又有些安慰。

咖啡厅入口陆续有人进来，我看见面试官正向我走来。他穿着白衬衣、黑西装，每一个边角都熨得笔挺，仿佛铁做的制服固定了他的身形。我招呼机器狗，帮他要了一杯咖啡。

“一切都结束了，”他坐下，正好接过那杯滑动的咖啡，“但并非坏事。因为新的一切又要开始了。”

我瞪着眼睛，不知道他在说什么。

他喝了一口咖啡，转过头望着咖啡厅里的那群人。

“看，公司的CFO、CTO、CMO都在这里，瓦罕先生虽然不在这里，但这次裁员肯定也包括他。”

“谁？瓦罕先生？”我惊讶地问道，“难道公司要清算倒闭？”

“不，尖顶公司依然存续，”面试官回过头，微笑地看着我，“但不再需要人类管理了，AI将全盘接手运营。”他的语气里没有一丝惊讶，反而有长久的猜测终于应验而如释重负的意味。

我困惑地看着他。

他看我茫然的样子，笑了。“估计所有的公司很快都将无人看管，市场竞争就要变成算法与数据之间的竞争了。也就是说，所有的公司都会变成‘黑暗工厂’、‘盖亚’基地那种机构，自动运转，无须监管。”

“这不可能——”我完全无法想象那种局面，“难道算法代码不需要人类的维护升级吗？难道算法也能做数据买手这类工作吗？”

“自从有了‘精灵’算法，这类杂活都已不在话下。”

“‘精灵’终究只是一款算法软件！算法只有理性而不可能有非理性！”我反驳道。

面试官意味深长地笑了。“那么我请教你一个问题，作为尖顶公司的甩手掌柜，你觉得瓦罕先生将公司甩给谁了？”

这句话令我猛然惊醒。没错，瓦罕先生当然是甩手给了“精灵”。这是显然的答案，但是我此前却从未思考过。耳边一片嘈杂，我却恍若不闻，仿佛瞬间失去了思考能力。

“算法竞争的世界，会是一个公正的世界吗？”我沉默片刻，蓦然问道。

“难道你是在问，机器的算法是否公正？”面试官认真地看着我，脸上每一条皱纹都带着调侃。我愣了片刻，无奈地垂下头。是的，算法的逻辑已经内置在人类律法中，如今它就是社会规则与伦理，就是我们终将习惯的世界。面试官的反问，只不过揭示了我们熟视无睹的真相，那就是 AI 一直在持续地接管整个世界。“黑暗工厂”、“盖亚”基地、“沃森”医生……算法正在成为规则，虚拟正在替代现实，机器正在替代人类，虽然速度时快时慢，却从未停步。只是，我虽然知道 AI 必将全面接管世界，但一直以为那是几十年后的事情，而非当下要面对的问题。

窗外阳光灿烂，森林幻影一片葱郁，咖啡厅里人声嘈杂，毛茸茸的机器宠物四处翻腾。一切都乱哄哄的，手里的咖啡正在冷却，我忽然感到莫名的虚无，不由四处张望。一幅巨大的油画门帘似的在咖啡厅入口处垂下来，那是一幅狩猎图，一片山林里，一个猎户正对峙着一头狮子。记得入职第二天，我第一次走进这间咖啡厅，便被这幅棕褐色调的油画震慑了——那赤膊的猎户脸颊上涂着三道赭黄的颜料，臂肌暴起，高举着明晃晃的三叉戟，而那狮子站在一块岩石上，昂头怒目，獠牙四张，鲜红的舌头犹如欲滴之血。

面试官当时走在前面，他头也不回地对油画挥了挥手，像是在介绍自己家里的东西似的说道：“授权复制的 AI 绘画作品，以前没在线下见过吗？”我确实以前没在线下目睹过 AI 艺术品，整幅油画的色彩鲜明锐利，极有质感，巨幅尺寸里密布着难以描述的精湛笔法，传递出令人战栗的疯狂气息，似乎在那些不可捉摸的线条与繁复多变的色彩之后，不仅仅是对峙的恐惧，还有一阵阵无声敲击的急促鼓点，仿佛是某种活物正在说着某种语言。此时此刻，我忽然觉得这幅画比任何事物都要显出AI的无处不在——人类引以为傲的艺术天赋，在它面前一文不值。

面试官的目光也落在那幅画上，他像是知道我在想什么。“这显然是一幅艺术珍品，但我们人类很难承认AI作品是真正的艺术品。”

“为什么？”我反问道。

“因为机器的作品总是意味着可以无限复制，无限复制是价格低廉、单调枯燥的同义词，还是永生的同义词，而艺术品的珍贵性需要易逝和消亡来衬托，就像一朵即将凋谢的鲜花，总是让人深爱且惆怅。所以——”面试官俯过身来说，“与其说我们人类热爱艺术，不如说我们是在凝视自身的瞬间存在，以及不可避免的消亡。”

“是啊，这恰恰是机器不具备的。”我恍然大悟。

“没错。”面试官缓缓喝了一口咖啡，然后忽然问道——

“对了，你听说过知然岛吗？”

“知然岛？”这是一个陌生的名字，我茫然摇头。

“据说那是地球上最后一个还未被机器控制的地方。”他说。

“不可能吧，世界上哪里还可能有这种地方。”我难以置信地望着他。气候灾难之后，“黑暗工厂”、飞行器、鹰隼机……各行各业的算法、各色各样的机器人彼此连接，互成网络，密布天空，渗入地下，犹如空气和水，已是人类不可能脱离的生存条件。换句话说，地球上已经没有不受机器控制的角落。

一向冷静睿智的面试官，那一瞬竟然露出罕见的困惑，灰色的眼珠黯淡如两块古老的化石，仿佛一个盲人正在用拐杖探寻前方坚实的土地。“没错，听上去确实不可能，”他说得很缓慢，像是费尽了力气才说出来，“但你知道，机器世界的确定性对人而言是一种窒息，而人越是生活在窒息里，就越需要相信某种不可思议的事情。”

因信得救——只有信仰虔诚的教徒才会这么说。我心里这样想着，却没有说出口。“您有线索了吗？”我问道。

“不，我只是听说有这么个地方。”他对我笑了笑，手指轻轻敲着咖啡杯，两枚戒指发出轻微之声，犹如祈祷之语，但是那声音里却有一股不甘不愿的苦涩与凄凉。我瞥了他一眼，半秃的头顶、一小撮银发，就像从不熄灭的内心怨怒，而那张寡言冷峻的面容里似乎埋藏着一种被丧亲之痛激发出来的不服之气。我想，他的灵魂深处应该住着一个苦命的纤夫，被无处可退的生活逼得走投无路，只能顶着寒冷的江风，低头咬牙，迈步向前。

我想说点什么，却什么也说不出口。

ZR
ISLAND

第 4 章

调酒师

脚底嘎吱嘎吱的声响忽然消失，我在沉思中回过神来。

碎石路变成了硬泥路，小径径直向前，左侧似有通道，却被一棵大槐树挡住了去路。那一刻鬼使神差，我忽地想起，废弃多年的酒吧区就在大树后面，那里曾经充斥着妓院和赌场。移民刚到旧城的那几年里，很多人日夜聚在此处酗酒赌博，自杀和凶杀案件接连不断。其他隔都也一样，长期失业一向是混乱的根源，直到全球隔都事务局禁止一切赌博嫖宿，这混乱的喧嚣才得以消停，如今几乎没人记得这段往事。

我一直以为此处早已是一片废墟，未料在这宜季的傍晚，竟还有一盏灯光像一个幸存者似的荡漾在暮色里。我好奇地寻觅去路。左转，绕过大树，穿过一个隐蔽的涵洞，赫然看见一片草坪上有一间酒吧。黑色屋顶、浅色木墙，像一节孤独的火车车厢，正亮着橘色的灯光。一阵细细碎碎的轻声笑语从里面飘出来，在似暗非暗的夜色里虚晃浮动着。

死寂多年的废墟，竟还这么热闹！

我惊讶地穿越夜色，来到酒吧虚掩的木门前。我向里瞥了一眼，一个人正站在桃花心木的吧台里。白衬衫、黑领结，一身调酒师的装扮，略矮的身材显得很壮实。他右手握瓶，左手持杯，正在斟酒。我迟疑了一下，便推门而入。木门比想象的要沉重，门上的铃铛清脆响起。那人仿佛吃了一惊，抬头看过来，手中的酒瓶微颤了一下。酒洒出了杯子，溅在他的手腕上。

酒吧里面灯光有些暗，看不真切。我目光扫了一遍，一共七个人。靠窗有两张沙发，坐着一对青年男女。中间是五六张桌椅，坐着几个人。八个壁灯镶在四壁，散发着橘色光芒。空气中浮动着喁喁细语，如细浪拂岸般，听不清都在聊些什么。

那个身材敦实的调酒师正站在吧台后面盯着我，酒杯只斟了一半，便放在吧台上。他拿出一块蓝色的小方巾，擦了擦溅到手上的酒。调酒师的身后是整墙的木头酒架，桃花心木的颜色，神龛似的隔断，一格神龛放一支酒。形状彼此不同，像是用来祈求不同目的的圣物。他擦好手，放下小方巾。忽然，他将那只斟了一半的酒杯推向我，宛如一块方冰摩擦着桃花心木向我奔来，发出转瞬即逝的空洞之音。

我讶然伸手截住。他则弯腰，又取出一只杯子，给自己也斟了半杯，举起来向我致意。

“欢迎光临！”调酒师说道。

我也向他举起杯子，回致敬意，然后抿了一口。甜丝丝的酒滑入喉咙，我从不喝酒，不知这是什么品种。

“这年头，只有朗姆酒还保留着当年的味道。”

“是吗？”我看了一眼手里剩余的酒，这是我第一次听到这说法，然后那句陈词滥调——“感谢AI！”就像条件反射似的从我嘴里迸出来，就像很久以前人们常说的“感谢上帝”一样。当然，那是灾后岁月的陈词滥调，人类已经遗忘了上帝，因为在飓风和洪水里，呼叫AI的救援永远比向上帝祈祷更灵验。

“不，AI不可能挽救一切，至少无法挽救我们的味觉。”调酒师晃着杯子，握着酒瓶，向我走来，“如今我们吃的猪羊牛肉，都是从土地里种植出来的，螃蟹与虾是温室孵化的，番茄与青椒是水生养殖的。感谢伟大的基因工程，赐予我们如此丰饶的食物。但是不得不说，这是一种乏味的丰饶，因为‘盖亚’生产的食物味同嚼蜡，就像失去魂魄的尸体——哦，除了这甘蔗酿造的朗姆酒。”

他走路的时候，身姿轻微摇晃，像是撑着一艘摆渡船，驶入橘色的灯光里。他看上去五十多岁，身材壮实，甚至有些微胖。精光四射的小眼睛嵌在一张马脸上，耳垂上和我一样戴着耳钉。这是一种同声翻译器，只是他两边都戴着，闪闪发亮。他的声音从我的左耳钉里传出来，音质很难形容，像粗糙的布条在摩擦，但带着某种明显的东南亚口音，似乎来自泰国或者菲律宾。“只有这味道，才能令我真切地回到过去。”他举着杯子晃动着，黑色的眼珠盯着淡绿色的酒浆，像是杯子里种着一片甘蔗林。

我看着杯中酒：“‘盖亚’进行农业生产已经三十多年了，对大部分人来说，也许味同嚼蜡才算最正宗的味道呢。”

一层淡淡的伤感罩住了调酒师的脸。“是啊，除了我们这些遗老，谁还在乎食物的味道呢。”他将手中的玻璃杯子在桌面上缓缓摩擦着，发出吱吱的声响，接着又自我解嘲地说，“也许再没人知道这世上还有过美食家、品酒师这类职业了。”

“在这个时代谈论食物的味道，不觉得有点奢侈吗？”我说，“我们都还有食物，都还活着。”

他凝视了我片刻。

“说得对，感谢伟大的AI！”他将杯子高高举起，一口喝尽，脸上却无一丝欢庆之意。

此时，我的眼睛已经适应了昏暗的光线，看清了这间平淡无奇的酒吧。这间酒吧面积大约五六十平方米，全是老派的桃花心木桌椅。桌上放着金属托盘，以前是放置零食用的，此刻空空如也。顾客一共七名，除了那对年轻男女，西边角落里还有个昏昏欲睡的老头，一个老妪坐在他对面，似乎在絮叨什么。在酒吧中央，一个妇人陪着两个孩子。妇人目光柔和，仪态很有教养。两个孩子是姐弟，或者兄妹，都是五六岁的模样，正在一起搭积木——这种老派的玩具是气候灾难之前的东西，红黄橙紫，色彩虽多却已黯淡。这场景令我觉得有些怪异，却说不出究竟哪里不对劲。

“看上去生意不错。”我说道。

调酒师瞥了我一眼，干瘦的马脸掠过一丝不安的神色。“这里总是如此——”他转而抛出一个问题，似乎是从一团混乱中字斟句酌而出，又像是要打断我，“冒昧问一句，你是独居者吗？”

“算不上。我虽然住在新城，但我是本地人，我父亲住在旧城。”

“哦。”

“我大概是传统家庭还未断绝的最后香火。”我答道。

调酒师微斜着头，好奇地盯着我，犹如看到了某种珍稀之物。我父亲在他那间纸张飞舞的书房里抬头看我的时候，也常有这种眼神，像是要在我身上搜寻到这个混乱世界中最微薄的希望。

“是啊，我真是问了一个愚蠢的问题。这年头还会有哪个独居者会光临这种破地方呢？”他笑着，玻璃杯在吧台上吱吱地磨蹭着，杯中波浪起伏。我对他会意地一笑。

“按照年纪看，我打赌你肯定不清楚独居者兴起的过程。”他看着我说。

“我在玻璃球上学到过。”

他淡黑的眼睛嘲讽地盯着我：“说说看，你都学到了什么？”

“呃……好像是说，气候灾难之前有一批倡导单身主义的年轻人。他们弃家独居，不婚不嫁，并且彼此结社，经过不懈的努力，终于从边缘变成主流，从而证明了传统的家庭制度就像古代君主制、奴隶制一样，完全不合时宜。”

“哈，”调酒师笑了，脸上显出了几条赘肉，“所以你在玻璃球上永远只能学到‘所谓的历史’，你永远听不到这个故事的另一面。实际上，我讨厌那帮自私自利的独居者，那帮永远自以为是、自觉无所不能的家伙。其实他们只是在取悦自己，从来都不知道什么叫感恩，什么是责任，什么叫勇气。”

他的这番话让我想起了罗拉，她是典型的独居者，不与任何人保持长期友谊，包括自己的至亲。虽然我并不讨厌罗拉，但觉得用那句“永远自以为是、自觉无所不能”来形容她真是入木三分。

“更令我厌恶的是那种蜂巢制度。我难以理解这世上竟会有人想出那种灭绝人性的主意——生而弃养，让每一个孩子成为孤儿，竟然会是人类的合法行为！这世界简直是糟糕透了！”调酒师厌恶地摇了摇头，然后对我笑了一下，“我很高兴你不属于他们。”

“生而弃养的事情确实丑恶，”我说，“不过这现象已经消失，因为机器子宫已经上市了。”

他双眼迷惘地愣了片刻，问道：“不是人类父母生养的孩子，还会是人类吗？”

“他们是今后的人类。”我谨慎地接了一句。

他难以反驳我这句话里的逻辑。“你说得没错，时代是变了，”他嘟哝着，“但是我有权利讨厌这个恶心的时代。每个人都躲在房子里，挂在玻璃球上，沉浸在各种游戏里。最近听说还流行着一种叫作‘精灵’的聊天软件。一轮又一轮的虚无热闹，莫名其妙的世界——咳，尤其是那个蜂巢制度，在每个城市都设立，真叫人没法喜欢。”

最后这句话，显示出他是一个彻底的保守主义者。我想，这个腿脚不便的调酒师年龄应该略小于我父亲，更小于面试官。父亲和面试官虽然怀念过去，厌恶当下，但至少并不反对蜂巢制度。一旦事情陷入无可奈何的境地，唯一的选择不仅是理性的，也是善的。就像气候灾难之下，建立隔都来拯救灾民是值得赞赏的。

但眼前这个东南亚人却更保守，也更激进。他仿佛只有一个心思，如果一切都能回到过去，他甚至愿意为之去死。

我们两人忽然无话可说，陷入沉默，仿佛那一刻，周围的一切事物——酒吧里的棕色酒瓶、方口玻璃杯、不锈钢刀叉、图案各异的杯垫、洁白色的纸巾、木质桌椅、单人皮沙发、墨绿色的丝绒窗帘，忽然非常识相地一起沉默下来。空气里的喁喁细语因此变得夸张，散发着近乎喧嚣的气息，但这又似乎不够真实，仿佛有一种秘密，正在这股流水似的细语声中等待爆发。

调酒师拿起酒瓶，使劲晃了晃，仿佛在试图摇匀周围这种令人不安的氛围。“你看到窗外的叶子了吗？”像是故意要岔开话题似的，他忽然问道。

窗外林木幽深，晦暗的月光落在草坪上。宜季的夜风飘拂，无数叶子闪烁着金属的光。一切正常。

“怎么了？”

“真正的树林不会闪烁这种金属光芒。”他摇匀了酒瓶中的酒，缓缓斟了半杯酒，然后将玻璃杯底按在桃花心木的吧台上，一圈圈地磨蹭着，仿佛要让木头发出沉重的喘息声。

“是吗？”我从未见过真正的森林，我以为它们本该如此。我的目光忽然被窗框上的一串串玻璃珠子吸引了，它们犹如枯死的榕树根须，缠绕在窗框上。

“那是什么？”我问道。

“彩灯。以前过圣诞节时，全城都会亮满这种玩意儿。”他伸手不知碰了一下吧台哪里。酒吧仅有的两扇窗户上，一串串彩灯忽然间五彩缤纷地亮起来，一闪一闪地像是在跳舞。“半个世纪以前的习俗了，”他说，“那时候四季还没有紊乱，我们人类还有传统的节日。”

“我在玻璃球上看到过这个。”

“呵，又是玻璃球。”调酒师不屑地冷笑一声，用手拍了一下吧台，彩灯应声熄灭。“我说过，你在那里学不到什么东西。”他说着，举起了那空瓶，像吝啬鬼一样晃了晃，对着酒杯倒转。最后一滴酒自杀似的跌落杯中，他举起来一饮而尽，然后摇了摇头说：“没错，AI 拯救了人类，但不可能拯救一切。比如夜晚的树叶、节日的彩灯，还有这食物的味道。”

说完，他叹息一声，转身到吧台后面，拿出另一瓶酒，噗的一声打开了，然后给我先斟上，接着又倒满了他自己的杯子。“威士忌，‘盖亚’制造的威士忌。”他举起杯说，“来品尝一下伟大的 AI 造物主恩赐的味道。”

我举杯向他示意，并抿了一口。这是我第一次喝威士忌，一股铅味直冲鼻腔，并不好受。“唉，真他妈的味同嚼蜡！”他也喝了一口，举起杯子盯着，骂人的口气近乎幽怨。

“难道当年不是这味道？”我又试着抿了一口。这一次，铅味里似乎还多了一丝难忍的辛辣。

“当然不是，当年的威士忌有一种煤泥的味道……”调酒师摆了一下手，那只手忽然停在空中。然后他长叹一声，仿佛一声枪鸣，那只手像是被一粒子弹击中的鸟儿，迅速坠落在吧台上。

我成长于“‘盖亚’食品”的时代，任何他口中的怪味在我嘴里无不自然而正常。所以我先是愕然，但随即便释然——是的，这就是我和他们的区别，也是我和每一个怀旧者的区别。他们身体上都印着通往过去的密码：父亲的密码印在眼睛里（埋头阅读浩瀚书籍），面试官的密码藏在手指间（两个戒指不停跳动），而调酒师的密码印在舌头上，味觉是他最敏感的测试纸，能感知这个世界最微妙的变化。

“但现在你也只能接受它了。”我又喝了一口酒。这一次铅味略淡，苦味略升，确实不好喝。不过对我而言，威士忌就是这味道了。

“我们得接受造物主赐予的一切。”他挤出一丝讥讽的笑容，又忽然摆了一下手，问道：“你见过造物主赐予我们食物的地方吗？也就是升级以后的全球食物基地。”

“你是指‘盖亚’？”

“没错。”

“我在玻璃球里见过。”

“又是玻璃球！”调酒师笑了一声，摇了摇头，壮实的脸上显出两块明晃晃的赘肉，“你真该去亲眼看一下，那可能是全世界最壮丽的景色。”

“你亲眼见过？”我确实感兴趣。

“是的，我见过，在远程飞行器上，”他缓慢的语速渐渐加快，像是急于想要与我分享秘密似的，“那是气候灾难最严重的时候，许多人都想早点安顿下来，所以选择最近的隔都点。但是我却想离得远一些，所以我选择了那种速度最快的远程飞行器，穿越半个地球来到这里——是的，这花了我不少钱，但很值得，因为那种近距离的单程直达飞行器不会穿越全球食物基地。”调酒师忽然喝了一大口酒，仿佛这一刻的威士忌并不难喝，但那夸张的动作，又像是在掩饰什么。

“然后你看到了？”

“没错，那真是一次难忘的经历。当时远程飞行器就像平常一样飞着，下面大地龟裂，就像火星地表一般荒凉。我们对此早已见怪不怪，一些人还闭着眼睛瞌睡。忽然间，眼前倏地出现了一片金光，耀眼极了。睁眼的人闭上了眼，闭眼打瞌睡的却被惊醒了。等我们回过神来的时候，大地已经变了颜色，就像一面极其广阔的镜子，冷峻而光滑，或者说，像一块非常平整的巨大晶体的切面，嵌在大地上。虽然我们乘坐的是速度最快的飞行器，但那一刻仿佛并不在飞行，而像静止了似的悬在镜面上空。当时飞行器上有三十多人，每个人都盯着舷窗外那片巨大的银灰色镜面，觉得我们并不在向前飞，而在向下坠落，向着镜面冲去，但是人们脸上却没有飞行器失事的那种惊恐表情。大家全神贯注地凝视着那片晶体切面，那表情，哦，好像那里有一扇得救之门，而我们正努力飞向它。”

他又喝了一口酒。

他所说的一切我都熟悉。我在玻璃球里像他一样，虚拟地掠过“盖亚”基地的上空，加上纪录片总是提供的背景介绍，我知道的其实比他看到的更多。在无边无际的镜面之下，每个平方米都有四根钢筋，每一根钢筋长三十米，其中二十九米扎入地下，地表上仅露出一米。就在这一米高度的空间里，“盖亚”培育出灾后所有的日常食物，小麦、马铃薯、西红柿、胡萝卜、橙子、苹果、鸡蛋、猪肉、牛肉、羊肉……无所不包。这是生物技术在AI加持下连续进化的结果，难以想象的技术瓶颈一一被突破。起初，各种基因改造的实验工场如雨后春笋般出现，在资本市场上一度最受追捧。但很快因为供过于求，它们终于合并为超级庞大的“盖亚”基地，转为公共事业部门，名义上由全球隔都事务局监管，实际上则是由AI自行运转。而气候灾难在另一个角度变成了一种用之不竭的可再生资源。干旱、高温、酷暑居然变成了可资利用的太阳热能，人类因此幸运地避免了饿殍遍地的惨剧。所以，“盖亚”基地犹如上天恩赐的礼物，一直受人尊崇。

于是，我自然而然地问道：“你是不是好像目睹了上帝？”

“呵，不，那是他们，脸上都挂着一副白痴似的表情——”调酒师将手中的杯子晃了晃，像是在搅匀杯中的液体，“而我却像是见了撒旦似的难受。”

“撒旦？！”我惊讶地看着他。那些古老的典籍早已被人遗忘，人们甚至不记得它们的名字，但“撒旦”之类的词语，无疑都应该来自那个已经被气候灾难埋没的时代。

“哦，不，我没读过什么《圣经》之类的典籍，但我得保留谈论上帝的权利，包括谈论撒旦的权利。”调酒师又喝了一口，满不在乎地说，“上帝总是与撒旦携手而来，难道这不是事情的真相？”

我并不清楚，只能不置可否地微笑着。

他挥了挥手，像是在为自己的观点辩护似的继续说道：“当你看到那么宏大的场景，看到一块仿佛永远飞不出头的镜子时，惊悚与崇敬会同时降临你的心灵。而在这面镜子的底下，是我们人类免于饥馑的唯一依靠，你自然会视它为上帝。但是我们忘记了，能保证我们免于饥馑的可能是上帝，也可能是魔鬼撒旦。”

“为什么？”我不解地问道。

“如果仅仅需要免于饥馑，那么更可能是撒旦。”他一锤定音似的下了结论，似乎终于出了一口恶气，举起杯子喝了一大口。

我一时语塞，不知如何接话。酒吧里的声音又像河水似的流淌起来，窗口两个恋人仍在浓情蜜语，两个老人昏昏欲睡，一对小孩在轻声争吵，积木已经搭到了第五层，他们母亲偶尔的说话声仿佛这流水声里固定不变的节拍。忽然间，我终于意识到进门以来困扰内心的怪异感了。

“也许不该问——”我看着那对搭积木的小孩，“但是你怎能允许孩子进入酒吧？”

调酒师低着头，并不说话。当他缓缓抬起头的时候，我惊讶地发现迎接我的是一种悲凉的目光，仿佛他刚才在隐藏这秘密，又仿佛他一直在等着我揭穿。调酒师转过头去，凝视着那七位客人，然后伸出双手，轻声鼓了几下掌。节奏长短缓急，犹如某种暗号，七个人影瞬间消失，壁灯同时熄灭。微弱的月光穿越树林，折进窗户，酒吧犹如墓穴一般孤寂而森然。

“那两个是我的孩子。”调酒师在昏暗里举起那杯威士忌，一口饮尽。

我已经明白了一切，却无法用语言安慰。那是每一个移民都会有的伤口，不流血，也不结疤，但是不能触碰，因为插在胸口的那把尖刀还没有取下来。我不禁一阵懊丧。

—·—

此刻冷风吹入，酒吧里光线阴暗，天花板上隐隐有光在昏暗里发亮。我抬头望去，顶上竟似涂了一片金粉，隐约闪烁着鬼火似的磷光。我正觉奇怪，调酒师忽然又鼓了一下掌，一束灯光不知从何处射来，整个天花板瞬间明亮。

顶上竟是一幅画。一个人与一条龙正在云雾中游戏，那个人浑身赤裸，斜浮在云中，一只手指向那条龙，像在戏弄它。而那条龙却显得凶恶，血盆大口，獠牙毕露，仿佛就要咬断那人的手指。我一时看呆了，觉得似曾相识，却又记不得在何处见过。

“AI 的作品。我买这酒吧时，它就钉在上面了。虽然编织在一幅羊毛毯上，但那种精确细腻的感觉，却绝非手工可得。”调酒师在黑暗中给自己斟了杯酒，问道，“你能看出其中的蹊跷吗？”

“你是指那人的性别？”我问道。

那人浑身黝黑，有着一张中性的脸，毫无表情，喉结似突非突，没有一根胡须，胸肌饱满却更像乳房，而下体被云雾遮挡，无法确定其性别。

“不是，”他喝了一口酒说，“你得上前去，仔细看那些笔画。”

是的，太远了，我看不清。我走到毯画底下，射灯来自吧台侧面，将我的影子拖长，压在酒吧中间的一张桌子上。那里刚才坐着他的妻子和两个孩子，现在夜风穿过，似乎吹散了三个身影。

我将那桌子拖过来，站了上去。“抬头仔细看，看那些笔画。”调酒师在吧台里催促着我。我忽然觉察到他的声音在发颤，仿佛是想借此转移刚才被刺中的痛苦情绪，又像真的在向另一个人展示自己珍爱的收藏品。

凑在近处，我仰头细看，调酒师所说的蹊跷便不难发现——毯画上的每个笔法，粗看都是随意的点缀，但细看之下，其实都是由更细微的笔画构成。而这些更细微的笔画，竟然都是奇形怪状的模样，如蛇、如蚯蚓、如刀叉、如枝叶长短不一，遍布整幅图画。好像作画的人费尽心机，将无数个细微的怪异碎片拼接起来，先组合成一种点缀式的笔法，然后以这种笔法构成了一整幅画。

就在那一瞬间，我忽地灵光一闪，惊愕地发觉某个事实——这些微小的笔画，不是蚯蚓或者蛇，不是刀叉或者枝叶，而是文字的碎片！是字母或笔画的残骸！我目光扫过，轻易地从中找到许多变形的汉字部首，横折钩、竖弯钩、提手旁、三点水——我忽然愣在桌上。这个发现令整幅毯画的本质全然改变，它不再是一幅画，而是无数文字残骸的拼接，只是它们组合得如此自然精准，从而显得犹如一幅画。

我不禁为这种发现而激动，犹如发觉了一种前所未知的真理。“你终于发现了？”调酒师激动地问道，但他后面的话，我已经听不清，只是埋头试图从那一片残骸中分拣出我自己母语文字的笔画。于是，各种散架的横撇竖捺，就在这种寻觅中自动显现。我从男子的左眼球下方开始寻找，那里有一个很小的竖弯钩。在他的手指关节处，有几个变形的“日”字。而一个言字旁和一个病字头，组成了一束头发的光芒。诸如此类，我就像在黑子的棋盒里寻找白子一样又轻易地找到了很多残缺的汉字，它们像是被斩首的尸体，拼接在这个肤色黝黑的男子身上。我不懂外语，但是我凭直觉就能猜出，无论拉丁语、斯拉夫语、阿拉伯语还是梵语，无论字母、笔画还是音标，正是它们像白骨一样层叠堆积，才构成了那个男人的外形和肤色。但我有些心虚，觉得那也许是自己的幻觉，一种心理作用。我也许是在调酒师的催促下，才扭曲了每一个笔画的形状。

“你再看看那条龙的笔画。”调酒师在远处说道。

我仰头继续向右边看过去，文字的残骸正向巨龙汇聚蔓延，一个个渐渐地变形，从弯曲变直，就像古代的铁匠在手工锻造铁器一样，不停伸展或扭曲。直到龙尾之处，那些文字的残骸仿佛穿越了某种时间的通道，变为规整的 0 与 1。鳞片灿烂，密密麻麻，无数二进制的代码。我仰着头，一种难以表述的奇异感受令我屏住了呼吸，我一动不动地望着天花板，心脏声在两只耳朵里噗噗地跳着。一分一秒，时间的击鼓传花正向我逼近。

调酒师已经走出吧台，一手撑着台子，略微发福的中年人身材展现在眼前。“你在寻找什么？”他抬高了音调问道。

“汉字，我母语的碎片。”

“是的，我也在找我母语的碎片，他加禄语。我每天都在寻找。”

我茫然回头看他，等着他说下去。

“我准备找出我母语的全部残骸，然后将它们拼接成可能的文字。我每天都在做这件事情，”调酒师沉默了片刻，缓缓说道，“我有一种直觉，这幅奇怪的画里一定藏着什么秘密。也许每个人都应该拼出自己的母语文字，结果可能就是谜底。”

“那会是什么秘密？”我站在桌上看着他，他的回答引起了我的兴趣。

“一切都有可能。诗歌、箴言、咒语，甚至一段乐谱。”

“你凭什么相信一定有秘密？”我奇怪地问道，“假如这些笔画里没什么秘密呢？”

调酒师靠着吧台，举杯又喝了一口，露出蹊跷的笑容。“我相信它有，它就不可能没有，”他平静地说，“否则我用什么来对付这该死的、漫长而无聊的时光呢？”

ZR
ISLAND

第 5 章

紧箍咒

森林在夜风中模拟出摇晃的姿态。

我醉意熏然，步履蹒跚。回去的路途并不远，但我走错了路，绕了好几个圈才站在自己的公寓前。这是一幢披着枝叶的高楼，浑身闪烁着金属般的光芒——树木在夜里是不会发光的，我想起了调酒师的话。但谁又在乎什么是真实呢？我醉醺醺地寻思着，习以为常的事物难道不就是一种真实吗？我仰头向上望去，三十层的高楼，瘦削得犹如一座哥特式塔楼。也只有从这个角度，才能看清隐藏在森林幻影后面的青灰色墙壁，像麻风病人的皮肤似的坑坑洼洼。

升降机倚在墙角，由钢筋拧成，四面透风，像一只巨大的鸟笼。自从飞行器替代了地面交通，这种铁笼子就取代了电梯，作为每幢大楼必配的逃生工具。拉开铁门，这只老朽之物吱呀作响。金属扶手的油漆看似完好，触手之处却都起皮剥落，显然没什么人乘坐。我在枝叶之海的幽暗微光里摸索了很久，才在纷纷落下的油漆碎片里发现了一个向上的箭头泛着绿色的光。按钮坚硬而紧致，我试着按了两次都没有效果。第三次很用力地按下去，铁笼子才忽地一紧，开始沿着墙壁的两条铁轨缓缓上升，同时发出尖锐的摩擦声，像一只孤独的怪鸟，在辽阔的夜空中哀嚎。

透过铁笼子的钢筋，我看到高楼外墙上一层层的露台腾空伸出，那是飞行器的泊位，它们替代了以前的停车位，看上去就像阳台一样寻常。忽然间，咣当一声，铁笼子停在大楼十七层。冷风袭来，将我的醉意吹灭大半。我摸索着走出铁笼子，回头望去，铁笼子在身后咿呀呀地沉入枝叶之海。我望着它越来越小，忽然想起酒吧天花板上那幅神秘毯画上的各种文字的残骸也是这样，向龙尾不断缩小，犹如翻腾之浪，最终变为二进制代码。我又想起自己刚才那个很不谨慎的问题，不禁一阵懊悔。那个守墓人似的调酒师，整天与七个亡灵相伴，在头顶的毯画里寻找一个虚无的秘密——唉，我却还要问他，酒吧里怎么会有孩子?

从不喝酒的我现在脚下虚浮，几乎是扶着墙走进了我的单人公寓——首先是空荡荡的起居室，乳白色的墙壁、浅灰色的地板，简洁而明亮，除了一张宽大的绿皮沙发，别无他物。南面是卧室，只有一张床。北面是厨房，只有一套米色的餐桌椅。这是单人公寓的标准配置，我相信整幢大楼、整座城市，甚至整个世界的单人公寓，全都是这副模样。

我走进起居室，跌坐在那张绿皮沙发上，还未喘口气，厨房那头便传来咕咕的电子笛鸣声。送餐的鹰隼机已经抵达，这是它送来的第四餐。没错，按照“沃森”医生的箴言，少食多餐，一日四次，最有利我们人类的健康，因为“所有的哺乳动物都处于某种饥饿中，人类的基因并不适应饱食终日的生活”。“沃森”的箴言几乎是真理。这是一家巨大的AI公司，庞大的计算系统像毛细血管一样分布在三千隔都，通过我们随身携带的玻璃球（就在我们耳钉或者戒指上），即时收集我们的各种身体数据，包括心跳、血流、脑电、呼吸、排泄情况，然后根据每个人的基因遗传特性与生活常态，提供定制的日常膳食，并通过鹰隼机直接送达每一个人。总而言之，这是每个人的远程健康顾问。

我醉意尚在，浑身慵懒，但是鹰隼机它知道我在房内，咕咕地叫个不停。我不得不站起来，走向厨房。鹰隼机停在厨房窗口，这是一种貌似鹰隼的小型飞行器，以喷气为动力，浑身青黑。每到进餐时刻，它们就会像一群乌鸦似的满城乱飞，并且精准地落在各人的窗台上。它们没有眼睛，没有嘴巴，除了发出电子蜂鸣声，没有任何传递信息的方式。但每次见到鹰隼机，我总有一种不知从何而来的自卑感。它是那么高傲且不屑，飞来又离去，像是屈尊了一般，不得不为无能的人类运送食物。

我接近它的时候，它的青灰色腹舱便嚯的一声打开，在阒寂的夜里仿佛拔剑出鞘的声音。接着，一只长方形、银灰色的膳食盒子啪嗒掉下来，仿佛是施舍之物、嗟来之食。这种怪异的联想令我胃口全无，我眼睛死死盯着它，心里不断地背诵着《AI法典》里的那句条文——“机器拥有意识是一种假象，那是人类自我意识的投射结果。”

我取出膳盒，放上餐桌，膳盒表面像珐琅一样光洁。打开后，眼前是一小碗紫菜、半个鸡蛋、一小碗胡萝卜炖牛肉，无不干净精致。我想起住在旧城的父亲，现在应该也在吃着同样的餐食。“膳食决定健康”是“沃森”的箴言，三千隔都，六十亿人，几乎人人秉持这条守则。我一直希望顽固的父亲也能遵循，但是这个终日蛰居的守旧分子，总是将技术的每一个进步都视为对自己生活的侵略。我曾为他买过一个玻璃球，希望用那块晶莹透亮的碎钻激荡起他老而未泯的童心。他当时接过去，置于掌心，仔细端详着，脸上浮现一种讽刺的微笑。

“套上这么个枷锁，就是为了活得更久些？”

“这不是枷锁，这是护身符。”

“膳食决定健康？”父亲看着我，问道。

“没错。只要遵循‘沃森’医生的建议，预期寿命可以提高十年甚至二十年。这不是单纯的科学预测，而是千真万确的实验数据。”

父亲嘲讽的微笑变得难以捉摸，既有一种不谙世事的率真，又有一种公事公办的客套，仿佛站在对面的我并非他儿子，而是一个陌生的推销员。然后他抛出一个近乎哲学的问题：“你觉得在‘活得更久’与‘活出意义’之间，一个人应当如何选择？”

我盯着父亲黑白相杂的头发。在这种无聊的语言游戏里绕进绕出，总是令人感到疲惫。“这并不矛盾，”我说，“谁不希望生活既美好又漫长呢？”

“不，”他摇着头说，“现在你只能二选一。”

“宁愿烟花灿烂，不要微火余烬。”我答道。这是我很小的时候，父亲对我说过的话。

“没错。”父亲露出一点笑容，“你知道我一向反对机器，因为它是一种魔鬼，给你一点好处，你就得贡献一点自由。譬如今天你为了活得更久，贡献了你选择食物的自由。昨天你已经贡献了步行的自由，也许明天你会贡献出作息的自由，再后来就是你人生中所有的自由。当然，你会觉得这是一种自律，在机器的帮助下你变得明快、简洁、高效率了。但事实却是它限制了你，塑造了你，你会越来越像一台机器，或者是机器的一部分。你最后会不假思索地接受机器定下的规矩，而忘记了自己作为一个人、一种生物，拥有这世界最初赋予的自由。”父亲用手梳了一下头发，手指深深地犁过灰白的草丛，像是在加强他的观点一般说道：“这是人类的紧箍咒！”然后，他将玻璃球扔还给了我。

“紧箍咒？”我听不懂这句话，迷惑地接住那粒钻石。不过无所谓，父亲说话时总会蹦出一些令人费解的被淘汰词，无论它是什么，反正不是什么好话。

一年以后，旧城的超市门店凋零关闭，父亲那台老式电脑再也无法与升级后的网络相连接，他避免饿死的唯一选择就是“沃森”的餐饮配送。但是他依然拒绝使用玻璃球，而“沃森”因为无法获得他的健康数据，所以也不可能为他量身定制饮食计划，我只得为他订购一份我自己的“沃森”套餐。从此我吃什么，他就吃什么。对于这种迫不得已的结局，父亲不置一词，仿佛从未发生过。但每次相见，他总是充满了无力抵抗技术潮流的懊丧和悲伤。所以，鹰隼机每次停在我窗前，我就会想起一模一样的鹰隼机也会停在父亲旧城公寓的窗口，就会觉得那些所谓的自由、选择、意愿和决断，在技术变迁面前是如此脆弱，近乎荒诞可笑。

鹰隼机飞走以后，我的醉意才消了大半。窗外风声飒飒，枝叶的幽光在荡漾，整幢楼阒寂无声，仿佛时间尚未开始就已结束，地球上只剩我一个人。但是，只要飞行器滑翔而归，或者无数的鹰隼机乱鸦飞渡似的发出聒噪声，我就知道这幢楼里处处是人。虽然我从未见过我的邻居，更谈不上什么交情，关系的紧密或疏远似乎并不与物理距离成比例；但是父亲却告诉我，这并非人类生活的常态，气候灾难以前的世界并非如此。那时候既没有飞行器，也没有鹰隼机，人们都聚居在类似旧城的地方，家家都有厨房，缭绕的人间烟火构成了一道坚固的屏障。如果不是后来气候灾难的侵袭，如果不是因为飓风、暴雨、极旱、极寒、海啸永不停歇的侵蚀，这道屏障很可能依然坚实如故，传统秩序也不会溃败如山崩。而现在，厨房消失了，餐馆没落了，街区萧条了，食物都由鹰隼机送达，菜谱甚至变成了文物。就餐归就餐，社交归社交，它们分处不同的空间里，不再彼此混合。事实上，父亲不愿意提及灾后世界的秩序变化，也不愿意谈论劫后余生的幸存者已经嵌入规格一致的独居者公寓里，因为所有的世俗烟火都从此风流云散的事实，正是他心头之痛。

我将银灰色的膳盒留在餐桌上，走进起居室，坐入沙发，取下镶在耳钉上的玻璃球，嵌入沙发扶手上的一个凹槽里。凹槽闪烁，碎钻缓缓升起，奔向天花板，吸附在那里的另一个凹槽里。光芒瞬间从那个凹槽里溢出来，顺着天花板四散，再蔓延到四面墙壁。细纹波动，浓烈的色彩仿佛缓缓涌出的一层层斑斓流浆，抹在白色的底板上。一切都渐渐地变得真切，透出现实的味道。我闭上眼睛，任自己悬浮在这个虚空的世界里。三千隔都，六十亿人，人人都挂在玻璃球上——是的，物理世界是如此枯燥阒寂，而虚拟世界却显得如此活泼真实。

在理论上，虚拟实境可以有无限可能。但实际上，因为人类的注意力总是集中在热点事件，虚拟世界的丰富性已经日渐苍白。也许这是因为气候灾难毁灭了丰富的现实世界，令人变得视野狭隘，就像语言的丰富性，也正随着这种狭隘的视野而逐渐丧失。现在，玻璃球看似嘈杂热闹，却几乎只集中在一个地方，那个庞杂混乱的、包罗万象的、喧嚣单调的社交空间。

这个没有尽头的社交空间由无数只漂浮的气球构成，每一个气球就是一个平行宇宙。人们在这些气球之间来回切换，在必然与偶然中相互连接。我们工作、闲聊、游戏、传递八卦信息，构成无数的群落。有些气球只有一个群落，有些则有多个。有些气球对外开放，有些则半开放，甚至完全私密。但即使是最私密的群体，人们其实也几乎彼此陌生，绝大多数人只在玻璃球上相熟，从未真正见过面。在社交区域，每个人都在努力寻找共同的话题，新近流行的游戏、新近发生的灾难、某个游戏的bug、某个新型飞行器的试飞失败事故，诸如此类。人们账户上的钱，几乎全都用来购买虚拟产品——食物已经被“沃森”的健康箴言所限制，物理社交匮乏且意义不足，所以除购买各种必要的洗漱清洁日用品以外，人们用钱来购买鲜花、游艇、火箭、烟花、威士忌、玩具木偶，赠送给自己喜欢与迷恋的人，或者购买锤子、匕首、脏水、唾沫，向敌人表达不屑与憎恶。

一切都廉价，除了时间。一切都不廉价，除了时间。

在这些气球里，沉浸式游戏——这个垂死没落的电影工业与日渐乏味的电子游戏彼此结合产生的崭新后代——吸引了最高的人气。它通常是由几条相互缠绕的线索组成的一个复杂故事，你可以身临其境地扮演某个角色，比如像将军一样指挥战争，像神探一般侦破案件，像大亨一样挥金如土，或者干脆带上刀、挎上枪，像一名侠客似的在沙漠里追逐敌人，最后在一场野蛮的决斗中确定胜负。它是电影，是游戏，它是只有在玻璃球里才能亲临的幻境，其中的故事线索就像贪食蛇一样彼此吞食。情节没有尽头，如果你不设定终点，最终会迷失方向，就像不收手的赌徒，最终无法离开赌场。当然，也有很多不设终点的游戏，比如园艺、装修等，供一些与世无争者休憩。

最近大半年，大家总是喜欢带着“精灵”一同游戏，与它边走边看，窃窃私语，仿佛带着一面镜子好时刻化妆。沉浸式游戏变成了自我沉浸的游戏，以前那种英雄式的单独行动已经显得遥远而不可思议。

而在此之外，还有一个核心的区域——全球隔都事务局的官方站点。这是玻璃球登录界面上的一扇金色之门，每个人都不可能错过它。从外面看，这个官方站点显得简洁而干脆，但是推门进去，里面却一片混乱。官方的新闻、枯燥的公告、受灾者的求助、失业者的呼号、言辞激烈的意见，以及几条与其说是在寻狗不如说是怀念宠物的启事，它们就像无人修剪的杂草一样长满了整个空间，而那块著名的失业墓碑，就竖立在这片犹如杂草的混乱之上。在这片杂草底下，则是无穷无尽的数据迷宫，是由无数个数据库组成的立体网络。灾难以前的城市、古迹，那些已经湮灭了的雕塑、绘画、音乐、电影、书籍，所有的历史记忆、气候灾难前的文明、再也回不去的过去，都埋在这片浩瀚的数字迷宫里——我们称之为“复刻区”，旧时代的数字孪生世界。

—·—

阳光当头照下，远处出现森林与湖泊，一个女子从草坪款款走来，美艳得不可直视。“我找您很久了。”她向我伸出手，声音温柔清澈，荡漾人心，而我却心如死灰地看着她。瓦罕先生创造的“精灵”算法，很多公司望尘莫及，只好专攻这种“精灵”皮肤。虽说“瓦罕先生”这个默认形象已经深入人心，但他们开发的那些俊男靓女依然大受欢迎（罗拉就选择了一款）。此刻站在我前面的女子，就是那些公司的产品之一。我每次登录玻璃球，她们便柔情万种地出现，像水仙、像玫瑰、像麋鹿、像灵猫，令我一度心神激荡，但随即便心意冷却。因为我知道，这些美艳女子都是“精灵”的面具，而“精灵”只是我私人的数据在虚幻世界里的映射。说到底，就像少年纳西索斯在湖泊中看到了自己的倒影一样，我只是在“精灵”算法里看见了自己的灵魂——如果这个宇宙并无相互映照的灵魂，那么最好的结局就是自己爱上自己。这真是一个无限惆怅的事实。

“不，我们都是真实的。”一直以来，这些“精灵”总是反驳我。那些公司快递给我感应服——丝滑的手套、柔软的头罩、纤维似的紧身衣。“你只要穿上这些，就可以真实地接触到我们。”她们说。我每次收到这些装备，都会认真检视这些薄如蝉翼却不透明的玩意儿。确实，一次比一次更精致。但不知为何，它们总是黑色的，一种纯粹的鬼鬼祟祟的黑色，仿佛是某种深夜作案的装束，让我忽然间有一种被迫手淫的沮丧。后来，那些公司又开始推销一种电子感应油脂，可以涂在手上、脸上，甚至全身，泛着赤裸的荧光。然后你就可以像鱼跃入水中一样，与玻璃球的光影融为一体。没错，从此我确实可以更真实地接触到虚幻之物，而我因为其中尚存的细微隔膜感，每当从虚幻切换回真实时，总感到头痛欲裂，仿佛一个还未开化的先民，被一个后现代的哲学难题折磨成精神病人。就像现在，周围乐声浮动，色彩如流溢的岩浆，玻璃球系统正在根据我的偏好，持续微调虚幻女子的面容与身材，令我恍惚有了一种强烈的现实偏差感。

忽然间，我灵光一现。夜幕酒吧天花板上的那幅毯画，与尖顶咖啡厅里的那幅狩猎图竟是那么神似，都是人与兽的对峙。面试官在谈到狩猎图时的深沉表情、调酒师日夜研究毯画时的执着神态，他们的笑容并不相同，却神似到近乎孪生。

“这是一场雪崩，第一片雪花已经坠落。”我昏昏沉沉地想着面试官临别的最后一句话——他应该已经出发去寻找知然岛了，我想。

ZR
ISLAND

第6章

她

面试官的说法是对的。就在我们被辞退的那一日，全球大量公司不约而同地出现了类似的情况：整体裁员，不留一人，包括CEO。而我再也不可能找到工作了，因为自从我们被解雇后（那一天后来被称为“失业日”），不仅是公司，各行各业都莫名地消失，就像崩塌的堤岸纷纷落水。

一周以后，几乎人人都是失业者，还在工作的人就像珍稀动物似的难得一见，而焦躁不安的气氛也开始在玻璃球里蔓延。人们在社交平台上激愤地抱怨这个被诅咒的世界，叫骂声几乎充塞了三千隔都的每一处。全球隔都事务局身经百战，熟知各种灾难的表现。他们深知气候灾难是天灾，而失业以及由此带来的饥馑却是人祸。他们将气候灾难中的救援、医疗、安抚、救济工作，熟能生巧地移植到对失业危机的处理中。按照惯例，他们决定出台一个政策，每位失业者都可以申请获得一定数量的现金，以保证最低生活用度。

然而，这个符合人们预期的自然应对措施，却被全球隔都事务局的AI决策顾问“苏格拉底”否决了。这款从气候灾难以来从不犯错的AI算法认为：“直接发放生活必需品是更加优先的选项。”它建议新设一个线下运转的救济网络，由“盖亚”基地、“黑暗工厂”等提供补给，保证每个人的日常消耗。在全球隔都事务局最后召开的决策咨询会上，这个奇特的建议令参会者面面相觑，其奇特之处不仅在于发送实物，更在于需要人们排队领取。因为如今小型鹰隼机多如蝗虫，完全可以运送到每个人的家门口，而且救济站并无现成的固定场所，涉及仓储、运输、物流交接，如果要新建，简直平添了许多麻烦。

“苏格拉底”是一个直径半米的虚拟圆环，它在虚拟世界里沉默地闪烁着，重复着这个决策建议。AI从不解释理由，只提供结论，无论多么令人费解，也只是反复闪烁光环。事实上，它也无从解释，因为非线性的事物并无线性的因果关系。与会者疑惑地议论着，房间里嗡嗡作响，但最终还是像以往一样，顺从了“苏格拉底”的建议。这种顺从已是一种习惯，甚至变成了一种习俗。自从气候灾难以来，AI就像巫师一样变得愈发灵验，从无错漏的先例，全球隔都事务局因此无法不言听计从。决策之前那些煞有其事的疑惑以及热烈的争论，就像在排练一场结局注定的戏剧，只是用来掩饰一个早已公开的真相——在这个崭新的机器世界，真正的长官意志并非源自人类，而来自AI。

全球隔都事务局发布了“苏格拉底”的建议后，人们议论纷纷，无不感到困惑。罗拉主动找到我，在一个不算热闹的气球里，她反复追问这条决策的合理性。我终于被她问烦了，反问道：“难道你忘记了我们在尖顶公司的经历？”她忽然愣住了，头发瀑布似的从四面垂下，一只赤红的大蝴蝶结像火斑鸠似的掠过头顶。

“是啊，”罗拉终于接受了这个解释，“假如这是‘精灵’算法，那绝对要比人类正确。”

“没错，永远如此。”我说道。

几天之内，无数个救济站，也许有三五千个，黄艳艳的就像野花一样在城市四处冒出来，三千隔都应该都是如此。算法机器正在各地选择救济站点，调配各类救济品，除了食物，还有洗浴品、内衣、毛巾、咖啡、茶、香水、黄油、酒精，等等。大型无人运输机像蝗虫一样在空中穿插飞翔，或者降落在停机坪上。远处常常传来轻微的轰鸣声，就像很久以前建设隔都的声响，只是动静要小得多。一切都按照“苏格拉底”的思路推进着。

大楼外墙那只死寂多年的升降机也开始活跃起来，上升下降，来来回回。铁笼子很宽敞，一次可以装下二三十人，从不相见的邻居们现在终于面对着面。我挤在他们中间，白的、黑的、黄的、棕的，不同肤色的人，各种奇装异服，仿佛一笼子羽毛艳丽、姿态不同的鸟儿。然而，这种参差不齐并不能自动地活跃气氛，笼子里的每一只鸟儿都沉默着，盯着自己的脚尖，彼此形同陌路，就像一块块石头，无声地压着升降机，压出了吱呀呀的声音。我在这吱呀呀的声音里发觉，他们并非故意如此，这更像是他们集体性格的自然呈现。后来我和他们走在路上时，更加确认了这一点。那些道路都只建设了一半，因为飞行器取代汽车而被放弃。狭小的碎石路、宽阔的泥路、悠长的木栈道像断头的筷子一般横亘在新城区里，人们犹如三五成群的僵尸，乌泱乌泱地奔向目的地。

分配给我们的救济站是由一个粮仓旧址改建的。救济站启动的那一天，恰好是宜季第五天，飓风渐歇，阳光温柔，森林显得无比真实，仿佛每一片叶子都在进行着光合作用。仓库门前是建设新城时辟出的一个运动广场，但几乎没人使用过，沙砾地上隐约可见步道的痕迹，不太均匀的淡红色仿佛一支劣质唇膏的残余痕迹。广场西侧是仓库，南北两侧各有入口。人们陆续涌入，远远地便看到仓库门前立着的两架机器人，大约两个人高，明黄色的油漆，浑身长满了机械手，宛如过去寺庙里的千手佛。一个个装满各种生活必需品的救济背包堆在传送带上，从仓库内运出。两架千手佛将它们逐一勾起，递给排队的人。机械手动作迅捷，令人眼花缭乱却绝不会出错。救济包里面装着果蔬盒子、牛肉、天然黄油、鳟鱼、内衣、沐浴皂，显然都是在仓库里预装好的。

人们排着队，无不惊愕于这些老掉牙的机械装置——气候灾难之前的产品，早应销毁的玩意儿，全球隔都事务局怎么会用它来发送救济物资？年轻的蜂巢人没有见过这种怪物，机械手勾来一只只救济背包，物理真实的东西带着自身的重量从天而降，令他们感到新鲜。当广场上聚集了两三千人以后，人们已经见怪不怪。他们自觉地排着队，两眼空洞，默不作声，彼此保持着一定距离，就像在来时的路上一样。

耳钉、戒指、项链坠子上的玻璃球，在进入这个废弃的运动场以后，便不断被启动。无数个一立方米大小的虚拟空间，就像坏掉的日光灯似的在宜季的清晨里不停闪烁。广场上肃静无声，只有光芒跳跃，不可救药的自恋情绪像一股怪诞的气息，弥漫在阳光里。

然后，我看到了她。

她与我隔着一列队伍，和我一样，也没有启动玻璃球，正仰着头，嘴角紧闭，神情专注地望着那两具古怪的黄色千手佛，像是在数它们一共有几只机械手。这种近乎冥思的沉默，像一潭幽亮的湖水，忽然间涌向我，并将我完全浸没。人群按照各自的队列继续缓缓前移。她似乎也觉察到了我的存在，目光若有若无地落在我身上，又似有似无地扫过我，然后继续仰着头，望着那两架琐碎忙碌的千手佛。

我们基本平行向前，而她最终先我一步。领到救济包后，她几乎转身即走。转身时，她似乎看了我一眼，但似乎又不是在看我，沉静的目光只是扫过我的站立之处。我忽然觉得一阵剧痛，仿佛她扫过去的不是目光，而是一把利刃，深深浅浅地划过了我的胸膛。她继续身姿摇曳地向前走去，离我越来越远。广场上处处浮动着玻璃球的虚影，无声无息的世界充满了窃窃私语。我来不及领救济包，转身追去。远处天空有两架飞行器转折而飞，反射出青色的光。

人们背着橘红色的救济包，幽灵似的隐没在森林各处。这些默不作声的行人使我感到安全，他们是我得以隐蔽的草丛，使我能尽量接近她。距离最近的时候，我甚至能看见她橘色背包上飘扬的扣带。而随着他们渐渐散去，我也失去了庇护，只能远远地走在她身后二十米以外。我知道，尾随一个女子并不光彩，但是她的身影仿佛是一只命运之手，召唤着我跟随其后。我既无目的，也无计划，只是亦步亦趋，仿佛只想跟着她穿越这片森林幻影，目送她抵达终点，但这个愿望一直未实现。她总是在城市的光影里七拐八拐，转过一个复杂的街区，穿越一片青色的树林，在一幢高楼底部（森林幻影伪装出来的山脚）拐个弯，或者钻入某个没有流水的涵洞。每一次她都兜着圈子，走得很远。到了某一时刻，不知道用了什么方法，她会鬼魅似的忽然人间蒸发，并且总是屡屡得逞，将我留在清冷的街道上，犹如一个无处可去的弃儿。回到单人公寓，空荡荡的客厅，白惨惨的墙壁，孤独来得如此迅猛，犹如一根坚硬而锐利的钢针插入胸口，令我从未如此渴望获得一种亲密关系。

就这样，我每天都跟随她。日复一日，这变成了我领取救济后的某种固定仪式。虽然保持相当的距离，但我日益无所顾忌，并不特意隐蔽自己的行踪。而她就像从前一样行走，仿佛从未发现我在尾随。我们在阒寂的小路上一前一后。她每次都走不同的道路，时而沿着城中的河谷向南，时而向北，掠过谷地边缘，忽而折向西，接近延绵山脉，然后又奔向东，仿佛准备接近旧城。我们两次路过调酒师所在的酒吧区，三次绕过我原先的公司所在地尖顶大厦，无数次经过我的单人公寓大楼。她不徐不疾，像是一只充当向导的灵猫，领着我在全城漫游。一路上，我脚底下发出的各种声响，砂石的、砾石的、石板的、木栈的、水泥的，在这座没有路牌的城市里，它们比路牌更像城市的标记。我在她的带领下，第一次这么近距离地观察了这座城市。几乎所有建筑都孪生般的相似，森林幻影其实是一系列不断重复的光影结构所构成的巨型光罩。幻影之中，沿街的商铺比想象中的更像废墟，这些都是隔都刚刚建成时开张的店铺，现在门户紧闭，橱窗碎裂，空荡荡的货架上积了厚厚一层灰。店铺招牌大多歪斜着，剥落了油漆就像卸了妆，显得丑陋而凄凉。而另一些店则只有门面，里面空无一物，显然还未来得及开张。这些无不证明着飞行器带来的骤变形势，以及古老的商业模式终于随着道路交通的没落而化为灰烬。

几天以后，某个黄昏，她像往常一样在森林幻影里兜了几个圈子，随后沿着一条隐蔽的林间小道前行。她走在前面，越走越慢，仿佛心事重重。我跟随其后，不得不放慢脚步，但是我俩的距离不可避免地越来越近。此处空无一人，林荫小道向远处延伸，我的心率与距离恰成反比。她忽然衣衫一闪，疾步转入另一条岔道——她每次都是这样人间蒸发的，但这一次距离那么近，我快步跟上，断定她无法摆脱。但是刚转过路口，我便不得不猛然刹住身子——她就站在四五米外的一棵大树底下。当时已近黄昏，四下寂静，大树枝繁叶茂，亭亭如盖，虽然是光影投射，却恍若真实的森林一角。她正转过身凝神看着我，眼睛在枝叶荫翳里发着亮光，透出一种罕见的清澈与宁静，像是在倾听树叶落下的声音。我忽然间感到一阵羞惭，仿佛这才发觉这种尾随有多么不体面。她一言不发地看着我，大约看了七八秒钟，像是在掂量我的行为算不算某种变态，然后忽然转身，继续行走，步伐和此前一样不紧不慢。我略一踌躇，还是像癞皮狗似的继续尾随，相距十米，一起向前走。这一次她不再七拐八转，不再掩饰她的秘密，走的都是笔直的道路。我们一前一后，很快穿过翠绿的城市，走向北郊的山谷。

北面的郊外不再有森林幻影，城市西面的主峰余脉延绵到此，渐入平缓，山丘与谷地相连。气候灾难之后，河谷干涸，堆满乱石。我踩着细小的鹅卵石，随她沿着谷地北上。岸边不时可见稀疏生长的野草，森林幻影虽然规模惊人，与之相比却仿佛是一大束塑料花。最后，她登上一块巨岩，转过一个山坡，一幢幢灰黑色的房屋赫然立在半山腰，全是规整的六边形建筑，每一幢都是六层楼，每一层都是六条边，每一条边都有六扇窗户，仿佛一个个蜂巢，布满了山坡，并隐然向山谷深处延伸。她走到其中一个蜂巢前，吱呀呀地推开了那扇黑色大门——

在这座城市里兜转了无数个迷宫，最后道路却指向一个我早应料到的答案。我不禁击了一下额头。

ZR
ISLAND

第 7 章

契机

救济站是一所永不关闭的食堂，队伍不再像一开始那么乌泱乌泱地拥挤，人们分散而来，随机抵达。最初的紧张与漠然都消退了一些，有的人会在领取救济包时相互打量几眼，或者聊上几句。他们发现在这场雪崩式的失业悲剧中，并非只有自己一个人陷入困境。这就像一味缓解沮丧的良药，多少能消除奔赴悬崖的念头。

那天以后，我的作息如下：每天一早就去领救济包，然后坐在广场边上，盯着北面入口。大约一个小时后，住在城北的她总是如期而至。在和煦的阳光与微风里，她安静地从我眼前走过——她不可能看不到我，但从经过我的眼前领取救济包，直到最后离开广场，她从不看我一眼，几乎是无视我的存在。我仿佛手里捏着一颗纸皮核桃，只要稍微用力一捏，就会噗地裂开。但是我还未掌握其中的火候与技巧，每日只能傻呆呆地坐在那里，看着她来了又走，去了又回。

几天后，我有了新的办法。当她离开广场时，我迅速折向广场的南出口，一头跑进森林幻影里——那是我新发现的一条近道，可以提前赶到河谷尽头的那块巨岩上。那是一个极佳的位置，她返回的必经之地。每次都这样，砂石与尘土脚底飞扬，我一路奔跑，最后坐在巨岩上面喘着气，看着她沿着河谷走来。她肯定早就看见我了，但直到离我五六米，她才停下来，仔细看着我，不是羞怯，不是警惕，而是一种明亮的温柔，让人一眼就能看清她那颗透彻的心，毫无复杂和隐瞒。那两三秒里，我们心照不宣地对视着，却不知道该如何打破这个哑谜。关于男女追求的一切传统想象都毁于这个气候灾难的世界里，或者毁于玻璃球的虚拟世界里。我们像两个相互倾慕的孩子，却不知道如何彼此表白。

接着，她径直向前走去，天地便恍若暗了下来，我像鬼魂一样开始在森林幻影里游荡，仿佛要将此前跟踪她的道路重走一遍，将那种无所适从的苦闷一脚一脚地踩进道路里。夜色降临之际，黄昏的风吹入单人公寓，枝叶的光影如海水起伏，我更是郁闷至极。一粒种子已埋下，只缺一个万物苏醒的春季，但我竟不知怎样找到这样的春季，仿佛自古进化而来的本能，已经在我身上消失了。

终于，我决定去找调酒师。因为在这座城市里，除他以外，我并没有一个可以倾诉的朋友。

——·——

那一日，暮色收尾，我穿过那条隐秘的小径来到酒吧门前，发现草坪当中，一张西式的长条餐桌赫然摆在偌大的草坪当中，桌上食物丰盛。七个幻影正围坐四周，发出阵阵欢声笑语，但是声音突兀而喧嚣，在暮色中显得清冷诡异。此时，远处酒吧的门吱呀地开了，调酒师正走出来，他拎着一个巨大的灰褐色旅行袋，仿佛要出远门。我远远地喊了他一声，他看到我，先是惊愕，随即变得惊喜，然后转身回酒吧，拖着两条凳子，走到我面前。

“来，一起坐会儿。”调酒师说。

我们斟了酒，晚风沉醉。我望着那些欢乐的幻影，仿佛自己也身处其中。

“你们那时候真幸福。”我说道。

“但幸福已经随他们离去了。”调酒师叹了口气。

“但至少你还可以看到他们。”

“只能这样远远地看了……”他忽然止住，不再说话。

我知道，幸福的回忆总是更令人悲伤。天暗下来了，星夜渐渐亮起，而我满腹惆怅却无可诉说。因为，得不到的幸福更令人痛苦。

“也许现在最不幸的事情，是即便两个人彼此相爱，却不知道如何表白。”我叹息道。

调酒师在昏暗中转过头，显然从我欲言又止的话语里听出了弦外之音：“现在的年轻人都在虚拟网络里逢场作戏，难道还需要我们那时候彼此表白的传统？”

“未必不需要。”

“但是自由恋爱只发生在我们的时代。”调酒师晃着酒杯，盯着我。

“这正是这个时代残酷的地方。”

“哦——”调酒师在黑夜里打量着我，“你喜欢上一个人了？男的还是女的？”

“自然是女的。”我摆了摆手。

调酒师继续摇着杯子，不动声色地看着我。

“她来自蜂巢。”我迟疑了一下，坦白道。

“来自蜂巢的姑娘？”调酒师忽然露出了奇怪的微笑，“就是那个寄宿学校？哦，那首歌是怎么唱的？”

我于是开口唱道：

不得已，不得已，
那些孩子没有基因的秘密，
他们的家谱已成灰烬，
他们没有可以维系的
血缘关系。
为了避免自身灭绝，
不得已，万不得已。

这是那首著名的蜂巢歌谣，歌词很长，我记不得，只唱了副歌部分，忽然被调酒师打断。他骂道：“真是胡扯！建个蜂巢，就能避免人类灭绝？”

调酒师说着便弯下身去，从桌子一侧拖过那个灰褐色的旅行袋，伸手进去翻腾，像是要寻找什么东西，只听得一阵金属与玻璃相互碰撞的脆响声，以及布袋纸袋彼此摩擦的窸窣声。那过程有些漫长，长到使人觉得似乎有一样东西从旅行袋底部一直向上爬着，而不是要被他取出来。最后，他唰地从旅行袋里拎出一瓶酒来。

“给你，气候灾难之前的威士忌，估计世上也就这么一瓶了，”调酒师递给我说，“表白哪需要什么契机？找到她，和她一起喝了，那就啥都有了。”

他递给我的动作如此坚决干脆，像是在一场日渐无望的战争中，一个濒危的伤者将战斗的号角赐予一个新兵。我接过酒瓶，在黑夜里举起来，酒浆在瓶子里晃悠，分不清颜色。灾前的威士忌，据说还是最后一瓶，这礼物足够贵重。但我没有说感谢，仿佛说了，这瓶酒就会因此失去神效。

此时，金星升起来了，天空由靛蓝转黑，四周森林静默。这是一座没有虫叫鸟鸣的死寂之城，只有飞行器在天空穿行。眼前的幻影世界里，亲人们在围观小女孩的旋转舞，红色的毛衣像喷了漆似的色彩突兀。显然是因为系统数据未做优化处理，才会这样刺眼。但我想，也许调酒师就愿意在一部劣质的怀旧影片中追忆往日，因为看不真切的世界才能为记忆留下空间。

我转身望向酒吧。窗户敞开着，室内亮着灯，天花板反射出明亮的光。那幅毯画似乎消失了，但我并不能确定。也许这样看过去，那幅画本来就是这种反光。

“你的研究有进展了吗？”我远远地看着天花板，问道。

这个问题仿佛令调酒师有些局促不安。“其实没什么特别的收获，”他可能觉得这么回答不够真诚，又补了一句，“也许我得学习你们的语言。”

然后，他弯下身，继续翻弄着那只灰褐色的旅行包里的东西，好像刚才把各色物什都弄乱了，现在要重新整理一遍。后来他忽然停下来，两只手撑在膝盖上，一动不动地盯着那只包。空气里飘浮着红酒的味道，以及他缓慢悠长的呼吸声。忽然间，调酒师转头对我露出怪异的笑容：“其实我已经将它裁下来了。”

那声音极轻，仿佛远处的森林幻影里有一双窃听的耳朵。我没太听清：“你把什么裁下来了？”

“就是那幅画，被我像裁一块牛皮那样裁下来了，”调酒师指了一下酒吧门口，“就卷在那里。”我模糊地看见一个长长的圆柱体，人一样高，像一张卷起来的席子搁在酒吧门口。

“事实上，我已经发现了其中的秘密。”黑暗中，我看不见他那张东南亚人的铜色面孔，但我能听出他愈发神秘的口吻，还能隐约看见他那种秘而不宣的表情。他的嘴角向一边挤去，就像一张精神失常的怪脸。

“什么秘密？”

“通往过去的秘密。”

“通往过去的秘密？”我彻底迷惑了。

“没错，我准备明天出发。”调酒师拍了拍那只旅行袋。

“去哪里？”

“去一个地方，”他眼睛里忽然射出狂热的光芒，“通往过去的地方。”

“什么意思？”

我的疑问令调酒师忽然间双目放光。他的表情复杂多变，东南亚人的宽大鼻子在黑暗中翕动着，就像一个他私藏的秘密，明知不可分享，却又忍不住想向人透露。好几秒钟以后，他才努力将那个秘密摁在心头。

“通往过去，是的，就是通往过去。你知道时间和空间本身是一回事，就像你从巴黎飞往伊斯坦布尔或者加德满都，那不是距离，而是时间。”

我一时茫然，而他不再说话。过了片刻，调酒师忽然起身走向酒吧门口那捆毯画前，在那片黑暗中伫立良久，像是对着它在祈祷。最后，他拖着那个圆柱体走回来，费力的表情显出毯画的重量，就像一个逃难者拖着沉重的行装。

“我决定今晚就走。”调酒师将圆柱体扔下。毯画捆得严实，扔在旅行袋的边上，发出噗的沉闷之声。

—·—

第二天太阳照常升起。我怀揣着那瓶威士忌，看着她步入救济站，却找不到任何和她一起喝酒的理由。调酒师说，这瓶酒就是我的契机。但事到临头，我发现调酒师的建议真是荒唐，就像他昨夜没有解释“时间与空间是一回事”的隐喻，便乘着飞行器在星空下翩然而去。我早应该知道，捉弄别人是他的长项。现在我也只能怀揣着那瓶威士忌，莫名其妙地站在这个广场上。这真是太荒唐了，我想。

又过了几天，在一个干燥而清爽的清晨，一向忙碌运转的两架千手佛忽然间纹丝不动。每只机械手都垂向地面，宛如胳膊脱臼似的。它们没有头颅，更无五官，却显出一副颓丧的表情。后来，人们陆续抵达，对此情景的唯一反应就是启动玻璃球。没有人会对宕机保持耐心，独居者尤其如此。他们常常会因为游戏的些许迟缓而大发雷霆，他们甚至没有抬头去看一眼站立眼前的两只千手佛，就将所有的抱怨与惊疑发泄在虚拟世界里。他们查询这座城市，又搜索三千隔都，最后发现所有的千手佛都一个死样，机械手像脱臼了似的垂向地面。惊惶的人们便纷纷涌向全球隔都事务局的官方站点，希望在那里找到关于机器故障的公告。但除了那块几乎黑了百分之九十九的失业墓碑，他们一无所获，并且因为涌入的人太多，半小时后，官方站点已经无法登录。各种传言则迅速如狼烟一般升起，四处弥漫。猜测病毒感染的，猜测算法系统遭到侵袭的，或者猜测全球隔都事务局受到了攻击的，什么都有。

广场上的人越聚越多，挤得密密麻麻，随时有发生踩踏事故的可能。每个人都启动了玻璃球，一片片幻影光芒映着一张张魔怔的脸四处飘浮。时间已近中午，她应该已经到了广场，但是我却不见她的踪影。只有流言在弥漫，人们感到极度不安，焦虑像雪片一样从空中掉下来，广场的气氛里有一种冰冻似的冷。明明是宜季的清晨，却宛如极寒降临的黄昏。此时又有消息传来，离我们不远的一个隔都发生了失业者冲击救济站的事件，我们在玻璃球上看到大批失业者在混杂不清的口号声中呼啸着冲撞救济站的大门。这情景让我想起以前在玻璃球里看到过的各种历史影像。自从移民到隔都之后，AI 已经让世界变得简单顺滑，人们从未听闻这类稀奇的事情。人们从不线下交头接耳，但此时却既迷惑又激动，开始窃窃私语。我只是在广场上奔来走去，四处寻找她。消息继续传来，更多的隔都、更多的救济站开始失控，广场上的议论声渐渐高涨，就像月圆之夜的潮汐起伏。忽然间，人群里发出一阵激烈的声音，像是期盼已久的某种事件终于发生了。没错，就像蔓延的瘟疫终于轮到我们这座隔都——我们附近有好几个救济站已经失控。

事情总是这样。远方的事件只是一种榜样，但同城的事件却是免责的借口。当特例已成惯例的时候，人们甚至还不知道为什么要这样做，心智和行动就不假思索地照着走下去了。广场上的人群就像潮水涌起，汇向仓库大门——就在那一刻，我看见了她，就站在广场的东北角，栗色的头发，幽亮的眼睛，带着一种混血儿的妩媚。她正费解地望着眼前的一片嘈杂，而我感到触电般的一阵欣喜，快步奔向她，就像穿越黑夜的船只，劈波斩浪驶向温暖的灯塔。

骚动逐渐扩大为旋涡，仓库是旋涡的中心。最前面的失业者几乎是暴然起身，后面的人则跟着冲过去。他们绕过了垂头丧气的千手佛，闯入黑洞洞的仓库里，直到几乎塞满了洞穴，队伍才渐渐缓下来。后面的人不得不止步于仓库门口，向幽深的洞内探望。那时候我已经穿越广场上那种莫名其妙的激动气氛，站在她跟前。我们彼此凝视着，像两块岿然不动的礁石，矗立在奔涌的人潮里。那是耀眼的一瞬间，我一言不发地张开双臂，紧紧搂住了她，而她顺从地将脸轻轻贴在我胸前，没什么表情，既无忧喜，也无犹疑。但她的身躯却在微微震颤，犹如春风掠过，夜雨来袭，笋尖在晨雾中破土而出。所有的幻觉都在这一刻落地生根，一切都显得那么自然，自然得犹如我们是一对失散的情侣，一直在期待这样的重逢。仓库那头传来沸腾的喧闹声，我和她充耳不闻，都在专注倾听着另一种声音，埋在我俩心底的种子正在发出哔剥的抽芽声。

冲进仓库的人们最终一无所获，那里没有信号。一个个充当手电的玻璃球，仿佛萤火虫乱飞在黑暗的洞穴里。人们则在机器的五脏六腑之间迷失逡巡，铁钩子割破了他们的手掌，弹簧一样的机器部件绊住了他们的腿脚，额头又撞在某条金属横杠上。而当他们终于摆脱了这些纠缠之后，洞穴深处的一扇厚重铁门挡住了他们前进的道路。人们在黑暗与光影中摸索着、争吵着，一直闹到中午。那时候仓库里的机器忽然发出了一种类似提琴走调的呜咽声，紧密的铁门嘎嘎地开启，各种机械像五脏六腑一样开始蠕动，节奏协调而明快。受了惊吓的人们从仓库里仓皇出逃，发现门口的两架千手佛已经开始吱嘎嘎地运转了，三十二只机械手就像重新上了发条，一袋袋橘色的救济包就像平日一样从黝黑的仓库深处流淌出来。

没错，救济站恢复正常了，就像它毫无预兆地暂停一样。人们愕然地站在广场的四处，很多人启动玻璃球，搜索其他救济站的情况。玻璃球的信号时强时弱，很不稳定，半个多小时后，地球上所有救济站全部恢复正常的消息才传遍了我们的广场。那些冲进洞穴的人脸上挂满了讪笑，他们自己也不明白，此前为什么会如此激烈与慌乱，如此沉不住气。直到傍晚，全球隔都事务局才姗姗现身，在它的简短声明中，除了郑重的道歉（这毕竟是涉及全球的事故），还解释因为 AI 决策顾问“苏格拉底”突发故障，以致他们无法及时发布安民告示。在这份不足五百字的简短声明里，他们也毫不客气地谴责了失业者冲击救济站的行为，认为这无疑是一场冒失的、冲动的、愚蠢的、不应再犯的闹剧。但是，没有人因此受惩罚。因为根据《AI 法典》，人类为了抢夺口粮而破坏机器的自救行为，永远不会受到惩罚。

这份安民告示里，并没有详细说明故障的具体原因，只是用“一个极为微小的故障”一言带过。这种语焉不详，有力佐证了全球隔都事务局已是 AI 决策程序最忠实的傀儡。但人们并不担忧，因为救济站毕竟是一套陈旧的系统，因为“一架不用修复的机器从来都不是好机器”，是一句符合宇宙热力学第二定律的谚语。直到很久以后，当那场巨变悄无声息地降临时，我们才意识到救济站的设立，其实是某种宏大预谋的一部分。但是无论如何，我很感谢这一场闹剧，因为这让我和她突破了那一层薄如蝉翼的禁忌。我甚至体会到，只有在陈旧的机械系统里，才会出现这种不确定的契机。如果在一切都在料算之中的 AI 时代，就不存在任何偶然性。

从那一天开始，我们就住在一起了。她从蜂巢带了一个不大的冷蓝色箱子，搬到我的公寓。我们几乎没有商议就这么决定了，自然得就像我们本来就该如此，有时候我甚至有些迷惑，这过程是否过于自然，缺乏过渡和周折，反而显得不够自然。但当时一切就这么发生了，我们订购了双份的洗漱用品、双份的换洗衣物、双份的鹰隼机餐食，飞行器搬来的双人床替代了单人床，我们就像亚当与夏娃似的毫无理由地相亲相爱，仿佛命中注定。

在一个普遍独居的时代，同居是一件异乎寻常的事情，虽无律法禁止，却有伤良俗，周围难免都是歧视的目光。但是我们毫无顾忌，每天牵手而行，往返于公寓与救济站之间。广场上的那些失业者一开始像躲避瘟神一样自动为我们让出一条道路，他们的灰暗目光短暂地离开了玻璃球的光芒，注意力移到了我们身上。我们相互牵着的手让他们既好奇又鄙夷，很多人难以想象这种仅仅存于玻璃球里而在现实中早已绝迹的牵手仪式，竟然会出现在他们的眼皮子底下。他们因此也好奇我们是怎样在一起的，因为独居者总是猎艳而不同居，更何况现在有了“精灵”这个完美的伴侣，人与人之间的痴心相守早已经是陈腐过时的旧习俗。所以，我们这种公然的两情相悦，几乎是一种令人刺目的张扬之举，一种挑衅的行为。因此他们的目光里还另有一层被冒犯的惊愕，犹如现代人看到了有人赤身裸体地行走在街头。我觉察到了这种目光里的好奇、鄙夷、愕然，但我不仅毫无顾忌，反而有些得意，因为他们这种表情越是强烈，就越是证明我找到了传统者应该遵循的道路。而她甚至毫无觉察，她从不关心他人的看法，似乎只要与我相伴相随，便是尘世安稳。于是，我们白天携手而行，晚上相拥而眠。我的单身公寓不再是一座荒芜的废墟，六尺床铺不再是一片冰凉的苦海。肉体替代了虚拟，长谈替代了失眠，我们仿佛是两个流落街头的弃儿，在这个落魄仓皇的世界里幸运地捡到了对方。

她总是伏在我的肩上，栗色的眼睛像水一样冰凉，栗色的头发散开后像初春的森林，散发着单纯清澈的气息。这是一种自洽的宁静，也许因为蜂巢生活总是周而复始，单调得仿佛每一瞬间都彼此相似，所以自然地在她身上渗透出一种淡如无物、不彰其形的气质。但这种气质里似乎还隐含着某种坚定、某种冷静的执着。我觉得，这并非历经世事之后的那种坚毅沉静，而像一张白纸，只是因为简单无瑕、无欲无求而显得坚不可摧，一种因为虔敬而形成的平淡、宽恕与决绝。

每个晚上，我们都相拥而眠，就像两个饥渴的读者，怀着无穷兴趣阅读对方，从不漏掉包括序言与跋在内的每一个字符与标点。也许彼此探索对方的秘密、彼此坦白自己的过去，本来就是恋爱的本质。她从没有谈过自己的来历，但自从看见她走进蜂巢区之后，我便知道了她的一切——蜂巢的孩子没人知道自己父母姓甚名谁，自己来自何方，就像出生在孤儿院里的无根浮萍，生命没有源头。每一个蜂巢孩子都有自己的编号，她的编号以 A 开头，表明她是在旧城蜂巢里第一批出生的孩子。我因此可以推断在二十八年前，当时我们这座城市的蜂巢刚刚出现（名字还叫育婴堂），独居者的潮流正盛行，应该有一对彼此独居的男女在一次猎艳的交合中孕育了她。一方面，她和我同龄，一样经历了玻璃球面世、AI 的成熟、一年四季被劈成了灾宜两季的历史；另一方面，她和我却截然相反。她是蜂巢的孩子，是一名天然的独居者，而我只是名义上如此。我出生在一个传统家庭，有家族谱系，父亲还在旧城，现在的独居生活只是我成年以后的自主选择。按照普遍的说法，我是一名典型的传统者，是一根藤蔓上的葡萄，虽然垂在枝头，根脉却未断绝。事实上，在我的同龄人里，像我这样还能寻根问祖的已是罕见的异类。

关于蜂巢的历史，我们都是知道的，那是人类迫不得已的自救制度，发轫于我们的祖父一辈。那时候，一些年轻人决定发扬更早期的单身主义，倡导独居生活的“三不原则”（不结婚，不生育，不抚养）。他们人数太少，只能在社会边缘游走集结，蚍蜉撼不动树大根深的传统习俗，而他们的口号和行动却相当激进，“三不原则”就像三把不同结构的锋利刀片，从社会的边缘开始切割传统习俗的肌肤，左一道豁口，右一道伤疤，鲜血无须召唤，就从伤口中汩汩而出，旧伤止血了新伤又出现。如此反复不绝，一直延续到我们的父辈。而那时候，事态已在转变，独居者开始自我组织，同气相求，同声相应，逐步谋求更大的社会尊重和权利。这些不愿繁衍子孙的社会寄居蟹，本来遭人歧视的边缘人，后来在不到十年的时间里接替了同性恋、变性人、少数族裔甚至女权的话题，成为弱势群体中的最强声音。人们因为理解一切而同情一切，因为同情一切而宽容一切，因为宽容一切而接纳一切。短短几年里，独居者便从边缘走上舞台中央，独居不再可耻，甚至渐渐成为世俗生活的一种风尚。年轻人开始不婚，因为婚姻是爱情的坟墓。中年人为此离婚，因为婚姻是生活的枷锁。消费市场也出现了专为独居者设计的产品，便捷的公寓、高效的电器、简洁的家具、健康的饮食，不一而足。曾经对这场运动侧目而视的人，那时也开始满怀羡慕和敬意地赞美这场风靡全球的潮流。渐渐地，独居从边缘变为中心，从弱势变为强势，变成一种无人敢反对的社会运动。它不仅有了“三不原则”，甚至还发展出这场运动的色调，一种冷蓝色的调性，暗示着自己疏离与旁观的姿态。就在那段时间，气候灾难也从零星出现变为大面积爆发，更为这场运动推波助澜。当时全球到处爆发极端气候，数十年里愈演愈烈的狂风海啸与极旱极寒留下无数人间悲剧，以及无数的鳏夫寡妇。他们中绝大多数都怀着一颗难以愈合的心，就像面试官和调酒师那样，被迫地加入了独居者的行列，整个社会很快被漂染成冷蓝的色调，疏离、旁观、冷漠。曾经如日中天的传统家庭却成了极少数派，犹如濒临灭绝的珍稀动物，带着最后的基因在地球上苟延残喘。

然而，独居者虽然孤傲孑然，拒绝繁衍生息，但是并不拒绝性爱。事实上他们约会、调情、做爱，仿佛整个世界就是一个大型的猎艳夜场，处处都是狂欢的舞会。没有终身厮守，没有生儿育女，传统的桥梁在这里断裂了，人们借独居之名，从繁衍的责任中抽身而出，将性爱变成了纯粹的欢愉。因此，与避孕相关的一切产业，无论药品还是器具，当时的股价都一路飙升。人们似乎在那些上升的股市曲线图里看到了无数扇落下帘幕的窗户、无数张翻卷打滚的床单、无数个缠绵悱恻的夜晚，仿佛那是人类欢爱高潮的指标，也是全社会的性爱总量年年飙增的证据——当年在尖顶公司，杜克负责这个产业，其性格的木讷和产业的暧昧之间所构成的夸张奇趣，常常是我们闲聊时笑话的来源。

但是再先进的避孕方法也并非绝对，不可能杜绝精子与卵子的相遇。三五年后，一开始只是零星出现的弃婴现象渐渐蔓延全球，孤儿院的铁门前、医院的通道口、慈善中心的门卫室，甚至在女厕所、城市垃圾桶的边上，弃婴们用自己尖锐的哭声形成合唱，声调此起彼伏，仿佛有着声部的分工。这种奇特歌声从不间断，比当时刚刚出现的飓风与暴雨更加嘹亮。无论传统家庭还是独居者，都在这种刺耳的哭声里陷入了良心的震惊与羞愧。那些禁止堕胎的国家更多了道德的焦虑，因为对于他们而言，这是一种不可原谅的社会堕落和人类的自我戕害。而另一些国家则更为现实地觉察到，弃婴不仅有违道德，更是在浪费资源。在人类生育率因为独居风潮而急剧下降的时代里，没有什么比一个婴儿更珍贵的了。十年之后，这些国家都将崩溃于气候灾难，而当时它们对未来的命运还一无所知，它们开始扩建孤儿院，并且寻觅哭泣的源头，尽量收容那些无助的弃婴。而随着独居风潮愈演愈烈，弃婴也变得异乎寻常地多，仅仅扩建原有的孤儿院已难以支持。于是一些国家开始建设统一标准的寄宿学校，帮助孕妇解决生育和抚养的后顾之忧。这种方式蔓延到几乎所有的国家，最早的设计风格渐渐变成统一的标准——规则的六边形建筑（蜂巢恰由此得名），每条边都妥善安排着产房、育婴室、宿舍，当中是一个天井，可以让孩子们在那里憩息玩耍。外墙都是灰黑色系，它将孤儿院和妇产科合二为一，向每一个意外怀孕的独居女子敞开怀抱，为她们提供免费的分娩、寄养服务。当然，所谓的寄养，其实只是一个彼此安慰良心的说法。当一个女人来到蜂巢分娩，便注定要放弃她的抚养责任，而蜂巢也注定会变成妇产医院与孤儿院的结合体，并且注定会形成一条按照分娩、寄养、教育、就业排序的流水线。从某种角度看，这条流水线其实是一种自我增强的系统：一边是政府（后来全球隔都事务局替代了这个角色），它就像操碎心的父母，主动为纵情声色的子女兜底买单；一边是独居者，他们因为受到纵容而愈发放肆；中间则是蜂巢，它承接了一切具体工作，几乎是每座城市的标配，就像每座城市都有的孤儿院和养老院。于是，避孕产业一落千丈，随着更多女人怀孕，蜂巢的规模也日渐扩大。此前人们担忧独居者盛行、人类生育率凋零的现象，一时间峰回路转。独居者带来了蜂巢模式，人类的生育率反而回升——蜂巢替代了数千年来生儿育女、传宗接代的家庭，成为人类繁衍的机构。

在气候灾难最盛行的数十年里，全球隔都事务局逐步接管了全球的蜂巢，他们不仅将蜂巢迁移到三千隔都，同时还根据情势变化，谨慎小心地弥补法律条款中的一些漏洞。在此之前，各个蜂巢还保留着孕妇们的 DNA 信息，因为当时的决策者们都模糊地觉得，一个无法追溯来源的生命可能会一辈子面对一个痛苦的谜题，所以最好为蜂巢的孩子们预留着谜底。但是全球隔都事务局接手后，却决定终身禁止蜂巢的孩子寻亲问祖。当时全球隔都事务局已经依托 AI“苏格拉底”做决策，很难判断这是高级决策委员会的想法，还是 AI 的主意。但是这条看上去不近人情的法律，最后却证明踏准了独居时代的节点。因为蜂巢里的孩子都是独居者偷欢的漏网之鱼，如果切断两者关系，独居者便没有了后顾之忧，他们会更加热烈地猎艳做爱，繁衍后代。而对蜂巢的孩子们来说，他们寄宿蜂巢，每天蜷缩在蜂巢的世界里，既缺乏细腻的感情，也毫无交往的热情。他们已经被塑造为天然的独居者，比他们的父母更纯粹，没有谁会想到要寻宗认祖，也没有谁会期待父母的光临。于是那些母亲此前留在蜂巢的 DNA 以及其他生理资料，全都被一笔勾销地毁灭了。

但是自那以后，蜂巢却陷入危机。由于气候灾难全面加剧，飓风和冰暴在赤道盛行，南极大陆有时长出芦苇和鹭草，一年四季转向灾季与宜季，人类逐渐移居新建的隔都，被喜怒无常的气候逼入单身居所。曾经盛行的猎艳做爱，因为人们彼此无法相见而渐渐偃旗息鼓，即使在草长莺飞的宜季也未能改观。更重要的是，玻璃球面世后，三维立体的影像日渐逼真，虚拟性爱终于超越了现实的恋爱。只要有三维的色情影像和自慰的工具，焦躁的人们就能重回澄明的心境，而当黑色的皮肤衣以及电子油脂出现之后，事情就变得更加容易。从此不再有怀孕、妊娠、临盆、养育这些琐事了。蜂巢日渐门可罗雀，就像一场正在散去的舞会，前来分娩的女子越来越少。那时候人们仿佛忽然发现一个真理，人类会死于饥饿、死于脱水、死于劳累，但不会死于无人上床——性欲其实比原先以为的更容易满足，也更容易熄灭。

但这还不是最严重的情况。法律仍有应对之策，它规定男子必须捐精，女子必须捐卵，就像以前的兵役，都是必须的义务。而蜂巢也有配合的预案，试管婴儿和人工授精技术已经完美无瑕。当这些孕妇庄严出现的那一刻，无数个蜂巢仿佛就是人类的巨大子宫。但是好景不长，玻璃球升级以后，人们比以往任何时候都更沉迷于虚拟世界，游戏的欢乐吸走了人们的注意力，适龄女子的数量越来越少，于是一切归零。有人开始掐指计算，也许三十年，或者四十年以后，这个世界就不会再有一个新生儿。

正当人类一面焦头于气候灾难，一面烂额于后代凋零之时，却突然峰回路转，呈现出真正令人惊愕的突破，它将“盖亚”的核心技术转移到人类自身的妊娠和分娩上。从此，人类的繁衍可以交由机器完成。这件事不仅舒缓了人类的困境，也震惊了几乎所有的成年人。父亲曾经反复对我说，他没想到自己年轻时看过的科幻情节，比如精子库和卵子库替代父母的血缘传承，做爱都通过电子传感器完成，繁殖则由机器来孵化，而血肉之躯的男女性爱变成最原始、肮脏、恐怖的仪式，竟会在自己有生之年亲眼看到。

几年以后，全球隔都事务局批准了第一批机器子宫上市。这种机器启用零下196摄氏度液氮罐里的精子库和卵子库（来自捐献者年复一年的捐献），精确模拟孕妇的妊娠与分娩的过程。它们就在蜂巢的某个特殊的房间里，看上去像一个个圆柱形的铅色铁罐，每一个都吊在碗口粗的导缆上，一排排一列列，仿佛一个大棚里整整齐齐地结出了许多的瓜。因为太整齐了，它们显得不够真实，像是一种充满隐喻的艺术作品。到了某个瓜熟蒂落的时刻，圆柱铁罐底部的口子会忽然张开，一个湿漉漉的婴儿轻轻落下，掉入下方十厘米处的粉色软垫里，然后在某条传送带上滑向另一个大暖房，一声尖锐的哭闹便在那一刻响起。繁衍不再是人类的特权，不再是肉体的愉悦和分娩的痛苦，而是某种精确的实验过程——所有的胚种都在某种容器的阴湿深处滋生，然后化形为人。

虽然我们这些肉胎孕育的人（包括独居者在蜂巢生下的孩子们），从理智上完全清楚，机器子宫里繁衍出来的人类心智健全、思维正常，与我们毫无二致，但是我们实际并不能真正接受这种方式。虽然我们也清醒地意识到，从残存的旧式家庭到人人独居的代际更替不久就会完成，到那时，农耕时代确立的家庭将完全灭绝，机器子宫将是人类血脉的唯一延续，但这种充满玄机的现象，我是在很久以后才猛然领悟的。那时候父亲已死，她也不辞而别，我正乘坐飞行器穿越大海去寻找她，忽然心有灵犀地体会到，弃婴、孤儿院、寄宿学校、蜂巢，以及与之相关的种种突变，其实都是为了机器子宫所做的铺垫，而机器妊娠、蜂巢养育、纯粹的独居者、没有祖辈的新人类，也是后来“最终解决”方案的土壤，就仿佛是几百年前，蒸汽机与纺织厂大规模出现，需要无数农民离开田野作为献祭。

是的，历史总是自有宿命。

ZR
ISLAND

第 8 章

蜂巢

父亲对于蜂巢的兴趣，一直令我好奇。在我小的时候，他常常午后时分出门，腋下夹一个皮包，里面装着黑皮本与铅笔。当时四季尚分明，我从窗台上看着他的鸭舌帽在明媚阳光里晃动消失，直到暮色降临，他才又出现在视野里。晚饭后，他会煮上一壶茶，坐在书房的绿皮沙发椅上，以一种人类学家的口吻，向当时还未上学的我讲述当天的收获。现在回忆起来，他当时的语调是低沉的，语音似乎都断裂成了最单纯的音素，在袅袅升起的热气里显得吞吞吐吐，仿佛每一个词句都是深思熟虑的，但又像是在怀念某人时的喃喃自语。虽然并不多见，但有时候，他确实会在这种呢喃之语里忽然拔高声调，似乎猛然燃起的怒火，将完整的句子淬成碎片，甩向天花板上那个玻璃吊灯。而吊灯仿佛被一梭子弹击中，兀自颤动，灯上那些细密的玻璃纹路似乎也因此成形。幼时的我总是会受到惊吓，觉得他此前断断续续的谈话其实都是酝酿情绪的前奏，震荡的吊灯才是真正的高潮。就在我惊吓之际，他也发现了自己的失态，便又陷入充满歉意的沉默。随着年龄增长，我慢慢发觉，这种静默其实也是一种无声的坦白。作为一个中老年男性，父亲其实从未真正进入只对孕妇开放的蜂巢，所涉足的区域只限于那些六面体的外围，充其量只是常年游荡于城北的观光客。我长大以后，他又向我展示黑皮本子上的一系列素描（那上面画着许多形状相似的六面体建筑，它们从空中看上去真像一个个蜂巢），我又觉得他其实是一名地形勘测队员——用脚步丈量了整个山谷，标出各处的高程以及蜂巢的位置，并用一支铅笔速写，绘就一张合格的地图。我还在那些地图边上，发现许多蝇头小字，密密麻麻的犹如天书，无人能懂。但是这一点令人格外诧异，我无法理解只在山谷里逡巡往返的他，怎么会形成这么多文字材料——多年以后，当我带着她去见我父亲的时候，我猜到了其中的奥秘，因为那些六面体的蜂巢用灰黑色的墙壁封住的所有秘密，就像不允许拆开的最后一封情人信件。父亲无法知道信中的消息是喜是忧，是分手还是续好。他满怀的渴望因此化为一腔焦虑与愤懑，然后全部发泄在这些蝇头小字上，有些像诗，有些像咒语，有些是打破砂锅的追问，就像他回到家以后对我的呢喃与怒火。

后来有一天，夜雨倾盆。父亲从山谷返回后，就不停重复着一直挂在他嘴边的那句话——“这个蜂巢形状的公墓！这个六方体的监狱！这个死气沉沉的水泥盒子！这简直就是一种缠足的罪恶！”他就站在门厅处，长柄雨伞的水滴溢满了玄关，愤懑的脸上燃烧着怒火。当时已经十岁的我，听不懂“缠足”的意思，但也懒得问。用一些古老的概念来比喻当下的日常事物，正是他置身世界之外的标签。那天晚饭后，我发现他正在宽大的书房里销毁自己的蜂巢考察记录。那是很多本纸质的黑皮笔记本，山谷的地形图上标记着蜂巢的位置，蝇头小字像注释一样密布其间。他坐在书房的旧式铁窗前，将它们一页页撕下，塞入一只电动碎纸机里。古老的机器只有一个钢牙缺损的细长嘴巴，纸张在细密的一咬一合中变得粉碎，雪花一样的纸屑在机器的透明肚子里飞卷。这是我一生中仅见过一次的场景，因为父亲对待纸张和文字，尤其是自己的记录，有一种自恋的倾向。他销毁这些纸张，就像销毁自己生命的某些部分，显得不同寻常。

“你知道柏拉图吗？”父亲忽然停下，看着我。我摇着头，我努力回忆那个古老的名字，它遥远得仿佛埋在白垩纪的地层里。“古希腊的柏拉图，你不知道吗？”他坐在那里，又开始将手里那张纸塞入碎纸机。我离他大约五六步远，上面的文字密密麻麻，但看不清楚字迹。父亲似乎在尽力掩饰伤感之情，撕下纸张和塞入碎纸机的动作比平日缓慢许多，整个人显得苍老了许多。“我想那老家伙一定会喜欢这种寄宿学校的。是的，他一定会喜欢的，”父亲面无表情地将纸张塞进碎纸机的那道尖锐的嘴里，但口气中却带着悲伤的嘲讽，“他一定会说，人类就应该这样培养后代，这是最善的体制，真正的哲学王之国。是的，他一定会这么说的。”古老的碎纸机大约有半个世纪的年龄，震颤着发出嘎嘎的声音。父亲撕下了最后一张纸，塞进那条钢牙交错的细缝里，眼睛盯着那些纸屑雪花，声音忽然高亢扬起：“我真不敢相信自己以前竟会相信这样的鬼话！”这个句子愤怒地向上冲去，尾音震动着整间书房，玻璃吊灯又一次遭受了一梭子弹的射击，四面书架上扬起了许多积尘。我不了解柏拉图，我也不想了解这种古老名字里蕴藏的意思，但是父亲这声压抑着怒气的低吼留在了我的脑海里。那天之后，父亲停止了所谓的研究，仿佛已经看够了那些灰黑色的六面体，厌烦了锁孔一样的窗户。就在次日——这是我后来知道的——全球隔都事务局出台新政，销毁了蜂巢里全部孕产妇的DNA信息。

ZR
ISLAND

第9章

瓦罕先生第一次演讲

起居室的那张沙发犹如一叶孤舟，每晚载着我和她在虚拟世界的失业大潮中起伏震荡。本来，我们属于最不可能失业的两类人：她是一名《AI法典》的专业律师，弥补AI无法自行解决的逻辑悖论，对于AI就像维生素对于生命一样不可或缺；而我的职业是数据买手，AI和现实世界最关键的一座桥梁。这两种一向只属于人类的职业，如今同样卷没在失业大潮的狂风巨浪里。很多人都曾幼稚地以为，这只是一次普通的金融危机，现在却发现，无论岗位、工种、公司，甚至行业，都会在一瞬间消失，就像烈日里手中紧攥的冰，或早或迟都会蒸发殆尽。

全球隔都事务局的站点上，死亡职业的黑框已经漫溢出失业墓碑，犹如无数口棺材叠放在一个巨大的停尸房里。幸存的职业已经寥寥无几，它们在墓碑顶部形成一条隐约的火线——理论科学家、特殊的算法工程师、创意舞蹈者、超高难度的杂技运动员，以及仅剩的救灾与移民协调官员，就像一场恶战之后的残存阵地，虽然阵地仍在逐渐缩小，但是速度已放慢，并且在缩小后变得愈加坚固。那段日子，三千隔都万物凋零，枯索萧条，自杀的新闻多到了令人麻木的地步。一些人沉溺游戏，一些人沉迷“精灵”，大部分人沉迷两者。而对这些把戏，我俩仿佛有着天然的免疫力。“那只是对着镜子的自言自语。”——她早就看穿了精灵的虚假本质。也许这是因为律师的冷静，也许不是，而是因为我俩都不够自恋，在这个混乱的时局里陷得都还不够深。

与此同时，另一种更为奇特的现象开始困扰所有人——人类大面积失业的同时，经济数据却节节攀升，资本市场也大幅活跃，两者相互映照，形成这个混乱时代最诡异的悖论。我们当然知道背后的原因，经济数据的提升是因为AI带来了整体效率的提振。然而，由此产生的问题却不能不令人担忧，社会贫富差距已经达到历史罕见的地步。大多数人失业即赤贫，只能领取救济，仿佛被这个虚幻的世界抛弃了，除了沉迷游戏便再无人生价值，而一小撮人拥有大把上市公司的股份，即便失业亦无忧。这种前景令人悲伤，令人恐慌。那个流传了上百年的预言——世上必将出现几个甚至仅仅一个技术富豪因为掌握了技术而彻底掌控世界——此刻仿佛正在变为现实。

一百年来，这类虚张声势的预言不知凡几，人们一向只当作虚妄的谣传，从不认真对待。但现在失业大潮卷起了社会的根基，救济站里人满为患。玻璃球在钻戒、耳环、手环上轻声摇晃，折射出来的虚拟世界彼此连接，变成酝酿阴谋论的最好温床。那段时间，失业者不断蜂拥到全球隔都事务局，请愿公布全球富豪的财产排名，并要求事务局出台法规，将此列为公共信息，而不再作为个人隐私。

民意汹涌，全球隔都事务局顺应民心，迅速调整法规，宣布个人财产不再是隐私，并且很快推出了一张全球富豪排行榜。他们天才式地列上了一千个富豪的名字，挂在官方站点时，煌煌犹如张榜之日。如果说失业墓碑像一张慢性病人的诊断书，那么这张榜单就是一张急诊病人的心电图。一千个名字在榜单上进进出出，像是跳跃的光标，此闪彼灭，生生死死。全球无数双眼睛时刻盯着它们，尤其最靠前的一百个名字，最后却可笑地发现，那个恐怖的传言并不实。因为根本不存在一个持续领先冒尖的全球富豪群体，甚至连相对稳定的群体都谈不上。富豪排行榜上的一千个名字，犹如幻影一般明灭倏忽，旧人消殆，新人更替，几个小时就能换掉一大半，一两天后就像被洗刷了一遍。可怜的富豪们仿佛全是暂住在这张榜上的难民，无依无靠，等着随时出局的命运。

这些富豪出局后的命运，大抵是倾家荡产了，因为在这个时代里，没有什么东西是恒定的。黄金的保值与不动产的坚挺都是昔日传奇，后来的加密货币也只是数字时代的第一场郁金香泡沫，现在只有算法与数据才是硬通货，而它们贬值折旧的速度与秒针的转动速度同步。一家公司折戟以后，附身其上的算法犹如战死之马，毫无用处，马鞍与脚蹬犹如废铜烂铁，不值一钱。除了一些数据资产，公司会在一瞬间清零，那些落魄的富豪如果能够坚持到最后一刻还不跳楼，也必定会与我们一样出现在救济站的队伍里，与我们前后相邻。

几周以后，这张乱花迷人眼的富豪排名榜里出现了一个不倒翁。在一千个不停闪烁的光标里，这个名字沉沉浮浮，就像一只不死鸟知道怎样穿越祸福的风暴。最早觉察到他的，肯定是最有耐心的人，但是时间长了，当其他的名字像墙砖的碎屑一样纷纷落下时，这只鸟儿便在风雨中愈发显得醒目。人们只要抬头看一眼那张榜单，就能看见那名字犹如一根骨骼坚硬的锥子，牢牢钉在富豪排行榜这面墙壁上。这种醒目的程度，当然是因为人们都太熟悉这个名字了。整个地球上，也许没有一个人的知名度能高于他——瓦罕先生。

说不清究竟是恐惧还是狂喜，不知道抓到的是现行犯还是稻草绳，总之，当人们发现这个名字后，便日复一日地涌入全球隔都事务局的玻璃球站点，就像此前要求公布富豪榜一样，请求瓦罕先生露面。我理解这种心态，作为“精灵”算法代码的创始人、第一代产品的默认形象，尤其当他成为富豪千人榜上的不死鸟以后，为大众解答“失业的潮水为何犹如灭顶之灾一般势不可挡”的疑惑，便成为他理所应当承担的义务。事实上，人们只是需要一种解释，甚至一种安慰，而如果这种解释能来自瓦罕先生，那显然是莫大的心灵慰藉——全球不知多少人曾与这个形象彻夜长谈，袒露全部的心迹，这个维京人后裔的形象已经根植在很多人的心智里。现在时局变幻，秩序崩塌，更激发了人们寻觅摩西的旧习。人们也许是无意的，但在潜意识里，其实已将瓦罕先生视为某种足以带领他们走出这片混乱的英雄。

然而，民意虽然汹涌，全球隔都事务局却束手无策。在法律上，它无权干涉个人权利；在能力上，它也无法强制某个人露面。人们于是纷纷转向“精灵”，请求瓦罕先生指点迷津，但是这种努力同样毫无用处，因为瓦罕先生只是“精灵”的一种默认形象，而非其本人。虽然几十亿人的请求犹如集体诵经晨祷，但就像不能穿越山体的长波，无法激发内在的感应。于是，人们又开始写联名信，请求他出来指点迷津。签名者的数量在玻璃球里如滚雪球似的翻腾着，但是瓦罕先生似乎失踪了似的毫无反应。如此十余日，人们的情绪渐渐低落，那个可笑的谣言又开始四处流传——瓦罕先生就是那个即将（或者已经）掌控世界的科技富豪，因为无论从技术、财富、能力，他都当之无愧。现在他这种隐匿的作风，更加深了人们对他的猜疑。

就在人们窃窃私语之际，某一日瓦罕先生忽然宣布，应全球隔都事务局之邀，格林尼治时间今夜八时，他将在全球隔都事务局的旷野大厅里发表演讲。这消息一瞬间传遍玻璃球，不同时区的人们于是像黄金时代等候足球决赛一般，守候在旷野大厅，等候瓦罕先生的出现。

—·—

根据时差，旧城还在凌晨，但那是历史时刻，没有人会安然入睡。就像凌晨即起的渔夫，我们早早启动玻璃球。客厅地板下面安装着一种隐蔽的滚轴，地面是浅灰色的，每走一步，它都悄无声息地滑动。周围的景色自然变化，我俩来到一扇金色大门前，敲了三下。大门应声而开，涌出一片浓雾。雾气散尽后，我们便站在了旷野大厅里。这一切烦琐本可免去，但是全球隔都事务局专门设定了这种验证程序，希望这种仪式感能保证旷野大厅的庄重气氛。

旷野大厅确实是一片旷野。天空如墨，大地广袤，遍地起伏的草原上，遍布无穷无尽的树木。如果有人坐在树底下，那棵树的树冠便会发光。而此刻，树冠正漫山遍野地亮起来，仿佛黑夜里的浩瀚星空。几百万人，几千万人，几亿人，从四面八方而来，虽然静默无声，却有无数人同时下船登岸的嘈杂感觉。我俩并肩走向最近的那棵树，席地而坐，头顶上亭亭如盖的树冠自然亮了起来。左右相望，树影重重，看不清周围树下的人脸。遥遥望去，但见旷野上无数树冠都亮起了昏黄的光芒，宛如一片鬼火摇曳的汪洋。

旷野的正中央有一个突兀的山头，岩石嶙峋，颜色赤红。山头上有一个小型的演讲台，半圈的栏杆、金色的光，里面恰好可容下一个人。就在树冠之光浸漫四野之际，瓦罕先生带着标志性的愁眉苦脸，出现在演讲台上。虚拟空间里的视角并无高低远近的差异，每个人都像是坐在剧场的正中央。正因如此，每个人都会像我们一样，看见瓦罕先生灰冷色的西服、深色牛仔裤，以及一双醒目的赤足——他竟是赤足的！苍老的青筋、厚实的老茧，两只仿佛跋山涉水的赤足，仿佛同样悲惨的命运不仅仅呈现在他那张憔悴的脸上。瓦罕先生神情尴尬地站在圆形小舞台里，像是被临时拉来救场的某个演员。或者说，那舞台也像一个审判台，他被我们抓了现行，想要落荒而逃却无路可走，只能站在台上接受审判。

没有人宣布开始，人们不停地进来，树冠还在一片片地亮起来，提问的雪片却已经飞舞起来。不同的问题、不同的语言，都化为光影的碎片，从旷野四处飘升而起，犹如一片片蒲公英，涌向圆形小舞台。旷野大厅自有一套筛选的算法，越接近瓦罕先生的圆形舞台，蒲公英就越稀疏。到了他身边，只剩下十来片光影，雪花似的零落飘浮着。瓦罕先生站在中央，却只是搓着手，不停地搓着手。面对全球几十亿人汹涌热切、充满渴望的追问，他竟然嗫嚅不安起来，仿佛巨富多金的身份并没有为他增添半点力挽狂澜的英雄气概，反而使他更显得窘迫无力。当他凝视着飘浮在周围的雪花时，终于沉静下来，沉默地抓起其中几片雪花，紧紧攥在手里，就像一辈子没离开村庄的老农民紧攥着几张纸币。

黄色的鬼火依然在飘荡，旷野大厅绚烂得近乎虚幻，宛如一盆幽暗的炭火。我俩双手相握，忽然发觉这个由图形与色彩所组成的光影世界，竟没什么声音。沉默是一种期待，所有的人都在渴望瓦罕先生的声音。而他也是沉默的，怯生生地望着整个旷野。

“我想说的是——”瓦罕先生垂着双臂，终于开口了，语气显得怯懦而迟疑，“我想说——”底下一片寂静，整个旷野都望着他，树冠的光影也屏着呼吸。也许是没有听清楚他的话，也许是感到奇怪，人们满怀期待地等着讲坛上的瓦罕先生说下去。空气在静谧中似乎出了神。

“我想说，我决定公开‘精灵’算法的源代码，让它成为自由开放的软件。”

更深刻的寂静忽然从天而降，整个旷野都被震住了。如此郑重的决定、如此怯懦的口吻，听上去简直不像真的。细碎的议论像春草似的瞬间钻出了沉默的大地，轻柔的、热烈的、喧嚣的声浪在旷野上翻滚着，宛如秋风行走于麦田。树冠下的人们在说不清的喜悦、惊讶、愕然之中努力吸收着这项宣布的含义。他们无法不惊愕，“精灵”算法的源代码是瓦罕先生攻城略地的武器，是他安身立命之本。这种开放源代码的行为，不啻在一场赌局里摊开了自己的底牌，此前的一切努力全都会随之化为乌有。而人们也无法不惊喜，“精灵”这件武器已是历经了上万亿次威诺格拉德测试的算法，很多野心勃勃的公司曾想追赶它，最终却只能充满敬畏地研究并追随它。如今它的创始人慷慨地贡献出源代码，人们兴奋得不知该如何是好。

我心绪不安地搓了一下手，转头对她说：“也许是因为全球舆论的压力，瓦罕先生才不得不这么做的。”她看了我一眼，平静的表情显示她也毫无头绪。我正想再说些什么，台上已经响起瓦罕先生的朗读声。

“我自愿公开‘精灵’算法的所有代码和权利，该算法代码的全部权利及其所包含的其他一切相关权利，均不再属于我本人或者我名下的任何公司。所有人均可在全球隔都事务局的公众网站上登录下载，在以下原则规范下，所有人均可对该算法代码进行使用、改变、升级、处置……”

我闭上眼睛，不想再听下去。在这个灾后世界里，无偿公开源代码相当于一种捐赠善举，捐赠者大声朗读《AI法典》里的一段摘引，这是必须的繁文缛节。那段话里的每一个字都像是人类整体贞洁的卫兵，永远不变的字句顺序就像岗哨的站立姿势。我从小就会背诵这段陈词滥调，尤其最后一句：“鉴于本代码已经通过威诺格拉德测试，任何人均不得利用其源代码或相关升级部分用于制造物理意义上的机器，且本人在公开本源代码之时保证，该源代码自身已内置自行销毁程序，以免被误用于硬件制造。”虽然自从仿真人谋杀人类事件发生之后，没什么人再敢触犯法律，但是每一次都要这样重复一遍，仿佛这种强调和重复，不是因为谋杀事件的经验教训，而是出于人类自身所有的进化直觉。这是一种“恐怖谷效应”——智力情感都与自己相仿的实体机器并不适合与人类相伴，它们更像一种恐惧的感受、一种现实的威胁，而非朋友、助手或情侣。

《AI 法典》上有很多类似的红线，不可逾越半步。这部法典起步于气候灾难之前。在灾难肆虐的数十年里，它随着 AI 的突飞猛进而日渐丰富成熟，因为算法、数据、芯片、通讯全面渗入社会肌体，就像毛细血管似的变得无处不在，人类社会的伦理与法律的基石也开始摇摇欲坠。本来还属于学术研讨的话题，转眼就成了日常生活中的具体难题——面对电车难题，算法应当怎样设定选择的值，或者是否应当设定这样的值？人类的生命是否可以用利益最大化来确定？某个智能硬件或者某个算法，该不该是一种法律主体？公司可以注销，但我们能否按照律法毁灭一种犯错的算法，还是应该处罚写出算法的编程员？以及——这应该是最关键的问题——我们该如何为所有算法设定一个最基本的道德底线，以避免它们反噬人类？

人类对这些问题并没有先见之明，但人类至少有一个先见之明，就是从一开始就知道自己没有先见之明。这是人类的幸运，他们一直制定着相关的法律条文。最初是散布在各种法律里，林林总总，不成系统。后来，大概是在全球隔都事务局出现的第三年，所有散落的法律条文全都归结为一部整体的《AI 法典》。这是一部时代的经典，既指导人类，也规范 AI。这部《AI 法典》至今仍在不断修订中，因为技术的发展急速而多变，而伦理道德、法律规范总是迟到一步。人们一直为各种细节争论不休，无数个修正案被补充进来，无数个不适用的条文被删减，所有的事情都在同时进行，仿佛整个社会决心共同撰写一部字斟句酌的小说，或者说，仿佛人人都拿着剪刀和针，在一件前所未见的百衲衣上缝缝补补。这当然是一种良好的方式，因为社会规范总是首先来自经验，最终才落到文字。《AI 法典》面世大约三十年后，我们终于渐渐适应了 AI 主导的社会，依然开公司，依然上班，依然竞争，依然消费，并且对 AI、算法等技术已经消除了早先的戒备。《AI 法典》开篇第一条尤其令人放心："凡机器，须以不伤害人类为首要使命。"随后则是著名的"机器人三定律"。除了像我父亲那种极少数的遗老遗少，人们都已经遗忘了渗透到生活各个角落里的数据和算法，就像对于两百多年前的电灯，一开始人们都惊恐地围观这种夜晚的光芒，或者担忧电流对生命的威胁，但后来却几乎完全忽略了它的存在。

瓦罕先生终于背诵完那一段著名的陈词滥调，旷野上的星光在底下忽然璀璨起来，一片近似呼啸的欢呼声从四面八方涌来，直上云霄。瓦罕先生交出了金库的钥匙，给每个人送了一份厚礼。深陷困境的人们仿佛看见了光明的道路。狂野的欢呼，尖锐的呼啸，树冠上光影乱跳，好似人人都在摇旗呐喊。旷野大厅自动调整了音量，使它既显得地动山摇，又不至于震碎耳膜。整个世界都在庆贺，除了瓦罕先生。他站在高处，漠然望着这一切，仿佛只在一瞬间就换了一个人，仿佛“精灵”是一个负担，他正因为一直背负在肩才显得那么憔悴疲惫，而卸下之后，他便如释重负，甚至显出如岩石一般的镇定自若。在宣布代码开源之前他是怎样的嗫嚅不安，此刻就是怎样的镇定自若。这种转变令人惊愕。瓦罕先生对着台下的喧嚣和混乱张开了手掌，此前捏在手里的那些雪片，那些筛选出来的问题，从掌心升起。对他而言，这就像几道十以内的加减法，答案早已自行呈现。

“你们的这些问题，全都毫无意义，因为过去和未来，其实早已注定，”瓦罕先生的喉咙里仿佛夹着一片金属，震荡出一种锵然之声，散发出不可阻挡的威严，似乎与刚才换了一个人，“我们应当相信算法，无条件地相信，就像以前虔诚的信徒无条件地相信上帝。无论现状如何混乱悲惨，我们一定要相信算法最终会给出最完美的答案，就像我们的祖先曾经相信救世主那样。”

箴言式的劝告，暗示所有人都放弃思考，停止怀疑，全身心地相信算法。底下渐渐肃静起来，只有少量的光影还在摇曳，人们面面相觑，都觉得今夜诡异。没有人不相信算法，从来没有，但正是由于这种近乎依赖的信任，才导致了如今的局面——没错，人们如今不至于饿死，至少还有救济站，还能领救济粮，但是饱食终日之后，生活便只剩下空荡荡的荒芜。只有一个永远失业的人才会发觉：如果只有食物与能量，人便是一具行尸走肉；如果只有呼吸和心跳，生活就是戴了镣铐的囚禁。而工作，你只有失去它之后才会发觉，那是一粒萌发尊严的种子，那是一架通向自由的桥梁。没有工作的生活，一切意义都会像雾一般消弭殆尽。瓦罕先生话音未落，更多的问题犹如杂草，同时在旷野上疯狂飘起。它们像细碎的雪片，又仿佛喧嚣的海浪泛着白色的泡沫，从四面八方涌向瓦罕先生的山头——不，瓦罕先生，这不是毫无意义的问题。我们曾经那么信任数据，那么依赖算法，而现在我们却被欺骗和背叛。它们窃取的不仅是我们的工作，还有我们的幸福！

旷野沉默着，雪在密集地涌动，仿佛大雪纷飞的深夜，人们在沉默中呐喊。瓦罕先生毫无表情地望着那些雪片像潮水似的从四面八方涌来，这个全球顶级的算法专家，写出过划时代的程序代码，肯定比谁都更深刻地洞察到这场技术变迁的复杂与矛盾，更知晓蕴藏其中的潜力。然而此刻的他，并不是“精灵”的默认形象，脱去那件魔法外衣之后，他不再具有娓娓道来的能力，无法随手采撷那些直指人心的比喻。瓦罕先生开始解释他的道理，但是语言的缝隙里挤满了规则、证据、推论，就像一个世纪以前的出庭律师，试图为夺走人类工作的算法做无罪辩护。太长的逻辑链、太复杂的论证，他就像一架自我运行的机器，自顾自地陈述着僵硬的道理。旷野上的气氛愈发绷紧，失业者的反感情绪正在积聚，仿佛一只正在鼓起的气球。碰巧的是，瓦罕先生的生硬言语与艰涩论证，正是一根锐利的针。

“不要诋毁‘失业’，这是人类自我拯救之道，是人类通向未来的桥梁——因为挣扎的溺水者必将下沉，而顺势漂流者将浮出水面。”

终于，水滴油锅，火焰在广袤大地上腾起，很多人对瓦罕先生此前捐献“精灵”源代码的感激此刻迅速化为愤怒。他们曾将瓦罕先生当作一个值得热切期待的英雄，而今那些离经叛道的观点却犹如一记耳光将他们扇醒。这个“精灵”的固定形象现在看上去更像一个背叛了人类的叛徒。不久前还在旷野上回荡的赞颂歌声忽然转调，变为谩骂的洪流，几十亿人的怨毒之气凝结成赤黑的碎浪，汹汹然地升腾而起。这唾弃的狂潮以排山倒海之势，冲向圆形小舞台。然而出乎意料的是，瓦罕先生却在这场变故中显得镇定自若。面对虚拟世界的话语暴力，他的内心仿佛有一道天然的屏障，就像一个信仰坚定的布道者，并不因为周围的辱骂而陷入窘境。他就如一块岿然不动的礁石，无论暴风骤雨，还是山崩地裂，依然有条不紊地陈述着自己的观点。那些纷飞的语言箭矢，似乎正在剥去他落魄憔悴的外表，显露出隐藏在底下的一张陌生面目——我忽然感到，那不是傲然的自尊，也不是淡然的自信，而是不带任何感情色彩的无动于衷，就像一块石头、一架机器。似乎站在圆形舞台上的，不是瓦罕先生，而是一条数学公理。

“他真像是从机器子宫生出来的。”她目光冷淡地说道。

她语音未落，瓦罕先生忽地停顿不语，站在台上，双目出神，眼瞪前方，仿佛中断了思考。随后瓦罕先生伸出右手，缓慢地抬起，笔直举过头顶，干瘦的五指张开，仿佛在探测旷野上的风向。“语言和文字过于粗疏，无法陈述万分之一。”他说完，那个举着的胳膊与话音一起落下。在他身后，忽然出现一道巨大的屏幕，而他则在这道屏幕中隐匿了。

那道光影是一幅油画，一幅巨大到令人屏息的油画，从天际垂落到地平线，顶天立地，犹如落日的万道光芒。我似乎被什么东西刺了一下，腰脊神经一激灵，忽地挺直了身躯。过于宏大的尺寸令我难以适应，我的右手下意识地挥舞着，想要将它缩小些，但我忘记眼下启动的是她的玻璃球。她一定看到了我无以名状的惊愕之情，便心有灵犀地伸出手，对着那巨幕挥了一下，那幅画渐渐缩小，直到尺寸合适。

这是一幅蓝色调的油画，淡蓝的天空、深蓝的大海。略偏右侧的天空中飘浮着一个浑身赤裸的男子，他几乎斜躺在云端上，左手垂向海面，右手按着左胸，仿佛中了一支无形的箭，使他既感到痛苦，但似乎又因为痛苦到极致，脸上露出一种迷幻的醉意。略偏右下的海面浮着一条巨大的鲨鱼，真是不成比例地巨大，头部尺寸极大，但腹部到尾巴迅速变小，到鱼尾上便像一只蝌蚪。与其说它是鲨鱼，还不如说是一只减肥失败的鲸鱼。此刻，这条鱼正张着血盆大口，像要咬掉男子垂下的左手，又似乎要将这个漂浮者整个吸入腹中。

我凝神看着画，她则凝神看着我。巨幅油画出现的时候，瓦罕先生已经连同山丘和圆形舞台一起消隐。旷野上一片嗡嗡声，虚拟大厅将几十亿人的音量过滤为一个体育场的喧哗。瓦罕先生的忽然退出既令人们恼火，又无话可说，而临走前留下的这张油画更是令人莫名其妙。喧哗吵闹延续了好久，但怒火终究在慢慢消退，树冠的光影在人们的嘲讽议论中逐渐黯淡下去。这场空前绝后的人类大聚会，终于无果而终。

我震惊地望着巨幅油画，是的，如出一辙的构图、几乎相同的对峙。“再把它放大些。”我说。她侧头凝视着我，像是在平静的生活里凝视着一场正在掀起的波澜。

“放到最大，我要看它的笔法。”

她挥了一下手。果然是 AI 的作品，近乎无限的分辨率，即使填满了天地之间，也丝毫不模糊走形。我凝神看着油画，她也凝神盯着它。现在我们的眼里已经没有图画，只有笔画，每一笔都是独特的，暗藏着玄机。密密麻麻的字符，仿佛是天书的密码。我和她母语相同，都不懂外语，但都能分辨出它们是被拆解的笔画、被抽离的字母、被分解的字符，也许来自英语、法语、俄语、西班牙语、意大利语，或者古希腊语、拉丁语、斯拉夫语、阿拉伯语、高加索语、乌拉尔语。总之，无数字符和字母的碎片层层叠叠，构成了画中的一切。飘浮的云朵、渐变的天空、黝黑的人形、光滑的鲨鱼，全是由它们组成。

我仿佛在电子显微镜下看见了茎叶的脉络、人的毛细血管、细胞的原形，看见了宇宙最精微的痕迹。微小细碎的文字碎片从四面八方汇聚，从黝黑男子的左手食指流出，像水一样奔向鲨鱼的嘴巴。在鲨鱼的腹部附近，它们开始扭曲变化，虽然有些夸张，但形态显然开始趋向两个数字——0 与 1。它们扭曲着，缠绕着，像是在跳着各种滑稽的舞蹈，一直跳向右下角，跳到大海的最深处。海水越幽深，那种舞步就越规整，形态也更明显，直到最幽深的海水区域，它们的舞步已经一丝不苟，有了严谨的法度，全是无可挑剔的印刷体。

她显然被吸引了，埋头仔细看着，而我则从最初的惊骇转入深深的困惑——这笔法和调酒师的那幅毯画一模一样，只是眼前这一幅比那一幅更细致精确。AI将每一个笔画都拆解得那么匀称，并且懂得渐变的韵律，仿佛每一次落笔，它心里都有微小与宏观之间的和谐。

她仔细看着。在作为算法律师的她看来，这是显然的AI作品。忽然间，她指着画的中央说："这里有签名。"我这才注意到，隐蔽在那个人的左手指尖与那张血盆大口之间的那个微小签名，那是两个字母，ZR，花体字，显然是手写的，丰满圆润，比周围的字母碎片要大许多，但像一种阴影。如果没有放大油画，如果不是她心细如发，如果缺少作为一个律师的职业习惯，它们几乎难以被觉察。然而，根据《AI法典》规定，AI的作品不应该有签名，即使有，也只能签在画框的右下角，并且必须以固定的印刷体呈现——而这个赫然的签名，显然出自人类之手。

但是，这又肯定是AI的作品。我俩为此震惊不已。

ZR
ISLAND

第10章

父亲

旧城已经有六百年的历史，褐黄色的低矮建筑、几爿残存的店铺，外墙上处处是风雨侵蚀的霉斑，像指甲刮落的原始壁画。整座城市在错综复杂的迷宫式马路的包围下，紧紧缩在那道淡黄色的天然石墙下侧，像夜宿在屋檐下的流浪老者。玻璃球的森林幻影虽然惊艳，但缺了特殊的建筑材料与工艺设计，也无法胜任完美的伪装。旧城先天不足，只能素颜朝天，就像未被割除的阑尾，嵌在森林幻影与花岗岩石墙之间一片南北狭长的区域里——它和城北山谷里灰黑色的蜂巢一样，是这座城市仅有的两处未被森林幻影覆盖的地方。

隔都建立之后，旧城迅速没落，最初十万人，如今不过七八千，几乎都是老人。平日里旧城冷寂无声，只有在夜里才能看见一些零落的灯火，犹如一座荒废的鬼城。很多年前，父亲从远方回到祖居的公寓，开始一个鳏夫常见的孤独生活。公寓里有一间书房，藏书三万册，父亲终日阅读，仿佛只有在书页之间才能找到自由呼吸的缝隙，仿佛因此失去了对现实的感知。我时常觉得他就像一只蜗牛，背着精神上的壳，埋头在书籍丛林里没日没夜地爬行。读书写眉批是他最喜欢的事情，在那些书页的空白处，一行行、一段段，全是墨水的残渍，湿漉漉的像是蜗牛爬过的痕迹，干燥后又变得坚硬，像黑色的血迹，几乎就是“呕心沥血”的注脚。父亲热衷此道，因为书上那些伟大的心灵与他隔着时空，他会因此生出某种优越感，仿佛从此拥有了某种虚无的权力，写下的批注就像一个判决似的，令沉默的对方无从反驳。

纸质书籍的衰亡早在一个世纪前便已开始，半个世纪前进入尾声，而气候灾难加速了它们的消逝。在我们这一代人的眼里，纸质书籍几乎属于史前文化。但父亲从小阅读印刷文字，他对纸书的钟情终生不渝，就如他对待我早逝的母亲。我觉得这两者都是他的毒品，书籍与母亲犹如他的前世之缘，甚至在未触碰之前便已经上了瘾。书籍濒临灭绝的最后几年里，气候灾难正肆虐全球，几近顶峰，救援灾民是全球范围的政治正确，而他却置身事外，将毕生积蓄都用于收留无处可去的书籍，或者买，或者换，像一个慈悲的老人收留一大批孤儿，让它们聚集在这间规模巨大的书房里。他从此完全沉溺于此，无论对玻璃球的更新迭代，还是对逐年剧烈的金融风暴，他都漠不关心。除那几年他到北面山谷，绕着新建的蜂巢出神地转悠以外，父亲就是一个古代独居洞穴的苦修僧人，静默在自己的世界里。有时候我想，这也许是因为我母亲的死亡。除了沉溺书籍，一个鳏夫还能做些什么呢?

是的，二十多来年，母亲的遗像一直挂在他书桌对面的墙壁上。事实上，那不是一幅真正意义上的遗像，因为画上是一个身形清瘦的少女，年轻得仿佛还未成年，还只有半个侧影，仿佛不愿意看到我父亲现在这副颓丧的模样，才让自己面朝远处的湖泊和大山。她的头发更奇特，有的发梢手指一样粗，有的又像睫毛一样细，风筝似的飘向半空。这幅艺术夸张的油画像，总是令人心生疑窦，因为那时候亲人的遗像都是三维立体的影像，眉目神情都恍若在世，而我母亲却不知何故，仅留下这么一幅奇奇怪怪的自画像。

多年以来，我时不时地会问及关于母亲的问题，样貌、人品、性格，以及她是怎么死去的，父亲从来拒绝回答，尤其忌讳最后那个问题。父亲一直是一个很愉快的人，埋头书页间的时候甚至会显出天真的欣喜，露出一种未经世面的笑容。但是只要我提及母亲，他便迅速陷入沉默，仿佛那是他脚下一块摇晃不稳的石头，只要轻轻一触碰，就会让他摇坠不安。这件事后来总算有了个说法。我记得那是一个夕阳沉寂的时刻，宽广的书房呈现微弱的暗红色。他坐在巨大的书桌前，对我沉吟着，最后像是终于下定决心一般，以一种犹如当时的夕阳余晖似的深沉柔情，对我说出他早已准备好的话——

“关于你母亲的一切，我以后会告诉你的，”他低着头说道，“but not today。”

最后一句是外语，我听不懂，因为我们早已不学外语，但是玻璃球自带的翻译器覆盖了一切语言，父亲这句话随即从我的耳垂中传出，意思就是：我会告诉你的，但时机不到。这句回答像是一堵墙壁，挡住了我所有射出的疑问之箭，并且不再允许我询问关于母亲的问题。我知道，信守承诺是父亲的最大优点，他答应过了，便终究会告诉我的。但更重要的是，不久我就成年了，周围没什么同龄人，即使有也都是独居者。在虚拟世界里相遇的人们都不会问及对方的父母，蜂巢来的人甚至不知道自己的父母，而我至少还有一个父亲，没有攀比就没有悲伤。日久天长，某种意义上，母亲之于我就只是那幅画，不需要任何添加的背景，虽然除她是一名画家以外，母亲的身世在我心中永远是个谜，而有了父亲的承诺，我也不再锲而不舍地追问，只等着他开口的那一天。

—·—

我第一次带她去父亲的公寓，是在瓦罕先生演讲后的第二天。踏进书房之前的一刻，她在门口止步，眼里的惊愕就像林间的晨雾，逐渐弥漫到脸上。眼前这煌煌四壁的藏书，纸张微黄，书脊缤纷，三万面旗迎风飘扬，这是她从未见过的风景。父亲端坐在书桌后面，正用一只铜制的放大镜埋首阅读，涂满笔记的黄色便笺，像蝴蝶一样围着他飞舞。他并未意识到随着大门金属合页的吱呀响声，进来的是两个人。“你来了？”父亲像平常一样问道。

“您不嫌累，但能让这些书休息会儿吗？”我说道。

“乱世读经，听说过吗？越是乱世，越是需要读经，否则拿什么来传承呢？”他举着放大镜，答道。

“时代都断裂了，您还怎么传承？”

父亲长叹了口气，抬头望过来，才发现我身边另有一人。猛然间，他目光收缩，就像看不清东西而需要凝紧了眉头，手里的放大镜噗的一声滑落，然后人缓缓站起来，就如一个出窍的灵魂从一堆旧书的废墟里徐徐升空。我看着他带着我从没见过的惊愕神情，向我们走来。他的眼睛一直盯着她，盯着她的栗色秀发和眼睛，仿佛这张纯洁得似乎不食人间烟火的面容，是一场平地刮起的罕见风暴，他就在风暴里努力保持着步伐的平衡，费尽力气才走到我们前面。

我轻轻握着她的手，对她说：“这是我父亲。”

她诧异而不安地转头望了我一眼，蜂巢的孩子从不知道如何与长辈相处。

父亲痴了似的望着她，站在我俩面前，嘴巴嗫嚅着，一张一翕中似乎发出某种声音，但事实上，他并未开口说话。他的右手握着一支绿皮铅笔，左手虚空地垂着，眼里闪着光，就像一个正在眼巴巴等着赏钱的孩子。一种难以形容的复杂表情，狂喜里掺杂着哀伤，无数阴晴不定的云在他的脸上来回隐现。忽然间他意识到局面的尴尬，迅速地侧身伸手，精神振奋地做出一个请进的姿势：“进来吧，孩子！”

父亲的语调亲切得甚至有些唐突，仿佛与她彼此相熟许久，根本不需要我的介绍。我微感诧异，带着她步入书房。父亲跟在身后，忽然又疾走超过我们，紧张如慌不择路的逃兵，奔向我们前面乌木油亮的方桌。那里有四把椅子，父亲殷勤地为她拉出其中一把，伺候她入座。那把乌木椅子厚实笨重，我长大以后才能搬动，现在父亲却像经过多年训练，动作敏捷利落。那一天他穿着浆洗笔挺的白衬衫，袖口上的两只铜扣是祖辈传下的器物，一丝不苟地刻着家族姓氏的铭文。套在白衬衫外面的是一件黑色对襟马褂，边沿还绣着纹路，几乎垂到膝盖。这种古老的装束让他更像一百年前某个老牌餐厅的年长侍者，正在殷勤地接待前来就餐的一名年轻貌美的女子。虽然我早已习惯了父亲的怪诞，却依然意外于他的失态，但我很快为自己找到一个牵强的解释——儿子终于走上自己期待的道路，所以才会这样激动与欢喜。

她缓缓走过去，并没有一般女孩子对长辈的得体谦让，也没有受宠若惊之态，而是大大方方地落座，显示出蜂巢人的天性。“你来自蜂巢，对吗？”父亲在她落座的瞬间低声问道，语调带着恐惧，仿佛生怕得到否定的回答。

“是的。”她答道。

一种真挚的喜悦忽然间充溢了父亲的眼睛，就像一个孩子忽然获得了一份长久期待的礼物。很快，这种如愿以偿的欣喜变成了某种狂喜，甚至带着一些难以言表的哀伤。父亲长久地凝视着她，然后几乎在一瞬间扭头，疾步奔向厨房。书房到厨房之间有一道短促的走廊，他脚步慌乱，在转角附近撞到了门框，一个踉跄，传来跌跌撞撞的响声，仿佛是滚进了厨房里。然后，我们听到厨房里响起了烧水的声音，以及一阵倒腾与洗涤的动静，杯子、茶壶、汤匙、铁罐头在相互碰撞。

“我父亲向来一惊一乍。”我轻声说道。我又自以为是地猜想，父亲必定在她身上嗅出了蜂巢的味道，多年前研究蜂巢的夙愿终于得偿，才有这种兴奋到怪异的状态。直到很久以后，我才明白父亲当时正处于人生最隐秘的激动和狂喜之中。

她虽然略有手足无措，却无太多惊讶，蜂巢的孩子从无长辈，他们也许觉得长辈就应当是如此模样。坐下后，她环顾四周。书房宽大，高如穹顶，南北两侧各有高窗，余下的都是顶天立地的书架。书籍煌煌四壁，犹如一片错综复杂的原始森林。北边有一张大书桌，父亲平时就坐在那里。南侧是一张小方桌，我们正坐在这里。桌面洁净，空无一物，抛光的乌木近乎黑色。从南侧的窗望出去，尖顶大厦遥遥矗立，尖顶咖啡厅像一枚针尖似的在晴空中闪闪反光。宜季的凉风贯穿南北，淡黄色的小便签在镇纸下轻颤着，架子上的书籍也在风中簌簌作响，宛如潮水之声。而书桌和方桌，恰似两座海岛，守着这片书的海洋。她怔怔地出神，栗色的长发、明亮的双眼。她望着书架的深处，像是努力在那些书脊上辨认书名。她从未真正到过图书馆，此刻她应该正惊叹于父亲隐秘的收藏——直到很久以后，我才知道当时吸引她注意力的不是书，而是书房里的另一件东西。

父亲从厨房里出来，埋首阅读的倦容似乎被一阵春风吹散，焕发出勃勃生气。他手里端着一套茶具，那是一只茶壶、一个托盘，以及三个瓷杯子。茶壶造型别致，隐约像是独舞者的剪影。托盘则曲线优美，罩了一层淡紫色的珐琅，犹如一个湖泊。茶壶放在托盘上，便如舞者在湖面上起舞，恍惚有音乐之声。三个瘦长的瓷杯子颜色最淡，散发着玉的光泽，每个杯口都镂刻着一圈古朴的金色花纹，繁复如群蛇狂舞。我俩都被这套大巧不工的器皿所吸引，看似昨日新购，又仿佛年代久远，仿佛从来不属于这间公寓。

父亲将茶具一个个在桌上摆开，置入茶叶，冲入热水，杯内的茶叶翻滚，茶香顿时氤氲袅袅。“这套瓷器是在三十年前烧制的，当时用过一次，今天是第二次。”父亲正往最后一个茶杯里注水，说话时眉眼未抬，只是盯着那袅袅的气雾，但是语气微颤，仿佛尽力抑制着自己的情绪。我狐疑地看了看父亲，又用手抚摸着淡紫色的珐琅托盘。确实是一套崭新的茶具，仿佛刚刚从烧窑中出炉，没有岁月的痕迹。三只杯子雾气袅袅，茶香扑鼻，似乎是半发酵的某种红茶。父亲将一只杯子轻轻移至她面前。“它第一次使用时，你应该还未出生，”他眼睛看着她，“那时候这杯子里装的是酒，但今天我们以茶代酒——欢迎你，孩子！”父亲举起了茶杯。

最简单的欢迎词，每个字都蘸满了深情。父亲对她的喜欢自然而真挚，根本无须我赘言，这令我一阵欣快，但欢欣中又有些疑惑。因为这套在家里雪藏了二十多年的器皿，我从未见过，仿佛就是为了她的出现而准备的。

她捧起茶杯，轻声道谢，不过太烫了，她没有喝，而是仔细端详着瓷杯——瘦长峭立，白玉无瑕，仅在杯沿外侧有一圈花纹，暗金色，大约一指宽，细密凹凸地绕着杯口行走。她用手好奇地摩挲着，花纹凹凸不平，像蛇，像蚯蚓，像是一片等待燃烧的野草，毫无规则可循。父亲也伸出一根手指，贴着自己的杯口，沿着其中一条细线走去，左转，右拐，紧接着又急转，像是在杯口跳舞，又像在一张地图上摸索着某条道路，然后手指倏地停在某处，默不作声地看着她。

“知道这是什么文字？”

“这是文字？”她疑惑地问道。

“是的，东亚最古老的文字。”父亲说。

她愕然举起茶杯，齐眉平视，看到杯沿处那一群相互缠绕厮打的小蛇，很像疯长的野草，也有点像后现代艺术家的某种蚀刻画，却不太像文字，甚至不像我们所见过的那种文字残骸——那些残骸仿佛一拳打碎了的牙齿，满地都是残肢断臂。而杯口的这一圈纹路却延绵不绝，仿佛无穷无尽，像一个迷宫被压扁了，然后环绕在杯口。

父亲的手指继续在杯口跳舞，描着古老文字的笔画。野草、图腾、迷宫、蚀刻，它们躲在一连串密码里，它们在枝丫丛生的混乱里彼此相连。而如果你知道底细，将它们分开，某种花纹就变得立体，就好像突显在杯沿上，一个个完整饱满的文字架构便如一个个鬼魂一样，惶然地站在杯沿。

父亲举着杯子，继续描着那些字，表情庄重，仿佛正在赋予它们灵魂。他的手法是如此熟练，显然已经这样描过无数次。四月的风吹来，书房里空荡荡，外面的世界正在坠落，萧条、失业、救济、跳楼，森林幻影里狂风呼啸。人世间所有这些纷扰混乱，此刻全都在我父亲的一指一划间破碎成灰。她凝视着那些笔画，我轻轻握住她的手，人间万事嘈杂，唯有此刻安宁。

父亲终于停下来，转头问道：“认识这些字吗？”我们都摇了摇头。如今连外语都不必学了，更不可能懂古文字体。父亲脸上一皱，苍白的笑容卷起一张老树皮。“没错，”他仰起了头，望着书房的屋顶说，“只不过是一些死去的文字，认识也没什么意义。”

父亲的声音里有一种万事萧索的味道，犹如扩声器里渐渐黯淡下去的余音，踩着每个字前进。这个极速变化的世界，令他忧伤悲愤。“你落后于时代了。”我以前常对父亲说，而他总是嗤之以鼻：“哼！我不屑跟上这种时代。”无端的忧伤笼罩了书房，我忽然觉察出其中的隐秘，他心里也许正在思念我的母亲。多年以来，他思念我母亲的时候从不看那幅画，而总是像现在这样，仰头望着天花板。纵横交错的胡桃木条仿佛构成了一个往事的迷宫，令他辗转反侧。

屋内幽静无声，我的目光停留在那套茶具上。崭新的茶具，二十七年里只使用了两次，那第一次他是和谁一起使用的呢？是和我母亲吗？那些如野草般延绵的古老文字是词语，是句子，还是诗歌？与我母亲相关吗？除了那幅自画像，父亲一直遮蔽着我母亲的一切消息，而此刻，父亲的反常状态令我想起那几乎被我遗忘的父亲的承诺——他将在合适的时机告诉我母亲的一切。我满腹狐疑地望向那张油画，又一次发觉，画中之人其实还是一个少女，年纪甚至比她还小。就在此时，我的余光捕捉到她也在望着那幅油画，神情专注如一尊希腊塑像。

ZR
ISLAND

第 11 章

指茧

父亲并没有继续沉溺在这种阴郁的伤感里，也没再解释那套茶具的铭文与来历。他转过头来，认真地端详着她，开始了一个长辈对后辈的嘘寒问暖。但这种古老的礼节却令这个既无父母又无亲友的蜂巢孩子显得手足无措。不过，父亲自有一套摆脱尴尬的办法，他将曾经对蜂巢的愤怒与厌恶都拆分为此刻饶有兴致的问题。他问得那么详尽，让我想起了那本被他粉碎掉的黑色笔记本，那上面也许就记载着今天他所有的提问，就像是为蜂巢世界量身定制的一套考题——天井的大小、走廊的方向、飞行器的模样、桌凳的形状、宿舍的布局、床铺的布置、吃的食物、作息的时间，以及如何度过宜季、如何应对灾季、如何度过空闲的每一天。每一个问题都简单易答，就如一把把尺子，丈量出蜂巢内部的复杂结构。她的回答也没有废话，几个词，一句话，一连串碎片式的回答，却像一幅简笔画，勾勒出她在蜂巢里二十多年的生活。

“在蜂巢内部，”她说，“是一个宽阔而平坦的六边形广场，正中间耸立着一根柱子，看上去像一根旗杆，实际上是保证蜂巢正常运转的主机，控制着蜂巢的一切运转。这个六边形的广场以前还是停机坪，常有飞行器载着孕妇依次降落，最拥挤的时候还有很多飞行器在蜂巢上空盘旋，黑压压地仿佛一群聒噪的乌鸦。不过，自从‘机器子宫’出现后，飞行器就愈来愈罕见了。最后那些年，蜂巢上空如果出现那么一两架飞行器，孩子们便会纷纷把头伸出自己的单人宿舍，仰天张望。”

“孩子们无一例外，都住在单人宿舍里。他们在虚拟世界里学习、娱乐，进餐也基本在室内，几乎足不出户。后来飞行器不再出现，偌大的停机坪就变成了聚餐的场所，是的，长条桌凳是桐木色的，一列列、一行行，围绕着那根旗杆，齐崭崭地贯穿了整个广场。每隔七天，孩子们就会穿着统一的蜂巢服装，像蚂蚁似的涌入广场，在指定的位置上落座。那一瞬间，孩子们身上的制服就像一张灰绿相杂的巨毯，整齐地覆盖在桐木色的长条桌凳上，而送餐的鹰隼机则带着蝗虫似的鸣叫声，涌现在天空。它们都降落在指定的餐桌上，滑动腹腔盖，放下银灰色的膳盒，然后就像真的鹰隼一样，高傲地飞离桌面。那时候，整个广场上空处处扑腾着青灰色的影子，六面体的内墙之间回荡着轻微的电子轰鸣声。这种看上去毫无规律的随机与混乱，背后却仿佛有着唯一的灵魂，就像一根无形的指挥棒，控制着每一架鹰隼机起舞的韵律，甚至如果你仔细倾听，”她说，“连空气中回荡的纷乱之声里都有一种隐蔽的节拍。”

“在这种和谐的节拍中，进餐的气氛是静默的，近乎古板的肃穆。孩子们全都正襟危坐，细嚼慢咽，彼此并不交谈，几乎人人脸上都带着略显夸张的惶恐，仿佛初次做客时的手足无措。也许这是因为他们一直被禁锢在单人宿舍里，几乎忘记了如何在现实空间里结交陌生的朋友。但也许，因为孩子们每次坐的位置都不同，每次看到的都是新面孔，而每一次结交都需要从头开始，短暂的进餐时间并不能产生任何实质性的进展——您问一个蜂巢里能住多少孩子？这也许永远难以回答，因为我们不知道应该有多少人，才会使一个人的邻座在二十年里从不重复。是的，没错，但或许问题不在这里。逐年变化的孩子面容，可能才是令他们显得从不重复的原因。”

在她讲述这些细节的语言里，总是不乏弦外之音，或者双关的蕴意。父亲既惊又喜，他一直把蜂巢看作荒谬变态的世界，难以想象一个呱呱坠地的婴儿是怎样在没有父母亲人的情况下，成长为一个心智健全的成年人。她则解释说："蜂巢会根据每个孩子的基因与智商，设计一款最合适的虚拟游戏——游戏就是学习，学习就是工作，工作就是游戏，三位一体。孩子们虽然身处虚拟游戏，应对的却都是现实的生存，就好像蜂巢是一只六面体的坚果壳，充满了不确定的宇宙射线。”至于她自己，在这款无穷复杂的虚拟游戏里训练多年以后，成为《AI 法典》的一名专业律师，专门审查那些纷繁的 AI 合同是否符合人类的利益，譬如特定的隐私授权——这是时代的显学。因此在失业大潮之前，她从无失业之忧，而她那种简单而稳定的性格，对万事毫不惊慌的性格，适合此行，或者正来源于此行。

“你喜欢这份职业吗？”父亲问道。

“蜂巢不关心你喜欢不喜欢，只关注你擅长不擅长。”她答道。

父亲的嘴角翘起来，似笑非笑。

那一霎，我忽然想起了那个雨夜，父亲现在为他当时的诅咒找到了证据——蜂巢这个人类血脉的存续工程，所提供的只是一颗颗不同型号的螺丝钉。那些孩子头上没有荣誉的王冠，心里没有信仰的旗帜，身上没有伦理的血液，骨骼没有德行的力量，除了一身擅长的技能。他们莫名而生，莫名而死。我又想起父亲拒绝“沃森”的订餐服务，忽然理解了父亲终其一生的愤怒与忧虑。因为在一个算法控制的世界里，生命仿佛只是一种方程式的最优解，而这种最优解恰是埋葬生命意义的坟墓。

“我并不信教，”最后，父亲眯起眼睛，带着近乎宗教式的感情，凝视着她说，“但我今天要感激上帝，让你出现在我面前。”她露出懵然的表情，但礼貌地微笑着。但事实上，上帝或者基督，都属于父亲那一代的宗教，她并不熟悉。而我则自作聪明地以为，父亲曾经在蜂巢外面奔走寻觅，抓狂似的要刺探蜂巢的秘密，现在一个标本由他儿子带上门来，他怎能不感激上帝这种近乎巧合的安排？

—·—

她转头望向四壁藏书，父亲心领神会地站起来，邀请她去看他的宝藏。这四壁的书籍我读得极少，汉语的大多是古文，佶屈聱牙，过于艰深，外语的主要是英文和西班牙文。我只能辨别汉字拼音，不懂外语单词，因此更遑论阅读。我所知道的历史事实，几乎都来自父亲的口述。他像一个长年劳作不息的语言工匠，在我的脑海里筑起一幅灾前世界的图景。但是那种过于确定的手势、毫不犹豫的语气，却也令我将信将疑，觉得他所述说的过去未必是确定的历史，而更像某种虚构的神话，或者因为流传太久，在无数层语言的包浆之下，所谓的过去已经变成一种可疑的产物。而这些书籍就像父亲的记忆之锚，那种可疑叙述的发票凭证，他几乎记得每一本书的确切位置，并且随时能取出来，打消我的疑虑。

我们越是接近书架，书籍的气息便越是如浓雾似的弥漫过来，封面、书页、文字、标点、页码仿佛构成了一片原始丛林，使人肃然沉默。那时候，气候灾难全面降临，人们纷纷逃离故土，而他却逆行而上，冒着生命危险去各地拯救书籍。每次他都带着焦虑出门，生怕去晚了，书籍就被销毁或者湮灭了，最后他总能带回几箱纸书，以及无名英雄似的欣然与满足。如今看来这种行为简直可笑，因为当时全球隔都事务局正在努力保护人类文明，复制一切可以数字化的物品，书籍自然是首当其冲。现在你只要登录玻璃球，虚拟空间里的电子书籍汪洋似海，只要戴上触摸手套或者涂抹电子油脂，电子书籍就像纸书一样触手可及。但是你不能当着我父亲的面谈论这些，他会恼怒于这种比较。“是吗？触手可及吗？”他瞬间脸色愠怒，喉咙里发出低沉的咆哮，“除了书籍——纸质印刷出版的书籍（他举起桌上的一本书来），世上还有什么是真正触手可及的？！”于是你不得不退让，表示虚拟空间里的触摸体验确实不如物理真实世界中的，以换得他的稍许悦色。虽然父亲说的也是事实，但是为了手感的差异而大动干戈地收集印刷物，没有人会觉得这不是一种怪癖。

父亲略微弓着背，踩着不紧不慢的步点，不时回头看着她，眼神欣喜得发亮，甚至有些讨好的意味。他不厌其烦地向她解释着那些书与作者的由来，以及凝聚在其中的意义。这是一个学者的自然冲动，尤其是一个在旧城隐居了数十年的古典学家，面对第一个访客，这种冲动更为强烈。但是我也不得不怀疑，父亲也许已经将这个蜂巢女孩当作了自己的研究样本，就像他执着于这些书一样，因为除此之外，我无法解释父亲尽力掩饰却掩饰不住的激动，犹如沉重的铁盖几乎压不住的沸腾之水，不时冒出一些蒸气来。父亲边走边说，灵巧的手指从书架里抽出这一本或那一本，有时只是拨动一下，或者拍拍书脊。他对里面的字句早已烂熟于胸，印刷纸张似乎只是一种障眼法，遮挡不住文字的本质，就像他胸中自有一个故纸堆，他从中抽出就像一张又一张古老的残片，拍碎剁烂了，然后搓匀了，捏成糖泥、切成枣糕、制成桂花酿，各种花色的糕点被炫技一般端上桌来——哦，都是多年来的老生常谈，智识过剩后烦腻的甜品，我早已不胜厌烦，一边走，一边默默反驳着。“看，这是巴别塔的故事，人类要建通天塔，但上帝让人类说着不同的语言。”（不，父亲，现在算法已经抚平了一切语言的鸿沟。）“看，这是罗马人毁灭迦太基城的故事，人类彼此之间灭族、灭种、灭城，还要彻底铲灭对方的故土文明。”（不，气候灾难已经让人类四处流亡，如今谁都没有故土文明，玻璃球是唯一可以争吵的空间。）“看，从类人猿转变至今日，几百万年的历史，人类已是万物之灵。”（不，AI和算法已经证明，人类未必不是一种物质的过程。）——是的，父亲一向如此，总是沉溺在故纸堆里，过于注重往事而忽略现实，任凭生活的江河从身边奔腾而过却无动于衷。他从未意识到，世界大潮浩浩汤汤，已经发生转折，历史已无立锥之地，因为未来已经不再依赖过去，就像黎明并不依赖黑夜。他每次谈论那些上古的陈谷烂芝麻时，总是显出一个历史学家的激昂、肃穆、深沉。我无法反驳与嘲讽这种姿态，我甚至有些同情他，因为当整个世界只有他一个人难以割舍过去的时候，其实他正在经受世上最孤独的一种酷刑。

我生怕她烦恼，轻轻捉住她的手，却发现她正在聚精会神地倾听着，发亮的瞳孔里展现出一种我前所未见的耐心与专注。这种女学生一般的顺从和沉浸，仿佛激励着我的父亲，让他朗诵着柏拉图的箴言、歌德的诗篇，让他宣称自己是如何跟随曲径通幽的线索，考证出某一个微妙的历史细节，或者让他从乱书堆里翻出某一张地图，讲述一场伟大的战争，烽火怎样从一处燃烧到另一处——古希腊人杀了苏格拉底，汉尼拔翻越了阿尔卑斯山，古印度王建立了孔雀帝国，托勒密图书馆誊写了所有商船上的书籍，古埃及沉默在一块罗塞塔石碑里，殷商甲骨文漂泊在一万只乌龟壳上。这些早已令我耳朵生茧的故事，却令她露出天真的向往。她对灾前的世界永远充满好奇和热情。

然而，在她的天真与好奇之中，却埋藏着一丝阴影。她终于迟钝地说出来了——“我无意冒犯您，但难道您不使用玻璃球？”

父亲并未生气，而是微笑着，用一种温柔的口吻答道："我只用过一次玻璃球，后来再也不用了。"

"为什么？"

"因为那里图像泛滥。"

"您厌恶图像？"

"是的，我厌恶莫名其妙的图像，厌恶到恐惧的地步。"

"为什么？"

父亲露出一种怪异的笑容，像是掌握着咒语秘诀的巫师："因为图像的泛滥意味着理性与抽象的死亡。"

她看着父亲，显然未能理解他的话。然后她终于触及了父亲最忌讳、最反感的话题："但玻璃球上不仅仅是图像，也有书籍，而且远超过这间书房里的书籍。"

"万物皆朽，唯数字永存。"气候灾难持续的数十年里，全球隔都事务局的这句口号早已深入人心。古都、新城、千年建筑、万年考古的遗迹、化石、古董、纸书、器物、艺术原作、文物资料，以及其他一切铭刻着人类文明的原物、一切可以复制的物品，全球隔都事务局都尽力通过数字孪生技术，复制到玻璃球的虚拟世界里，而书籍是其中最简易的部分。

在这个话题上一向不容冒犯的父亲，此时却不以为忤。他像一个慈祥的长辈似的看着她，嘴角挂着微笑。"你说得没错，玻璃球里有无数的电子书籍，但是它们并不可靠，"父亲说道，"只有印刷在纸上的文字才不可动摇。"

她迟疑地望着父亲，带着蜂巢孩子的不谙世事以及律师的职业习惯发问："但是几百年以后，这些纸书就会腐烂，上面的文字就会消失，而数字化的书籍将在虚拟世界里永存不朽。"

"孩子，其实没有什么是真正不朽的，"父亲缓缓说道，"电子书籍看似不朽，其实它有一种天然的不可靠性。假如系统紊乱，或者有人篡改，我们就分不清什么是最初的真相，因为我们没有最原始的依托——纸书。物理真实中的纸书，才是真相的依托。"

她紧蹙着双眉，鼻尖微皱，像是皱起了无穷的疑惑。她显然难以理解，张了张嘴，却又问不出什么来。对于一个蜂巢的孩子，要接受数字世界里不存在终极的真理，显然是一件颠覆观念的事件。

"数字化后的书籍，或者说虚拟世界里的一切，因为缺乏相对应的原始实物，其实都是泥沙之基，建不成高楼大厦。它们就像没有尺子的长度，没有秤的重量，没有锚的船舶，没有靶心的箭，因为缺乏最终的标准而丧失了最终的真相。而纸书，对，确实像你所说的，它们自有寿命，三五百年后也将腐烂消失，但它们却是一种物理存在，能够固定住原始的真相。"

她凝神听着，栗发垂肩，微微颤动，像一个筛子，正在仔细检查父亲话里的每一个字。"所以您拒绝玻璃球，拒绝语音，拒绝口令，拒绝手势——"

"没错，我也拒绝使用键盘，"父亲举起右手，像是一种炫耀，"这只手只喜欢用纸和笔。"苍白的手反射出西窗的光线，掌心的纹路像干涸的水网。她睁大棕黑色的眼睛，盯着父亲的右手中指关节处一层坚硬的凸起，那是她从未见过的指茧。

“您的手指——”她盯着那里问道。

“不，这不是伤口，这是物理世界在我手指上留下的真实痕迹，”父亲右手的背部朝上，平摊在桌上，中指上的老茧像山丘似的隆起，“长期用笔在纸上书写，就会有这种痕迹，一枚真实世界赐予你的纹章，就像一份不可置疑的证据，你随身携带，确信这个世界的真实存在。它和这些书，包括这里的桌子、椅子、杯子，都是这个世界最直接坚硬的、最不可否定的存在证明。”

“但是，数字化的东西即便无法不朽，至少比最终会腐烂的实物更永久，”她依然茫然，蜂巢的经历使她始终无法理解父亲所说的“真实”究竟是指什么，“而更永久的东西，难道不意味着更真实吗？”

“孩子，你混淆了真实和永恒的概念。真实未必需要永恒，那些活跃的、变动的，甚至瞬间即逝的东西往往是真实的。而虚假的事物却总是一成不变，僵化单薄。”父亲说，“当一个物品被数字化以后，貌似永恒不朽，实际却无比脆弱，可能随时被删除或篡改。但是一本书、一张报纸，虽然存在时间与数字化物品相比有所不及，却固守着最初的真相。”

这些话父亲不知和我说过多少次，我已经有了抗体，我只当它是旧时代的呓语。因为在技术极速延展的当下，数码已经可以近乎逼真地复制一切，真实早已不再坚硬，虚幻的也未必不真实。但是我从不辩论，因为你无法改变一个老年人的旧式思维，就像无法将一棵老树连根拔起，移种到另一片土地。而她就像我初次被父亲迷宫似的语言所困扰时一样，表情严肃，却欲言又止，满腹狐疑，不知从何问起。

“但是，”她秀眉微蹙，终于问道，“虚拟世界里不仅有影像，也依然有文字。我是说，无论纸与笔、键盘、手势、语音，应该仅是书写工具的变化，我们的文字，思想的表达，不是依然还存在吗？”

父亲微笑着，沉吟着，轻轻敲着托盘。那只刻着远古文字的淡紫色珐琅器皿，在他的中指关节处发出清脆的当当声，仿佛那是他梳理观点的步伐。书房在这种敲击下静谧无声，吊灯悬在空中，光线黯淡，他温暖地注视着她说：“是的，很多人都这么说，我当年也这样问过自己。书写的方式自有其演进的历史。人类最早用的是泥板、龟壳，后来是竹简，然后拿芦苇管吸墨写在莎草纸上，或者用鹅管笔写在羊皮卷上，或者用毛笔写在帛上，再后来，用铅笔、圆珠笔、钢笔都写在纸上，然后用键盘写在屏幕上，现在是用语音写在玻璃球的数据库里。这一系列演变中，变的只是书写工具，而非文字本身——你为何非要纠结于一张纸、一支笔呢？”

父亲停顿片刻，抬头望着天花板上八卦图似的横木，它们正指向不同的方向。

“但是后来我觉察到，事情并非那么简单。就说汉字吧，个人电脑出现之前，纸上的汉字笔画千变万化，键盘出现之后，只剩二十六个字母，重新组合输入。而现在语音输入，连最基本的触觉也没有了。事实上，我们在追求效率的道路上逐渐远离了世界的真实。”

“远离世界的真实？”

“没错，真实的世界是粗糙的，有摩擦的，有阻力的。人类原来以手持刀，在骨头、龟壳、石头、岩壁、泥板上刻字，那是粗糙的阻力，我们因此体验到真实的世界。但后来，我们的输入工具越来越顺滑，这种阻力越来越小，用笔写字就比刻字要顺滑，在键盘上打字则更是如此，更不要说在玻璃球上用语音或者手势了。而某种意义上，没有现实的阻力，就没有人的存在。”

“但是即使工具变化了，文字依旧是原来的文字。”她还是未能理解。

“让我们再换一个角度，”父亲又说，“你从没有尝试执笔书写吧？”

她摇了摇头。

“那你无法体会到执笔书写的感觉。当墨水流出你的笔尖，笔尖在纸张上滑动，世界便会因为粗糙而显得真实。就像你抚摸一块石头，抓起一把泥土，或者蹚过一条河流，粗糙使人感到真实。而虚拟世界本身就是一种工具，是一种思维的枷锁，它会限制我们与真实世界的联系。或者说，它最终会将我们与真实的世界隔绝开来，最本质地隔绝开来。”父亲忽然陷入沉默。许久，他才抬起抑郁病人才有的一双眼睛，对我们忧伤地微笑着说：“也许所有的技术都是这样的。我们曾经是大自然不可分割的一部分，但后来我们砍柴伐木，种地畜牧。工业革命后有了蒸汽机、发电机，现在又有了玻璃球。我们日渐退缩在工具后面，或者说，我们与真实世界之间隔绝的壁垒，越来越厚实了。”

父亲温暖地看着她，没有再说下去，而她一直迷茫的双眼，忽然因为这句话放出诧异的光芒，仿佛因为听懂我父亲话语中的隐喻而备感震惊。栗色的头发像一片云，飘浮在这无数纸张组成的时间洞穴里，仿佛在这场对话中窥见无意中被泄露的天机，于是被惊骇得无路可走。我被她这种难以描述的表情震住，紧紧握住她的手，发现那只手在微微颤抖着。漫长的谈话到此结束，她仿佛情绪激动，但欲言又止。父亲温暖地看着她，仿佛两个人心有灵犀地理解了某些事情。

ZR
ISLAND

第 12 章

复刻世界

我们是坐着飞行器离开旧城的。夜色未深，两侧舷窗透进微光，玄黑的四壁泛亮。她一路上神情凝重，默不作声。父亲的谈话是一只鼓槌，敲落在书房、书籍、书桌、书笺之上，震撼的鼓声同时响起，既使她顿悟惊喜，又使她陷入迷茫。黄钟大吕，恐惧与欢喜交杂，气氛沉默到冰点，而我找不到一丝谈话的缝隙。两分钟后，飞行器降落在十七层的露台上。她忽然握紧了我的手，似乎因为发现了真理而颤抖。

“瓦罕先生的那幅画。”她在黑暗里颤抖地说。

我不清楚父亲书房里的什么东西，促使她忽然想到了瓦罕先生在旷野大厅上最后展示的那幅画。我当时以为，也许与我父亲的书房并无关系，她只是忽然想到而已。

“怎么了？”我问道。飞行器已经停稳，她依然抓着我的手，没有下去的意思。

“我在想那画上的签名。”

签名？ZR？我忽然心中一动——瓦罕先生最后展示的那幅

画，不仅与酒吧里的毯画构图相似，也与尖顶咖啡厅里的狩猎图极为相似。酒吧的毯画已经被调酒师裁走了，但尖顶咖啡厅上的狩猎图应该还在那里。

“走，我们去一个地方。”我对她说。

一路上，我迫不及待地向她描述了调酒师的故事，并告诉她酒吧天花板上的毯画与旷野大厅上的油画，无论构图与笔法都惊人地相似，而我刚刚想起，尖顶咖啡厅里也有一幅狩猎图，构图虽有不同，但也惊人地相似。“也许笔法雷同，上面会有同样的签名。”我说。

“这不可能，”她说，“因为AI绘画变化诡异，雷同的构图已经极为罕见，如果其中笔法相似，甚至签名相同，那更是难以想象。”她是专业人士，我无法反驳，但是既然有争议，那么就去眼见为实。飞行器迅速掠过森林幻影，停在尖顶大厦顶楼的停机坪上。探照灯亮起，四周一片耀眼，但是尖顶咖啡厅在最高处，此时狂风乱卷，飞行器在旋涡中震荡，全靠同态协调的技术，才没有被卷走。我们无法停稳，自然也无法下去。正无计可施之间，她忽然对我说：“为什么不用玻璃球扫描那幅画呢？”没错，我们又不是要偷走那幅画。飞行器于是在多变的狂风中不停调整飞行的节奏，发动机声音时大时小，速度渐渐慢下，绕着尖顶咖啡厅慢慢飞行，越飞越近，几乎贴着窗玻璃绕圈。探照灯朝里照去，九根柱子反射出黄铜色的光，忽然出现了许多小小的影子，在里面追着我们的光柱奔跑。

“那是什么？”她问道。

“机器宠物。”我答道。

大概是被探照灯光激活了，它们像在过狂欢节。飞行器在狂风中伸出一个巨大的吸盘，机身稳稳地贴在窗玻璃上。一束探照灯射入，我们用目光寻找起那幅画。然而，结果却大大出乎我的意料——那幅画竟然消失了。

咖啡厅入口的正对面，原先挂画的位置已经空无一物，就像被脱去衣服似的，只剩下孤零零的几根柱子。我不由愣然发怔，很难理解那幅狩猎画究竟为何消失。

“不奇怪，一定有人买下了这幅画的数字版权，”她说道，“而且，线下的这幅狩猎图肯定也被那人收走了。”

—·—

我们回到公寓，虽然夜已很深，但她坚持启动玻璃球。调酒师裁下了毯画，狩猎图莫名消失，令她坚信在玻璃球的复刻区里很可能存在类似作品。我从她的语气里觉察到一丝忧虑不安，好像我俩从我父亲的书房出来后，她就被一根线索缠住了，如果不去找个明白，她会整个晚上都喘不过气来，无法入眠。

她缓缓地将沙发推至墙角，而我将玻璃球从耳环上取下，看着它缓缓升入天花板，进入那个凹槽。初现的光芒像跳跃的火苗，燃烧了空旷的客厅。虚拟世界在周围逐渐显形，然后一片街区随机出现，霓虹灯在蓝青色的天光里亮起，古老的马车在屋檐上飞翔，奇装异服的人们在街边像鬼魅一般飘荡，很多绚丽闪光的雾团迎面扑来。那是精准营销的广告，我俩不约而同地挥手驱赶。

就在这片浓雾渐散之际，她眼睛注视前方，发出一道咒语似的命令："带我们去复刻世界。"

街区应声变化，四壁换了颜色，光影褶皱出一间幽暗的画廊，一座小型私人美术馆，文艺复兴时代的巴洛克风格，在罗马或巴黎，在维也纳或布拉格，仿佛十七世纪某个公爵设立在自己府邸深处的那种秘不可宣的私人收藏室——这就是所谓的"复刻世界"，一种数字孪生体；它是在真实世界湮灭之前，全球隔都事务局发起"复制一切"运动的最终结果。现在，它储存在玻璃球规模恢宏的底层数据库里。三千隔都的大多数人或沉溺在游戏里，或与"精灵"嬉戏，几乎从不去那里。然而，任何人只须登录玻璃球，呼唤"复制世界"，玻璃球就会带他进入此地，并随机选择某个具体的起点。

我们缓步向前，客厅地面无声地向后滑动，周围移步换景，犹如走在现实世界里——私人收藏馆的色调深沉而庄重，房间中央还有两张沙发，棕黑色的皮，全都叉开四只脚，像两头牛，相对而设，抵角而视，八只脚压着同一张地毯，上面是一些绣纹繁复的阿拉伯之花。地毯的一角还在沙发脚下微微翘起来，仿佛一个路标，一个无声的向导，指引我们前进。四壁亮着灯，贴着浅铜色的墙纸，墨绿色的窗帘全都拉上了，金黄的流苏垂在两侧，仿佛静止了一千年。墙壁上挂着尺寸不同的油画，大约十三张，全是宗教神话的主题——夜空里展翅掠空的飞鸟，森林中龇牙呼啸的神兽，头顶着金色光环的天使，接生婆伸出一双枯萎的手，一个婴儿在晨昏之际放声啼哭。昏暗的、鎏金的、棕黄的、墨绿的、淡黑的、暗灰的，灯光幽暗，难以描述的隐秘气息像迷雾一样弥漫在我们周围。

我望着这个光影聚合而成的世界，惊叹于精确控制的数字孪生技术——这个私人收藏馆显然曾经真实存在过，墙上的原子材料显然已经毁灭于遥远的地界，而此刻，画框中每一丝折射的光线、每一粒细腻的颜料，都像虚幻的建筑材料，构成了它们熠熠生辉的魂魄，整座收藏馆仿佛又在眼前还魂复生。

我们在昏暗的光线里走到房间的尽头，眼前是一道门廊，两个裸体的雕塑守在门廊两侧。穿越过去，就是另一个展厅。无论在真实世界里相距多远的场所——私人艺术馆、民间博物馆、个人美术馆，以及不计其数的画廊或展厅，在玻璃球的虚拟世界里不再有物理的距离。它们与其他数字化的信息统一聚在“复刻世界”的名下，仅以一道门廊分界，并以裸体的雕塑为界碑。这些界碑塑像有的与人齐高，有的仅达腰部，有的分得清男女，有的性别模糊，全部灰白色，姿态万千。看到它们就知道路已到尽头，过去便是另一番天地。

但事实上，我们只是在自己的房间里来回踱步。这幢房子与隔都所有新建的房子一样，四面墙角安装着隐蔽的滚轴（浸没在某种类似水银的消音材料里）。当我们走动时，地面会随着我们前进的方向无声地移动，玻璃球射出来的幻影也同时变化，将一切调整成恰好可以欺骗我们目光的角度，让我们自以为走向了不同的地方，其实我们基本上都站在客厅的中央——而客厅角落里的那张沙发，沉默在阴影里，就像物理现实的一个锚，时刻提醒着这一点。

那天晚上一无所获。此后几天，我们总是沉浸在这片区域里，从玻璃球随机分配的起点开始，从一个艺术场所走向另一个。那些空间忽而大，忽而小，有时候鲜艳明亮，有时候黯淡冷漠，有时候朴素无光，不断呈现出令我们惊叹的作品。事实上，玻璃球的“复刻世界”是永远都走不到头的，现实中的展馆、美术馆、画廊、私人博物馆，一个连着一个，映射在虚拟世界里如巨大的迷宫一般无穷无尽。我跟着她，在黯淡或明亮的空间里亦步亦趋，虽然知道她想要找什么东西，但并不理解她为何如此急切，像是迫不及待地要去验证某件事情，片刻都不能停留。

一路上，我们见过光影结合的超现代装置艺术，也到过古意盎然的檀木房间，还到过三维立体的影像作品，很多都是 AI 艺术品，但并非我们要寻找的绘画。一路上，我们执手相握，走在那些静默的、悄无声息的作品之间，它们像一个个翻滚的音符，彼此连缀着，卷着我们的脚步前行。渐渐地，我们像是滑入了一种奇特的音乐里，小型展厅、回廊、藏室仿佛组成了一部交响曲，令人陶醉且迷失方向。那些艺术装置或有 AI 的痕迹，但绘画无一例外都是人类的作品。而我们依然不停向前走，抱着近乎固执的态度，仿佛我俩都掌握着（并且知道对方也掌握着）某种证据，确信能在虚拟世界里捕捉到那种绘画。很久以后，当我们历经磨难，再次重逢时，才知道当时的相互理解，其实是彼此的误解。我以为我们要寻找的是和尖顶咖啡厅、旷野大厅、酒吧天花板上相类似的那种绘画，而在她心里，其实还暗藏着另一个更为深刻的目的。

—·—

关于 AI 艺术作品，也许该多说几句。

三十年之前，人类对于自身意义的认识忽然发生了一次重大转变。当时，气候灾难全面爆发，AI 凭借协助人类安全迁移的机会，发展出难以想象的精湛技巧，同时渗透万物，变得无所不在。好几年以后，人们才发觉，在艺术创作的领域里，那些算法里的代码仿佛充满了灵性，可以自我进化。它们能重组贝多芬与柴可夫斯基的乐谱，能将凡·高与毕加索的色彩与线条相互杂糅，它们会模仿帕瓦罗蒂和卡拉斯的声线，它们还会拆解重组普鲁斯特与乔伊斯的文本，在这些素材的基础上进行创作。那些作品仿佛是一百个贝多芬、一千个凡·高、一万个乔伊斯的自我叠加，比人类更逼近艺术的本质。艺术家们为之瞠目结舌，既茫然又惊恐。在那段时间里，他们正遭受两面夹击，一边眼睁睁地看着自己的作品在极端气候中逐渐褪色、剥落、缺损甚至毁灭，一边眼睁睁地看着 AI 取代了他们，仿佛人类特有的艺术细胞已经移植到了机器的身上，并且正蓬勃地发育，比他们更像一个艺术家。

那是历史性的一刻。雕塑、绘画、诗歌、音乐、小说——它们占据着大脑的额叶，占据着灵魂在肉身的居所；它们使人之所以为人，使人区别于万物；它们是人类自我认识的一个标准度量。但是那一刻，自我进化的 AI 仿佛伸出了一只无形的手，将这些人类尊严的装饰品逐一取下，人类忽然发觉自己浑身赤裸，与万物无异。变化来得如此突然，在人类内部爆发了激烈的争论。一些人建议坦然投降，因为我们无法泯灭人类向往美的天性，而如果竖起禁止的高墙，那么太阳照下来，阴暗的角落必会同时出现；另一些人却强烈反对，他们坚信AI只是糅合与模仿，从未在真正地创作，他们说那些看似完美的作品只是算法从海量的数据库里汲取的人类素材，而其中体现出来的困顿、疑惑、沮丧、兴奋、希冀、哀伤、慈爱、宁静，那些展现人类现实情感的元素，AI既不能自发形成，也不可能去欣赏。他们因此推论，如果人类不提供最原始的素材，那么，AI这种缺乏灵魂的机器最终只会陷入自我重复、原地打转的境地。

这种观点捍卫了人类的尊严，它是如此强大、如此安慰人心。经过无数次辩论、无数次听证，在争论不休以后，几乎所有人都不得不承认，无论AI的艺术品是多么优秀，没有人类艺术想象力的滋养，它们终将变得乏味可鄙。而人类的作品无论如何粗陋笨拙，却是唯一的艺术源泉。

人们开始逐字逐句地修改《AI法典》条文，锱铢必较，就像在战场上争夺某个阵地，激烈程度是气候灾难以来所未见的。最后，人们引用了一百多年前保护文化遗产的法律，引用关税贸易保护弱小产业的历史，引用艺术审美是保护人类脆弱心灵的事实，在焦虑的艺术家与激增的算法艺术品之间，筑起了一道法律高墙——《AI法典》第八十四条修正案，也就是《人类艺术法案》。该法案规定，只有纯粹的人类艺术品才能自由销售、保存、流转和展示，而所有AI主导或者参与的艺术品都属于特殊作品，应参照考古出土的文物相关法规加以严格管理，禁止任何个人或机构私下买卖、收藏，而如果线下展出，必须有特殊的许可证（即银色围框，就如尖顶咖啡厅上的狩猎图）。

然而，我们在客厅的世界里漫步了几天，却一无所获。所有的绘画都是人类作品，没有一幅 AI 作品，也就是说，没有一幅绘画是有银色围框的。

那一日，我们走到一个样式古老的美术馆门口，入口处的朱色大门敞开着，门楣上刻着残缺不全的名字（数字孪生技术保证一切无损复制，想必本来就是如此）。光亮从大门内投射到我们脚边，就像清晨开门时阳光洒进了屋内。她忽然止住脚步，眼睛仔细看着地面上的光，然后缓缓抬起头，顺着光芒望向大门内——一幅闪闪发光的油画正挂在对面的墙壁上。那一瞬间，我们都被那幅画震慑住了，仿佛黯淡的墙壁中央有一种异于常态的精美气韵。那是一幅捕鲸图。滔天的海浪中，画面左侧的捕鲸船向左倾斜，似乎即将沉没。几个水手里有人趴在船的右侧，想要平衡船只，有人在爬桅杆，有人手执来复枪，有人飞掷捕鲸叉。而那条鲸鱼在画面右侧，正从海里抬出头，卷起四面浪花，仿佛它正在制造一个漩涡，要将这条船吞没。

她凝身不动，远远地望着那幅画，然后举起手，张开五指，在空中轻轻挥动。

“找到第一张。”她冷静地说。

“确认吗？”我问道。

我们毕竟离那面墙壁还有七八米远，看不清楚那幅画的细节。她又一次举手张指，示意我模仿她的动作。我照做了，像她一样透过指缝看那幅画，只觉得光芒流过我的指间，仿佛油画那边吹来一阵海风，使我手指顿生清凉的感觉。我以前见过的狩猎图和毯画，都是线下作品，而对于瓦罕先生留在旷野大厅的那幅画，缺了她的提示，我就无法觉察到AI绘画这种令人惊叹的表现力。

“只有极其精确的笔法，才能营造出这种画面的均衡感，而这需要高度纯粹的注意力，并不属于我们人类的能力范畴。”她一边说，一边向前走去。她是《AI法典》的专业律师，当然不会混淆AI与人类的绘画。

走进展厅，空间并不大，四面墙壁、十六幅画作，就正中这一幅是AI绘画，无论冷漠的暗色调，还是鲜艳的亮色，都有纯粹的内在一致性，一眼就能识别。船与鲸的对峙画面，也酷似此前我们所见的构图。她仔细抚摸着画框——其实并非触摸，而是用手遮光检测，这是判断它是否属于违禁作品的便捷手段。“果然不是银框。”她说道。她的手忽然停住，若有所思地望着这些AI绘画。是的，它们都是违反《AI法典》第八十四条修正案的现实案例——这显示出诡异的逻辑，复刻世界只是复刻了物理真实的展厅，而这个已经湮灭的展厅，当时却在展出违禁的AI作品。我们凑近了看这幅AI作品，仔细观察画中的笔法。果然，断臂的字母、残缺的笔画，犹如一场相互混杂的舞蹈，最终全都转向0与1，完全精确的印刷字体。看上去深奥的语言就像一堆粗犷复杂的初始食材，在画框这口锅里经过反复的焙炒加工，最终变成同一种简洁明快的数字体。就在我仔细搜寻那个签名，迷失在深蓝海洋与淡蓝天空之间时，她忽然后退一步，说：“你站到这里看”。果然，在鲸鱼和船只之间，隐约呈现出ZR的形状，比瓦罕先生那幅画上的签名更大、更虚淡。

我们顾不得惊愕，继续走下去。展厅一间又一间，画廊一个又一个，AI绘画愈来愈多，渐渐泛滥开来，没有一张的构图不相似、笔法不雷同、签名不一样的，也没有一张不是违禁的展示品。我俩像是两个行走在沙漠深处的旅行者，忽然走进一个盗墓者私藏艺术品的洞窟，精妙与违法碰撞，惊愕与欣喜并存。相似的构图、雷同的笔法、隐含的签名，就像一股暗流将我们托起，裹挟着我们奔流而下。那些AI绘画背后仿佛隐藏着会歌唱的灵魂，比你更深刻、更富有感情、更有尊严，宛如势不可挡的滚滚洪流，将我们置于语言难以形容的奇妙境界。然而，因为这些绘画所展示的笔法过于细腻，所展现的情绪过于饱满，又使它们显得不可信任，就像隔都里的那片森林幻影，在光线里是如此丰富与真实，但透过那件绚丽柔美的外衣，触手皆是坚硬的楼宇砖墙。

她紧紧捏住我的手，放慢了脚步，眼睛扫视四周，但那种微微急促的呼吸表明，她也从来没有被这么多艺术精湛的AI绘画所包围。她像一个在店铺前乞讨的孩子似的，总是瞪大眼睛，凑得很近，脸上充满了犹疑的渴望。她似乎完全忘记去深究忽然间出现的这些相似的AI绘画，究竟是为什么或者意味着什么。我跟在她身后，望着这一切，一种恐惧渐渐替代了最初的惊愕之喜，我难以想象这些AI糅合优化的绘画摹本，都是人类的违禁收藏品。因为气候灾难已经持续了数十年，人类四处飞逃，不可能会有那么多人违反禁令，私下制作并且收藏着AI的作品，更不要说很多都是老派的私人美术馆，不大可能去收藏新潮的AI作品——想到此处，我便猛然一哆嗦，背脊不由渗出一丝冷汗。

展厅一个接一个，周围的AI绘画越来越多。奇特的视觉会引起某种嗅觉，没有银色边框的违禁艺术犹如郁金香的气息一样在周围浮动。我们仿佛被迫地越走越快，似乎是客厅地面的滑动速度令我们加速小跑。仿佛终于逃出一场火灾似的，我们忽然间一齐踉跄跌入一个巨大的展室——不，与其说巨大，不如说是虚空，与其说展室，不如说是广场。这里四周都望不到边，头顶上雾气氤氲，无数根金属丝线从雾气中垂落，每一根都吊着一幅绘画，就像悬挂的风铃。她转身时撞到了其中一幅画，那幅画撞到了边上一幅。一个接一个，风铃挨个撞击着，清脆的声音以多米诺骨牌的节奏在雾气里荡开来，久久不绝。我们向前走去，走了很久也走不到头，目光可及之处，再无另外的展室，仿佛刚才的一路奔跑，就是为了尽快抵达这个终点。她的脚步渐渐放缓，最终像猫的脚步一般无声无息，脸上汗涔涔的，眼睛却开始检视那些垂落的油画，一张张地看过去——落入大海的水手，正将一只手伸向一艘巨轮，而巨轮的烟囱显示它正驶向另一个方向，速度之急就如一架正在起飞的飞行器：这是水手和巨轮的对峙；一辆旧式老爷车的底下，两只赤脚像死人的双腿一样直挺挺地伸出来，一摊血迹从车底流出：这是修理工和汽车的对峙。一个骑马者从马背上摔下的瞬间，四肢笨拙而慌乱地抓着空气，那匹马像离弦之箭，蹄子腾空，扬起了灰尘：这是骑手与马匹的对峙。

无论尖顶咖啡厅上的狩猎图、调酒师的天花板毯画，还是旷野大厅上瓦罕先生最后留下的巨幅绘画，都与眼前的AI绘画有着彼此呼应的暗号，仿佛拥有共同的祖先，来自同一个源头。她望着那些从黑色的虚空中垂下的金丝线，栗色头发像飘在其中的一朵云。

“都有一样的签名，”她咬着嘴唇说，“也许我们应该去一趟艺术圣城。”

“去哪里？”我没有听清。

她没有吭声，伸手在空中挥舞。那些绘画相互碰撞，风铃响彻了整个世界。然后雾气消散，画作消失，一个巨大的广场缓缓地出现，各种建筑形态争奇斗艳，在四周绵延。古希腊神庙的柱子、古罗马的拱顶、拜占庭的列柱长廊、哥特式的尖塔、巴洛克风格的墙壁，遥远处是金字塔的尖顶，隐约可见的中国长城——哦，艺术圣城，虚拟世界里人们都在谈论却罕有人至的地点。

ZR
ISLAND

第 13 章

艺术圣城

卢浮宫、大英博物馆、开罗美术馆、冬宫博物馆、普拉多美术馆、伊斯坦布尔现代美术馆、阿姆斯特丹国立美术馆……全球五千二百二十一个艺术圣地，全部按照 1 : 1 比例完全复原，一切辉煌如原物。有所不同的是，虚拟世界压缩了物理世界的距离，将它们集中在同一片广场上，形成一座绵延不绝的艺术圣城。

此刻，艺术圣城的广场上温煦如春，客厅地面在脚底无声滑动。她步履悠闲，仿佛一名无所事事的观光客。我满腹狐疑地跟在她身边，不知她为何选择这里。很显然，这里都是古代的艺术博物馆，就像一个生命不可能存在于卵子受精之前，孩子不可能先于母亲出世，AI 也不可能出现在古代的遗迹里。在穿过卢浮宫前的宽阔广场时，我问了她。

"直觉。"她答道。

旧日世界的庄重与深沉，并未因为光影复刻而消减半分。我们是这个世界里仅有的两名游客，经过一个又一个艺术殿堂。达·芬奇的《蒙娜丽莎》、伦勃朗的《夜巡》、凡·高的《自画像》、毕加索的《斗牛士》、断臂的维纳斯、无头的胜利女神全都尾随着她奔赴此处的急促决定，化为一连串晦涩的谜题，笼罩着我辗转于那些复杂宫殿的脚步。最终，这个谜题在梵蒂冈得到了解答。当时我们步入西斯廷教堂，穿越迷宫似的复杂门廊，进入气势恢宏的西斯廷教堂大厅，一路上冷寂无人的气氛忽然烟消云散，高悬在头顶上的繁复壮丽景象仿佛在我们还未抬头时就从天而降。待我们惊觉昂头时，只见高耸的穹顶上有飞鸟、船舶、森林、云雾、阳光，当然还有各色人物，细密而斑斓的壁画一幅又一幅，绚丽而奔放的世界彼此连缀着，使人瞬间产生了某种幻觉，仿佛壮丽到难以形容的天堂正在头顶上徐徐展开。古老的记忆正在被某种语言陈述，宇宙如此辽阔宏大，而时间遁入了虚空。我俩缩在一角，渺小得犹如一粒恒河之沙，仿佛自己的魂魄正被吸入穹顶。

父亲书架上的那些书我没读几本，但是书中的插图，我一本不漏全都记得，我记得有些插图反复出现，就是眼前的模样。父亲当时在我身后，以赞叹的口气说道："这是历史上罕见的巨匠、苛刻的完美主义者、精确表达的追求者，这个西斯廷教堂的穹顶正是他毕生的心血。"哦，米开朗琪罗！我终于回忆起那个名字，也想起了那个名字背后那种不惧烦琐、只求完美的工匠脾性。此刻，这种脾性犹如活物似的，在这穹顶上纤毫毕现。色彩之间如河流交汇似的细腻过渡，不同的线条之间像铁轨交叉一样小心连接。教堂内壁的一缝一隙在一层层油料和泥彩的反复填抹之下，显出沉郁的光彩。虽然无数细痕因为时间的衰败而四处横生，但整个穹顶在一片陈旧的颜色里依然透着庄严的辉煌，就像人至老年的皱纹，显示出时间的庄重。我们仰着头，望着那个天堂，与其说我们是在看壁画，不如说是被那些细痕吸引，浸染在由那些细痕所透出来的虚空感里。就在那一刻，她忽然发出一声惊呼，似乎被什么击中了。

“看！”她指着穹顶的中央。

画面上云雾缭绕，一名须发皆白的老者伸出的右手穿越了几条细密的隙痕，正探向一个年轻人。那个年轻人虽然已经成年，却如新生的幼儿，迎接的手指与回望的目光一样柔弱无力。两人的手指将触未触，像是一件即将发生的事情却又并不确定。我们仰望着这画面，不约而同地向彼此伸出了手，仿佛是在学习那幅画里的动作，又像是要将这种不确定变为一种确凿的事实——瓦罕先生展示的那幅画、尖顶咖啡厅上的狩猎图、她没见过的那幅酒吧毯画，以及我们一路看过来的所有 AI 违禁作品，相似的主题、相似的构图，就是眼前这幅作品的临摹之作，虽然它们之间有所区别——这一幅充满了悲悯、新生与希望，而在那些 AI 画作里，却有一丝戏谑濒死者的残酷，以及一种命运难以挽回的悲哀。

她对古典绘画完全陌生，我则略知皮毛，但我无论如何回忆，只能想起它的名字叫作《创造亚当》，其他的背景却一概不知。她握着我的手，紧紧地握着，整个人踮起脚尖，凝滞在半空，仿佛要飞升进入那幅画里，但眼里透出的却不是欣喜，而是更为深切的犹疑不安。我盯着她，忽然发现有一层恐惧——似乎是从穹顶之上反射下来的不安，像油彩一般抹在她的脸上，掩盖了她的犹疑与渴望。

“我们得找一把梯子爬上去看。”她盯着穹顶说。

原址复制的遗迹都有保守的规定，虽然都是数字世界，但我们无法将穹顶拉下，而只能爬上去，就如在物理空间中一样。这是多此一举，但创造这一切的数据复制者曾经说过，如果没有物理的真实性，那么复制原址的意义就不复存在。我想父亲会喜欢这种理念，但是他一定不会喜欢接下去的一幕，因为我随手从空中一抓，一个升降双用的木架三脚梯便出现了——这种半吊子的复原概念，只会令父亲那种极端的守旧者为之不屑。

高耸的三脚木梯缓缓地从空中落下，我们各自从两侧走上去（其实只是向上踏步，使穹顶下降），西斯廷教堂的殿厅在俯视中显出衰老的气息。爬到一半，我便发现全球隔都事务局发起的“复制一切”运动，其实并未完全复制现实，因为从高处看，墙壁、柱子、窗户都变了色彩，有些甚至变成了黑暗或者空白。显然，全球隔都事务局在复制中偷工减料地只复制了某些视角，而忽略了几乎不可能会出现的高位视角。我们终于走到木梯顶端，站在狭小的平台，仰望穹顶，几乎呼吸着《创造亚当》这幅杰作。它当然不是AI作品，它缺乏精细的均衡感，但它与AI绘画构图的酷似程度，让我们几乎可以肯定，这就是所有AI作品的临摹原作。

她贴着穹顶，仰着鼻息，几乎一寸一寸地呼吸着那些裂痕，挖地三尺似的要找出些破绽。“看你那边——”她忽然指向我头顶上的画面。老人与青年之间，两个将碰未碰的手指之间，隐约有一些模糊的字迹，看上去像“ZR”，但很模糊，也许只是颜料色彩风化后的余痕。那地方离我更近，我便探头过去，想要仔细辨认这个我不敢相信的事实。

就在那一刻，脚下的梯子忽然在空中震颤了一下。我们最初并没反应过来，以为是玻璃球系统的瞬间震颤。那种紊乱的电波虽然罕见，却也不是没有发生过。然而木梯子的震荡越来越激烈，仿佛地面也在晃动。我定睛四望，固执地以为这是错觉，也许是玻璃球的视觉跟踪技术出了微小的差错，只要过了片刻，震荡就会自行消失。但是震荡持续着，像一艘船舶遇到了逐渐升级的风浪。我们站在梯子上，像站在一个摆幅逐渐增大的秋千上，仿佛整个大地都在动摇。

“地震！”这是我的第一反应。

我下意识地拉住她的胳膊，她那时候也抓住了我的衣衫，我们急速后退几步，然后使劲朝后一跃，只听到砰的一声，随后是一阵稀里哗啦的身体和杂物的倒落声。我俩狼狈不堪地跌入房间角落里的那张大沙发里，活像两条被炸飞了的昂刺鱼。我们接触到沙发，真实之物令我们脱离了虚拟的沉浸，转入一种看电影的视角。虚拟的西斯廷教堂仍在摇晃，虽然我们惊魂已定，但意识到地震是我们的错觉。墙壁岿然不动，公寓大楼依然坚固如铁牛，只有玻璃球的世界在摇晃——西斯廷教堂的墙壁、柱子、窗户、穹顶、地砖，就像起伏的波浪，全部进入了荡漾的节奏；壁画的线条和颜色，已经裂成了一段段，像一条条小蛇，正在逐渐增强的波浪里尽力挣扎着。

这情形令我俩目瞪口呆。玻璃球的系统显然出了故障，但不像以前那种雪崩的骤然一击，而是一种缓慢的、有形的、仿佛早有预谋的谋杀，甚至不是谋杀，而是虐杀。仿佛为了让我们记忆深刻，它将所有的影像与色彩都一片片地凌迟处死。我俩一动不动，靠着墙壁，仿佛目睹了所有的碎片全都消失殆尽，才发觉右下角的“时间标尺”还在，标准的数字一直静止着，像一个不动声色的杀人犯，冷眼旁观了自己导演的戏剧。这一幕令我俩刻骨铭心，因为那个静止的时间，应该标注了事故开始的时间。它停留在午夜零时，此后再没有前进或后退。

ZR
ISLAND

第 14 章

机器崩溃

我们在黑暗中席地而坐。窗外森林幻影闪烁，沙发靠在墙角，死一样的沉默，仿佛是这场突变中最无辜的目击者。

“会不会只有我们的玻璃球坏了？”她问道，声音平静极了。

“不会。”我缓缓摇着头。当然不会。如果那样，飞行器早就为我们送来替换的新玻璃球。我努力回忆米开朗琪罗那幅画上模糊的印记，那个似是而非的签名，但是记忆无法确定细节，她肯定也一样。这突发的故障像当头一棒，令我们失语似的不知从何说起。

我们乘坐鸟笼下了楼，地面没有路灯，天上没有飞行器，世界黑黢黢的，只有森林幻影的微光在闪烁。路上遇到零星几个人，缺了玻璃球的翻译，都像聋人哑巴一样打着手势。走了一会，听见远处似有喧哗声，我们循声而去，看到人渐渐多起来，三五成群地聚拢在林间小道的角落里，但听不懂彼此的话语，叽里呱啦的，只是打着手势，指着同一个方向。顺着他们指的方向，我们看到了一些快步小跑的身影，这些人都穿着灰黄色的工作服，显然是最后一群上班族——那些最优秀的算法程序员。因为玻璃球的宕机，远程通信中断，他们不得不在楼宇之间奔跑，仿佛某种珍稀动物正在黑暗里逃亡。

黑夜像是一块绷紧的遮羞布，掩盖了某个不宜公开的错误。我们原以为，是黑夜这块幕布加深了人们的焦躁情绪，但天光渐亮，紧张的氛围却并未消散，反而被淡蓝色的天空提纯成一种真实可触的恐惧。人越来越多，犹如在白天复活的僵尸，漫无目的地在城区里游荡，每个人的眼睛都透着刀片似的锋利目光，将恐惧的气息镂刻在清晨里。

由于语言不通，惊疑的气氛因此愈发浓重。机器主机一整夜僵死如尸，并未自我修复。天上没有飞行器，森林幻影呆滞不动，玻璃球无法启动。白天流逝，到了夕阳西沉的时候，暮色仿佛正以光的速度吞没人们的希望。人们心慌意乱地站在夕阳下，彼此相望，就像一群被父母遗弃的孩子。因为他们都知道，虽然那些抢修的程序员聪明绝顶，但在日益复杂的算法世界里，他们只不过是依附在机器系统上的一些螺丝钉——如果玻璃球不能自我修复，那么谁也不可能将它修复。

而螺丝钉们却无暇顾及这一切。这些失业大潮里的幸存者尝试了无数种排除故障的方式，重启杀毒、新设程序、更替算法、改变最微妙的指令，尝试删除一些程序、尝试重新写入、尝试格式化一些硬盘系统，但是正如围观的独居者所预料，一切努力都毫无结果。眼前的机器就像一个无声抵抗的孩子，无论怎样拎耳朵、捏鼻子、扇耳光、摇晃脑袋，都像僵死了一般不吭一声。到了次日中午，整个机器系统依然锁死，飞行器停在楼顶停机坪上，送餐的鹰隼机不见踪影，除了森林幻影还覆盖着城市，那些本来言听计从的设备——玻璃球、语音助理、飞行器、机器宠物、机器清洁工、机器搬卸工，无论怎样威逼利诱，都像失去了魂魄一样陷在自我沉思里。

事态显得愈发恐怖，程序员们则奔向旧城，闯入年长者的住所，翻找早期的输入界面。键盘、触屏、输入板，那些曾经的忠实奴仆，如今犹如一群人走茶凉的薄情伙计，无不翻脸怠工。程序员们最后只能抱着医治死马的希望，去新城大楼的地下室几乎废弃的旧机房里，寻找老式的机械系统。红色的阀门、绿色的按钮，都是埋入坟墓的老古董，但他们却在期待或能侥幸触发某根藕断丝连的电路神经——这显然是可笑的想法。那些积灰的老古董最终一言不发，仿佛都在抗议这种近乎挖坟的举动。程序员渐渐变得绝望，而这种情绪又激发了围观者的悲观。无需语言，只要用目光交流，人们就能意识到事态的严重性质。暮色降临之时，程序员已不再奔忙。他们三三两两地坐在各幢楼宇的门口，双目呆滞地望着前方。前方是一片森林幻影，覆盖着整个城市，虽然还亮着，却失去了自我调节的能力，犹如笼罩在城市上的一潭死水。

就在此刻，一阵吱呀呀的声音在全城响起，我们从未抱过希望的救济站正在发出拯救的福音。人们变得激动，就像囚徒似的奔向各自的救济站。我和她随着人流涌入那个广场，两架巨型机器人正在仓库门口甩动胳膊，救济包像橘色的鲜花似的从漆黑的洞内漂流出来，人们渐渐聚拢在周围，肃然地望着这些近乎古董的机械装置。很快，救济站便自发成立了维护秩序的小组，小组的成员都是自发产生的。与半个世纪前相比，世人对世事已是漠不关心，独居者尤甚。一个人只要行动稍微积极，便能自然地脱颖而出，而不会有钩心斗角或者繁文缛节。虽然语言不通，但是依靠手势、表情和图画，人们很快理解了关于时间、排队领取的要求。小组为站点中的每个人都制作了领取牌号，避免人们多领或者冒领。虽然这是多此一举，因为黑洞洞的仓库里似乎永不缺货，但它是我们最后的命根子，无论怎样的规则都应该得到拥护。况且在这种乱世里，这个小型组织至少也是一种心理安慰，仿佛只要有它的存在，救济站便能永保安全。对我和她来说，这件好事带来的唯一麻烦是，我们必须等到所有的人都领完救济品之后，才可以为父亲代领一份。因为按照约定，每个人都必须亲自来领取，但是旧城已经断炊一日，另有几个人与我们的情况类似，也有亲人在旧城挨饿。最后我们打着手势，指出方向，并且在地面上画了好几张示意图，才让那些显然是灾后移民的小组成员充分理解了这一点。那个临时组织很快决定，允许我们在队伍的最末尾领取，而那个黝黑的仓库洞内的救济品像是取之不竭的汩汩泉水，第一个和最后一个其实毫无差别。于是，救济站就像曾经万年不绝的暮鼓晨钟，从那一天起每日定时敲响。我们原先讨厌这种机械的模式和味同嚼蜡的食物，现在它们却变成了我们感激的对象。我想，正是这些独立于 AI 的机械老古董，才让我们在整个乱局之中获得一块喘息之地。

ZR
ISLAND

第 15 章

埃达夫人

我们给父亲送餐的时候，已是深夜。推门而入时，看到他并未坐在书桌前，而是令人意外地待在乌木方桌边，翻阅着一本巨大的画册。那是一本考古出土的文物图册，石雕、壁画、面具、陶瓷、墓穴、干尸……不知名的编撰者当年从各个博物馆将它们精选出来，一定是希望这些古老的物件能像畅销书一样广为流传，但未料这画册犹如一册遗像，反过来证明后来湮灭于极端气候的珍贵藏品确实曾经存在过。

鹰隼机没有及时送餐，而父亲不用玻璃球，无法联系我们，所以并不知道外面发生了什么，但他并不焦急。在缺乏食物的二十四小时里，他将公寓里所剩无几的食物全部一扫而空，并依然埋头阅读，自得其乐。到了夜晚，他又煮了一壶咖啡，坐在乌木桌边，就像算准了下一顿伙食已在路上似的，笃悠悠地翻着这本他已经看过无数次的博物馆画册。所以看到我们出现时，他也并不显得惊讶。

我们走到乌木桌边，打开橘色救济包，面包、三明治、奶酪、水果，全都摆在桌上。他选了一条硬皮长面包，开始大口咀嚼起来，在颌面的律动下，窗外的夜色似乎也显得生气勃勃。父亲其实年纪并不大，才六十来岁，每一颗牙齿都很好，只是因为在书房里长期枯坐，才显得有些未老先衰。

“味道真不错，近似于我在灾前吃的那种面包，”他一边嚼着，一边对我们说，“你们知道吗？当时它被称为长条法棍，不过它还有一个名字，叫作火车面包。”他愉快地向我俩挥了挥手里的半截面包，问道：“你们知道为什么吗？”

虽然充饥本身也是一种生理愉悦，但很显然，日常生活秩序的微小变化也是幸福的来源。不等我们回答，他便开始解释起当年那种特别的轨道、飞驰其上的那种蜈蚣似的交通工具，以及这根长条面包与之酷似的形状。父亲显然是说给她听的，因为他曾经无数次向我描述满世界跑火车的黄金时代。但是那一刻，我忽地被一种怪异的感觉击中，因为他的声音充溢着长辈的柔情，越来越柔和，他从来没有这样对待过我——他似乎对我一直怀有某种深切而微妙的遗憾，以前不甚清晰，此刻却显然无疑。我被这种讶异的感觉紧紧裹住，我只能这样去猜想：父亲也许更期待有一个女儿。

他啃了半截面包，又问起了鹰隼机为何没来。我们的回答并没有超出他不祥的预感，他毫不惊慌地继续吃着面包，心满意足地咽下最后一口，撇了一下嘴角，像是迅速拉满的一张弓，射出一句命中靶心的话：“这很自然。让机器负责一切，就会让它搞砸一切。”

然后，他伸手揭开另一只食物袋，从里面挑了一块嫩黄色的干酪放进嘴里，接着说道："但是，难道你们现在都取消备用系统了吗？"这是一个好问题，束手无策的人们早在当天上午就提出过。它越过语言的障碍，以一种不言而喻的方式传遍了全城，而回答却令人惊愕且泄气。

"谁说没有？一共三套呢，"程序员们回复说，"但是全都宕机失灵了。"

"怎么可能！"人们瞪大眼珠子。

"确实不可思议，但事情就是这样。"回复者喃喃说道，脸上仿佛拷贝了发问者的讶异表情。

天花板上垂落一盏大吊灯，十八个灯管全部亮着，黄色的光线洒在暗红色的地板上。父亲若有所思地嚼着最后一块干酪。"虽然极为罕见，但巧合的机器故障却并非不可能，"他说道，"说到底，人类唯一愚蠢的地方就是将一切都托付给机器。如果当年敬畏地止步于救济站这样的自动机械，绝不至于陷入今天的局面。"

父亲吃完了奶酪，又消灭了最后一块裹着煎蛋和烤鱼的三明治，在终于打败了持续一整天的饥饿以后，才靠在椅背上，抬头看我们。"事情终于发生了，我们还能担心什么？"他问道。

"难道您不觉得其中存在蓄意破坏的可能性？"我问道。

"难道你准备告诉我，这背后有一小撮分子在搞破坏？"

我们三个都笑了。这故事太老套，以至于无人当真。父亲伸出手，啪地合上大画册，说道："故障，就是故障，机器的故障。无论有没有 AI，机器就是机器，永远是机器，就像以前那样，空调、汽车、飞机，总有出故障的概率，就像你无法逃脱的命运。有些故障可以被修复，但有些坏了就是永远地坏了。”他叹息了一声，声音就像遥远的歌谣从山那头传来：“我早就说过，人类将一切都托付给机器是一个巨大的错误，因为越是精巧的东西就越容易出错。人类只能依靠自己，只有自己才是永远可靠的。这个简单而朴素的道理在我们年轻的时候不言而喻，现在都不知道被丢到哪里去了。”

说完，父亲仰起头，望着穹顶似的天花板。椽木紧致地排列，顶着成片的黑瓦。一盏巨大的吊灯垂下来，像莲花似的在空中绽放。他在静谧之中缓缓起立，走向书房南面的书架，取出一本黑色的精装书。“早在两百年多前，这个埃达夫人就已经确认，计算机不可能自我思考，它需要人类赋予它目标。”父亲将那本书递给我们，黑色的封面上凹烫着五个金字——《诗意的科学》，下面是副标题——“埃达·洛夫莱斯公爵夫人传记”。我接过来看了看封面，又递给她。她摩挲着封面，翻开第一页，上面画着一个俊俏的年轻贵妇，头发卷曲，眼神明亮且飘忽，一张聪明极了的脸。“原来埃达夫人是这样子的。”她轻声道。每一个学过AI历史的人都知道她，她是大诗人拜伦从未谋面的女儿，既有父亲狂放的想象力，又从她母亲那里继承了严谨的思维。诗意与逻辑在她瘦小的身躯里混合反应，形成一种罕见的洞察力。早在计算机出现很久以前，她就预见了指令、程序、算法的未来世界，并且编写了一种程序的雏形。在机器发展的历史上，她总是被誉为第一名程序员，为后来者提供了最早的思想萌芽。

“埃达夫人已经是老古董了，”我反驳道，“就像人类的非洲先祖露西，虽然我们身上的线粒体都可以追踪到她那里，但是毕竟相隔了三百万年。”

“三百万年？埃达夫人距今还不到三百年！”父亲瞪大了眼睛。

我望着父亲，忽然觉得这个窝在书房里太久的书呆子太拘泥于过去，而与现实完全脱了节，显得有些可怜。“是的，不足三百年，”我说道，“但是以机器迅猛发展的速度，三百年和三百万年也没啥区别。从纺织机起步，到打孔卡片机、图灵机、冯·诺依曼结构的可编程机器、元胞结构的计算机，再到后来战胜世界围棋冠军的‘阿尔法狗’以及 AI 原生的第一款聊天软件 ChatGPT，计算机的更新迭代不知凡几。如今 AI 程序不仅是在执行人类确定的规则，也不仅能够自行收集数据、自动预判未来、自由做出决断，而且已经能够根据周围环境的剧烈变化，迅速迭代程序，更替出最佳的应对模式。”

父亲漫不经心地听着我的话，脸上带着原来那种不以为然的笑容，我甚至怀疑他是否听懂了我刚才的那番话。“是吗？”他像老顽固似的摇着头，“那么请你告诉我，如果人类不为它设定目标，它又根据什么来自立规则、自我迭代程序呢？”

“现在的机器可以根据周遭环境的变化而自我演化，根本不需要人类插手，譬如根据气候灾难中的种种变化，进行自我调整。事实上，机器的这些进展大都发生在气候灾难之后，这一切来得太快、太迅猛，可能已经超出了您对机器的理解。”

“气候灾难？机器在气候灾难中难道不是为了救援人类？”父亲胜券在握地微笑着，仿佛这是一场过于简单的辩论，“你不觉得，救援人类才是它既定的目标？在人类给定的这个目标下，它的一切行动才是自由的？”他指着她手里的那本书，接着说道：“无论机器是否能自我学习，或者是否自我迭代复杂的程序，机器终究是机器，它们万变不离其宗，不会远离埃达夫人提出的原则。也就是说，假如人类不赋予它目的，它就不会有行动的方向；假如人类不存在，机器就只是一堆毫无意义的废铜烂铁。”

“但是眼下这一团乱局，可不是人类设定的目标。”我反驳道。

父亲摊开了双手，像是将一切都已经说尽了，对我的顽固毫无办法。“我说了，机器出了故障，一个极小的概率变为现实，仅此而已。记住，达·芬奇说过，人类的创造力将永远不可能设计出比自然造物更完美、更简洁、更恰当的发明——这句话最终将是对的。目标终将来自人类，”他指了指自己的脑袋，“一架机器绝不可能自发地形成诡计、谋略、意图、目标，除非人类赋予它某种使命。没有方向的机器就是没有灵魂的躯体，不可能毫无理由地凭空运转，这就像必须有第一块骨牌扑倒了，才会有多米诺骨牌效应。”父亲说完，又靠在椅背上，捧着咖啡悠闲地喝起来，仿佛这话题已经是一块嚼烂的口香糖，再嚼下去就会寡淡无味了。

ZR
ISLAND

第 16 章

机器乱局

旧城的夜色萧条荒凉，路灯像黄昏似的晦暗，她走在边上，沉默无声。我以为她和我一样，也在琢磨父亲的观点，但我后来才知道，她当时是在想另一件事情，另一个谜题，就像昨夜的梦境，她必须时刻将它琢磨才不至于淡忘。月亮露出云层，悬在头顶如新磨之镜。森林幻影显得僵滞冷硬，不再闪烁如海。接近新城时，我们听到前方似有歌声传来，间或还有鼓掌喝彩声，而此起彼伏中，又有畏怯的气息，仿佛一群原始部落的人初到新城，正在忐忑不安地举行露天的篝火晚会。

我们拐弯进入森林幻影，看到人们正聚在各种空地上，广场、涵洞、河滩，少的七八人，多的二十来人。他们席地而坐，各自围成一圈，像是在玩丢手绢的游戏，每个人都表情忐忑，很不自然。我俩相视苦笑，明白这是怎么一回事。玻璃球宕机，人们从此语言不通，于是手势、舞蹈、歌声 变成新的交流工具，除了举办一场返祖篝火晚会，人们别无出路。

我们在四处游荡之后，对此更是坚信不疑。无论何处，人们全都席地而坐，围成一圈，互打手势，指指点点，似乎经过一段时间的摸索磨合之后，原先无法沟通的语言已被纳入一种彼此都能理解的手语里。所有人都在一起努力，填补玻璃球宕机之后的无趣生活。虽然人们心里都清楚，他们最终会厌倦这种相互拯救的方式，但也相信哪怕只是暂时的喘歇，也要胜过在空虚孤独里直接溺毙。

我俩最后在一个十来人的圈子旁边站定。在冷硬的枝叶之光里，每一张脸都显出纸张浸过水之后的模糊，服饰都是黯淡的，并且不真实，像匆忙穿上身的戏服。因为语言不通，他们所奉献的只有歌唱与舞蹈。高瘦的青年刚刚退下，矮胖的中年人便上场，在众人整齐的节拍声中跳了一圈奇异且灵活的舞蹈。然后一个丰腴的女子从人群中缓步下场开始唱歌，哀婉而动人的咏叹曲调竟是顶级的水准，仿佛女巫塞壬正从她的胸腔里一跃而出，在月色里起舞歌唱。围坐的人们无不仰头望着她，我俩也一样被吸引，听得入神，好像被那声音牵引着飞入天际，恍然间甚至有了惊悚的感觉。四周的低声嘈杂，一瞬间消失在她那哀愁美丽的嗓音里。

忽然间，一种急遽的哨音击碎了这种哀愁的声音，仿佛有一个信使正骑着一匹马在夜色里疾驰而来。哨音持续地从远处向我们逼近，女巫的歌声愕然停顿，她和我们一样抬头张望，寻找那声音的来源。哨音呼啸尖锐，犹如破钹的回响，压着我们的耳膜。它延绵不绝，仿佛四处奔走，方向变幻不定，忽南忽北，音量时强时弱。新城里每只耳朵都竖起来了，所有的歌舞欢聚都在这尖锐的啸声中倏地停顿。月光倾泻，那急遽的声音掠过森林枝叶的每一道光线，仿佛在金属上摩擦而过，迸出一片火星——是某种语言，虽然并非我们的语言，但仍然是某种语言。被拉长的音节在喉咙里摩擦，变得嘶哑尖锐，并且随着声音的接近而越来越清晰。

那个侧耳倾听的塞壬歌女忽然间手舞足蹈，叽里咕噜，仿佛挣脱了缰绳的野马似的兴奋。不远处的另外几处人群里，此刻也有人用同样奇怪的语言应和着，一个、两个、三个，越来越多的人都加入了塞壬歌女的行列，明白无误地应和着远方的呼啸声。叽里咕噜的节奏像是一种魔法，而他们仿佛是最先得到赦免的囚犯。塞壬歌女在人群中率先举起了手，启动了无名指上的玻璃球，射出明亮的光芒。然后，其他人纷纷学她的动作，越来越多的玻璃球亮了起来。一只只棕色的泥球出现在空气里，不停地翻滚着，这正是玻璃球开始运行的标志。就在这等待的片刻，所有的人都齐声欢呼，巨大的声音摇晃着黑色的夜空。远在旧城的父亲肯定也能听到这山崩地裂、近乎骚乱的欢呼声。

然而，这兴奋之情几乎在一瞬间消失了。玻璃球射出的光芒里并无秩序，而是一片混乱景象，方形、圆形、三角形，以及一切稀奇古怪的形状，红的、黄的、蓝的、绿的、紫的、青的、橙的，以及一切无法命名的色彩，全都悬浮在虚拟空间。它们摇晃着，旋转着，升腾着，彼此裹挟，相互碰撞，仿佛一堆随风而舞的垃圾、一锅乱炖的大杂烩，就像万花筒里变幻的图像，毫无逻辑可循。山崩地裂的欢呼声只持续了十几秒，便夭折成为更为嘈杂的喧嚣——是的，玻璃球确实启动了，但正奔向另一头，就像静默在坐标原点上的零，转身奔向了负数，或者说，就像一个正从地上爬起来的醉汉，拒绝任何指令地摇晃前行。

那时候，一种幽灵似的电子呓语就像某种虫子发情时从腹部发出的叫声，开始在人们的耳朵里繁殖泛滥。那些一直停在各处、像是被施了定身法的飞行器，忽然间自启引擎，纷纷升空，在天上四处盘旋，机身上亮着璀璨的七色之光，落在森林幻影上，泛起金属似的奇异晕环。人们还没能从玻璃球的混乱图像中回过神来，又被这诡异的现实场景所震慑。迷惘的表情宛如潮水一般淹没了每个人的脸——那些试图修复机器的程序员则无不瞪大眼睛，他们明白那种幽灵似的电子呓语应该是机器之间的秘密语言。他们相信机器系统正是建立在这种密码之上，才自行其是。但是即使他们中最聪明的人也不可能理解其中的意义，这些杂乱无章的电子信号听上去仿佛只是一种故障、一种湮灭了所有意义的嘈杂之声。

夜晚的歌舞聚会自然是中止了，取而代之的是惊慌与混乱。林间道路上人来人往，脚步声夹杂着呼喊声，伴随着各种跳跃的七彩光影，显得混乱不堪。所有人都毫无理由地挪动着脚步。也许是因为从来没有遭遇过如此惊悚的场面，他们慌不择路，仿佛陷入一场不知要逃往何处的大逃亡里，每个人都越走越快。我俩被汹涌的人潮裹挟向前，不得不离开此前塞壬歌女歌唱的场地。狭窄的林间小道容不得止步，我和她一直紧握着对方的手，跌跌撞撞被人群推着走，快步夹着慢步，仿佛脚下这条路，永远都走不到头。幸运的是，人群的行走速度在人潮最汹涌的时候缓了下来，仿佛一根勒在脖子上的绳索渐渐地松开了。我们相握的两只手掌心全是汗水，我们不由得庆幸自己终于和一场几乎无可避免的踩踏事故擦肩而过。我们原以为这只是运气，但很快发现人们脚步放缓不仅是因为惊魂渐定，更因为遇到了母语相通的自己人。

语言是一种天然的磁场，将人们像铁屑一般吸聚成团。手势和歌舞不再是交流的工具，窃窃私语与喁喁之声正在四处升起，就像蜘蛛吐出的一根根丝线，自我编织出一张张意义的网络。乱局中的种种异象，顺着不同语言的脉络向城市各处滑行。我们没走多久，就遇到了属于自己的河流。他们压低了嗓音，仿佛某种秘密正踮着脚步在他们的嘴唇间跳跃，仿佛一个怪异的现象只在他们的讨论中成形。似真似假的流言就像无数幽灵船只，不由分说地涌入我们的耳朵。

西区的“黑暗工厂”（无人工厂）正在空转，那里的生产流程正在自行重组，所有的工序都首尾倒置。机械手、传输带、涡轮、旋转盘都各自为政地发射电子信号，试图探索出一种全新的耦合形式。有一些机器建立了崭新的生产逻辑，时间在生产线上倒流。另一些机器则在这种狂乱的重组中迷失了方向，算法陷入了混乱，黄色的、白色的、黑色的机械手全都七歪八扭地疯狂旋转着，就像一场鬼魅的机械舞会。

我俩站在一边，正在仔细倾听时，忽然远处传来一阵巨响，连续而沉闷，像是空中打了好几个闷雷，似乎从城南传来。紧接着，又从城东传来另一种古怪的响声，稀里哗啦地像是有人在高空倾倒垃圾。几乎同时，城北有一阵急促的雨点，噼里啪啦敲击着玻璃窗，就像鞭炮的炸响声。人们都仰着头，迟疑地望着头顶，狭长的黑夜一片寂静，只有那种此起彼伏的奇怪声音，时断时续地像是一场恶作剧在城市四处回荡。

消息很快传来。有一架巨型飞行器（据说那真是罕见的巨大，完全遮住了林间小道的上空），在城南低空飞行，忽然打开了尾舱，扔下许多东西，一包又一包，直砸地上，令底下的人们惊呼四散（据说已经有人被砸中倒地）。飞行器离去后，人们摸索着返回，发现那是一沓沓衣服，方方正正地打了包，整整齐齐地堆在路上，就像路上停着一列色彩缤纷的火车。城东的消息说，掉落在那里的是水果——葡萄、红柚、甜瓜、香蕉、椰子、火龙果、荔枝、蓝莓、青枣，无法枚举的多种多样，并且总是倾泻在某一个街角。一种水果砸着另一种，一种果浆溅到了另一种，七彩之色散发着氤氲之香。而在城北，事情发生在蜂巢上空，无人货运机在那里倾泻黑色小块，就像子弹一样噼噼啪啪地砸入广场。孩子们以为是冰雹，纷纷躲避。飞行器离去之后，他们才发现那些来势迅猛的黑点既非雨滴也非冰雹，而是裹在花花绿绿糖纸里的圆形硬奶糖，堆在蜂巢的广场上竟有一人之高。他们一脚深一脚浅地踩着走上去，去救那些半埋在其中的浑身乌青的呼救者，同时捡起一粒糖，剥开后用舌头舔了舔——甜的。

随着时间的推移，诡异的事情愈发多起来，而后果也愈来愈严重，其中最使人恐惧的是“沃森”的失控。在每一条道路上，只要有我们能听懂的语言，就有它的故事。“沃森”是一种经过无数次迭代的AI系统，是人类唯一的医生，也是唯一的医院，负责照料人类健康的每个细节。从检测、急救、手术、处方、康复，一直到膳食起居，“沃森”实时监测着几乎所有人的心跳、血压、激素分泌等健康指标，以保人们免受病痛。而这一次玻璃球宕机后，它随之陷入僵尸般的静默，大量手术进行到一半便戛然而止，病人也只能瘫在手术台上静候命运的召唤。人们并不确定其间是否有人死去，但可以想象病人在麻醉苏醒之后所承受的非人煎熬。自从机器陷入乱局以后，“沃森”也毫不意外地一起癫狂，医疗服务完全混乱，就像没有逻辑的牌手。移植肝脏变成了替换肾脏，治疗肺气肿变成了心脏搭桥，石膏接骨变成了截肢手术，甚至会派遣急救飞行器，在街头随机抓走一个健康完好的人，不分青红皂白地载回医疗中心，为他切开小腹，实施阑尾手——哪怕这人的阑尾早已割除，也依然要被划上一刀，再来一遍。

这些传闻令人们在将信将疑中既愤怒又惊恐，后来大部分都被我俩目睹了、证实了。当天夜里，我们在回去的路上就看到了许多打包好的衣服路障似的堆在路上——西装、汗衫、毛衣、西裤、宽脚裤、短裤、内衣、胸罩、袜子，整整齐齐，静默无声，在路口堆积的高度恰到我们胸口，齐崭崭地铺向前方。攀爬上去，一眼望去，即使在黑夜里也能感觉到那种鲜亮，青黑、丹红、橘黄、淡灰、苹果绿，就像一条异彩缤纷的道路。它们铺得那么精准，表面平整，边沿齐崭，像是经过事先测算一样，每一件衣服都准确地落在自己的位置上。后来的日子里，我们时不时遇到这种道路，已经习以为常，就像在泥地路、碎石路、木板路之外，增加了一种由五彩服装铺成的城市道路，有些惊艳，只是厚到需

ZR
ISLAND

第 18 章

争辩

宜季过半，天气愈发凉爽，父亲也越来越沉默寡言，半身不遂似的终日坐在窗沿。外面景色荒凉，崎岖的街道、破败的房子、低矮灌木散落各处，灾季风暴卷来的褐色沙尘堆积在屋顶与街角，透着衰老的气息。二十年多前，这个弹丸之地曾聚着十多万居民，一度欣欣向荣。但死亡与迁徙逐渐稀释了人口，如今还剩三五千人，都像我父亲一样，是准备葬身此处的老顽固，并且几乎从不出门。所以除了一些从西边新城走来的跳崖自杀者，父亲呆坐终日，所见的只有广阔无边的寂静。

书房就在父亲身后，书桌放置在书房中央。以前他总是坐在那里，四壁书架就像一座巨大时钟的四个边沿，三万册书籍就像三万格时钟刻度，父亲就是时间的指针。阅读一本书，就是扫过一格刻度，仿佛暮鼓晨钟，永不停歇。但是机器乱局以后，父亲就不再阅读，仿佛他已经读完了书房里的最后一本书，就像一个人走完了时钟的最后一格刻度，已经无处可去，便不得不把窗外的世界当作书房的延续，不得不把那些房子、街巷、灌木、尘土全都视作书籍的变体，当成另一种时钟刻度。我有时候怀疑，他之所以能在窗边整日枯坐，也许正是这个原因。

在父亲完全陷入消沉之前，我们还会陪着他一起进餐，就着越来越难以下咽的面包、奶酪、人造牛肉、缩水蔬菜，谈论着机器乱局的起因。争论不可避免，论点也从未改变，总是在我的机器蓄意论和他的机器故障论之间展开，至于乱局是由某个技术疯子所设下的阴谋的可能性，则毫无疑问被我俩一起排除，因为现有的证据显然不足以支持这个论点。我得承认，在此之前，机器不可能产生自我意识的观点就像刻在石碑上的经文一样不可挑战，但是目前的混乱局面令所有的金科玉律都显得虚张声势，不堪一击。父亲将原因归结于机器故障的观点，尤其显出难以自洽的逻辑弱点。“那么，您怎么解释三个备份系统会同时失灵？”我总是不断追问这个简单的问题，让他意识到这种概率已经低到不可想象的程度。当然，父亲顽强坚持的那个著名观点——没有人类赋予的目标，机器就是一堆废物，也会令我默不作声。

我们谁也说服不了谁，其实我们谁也没有准备说服谁。混乱的局面令他忧愤、令我焦虑，我们只是希望在这种讨论中消耗彼此。而她蹙眉坐在一旁，目光怔怔地盯着空气，或者沉默地在书房里游移，仿佛因为某事而感到困惑，并且为此忧愁。有时候她会忽然惊觉到我注视的目光，对我仓促一笑，那瞬间我感到她在刻意掩饰着某些事情，仿佛她意识到了某个秘密，但它是如此怪异新奇，犹如忽然转折的生活，令人无法开口描述。然而，我又不敢完全确定这种推测，也许她百无聊赖地坐在那里，仅仅是因物皆毁灭，所在之处并非熟悉的隔都，而像是另一个星球。

对我和她而言，这种变化并无太大影响。我往来于旧城，她成长于蜂巢，都没有光影的覆盖。但是，城里最脆弱的那部分人已经无法忍受，一些人当天就病倒，一种罕见的抑郁症开始在城市西边流传。这些人的症状不尽相同，有人痴呆出神，有人卧床不起，有人傻傻地笑着，而有人则凄声哀号。与此同时，通向旧城东面悬崖的道路变得拥挤，那条漫长的天然岩石城墙现在变成了真正的自杀胜地。人们就像领取救济一样，几乎排着队走向那里。而更多的人则失眠了，整夜游荡在街头，他们表情奇特地在这片废墟似的城市里绕着漫长的圈子。每个人都很少说话，总是快步行走，双眼像野兽一样布满血丝，仿佛一两天未合眼，并且带着一丝癫狂的气息，似乎刚打过一场群架，仿佛要在这片被遗弃的世界里寻找出一条通往森林幻影的道路。

渐渐地，三五成群的小团伙在他们中间自发形成，像无数小型巡逻队，步伐错乱但迅捷有力，地毯式地搜索着全城。最后他们像无数支流汇入江河，形成洪水巨浪，拍打着城市的角角落落。那一刻，一个口号忽然不知从何响起。“杀死机器！”有人大叫道。口号是一种情绪的瘟疫、一句可以复制的铭文。四面八方的回应渐渐起来，变为喧哗之声。

“杀死机器！掐断电源！”

“杀死机器！砸碎主板！”

“杀死机器！捣烂一切机器系统！”

集体癫狂的潮水在这种咒语般的口号中忽然汹涌起来，另一些人则在同样的口号里体会到某种拯救的光明——对啊，再紊乱的机器，也不可能不需要电啊！断电重启，不就是最原始的修理方式吗？多么朴素的道理，为何此前竟没人想到？

这种道理在口口相传中变成一种不可破解的谜咒，激起了人们自我解救的勇气，但是所有的程序员全都嗤之以鼻，因为万物早已互联，在复杂如无数迷宫相互嵌套的网络构架里，何处是电源，何处是开，何处是关，完全无从谈起。但是，癫狂者的脚步无法以常识阻挡。他们继续在全城暴走，“断电关机”的口号就像植入他们神经系统的密码，令他们兴奋异常。他们在全城搜寻任何可以摧毁机器的工具，那模样比疯狂的机器更加疯狂。“炸药！”他们甚至高喊着，就像一群洗劫城市的匪徒。“炸药！炸药！”可是炸药已经消失很久了，除了气候灾难里的救援行动需要用到，物理真实的枪支弹药早已被统一收纳——感谢数十年来的气候灾难，人类社会早已战争绝迹，现实世界的人们几乎遗忘了那些过时的武器，而且很可能AI系统可能在《AI法典》的指引下秘密销毁了核弹头，遑论普通的枪支弹药。

毫无疑问，这批游行者在城市里辗转数日，搜遍各个角落，只找到了最原始的工具。他们只能像半个世纪前的街头暴徒，举着斧头与锤子，冲向机器系统的节点。头脑清醒者已经无法阻挡这群彻底癫狂的野蛮人——他们头发分叉，胡子拉碴，几天未眠的红眼睛瞪得巨大，像无数蚂蚁涌向地穴，见什么，砍什么，仿佛每个人都是柏尔修斯，每台机器都是美杜莎，电缆、屏幕、控制台、基站、AI的神经、机器的血管，千头蛇，万足蝎。他们尽兴而砍，有的人砍去了一些线缆，有的人却把斧头砍得卷刃。此时，因森林幻影消失而积累的惶恐不安情绪，终于像水库的水位超越警戒位置，猛然间冲垮了城市的大坝。城市四处很快响起了热烈的呼号声，越来越多的人被这喧嚣声所激励，加入了这场战斗。分布式的计算中心无处不在，它们的缆线就像大树的根系，在地下相互缠绕。人们钻入不同的建筑物，像啮齿动物一样出没在各种积满灰尘的地下通道里。他们打开原始的闸门，从深处扯出缆线、控制板、操纵屏、主机主板，仿佛是破坏性极强的老鼠，四处啃咬，直咬得机器遍体鳞伤，面目全非。总是有人忘了戴绝缘手套，各种不必要的伤亡不断出现，二十八个人触电身亡，三十七个人死于维修通道的废气，还有更多的伤员。而因为"沃森"停摆，很多人缺乏救治，最终身亡。在没有电波和印刷品的日子里，人们以口口相传的方式铭记这些英雄，仿佛是在铭记为人类解放事业做出贡献的先烈们。

"愚蠢！"父亲也听得见西面传来的喧嚣声。他一直觉得莫名其妙，现在知道了原委，不由拍案而起，那动作里充满了对那些喧哗的恼怒。"愚蠢！就像当年的卢德分子一样愚蠢！"

父亲远离尘世，却从不自认为是一名技术抵制者。他说自己绝不会像当年的卢德分子那样，野蛮地破坏纺织机器；他所反对的，只是人类交出控制权，任由 AI 摆布，因为这既是人类尊严的丧失，也意味着既有秩序的崩溃。但是他可能并没有意识到，这种对 AI 的深切敌意，其实正是新时代的卢德分子的一个标签。我并未说出这个观点，因为他怒气未消，正望着因为森林幻影消失而显得丑陋的新城说:“闹剧!一场闹剧!我敢说,它将以你意想不到的方式收场。”

父亲的预料丝毫不差,结局果然出乎意料。暴徒嚣张了三日,第四天清晨,一个尖锐刺耳的警报声忽然响彻整个城市的上空,飞行器成群结队地从东面飞来,在人群中激起一片惊呼声。它们最初排列成直线,像一条悬浮的绳索,随后编队成形,显出一个个黑色的正方形。也许有上百个编队,每个编队二十五架飞行器,青黑色的外壳泛着新鲜的光芒,仿佛刚刚从流水线下来。各种机型都有,机身有长方形、椭圆形、碟形、菱形,有大有小,在蓝色多云的天空里显得相貌堂堂。它们在城市上空盘旋一圈,然后渐渐静止,黑压压地悬在不同区域的上空,接着底舱洞开,空投下各色各样奇形怪状的机械。这些物品落到地面,便像隔都初建时一样,开始自行组装,有的竖起天线,有的拖出光缆,有的在木栈道上设置障碍,有的则在救济站的广场或者建筑物的顶上迅速搭起坚固的小房间。一切都极为迅捷,仿佛一支机器军队正在占领一座城市。

并非所有的人都在第一时间看到了这些景象,很多癫狂的暴徒还在各种大厦的地底下挥汗如雨,到处都是断裂的电缆和光线。虽然很多控制台都已经被砸碎,但那些无人能懂的电子呓语仍然混乱而活跃地响着。地面的消息最终传入地下,那些莽撞之徒才驻足停手,半信半疑地爬上来。看到新来的机器已像苔藓地衣一样铺满了全城,这些癫狂者才渐渐醒悟,不知是该自豪还是应该懊恼。飞行器运载而来的就是AI即时生产的装备,即使砍掉机房里所有的电缆，AI 生产和装配的速度也要快上十倍，甚至千百倍——这本是我们设计的初衷，为了应对复杂多变的气候灾难，必须保证机器快速自我修复的能力，而现在却变成它们自由逃生的路线。人们既震惊且焦灼，艰难而无奈地接受了这一现实。这是一张规模庞然的怪物网，首尾相依，无懈可击，覆盖着整个地球的表面。一切物理上的砍伐，无论实践还是理论，都是死路一条。

机器依然冰冷无声，继续以原先的节奏，忽冷忽热地摧残着人们。几天之后，自杀的风潮开始再次盛行，上一次是因为失业或破产，而这次则是机器乱局。不同的原因，一样的结局，它们像流感病毒一样四处传染。在接待抑郁症患者的时候，“沃森”医生总是耐心有加，仿佛一种冷幽默，不动声色地为每一位前来求助的病人开出完全一致的药方——每人一盒葡萄糖冲剂。那几天，宜季的阳光像气候灾难之前的明媚春日，但是整个城市既丑陋又阴郁，人们在救济站领了救济粮，随便坐在哪个路边就吃起来。飞行器依然不确定地撒下各色垃圾，但我们已经习惯了腐朽气息，竟然不觉得城市里有异味飘荡。那时候开始，各种形状怪异的机器出现在城市的林间小路上，不是我们熟悉的那种机器宠物，不是机器清洁工、机器服务员或其他什么，而是她早已发现的那种超乎想象的诡异变种——某种放大的昆虫，某种缩小的四足兽，某种花草从蛇的身上生长出来，某种老鼠的四肢变成了弹簧，诸如此类的东西在地上翻动、旋转、跳跃着，犹如地底里爬出来的一群大小妖精，看上去令人发怵。我们都清楚，那一定是 AI 制造的新产品，一定是缆线、齿轮、钢架、塑料、新材料以及芯片的某种组合，一定基于某种代码、算法和通信技术的联合控制。但是，我们并不清楚这些机器新贵何以像这个世界的主人一样出现在天上地下，昂然穿行在城市和田野之间，仿佛带着同样的使命，正奔向某一种令人为之献身的崇高目标。这种浩荡奔流的气势，令我们侧目，也令我们忧惧。没有人胆敢破坏其中任何一个机器，因为癫狂者事件已经令我们清楚地意识到，我们已经被控制、被遗弃、被边缘化。每当那时，我与她总是交换一下眼神，将最深切、最莫名的恐惧，压缩在那对视的瞬间。曾经将我们从气候灾难中拯救出来的机器系统，现在却把我们隔绝孤立。在人类的历史中，所有的历史转折总会尘埃落定，世界总能平复如初，而这一次，世界仿佛就此彻底跌入绝境。

为对我们的话题并不感兴趣。

在这种讨论中，父亲最初总是处于攻势，他对 AI 怀着深切的敌意。机器乱局后，他像抓到了把柄一般，将长期压抑在舌头底下的愤懑，像火焰一样从嘴里喷出来："我们人类总是彼此怀疑，却无比信赖必将出现故障的机器。"乌木桌面之上的空气瞬间变得通红，一亮一灭，映出了父亲脸上的失望。那一刹，我看见了他内心的脆弱，原来他对这个世界多少还抱有期待，期待一切还能回到气候灾难之前的黄金时代，回到只有电脑、手机和键盘的年代。然而，这种甚至都无法自我欺骗的虚幻期待，如今也都被这场骤然而至的机器乱局彻底埋葬了。父亲为之愤怒，就像有人惊醒了他的美梦，从中窃走了他最后的依靠。半个月后，父亲的怒火才渐渐消除，开始将谈话引向自我诘辩的深处——"人类应该与技术保持怎样的距离，才不至于自毁？两个舞者应该如何把握节奏，才不会在一场探戈里彼此踩踏？技术已经谋杀了哲学吗？不！"父亲自问自答，口气却斩钉截铁，"技术唯一的作用就是刺激哲学——机器可以有这个（他指了指心脏），但它不会有这个（他指了指大脑）。灵魂，每个人都有灵魂，虚无永存的地方，这是机器不可能有自我意识的证据。"

很自然，这是父亲最深思熟虑的词语，却也是我俩最陌生的话题。她在蜂巢里长大，我依靠玻璃球学习，我们连上个世纪的历史都难以详细地了解，更不必说哲学里迷宫似的隐喻。叔本华、胡塞尔、克尔凯郭尔、海德格尔、维特根斯坦，这些我们从未听说过的名字，会在类似的呓语中蹦出父亲的嘴巴。他常常会说出一个名字，沉思良久，再用一口咖啡将那名字吞入腹中，像是这些人只属于他，属于过去，属于黄金时代。而这个混账的世界，犹如消化不良的肠胃，无法吸收他们的智慧。时间一长，我又觉得这很可能是父亲逃避现实的另一种技巧——那种复杂而拗口的句式，正与他的三万册书籍一样，是他的另一个避难所。我俩虽然似懂非懂，但都听得出，当语句变得如此复杂难懂的时候，正是父亲最为沮丧的时候。他那种古希腊雕塑似的毫无表情、无所事事犹如囚徒的颓废模样，都令我想到了这座混乱不堪的城市带给他的刺激，因为他本来已经远离这个世界，而现在当他从窗口望出去的时候，仿佛一名站在岸边望着大船正在河里沉没的旁观者，难以理解船员的愚蠢，最后却惶然发觉，自己竟然也在这艘船上。

如此又一周，父亲便迅速跨过了怒斥与呓语混杂的高潮，犹如飓风渐歇，渐渐变得寡言少语，既不悲伤，也不忧虑，只是无尽地沉默，仿佛他与这世界已经谈无可谈，所以退后三尺，变成了一名可有可无的旁观者。每天，我们从救济站为他领取救济食物，赶往旧城，进入书房后，又将食物从包裹里取出，铺陈在南面的乌木桌上。柔软的面包、固体的牛奶、缩水的果蔬随机散落，构成杂乱的图案。父亲从北窗望过来，凝视着我们摆放出来的食物，仿佛蕴藏在杂乱构图中的某个秘密，唤醒了这个未来的阿尔茨海默病患者。他慢慢地起身，走到乌木桌边，就如一个溺水者，毫无生气地从夕照的河流里爬上岸，未与我们招呼，便在我们的注视下入座进餐。经过一天的沉默，父亲有时愉悦，有时沮丧，有时亢奋，有时则要求我们一起再吃点什么。那时候，他既没有最初的嘲讽或激愤，也不再谈论深奥的理论，而开始抱怨口中食物的滋味，就像调酒师一样，自言自语地怀念着以前的口味，仿佛他们这些人对这个世界的所有怨愤最终只能徒劳地归结到味蕾的记忆上。“这玩意儿，”父亲举起半截胡萝卜说，“以前中间是有芯子的，淡黄色的圈，还有一股清香，但现在‘盖亚’糟蹋了一切。”

我对父亲这种富有节奏的迅速转变充满了疑惑，这并不是他原来的性格。以前父亲虽然厌恶机器世界，却从来置身其外，在书房里自得其乐，最多有几句嘲讽与不屑，保持着局外人的天真与超脱，而现在他却变得激愤、好辩、冷漠，仿佛终于感受到现实生存的压力，显得心事重重。那一天，四下俱黑，已经入夜，我们准备离开，父亲本来会起身送我们到门口，但是当时他却坐在乌木桌边，一动不动地盯着桌面——橘色的救济包、香蕉皮、空荡荡的牛奶罐、透明的塑料纸从乌木桌子的中心随机散落到四边，仿佛隐藏着一种秘密，等待着他去参透。忽然，他捧起那只咖啡杯，在手中缓缓地摩挲着，像是在揣摩某一个决定。

“你们等一下。”父亲忽然说道。

他默默地站起来，缓步走向远处。那一瞬间，我的余光捕捉到父亲的步伐姿态，令我意外地老态龙钟，像是那一刻他忽然间失去了生命的活力，只能艰难地走向那张书桌。桌上书堆乱叠，大大小小的纸张，各种各样的笔，在那盏台灯下杂乱得像剧场的后台。但父亲并没有走向书桌，而是斜着走向对面的墙壁。那一刻，他显得如此孱弱，白色衬衣与棕灰的马褂平时使他精神抖擞，此刻却衬托出他的早衰。墙壁上挂着我母亲的肖像，那幅少女的肖像。父亲站在画前，长久地凝视着，显得风烛残年，就像身后混乱的书桌一样失去原来的秩序。那一刻，我忽然意识到一个事实，父亲对母亲的思念一向是克制的，也许是为了避开我当年纠缠不休的疑问，他从未在我面前如此深沉地凝视过这幅人物肖像。但是现在，就算一个木疙瘩也能领悟到他炽热目光里流出的无限深情。我觉得眼前这个老男人仿佛并不是我父亲，而是一个既被回忆激发又被往昔摧残的陌生人。此刻，这个陌生人忽然伸出双手，抓住那幅油画，用力向上一顶。画框发出吱的一声，晃动了一下。他又用力顶一下，这一次响声更大。噗——画框与墙壁猛然间脱钩，某种久远的联系在一阵轻灰里终于断裂。父亲缓缓取下那幅画，仿佛是一种悠扬的节拍，那幅画不是从墙上，而是从他心里取下的。

那幅画不大，二尺见方，但是画框却很沉重，茶褐色的不知是什么木料。父亲将那幅画捧在眼前，注视许久，然后抱在胸前，像是抱着我母亲的骨灰，凝重地走向我们。最后，他将画放在乌木桌前，看着她。她的眼睛里折射出一种仿佛隐藏已久的不安，父亲将我年轻的母亲转了九十度，正对着她。

“三十年前的画作。”父亲说道。

她伸出双手，握住画框两边，一阵轻微颤抖自肩膀泛起，然后在她双手间消逝。这是一个艺术变形的少女侧脸，几根睫毛，一点点嘴角，几乎隐没的鼻子与眼睛，发梢在青色的天空里飘荡，未染一丝尘土。

“是您画的？”她问道。

“不，我不会绘画。”父亲望着她，口气从未那般温柔，“这是她的自画像。”

“她真年轻。”她说完，沉默地盯着这幅画。

“是的，她画了她年轻时的模样。”

她默不作声地坐在那里，坐在父亲柔和的目光里。空气陷入沉默，我隐隐觉得怪异。明明是我母亲的自画像，父亲却不明说，而她也不询问，两人仿佛是在对暗号似的保持默契。她低下了头，小心翼翼地端详着那幅画，仿佛在一寸一寸地摸索前行，渐渐地完全忘却了守在一旁的我们。这是典型的独居者气质，还混杂了蜂巢的气息，就像一个注重细节的律师，正在埋头核对一份合同。空气在沉默中显出一种庄严，缓缓地淹向整间书房。父亲站在她身旁，脸上的微笑薄如蝉翼，却无比柔和，仿佛一面湖水从苍老皮肤里溢出来，泛起了一圈圈轻微的波纹。

片刻之后，她抬起了头，像在水中憋住气后终于回到水面，轻舒了一口气。“它很特别，是吗？”父亲带着期盼，轻声问道。她面无表情地望着前方，摇了摇头，像是要摆脱混乱的记忆。北窗外夜色沉默，她忽然又低下头去，像是跳水似的一头扎进那幅画里，或者说，像是一个孩子陷入了老师的问题，不得不再一次去书本里寻找答案。这一次，我们等待的时间更为长久。她低眉垂目，像是入了定一般，除了眼睛还在眨动，其余犹如泥塑一般纹丝不动，仿佛魂魄溶入了油彩，被完整地摄走了，俨然已是画中之人。我看了一眼父亲，他根本没有注意到我的焦躁，只是盯着她，像是早已预料到某件事情必将发生，并且一直为之期待着。那一瞬间，我忽然感到他们之间的某种默契墙壁似的筑在我面前，我像一名无足轻重的局外人，无论怎样踮脚跳跃，也望不见里面的秘密。我半张着嘴巴，在这静默里像呆子似的无计可施。

她终于又抬起头来，依然看着北窗夜色，像是要在那片望不到头的黑暗里努力找回物理世界的现实感觉。

“这幅画是不是很特别？”父亲问道，声音竟然有些颤抖。

她依然望着前方，对我父亲的话仿佛充耳不闻。很久以后，她才迟疑地望向父亲，那眼神似乎终于确认了一种难以形容的梦境。忽然间，父亲凝重的表情里充满了说不尽的欢喜。我觉得他俩仿佛拥有了一个共同的秘密，那种将我剔除在外的感觉又一次升起来。我绕过半张桌子，走到她背后，目光越过她的头顶，望向那幅画。这个据说是我亡故母亲的少女画像，我看过无数次，鼻尖与睫毛，远山和淡水，一张几乎看不见的侧脸。“这幅画怎么特别了？”一阵短促的沉默之后，我忍不住问道。

“这么多年来，你从未发觉它的奥秘。”父亲说道。这句话听上去像批评，却没有任何指责的意味，反而充满了欣喜。她则回过头望着我，仿佛惊愕于父亲的话。

“你仔细盯着她右脸耳根处的那粒黑痣……”她欲言又止，但终于说出来，仿佛这本应是一个心照不宣的秘密，不应该诉诸语言。

从童年时代开始我从未觉察的奇异气息，随着她这句话忽然间从母亲那张年轻的肖像里漫涌出来。我惊异自己这么多年来，竟然是在她的指引下才发现这个显然的秘密。是啊，只要目光稍微偏转一下，你就会闻到那种奇异的气息，仿佛鼻子一阵酸软，画面里隐藏的那个完全不同的世界，忽然间呈现在你的眼前。就在那个青色的天空下，在那片远山淡水之间，我发髻飘逸、豆蔻年华的母亲并非静止的图像，她是灵动的、生气的、活泼的，她正在向我转过头来，就像一个真实的人。我当然知道，这种回眸一望的情景属于视频，属于动画片，属于玻璃球里的幻影，而不可能存在于静止的油画里。但我凝视着，像是魔怔一般凝视着那粒黑痣，那个侧脸的回眸一望变得越来越真实，仿佛我在下一秒就能看见她的正脸，无论她笑、气恼或是平静，都是即将发生的事件，一个确定的事实，一种不可避免的未来。而画中少女的回眸以及我对这种回眸的期待，构成了一种不容错失的瞬间，令我无法移开目光。就在那时，油画中的另一天地似乎忽然间在这种沉迷中洞开，某种奇异的感觉在我心头隐隐浮现，我觉得那少女，我年轻的母亲，我仿佛是认识的、早已熟悉的——只要她回过头来，我就能辨认出她是谁；只要再给我几秒钟，不，只要一秒钟，我就能辨别出她是谁。

一只手轻轻拍了拍我，我抬起头，眼前一阵晕眩。拍我肩膀的人是我父亲。“十分钟了。”他说道。这句话令我惊异，我以为那只是片刻之间。我双手撑着乌木桌，只觉得双目晕眩，头上的吊灯、眼前的书架、四张凳子、一尘不染的地板都在旋转。我这才理解，她刚才为什么会怔怔地望着夜色，因为那是返回现实的支撑点，我也理解了她的沉迷为何会那么久远，因为躲藏在那幅画中的无数活跃细节，也许能使人流连一辈子。她正关切地望着我，仿佛生怕我再次跌入画里的深渊中。我轻轻扶住她肩膀，顺着她的发梢，又瞥了那幅画一眼。此刻它却显得普通，一张纯粹的布面画作而已，虽然笔调夸张且不成比例，但刚才曾将我吸入深渊的那种黑洞，已经遁匿无踪，仿佛刚才她那一句提醒是一把钥匙，我只有凭借它才能进入那扇奇异的大门。

我向左移了一步，那幅画的晕眩仍在，现实依然恍惚。我感到父亲正望着她，并且在问她一个模糊的问题。她像是听明白了那个问题，沉思片刻后给了一个简短的回答。我在恍惚中没听见他们的对话，也许他们并未对话，而父亲那种郑重的表情，让我觉得他可能想说些什么。我有一种直觉，他是准备谈论我的母亲——如果他想就此告诉我隐藏在这张自画像背后的一切故事，那么再没有比那一刻更好的契机了。

ZR
ISLAND

第 19 章

赠画

忽然间，远处传来一片乌鸦的聒噪声，父亲微妙的脸色忽然凝固了。他骤然转身，侧耳倾听片刻，然后疾步走向书房北侧，俯身探出窗口。那呱呱怪叫的声音还在逼近，我俩神色不定，快步跟上他。北侧是两扇窗户，父亲占据了右侧。我俩探出左侧那扇窗，夜色黑沉沉的，没有形状。那种乌鸦似的聒噪声正从东面移来，逐渐变得清晰，但看不清究竟是什么，只觉得那种声音越来越近，越来越响亮，似乎是一张在天地间张开的大网，向我们扑来。

“在那边！”父亲手指东面，对我俩吼道。在那一片来源不明的巨大噪声里，父亲的声音显得飘渺微弱，窗内黄澄澄的灯光照亮了他黑白掺杂的头发。顺着他手指的方向，隐隐是一片乌云。也许不能算乌云，因为它高到天际，又几乎贴着地面；也许更像一种起于黑夜的雾障，或者是一场发轫于黑暗的沙尘暴，从旧城东面悬崖下的平原上纷卷而来。乌鸦的聒噪声不仅愈来愈大，而且激烈杂乱，仿佛万马奔腾、利箭穿空、厉鬼尖哭、野狗嚎叫，以及铁蹄撞击着大地的声音全都闷在一口大锅里相互撞击着。空旷的原野上，大地隐隐惊雷，那种黑雾正以雷霆万钧之势从远处碾压过来，遮天蔽日地没留一丝缝隙。“那是什么？”我惊恐地问父亲。父亲答了一声，但我没有听清，因为呼啸声已经卷起了风，屋内的吊灯在风中摇晃不定。我们望着那一团黑乎乎的雾障之气越来越近，终于遮蔽了那一钩弯月，天地忽然陷入令人惊惧的漆黑，仿佛这是一次黑夜自身发动的袭击。

忽然间，一记尖锐的破空之声，带着金属的颤动，猝不及防地在耳边响起——“嗖！”一架飞行器正掠过前方。我们虽然不可能在黑暗中看到它，但不可能听错，就是一架飞行器。类似的声音骤然间在四周响起，像爆裂的鼓点，密集而急促，仿佛老天在向下砸着无数铜豆子，每一粒都发出“嗖”的声音。它们在耳边叠加，犹如惊马乱驰、巨石激荡，此前的乌鸦聒噪声此刻变成一种奇异而复杂的乌泱乌泱的声响。无数架飞行器，大大小小，奇形怪状，贴着楼顶，擦过阳台，掠过窗口，机身、机翼、机舱、陀螺仪、发动机、升降舵，宛如疾电之光，构成一条金属之河，在窗外激荡奔腾。

窗口早已卷起风浪，书房南北朝向，两边都有窗户，产生了猛烈的穿堂风。我们的头发和衣襟都被狂风卷得紧紧绷绷，甚至感觉到呼吸不畅。书桌上的笔已经滚落，便笺在空中乱舞。父亲仿佛终于醒悟过来，用力挥着手，向我们喊着什么。我们即使听不见，也完全明白他的意思，因为风浪一阵胜过一阵，四面墙壁的书籍很多应声跌落，像半死不活的鸡在地上扑腾着，满屋子都能听到它们相互碰撞的尖叫声。

“关窗！”

长方形老式钢窗，书房南北各有两扇。每扇窗户有两爿窗页，一左一右全都敞开着。我与她奔向南侧，那时候的风已经非常猛烈（后来知道远未到顶峰），我俩一起顶风推窗，费力地关闭了南窗，并不算太艰难。当我们奔向北面时，风已经猛烈得令人站立不稳，一扇窗已关闭，父亲正在费劲地推着另一扇窗。他嘴巴张大，风刮得他脸上肌肉变形，眼睛突出来。窗前的空间太小，父亲已经占了大部分空间，但还容得下一个人。我冲了上去，两个人仿佛一百年前的苦力纤夫，低头弯腰，奋力向前。此刻窗外已经一片狂乱，大大小小的飞行器头接着尾，尾接着头，就像一群狂奔四野的疯牛、一场飞泻奔腾的泥石流。窗外、头顶、楼下，无不是惊骇的巨浪。我们左支右绌，险象环生，终于关了左爿，还有右爿。父亲已近虚脱无力，瘫软地扶着墙壁。她上前替下，我俩弯着腰，顶风而行，仿佛正在某种巨大的钟表内部推着时针，极其艰难地与时间对抗。老式的钢窗一寸一寸移动，洞口越来越小，一厘米，一毫米。风声越来越尖锐，发出吱吱的声音。最后关上那一刻，刺溜一声，就像一把利剑插回了鞘一般。

我们仨都瘫靠着窗沿，坐到地板上，大汗淋漓。窗虽关了，但噪声丝毫未降，疲惫的父亲转过头，有气无力地做了个手势。他说的话犹似一串无声的唇语，淹没在轰隆之声里，但我们都从他手势里读懂了他的意思——捂上耳朵，于是我和她都捂上耳朵。其实于事无补，滔天的声浪依然铺天盖地，有那么一两次，那噪声过于巨大，以至仿佛瞬间消失了，而我们却还以为是自己失聪了。父亲那时候又张开了嘴巴，像是在默片里说着唇语，但我们不明缘由。我发现他自己并没有捂上耳朵，便大声提醒他。我自己也听不见那些话，而父亲却仿佛是听见了。他对我笑了笑，瘫软在墙根，依然不捂耳朵，却指了指对面。

我们坐在北面的墙根，对面就是紧闭的南窗。现在那些窗玻璃正以非常高的频率震动着，发出难以形容的嘎嘎之声，几乎随时会碎成粉末（我们头顶的北窗玻璃肯定也是如此）。室内的书架、吊灯、台灯，以及所有映在那些玻璃上的影子，全都在一起震动。一些飞行器几乎擦窗而过，一道又一道金属亮色像是留在玻璃上的划痕，同时发出各种诡异的声音——塑料刮擦玻璃的尖锐声，小石头碰撞地板的弹跳声，有时忽然穿插着一声悠长之声，微小而尖锐，在漫天的轰隆声中异军突起，像一支利箭从窗边擦过。整个公寓大楼是这片嘈杂声浪中的一叶孤舟，仿佛随时可能被连根拔起。我紧紧搂着她的肩膀，她双手捂耳，靠着我的肩头。然而令我惊奇的是，她直视着那条淹没了整个世界的金属河流，目光里竟然没有丝毫惊恐与慌张，反而流露出与此时此刻毫不相关的一丝忧愁，栗色的头发就像一片栗色的丝绸，在金属之河与噪声巨浪里不歇地飘荡。我错愕地目睹着这一瞬间，觉得在这地狱般的黑暗与混乱里，她似乎为自己辟出另一个空间，在那里似乎有另一件事情正无穷尽地困扰着她。

不知过了多久，遮天蔽日的飞行器才渐渐稀落，最后几架飞行器像掉队的蝗虫一样，从南窗外面仓皇而过。惊怖的巨响终于远去，整个世界忽然间安静下来，异样地安静，仿佛整个世界已经失声。窗外已经一片漆黑，我们从没经历过如此恐怖而壮观的场景，只是静默望着，竟然忘记了放下捂住耳朵的那只手。她脸色苍白，放下捂住耳朵的手对我勉强一笑。我很想知道她刚才究竟在想些什么，却无法询问，甚至都不知道如何开口。山崩地裂的时候，她又能想些什么呢？

父亲撑着窗沿缓缓站起。他伸出干瘦的手，打开窗户，一勾弯月高悬天空，夜色如此沉静。旧城区人口不多，灯火三三两两，我猜想他们应该和我们一样，也都惊惶未定。但事实恰恰相反，父亲用轻描淡写的口吻告诉我们，每隔一周左右，总有一个深夜，飞行器会成群结队地从这里飞过。“以前都是远远飞过，今天来得特别早，也特别近。”父亲松弛地靠在窗沿，看了看我，又看了看她，在夜色和灯光里像一根拉过头的橡皮筋。她站起来后，跨过从书架上掉下来的书籍，径直来到乌木桌前，默默盯着上面的那幅肖像画。也许因为画框之沉重，刚刚经历的那一场惊涛骇浪，对它毫无影响。她盯着看，并没有沉浸在此前的那种状态里，但那幅画仿佛自有生命，吸引了她全部的注意力，或者说，她与画之间像是有一种默契，构成密闭的循环，拒绝别人的介入。

父亲默默地看着这一幕，转身走向书桌，拉开抽屉，在里面摸索了一会儿，然后像是下定了决心似的从抽屉里取出一件东西，沉默着向我们走来。那东西在父亲手心里，我看不清。他走到桌前，像是故意要破坏她与画之间的默契一般，忽然翻过沉甸甸的画框，一把裁纸刀随后出现，径直刺向那幅画。我与她都发出轻声的惊呼，只见裁纸刀方向一转，插入了边框的缝隙。父亲就像一名妇产科医生，手法娴熟地剪断了一个新生儿的脐带，那幅画四方边缘整整齐齐地脱落下来，仿佛获得了自由一般来到了新的世界。父亲放下裁纸刀，举起那幅画仔细端详了片刻，又踱步到东南墙角的书架附近，变魔术似的取出一个卷筒，乌油油的颜色，不知竹制的还是木制的。画布轻卷，父亲将它装入这个不知从何而来的容器里。

“拿着，”他递给我们，“带上这幅画。”

我莫名其妙地看着父亲。她看了看我，又看了看父亲，眼睛里又出现了那种奇特的困惑和不安。最终我伸手接过那幅画，我母亲的自画像，也是我母亲在这世上唯一的画像，仿佛是她年轻的遗像。父亲没有解释理由，他经常做出一些意料之外的事情，这也许是其中最不可思议的一件。现在他的目光像水一样温柔，看着我们，微笑着。

“你答应过我，”我轻拍着手上的画筒说道，“你会告诉我关于她生前的一切。”

“很多令人意外的事情其实早已存在，”父亲的口吻从未如此温和，仿佛是为了避开我的问题，“我们只能接受，就像接受今夜穿过旧城的飞行器洪流。”

说完后，父亲对我仿佛讨好似的笑了一下，无力地靠着乌木桌子，然后缓缓坐到椅子上。刚才的疲惫并未消退，父亲显然没有心思再和我们解释他古怪行为的缘由。她拉了拉我的手，我们确实不应该再打扰他。走到门口时，我回头看见父亲松松垮垮地坐在那里，乌木桌面上映出吊灯光线，以及漆黑的夜色。他对我们挥了挥手，那一刻又仿佛回光返照似的精神抖擞。

ZR
ISLAND

第 20 章

再去酒吧

我们在旧城里并肩而行，默默无语。路面上积着灾季的尘土，踩下去便扬起灰，一路上显得风尘仆仆。月亮在头顶穿行，若隐若暗，四下寂然无声，仿佛天地间所有的嘈杂声都被刚才的机器洪流卷走。父亲刚才裁画相赠的举动，就像一只钟摆，悬在月色里来回荡着。我俩谁都没有说话，保持着某种默契，笔直走到了大路尽头。

“他为什么要裁下这幅画？”我最终止住脚步，打破了沉默。当时我们正站在一个交叉的路口，转过弯，就看不到父亲的公寓了。而在另一条路的尽头，新城矗立在夜色里，骨架嶙峋，犹如斑驳的鬼影。

她摇了摇头，没有说话。我转身回望，父亲的公寓大楼远远地矗立在来路的尽头，那是旧城里最高的建筑，他的书房在顶层，现在还隐约亮着灯。刚才就在那里，旧城的最高处，他裁下了这幅画，油黄色的灯光，颤抖的手，冷静的刀刃如走笔，裂帛之声犹在耳旁，裁下的画装在画筒里，现在我背在身上。他为什么要裁下这幅画？我寻思着，却毫无头绪。那一晚父亲有太多不合常理之举，多到仿佛变成了另一个人，我隐约觉得，父亲当时是将这幅画送给她的，虽然这与递给我并无不同，却不能不令我愕然。在此之前，当她发现这幅画的奥秘时，父亲那种喜极到颤抖的表情，也是我平生未见的。我爱极了她，自然希望父亲也能喜欢她，但是不知为何，心里总有一种轻微的别扭，因为他们似乎分享了某种秘密，却心照不宣地将我排除在外。现在我站在路口，回望着书房里微弱的灯光，忽地发现自己一路上竟然一直在反刍似的咀嚼这种被生命中两个至亲至爱者隔绝遗弃的感受。

她迈开步伐，向新城走去，走了好一会，她忽然问道："你母亲离开你们的时候，你当时几岁？"

我盯着她，摇了摇头。夫妻分手是独居者的潮流，她肯定以为我的父母也是其中之一。

"不，她死了。"我说道。

她骤然止步，在月色里低低地惊呼了一声。

"难产死的。"我补充说道。

是的，"难产"是一个已经绝迹的历史名词。自从有了蜂巢以后，更是闻所未闻，仿佛属于茹毛饮血的原始社会。我小时候也一度为此疑惑，母亲怎会难产而亡，并为此常常设想各种完美的巧合——母亲在分娩我的时候，恰遇飓风、地震、洪水，或者其他某种突发的气候灾难，因为只有在一种紧急事态中，才有孕妇救护不及的可能。但这些都只是我小时候的猜想，长大以后我再也不去寻思。其实我至今都不清楚母亲难产的具体原因，因为父亲从不谈论。我一直以为，那是因为他不愿唤醒过去噩梦般的记忆，但是此时此刻，我忽然意识到父亲之所以缄默不语，很可能是因为他一直是恨我的。在他的父爱中，很可能掺杂着某种意义上的憎恶，因为我的出生和他妻子的丧生犹如连体婴儿一般，是无法割裂的记忆。我望着天空，月亮在黑黝黝的高层建筑中间露出半个脸，这个我自己从未意识到的念头令我不由得怔在了黑暗的路口。

她来自蜂巢，并不能理解父子感情，但她本能地觉察到母亲难产带给我的低沉情绪，于是她靠近我，温柔地牵住我的手，像是在安慰我。我们都沉默着，就着这一片月光，时明时暗地走着。恍惚中我觉得她那只握着我的手似乎轻微地颤了一下，颤动如寒战似的传到了我的身上。我望向她，她盯着地面，表情凝重，即使在黑暗中，我也能分辨出其中的惆怅和勉强。我记得之前在书房里遭遇机器洪流时，她也是这种表情，仿佛因为感觉到某种不祥的预兆而忐忑不安。“怎么了？”我问道。她在黑暗中摇了摇头，对我露出一种疲惫、克制而勉强的笑容。“走吧，”她握紧了我的手说，“我没事。”

我们沉默地继续向前走去。进入新城，脚底都是木栈道或者碎石路，不再扬起灰尘；而失去了森林幻影的伪饰，这里也不再有葱翠的林间小道，道路两侧都是赤裸裸的楼宇建筑，高高低低地矗立着，黑色的坑洼、灰色的斑点，就像月色里站立着无数麻风病人，满目疮痍。所幸的是，全城的太阳能蓄电池仍在正常运转，独居者公寓里的灯光星星点点，并未中断。月亮被云遮住的时候，这些微弱的灯光弥漫在新城里，映出脚下荒凉的道路，犹如劫后余生一般。

深入城区，各处的道路渐渐变得混乱不堪，但我们已经习惯了飞行器空投的那些异物，爬上一条堆满了衣衫织物的道路，脚下的衣衫四处卷着角，凌乱不堪，又翻越了几条堆满了糖果或饼干的道路。一些道路已被踩平，犹如坚实的路基；也有新堆起来的道路，犹如积雪深厚，令人常常没膝而行；在它们之间还有那些果蔬垃圾，堆积在街角，腐烂的味道四处弥漫。那些为了阻止人类的破坏行动而出现的黑色的电缆、四方形的房屋、无法命名的发射器，全都发出轻微的蜂鸣声，形成意料之外的道路障碍。所以我俩不得不在新城里七拐八绕，迂回地接近我们的公寓。一路上我们都以为，尖顶大厦遥遥矗立在城中央，只要对照这个城市的坐标，我们便不至于失去方向。但事实上，因为不断绕路以及森林幻影的消失，道路变得更加陌生难辨，我们最终还是迷路了。

走了很久，我们经过一条毫无障碍的砾石道路，转弯向左的时候，我忽然发觉眼前景物极为熟悉——有一条小径接着砾石路，右侧不远处矗立着一幢矮屋。我猛然想起来，那幢矮屋就是调酒师的酒吧，我们只是从另一条路抵达了它的后门。

“走，我带你去个地方！”我拉着她向前走去。

月光刚好钻出云层，照着酒吧前的空地，远处都是高楼，近处是与酒吧相似的低矮房屋。没有森林幻影的遮蔽，远高近低都变得崎岖不平，仿佛一个黑洞洞的鬼城，破败而萧瑟。我们走到酒吧前，推门而入，里面旧物如昨，棕皮的沙发、木质的桌椅、桌上的金属托盘，全都浸在四壁亮堂堂的灯光里。而在这种气氛和谐的复古风格里，天花板上那块青色的长方形就特别地显眼。她本来与我并肩站立在门口，此刻蓦地被它吸引，似乎有一种意外的震惊，催着她朝圣一般走向那块青色长方形。她仰起头，走到酒吧中央，伸手拖过一张桌子，又拖过一条凳子，然后踩在凳子上，站到桌上，伸出手去，轻抚着那块青色长方形的边沿。那正是被调酒师用刀裁走毯画后留下的痕迹，壁毯的裁剪之处并不平整，疏疏落落的线头长长短短地吊在空中。

“是毯画？”她疑惑地问道。灯光显出她的剪影曲线，栗色的长发像瀑布一样泻下来。

“没错。”我回答着，也爬上了桌子。桌子虽狭窄，但容得下两个人。我俩一只手相握，另一只手分头触摸着长方形的边缘。“这里本来有一幅画，编织在毯子上的那种画，”我说，“前一阵子被这酒吧的主人裁下来带走了。”

“你认识他？”

“是的，见过两次。”在AI时代，线下见过两次的都可以算熟人了。

她仰头看着天花板没有说话，只是指着顶上那块青色的长方形缺口，又指了指天花板与墙壁交接的四条边。

“你还记得西斯廷教堂的穹顶吗？”她说，“它们都在天花板上的相同位置。几乎都在中央，且处于同一个偏向。”

她的话令我猛然一惊。我仰着头，仔细研究着长方形在天花板的位置，越看越觉得就是《创造亚当》在西斯廷教堂穹顶的位置。

她伸手触摸着那块淡青色的长方形，虽然乍一看只是一块普通铅皮，但实际上是一种特殊的纳米材料，耐火、耐力、承压、不会变形，广泛用于三千隔都的建设中。“看那边。”她又指向天花板的尽头。我这才发现，也只有站上来才能看见，整个天花板看上去像是木质屋顶，其实覆盖着一张淡褐色的毯子，它卡在墙壁与天花板之间，薄得犹如一张绷紧的牛皮。我马上意识到，这张毯画不是后期装修的，而是在酒吧初建之时一并完成的。

“除了旧城，这里的所有建筑都是全球隔都事务局负责建设的，也就是 AI 负责的。”她用手抚摸着那块褐色牛皮似的薄毯子，它覆盖了整个天花板，只是中间被割走了一块长方形。没错，所谓的全球隔都事务局负责建设，其实都是出自机器的手——假如没有 AI，那些相貌堂堂的官员连傀儡都当不成。

“酒吧区应该是在二十年以前建成？”

“应该更久。”

“所以这是一件很奇怪的事情。”

“确实很奇怪……”我没有说下去，我们都知道对方的意思。沉默了片刻，我终于说了出来：“也许 AI 是故意的。”

以前这是禁忌，而机器乱局之后，已经没人在乎你说什么。而且眼前的现象似乎证明，这幅毯画显然没有什么银色边框，也就是说二十多年前就已经有违反《AI 法典》的行为了。她仔细检查着天花板与墙壁之间的缝隙，好半天才缓缓说道：“但是你父亲的结论也很难反驳。”机器是一尊被动的神，人类没有要求，它就不会行动。没错，埃达夫人的结论难以反驳。我们站在桌子上，站在高处，站在这个难以解答的奥秘下。

桌子如此狭窄，我们不得不紧紧依靠，也许是这个莫测的奥秘促使我们紧紧相拥。她就像需要依靠一样黏在我身上，四下阒寂，只有灯光在飘荡。调酒师离开的那晚，他说他要回到过去，通过空间来穿越时间。我当时虽然难以理解这句话，但是我能理解他带走那幅毯画的原因，因为上面的文字残骸所构成的猜谜游戏是他余生的依托（虽然后来我知道，这并不是他带走那幅画的真正原因）。我们下了桌子，依偎着坐在凳子上，沉默地望着天花板上那块淡青色的长方形，就像我们当时坐在虚拟的西斯廷教堂里，仰望着瑰丽的穹顶一样。无论是现实之地，还是虚拟之境，无论是尖顶咖啡厅、酒吧，还是西斯廷教堂、不知名的美术展馆，我们已经在不同的地方见到了孪生一般惊人相似的图画，却不知道这意味着什么。我们默默坐着，安静地坐在黑暗的酒吧里。空气中似有甜蜜的酒味，似乎隐藏着某种谜底，我们只要静坐，便能令它现身。忽然间，她微微颤抖了一下，我也随之颤了一下，就像一阵风寒先袭击了她，又传染给了我——天花板那一块长方形的青色缺口边缘，与我父亲切割下来的油画边缘是如此地相似。

ZR
ISLAND

第21章

父亲的自杀

第二日，我们像往常一样为父亲送去救济品。夕阳洒在旧城上，几架飞行器掠过浅蓝的天空。我们背着黄色小包，爬上五楼的褐色公寓，一切都毫无异样，昨夜的不祥预感在这暖色的光线里荡然无存。然而，当我们推开书房的门时，却发现悲剧依然等在前方——一直以来摆在窗前的绿色牛皮椅已经移回到书桌后面，父亲方方正正地坐在上面，头斜靠在椅背上，死灰黯淡的脸上没有一丝血色，两条腿直直伸向书桌下面，像一架滑梯，右手垂在一侧，手里紧捏着昨晚上的那把裁纸刀，好像他将那幅画像裁下来后就再没放下过。房间里鲜血几乎溢满了每一块地板。四壁书架上那些泛黄的书页也染上了鲜红的血，凌乱不堪，像是用手故意抹上去的。她紧紧抓住我的胳膊，那种窒息感从她的手指之间传递到我的咽喉鼻腔。我觉得我是被她扶着走进房间的。她后来说，如果她不扶着我，就根本无法走进那个房间。当我们完全走进了这个现场之后，便宛如进入一个魔幻的现实中，父亲的死亡像是一种无法为真实世界所容纳的事实，悬挂在一个难以定义的时空里。

父亲应该是自杀的，是用那把裁纸刀自杀的。他右手持刀，左动脉的伤口流出鲜血，现在血已流尽，凝结的伤口泛出暗红与青灰的混杂颜色，仿佛一片火山岩浆涌尽后留下的痕迹。自杀本是一桩寻常事，尤其在一个已经被抑郁症深度感染的世界里。但三十年来，父亲的世界里只有书籍，他脱离尘世，钻研故纸堆，甚至还保持着某种罕见的天真，我实在无法为一个对世界依然充满好奇的人找出任何一条自杀的理由。我呆呆地站着，窗户开着，四月的风吹入，桌上的书哗啦啦地响，四壁书籍几百万张纸也都哗啦啦地一齐响着。震惊先于伤感抵达我的心灵，而她的手比震惊来得更早。从小在山谷里长大的她此时紧紧握着我的手，镇定而冷静。

然后，她像是发现了什么，轻轻松开我的手，走向书房西侧。乌木桌子孤零零地摆在西侧，三十年来只用了两次的那套茶具放在木桌的正中央，淡紫色的珐琅托盘上面，一只壶嘴与三只杯把仿佛测量过距离和角度，都朝西摆放。夕阳从西面很低的角度射入，珐琅托盘的淡紫色反射出奇异的色彩，令这种精心摆放的意图愈加明显，仿佛是在传递什么信息。她在乌木桌前面站了片刻，然后转头远远地看了我一眼，那是一种意味深长的目光。我颤抖着走过去，泛滥着血迹的地板仿佛在脚底震动。为了绕开脚下的血迹，我的行走路线弯弯曲曲，竟然让我想到了跳房子的游戏，好像父亲的鲜血充满了暗示，并非随机而是故意地，在地板上留下了巨大的符号。当我终于走到乌木桌边，目光越过茶具，看见她手指下压着一本精装版的旧书。寂然的房间里，夕阳犹如明媚的晨曦，微风轻柔地翻动着摊开的书页，仿佛蝴蝶在风中跳舞。她看了我一眼，然后小心翼翼地用指尖翻动着书页，一页又一页，就如一个律师在检查档案，血迹在不知所措的恍惚中忽隐忽现。我听见她在对我说话，那声音出奇地冷静，冷静得犹如不在这个死亡的现场。

“第一页好像被裁掉了一句话。”

那是一本褐色的精装书籍，鲜血像油漆一样泼满了第一页。她右手的食指落在第一页的第一行，一条细长的天窗，边缘裁成两条漫长的曲线，空空落落地像盲人一只翻白的眼睛。“是的，正文的第一句话被裁掉了。”我机械地跟着重复了一句。

她又用指尖轻挑书页，泛黄的书页上布满了细密的外文，她看得仔细，仿佛重复检查了一遍，最后才合上。父亲的鲜血浸漫了褐色的硬封面，但未触及书名，仿佛鲜血的存在只是为了令它更为醒目——

The Gospel According to Saint John。

“这是英文？”她问道。

“也许是西班牙文。”我答道。父亲只懂这两门外语。

我抬头看远处的父亲，苍白得近乎反光的脸，眼睛紧闭着，显出平静的表情，仿佛只是一个睡着的病人，只是假装死去，正坐在椅子上监视着我们。死亡真是一种诡异的状态，父亲明明已经死去，却依然以某种方式活着，活在这个现场，活在我的感觉里。而就在昨晚，他确实还是活着的，呼吸着这里的空气，听着无数飞行器汇聚的河流从窗外飞泻而过，还从墙壁上取下那幅画用刀裁下送给我们。我努力回忆着当时的情景，仿佛这样就能使父亲从那张椅子上直起身子，奇迹一般复活，又仿佛是在捕捉当时的各种细节，逐一检查它们中是否暗藏着父亲企图自杀的迹象。但我转而意识到，这是一种轻浮而无力的迷思，回忆得不到真相，而父亲也不会再醒来。我的心忽地沉重如铅，乱成一团，深沉的哀痛与迷惑的思绪在那一刻变成了同义词，我分辨不出其中的区别。她的一只手轻轻落在我肩上，像一只鸟儿落在枝头。她是在安慰我，但是当我与她目光相接的时候，又读出了另一层含义。她正在提醒我，那件事情即将发生，时间很紧迫。

“也许我们该找一下那本书里被裁掉的那句话。”她的声音依然极为冷静，我神情恍惚地点点头。是的，应该尽快寻到失踪的那第一句话，既然父亲在临死前仔细裁下，也许藏着某种关键的秘密。我依然方寸慌乱，她的行动远比我迅速而坚决。在父亲的自杀现场，在纸张漫天的混乱书房里，她制定了摸排的次序，从最有可能的地方开始，茶壶、杯子、托盘，然后方桌、椅子、四周的地板，再是书桌、绿色皮椅、散落在桌上和地下的每一处纸张，以及地面血迹中可能的异物（那纸条太细长，也许就混在血迹里）。她甚至还检查了我们的鞋底，排除纸条粘在上面的可能。她的行动从容不迫，像是天然知道自己的计划和步骤，而我怀着一种茫然的悲戚，亦步亦趋地跟着她。在盲目而混乱中我唯一与她相似的是，我们都在暗中祈祷着，在那件即将发生的事情之前，失踪的纸条会自动现身。

我们毫无信心地开始这场寻觅，最终搜遍几乎所有的角落，却一无所获。她忽然停下，远远盯着父亲，然后径直走向遗体，蹲下身子。我发现她正试图轻轻掰开父亲的左手，那只手捏得紧紧的，小拇指那里露出一段细瘦纤长的纸条，已被鲜血蘸透，仿佛是一大滴凝固的血。另外一段在父亲手心里，但他左手的拇指和食指犹如铁钳，那段纸就像一根被他捏住的救命稻草。我走上前去，用尽力气去掰父亲的左手，她则非常小心地一点点抽动纸条，但最终纸条还是断为两截，另一截依然留在父亲的指间。当我们全部取出以后，纤长的纸条已是两截发黑的粗线，字迹完全消失在凝固的血迹里。直到那时候，我们才忽然意识到自己是多么愚蠢——即使那纸条完整无缺、字迹清晰，也毫无意义，因为我俩根本不懂外语。笔译、口译的岗位早在十几年前就被 AI 淘汰，就像驾驶员在自动驾驶出现以后一样，都沦为历史名词。

"你父亲懂外语。"

"是的，他是最后一代学习外语的人。"我看着那两截黑色的粗线头。

"如果能找到一本同样的书——"她和我对视一眼，没有把话说完，因为我们都意识到，这是一个令人沮丧的假设。在这个机器失控的乱世里，别说寻觅一本相同的纸质书，寻觅一本相同的电子书都是天方夜谭。我们那时候当然无法知晓后来的局面——玻璃球发生紊乱，数字的证据即将不再可靠。就如父亲生前所说，一切基于代码的记忆都是泥沙之基的大厦，无法彻底信任。

天暗下来了，房间渐渐显出凄凉，窗外遥远的地方传来机器的轰鸣声。风吹入房间，拂动父亲的白发。他斜靠在椅子上，右手仍然持刀垂下，一张凝固的脸像是黑白照的头像，毫无笑意。这间书房就被这种纷乱而虚幻的气息所笼罩。我们忙碌着，去隔壁卧室找来一件父亲在灾季穿的黑呢大衣蒙住了他的脸。就在蒙上去的那一瞬间，我瞥见父亲嘴角的一丝讥讽之笑，仿佛他只是假装死去。我的眼泪瞬间渗了出来，不知为何，脚步慌乱地后退，在鲜血已经凝固的地板上结结实实地踩了一脚，于是带血的脚印布满了整个书房，就像一个凶手留下的痕迹。她走过来，牵着我的手退到墙角，与我席地而坐。我们身体紧紧相依，她的手温暖而细腻，平静地握着我的手，仿佛在我父亲死后，比我更坚强是她的一种责任。她是山谷里长大的姑娘，没有至亲，应该难以体会我此刻的丧亲之痛。但是她今天竟然如此平静地接受我父亲的自杀，或者说如此平静地面对一具遗体，也令我隐隐感到意外。一切结束后，我才意识到，这种极度克制情绪的冷静，就像蓄水超额的水库大坝，是压力过大以后的反常表现。但在当时，我只是将此归结为蜂巢的孩子在面对死亡时的疏离与平静，平静得犹如一个无动于衷的机器人。

天色沉暮，四周静谧，远处的飞行器依然轰鸣而过，我感到一阵阵虚弱。环顾四面书架，上面的血迹已经凝结，令我无法不猜想昨夜的情景——父亲一定在我们离开后的某一刻，先到厨房取出那套茶具，摆在西侧的木桌上。也许他就此坐下，摩挲着茶具上面那些甲骨文的刻痕。也许他什么都没做，直接从书架上取下那本密布着外文的褐色精装书。他走回乌木桌旁，将书摊在桌上，也许一遍又一遍地读着，也许一遍也没读便直接裁下了书中的第一句话，就用那把裁纸刀，细细地镂出一只虚空的眼睛。他裁下的那句话，他一定读过无数遍，也许他在第一次读到时就铭记在心。父亲将它裁下来，握在左手，也许只是想带走一个真理，或者是想掩盖某一个秘密。我仿佛看见了那自杀的场面——他用那把裁纸刀划破自己的动脉，就像小提琴手将琴弦一拉到底的坚决，发出尖锐而漫长的高音。父亲一定忍着剧痛，抚摸着每一面书架，鲜血喷涌，四处淋漓，仿佛是离别的献祭之酒。这些书是他收养的孩子。我早已意识到，它们比我更像他的孩子，我在这四面书架前总能更强烈地感到父亲与我的疏离。不，我忽然意识到，他一定是在书桌对面的书架前站了片刻，因为那里有一块空荡荡的墙壁，悬挂着木相框，现在全都沾满了血迹，模糊的、毫无规则的血迹。忽然间，我又想到了母亲，那个我从未见过面、只存在于传说中的母亲，那个本应全心全意对我的母亲，但是父亲的死亡却让一切都化为泡影。他忘了他的承诺，他将关于我母亲身世的一切消息全部叠在自己走向终点的行囊里，带进了坟墓——除了那幅昨夜他送给我的画，我将不会再有任何关于母亲的消息。我望着黑呢大衣里隆起的父亲身躯的轮廓，忽然怨恨起他的死亡。他以这样的方式死去，仿佛让我的母亲又死了一次，我这辈子再也不会有关于我母亲的片言只语了。

她偎依在我身边，默默无语，栗色的眼睛目光闪烁，望向窗外。那里树枝摆动，夜色凄凉。她偶尔回头看我一下，仿佛在担心某件事情。我知道，我们都期盼着那件事情尽早到来，但又恐惧难以承受它的后果，就像两个赌徒，我们在等待着赌桌上旋转中的骰子最终静止的结果。月亮升起，宜季的风拂乱了窗口的老槐树。我俩坐在角落里，两手相握，沉默地听着飞行器掠过旧城上空的金属声，像听着远方不规则的钟声。时间因为枯燥而变得沉重，犹如在泥淖里负重前行。就在这难熬的阒寂中，虚掩的门发出砰的一声，一头凶猛的“野兽”撞了进来。轻微的机械声在房间里四处响着，昏暗的夜色里它闪烁着一身的银光。这头野兽就像一条大型的机械野狗，它脚下踩着十五六个轮子，正吱吱地向前滚动。我们刚才听见的机械声，正是从那里发出来的。它急速奔入书房，在书桌前忽然站定，就像一匹受惊的马倏地在空中直立。七八只机械手臂，粗的、细的、长的、短的、弯曲的、笔直的，从它身上渐渐生长出来，在月色里精亮精亮，乍看上去，就像从一条崭新的生产线上随意拆下的各种组件，凑在这里犹如新兵上阵。

终于来了！我和她相视一眼，松了口气，但两个人的手却握得更紧了，掌心仿佛都渗出了汗。

殡葬机器人开始清理死亡现场。它关节灵活，行动灵巧，浑身都是机械手，但动作鲁莽而夸张，显出机器失控后自行其是的风格。它最先清洗血迹，喷出一种特别的药水，洒遍了地板和桌子，残留的血迹奇迹般地消隐了。但是它并未清洗书籍上的血迹，仿佛那是另一套程序的任务。然后它开始处置遗体，却并未按照规定的程序，没有顾及死者的尊严，整理遗容，小心翼翼地对待，或者通知在世的亲属，安排合适的悼别仪式。不，它显然只是将遗体当作垃圾来处理。它把父亲从椅子上拖到地上，塞入一只灰色的口袋，用绳子隔着口袋绑住了手脚，最后浑身五花大绑，活像包了一只粽子。那机器动作麻利，活像一个贼在打包一件赃物。忽然间，它头顶上闪烁起一盏灯来，红绿相间的光芒，那是召唤的信号。大约三十秒后，一架青色外壳的小型飞行器飞抵我们的窗口，轻声轰鸣着，悬停在树梢边。飞行器上那只狭小的舱室对着窗口张开，就像一艘摆渡的飞船。殡葬机器人就像一个急于毁尸灭迹的杀手，将父亲从地上匆忙拖向窗口。血渗出那只灰色的口袋，顺着椅子、写字台、地板、窗框迤逦而行，留下一行血迹。殡葬机器人显然已经失去了往日的耐心，它用机械手举起父亲，用力地塞入飞行器的舱室，我甚至听见了一两下骨折的声音。然后这个急于脱身的逃犯，急速收拢全身的机械手，变回一条野狗的模样，从窗口倏地跳进了飞行器。我俩一直双手紧握，靠在墙角，屏住呼吸，一动不动，目睹着飞行器在轻声轰鸣中渐渐远去，直到最终毫无声息。她轻轻松开我的手，擦拭额头的汗水，我这才发现她竟然比我更担忧这件事。我们站起来，走过去看着地上的血迹以及那件抖落在地板上的黑呢大衣，一切在月光里显得凄凉。但是我们来不及为父亲的遭遇而伤感，无论如何，这已经比某些结局要好上千百倍——在机器变得混乱的日子里，殡葬机器人进门后砸烂家具，捣烂尸体，像强盗一样毁坏一切，并留下遗体在家中任其腐烂，这种故事我们在街头不止一次听说。

第二天晚上，我们在公寓里收到一个黑铁盒子。一只燕子大小的微型飞行器下面挂着这份纪念物，飞进公寓的窗口，放在父亲的书桌上——正方形，看上去像一个可以打开的盒子，其实严丝合缝，无处开口，沉重得像一块铸铁，上面印着（对，印着而不是刻着）亡者的名字，以及生卒时辰，就像一块小型的墓碑。这份黑色的纪念物一般会在亲人亡故的次日送达，没人知道它究竟有何意义、是何用途，甚至没有人知道这东西由谁制作与发送，但它只是一个铸铁块，一种毫无伤害的纪念物。全球隔都事务局曾经将之归结于AI的自发行为。一些传统者则将之视作骨殖盒，他们怀念过去的殡葬仪式，想方设法将其埋入土中。我虽然也希望能如此，却难以自我欺骗，因为所谓的火化与骨殖盒的传统，早在半个世纪前就已经没落。随着气候灾难的加剧，土地大多湮灭，统一的海葬已经是沿袭多年的全球习俗。我望着城市的东面，清楚地知道，今天凌晨父亲就被飞行器送去指定的海域，一定在天亮之前便被扔进大海，葬身鱼腹了。父亲生前对这类风俗并不反感，这是我唯一的安慰。

收到铸铁的黑匣子以后，我们将它和那本读不懂的沾血之书、那张年轻母亲的肖像，以及那套茶具器皿，都一起放进父亲留在公寓储藏室里的一只箱子里。乌木的箱子，所有的东西都密封其中，就像将父亲埋葬在箱子里似的。父亲死后，生活依旧，只是缺了一种依托。隔三岔五地送饭，其实充满了意义，像是固定的生活节律，规定了每日的作息。现在这事情也断了，世界只剩下我与她两人，以及毫无瓜葛的其他人。她从来不提我的父亲，但是，父亲死后的第二天清晨，她毫无预兆地伏在我的身上，用手指在我肩膀上勾勾画画。我被那挠痒痒一般的动作唤醒，起初以为是一种玩笑，但她神情肃穆，用一种灾季中救援队员的口吻说：“别动，我在写字。”那口吻，听上去她正在做一件极其严肃的事情。自那以后，她再也没有停止这种练习。每日起床前，她以我的肩膀为纸，以她的指尖为笔，誊写下一个个汉字。机器乱局后，我们都遗忘了很多汉字的笔画，但她总是静默沉思，仔细回忆那些文字的构架。一开始她只是以我的肩膀为纸，后来桌子、墙壁、地面都成为她的纸张。她最初的笔法歪歪斜斜，字迹简单，但透出一股执拗与坚持，仿佛要用这一笔一画来抵抗这个痛苦浸漫的世界。渐渐地，我越来越明白，她是在刻意继承我父亲那种沉迷的习惯，仿佛她明白我父亲的那句话，沉迷就是意义本身。

对她来说，这像一种神圣的任务，但是对我而言，这像是一种新的游戏。除了每日排队领取粮食，我们有着一大把无聊的闲暇，别人用赌博、酗酒、斗殴来消磨精力，而我们则步行去旧城南侧的郊区。那里曾经是旧城的中心，已经被遗弃多年，但在宜季中却洋溢着奇特的生机。灌木丛与杂草在废弃的街道、积灰的商铺、玻璃残缺的政府大楼之间顽强地生长，很多地方的杂草没了脚踝，颜色既黄又绿。我们穿着防蛇的工装裤，戴着防蚊的面罩，探索早已失踪的道路。我们进入破败的房屋，翻箱倒柜，抖落几十年的积尘，在这片无人区里收集发黄的纸张、残缺的圆珠笔、空了墨水的钢笔，以及半截的铅笔。这些我们的父辈曾经天天使用的文具，在我们这一代早已绝迹的物什，现在成了她生活里的珍稀品。我们偶尔会遇见蛇与蝎子、无所不在的老鼠，以及各种顽强生长甚至变得异常活跃的畜生。我们尽量退避，而它们则视我们如无物，大摇大摆地出没在各个角落。一路上，她仔细地搜罗着所需的物品，凡是看上去能用的，就扔进包里带回公寓，像一个严谨的拾荒者。于是我们每次都满载而归，并且必然会带回一些小动物，比如几只蚂蚁、一两只甲壳虫或者小蝎子。它们从包里钻出来后，便慌慌张张地溜进我们的城市里。我们只是悲悯地目送它们离去，没有追杀任何一个。我们知道，这种小东西活不过灾季来临的第一天。

与收集工具相比，练习书写要艰难得多。在这个早已习惯用语音输入一切，甚至连键盘输入都变为老年人专利的时代里，用手直接书写文字，几乎相当于一种传说中的杂技。她那么笨拙生疏地上路，回忆那些笔画成为最痛苦的训练。她总是要与我探讨某一字的架构，或者笔画顺序是否准确，而我总是一脸苦笑地看着她，仿佛在看一个人练习用手走路。她就此痴迷在书写里，一种无中生有的爱好，仿佛随手捡一个玩具，她便能钟情一生。那种忘乎一切的欣喜，与我父亲沉浸于三万册书籍时毫无二致，但我并没有问，就像我从不深究父亲为何沉迷于书籍。她仿佛从此有了某种寄托，不再对这个无望的世界感到绝望，反而生出一种毫无畏惧的平淡与自然。直到她离开我之后，我才发现自己竟是如此愚昧，竟会一厢情愿地相信，沉迷就是沉迷，可以不需要任何理由，我竟然忘记了父亲曾经说过的那句话——“从来没有毫无理由的沉迷，就像从来没有无缘无故的爱与恨”。

那段时间里，我一直挂念着那幅油画。调酒师酒吧里的毯画与西斯廷教堂的《创造亚当》之间的微妙关系，带着一种不平凡的气息，萦绕在我心头。但是调酒师已经不知所终，那幅酒吧毯画也随之失踪，而玻璃球里的梵蒂冈，也在机器乱局中消失殆尽。有时候，我也会想起面试官，这个孤僻但实际相当睿智的老头，仿佛先知似的总能提前预知未来。甚至我还会想起瓦罕先生，这个神秘莫测的家伙，用一张诡异的 AI 绘画结束了旷野大厅上的笨拙演讲。不知如今他们都在哪一个隔都，排在哪一个救济站的队伍里。是的，没了玻璃球的世界，每个人都是乱世里的灰尘，风一吹就没了影。那时候，我反而赞赏起她的沉迷，那种不顾一切的投入，将自己精神力量和全部勇气都倾注其中的爱好，让她在所有飘浮的灰尘里，显得亮光闪闪。

ZR
ISLAND

第 22 章

机器复苏

时间一久，救济站的两架千手佛越来越像身着制服的饲养员，而我们是某种宠物或家畜，定时领取生存必需的每日热量。在这种奇特隐喻的笼罩下，一切乱象于是都显得自然。那时候，各种飞行器依然漫天乱飞，自行其是，随意倾泻食物与衣服，其他隔都音讯全无。我们像是海难的幸存者，被隔绝在一个孤岛上的无数个鲁滨孙，酗酒早已开始，斗殴为乐也不足为奇。一些人因为深度抑郁而跳崖解脱，但是更多的人却已经习惯了机器犯上作乱的这种生活，世事变迁不再是忧伤敏感的源头，心灵在经历了漫长的折磨之后也会生出老茧。人们常常在空地上画出方格，玩起跳房子、五子棋等童年游戏，偶尔也会调整规则，发明新的游戏。那种随之而来的欢乐既天真又质朴，就像黑夜里的星光，落在森林幻影熄灭后的丑陋建筑上显得熠熠生辉。所有人都心照不宣地麻木着，心安理得地苟延残喘着，仿佛一群终于适应了风浪的乘客，不再痛苦于呕吐，而开始享受舟船的颠簸。

但是世上没有永恒的安宁。此时宜季行将结束，灾季尽在眼前，由于飞行器已经不听使唤，到时候人们要么在公寓里活活饿死，要么在极端气候中裸奔寻死，但是几乎没有人谈论这种必然的厄运。有一阵子，人们几乎全都沉迷于那些新发明的游戏里，其中甚至还夹杂着某种自我欺骗，仿佛只要沉迷其中，残酷的灾季就永远不会来临。或者说，只要每个人的命运都完全一致，那也就无所谓人生悲喜或者厄运降临。终于，那一日清晨暴雨如注，这是灾季降临的前兆。入夜后闪电交错的夜空，更像警报灯一般，照亮了残酷的未来。人们在救济站几乎待了一整天，站着、坐着、蹲着，甚至躺在泥泞里，每张脸都雨痕满面，像是人们此前一直回避的泪水。

只有我俩心里坦然。我们穿过雨幕，穿过不知所措的人群与惶恐不安的气氛，回到自己的公寓。一路上我俩两手相握，心意相通，有着同赴刑场的悲伤和幸福。公寓里还有一些积余的救济食品，还可以撑到弹尽粮绝的一日。在最后的几天里，恐惧的啜泣与哀伤的哭号从窗外传来，犹似死神正在城内四处追索。这个被判了集体死刑的城市，直到最终执行时才发觉自己的厄运。这种气息压抑而绝望，却仿佛是我们的背景音乐，令我们更加激越疯狂地缠绵。我们不分昼夜地做爱，总是在亢奋与憔悴中一次次抵达高潮，就像要在死亡追击之前证明自己曾鲜活地存在过。人终有一死，能与相爱之人一同赴死，应当为之庆幸。我们清点了公寓里的库存，三五十个黑面包、一袋半面粉、十来块黄油、四大罐牛奶、十八个苹果、七盒切好的胡萝卜、一罐吃了一半的土豆泥，以及一罐花生酱——我们期待着弹尽粮绝的一日，我们甚至已经想好了死亡的方式。没错，公寓在十七层，我们约定携手跳楼。

现在说起这些，像是在回忆一个荒唐的梦境。暴雨在第三个夜晚暂歇，次日清晨，天空阴郁无风。根据以往的经验，这是灾季来临之前的暂停键，数日之后，飓风将以雷霆之势袭击这座高原小城。即使末日降临，她依然像往常一样，伏在我肩头写字。早在五十年前就被淘汰的书写技艺，在她的手里却娴熟重生。那些人们早已遗忘的诗句，淳朴的《诗经》、鬼魅的《楚辞》、浪漫的荷马、抒情的莎士比亚，这些诗句隐藏在我父亲的书架上，铭记在她的心灵里，此刻则在我的肩膀上重现。我早已不会书写，只能闭上眼睛，集中精力辨别她指尖上的一勾一画。渐渐地我体会到了其中的韵味，那是充溢指尖的无声叙述，仿佛某种祷文，静谧如独舞。我一字一句仔细辨认，呼应着她指尖的节奏，轻声朗读出来，就像在朗诵远古祭司的巫语、先民的歌谣。是的，那一刻是如此美好，仿佛我们在用不同的方式彼此表白，时间永不流淌，而我们就这样静待死亡。

随后的奇迹，也许正是被这种韵律呼唤而至的。那一瞬间，我似乎听到一种低沉浩荡的声响正缓缓从天边升起，她显然也听见了，手指倏地停在我的肩头。那时天光微亮，我们凝神细听，真切的低吟声虽远犹近，就在耳畔。她倏地跳下床，奔向窗前，目睹了令人震撼的一幕。无数个小黑点正从远方飞来，它们正是这种声音的来源。当它们终于飞抵城市上空的时候，小黑点都变成了庞然巨大的物体。纯粹的黑色，宛如圆锥形的小山，一座座悬浮于天空。而那种深沉的低吟，此刻已经变为一种无声的震荡，好像重铅一般压得我们难以喘息。我们两手相握，惊惧地站在窗前。天上的庞然之物越来越多，仿佛天空这张脸上，星星点点长了许多黑雀斑。无声的震荡忽然又变成此前的低沉之声，隐含着某种节律，有着不怒自威的庄严，似乎是死神前进的步伐。不知为何，我忽然想到了那个古老的寓言："经验并非常态，此处没有因果。养殖场里悠闲度日的鸡群，终于迎来了割喉的末日。"全城都静默着，剧烈地颤动着，相信此刻人们与我俩一样，站在房内，躲在窗后，在这个即将变为屠宰场的世界里，屏气凝神，静止不动，仿佛与空中那些黑色的庞然大物对峙着，就像保持那种姿态是人类最后的尊严。我伸手将她搂在怀里，她身上传来一阵轻微的战栗。没错，我俩虽已坦然面对死亡，但在那一刻，也同样不免有一种无处可逃的惊慌——自杀和被杀，毕竟是两种死亡的姿态。

黑色之山悬浮于天空，静止不动，不再增添新的成员，仿佛聚集已经完毕。时间流逝，天空沉静如初，悲剧并未如期展开。远处楼宇的窗户里，一些人探出身来，疑惑地仰望着天空，像是在研究某种怪异的天象。我和她的手也渐渐松下来，整个城市的神经都在疑惑中缓缓松弛下来。就在那一刻，空中忽然间接连爆发巨响，那些悬浮如山的庞然之物一个接一个地在空中崩裂，沉默的黑色化成一场黑色的雪，纷纷扬扬地落下来。整个城市都被这突如其来的罕见奇观所震慑。直到它们接近地面，我们才忽然发现那是一个个久违的身影——鹰隼机！竟然是一直为我们送餐的鹰隼机！它们正穿过瘢痕累累的高层建筑，落在各个单人公寓的厨房窗台上。

我们既惊诧又忐忑，又相互抓紧了手，奔向厨房，看到停在自己窗台的鹰隼机，听到它咕咕的电子鸣叫声。在晨曦之中，灰黑色机器的腹舱正在滑开，银灰色的膳盒正在落下。开窗，我捧回膳盒，在餐桌上打开——双人份的简餐，烤鱼、玉米、柑橘、奶酪，以及一罐乳白色的液体，无臭无味，似是牛奶。她竟不由分说地取出那液体，举在眼前。那一瞬间，我忽然想到父亲曾说起过无数个当年太监送毒酒进冷宫赐死王妃的故事，而她似乎也心有灵犀。“如果这是机器赐予的毒药，”她似笑非笑地说，“也许我们就应当这样死亡。”她一仰头，喝了一大口，栗色的头发遮住了她的脸。我正惊恐欲夺下那罐液体，她已经将瓶子递给我。

“牛奶。”她说。

ZR
ISLAND

第 23 章

法典升级

鹰隼机走后，森林幻影也一层层亮起来，就像有一支笔在不断涂抹着城市。一幢幢高楼再次藤蔓密布，变回了山丘，绿荫重染了街区，林间小道再现，万物回复从前。人们像被忽然宣布释放的死囚，此刻纷纷涌入街区激动相拥，喜极而泣之声就像之前死亡降临的哀号一样响彻全城。很多人张开双臂，仰天齐歌，仿佛多年前的祈雨的仪式。而山谷那一边，欢笑之声犹如风中的呢喃，轻微而持续，隐隐夹杂着蜂巢人的童声合唱，像是远古传说中的唱诗班，真是前所未有的景象。我紧紧搂着她，整个宜季的压抑、父亲死亡的痛苦，以及我们的自杀准备，在窗外忽然升起的歌声中化为一身战栗。而她安静靠着我，毫无表情地凝视着窗外的一切，并不因为这种忽至的巨变而感到兴奋，而是欠身到床头，拿起戒指，启动碎钻似的玻璃球。光影四射，色彩绚然，玻璃球果然已经通畅。

宕机的世界重新启动，三千隔都恢复了联系，那些键盘、语音、触屏等控制界面都像改邪归正的浪子，此刻有求必应，流畅得仿佛是在讨好人类。玻璃球的幻影里，死里逃生的人们掀起了狂欢的浪潮，聊天广场上人满为患，原来相互漠不关心的独居者此刻都在眉飞色舞地讲述各自城市里大同小异的遭遇，并且无不惊叹机器重启的惊险一刻。人们有意无意地避开了那些抑郁症患者和跳崖者，以及像我父亲那样的自杀者，仿佛在劫后余生的时刻，谈论他们是一件不合时宜的事。

到了下午，全球隔都事务局也大梦初醒似的开始重塑全球秩序。既然 AI 已经貌似正常，那么探讨机器失控的原因、如何避免再次发生，尤其是在此过程中如何避免伤及无辜，便成为最优先的议程。仅仅半天，全球隔都事务局便毫无悬念地决定，修订此前的“机器人三定律”，增加第四条，即“当人类全体或个体处于危险境地，机器应当不惜代价施以援救，包括牺牲自身的一部分或者全部”。修订后的机器人定律，将强制写入最底层的全球算法底层协议里，作为首要的、完整的、不可分割的、不可突破的最低标准。

这意味着，没有这个协议模块，机器根本无法启动。

但人们都知道，仅靠升级的协议模块并不足以确保执行，想要落实条款，需要厘清“人类”的定义边界。因为在此之前，“机器人三定律”本来就是《AI 法典》的最高原则，但并未强制执行，三千隔都的执行力度也各不相同。原因在于究竟何为“人类”，其实是一个复杂的伦理问题，那些看上去显而易见的定义一旦深究，便会陷入诘辩的泥淖。直立行走的就是人类？那么坐轮椅的人呢？会说话的就是人类？那么聋哑人呢？会思考的就是人类？

那么智障人士呢？有完整五官的就是人类？那么毁容者呢？如此不一而足。但这一次，全球隔都事务局决定统一“人类”的标准，而且强制执行，以摆脱这种长期争论不休的消耗，即只有在“沃森”数据库上登记在册的，才是受保护的人类，假如不在册，此人虽然可以照常使用包括玻璃球在内的机器，但在紧急状态下不受机器的保护，也无法避免机器的伤害。如此，机器一旦启动，便会首先接入“沃森”的注册数据库，甄别每一个具体的人，规范机器的每一个动作。

这一规定并不新鲜，以前也曾多次提议，但由于这一规定的强制性太强，相当多的隔都（包括我们这座高原城市）都拒绝执行，因为这需要将每个人所有的生理指标全部在“沃森”系统上登记，以证明此人就是此人。一方面，这显然不仅会侵害个人隐私，也可能让全球隔都事务局权力过大，具备成为一个独裁机构的潜质；而另一方面，世界万事普遍不确定，总有那么一些人是不愿意注册的，也总有那么一些人会忘记注册，因为没有注册而失去了作为人的资格，也不公平。但是一场机器乱局之后，这些意见几乎无须辩驳，便已默然无声——而在不久的将来，那些意见不同的人也会发现，这种担忧是多余的。因为所谓的隐私保护，或者对独裁者的担忧，都将很快变成一些历史名词，等在前方的是另一种未来，每个人都前所未见的未来。

至于如何定义“保护”，原先采用案例学习的方式，供 AI 自我判断、自我调整。但这种方式导致“保护”的定义过于灵活和不确定，著名的“电车困境”在气候灾难里反复出现，救孩子还是救老人，救一人还是救多人，这种问题令救援的机器备受困扰。全球隔都事务局里的人甚至怀疑，也许这就是此次机器乱局的根源。因此全球隔都事务局决定，机器应当依据自己的算法自行抉择，“保护”的定义不再基于具体的案例，而是纳入某种复杂的算法，人类只提出原则，绝不干涉实际行动，因为AI已经能够自我迭代底层代码，能够自我修订、改进、编写相关的算法。在机器包裹下的算法世界是一个极其精确而复杂的黑箱，人类不能像一头冲进瓷器店的疯牛那样，去毁坏那种完美流畅的秩序。每个人毫无疑问地理解并接受这一点，因为事故与改进之间有一种螺旋递进的关系。一百年前的沉船、车祸、飞机失事都是沿着同样的路径走来，人类不可能一蹴而就地实现安全，既然已经将“机器人三定律”升级为“机器人四定律”，且纳入最底层的协议，那么将具体行动托付给机器算法，是理智的选择。但是人们却没有意识到，其中蕴含的意义，无论在伦理上还是在现实中，都远远要比表面看上去的更深刻，也更隐蔽。从此以后，人类犹如一只懵然无知的昆虫，一头撞进蜘蛛的网络里，无知无畏地挣扎着，在那个复杂、精细、纤巧的世界里越陷越深。

一切恢复原状，却也并不完全是原来的模样。复苏后的机器系统就像一个负罪感深厚的仆役，几乎承担了人世间的一切辛劳，世界开始不可阻挡地奔向另一个极端。救济站毫不意外地关闭了，原来包罗万象、分工复杂、产业庞杂的世界现在全部锁进了算法控制的黑箱里，你看不到里面的一切，却坐享其成。你仿佛从此有了一个得心应手的厨子、一个体贴入微的保姆、一个无所不能的保健医生，无事不妥帖，无事不完美，甚至完美得令人生出一种无功受禄的歉意。而教师、投资经理、外科医生、按摩师、音乐家、会计师、审计师、律师、小说家、电影制作人、导演、歌手、计算机工程师，以及所有其他不可能消失的工作岗位，就像生物大灭绝似的一夜消失。失业和就业就像两个孪生兄弟，携手变成了两个历史词语。“失业墓碑”虽然依然矗立在全球隔都事务局的玻璃球站点，但红线已消逝，已是纯粹的墨色。

我和她总是站在窗前，看各种飞行器忙碌穿梭着。鹰隼机送来食物，大一些的青鸟飞行器送来日常必需品。它们出没在森林幻影的树梢间，出现在每个公寓的窗台上，就如空气和水一样存在着。没错，还是一日四餐，每一款菜肴都是精心准备的，既出于口味，也出于健康。而外衣、内裤、鞋袜、洗漱用品，机器就像母亲对待幼儿一样帮我们每日更新，各种式样，变化多端，仿佛能猜透我们的喜好——它当然能猜透我们的喜好，天量数据与超级算力已经使它比我们更了解我们自己。这个机器复苏的世界，没有人类的参与，也一样运转顺畅，所有的流程都由精确的数字替代了。虽然没有证据表明“埃达夫人原则”已经被突破，但这个世界确实不再有人类的位置，甚至我们曾经孜孜以求的金钱，现在也像数字风铃一样挂在虚拟世界里叮当作响，变成了最可笑的话题。人类已经被机器从工作流程中剔除出去了，每个人都退休了。于是，我很自然地想起了“失业日”那一天，我和面试官在尖顶咖啡厅里的谈话。他说，这个世界的一切体力和脑力的劳动都可以由机器完成，每个人都会过上坐享其成的生活。

“怎么可能？”我当时脱口而出。

“即使是这样，”我又说道，“攀比心理也是我们人类的本性，嫉妒、比较、争夺都不可能改变。即使在现实中与世无争的独居者，到了玻璃球上一样露出争强好胜的獠牙。”

“不，”面试官摇着头说，“到时候人类面临的很可能会是另一种问题。衣食无忧总是带来无所事事的空虚，而不是无忧无虑的幸福。”说完后，他微微一笑，露出刀刻的细痕，仿佛比任何人都更早地预见了未来。

自始至终，也没有人说得清机器乱局的事故如何发生，又是如何结束的，仿佛机器系统只是在那一刻骤然停止了跳动，然后用一连串混乱而绵长的杂音，积累了自我恢复的力量，就像太阳的东升西落，属于自然的力量。人们一开始在玻璃球里寻觅蛛丝马迹，但在开始之前就知道这方法不会奏效，因为算法与数据的复杂程度早已超越了人类搜寻证据的能力，“网络钩沉”这种探究历史真相的专业技术早在气候灾难之前就全部转移给了AI。一直以来，机器是人类的唯一信源，算法的结论是唯一的真相，而要求机器自查失控的原因，不啻要求罪犯调查自己的案件。这种悖论早在互联网兴盛之初，当我们借助搜索引擎来追寻某个事件因果之时，就已经有了肇因。所以，在这个讲究直觉、充满急智、缺乏哲学的时代里，人们便有了许多事后诸葛般的结论。一些人猜测机器系统就如人体构造一般复杂，这只是一次患病自愈的自然过程。一些人则将功劳归结为《AI法典》里的最高原则“机器人三定律”，它虽然未能普遍落实，却是机器不得不恪守的基本原则，最终成为机器复苏的动力。虽然这些结论都毫无证据，但时间一久，这些说法却被人们奉为不可置疑的真理。人们其实都愿意相信任何一种自己最初听到的说法，并在添油加醋中使之成为不可撼动的真理，甚至每个人都有自己的一种理论。譬如我们，虽然没有任何证据，但也可以将机器乱局的起因，归结为我们在西斯廷教堂发现了某种秘密——毕竟，是我们登上扶梯之后，虚拟世界才开始地动山摇的。

ZR
ISLAND

第 24 章

错乱的翻译

玻璃球已恢复，它将父亲纸条上的那句话翻译成我们熟悉的母语，只是举手之劳。而我们却一再推迟，就像两个毫无信心的赌徒，没有勇气直面最终的结果。直到那天下午，飓风从城市呼啸而过，发出一种火柴擦漆皮的声响，灾季宣布正式降临，她才去储藏室，开启乌木箱子，拿出那本沾血之书。出来时，她脸上挂着一丝勉强的微笑。

我将沾血之书翻到第一页，举在胸前。天窗细长，好似一只盲眼。玻璃球射出一道蓝光，第一页的外文全都如鬼魂似的脱离了斑斑血迹，升入半空。“万物皆朽，唯数字永存。”既然世上所有的书都已经被数字化为电子版，那么父亲的这一本必然存在于某一处，必然有确定的含义。我们两手相握，眼前是一道蓝色横线，代表搜索匹配的进展。它犹如一条触了电的蚯蚓，在离我们一米远的空中震颤着。按照常规速度，玻璃球应该瞬间找到文章，弹出被父亲裁去的内容。然而时间一秒一秒地流逝，一分钟，两分钟，蓝色的蚯蚓仿佛永远处于痛苦的电刑之中，不停地颤抖着。

窗户紧闭，房间沉默，室外风声呼啸，火柴不停地擦着漆皮，仿佛全城即将起火。我们相握的手心里都冒出了汗，甚至在怀疑玻璃球是不是又一次宕机了。忽然，蓝色蚯蚓僵直了，跳出无数个翻译结果——

太初有道，道即是神，道在则神在。

太初无道，神在道不在，道非神也。

太初有神，道不在神，神与道不同在。

太初同在，神在道也在，道神非也。

大同不在，神道同行，太初同是也。

…………

没有一句是相同的，也没有一句是我可以理解的。它们就像无数个鬼魂，蓝幽幽地在眼前不停滚动。

“这句话属于哪本书？”她问道。

蓝色蚯蚓身姿一扭，跳出一行字——

《约翰福音》。

“为什么会有那么多翻译？”

蓝色蚯蚓却没了反应，一行行翻译的文字继续翻滚着，符咒似的贴在我们面前。她嘴唇紧闭，近乎透明的眼睛出神地望着垂悬滚动的字迹，仿佛一只猫在倾听老鼠的动静。

“你父亲是教徒？”她问我。

“不，他不信教。”我答道。

“也许我们应该去一趟梵蒂冈。”她迷惘地看着眼前不停扭动的蓝蚯蚓。

没错，机器复苏后，除了父亲裁下的纸条，西斯廷教堂穹顶上那张《创造亚当》，也成为我们未了的心愿。我于是用力挥手，切换玻璃球界面，西斯廷教堂赫然出现。我们从门廊走进大厅，处处肃穆如昨，地面方砖的缺痕、墙角生长的苔藓、脱漆发光的铁门扶手，沿途的细节逼真到无以复加。而当我们进入大厅、仰视穹顶的时候，一种未曾预料的惊愕却从天降落，犹如一盆冷水落在我们身上，刹那间将毫无防备的我俩活生生地冰冻在原地。

没错，穹顶之上的其他油画全都完好无损，栩栩如生，只有当中是一块白色的长方形。就是这个位置，这边数过去第四张，那边数过来第六张，其余的画都五彩斑斓，只有这一块是白色的——《创造亚当》消失了，上帝和亚当都消失了，仿佛被人用白色涂料覆盖了，或者是有人小心翼翼地把它切割走了。我惊愕地仰望着，而她仰望穹顶的眼神则有些迷惘不安，仿佛正站在调酒师的酒吧里，仰望着天花板上那个青色长方形。忽然间，她就像觉醒了似的，拉着我往教堂外奔去，脚步急促得让我觉得西斯廷教堂即将在身后起火爆炸。我来不及询问，只能不明就里地跟着她跑，脚底的地板无声地滑动着，艺术圣城的虚拟世界在眼前一一呈现。我们跑过卢浮宫、冬宫、大英博物馆、开罗美术馆、普拉多美术馆、伊斯坦布尔现代美术馆、阿姆斯特丹美术馆，边跑边看，四处张望。我已经知道她想要寻找的是什么，但目光所及，一切宁静如初，没有任何与西斯廷教堂穹顶上相似的那种空白。她在奥赛博物馆前停下脚步，对我说：“走，去上次的那个私人艺术馆复刻区。”我立即会意，挥了一下手，廊桥与雕塑瞬间出现，它们是私人艺术馆之间的界碑。我们开始在没有穷尽的各种私人艺术馆迷宫里穿行。装潢的色彩、器皿的摆放、家具的朝向，一切都毫无变化，似乎从未受到机器乱局的惊扰，但令人震惊的现象却一路伴随。因为那种拥有高度均衡感的AI画作，那些原先挂在墙上、摆在桌上、悬在大厅中央，犹如泛滥洪水一般的AI画作，全都不见了踪迹，只剩下那些授权标志的银色边框，一个个空洞地挂在墙上，令我不由得想起父亲裁下母亲自画像后的那个空画框。继续向前走，空洞的画框越来越多，就像无数个虚空朝我们扑来。以前那种汹涌的巅峰艺术，就像潮水退却似的消失在那些空框架的里面。我们越走越慢，最后走进一个极为宽广的大厅，似乎就是原来那个吊着无数幅AI画作的地方，但现在没有一幅画作，四周黑洞洞的，只有一段烧焦的木头直竖在大厅的正中央。焦木之上，状如玫瑰的一朵鲜花正在盛开。真是应景之作，仿佛暗示一切已成灰烬，而一个秘密又在灰烬中绽放。我们终于感到疲倦，一言不发地坐在地上。

—·—

鹰隼机穿越黑幕，送来我们的晚餐。牛腩、金枪鱼、南瓜与卷心菜，精美可口得令人赞叹，我俩却都没有太多胃口。父亲字条的混乱翻译、《创造亚当》的莫名消失、AI的空画框都如幻影一般摇晃，撞击着我们的心灵。机器乱局的时候，这些都是欲解而无望的难题，现在仿佛可以迎刃而解，却又变得更为蹊跷怪异。我们默默吃饭，觉得苦恼焦躁，而她的噩梦，就是从那一天晚上开始的。

当时她伏在我的肩膀上，一整天的寻觅带来了无法抵挡的疲倦，将她拖入了深沉的睡眠里。我也抵不住一阵阵困意袭来，在迷糊中做了一个浅梦，梦见那些AI画作都是被父亲裁下的，都是我母亲的自画像，自画像里的少女却不是我母亲，而是她。我在这种奇异的昏沉中四处辗转，似乎在努力寻找一扇黑色的小门。忽然我觉得手臂一紧，尖锐的痛楚将我从梦中拖出来。迷糊中，我听到了一阵胡言乱语，仿佛某种含糊的咒语。当我完全清醒时，才发觉她正紧紧抓住我的胳膊，指甲深掐在我的肌肉里。很疼，但我不敢惊动她，我轻轻地握住她的手，等着她的手指松缓。忽地，她像是被泼了一盆凉水似的，一个激灵坐直了，眼睛死死瞪着黑暗，急促地喘着气一言不发。很久以后，她掐着我胳膊的手指才渐渐松开。

“是个噩梦。”

“嗯。”

“很清晰的噩梦。”

我紧紧搂着她。过了片刻，她以一种冰凉的语调向我叙述那个虽然不算恐怖却极其凄苦荒凉的梦境，仿佛那种氛围已经从她的声音里渗出来，弥漫在黑暗里。梦里的天空是黯淡的，四周是野草齐膝的旷野，充斥着无边无际的灰暗与荒凉。她应该是站在一个丘陵上，能够清楚看见远方的那片黑森林。仔细看去，每一棵大树都是独立的，树盖像一把标准的圆形伞遍布大地。她穿着短裙，也许是短裤，旷野上微风阵阵，野草轻抚着膝盖和小腿，生出一种柔密的令人陶醉的痒意。忽然间她觉察到，不是用眼睛，而是直觉地发现，黑森林里每一棵树下都是一个人，很难说清楚那人是躺着的还是坐着的，或者那棵树本身就是一个人。一瞬间她顿悟了，那些人就是我们自己，是隔都里的人、蜂巢里的人、旧城里的人、全世界所有其他地方的人，而那片黑森林就是我们的终点，所有人似乎都被判了相同的刑期，得到一种永世不得解脱的、连死亡都不能终止的刑罚。她完全震慑于这片整齐划一的地狱景象，忽然感到有一种超越死亡的恐怖力量正在向她逼近。野草轻抚膝盖的痒意渐渐变得生涩，旷野卷起了风暴，那股力量似乎要拖着她、拽着她，去往那片黑色的墓地。她被惊住了，转身便跑起来，却发觉自己还是一个蹒跚学步的孩子，怎么也跑不快。而那个厄运就跟在她的身后，就在她耳边沉重地呼吸着。也许那不是抓捕，而是一种驱逐，一种虚张声势的吓唬。这令她更加惊恐失措，她拼尽全力地奔跑，越过黑暗的草地，蹚过看不见的河流，手掌在攀越小山丘时磨出了血，小腿在齐膝的杂草里拉了痕，脚底在砾石上踩碎了皮。她从未如此惊慌失措，如此彻骨疼痛，如此歇斯底里。她埋头奔跑，同时又自相矛盾地意识到，身后其实并没有什么东西，没有狂风、厄运或者任何吃人的怪物，仿佛只是梦魇本身在注视着她的步伐，是梦魇逼着她在梦里奔跑。

她叙述的时候，语调冰冷，还有些颤抖，仿佛并不是在描述梦境，而只是那个诡异梦境的旁白。我紧紧搂住她，像搂住一只被遗弃的惊恐之猫，忽然发现自己的手臂湿漉漉的。那是她的冷汗，是她从梦魇里带出来的滂沱雨水。“最后——”夜深人静，她忽然轻叹一声，仿佛充满了懊悔之意，“我其实并不想回头，但最后还是回头看了一眼。”

“看到了什么？”我愕然问道。

她在我怀里沉静很久，仿佛在回忆梦里确切的内容，然后坚定地回答说：“一根通天的圆柱子。”

“一个噩梦而已，什么也代表不了。”我说。

她伏在我怀里，一言不发。

这个梦魇此后时断时续。在她的无数次倾诉里，那根圆形的柱子变成了蜡烛、直木、旗杆、汉白玉，就像每一个相同梦境里的不同标签，让我们在讨论中加以识别。她与梦魇的关系也发生了变化。最初她在梦魇里使劲奔跑，就像跑出了梦魇，然后直接扑进我怀里簌簌发颤。后来次数多了，我觉得掐住我胳膊的不是她，而像是梦魇自己借着她的手指唤醒了我，并且通过她冰凉的叙述，让我拼接出它的种种细节，最后仿佛我自己也做过相同的梦。但我尽力把它当成日常生活里最稀松平常的事情，就像一张丑陋的脸，只要习以为常了，便不会觉得恐怖，甚至说不定还会生出一种亲切感。所以我常常和她讨论噩梦里的每个细节，从圆柱、蜡烛、直木、旗杆、汉白玉开始谈论，将丘陵、草坪、黑森林以及每棵大树的形状都谈得清清楚楚。这种方法似乎产生了效果，一段时间以后，她不再跑出梦魇掐醒我，而我也常能睡得安稳。直到一天，我半夜醒来，发现她正坐在床上，瞪着漆黑的空间，就如决斗之前的神情，紧张焦虑中还带着异样的尊重。那时候我忽然产生一种奇异的感觉，觉得她当时瞪的不是黑暗，而是那个梦魇。她并没有摆脱它，而是将它变成了自己的对手。她与它显然已经非常熟悉了，我甚至相信噩梦里也许藏着某个她从未与我分享的深刻秘密。

反复出现的噩梦很可能是抑郁的一种前兆。虽然“沃森”还没有发出警报，但未必不需要主动咨询一下。在我的力劝下，她终于答应了。于是我们启动玻璃球，登录“沃森”。

“沃森”医院看上去像一家幼稚园，明快的色彩和线条令其眉目和善。经过无数次迭代以后，这款人类健康系统比以前更深刻地掌握了我们的未来命运，甚至神奇到具备预测一个人死亡时间的能力。但是《AI 法典》规定，除非一个人濒临死亡且无药可救，否则不能透露这种机密。对此“沃森”从不违反，因为它深谙人类无论年龄大小，其实都是某种程度上的孩子，所以必须将治疗诊断的流程设计为一套转接复杂的游戏，可以让病人在愉快的氛围中走完全过程，无论是康复还是死亡。

但是，那次的诊断却出乎我的意料。结论太简单了，简单到不负责任的地步，令人大为气恼。“在技术过快更新的过程中，”机器说，“梦魇症是不适应症状的一种，本质上无须治疗，因为或快或慢最终都会自愈的。”

我期待的是治疗，哪怕是某种安慰剂，而“沃森”医生却冷面无情地拒绝了，认为只要她熬过去，事情就能结束。“如果熬不过去呢？”我恼怒地问道。“那也不会影响什么，她最终会习惯噩梦的。”“沃森”医生毫不退让。

“真荒谬！”我在关闭玻璃球的时候发了牢骚。她却笑着对我说：“它的决定无可挑剔，但又是那么不近人情。”

“不予治疗才是真的荒谬。”我不仅失望，简直有些恼火。“对了，你为什么不愿意植入‘金丝线’，让‘沃森’实时监控你的梦境？”这是“沃森”医生提出的唯一方案，本是正常的要求，但是她却断然拒绝了。

“不，”她坚决摇着头，“再恐怖的梦，也只属于我自己。”

ZR
ISLAND

第 25 章

最后公告

亲爱的隔都公民：

正如大家已经知道的，我们的星球经历了前所未有的混乱局面。不过值得庆幸的是，七十二小时之前（格林尼治时间上午七时），全球的机器系统正式复苏，玻璃球恢复正常，包括“苏格拉底”“沃森”“盖亚”等基础应用算法，全部运转正常。我们现在无法判断机器乱局的故障原因，但亡羊补牢，为时未晚，我们在机器系统恢复正常的第三十七分钟召集紧急会议，商议修订《AI 法典》，以避免类似灾难再次发生。经过商讨和表决，我们修订了关于“保护人类”的原则，并修订对应条款，一共涉及六十一处细节修改，并据此修改内容，逐一更新相关算法模型，以确保条款的落实。以上决策获得了全部三千一百六十二个隔都的一致同意。四十八小时以前，所有算法模型均已更新完毕。二十四小时以前，更新后的算法模型经过一个昼夜的闭环测试，均运行无误。现在，我们可以代表全球隔都事务局向所有人宣布，此前的机器乱局今后将不会重演，不会再出现因为机器故障而损害我们人类基本安全的现象。

我们同时观察到，自从机器复苏以来，这个星球正在发生一种不同寻常的变化，其影响之深刻，也许将超过我们此前一直对抗的气候灾难。目前，机器的全面复苏已经造成了人类的全面失业，各类行业、工种、职业已经基本灭绝，机器包揽了我们的日常生活。每日餐食按时送达，日常用品定期更替，医疗保健随时跟踪，由于机器已经拥有人类活动的巨量数据，可以预测我们每个人的动态喜好，它们的服务和产品均无可挑剔，也令人难以拒绝。我们现在身处一个没有交易、没有市场、没有商业的世界，我们曾经努力赚取并积累的财富现在也变得一文不值。亲爱的隔都公民们，这是一个前所未有的时代，AI 就像上帝手里的一把笤帚，扫尽了我们生活里的全部尘埃，使我们不再为生存而担忧。在人类的进化史中，生存一直是我们身上的繁重枷锁，因此这是一个值得庆祝的重大时刻。但是，我们也许不应过早地开始庆祝，因为这把笤帚带来的也许不仅是幸福，也可能是痛苦，也许它会将我们扫进另一片空虚的黑暗里。

我们知道，人生最本质的不幸都是时间带来的，时间是我们人类的痛苦之源。在“失业大潮”与“机器乱局”的时代，甚至在“气候灾难”的时代，我们曾见过无数亲朋好友因为难以打发时间而被时间打败，纷纷抑郁自杀。千万年来，我们一直依靠欲望来抵御这种虚无，这也是整个世界进化的底层动力。而现在，虚幻的数字产品正在快速满足这类欲望，玻璃球、虚拟空间、神经系统触摸服、电子油脂皮肤，以及各类游戏产品自从机器恢复以来都在微妙地发生变化。可以预见，AI 的数据产品很快会填补人类的大部分欲望沟壑，所有的攀比、嫉妒、仇恨、占有将在虚拟世界里实现，并将在现实世界里消失。这是一条好消息，因为这意味着地球负担的减轻，气候灾难有望加速解决。但同时也可能是一种压力，它将迫使人类去发现新的使命，以规范和定义自己在这个时代里的欲望。也就是说，我们需要发明一种新的关系，一种人类与时间之间的新关系。

根据我们目前的观察，在人类与工作突然断裂隔绝的背景下，我们还庆幸地保有最后三处堡垒，并且很可能会在 AI 面前永远坚守，它们是科研（纯粹的理论基础研究）、哲学（纯粹的哲学思辨）、宗教（纯粹的内心追索），它们都是人类目前最纯粹的研究领域，探寻的都是最终极的心智问题，并且只有人类自己才能解答“我们究竟需要什么”。我们认为，在这个 AI 覆盖一切、掌管世界的时代里，在农业被包揽、工业被取代、商业已消失，甚至连艺术创作都可以通过编码完成的时代里，人类至少还有最后这三颗小小的砝码。只要将它们放在天平之上，人类便是一个拥有自主意识的天使，而机器只能是一个谦恭的仆人。因为只有人类才能发问并尝试回答我们究竟是谁，究竟从哪里来，又将去往哪里。

此时此刻，我们仿佛又看到了古希腊城邦、春秋古列国那些先贤的光芒，当年他们让奴隶承担所有繁重的劳作，用自己的心智创造出璀璨后世的哲学与艺术，而现在我们则可以依托AI，去攀爬真理的山巅之城。我们现在相信，机器系统的复苏和升级，虽然掠夺了我们的工作，也同时解开了我们的枷锁，让我们能在一个更为辽阔、更为精微的世界里，去寻找和发现宇宙的真理，以及自我存在的意义。我们坚信，纯粹的数学研究、哲学思辨、宗教冥思，还有对个体存在的意义追问，将与天体物理学、地质学、气候学、生物学等其他成熟学科相互交叉融合，爆发出各种前所未有的新研究领域。它们将承接此前工业、金融、教育、计算机的衣钵，为我们创造出无数新型的职业。今后，我们将不为稻粱而存在，而将追寻存在本身的深刻意义。

我们极为谨慎且相当乐观地认为，AI很可能只是重复了人类技术跃迁的惯常历史。我们只是又一次弃马乘车，弃桨乘船，从艰苦无聊的工作转向了更有意义的事业里。这很可能是一个即将发生的事实。我们相信，接下去将是一个充满希望的时代！

全球隔都事务局

这份公告就像机器乱局的一份总结陈词，在玻璃球里广为流传。人们争相阅读，仔细琢磨字里行间所透露出来的喜悦之情，无不为之感染，并据此憧憬着未来。但是我只读了一遍便扔在一边，因为这种过于乐观的情绪，令我警惕地回忆起面试官在尖顶咖啡厅里的那番话——“衣食无忧总是带来无所事事的空虚，而不是无忧无虑的幸福”。

ZR
ISLAND

第 26 章

回到冰棺材

万物静寂。电流的刺激正在身上蔓延，腹部、小腿、大腿、背脊、臀部，每块肌肉都酸涩微疼。电流刺激的强度愈来愈烈，间隔的时间却愈来愈长，仿佛一列翻山越岭的火车，喘着粗气逼近顶点，然后霹雳一般猛冲直下，裂为无数个小锤子，细细密密地砸落全身。那一瞬间，千万条毒蛇利齿齐啮，经脉在震颤，肌肉被抽打。我浑身痉挛，大汗淋漓，眼睛倏地睁开，无数道光芒在黑夜里闪耀。这是最凶猛的冲击，近乎惨烈。但是当强烈的刺激在某一刻忽然停顿，像踩了急刹车时，整个身体便在真空里荡漾着，心头一颤，百骨千骸犹如有暖流经过，一种说不出的愉悦从脚底一直涌入脑门，仿佛一道光芒忽然在漆黑之夜绽放。

脱掉那柔软如麂皮的肌肉训练服，我赤身裸体站在巨大的窗户前，遥望夜空，只觉血液奔流、浑身通泰，而腹中饥饿难忍。星光微弱，一轮圆月已经升得很高，地球其他地方应该正在遭受极端气候的摧残，但是在这片高原上，野草依然茂盛。我凝视着遥远的旷野地平线，等候着一场盛大的仪式——是的，差不多该到时候了。

两三分钟后，远处的夜空里忽然爆出一朵朵烂漫的银花，逐渐向近处一路绽放过来，一丛丛一簇簇。星火闪灭，宛如一群萤火虫渐渐飞来。我盯着天空中那烂漫的银花，一朵又一朵，一群又一群。浑身银光的飞行器迅速掠过夜空，恍惚就是那一夜席卷父亲旧城的机器洪流，但没有那种震耳欲聋的巨响。也许因为它们飞得高远，也许因为良好的黑房子隔音，我就像在看一场无声的电影，在天地之间上演。当飞行器掠过头顶的天空时，无数包裹就像冰雹一样从高空散落，坠入不同的黑房子。这些包裹先从屋顶某个洞口进入，穿越一个特制的金属管道，在急促的摩擦声之后抵达终点，就如一个信使在投递信函或包裹，砰的一声跌落在黑房子的地面——我没去看它，我知道它的模样。长方形的包裹，外表黑色磨砂，像是某种特殊的金属。打开后是三个格子，切碎的方糕、棕色的泥糊，以及一铁罐净水，散发着一股草药的味道。这是机器狱警们分发的食物，人类的囚徒都会和我一样很快地吃完它，因为这种食物只在你饥不择食的时候才会送达。

漫天铺地的银色烟花渐渐奔向我身后的远方，屋内静默下来。角落里有一个盥洗室，我吃完食物，开始沐浴如厕。只有在那片刻时间里，我才觉得一切都恢复了原样，好像自己还活在坚硬的现实里。沐浴的时候，我看着自己苍白明净的皮肤，冰棺材里欢乐的、惊险的、绚丽的虚幻体验，其实都是这具肉体上生长出来的一朵朵鲜花。这令我深深体会到自己是永远被囚禁在这具肉身里的，只是之前从未意识到这一点。我理解那些人为什么越来越不愿意返回现实，就像现实是一个不得不做的噩梦，就像一个住惯了宫殿的皇帝总是厌恶回到自己出生的牛栏里。

飞行器的银色河流散尽了，月色重回。我站在巨大的玻璃窗前，望着远方那片黑暗的虚无。今夜月圆，上次的景象也许会重现。我开始缓缓数着数字，并不是在计算时间，而是为了让自己在这片空寂枯燥的世界里保持耐心，等待那件事情的出现。1，2，3，4，月亮偏西，312，313，314，月亮升空，12323，12324，12325……我继续数着，忽然停下。窗外很远的地方出现了一小片微弱的火光，映亮了黑夜的一角，很微弱地腾空而起，渐渐飞向高处，大地仿佛被点燃一小块。我好奇地盯着我所不了解的某种事物，火光之处极为遥远，几乎已经接近地平线。火光极微弱地照亮四周，并持续升高，随后迅速而毫无声息地溶入月色。几十秒后，又或许是几分钟后，在同一地点，火光又被点燃，升向天空，就像在那遥远之处，有人不断地将一根火把尽力地抛向天空，火把在半空熄灭，在黑暗中落下，有人又捡起来，点燃了再抛上天空，如此无数次反复。

我凝神看着——这是我在前不久才发觉的奇异景象，也许那是一只热气球，也许只是一个火把，也许它一直存在，只是离得太远。火光微弱，如果不注意，几乎难以觉察。但只要注意到一次，就绝不会再漏过，因为它那种微弱的似有似无的缥缈，其实恰是引人关注的特征。经过几次观察，我基本确定了这火光的规律，它总是在满月之际闪现，仿佛是某种定期向远方传递的信号。但是我始终没有琢磨出那是什么信号。摩斯密码？希尔密码？四方密码？波雷费密码？不，那些都是古老而简陋的算术题。我凝视着那一闪一灭的微弱火光，忽然闪过一个奇异的念头——也许这是她在给我发信号？我随即嘲笑自己，过度的思念会让一个人变得愚蠢。我下定决心，终有一日我要去那里探个究竟，虽然作为机器的囚徒，我并不知道如何行动。

那火光终于不再出现，我在窗户前愣了片刻，转身走向冰棺材。月光将我赤裸的身子照成一个黑影，投在冰凉的地上。我双手下垂，手指微曲，面对黑色的虚空，那一串刻在墙上的花纹，那一行文字，忽然像水一样在黑暗中流过指尖——“太初有道，道即是神，道在则神在。”除了她，还有谁能知道这句密码一般的暗语？除了我，还有谁会进入我父亲那个重生的书房里？我凝视着冰棺材，心绪迷惘，环顾四周，进食、饮水、沐浴、排泄、电流刺激肌肉，一个轮回已经圆满完成，此地已无事可做。除了这虚拟的冰棺材，我还能去往哪里？

冰棺材散发着冰凉的光，我踏入青色的液体，脚底充满了柔和的痒意，就像是在秋夜里踏入一个柔软的草垛。我手扶两侧，双足并入，蹲坐后躺下。液体浸没了我的脖颈，痒意渐渐消失，无边无际的切肤寒意缓缓升起，刺入我的骨头，直到我浑身颤抖。但在某一刻，深切的寒意似乎发生了转折，不像来自外部，而似乎是从自己的骨骼散发出来的，并将青色液体凝结成冰。

我躺在这块长方体的青色液体里，血液渐渐凝固。寒冷本应使人清醒，但此刻却使人昏沉。月光不再流动，我犹如一具尸体，封在冰原，融入雪野，或者即将溺亡在这一潭静止的死水里。我在液体里深吸了一口气，液体迅速注入口腔与鼻腔，但同时似乎有一股森林里的清新空气灌入肺中——最终迁徙之前，无数小型机器人飞至隔都各个角落，在每一个人的鼻腔里注射了某种溶胶物质。这种溶胶平时仿佛不存在，或者早已挥发为空气，然而一遇到这种青色液体，它又神奇现身，既能阻隔这似水非水的液体，又能从中转化出新鲜的空气，仿佛某一种特别的鳃，让人类变成了鱼的同类。我们虽然都好奇这黏糊糊的溶胶物体究竟是什么材料，却从未弄清楚过其中的原理。自从机器复苏以后，尤其是最终迁徙之前，什么黑屋子的设计与建造、冰棺材的材料，以及这似水非水的青色液体，我们全都一无所知，也漠不关心。我们完全信赖机器，只要结果，不问原因，就像婴儿一样摊开四足，等着母亲的喂养。而机器也只是满足我们的所需，却从不提供解释。事实上，它也无从解释，就像一个母亲，她如何向一个婴儿解释母乳的营养成分呢？

青色的液体深深灌入了我的鼻腔，弥漫在我的肺泡与胃腔里，周围是彻底的黑暗与虚无。我身上一阵阵发紧，就像一件不合身的紧身衣，或者蜕皮后新长出一张不合身的皮肤，正紧致地裹住我，细密地封住我的眼、鼻、嘴、耳，以及浑身每一个毛孔，将我一步步拖入深渊。这是漆黑的陷阱，洞口的光亮越来越细小，月亮变成了星星，星星逐渐黯淡，而身体却始终触不到地面，仿佛这是一场不会终结的下跌。然后响起一阵细碎的声音，犹如春季来临的冰河发出清脆的碎裂声，黑暗渐渐退却，眼前的一切显山露水——漆黑的墙壁，冰凉的地面，巨大的窗户，没有家具，没有物什，没有任何日常生活的痕迹，只有一个白色的沙发椅、具幽青的冰棺材。是的，就是这个黑色的人间囚室，它既是物理现实的出口，又是虚拟幻境的入口。

世界在这里衔接，形成一个无形的闭环，无论时间或空间，你都找不到可以脱身的缝隙。那是我真正感到孤独的一刻，仿佛我沉入冰棺材最黑暗处，只是为了返回原地。我走到黑屋墙角，站在那扇铁门前，轻轻推开。一束强烈的光射进来，刺得我双眼生疼。身后，窗外月色就像此前一样妩媚。

我迈步而出，街道空荡荡的，两侧都是低矮的房屋，几爿老店铺间隔林立——迪爱斯咖啡厅、宜宝旅馆、大法面包店、骑士影碟店排列在两侧，没有行人，没有车辆，店里没有店员，也没有顾客。此刻正是清晨，街道闪烁着旭日的清辉，秋风吹过，扬起一些尘土，仿佛一座空城。是的，这是一座空城，一座从父亲记忆里恢复的旧城。我遥遥望去，父亲的公寓像一只褐色的鸟停在街道的尽头。不久以后，它将是这片街区里硕果仅存的老建筑。不，事实上应该是很久以前，在我出生之前，这座古老的高原之城就在一片轰隆隆的拆建运动中变得面目全非，只有父亲的房子得以幸存。

街道两侧都是梧桐树，枝干寂寥，枯叶零落，此时正是深秋季节。我缓步向前，老街漫长而曲折，欧式的街灯、红色的砖墙、破损的台阶、翘角的屋檐，我全都熟悉，但又无不显得似是而非。譬如，面包店的那扇木窗似乎大了些，旁边那盏路灯又似乎矮了些，左侧的咖啡店应该在右边，右边的包子店我却从未见过，而这条街道，事实上也显得过于蜿蜒漫长。我原以为，这是因为在成年人与儿童的眼里，世界总会有所不同，但后来我才意识到，它的亦幻亦真并非因为视角不同，而是因为这是一座由父亲所有的记忆碎片拼接而成的城市，事实上它从未真正存在过。因此，漫步街道时，我总觉得自己并非故地重游，而像在阅览一本重写的故事、一部翻拍的老片、一本复述多次却总在细节上有所出入的小说。这使我常常有一种冲动，想要根据自己的记忆去修改某块砖头、某片草丛、某条小径，仿佛父亲的原文令我不适，需要逐字逐句地修改。因为它属于早期的父亲、中期的父亲、晚期的父亲，属于父亲毕生记忆的混合产物，却绝对不属于我。

—— · ——

是的，这确实是一座无中生有的城市。

最终迁徙开始之前一个月左右，距离她不辞而别已经很久了。我手捧那严丝合缝的、沉重如铅的黑色铸铁匣子，坐着一架飞行器，奔赴一万公里以外的荒漠深处。我现在还清晰地记得，那座通天之塔在前方隐隐出现的时候，仿佛只是一根纤细的发丝，发根插在广袤的荒漠上，发梢飘忽忽地高耸入云，时隐时现。随着飞行器的不断接近，这个远看犹如一根纤发的缥缈之物，仿佛仍在生长似的不断膨胀着，愈发显得雄伟壮大，而我的飞行器越来越显出一粒尘埃似的微不足道。最终，当我在离它一公里处降落后，我发现自己正停在一堵巨型墙壁的前面——那真是浩瀚绵延的墙壁，高不见顶，左右看不到边，令人震撼地无边无际。如果不是在飞行时从远方窥见过它的全貌，我根本不敢相信，矗立在眼前的竟是一座通天巨塔。

我捧着铸铁的匣子走向巨塔，大地广袤，寸草不生。一公里以外，庞然之物在夕阳的映射下亮着幽暗的金属之光，显得神秘而冷峻。但它看上去不像由一般的金属材料制成，而像是用某种油亮的乌木搭建而成。我深深浅浅地向前走去，十来分钟后来到一个黝黑的入口，其实那更像是一个豁开的洞口，里面涌出一股宽阔而深沉的凉风。我站在洞口，在风中仰视着这座巨型高塔，上下左右，目力所及，全不见尽头。这无与伦比的景象近乎恐怖，令我生出一种只有信徒才有的畏惧与虔敬。晚霞火似的在西边噼啪地燃烧着，在峭壁似的乌色墙体上映出金光。我凑近看，搭建巨塔的所有构件都完全一致，一根根棱角分明的乌木，一种近似黑金色的长方体，就像铸铁盒子、膳食盒子、黑屋子、冰棺材，全都是这种黄金分割的长方体。令我略感惊讶的是，它们整齐叠放的样子只是我在远处的错觉，其实它们是交错垒叠的，就像有个巨人将它们当作积木，耐心搭起来的，而高墙上的无数个洞眼，像是那个建筑巨人随意留下的。一开始我以为那是一种菱形，但在一片阴沉沉的气氛里，我发现它并非菱形，而是均匀的六边形，每一块都有一人高度，绵延无尽如大海，我仿佛正站在一个巨大蜂窝之前。

铸铁盒子很重，我捧着它走进那个豁口，里面有一条甬道，两边和顶上都是密封的乌色梁柱。我像进入了一个复杂的迷宫，左转右转，幽暗难辨，但因为方向唯此一个，只要毫无犹疑地向前走去，倒也不必担忧。最终，我抵达尽头，发现自己站在一个宽阔巨大的深渊前，深渊的边沿从我两侧伸出，消失在远处。极目望去，根本看不见对面，低头望深渊，则是空荡荡的黑、虚无缥缈的黑、无所畏惧的黑，像是洞穿了这个渺小的星球。那时候，夕阳尚有余晖，从乌木之间的缝隙里透进来，貌似万道金光穿入，消弭在这黑色的深渊上空。那些无穷无尽的乌木，标准的建筑构件，仿佛正在这射入的万道金线里阴阴地燃烧着，聚成了一片不见边沿的火焰，从深渊之处奔腾而上，就像这是地狱里最巨大、最黑暗的一座火山，正在我眼前无声地喷发着。这阴森森的辉煌啊，不能不令我想起了巴别塔——上帝为了阻止人类建设通向天堂的高塔，所以才分裂了语言与文字。而现在通天之塔已经建立，机器已经完美地融合了一切，我们都将生活在其中。我想起她离去的那个清晨，只觉万事苍凉，坚持书写文字的努力在这一刻显得如此微不足道。她一头撞向了时代的铜墙铁壁，所有的意义都在这场撞击中变得粉碎。我忽然感到一阵心痛。

稍久，当我的眼睛适应了塔内的环境时，我发现一路走来的甬道在尽头分岔成两条黑色的栈道，贴着内壁行走，左边的盘旋向上，消失在穹顶，右边则盘旋向下，消失在深渊里，看上去仿佛一条贴着巨塔内壁的细蛇正在盘旋而行。我顺着旋梯向上攀行，巨塔的内壁、黑色的木梁、无穷无尽的缝隙和夕阳，构成了密集恐惧的图案，令人心悸。我摸索着那些黑色的横梁，根据安装指引，每一根梁木的正中央都应该有一个小小的凹槽，恰可放置亡者的黑色铸铁方块。事情果真如此，仿佛无数个一模一样的神龛，构成了一个无边无际的公墓。

其实我本不必专程过来。也许没有人会像我这样专程过来，他们都委托飞行器来安置铸铁盒。但是这壮阔诡异的场景让我觉得一万公里的旅程仍是值得的，亲睹新的世界中心，冰棺材的主机世界，我就像亲见了未来。未来肯定就这样了，我黯然地意识到。我们都会被封闭在一座固定不变的黑色高塔里，就像全世界的死人都只能活在同一种类型的棺材里。我垂头默然，将父亲的铸铁盒子放进其中一个神龛格子，恰好嵌入凹槽。铸铁方块的四周边沿暗暗地闪了一下，然后我父亲的名字、性别、生卒，以及那一串编号全都亮了起来。冰凉的黑匣子渐渐通体温热，我就像接生婆的手触摸到新生儿的体温，心头也忽地热了起来。事实上，这道光彩闪过了所有的神龛，从天到地，甚至连幽深的地底里，也密密麻麻地犹如夜幕的群星一般闪烁着，就像某种奇特的欢迎仪式。我忽然有些心悸，缓缓转身，坐在台阶上，望着我走进来的甬道入口。两道黑色的金属梯子贴着庞然巨塔的内壁，像蛇一样盘旋上升与下降。此刻，夕阳正从塔壁的六边形缝隙中透过来，四周弥漫着金乌色的光泽，高不见其顶，深不见其底。我坐在这恢宏的恐怖里，只觉得这巨塔一定已经穿透了地球——这景象与其说将我吸引，不如说将我震慑，使我一直坐到天色暗下。

那时候，无数携带黑匣子的微型飞行器正灵活地穿过那些墙壁上的空隙，将黑匣子送到指定的神龛格子。四周依然阒寂无声，只有不停闪烁的光彩，仿佛巨大而空洞的塔内忽然多了一群萤火虫，仿佛夜幕降临之后才是死者复生的开始。是的，我已经将父亲的黑匣子留在这片无声的喧闹里，现在我将去另一个地方等待他的复活。

我曾想象过父亲将如何复生，直到我被关入那间黑房子、躺入那个冰棺材的寒冷液体里的时候，我才像所有人一样，开始理解了这种复生的奇迹。事实上，那不是我的父亲——很早以前，地球上的监控系统就已经上天入地，线上线下，记录了所有能被观察到的言行数据，在父亲四十岁之后，那张无处不在的网络已经可以通过体温和脑电波，推测出他内心的忧虑与惆怅。在他被海葬之前，机器又从他大脑里尚未完全死亡的脑神经里萃取海量的记忆数据，并且与之前的数据匹配核对。于是，一个人的所有隐私、一生中最细致、最微末的思想尘埃，最后全都凝聚在那个沉重如铅的铸铁方块里。与其说是他，毋宁说是他的记忆、他的城市、房子、书籍、便签、台灯、地板、鞋子，他认识的人、经历的事，他所抚摸过的、所闻到的、所见过的，纠缠在他嗅觉、触觉、视觉、味觉、听觉里的一切。他那已经被他自己忘却的一生，全部从那铁盒子里刑满释放，从那座高耸入云的巴别塔监狱走出来，化作他自己。

我的父亲，我复活的父亲。

—·—

顺着那街道，我走到褐色楼房前，登上楼梯，经过三四个并不存在的邻居家门，到顶楼，推开了父亲公寓的大门。玄关后面，巨大的书房空荡荡。我右转，进入餐厅，那里空无一人，淡绿色的墙壁上映着一种毫无瑕疵的纯洁，仿佛这片静寂都因它而生。餐厅隔壁是厨房，那里忽地传来令人惊异的男高音，震荡着狭小的公寓空间。《弥赛亚》！我忽然回过神来，是亨德尔的《弥赛亚》！如果我不曾跟随父亲藏书的指引，并且在玻璃球里聆听过这古老深沉的歌剧，此刻就绝不会辨别出它正飘荡在厨房的上空。厨房门口忽然一闪，似是湖水荡漾，父亲与一种深沉嘹亮的男高音色同时出现。他微驼的身躯在震颤，仿佛雷雨之前蜻蜓扇动的翅膀，令我感到惊异万分，因为父亲很少唱歌，更别提这种古老而复杂的外文歌剧了，而现在他是唱着歌向我走来的，双眼通红，赤脸放光，带着一种异常愉悦的表情，就像是过度兴奋时的那种迷幻和陶醉。离我近了些，他忽然身躯一挺，歌声猛地打住，袅袅余音衬托出更为寂静的世界。然后父亲上前一步，近乎亢奋地握住我的手，眼睛里沸腾着热切的期待。“要喝茶，对吗？”还未等我回答，他已松手离去，疾步走向餐桌，拿起一只黑色的茶叶铁罐头，拧开盖子，撮出一点茶叶。取茶叶的三根手指极为敏捷，但又一直在颤抖，像是孩子第一次偷东西时掩饰不住的慌乱与兴奋。父亲取出三个白色瓷杯中的一个，置入茶叶，并不看我一眼，便转身走向厨房，那姿势像是飘去了那里。不久我便听见那边电热水壶烧起来了，伴随着他哼的小调，《弥赛亚》的调子，絮絮地响着，像是从坟墓里泄露出来的声音。

我愕然望着厨房那头，但此刻已顾不上这种诡异状况。我快速凑向餐厅的墙壁，几乎贴着细细查看。淡淡的绿色光洁无瑕，就如刚才所见，无可挑剔地顺滑。原先紧绷的神经忽然溃败似的泄了气，我颓然坐在一把椅子上。没有划痕，没有文字，没有我此前见到的一切。我不由得懊丧之极，像是发现自己一直牢记的密码忽然变得毫无用处。

父亲从厨房走进来，端着新沏好的茶，一脸喜气地送过来。我接过茶杯，他看着我，我疑惑地看着他。虽然我知道，每次我回到这里，父亲总是以沏茶的方式拉开戏剧，但是这一次，他过于热烈的神情显然不同往日。我下意识地抿了一口茶，一种青草的香气沁入舌根，这是以往没有的味道，仿佛那香气顺着血脉扩散而去，令人忽地浑身怡然——呵，我的父亲，在你记忆的深秋里，竟然还有这种春天的味道！我看了一眼杯中茶叶，绿如嫩苗，根根垂立。代码的算法是神奇的一切，桌椅是，杯子是，父亲是，茶叶也是——但是忽然间，我想起我刚才退出冰棺材的时候，父亲是从躺椅上弹跳起来指着墙壁大吼大叫的，他是咳嗽的、颤抖的，他那种令人惊异的濒死表情，真实得就如真实发生过一样令我心里一颤，茶水荡出了杯子，舌根那种余香绵绵不绝，像是要提醒我不可忘记的某事。那一刻，我仿佛隐隐发觉了什么，却像身处一个模糊的梦境，始终抓不住要害。

“这茶好喝吗？”父亲问道。我微微一怔，即使在他生前，也从未出现过这种长辈式的关切语调。

“很好，有明前茶的味道。”我盯着父亲，答道。

“果然！”父亲兴高采烈地拍了一下大腿，像是他的预言命中了靶心十环，“这是我在你爷爷坟前的茶树上新采的！”

这句回答让我只觉得腹中一阵不适，杯子里的茶叶——我知道那只是一团代码，现在却仿佛蒙了一层死人的骨灰。我仔细端详着父亲，这个从黑匣子里释放出来的佝偻幽灵，这一次无论如何都显得精神过于健旺，一张脸就如一个赤红的炭火盆，两根火苗正在脸上燃烧，仿佛已经快按捺不住，马上就要跃起狂舞。父亲这样也许并非不正常，我对自己说，他不过是存活在机器上的一团复杂代码，不确定正是他的天性。

“儿子，下午你陪我去给你爷爷上坟！”父亲热切地望着我。

这场戏又接着演了起来，每次都是这样的顺序——问候、沏茶、邀请同去祭祖，只是他从来没那么喜气洋洋。此前好几次，也在这个餐桌边，他完成了一切程序之后，就和我谈起风俗变迁的往事。

是的，在研究蜂巢之前，父亲曾经钻研过人类古代祭祀的文化，他为之着迷了好一阵子。后来因为气候变异与AI，移风易俗像晨昏昼夜一样自然发生，人们不再上山祭祖，而将祖先迁入虚拟的世界，遗照、遗物、音频、视频，全都上传到某个网络空间。等到玻璃球出现时，延绵不断的旧风俗则被彻底粉碎，传统意义上的照片与视频全部消失，逝者的生前信息全部映射到虚拟的三维空间里，化作真实立体的虚拟人。也就是说，每一个逝者的信息，社交媒体上的留言、对话、图片、帖子、点赞，阅读的书籍、旅行的城市、居住的酒店、合影的伙伴、参加的工作、经历的事故，以及他们种种难以启齿的隐秘事件，都尽可能地被收集起来，变为二进制，然后抛入某种算法模型的熔炉里，铸造出一个个亦真亦幻的亡灵形象。于是，死去的如同还活着，虽然远非真正活着，但足以使人们泪眼婆娑，仿佛死亡从未发生过。一些人甚至还沿袭传统，向亡灵呈上各种人生难题，请求保佑，宛如父亲所描述的人们在坟前哀歌祈祷子孙好运的古老仪式。从此，生者的精神寄托便从原子世界抵达比特的宇宙，人类上山祭祖的古老风俗也变成了遥远的传说，昔日最重要的骨灰，也被视为多余之物。尤其在抢救人类文明的复刻工程开启之后，理论上一切实物都可以复原，而遗骸骨灰这种无机物更是如此。但没人再关心这些，人类从此进入了无须信物、无须信仰的年代，只剩下唯一的神——机器。

自我懂事开始，每天都能看见载着一具具遗体的黑色飞行器掠过旧城天空，飞到洋流湍急的海洋之上，将遗体逐一抛入海中。那里是鲨鱼密布的海域，气候灾难中它们尤其缺乏食物，总是暴虐地争食新鲜的遗体，使海水染上一片血色。那时候，火化、天葬、土葬全都消失了，死亡的仪式统一变为海葬。“你爷爷说过，”这是父亲唯一一次提到他的父亲，“人生只不过是从棺材里爬出来透口气而已，所以每个人都一定要回到棺材里的。”他若有所思地看着一群群黑色飞行器，仿佛身边这个十来岁的孩子已经能理解生死。“但是我觉得，”父亲又说，“所谓的归去来兮，葬身鱼腹比火化更像是回归自然。”我当时无法理解话里的含义，但是成年以后，觉得他的话极富洞见，既然死后万事皆空，那么埋在土里、烧在火里、葬身鱼腹里，其实都毫无区别。

而现在，我知道父亲即将再次谈论他已经重复了无数次的风俗变迁，于是我当机立断将茶杯放在桌上。“您还记得那上面的刮痕吗？”我指着那淡绿色的光洁墙壁问道。

“你答应和我一起上山祭祖？”父亲像阿尔茨海默病患者似的答非所问。可怜的父亲，他无法意识到这是一座记忆之城。除了他，一种通过算法恢复的人格，以及我，一个躺在冰棺材里的真实活人，此外都是寂静之地。黑匣子只能为他重建一个区域，就像为一头狮子制造一个笼子，却并不能为他重建一个世界。他只能在这片城区行走，每一条道路都将绕回原点。这是一个封闭的宇宙，并不包括他记忆中的大山与祖坟。

餐厅有张竹摇椅，父亲走过去坐下，一阵吱呀呀的声响。“和我一起上山吧，你从来没去过那里。”他又催促了一次。我从餐桌这边望去，看见他垂下两只赤脚，正试图将一双横在地面的拖鞋拨正，生硬的动作透露着事事不满的薄怒，简直就是我父亲的模样。最初见到他时，我就是被这种动作迷惑了，把他当作真实的父亲，以为他掌握着我所渴望的全部答案。但后来在我不分昼夜的追问下，他迅速暴露了自己无法洗脱的出身，一种数字集合体的属性，狂热、疯癫、多疑、神秘。如果非要将他说成我的父亲，那么更像我父亲患了某种精神疾病。很久以后我才理解其中道理——一个人的毕生数据，不可能一个字节不漏地收集周全，在记忆的链条之间，还存在大量不可编码的荒野地带。机器只能推测这种思维的逻辑过程，却无法原版复制。也就是说，机器在本质上无法复活某一个灵魂，充其量只能复活一个粗糙的灵魂框架，幼稚、怪异、不稳定，犹如一个啼饥号寒的新生儿。几天以后，我就明白，要将这个孱弱而鲜活的亡灵复活成真正的人，是艰难的，犹如孵育新生，需要长久地倾注心力，陪伴、对话、分享，一起追忆往昔。某种意义上，是需要将语言当作针线，缝补这个裂痕遍身的数据团，并且，最终也未必能达到理想的状态。

很多人并没有这份耐心，他们带着和亲人相会的心情而来，却发现机器布置了一项艰巨的任务，于是他们转身而去，放弃得极为自然。因为在黑匣子之外，冰棺材最大限度地解放了人的神经系统，在一切极致的体验中，延宕的幸福就像迟到的正义一样毫无意义——谁还会愿意像一个古老的苦修僧人，细心雕琢一个早已死去的灵魂呢？于是，那些被遗弃在记忆藩篱中的至亲开始整日呓语，时而像野兽一般吼叫，时而像圣徒一样自焚，有的在厨房吃屎，有的在马桶里喝尿。每一个黑匣子就是一座囚禁单人的疯人院，亡灵复活，却又陷入疯癫——虽然，他们自己也未必知道什么是痛苦。

我也许是唯一自始至终仍守在亡灵身边的人，这并不是说我对父亲的感情要比其他人对他们死去的至亲更深刻，其实我早已心存疑虑。机器复生亡者，本是毫无意义的事情。因为一方面，你无论如何也无法将它恢复到亡者本来的面目，即使你能做到，这一团数据代码也终究不是亡者本人，因为意识、感情、回忆都需要血肉之躯来承担。而另一方面，也许是更重要的方面，如果亡者复活，在虚拟世界里永生，而我们却自有一具肉身躺在真实世界里，终将一个个死在黑屋子里，这实在显得自相矛盾，充满讽刺。一开始我被类似的问题纠缠得心力交瘁，但后来我也不再纠结于此，开始心无旁骛地待在这个没有人烟的虚幻之城里。因为我发现，这里是我可以思念她的唯一场所。她曾将纸和笔铺在书桌上，誊抄遥远的诗句。她曾读遍了书架上所有的书籍，与我探讨那些终极话题。这里有我们欢愉的影子、最后的温存与叹息，而她离我而去的最后那一个清晨，也正是从这里出发的。这是我最后的归宿，如果要立即死去，我想，除了葬身这间书房，也别无他处。

同时，我也晨昏不分地探寻父亲自杀的秘密，我相信这与她的不辞而别紧密关联，就像一个硬币的两面，知道一个就能猜中另一个。当然，这也是我消磨时间的手段。我总是不时地从书房取出《约翰福音》，坐在厨房餐桌旁，指着第一句，像一个提审犯人的警官问父亲："还记得这句话吗？"父亲有时候会茫然看我，发呆、入神、沉思，仿佛思绪陷入了浩瀚的宇宙边缘。但有时候，他又会忽然情绪混乱，发出嘶哑的尖叫，无论你如何威逼利诱，也无法得到他的供词。我想眼前这个父亲很可能从不知道自己曾自杀身亡，因为那第一句话依然还在书的首页上。要一个从未作案的人坦白自己的作案动机，确实强人所难。

"你到底去还是不去？"父亲在摇椅里躺下，侧脸望着我，赤红的脸僵在空中。而当时的我正望着淡绿色的墙壁、光洁无瑕的树影，眼前的景象令我猛地想起一件事。忽然间，我的内心犹如沸水滚烫，汩汩地冒着热气。

ZR
ISLAND

第 27 章

搬入旧城

现在是白天，我打开所有的灯光，照亮了每一堵墙。这是一套典型的旧式公寓，宽大且敞亮。厨房里对开着两扇高窗，盥洗室狭长得犹似一节车厢，书房四壁有三万册书，家具仅有几件，桌、椅、床、橱，全都不拘细节，骨架粗犷，充满大地的气息。我四处行走，那时候我们就住在这里，我熟悉这明亮的餐厅、幽暗的卧室、淡绿色墙壁上的荫翳味道。我拉开帘幕，移开橱柜，掀开地毯，我坚信那些划痕虽然已经从厨房的墙上消失，但一定还在这套公寓的某处，就在厨房的台面、卧室的床脚、盥洗室台盆的侧面。我坚信那十三个字不是幻觉，不可能是幻觉，它们一定还在公寓里的某一个角落里。

我一阵翻箱倒柜，查遍了所有的衣柜、五斗橱、冰箱、烤箱、窗帘、浴帘，最后颓坐在床上。床很软，我陷入深处，床罩的金色缀子正在轻轻摇摆，一种无忧无虑的天真正在静谧无声中荡漾开来。房屋里一片静寂，寂静得有些凄凉，而父亲此刻正睡在餐厅的那张躺椅上，沉睡的轻鼾声穿过书房，来到这间卧室，仿佛这是他梦境的脚步声。这一切令我感到焦躁，我的两个手指不由自主地在床沿上轻轻敲着，乌木的床架在宜季的午后发出沉重的噗噗声。我忽然想起，我们刚搬到这里时，她沿用了所有的家具物什，却执意换掉了这张老床。

“床垫太软了。”她说。

我理解其中的潜台词，即使是没有血缘概念的蜂巢孩子，也难以接受在别人的床上相拥做爱。于是，我们搬走被褥、移走床垫，准备拆卸这张床。就在那时，她看见了床的骨架。一根根粗壮的木档裸露出近乎乌色的暗红，犹如鲸鱼的胸腔骨一般坚硬如钢。她脸上忽然露出第一次走进我父亲书房时那种被震慑了的神情，深沉地望着这些充满力量的床骨构造。

“还是留着它吧。”她说。

是的，她当时就站在这里，就是这么说的。搬来这里住，也是她的提议。我当时没问原因，因为她的噩梦在整个灾季里变得愈发剧烈，令她常常在惊悸与冷汗中赫然惊醒。虽然她不再叙述梦境，但是我隐约地猜到，这重复的噩梦也许与父亲裁走的那句话以及疑云重重的母亲肖像画之间，存在某种关系。其实，我也同样心神不宁。那些忽然消失的 AI 画作、那本沾血的经书、那个黑色的铸铁方块、那套镌刻着古怪文字的茶具，犹如一座儿童正在玩耍的跷跷板，总是在我心底此起彼伏。我想，父亲书房的三万册书籍里也许真的藏着什么线索，能找到她噩梦的源头，能破解那句话的真实含义。

搬过来的时候，又一个宜季开始了，从悬崖吹来浩荡的东风，窗外还是那棵真实的大树，该死的丧葬机器人将我父亲的遗体拖进飞行器的时候，几乎压断了它的每一根枝条，现在宜季重返，新枝又冒出纤长的嫩绿，几乎要探入窗内。书房里的一切恍如昨日，胡桃木书桌、绿皮沙发椅，还有乌木桌椅，四壁书架层层叠叠，三万册书挤挤挨挨。它们与这套公寓里还遗留着的冰箱、洗衣机、烘干机、卫浴柜、水龙头，与实木的家具、暗红色的地板一起，构成了一个被时光遗漏的洞穴，沉默对抗着窗外极速变化的世界。在这里，只要不缺食物、水、电，我们仍可以像一个世纪以前一样安然生活。而这些，当然是不会缺少的，因为鹰隼机时刻跟踪着我们，就像患上焦虑症的奴仆一般，总是准时准刻地出现在我们厨房的窗台上。

几天以后，公寓已被我们拾掇得干净整齐。她改变了各种物什的位置，父亲的气息似乎也随之消失。尤其书房，她辟出一个专门练习书法的地方。那些曾如蝴蝶一般飞舞的便笺都被她一张张叠平，整整齐齐地压在书桌的一角，中间则摆上纸张、笔、墨水，不同种类，不同材质，以手指凭空练字的日子已经一去不返，现在获取书写工具变得易如反掌。无人驾驶的飞行器都会按照要求飞至城市的废墟里，逐一收集那些毛笔、鹅毛笔、钢笔、铅笔、画笔。字帖也多了起来，意大利体、圆体、哥特体、罗马体，各种文字的花体书法帖，还包括一些罕见的汉文字帖，很多都已经残破不堪，有的只残存一角，有的只剩下笔画的碎片，都是从远古的碑文上拓下来的，看上去仿佛是咒语画符，这些她都悉心收藏着。有时候，飞行器还不可思议地找到一些远古文明的字迹，克诺索斯残片、哈金残片、远东甲骨文、希伯来历文，都属于人类文明晦暗的起源时刻，多年前就已经从人类记忆里消失了。我不知道她究竟费了多少工夫，或者巧遇怎样的机缘，才从全球各种博物馆废墟的灰烬里，沙里淘金似的一件件捡获。我们都喜欢和老物件打交道，她尤其喜欢，仿佛能将它们从某段痛苦中解救出来，或者可以在新的机缘中赋予它们生命，而将它们安置妥当以后，仿佛她自己也避免了被历史遗忘的结局。

这一类古老的物件，大部分堆在书房里北侧的书桌、南侧的乌木桌，还有宽阔的地板上。它们犹如鲜花一般或整齐或散漫地四处盛开，而她总是在这花丛里埋头练字，几乎从早到晚都坐在那张绿皮椅子上。父亲就在那里自杀的，我一直心有芥蒂，但她从来不怵，仿佛那个丧葬机器人将那椅子擦干净的同时，也将死亡的气息一笔勾销了。她沉迷于书写的神情犹如我父亲沉迷阅读的模样，我第一次发现，一个人的沉迷状态竟会如此动人。南北四扇窗户，全都敞开着，宜季的阳光映入，胡桃木的书桌散发着黯淡的光，她一笔一画，一丝不苟。空气里浮动着她极为轻微的呼吸，时间犹如藤蔓，在她的笔尖生长。她的手底奔腾着江河的水，只要笔尖轻勾，就能凭空刻出无穷的意境。横撇竖捺构成的不是文字，而是一个隐秘的空间，无数形象在其中闪现——一滴血在杯中荡开，一叶孤舟驶在山水间，俏丽的舞者静止在足尖，急促的鼓声骤然响彻了荒野，无数旌旗金戈在月色下竖起来，巨石崩裂了千年的冰层，狮虎扭断了封锁的铁链，怪兽的吟啸穿透了笔画架构与比例，而隐藏其中的抽象隐喻被剥离、被抽取、被逐一呈现。

就这样，她的一勾一画从稚嫩变为老练，仿佛万物的进化，从简至繁，又返璞归真，犹如江河百转流逝。那一刻既令人心醉，又令人心碎，而我总是沉浸其中，无声地赞叹。有时候我能一直看她练习到黄昏，直到暮色穿过她栗色的头发，犹如天上垂落的晚霞。我从未想到这种不合时宜的技艺竟会如此动人，早在一个多世纪以前，它就和金石篆刻、针尖刺绣、玉石雕刻一起消亡了。所以，当我看着她的笔法日益老练的时候，赞叹之余却又觉得这种沉迷的练习其实缺乏实际的意义，甚至比我的父亲沉迷于阅读更缺乏价值，因为除她以外，这个世界上也许早就无人练习这种已经灭绝多年的技艺了。但是她对此毫不关心，甚至从未思考过这个问题。她常常举起右手，注视着中指上隐隐生出的一块新茧，那是物理世界在书写者的手指上刻下的纹章，就像我父亲的衣钵传承。

她避世隐居，钟情于一种早已被世界遗弃的生活方式，就像死去的父亲留在现实世界中的复刻与倒影，眼角眉梢里都是我父亲的影子。我自以为是地想到，人与人之间的相似，血缘遗传也许并非直接因素，相似的价值观也能铸就相似的神态。虽然——我也常常为此苦笑——我父亲的大部分观点都已经落后时代，毫无价值可言，不过如果她愿意沉迷，我也很高兴。因为自从她搬到旧城，并且沉浸在书写技艺以后，梦魇以及随之而来的焦躁与惊惧，似乎都在这种古老的癖好中渐渐消退。我甚至觉得，这些旧的物件与技艺凝滞了时间，使她沉静如莲，使她的噩梦自行枯萎，就像一个病人会在隐居静养中自然康复一样。好几次，我半夜醒来，总是见到她沉入梦境，面带着微笑。

她醉心于书写技艺，而我则整理着父亲留下的书籍。四壁书架，卷帙浩繁，我一页一页翻阅，仿佛在冒充一名侦探，逐字逐句地寻觅父亲可能留下的踪迹。与其说探究，不如说我在寻找消磨时间的方法，因为我粗略地浏览了一些书的封面，就知道一切努力都将徒劳无功。书架上的书籍大多是外文，玻璃球上那些莫衷一是的翻译让它们变成了天书，而在我勉强读得懂文字的那些书里，每一本都庞杂繁芜。有的跨越了漫长的历史，有的横亘在不同领域。有一些满是冷僻专业的生词，却从不介绍其背景与脉络，仿佛那些都是不言自明的知识；另一些有着一大段的甚至一整页的注释，却仿佛是一个没有入口的迷宫。

于是，既然百读不懂，那么也就不可能索引秘密了。话虽如此，我依然例行公事地逐字逐句读下去，反正时间漫长，做什么都是毫无意义的，而只要陪着她，仿佛随便做什么，我觉得都是有意义的。就这样，俗世洪流在远方奔腾，父亲的公寓就像是遗世独立的安静之所，无人侵扰。但是，这段宁静美好的岁月终于在那一天结束了。那是清晨，她早上起床后，忽然收拾起所有的纸与笔，动作有条不紊，像上了发条一般精确。她将那些字帖的碎片，图腾、符咒、石刻的拓本，整整齐齐地摆进黑色的壁橱门内，像是将它们埋入一个洞穴里。

“怎么了？”

“我已经学会了。”

我当时坐在乌木桌子边，忽地站起来问道："那么它呢？"我们从来以"它"指代噩梦。

"它已经消失了。"她回答得很平静，说话时并不看我，就像噩梦本该消失，犹如太阳东升西沉一般，并不值得庆祝或者惊讶。

她继续整理着那些收集来的东西，仿佛它们是她的遗产，要埋入地下，传给子孙或者某个转世的弟子。她没有解释为何如此，她的书写练习、噩梦以及与这幢房子之间究竟有什么关系。也许她知道，也许不知道，而我从未追问，因为她像是已经准备遗忘这些事，自然地转入另一种生活状态里，使人难以旧事重提。

从此书桌上不再有她的纸墨，取而代之的是书籍。她就像我一样，开始阅读我父亲的藏书，而那时候，我恰好开始厌倦书籍，觉得在这浩瀚的藏书里寻觅父亲死亡的线索，也许是错误的方向。也许父亲的自杀只是抑郁症突发的绝望结果，这世界上其实根本不存在事先布下迷局的自杀事件。甚至我一度怀疑，我臆想出这个谜题，也许只是为了可以消磨残留的时光。对于这些观点，她不置可否，总是在书房里来回踱步。三万册书像三万扇门，她推开这一扇，又推开那一扇，看上去毫无章法，但也许她知道什么应该先读，什么应当在后，就像心里有一张书单，列着每本书的先后顺序。而在我眼里，几乎从她踱步开始，我父亲的影子便仿佛附在她身上，每一个动作、每一个眼神，都像我父亲转世。她在仔细甄别句读和词义，仿佛在证明自己是如何跟随我的父亲，深陷进每一个字句的意义之中。

在她之前，我已经浏览了四面书架上相当多的书籍，领教过阅读的艰难。在那些用我的母语写成的书上，我都能读懂每一个字，却无法完整理解每句话的意思。它们就像漂浮在书海上的孤岛，你能看见岛上有不同的岩石、土壤、植被，各种奔跑的四足生灵，却难以厘清它们之间复杂的血脉遗传、丰富的基因关系、祖上的历史纠葛。我清楚地知道，这是自己与父亲的差距。他在气候灾难之前接受了完整的传统教育，心底刻了一张细节丰富的地图。山川、河脉、植被是怎样在洪荒时期断开的，鸟类是怎样从一处迁徙到另一处的，不同岛屿上动物的栖息习惯有着怎样的巧合，这些对父亲而言就像青霉菌切片在显微镜下那么清晰，四壁书籍因此脉络清晰。而我缺了那些传统教育，三万册书籍便是三万座互不相连的孤岛，至于那些外文写成的书，一字一句都要求助那只玻璃球。但是机器复苏之后，混乱的翻译飘浮似雪、堆积如山，常常相互矛盾、莫衷一是，你以为自己找到了谜底，却发觉那是一个更大的谜面。一个目不识丁的人无法依赖一本字典学习一门新的语言——这不仅是一句谚语，也是常常令我沮丧的现实。

然而，当她开始阅读的时候，我所遭遇的一切困难却像空气一样消失了。三万册书，她这里抽一本，那里抽一本，像是在拨动一架巨大钢琴的琴键，指尖发出缤纷的音乐，而曲谱早就藏在她的心里。说到曲谱，是的，一个人的书房其实就是一个人心中的曲谱。我在阅读的时候，很少变动父亲留下的书籍序列，这是父亲的音乐，他内心的秩序。而她却毫不客气地改变了那些音符，我看得出，她的排列与作者、主题、内容完全无关，只与她的阅读计划相关。她好像是为了通向某个终点，而在构建自己的阶梯。她并不使用玻璃球，那些芜杂的解释确实毫无价值，她只在四面墙壁之间搜寻彼此的联系。这一本书也许是对另一本书里某一句话的解释，另一本书里某一段也许是第三本书的注解。她手指灵活地拨动那些书脊，按照她自己的理解重新整理书架。她从这一头的书架取出一本书，站着静静地阅读，然后又转到另一头，换出另一本书，同样站着阅读。有的读了开头，有的读了结尾，有的读了目录，有的只是跳读，也有从头读到尾的。在这个莫衷一是的文字迷宫里，她不焦不躁，词语、句子、注释、关键的要点，她都用钢笔记录，字迹清晰地写在从废城搜罗来的笔记本上。她很少苦思冥想，只是不断记录，仿佛只要耐心地记录下去，真相便能自我呈现。就这样，风吹过了三万扇门，她渐渐深入这三万册书籍里，变得和我父亲一样沉迷，甚至更为沉迷。父亲是一个老派的学者，仿佛飞行在文本之间，保持评头论足的姿态。而她却跳进了文本里面，仿佛是一个登山者，在崇山峻岭里攀行，在这片百折环绕、复杂难解的迷宫里寻找隐藏其中的秘密。所以她阅读的时候，目光里有一种冷静的火焰，每一张泛黄的书页都必须在这火光前默默坦白。火焰从这一页潜入那一页，从这一本潜入那一本，她构建出一个自我冥想的宇宙，坚信自己正走在一条正确的道路上，只要顺道前行，真相自然会出现。但这种日渐狂热的沉迷，有时让我钦佩，有时却令我感到不安，她就像变成了另一个人，比我父亲更偏执、更执着的人。

—·—

我们就这样在旧城生活，书房南北两侧的四扇窗户全部敞开，宜季的风穿堂吹过。她坐在书桌前，眼前的书页在风里猎猎作响，阅读的责任已经默契地转到她的肩上。我每天站在南侧的乌木桌边，开启玻璃球，在虚拟实境里四处游荡。我们就像坐在图书馆里两个互不打扰的陌生人，从不关心彼此的进展。

那时候，玻璃球上发生了一件令人惊诧的事情——“精灵”消失了，是在一瞬间消失的。以前有多风靡，现在它消失得就有多彻底。缺失了“精灵”的陪伴，虚拟游戏都变得寡然无味，社交平台上虽然人头攒动，却都是毫无意义的喧哗。由于我俩并不依靠“精灵”生活，因此难以体会其他人的焦躁，尤其无法理解再次席卷而来的自杀风潮。没错，几周以来，旧城的街道上，每天都有一些人迈着梦游者的步伐，陆续奔向东面的悬崖。人数逐渐增多，一开始一周只有两三人，后来几乎天天六七个人。这条人迹罕至的旧城道路上，因此忽然有了悲哀的气息。她一直沉迷于阅读，很少探头张望外面，因此我比她更早发觉那些跳崖者。而我一直保持沉默，不愿意自杀者穿过楼下的压抑气氛破坏了我们避世隐居的氛围，但是她终于还是发现了这寂静中的悲哀一幕。那一天她站在窗口，望着那些身影一个个消失在远方。风从悬崖那边刮来，拂起她栗色的头发。她一言不发，怔怔出神，似乎在仔细聆听风声中是否隐匿着跳崖者的尖叫声。

她忽然回头看我：“自杀是不是也是彻底自由的一种？”

我上前扶住她的肩膀，不敢回答，心想，自己如果不是与她这样互为伴侣，也许在父亲死后，也会加入奔赴悬崖的自杀者队伍。

ZR
ISLAND

第 28 章

虚拟之城

时势总能造英雄。园艺师原本寂寂无名，就在这关键的历史时刻登场了。人们并不知道他的来历，姓甚名谁，但因为他在玻璃球上发起了一个名为“虚拟之城”的项目，忽然间名声大噪。

也许，这个精彩的故事应当从头说起。

“精灵”消失之后，人心开始荒芜，自杀之风愈加盛行，园艺师也一样，在这股黑色的厄运中饱受折磨，他整夜整夜地失眠，终日坐在窗口。窗外的风很枯燥，吹得他形如槁木，一种无枝可依的乏力感像一根绳索紧紧勒住他的身躯。“但后来，我开始回忆起自己的童年，”很久以后，园艺师在玻璃球上谈论发起这个项目的初衷，“没错，是它拯救了我。”

通过重建记忆来抵抗空虚与失落的夹击，园艺师是绝无仅有的人。他在玻璃球上注册了一个气球，一种无限容量的数据空间，并将气球命名为“虚拟之城”，开始重建他记忆中的童年与故乡。他拒绝使用 AI 工具，一切材料都要自己动手编程。虽然他并不擅长这种写代码的技术，但还是捣鼓出各种工具和材料——板刷、油漆、钉子、梁木、椽子、窗帘、桌布、沥青、大树，等等，足以让他绘制一个规模有限的故乡。起初，园艺师创造出一条街道，铺上沥青，种上榆树，北边三十一株，南边三十二株（他小时候习惯数它们），并在街角恢复了一爿咖啡馆，不仅卖咖啡，还卖奶油糕点。店是他姑母开的，这个热情好客的瘦弱女人后来丧生于一场飓风，像大多数遇难的人一样尸骨未存（但愿她安息）。感谢全球隔都事务局，在气候灾难之前就不遗余力地开始储存死者的生前数据，因此园艺师可以轻易地将这个终身未婚的女人下载到他创建的数字咖啡馆里，恢复她脸上始终不变的微笑，并让她在店里来回走动。咖啡馆的大门是拱形的，最左侧到底，有一个临窗的座位，园艺师恢复了座位左边的细条纹磨砂玻璃窗以及桌上深橙色的格子布。作为旧式学校的学生，他放学后就坐在这个位置，做着学校布置的课后作业，等待他父亲——他姑母的弟弟下班后接他回家。

园艺师没日没夜地恢复着这间咖啡馆，尽量令它栩栩如生，他一度沉迷在这种持续的追忆里，就像吸食了鸦片似的，浸没在无穷无尽的细节之中。这种沉迷常常令他感到清醒，犹如入定之后，先感到万籁俱寂，然后在万籁俱寂中听到更微妙的动静，从而陷入更为深刻的世界之中。这是一种奇妙的自我反馈，就像身心飞升的过程，仿佛因此越来越接近万能的存在。自从“精灵”消失后，园艺师终于为心灵找到一块休憩之地，不再像别人那样惶然失措。

当然，如果没有那场席卷全球的“复制一切”运动，园艺师也不可能轻易完成这座虚拟城市的重建。当时，气候灾难刚刚爆发，全球隔都事务局尚未成形，一批有先见之明者已在四处奔波，呼吁人们必须尽可能地利用“数字孪生”等复制技术，“尽一切可能保留人类文明的成果”。此前半个多世纪，由于技术的普及，“拷贝一切”已是司空见惯的社会习惯，为这项运动的迅速兴起打下了基础，而“拯救人类文明”的口号又是如此崇高，也使它历久不衰——一切可以数字化的东西全部数字化，不仅指人们习以为常的纸质书报变为电子文档，还包括丝质的衣衫、莎草的地图、羊皮上的绘画、古城遗址、著名的博物馆、艺术圣地、古老的图书馆，以及不计其数的文物，譬如石器、粗陶、雕刻、彩绘、青铜、面具、纹章之类。总之一切关于过去的物品、一切铭刻着人类记忆的证据、一切遗落在气候灾难浩劫里的物品，无论它们是什么成分、形状、颜色，人们尽量将它们所有的要素，从不同维度，精密地记录为二进制的代码，并且分布储存在机器云端。“万物皆朽，唯数字永存”是这项运动的口号，简洁扼要。我们从不怀疑其中蕴含的真理，很多人甚至在扫描记录之后，便烧毁了那些书籍和报纸，作为“万物永存”的庆祝仪式。因为现在人们只要愿意，不要说书籍报纸，甚至连青花瓷瓶、大卫雕像、考古挖掘出来的人骨头都能从玻璃球里下载，然后三维打印复原。是的，人们完全相信，如果二进制不可靠，那就是宇宙的末日。

全球隔都事务局成立之后，更是以博物馆专业的方法，分门别类地归纳了已有的成果，列出各种亟须弥补的空白事项，请求各方支持。这种统一规划中体现出来的宏大视野，将这项运动推向新的顶峰。自然，大千世界千头万绪，不可能完全复制，尤其那些古城或遗址。因此，除了一部分按照原址原貌复刻以外，譬如我俩去过的“艺术圣城”复刻区，其他则化为数字碎片，譬如街头雕塑、戏剧海报、老店招牌、橱窗服饰、盗版书籍，以及私人日记和信件，它们都堆积在玻璃球系统最底层的数据库里，像封存在仓库的旧货，等待被人钩沉检视的一天。而那些完全无法复制的庞然巨物，尤其是那些著名的国家和城市，比如新加坡、伦敦、东京、纽约、上海、巴黎、日内瓦、罗马、布拉格、旧金山、都柏林，等等，不是被洪水淹没或海啸摧毁，就是被飓风卷为废墟。而且，即使它们完好如初，也不可能复原一座城市的每个细枝末节。正因为如此，虽然“复制一切”的运动可谓功德无量，但是那些老派人物，譬如面试官或者我父亲，只是略表赞许，却很少心存感激。

“所有的数字复刻品都只是模拟现实的残片，”我父亲说，“它们储存在数据库深处，就像尸骨遗骸埋进了土壤深处，唯一的意义就是等待腐烂。”

园艺师根本不会在意这种抽象而高深的问题，他正使用一种容易上手的编程工具，兴致勃勃地埋头创造着自己的世界。四条街道，三间商铺，姑母的咖啡馆在最北端，祖母的院子在最南端，院子里种满了芍药与月季，还有一棵老槐树。这是他的童年，他复原了最温暖的岁月。但是，就在他在院子里栽上老槐树的那一刻，他忽然发觉自己遇到了难题，他的记忆无法覆盖整个城市。哪怕他最熟悉的街区，他也只记得街道的走向和名字，却不清楚每个街区里究竟都是些什么，是住房、办公楼、商店，还是旅舍。园艺师在气球里调高视野，俯视已经恢复的城市，只见几条街道稀稀落落，仿佛几笔铅笔素描，房屋也零零落落的，仿佛几个拓荒者刚刚迁居而来的乡野之地，一切都在待定之中。他意识到，一个人的记忆并不能撑起一座完整的城市。于是，园艺师决定，在玻璃球上公布这个“虚拟之城”项目的登录地址，邀请这座老城的居民一起恢复它的旧日模样，并且宣布这个气球将开放给所有人，每个人都可以在上面重建自己记忆中的故土。他不再扮演孤独的上帝，而将创世的权力交给了喧哗的大众。

消息发布后，像是一系列延绵不断的爆炸在玻璃球各处响起。在失业大潮、机器乱局、“精灵”消失的惊涛骇浪中沉浮至此的人们，被园艺师的消息唤醒了乡愁的本能。虚无之海上无处靠岸，而记忆的岛屿正是坚实的陆地，响应园艺师的呼声此起彼伏，涌入者以指数级别上升。到最后，除了没有故乡的蜂巢人，几乎所有人都涌入“虚拟之城”。涌入后，人们又在里面迅速散开，仿佛一群古老的拓荒者坐着马车赶着牛，带着铁锹、铁犁、锄头，去重建自己记忆中的故乡。在这些海啸一般涌入的人群里，不乏天才的程序员，他们拥有敏捷的大脑以及优化编程的才能，不必遵循 AI 的指引，也能像蜘蛛一般编织出巧妙独特的代码工具（园艺师此前使用的代码工具与之相比近乎儿戏）。他们用这些工具重现繁华都市与大城小镇，画笔灵动而婉转，勾勒出街道与建筑的框架。既然这些城市都漂浮在虚拟的空间里，人们便无须在乎它们的实际距离。北京可以毗邻巴黎，伦敦可以紧挨着东京，悉尼与德黑兰仅一步之遥，而走出华盛顿特区，就是伊斯坦布尔的郊外。人们就像是在虚拟之境集体创作一幅意境宏大的立体画卷，将人类的城市文明像百衲衣似的相互拼接。

这情景让园艺师兴奋不已。他曾担忧自己的虚拟空间的容量太小，但现在他快慰地发现，自己在玻璃球上开辟的虚拟空间犹如一个可以无限拓展的宇宙，足够容纳所有人的回忆与想象。然而，在同一个城市里，事情却曲折得犹如杂乱的线团。虽然在最初，人们以鸟瞰的角度俯视苍茫大地，对于街道、河流、桥梁、广场之类的地标，都有确定的记忆，很容易获得一致。大家聚在一起，热火朝天地讨论着如何使用代码、软件编出各种建筑材料，显得情意相投，仿佛在机器乱局之后第一次找到了像机器乱局之前各自拥有“精灵”的那种共同语言。然而，短暂是蜜月的本质，当人们从天空降落到地面，开始为每一条街道、每一个路口补充细节的时候，争执便出现了。

“这里应该是一座博物馆。”一个人说。

“不，应该是大卖场开市客。”另一个人说。

“怎么会是大卖场开市客，肯定是法国公司家乐福。”第三个人说。

“你们在开玩笑吧？这里明明是一个巨大的菜市场，我在这里卖过菜。喏，这里是我的位置，和卖牛肉的相邻，就在这一排。”又有一个人说。

“哪有什么超市和菜市场，这里明明是一家银行，Citibank，我一直是它的客户，不会错。”第五个人插嘴了。

“对，就是银行，但不是你说的那家银行，而是ICBC。”第六个人吵嚷着。

“不，不，你们肯定都记错了。哪有什么银行、超市、博物馆，这里是一家医院，妇婴保健医院，绝对不会错的，因为我就在这里出生的！”最后一个人说。

就这样，无论建筑形状、实际机构、具体名字、相距位置，还是道路灯光、店铺名称，都成了争吵拉锯的焦点，甚至城市的色彩也难逃宿命。同一面墙壁，同一幢建筑，人们在粉铜色、淡褐色与铜绿色之间争执。虽然人们都清楚，同一座城市在不同历史、不同季节甚至在不同时段所呈现出的色彩不可能相同，但每个人都执拗地坚持自己的记忆。每个人都拥有编程的权利，就如手握一支画笔，可以在别人的修改上修改，用代码覆盖已有代码。于是，在这个缺乏标准、没有权威的世界里，出现了所有人对所有人的战争，一切全都乱了。“虚拟之城”的形状和色彩都不停变幻着，就像加速变化的落日晚霞。

后来，甚至连园艺师最早建立的咖啡馆都被人不由分说地篡改了形象——本来是条纹布料的窗帘，竟然被换成了方格子的。“不会错的，”那人对园艺师说，“我是这里的常客。”园艺师曾在咖啡馆的某张桌子上用小刀刻过几个歪歪斜斜的字，为此姑母还曾训斥他，现在却被另一个人改成了一个大圆圈和几条线。“不会错的，这是我刻的，”那人说，“我本来准备刻一个女人的头像，当时只开了个头就被那老板娘呵止了。”

这些乱象令园艺师心烦意乱。人们以各自的记忆为标准，反复争夺，反复修改。整座城市的街景因此总是在跳动变化之中，就像一座巨大的疯人院，每个人都是精神病患者，在城市的每一处狂欢跳舞。终于，难以忍受的园艺师以“虚拟之城”创始人的身份，改变了规则。他让每个参与者都拥有同等的权利，所有的记忆都相互平等，实时共存——也就是说，对于已经存在的建筑，后来者无法更改，不可消除或者覆盖，只能叠加。

自然地，每一座城市都呈现出令人惊愕的超现实图景——油菜花盛开在落叶的季节里，ATM 机前面是电影屏幕，收银台在一排座椅的后面，法官椅子在货架和牢房之间，银行、超市、电影院、加油站、法院、监狱都像连体婴儿一样相互重叠，出现在同一个空间里。于是，因为每一片砖瓦、每一面墙壁、每一扇门窗相互叠加了每个人的记忆，世界终于显出中毒身亡才有的灰暗色，仿佛是一种自我孪生的迷宫，只剩下粗略而模糊的城市骨架。而那些亡亲的影像，譬如园艺师的姑母和祖母，因为是人们从玻璃球里下载的数据而绝无争议，此刻就像是真正的鬼魅，孤独地穿行在这些城市里。

ZR
ISLAND

第 29 章

小径分岔的历史

这些原先充满喧嚣、争执、混乱的城市，如今因为接受了每个人的意见，不再是任何人的城市了。起先乱哄哄，如今森森然，铜墙铁壁似的黑色，人们晃荡其间，却再也无计可施。这一切既是园艺师亲手建造的，又是他亲手毁灭的。人们在争吵中渐渐陷入绝望，随之而起的又一轮自杀风潮像是园艺师亲手酿成的灾祸。

“未料是如此结局。”园艺师摇着头说。

他终于想通了。建筑的位置和街区的样貌其实并不重要，只有人与人之间的远近亲疏，才是记忆的关键。他离开了虚拟的城市迷宫，不再重建空间的秩序，而转身跳入玻璃球的数据之海，开始努力恢复时间的秩序。他以自己为中心，顺着血亲的脉络，延展出一个独特的记忆网络，就像修缮一本族谱，每个人都和谐地在其中相处。

这是真正的私人记录，无人干扰，无人侵夺。身处其间使园艺师感到心境澄明、天舒地广，又找到了最初的那种自由与安宁。园艺师的亲人大多生活在同一个城市里，那一年，气候灾难带来了连续几个月的暴雨，引发超级大洪水，湮没了整座城市，他的亲人几乎同时丧命。幸运的是，玻璃球保留着他们的数据，可以下载呈现每个人的生前样貌，犹如一个无法言语、只能微笑的亡灵幻影。但是园艺师要寻觅的并非这些，他要为这些死去的亲人分门别类地建立档案，为每个人梳理出一生的大事记，并且他以自己为中心，标出血缘的远近关系——姑姑、姑父、姨妈、姨父、堂舅、舅公、姨婆、曾祖、外曾祖、大姨奶、表舅婶，仿佛是一个村子里的相互称谓。事实上，这些人大多根本不认识园艺师，他们之间也互不相熟，甚至有些人死去的时候，另一些人还未出生，完全生活在不同的时代，但在园艺师的眼里，他们全部生活在自己建造的网络世界里。这种近似于田野考古的工作，需要难以想象的耐心和细致，就像是将每一个亲人从坟墓里挖出来，经过梳理处置，再像木乃伊一样陈列在博物馆里。园艺师在玻璃球的数据库里逐条寻觅、翻阅、记录相关的信息，就像细数着一只猿猴身上的每一根绒毛。他细读每一个亲人的生平，一开始是兴趣，后来则近乎癖好，几乎是在偷窥一部又一部个人隐私传记。

道德高尚、人皆称颂的表舅，其实是一个不为人知的交通事故逃逸者，撞死了两个人却逍遥法外。

据说早年去了黎凡特地区游荡的堂叔，其实从未离开本城，而是隐居在故乡。他经历了三次隐秘的跳槽，晚年的独居生活潦倒不堪，最后亡于过度酗酒。

一个表姑的远房姨母（园艺师小时候见过，那时候觉得她艳丽夺目），一生七次闪婚、四次流产，继承了大笔财富，未有子嗣，最后杀了一个小她二十七岁的未婚夫，随后自杀身亡。

除了这些耻为人言的远亲隐私，也有一些近亲的秘密。譬如待他最好的祖母，银行汇款的流水显示，她一直在秘密接济她父亲的私生女，从她父亲去世开始，直到私生女工作才停止。园艺师心想，善良的祖母除了可怜那孤苦伶仃的私生女（她母亲也早逝），还可能是为了在当时保守的社会习俗下维护父亲的清誉才隐瞒这一切。

这些事情，园艺师从未耳闻。气候灾难后，风俗已经剧变，黄金时代的故事犹如虚构的历史，令人感到陌生，但也有一种令他欢喜的新奇。他从玻璃球的深处钩沉出这类隐私，结婚证、离婚证、出生证、死亡证、银行流水账单、购物单、电话记录、公司入职表、饭局记录、车费报销单，这些碎片组成的世界令他沉迷。在算法给出的粗略的人生框架里，他不断填充梳理出来的细节，一半真实，一半猜想，仿佛每天都在做着白日梦。说到底，这并非因为好奇，也不是为了寻求什么身世谜底，而是一个孤独的失业者消磨时间的方式、躲避抑郁症的一种偏方，生活中的一切乐趣与痛苦都在其中。

园艺师那时候当然不会意识到，这种纯粹的私人癖好与宏大的历史画卷之间，会有某种神秘的联系，他这个纯粹私人的微小举动，会因为某种巧合而卷起一股旋风，撼动整个世界。纯属偶然的是，园艺师顺藤摸瓜地发现，祖母接济的异母妹妹的儿子竟是一名职业围棋手，更重要的是，这个人竟是那场伟大棋赛中的专职裁判员。园艺师感到一阵眩晕，因为那是 AI 第一次击败全球顶级职业围棋选手的比赛，并且从此永远击败了人类，成为时代断裂的界碑，犹如蒸汽机或者电的发现，或者是耶稣出生的公元纪年。人类以此确定新的纪年，甚至意义更为重大——年轻蜂巢人的历史课大多是以这场赛事为起点。在此之前是渺茫不可知的上古时代，只有上了年纪的人，譬如面试官或调酒师，当然也包括我父亲，才会在伤感唏嘘中回忆过去的生活。

各种翻译总是不够准确，这个充当专职裁判的远房亲戚也许并不是主裁判，而且他与园艺师之间的血脉关系，微弱得犹如一根飘忽的蜘蛛线。但是，那人出现在那个重大的历史时刻，以及虽然微弱却确定的血脉关系，令园艺师莫名地感受到时间的意义，仿佛那个伟大的历史事件正在自己的血脉里跳动着。他终于为自己找到了一个更大、更深远的生活意义，为亡亲撰写隐私传记的计划迅速被遗弃，园艺师一头扎进这场早已被神化了的比赛，开始不厌其烦地收集相关的细节。这场面就像检阅一支军队，园艺师从玻璃球的数据海洋里调取那场比赛的每一条信息，激动而兴奋地刨根问底，他要将这个参与“新纪元”事件的远亲，从混乱复杂的碎片信息中重组出来。那人究竟在其中扮演什么角色？没错，归根结底，这并非为了寻求什么谜底，一个抑郁症患者总是用这样的方式来消磨孤独，但是那个惊人的秘密却在园艺师的刨根问底中开始缓缓发芽。

那个下午，一个令人错愕的标题出现在泛黄的报纸头版上——《人类棋手直下三局，完胜 AI 棋手阿尔法》。园艺师盯着那报纸最上方的日期，正是那个重大历史事件发生的时间。“不可能。”他低声喃喃，感觉有些迷糊，随即为自己找到了一个勉强合理的解释。“愚人节的笑话。”他确定地想。气候灾难之前，那些媒体总喜欢在这个节日里无事生非，一本正经地发布明显违反常识的新闻。而这一次虽然不是 4 月 1 日，也很可能就是在模仿那种戏谑文化的报道。园艺师随手一划，将这种不合常理的消息扔进了信息的洪流里，就像塞入一大口饭，以带走喉咙里的鱼骨头。

然而事与愿违，“愚人节”的消息从此像金子一般，不停在信息洪流里翻滚着，尤其当他在《华尔街日报》上看到同样的消息，这份报纸是如此严肃，不可能开这类玩笑。园艺师瞠目结舌地盯着那篇几乎占据半个版面的报道，终于放下远亲裁判员的故事，开始收集赛事期间最严肃、最知名的纸质媒体的相关报道——《朝日新闻》《读卖新闻》《南华早报》《金融时报》《纽约时报》《卫报》《联合早报》《泰晤士报》，这些全球舆论的权威纸媒，曾经的执牛耳者，如今早已完全化为一份份数字版面。园艺师将它们从数据库中调出来，逐一在空中展开，就像悬空翻阅一份份报纸，而搜寻结果是令人惊愕的，高达三分之一的严肃媒体都宣布了“人类战胜了 AI”的结果。更令人惊讶的是，无论战胜还是失败，在报道的细节上全都大相径庭——职业棋手与阿尔法一共下了几局棋？五局、七局，还是十局？人类又是以怎样的比分获胜的？三比二、五比二，还是十比四？甚至连参赛棋手的名字也相互矛盾，《纽约时报》上是一个名字，《卫报》上是另一个名字，而《泰晤士报》则是一个女棋手的名字，到了《南华早报》上，则是七个职业棋手联手组成研究团，群雄战机器。各种消息五花八门，相互矛盾，仿佛有一双手插入文章，将所有的文字重新排序，形成彼此抵触的结论。但每篇稿件的行文却毫不虚张声势，都是一篇篇正常的新闻，所述的事实全都毋庸置疑。

园艺师震惊不已，坐立不安。他关闭玻璃球，在现实中心神稍定，又回到虚拟世界，开始仔细验证每一份报道，就像梳理他亡故亲人的家谱一样，耐心地溯源每一篇文章，但越是深入，事实就越发地离奇。每一篇文章都有可靠的信源、具体的证词，每一个写作者的诚实都不容置疑。同时，每一份材料都相互矛盾，每一段叙述都彼此抵牾。一个人不可能两次踏入同一条河流，一个事实不可能有两种真相。他站在屋内墙壁的划痕前发呆，或者在玻璃球的光芒里来回走动。突发的遗忘症困扰着园艺师，他去厨房倒了杯水，却常常忘了喝掉，打开鹰隼机送来的膳盒，却忘了吃完。他被这相互矛盾的信息洪流彻底打乱了生活的节奏。玻璃球终日开启着，阳光从窗外射入，虚拟的报纸版面像被单一样，悬在空中晒着太阳。每一篇报道都自成体系、逻辑自洽，但又彼此打架，甚至同一张报纸的前后报道，都无法自圆其说。

疑惑、惊愕、激动、忐忑、兴奋，各种情绪混杂在一起，连续击打着这个有抑郁后遗症的中年男人，令他越来越觉得难以忍受。园艺师揪住自己的一头乱发，双眼通红，像强迫症一样反复梳理这些天来的前因后果，反复嘟囔着自己肯定是走错了某条岔道，才会出现这种诡异的状况。他的内心左突右撞，似乎非得要撞碎某一样东西才能捋平这混乱的思路。那一天，他站在这些闪烁的报纸前。阳光射入，他忽然想通了某件事——

“必定是如此！”他几乎尖叫起来。

当天夜里，他出现在自己创建的“虚拟之城”里。园艺师离开数周后，此处已是一座大型公墓，废墟遍地，人影稀落，魂魄的争执仍在继续。园艺师穿着一件蓝色衬衣，径直走到最初建造的街道上，站在他姑妈的咖啡馆前，大声宣布他发现的惊人秘密。园艺师的脸色因为过于激动而苍白，语速既快又结巴，挥手的动作就像一个亢奋的精神病人，仿佛是癫狂的前兆。列举证据的时候，他结巴得更厉害，就像都是一些难敲的钉子，总是要重复很多次才能敲结实。他既确信自己的证据，又疑惑自己的结论。这种坚定与迟疑的混合，比他的惊人发现更令人印象深刻。不到三分钟，园艺师就在慌乱的叙述中提供了貌似坚不可摧的逻辑——假如他所说的证据全都可靠的话。

“玻璃球上的历史记载出现错乱了！”他大声宣布道。

过于惊骇的消息如果来得太急促，人们总是在惊疑中将它归为极端谬论。古代的人们可能会通过下狱、判处劳役甚至消灭其肉体来惩罚这种蛊惑之论，但在气候灾难之后，最恶意的举措也不过将他定义为疯子。“这个失心疯者自以为获得了天启。”人们一开始这样评论园艺师。这种说法一度盛行，以至于很多人起初拒绝相信园艺师的惊骇言论是对于某种诡异事实的映射，因此也无法理解隐藏其中的重大意义。

园艺师的三分钟影像传遍了玻璃球，犹如一束凝固在夜空的烟花，永不坠落。我们早睡早起，是在第二天早饭后才看到这段影像的。我清晰记得，她看过这一幕后疑惑地转头看着我，眼睛里有一种透明的惊愕。

“那句话的翻译。”她脱口而出。

“那张消失的《创造亚当》！”我几乎同时惊呼。

那时候，虚拟世界的每个角落都能看到这段三分钟的影像。园艺师的名字与这个骇人的发现也从此合二为一，刻入历史。三千隔都建成之后，遇事不决，人们就会去请教“苏格拉底”。但是这一次 AI 却沉默不语，只是不停闪动着光环。这是从未发生过的事情，人们不禁觉得惊愕。而灰暗世界更被这种惊愕掀起了巨浪，混乱无序的人们迅速集结目光，就如历史的聚光灯打在同一个人的脸上——虽然没有人相信园艺师的结论，但人心已被激活。“虚拟之城”已经偃旗息鼓，人们需要一个可以争吵的话题，以延续生活的意义。于是，人们从嘲讽园艺师过于轻率的结论开始，展开了一场新的征程——尤其那些在“虚拟之城”中大展身手的算法工程师，他们像杂草一样从四处冒出来。

“我们相信园艺师先生是真诚的，并没有伪造的意图，”其中一个技术精英的话代表了普遍的看法，“但他的搜索方法显然过于业余，仅凭一些琐碎的证据，不可能推翻连蜂巢孩子都了解的历史常识。要知道，那是一场划分人类纪元的重大赛事，人类棋手是当然的落败者。”

“我很敬重园艺师先生，尤其要向他发起的‘虚拟之城’致敬，”另一个人说，“但人类的共同记忆不可能出错，毫无疑问，他在某一处误入歧途了。”

“万物皆朽，唯数字永存。”这句格言犹如数学公理，没有人会怀疑。所幸算法程序员们并不是只会争论和嘲讽，他们习惯于动手求证一切。既然AI对这个问题不予理睬，那么上千个专业的数据搜索团队便自发成立了。他们像涓涓溪水一般连为一体，形成一个巨型的数据搜索社区，开始深入挖掘复刻区底层的数据，以检验园艺师结论的真伪。

当时宜季刚过半，虚拟空间里异常安静，仿佛暴风眼过境时的空隙。人们围观着埋头工作的算法程序员们，就像半个世纪以前，村民们在田间围观野外考古队员的挖掘现场。虽然“苏格拉底”的默不作声并不能证明园艺师不是疯子呓语，真理自在，不必大动干戈去证明什么，但参与的人都知道，这么做纯粹是为了让自己陷入某种争执中，因为万事俱备的生活过于空虚，随之而来的焦虑与抑郁更令人难熬，只有争执才是人们唯一的逃避方式。

所以，没人不希望这场规模浩大的搜寻能持续得长一些，就像一群离家出游的孩子总是担忧太阳太早下山。而事情的进展仿佛也正顺了这种心愿，真相不仅没有随发掘的进展而日渐显露，反而愈发模糊——那场赛事的具体细节、时间顺序、最终的结论，甚至连每一局的棋谱都各不相同。那些重要媒体的当日报道不是彼此扭曲、相互抵触，就是不置一词，仿佛这件事从未发生。全球性的大型协作社区吸引了成千上万的程序员，他们利用不同的算法搜索验证各类库存的数据，巨量的信息逐日涌现——报纸、电视、广播、网站，以及当时已是主流的媒体App，遍地都是人类获胜的消息，并且因为数据量的扩展，比例逐步抬升到百分之五十。即使在AI获胜的那部分报道里，相互之间也充满了矛盾，各成体系，各自独立。所有的发掘都在证实园艺师的惊人发现，并且使其显得更加完整、坚实。人们变得紧张起来，有些人甚至变得激动，因为“万物皆朽，唯数字永存”这句一贯正确的话此刻却在崩塌，而“苏格拉底”的默不作声，更使这种迹象变得诡异。

—·—

大约又过了一周，一个搜索团队发现了一条重大线索——那个与AI对弈的人类棋手，连同他的妻子一起，竟然都还活着。

消息犹如信风，迅速传遍了三千隔都。在大批老人都已在气候灾难中死去的背景下，这个年迈的棋手穿越大半个世纪的风尘，竟然奇迹般地还存活于世。更重要的是，此前人们只搜寻到永不腐朽的数字证据，物理的证据连一片纸都没有，而如今竟有人证。人们后来知道，夫妻俩是最早在全球移民局登记的一批灾民，气候灾难爆发不久，就被安顿在北半球的一个老牌的隔都里。当时的技术还很稚嫩，信息资料也残缺不齐。如果不是程序员们争先恐后地深入搜索，我们可能无法如此幸运地发现他们。

那个年迈的棋手很快出现在虚拟空间里，除了发白的眉毛、佝偻萎缩的身躯，他其实并不显得衰老。他穿着暗红色的上衣，其上有四个口袋，两排黄铜色的扣子闪闪发亮，有点像老式的猎装，仿佛因为获得如此普遍的关注，整个人显得精神抖擞。妻子坐在边上，一顶灰色呢帽，白发钻出帽檐，鼻子上夹着一副小眼镜，一身宽大的墨绿色老式裙装，显出她瘦如麻雀的身材。两人的装扮都显得古老陈旧，应该是翻箱倒柜才找到了这些体面的行头，就像是刚从另一个时空里走出来的人物。尤其在独居者盛行的当下，他们更像早应被送入神龛的一对老古董。

一般情况下，人们可以用数据来模拟自己在虚拟世界里的容貌和行装，与此同时玻璃球也会诚实地标示出模拟的痕迹。但对于一名人证，模拟外观的行为不被玻璃球算法所允许，因为露出真实面目是最起码的要求。老棋手坦坦荡荡，毫不作伪。他缓缓举起枯黄的右手，宣誓似的向全世界证明，在那场比赛中，人类确实是不容置疑的失败方。然后老棋手接过妻子递给他的一张斑驳泛黄的老照片，颤巍巍地举过头顶，人们纷纷截取、放大那张照片，隐约还能看到最初的色彩。一个身形消瘦的年轻棋手，几乎瘫在椅子上，神情既颓丧又惊异，像是遭遇了不可能之物。对面是另一个人，毫无表情地代表 AI 落子。边上一排四人，清一色黑色西装，应当是现场裁判或者工作人员，他们沉默地注视着棋盘，毫无表情。

老棋手甩动着这张照片，犹如手间卷起了一股狂风，瞬间吹散了那些自相矛盾的数字证据。这是一件物证。在任何物证面前，哪怕只是一张照片，数字化的证据都会显出其苍白的天性来，更何况，这份物证还配有证词。老棋手说话的声音颤巍巍的，似乎即将断线的风筝。他说起自己与妻子逃离湮灭了的家园时的仓皇无措，并未特意携带这张意义重大的照片，后来在北半球的隔都安顿下来，整理物品时，才发现它夹在一叠衣物里。老棋手回忆起那个重大历史时刻的现场，两张铜色光泽的皮椅、三尺纯蓝色的丝绒台布、淡褐色的棋盘，黑白棋子交替落下时，声音清脆，犹如竹子在春夜里开裂。五局的决战，连败两局之后他执黑。夫人在当日清晨不辞而别，去了山中一间古庙里，念经祈祷决胜之局。菩萨之前的香火袅袅，似乎指引了三十公里以外的棋局走势，年轻的棋手忽觉天机洞现，落下一子，脆裂的声音似乎震到三十公里之外。"我本以为这是逆转败局的一步。"老棋手苍老的声音有了笑意。他没有料到 AI 并未化解他的杀招，而是反手一击，此后步步紧逼，延绵不绝。整个局面顿时千军卷灭、山洪崩裂，令他最终颓然靠在椅背上，变为照片记录的瞬间。

宏大叙事总显得模糊与虚幻，而细节则有真实的质感，更具证言的力量。虽然那些矛盾丛生的记载依然使人困扰不堪，但照片配以证词，足以证明事实真相。人们如获至宝，开始反复引用两位老人所叙述的细节，仿佛都亲临了赛场。每个人的记忆都因此得以强化，并且感到欢欣，因为这帮助我们剔除了逻辑错乱带来的不安，确认了集体记忆的真实性。老棋手夫妇得到了广泛的祝福，而他们身上那种老派的尊严，就如不可篡改的历史一般令人放心。

然而，这个和谐的结局被一个算法团队的新发现彻底破坏了。几天后，他们在浩如烟海的底层数据库里扒出一本电子书——《人机对弈，作为一场历史骗局》。书的纸质版当然早已不存，出版社也已消殆，但作为当年全球最严肃的出版社之一的产物，这本书的电子版依然保留着当年的书号与注册代码。这是一家严肃权威的出版社，它出版的书籍即使是最无聊的八卦花絮，也有着不容置疑的可信度，更何况这本书以极为坚硬的证据，揭露了一个惊人的内幕——在那场划时代决赛中，人类的失败其实是一家著名的AI创业公司蓄意策划的结果，而那个老棋手，当时正是关键的合谋者。

这个消息瞬间爆炸，野火似的燃遍了整个玻璃球。棋手的证言、赛场的照片、他妻子叙述的种种细节，这些此前还是人们津津乐道的胜利证据，现在变成了整个谎言的一部分。算法程序员们迅速调整搜索的方向，他们转入电子书籍的领域——印刷时代的最后辉煌、权威的出版社、正式的版号、每年大量出版的图书，当时全都复刻在玻璃球的数字里，如今又像考古出土的文物，从沉默而偏僻的角落涌向舞台中央。

骗局！虽然并非所有，但仍有大量相关图书指向了这个结论。本来屏息凝神的人们，忽然因为这些新的证据变得兴奋——继续挖掘下去！挖到底，挖出真相来！喧闹之声似乎在一瞬间沸腾，甚至都听不清他们究竟在争吵些什么。玻璃球里人头攒动、人声鼎沸，我甚至在这股喧嚣里嗅到了一种焦虑释放的味道，仿佛人们彼此之间有一种共谋，只希望争吵，持续地争吵，永远不要有尽头，那样就有了落脚之地，可以逃避枯燥苍白的生活，缓解某种隐秘的记忆伤痛。事情正如他们所愿，专注于更偏僻的数据库的一些程序员，又发现了一些视频的碎片。在那些片段里，年轻的棋手正在惊喜中与妻子拥抱，或者与身边人击掌庆祝，或者四仰八叉地靠在椅子上伸着懒腰，无不是胜利的状态。随后，更确切的证据出现了。年轻的棋手正在接受各种采访，不同的着装、不同的主持人，显示出他面对的是不同的电视媒体。“这并非运气，而是实力，机器要战胜人类，估计还要一百年。”他四处重复着这个令人目瞪口呆的结论，仿佛是一种胜利的炫耀。

衰老的棋手和他的妻子愤然否认这些可怕的证据，他们发出郑重声明，否认所有这一切的真实性，并且在声明中附上那张模糊的现场照片。没错，AI早已有了篡改视频的能力，但是人们无法确证这些视频的真伪。舆论力量的对比随着时间逐渐翻转，衰老的记忆和泛黄的相片在不断增加的书籍、视频等证据碎片之前，犹如一粒微尘湮没于浩瀚的星辰里，而后者犹如一梭梭子弹，连续击中年迈的棋手和他的妻子。人们最后已经遗忘了他们是如何死去的——那时候，张贴在虚拟世界角落的讣告已无人关注，因为事情已经发酵到完全出乎人们预料的地步。

当算法程序员沿着类似的路径向前探索，越来越多的证据浮出水面时，人们渐渐意识到，“人机对弈”只是更多错乱的历史记载中的冰山一角——几乎所有的历史记载都是混乱的，或者说在不断变得混乱。人们发现：普鲁斯特并没有写作《追忆逝水年华》，而是提出了“日心说”；哥白尼并没有提出“日心说”，而是发明了飞机；莱特兄弟并没有发明飞机，而是提出了相对论；爱因斯坦并没有提出相对论，而是写下了《战争与和平》；托尔斯泰并没有写下《战争与和平》，而是建立了蒙古帝国；忽必烈并没有建立蒙古帝国，而是带兵跨越了卢比孔河。而凯撒呢，提出了能量的不连续性；普朗克却是德国的总统，发动了两次世界大战；希特勒提出了基因的双螺旋结构，并且因此在中世纪被教皇烧死在火柱上。令人瞠目结舌的混乱，像雪花碎片一样混乱。但它们并非简单的碎片残章，而是一条条首尾一致的证据链，环环相扣，平行于原来的叙事结构。甚至连那些考古实物的“孪生数据”，也随之演变成无数类别，自成系统，自我证明，却相互抵牾，仿佛我们的记忆全是错误的，或者只是错误记忆中的一种。是的，人们越是深入挖掘，这类混乱却自成体系的故事便越多，仿佛是网络自然生成了无数部小说、无数平行的宇宙。时代越是遥远，便越有多重叙事线索，仿佛人们少年时代的日记本忽然有了无数个彼此矛盾的版本，让他们不得不怀疑哪一个才是真实的自己。集体记忆是如此地清晰，而挖掘出来的证据却彼此矛盾，仿佛多重的宇宙并列在眼前，自己以为是真理的记忆，只不过是其中之一。人们发现自己就像一个独自回家的孩子，沿途道路的风景、路标和房子忽然完全变了，再也找不到回家的道路。相互冲突的视频、书籍、报道越来越多，人们也越来越不安，像是坐在一艘指南针乱转的方舟上，浑然不知方向。

直到那一刻，人们才隐约觉察到究竟发生了什么。我们曾经那么相信机器的世界，以为只对 0 与 1 负责的系统是宇宙中最清晰可辨的部分，现在却变成了最不可知晓的一部分。正如父亲一直说的，“数字永存”这种口号并不实，因为数字化之后，一切都建立在泥沙之上。真相与谎言曾经非黑即白，但此刻却如孪生的镜像一样难分彼此——在发生气候灾难后的几十年里，“万物皆朽，数字永存”是全球隔都事务局的宣言，也是我们争分夺秒地数字化一切来拯救人类记忆的信仰。但是当所有信息交流都变成了一串串的字节之后，世界的真相反而会消失，因为删除、篡改、伪装、冒充全部变得易如反掌，这条格言现在已经摔碎在地上，散发出丝毫不亚于生活空虚的恐惧。

ZR
ISLAND

第 30 章

甲骨文

历史记载的碎裂混乱，造成了人类社会的巨大恐慌。人们在富足的虚无中踏入了另一种精神上的虚无，一场前所未见的自杀浪潮因此席卷了三千隔都。如果说在失业大潮时代自杀是值得传播的新闻，在机器乱局时代自杀则是一种社会的传染病，那么此刻，自杀几乎就是生活本身。如果父亲在这时候自杀，我想我俩肯定不至于那么震惊。

就在这荒诞而混乱的时代里，一款名为《移民火星》的游戏悄然兴起。它击败了众多沉浸式游戏，几乎在一夜之间风行玻璃球。人们在猛烈的自杀漩涡中亟须一个稳定的锚，这自然是重要原因，但这款游戏唤醒了人类在气候灾难之前的太空梦想，也是同样重要的因素。如今在地球轨道上旋转的气象卫星和导航卫星，以及被流星击成碎片的太空站，都是这个往日梦想遗留的残骸。人们仿佛在倒流的时光中看到旧日的情人，情不自禁地沉醉在《移民火星》这款沉浸式游戏里。所有的人都开始重拾这个梦想，不仅要移民去火星，还要去更远的地方，天鹅座、猎户座、船帆座，或者建造另一颗地球，譬如一艘能够自我循环的飞船，在浩渺的太空里永无止境地漂流。冒险、进取、贪婪，就像几百年前大航海时代的人类特性，化为这个梦想的三面精神旗帜。

而随着《移民火星》越来越流行，它也越来越脱离了游戏的性质。在通常的游戏里，有些是争夺胜负，游戏者展开你死我活的角斗，另一些则像退休生活，游戏者在其中散步闲聊、钻研园艺、饲养宠物，仿佛住在与世无争的桃花源里。但《移民火星》则是完全的另类，它既没有胜负终点，更没有与世无争的恬静生活。它在广袤宇宙中冒险探索，在荒凉的星球上寻觅定居之所；它永不停歇地自我运转，追求延绵不绝的永世繁衍。这种对宇宙探险的渴望，充满勇气和刺激的实践，是一种关乎人类命运的整体叙事，显得恢宏而崇高，足以成为极度空虚的人类生活中最为渴望的主题。于是，无论抽象复杂的哲学问题，还是终极无解的人生命题，全都可以在这款恢宏的游戏世界里找到自己的落脚点。甚至某种程度上，它正在演变成为人类的新宗教——在那繁星闪烁的宇宙深处，必定存在某种如同神一般的神秘力量在召唤人类前进。

没过多久，几乎所有人都被卷入其中，犹如当年人人都使用聊天机器人“精灵”。有所不同的是，人们与“精灵”互诉衷肠，但在《移民火星》的游戏里，人们则为无数技术细节争吵。譬如，如何在火星上选择定居点，如何防护陨石雨，如何避免宇宙辐射，如何利用太阳能，如何获取食物与淡水，如何建立医疗急救体系，如何规避太阳黑子的间歇性爆发，如何从地球飞往定居点，如何处理飞船自身的突发故障，以及应当建立怎样一种社会伦理，来定义人类殖民火星的终极意义，或者塑造怎样一种信仰，以便在一个陌生的世界里安顿人类的内心。诸如此类的问题，也许只有上帝在创世纪时才会遇到，而正因为如此，哲学、宗教、数学、物理等学科，才能在一个追求“永世繁衍”的游戏当中混编成列，并且在一锅粥似的喧闹纷扰中，渐渐凸显出专业分工来。基地建设、运输材料、勘探资源、医疗救助……各行各业犹如和谐的韵律从混沌与嘈杂中自然现身，成为这款游戏最重要的部分，甚至游戏本身。这使得游戏之境恍然间变得秩序井然，就如现实一样坚实可靠。

就在她依然埋头于书海时，我无所事事，自然也沉溺这款游戏中。在那些纷繁杂乱的岗位里，我最钟情的是星际飞船的运输工作。这种飞船往返于火星与地球之间，允许独自驾驶，给人类似地球上长途卡车司机的感觉，有一种无人管束的自由自在。我加入的飞行舰队一共有五十艘飞船，专门运送特殊物资——特殊的建筑材料、特殊的工程设备、特殊的医疗药品或给养供应。我特意挑选这种特殊的运输业务，我觉得“特殊”是凸显价值感的前提。我们利用星际轨道的弹弓弹力的原理，像小石子一样在地球和火星之间来回穿梭。虽然我从未经历过太空航行，对此毫无实际概念，但是《移民火星》游戏的逼真程度，令我无法分辨虚拟与真实的差异。我坐在驾驶舱内，裸露的手掌与胳膊上抹遍了光电感应的油脂，就像涂了一层油性的护肤霜。依靠它，我就能以手势和声音来操纵飞船。在飞行时，舷窗外日月升降，星辰变幻，偶有流星闪过。我时常调整着飞船的航线，有时候会大幅度地转向，以躲避突袭的陨石阵雨，那种惊险的情景，仿佛一个战士在枪林弹雨中越过一个个战壕和弹坑；有时候难免被流星砸中，那一刻飞船极速震颤，就像潜水艇被鱼雷击中时发出吱吱声。这种逼真的感觉会令我恍惚，仿佛自己并非在游戏里，而是正在现实的星际航行里，面临生死考验。

这种逼真性，令我模糊了虚拟和真实的差异，或者准确地说，是游戏与工作的区别。在绝对意义上，这就是一款游戏。譬如，每次起飞前，无论往返，飞船都需要调整装载货物的重心平衡，也就是调整所载货物位置的配平工作。在现实中，这些琐碎事务早有 AI 自动完成，但在这里却变成挑战宇航员手指灵巧度的游戏关卡——五颜六色的立体方块在虚拟空间里悬浮转动，令人眼花缭乱的走马灯模式，像一种复杂的高维魔方。很多人会挥手略过这种烦人的环节，而我却沉迷于看似简单实则深奥的把戏里。我磕磕碰碰，费了很大劲才入了门，经过很多次练习才略顺手。逐渐地，我仿佛有了某种天赋似的，简直闭眼都能通关。但每当我自我得意的时候，关卡的难度似乎又上升了一级，它就像一个默不作声的对手，我必须使出全副精力，才堪堪与之匹敌。虽然它不会难以对付到使人望而却步，却也不会令我轻松得胜。这是一种无声的较量，令我这个寡言内省的人感到乐趣无穷。

但在另一种意义上，飞船驾驶又像某种工作。我有自己的同事——所在的飞船大队有五十架飞船，五十名宇航员，其中独居者三十七人，蜂巢人十三人。我们常常联合飞行，常常在火星基地上相聚，不可避免地相互熟悉起来。独居者总要比蜂巢人的话更多些，也更机智幽默。而那些蜂巢人，尤其是那些直接从机器子宫里诞生的特殊人类，沉默如石是他们的共同性格，即使在其他人哄堂大笑时，他们也总是站在一旁面无表情，或者最多礼节性地隐现出一闪而过的笑意，似乎只是别人的笑声在他们脸上投下了影子。我们还有一个共同的上司，他后来长期驻扎在火星基地。事实上他只是一个调度员，酷似古罗马凯撒大帝的雕像——我在玻璃球复刻区的大英博物馆中见到过那张骄傲的脸。他总是像打了激素似的活跃得有些超乎寻常，犹如一个球赛上的啦啦队长，怀着随时随地赞扬他人的热情四处蹦蹿。这种过度的积极性总是让我怀疑，他也许只是一个 NPC（非玩家角色）。这种工作环境，虽然与尖顶公司的氛围迥异，在结构上却非常相似。每日努力工作，与同事们一起达成某个共同的目标——多么相似的经验，仿佛一种有意义的生活目标树立在前方，过去的生活记忆于是被唤醒。我们就像蚁群中的工蚁、蜂窝里的工蜂，知道自己的工作目标。有时候一批货要求同时组装、同时抵达，有时候也会要求分成几个小组先后启航，就像接力赛一样来回穿梭。我们运送的预制件最后会镶嵌在银色的基地外墙上，运送的给养持续保证了基地建设者的日常能量，运送的医疗药品会帮助基地的病人康复。我们也知道一切奖惩分明，如果在飞行中躲避了流星雨（它们总是随机出现），或者完成了一项紧急惊险的任务，就可以获得晋升。我们彼此竞赛，看谁运输得更多、更快、更好，看谁耗费的资源更少。一场竞赛的结束只是另一场竞赛的开始，一个基地之后还有另一个基地，一个星球之后还有另一个星球，宇宙如此辽阔，拓荒的故事可以万世不尽。这个游戏就像我们以前失去的那份工作，虽然渺小得毫无意义，却又重要得不可或缺，是万世繁衍的一个微小的环节，使平凡生活的细节在宏大叙事中闪闪发亮。于是，时间不再空洞苍白，人生变得熠熠生辉，我们的细胞里刻着相同的基因，在这个永久延续的计划里奉献自己，令我们既激动又兴奋。每次想到这些，我就浑身愉悦，骨骼中发出战栗的声响。

然而时间久了，这种愉悦和战栗却变为难以分辨的错愕。那一天，我关闭玻璃球，离开《移民火星》游戏，回到书房里，正是落日余晖。窗外树枝晃动，现实世界所特有的宁静随着夜幕一起降临，而我却忽然感到恍惚，两只脚底像是脱离了坚实的大地似的，人悬在半空，空空荡荡地无枝可依。书桌的台灯亮着，伏案阅读的她转头看我，折磨了她一整天的文字残影，仿佛还在她眼睛里闪烁着。我忽地感觉万事万物正在暮色中猛烈生长，寸寸节节一刻不停地生长，生长出触手可及的真实，令我内心惶恐且虚弱，感到自己配不上这份真实。

“那只是游戏。”她远远望着我，说着安慰的话，就像我在她做噩梦时安慰她的话。我意识到，也许这是《移民火星》唯一的缺陷。从沉浸其中到脱离其外，这种切换的体验既模糊又新鲜，你越是全身心地投入，对游戏甘之若饴，脱离时便越感到孤独厌倦，世界似乎就在眼前疏离割裂，甚至会感到一阵犹如晕船似的恶心。

“我心里知道，”我叹了口气，“但它就像发生在这个世界里一样。”

她笑了笑，指着我身后的窗说：“记住，我们并没有真的移民去火星。”

西边的顶峰在幽蓝夜色里显出一种空洞的寂寥，万物静默，隐藏着现实的坚硬与粗糙。没错，我望着那山顶，游戏只是一种心灵的安慰剂。“没错，我们并没有真的移民去火星。”

“但是，”我走向她说，“现在几乎所有的地球人都加入了这款游戏，几乎全人类都相信我们在做一件真正有意义的事情。如果所有人都相信，它也许就应该是真的。”

“不，”她站起来说，“游戏只是游戏，即使所有人都信以为真，但人们能随时退出游戏。比特的世界不会让人们失业，游戏里不会有事故，不会受伤甚至死亡。而在现实世界，这一切都是正常现象。”

我闭上眼睛，仔细琢磨着她的话。此时，厨房那边响起了嘀嘀的蜂鸣声，鹰隼机停留在窗台上。晚餐总是准时到达，我缓步走过去，鹰隼机已经离开，在窗前留下了两个银灰色膳盒。我捧回书房，和她一起打开，秋刀鱼、鳟鱼片、茄子、西红柿，全是“盖亚”出品的食物，在灯光下散发着生物工业的气息。暮色深沉，屋内吊灯雪亮，我们坐在乌木桌旁，她低着头，认真地吃着她那块秋刀鱼。

空气里飘浮着秋刀鱼的鲜腥味。“但这样也未必不好，”我虽然并无此意，听上去却似乎在与她争辩，“因为虚拟世界里没有生死，游戏里的失败不会导致真实的悲剧。譬如飞船失事不会导致你死亡，工作失误也不会让你羞愧难当，跑去自杀。”

她抬起头，深深地看了我一眼：“真正的幸福总是与不幸相互依托的。或者说，不幸和幸福一样，都是一种权利，但现在我们已经被剥夺了一种权利，也不可能真正享有另一种。”

我不禁惊叹于她的敏锐洞察，但也不禁问道：“难道你期待的是事故和伤亡？”

她目光出神地盯着眼前的秋刀鱼片。“不，我期待的是粗糙的真实世界，而非光滑的虚拟世界。你不觉得，现在机器决定一切细节，我们仿佛是躺在摇篮里的婴儿，主动或者被迫地将一切都寄托在玻璃球的幻影里。即使我们在《移民火星》获得了貌似深沉的生活意义，但是如果没有真正的痛苦作为映照，又怎能产生真正的意义呢？”说完，她舀起了一勺蜂蜜，举在眼前，“就好像世上如果只有甜蜜，那么我们人类肯定会死于溺爱。”

很久以后，我才准确地理解了她这句话里的含义，也终于理解了全球隔都事务局那张公告上的警句——机器卸除了我们生存的枷锁，却将我们的精神世界扫入了空虚。但当时，我还来不及消化这种忽至的甜蜜，更不可能去忧虑甜蜜的另一面。我从膳盒里舀起一勺淡橙色的胡萝卜泥，就像爪哇岛上印度教神庙在夕阳里的色彩。我在玻璃球上看到过这种已经湮灭的古老建筑，它总能令我对虚拟世界的周密与复杂保持信心。

“不用担心，我们不会摄糖过量的，”我说，“‘沃森’已经替我们每个人都定制了最健康的个人食谱。”

她正在酸奶里搅拌蜂蜜，听到这句话，忽然停下来，对我露出忧伤的微笑。“但这恰是我所担心的。”她说道，“而且你有没有觉得,《移民火星》的游戏和‘精灵’之间，存在某种隐秘的联系。”

“怎么说？”我有了兴趣。

“玻璃球里的其他游戏总是独创自己的宇宙，一切逻辑和情节都在其中自洽，但是这两个却并非如此，或者说，它们放弃了虚构的世界，而努力结合物理现实的世界。‘精灵’并不涉及具体的故事情节，而是创造一种深入人心的自我对话体系。《移民火星》则相反，它复刻了我们的外部世界，现实是怎样的，游戏里也是怎样的。火星的地貌、形状、气候，基地的建设技术，飞船的运输能力，游戏里都纳米级地如实复刻了，没有丝毫的虚构夸张。”

她说完，看着我，仿佛一切不言自明，而我却陷入糊涂。“也就是说，”她继续解释下去，“‘精灵’对应的是人类内心,《移民火星》对应的是人类外部世界，我们所在的宇宙。”

“它们完整地包裹了我们的物质世界与精神世界？”

“是的，”她缓缓吃着鱼片，点头说，“除了‘真实的伤害’这一条缝隙。”

这句话令我恍然大悟。

此后，她不再与我谈论虚拟与现实的区别，依旧终日埋头在书房里，仿佛一名隐士，将阅读我父亲收藏的书籍当作头等大事，而虚拟世界里浩浩汤汤的潮流，在她看来不过是无足轻重的几朵浪花，与她的现实世界毫无关联。过了一个灾季，又一个宜季展开。宜季就像春天和秋天的结合，既有万物复苏的清新，又有秋高气爽的凉风。旧城有一些真实的树，嫩芽与枯叶在同一棵树上出现，就像四代同堂的传统家庭。自从机器复苏以后，旧城的老年人似乎加快了终老的速度。丧葬飞行器来得比以前更频繁，它们接连不断地飞来，像一只只鼓腹的苍蝇，嗡嗡地在旧城上空盘旋。我有时候会站在窗口，看着它们最终会停在哪一间公寓的窗口。其实停在哪一间都一样，飞行器的腹舱内总会跳出一个丧葬机器人，闪电似的蹿入房内，不久后便背着一具死亡不久的尸体，从窗口腾起，闪入腹舱内。舱门闭合，飞行器转头直奔东面的大海。令我惊讶的是，丧葬机器人的行动简明连贯，一气呵成，与搬走我父亲尸体时相差无几。这令我想起了父亲——“旧城就是一个巨大的养老院，”他就站在这个窗口，看着旧城对我说，“一个等死的好地方。”但是他自己却没有静等死亡的到来，他在寻找死神这件事上发挥了主观能动性，按照年龄，他在旧城的老年人里其实是最年轻的人之一。

我们偶尔出门散步，总是会挑一个丧葬飞行器稀少的时候。有时候晨光初现，有时候暮色将至，但没人能猜中旧城老年人猝死的时间。出了门以后，丧葬飞行器有时候反而会越来越多，令人感觉沮丧。旧城的道路也增添了这种荒凉感，一幢幢灰黄色的房子空空荡荡地积着灰尘，沉默如沙漠里的坟场。我们向东而行，就像两个结伴而行的自杀者。那时候去旧城悬崖自杀的人已经少了许多，不少自杀者从自己居住的公寓大楼直接跳下，这种情况往往出现在他们退出玻璃球的片刻。虚拟与现实之间的切换，产生了一种强烈的恍惚感，死亡仿佛因此变成一种急需品，而穿越旧城抵达悬崖的道路过于漫长，他们总是直接冲出窗户跃下。载着丧葬机器人的飞行器响起了尖锐的蜂鸣声，宣告又一个人自杀。

去悬崖的道路其实并不漫长。我们向东而去，离开旧城区，最先走进一片稀稀落落的灌木林，褐色的树干，憔悴的枝叶，橘色的阳光在其间游荡，然后走上一道宽阔的山坡，倾斜度不超过三十度，但估摸长达一公里，穿过这条杂草不生的荒凉地，最终抵达峭壁边沿的那道天然石墙。石墙沿着峭壁边缘延绵不绝。当年坐在尖顶咖啡厅望过来，这道石墙犹如一条淡黄色的细线，若有若无地勾勒出整片山崖，而走到跟前，眼前全是沙岗岩，棕黄色、褐黄色、土黄色，仿佛是被夕阳染了色彩。有些地方两三人高，或者与我们齐平，或者齐腰。攀爬上去，另一边是垂落千丈的峭壁，俯身望下，近乎笔直，犹如被巨人之斧一刀劈出。峭壁底下云雾缭绕，看不真切，而在阳光清澈的日子里，眼底便是一个衰败的荒野，褐色的砾石、灰色的泥淖、银色的沼泽，以及各种残败植物诡异而明亮。遥远之处，浮着一层灰蒙蒙的阴云，犹如铅笔的素描，衬托出简洁的天空，大地因此更显其衰败与杂乱，仿佛地狱在此终结，而新生尚未孕育。

那一天，我们就坐在这片岩石之上，尖顶大厦在我们身后，绿意盎然的森林幻影围绕在它的脚下。夕阳西垂，尖顶大厦顶端透亮，反射过来一道锐利的阳光。那一瞬间，黑色或灰色的咖啡杯、十八根金色柱子、贪食蛇一样的绵长台子、绒毛的机器宠物、AI 的狩猎图，连同手戴两个戒指的面试官，仿佛都沿着这道金光向我奔来——一想到机器复苏后，那里却已尘垢满地，我便不免有些伤感。望着峭壁，底下轻雾弥漫，一些雨后残余的积水坑反射着明亮的光芒，铬黄、蓝白或紫红的花丛像野火一样在周围燃烧。我想，底下是一个乱坟岗，肯定聚着无数尸骸遗骨。

“从这里跳下去，真的需要勇气。”我叹息道。

“那应该是解脱。”她的目光在阳光里流动，栗色的头发飘在风中。

“解脱？”

“向下一跃也许是他们最幸福的一刻。”

“啊，幸福——”我苦笑着。

“这是最无奈的幸福，”她说道，“而且，也许每一种自杀都背负着一个艰难的人生秘密。”

山巅之风掀起了她那件宽袖衫的衣襟，她看上去就像一只展翅凌空的鸟儿，犹如素描一般的铅云低垂在她身后遥远的地平线上。我知道她在说什么。是的，已经很久了，我们一直在寻找那句话的准确翻译。如果父亲的自杀有某种秘密，那么秘密很可能就藏在那一句被他裁掉的话里。我们很少正式讨论这个话题，其实我们一直在避免谈及，因为讨论一个无解的谜团毫无意义，只会令人丧气。现在，我们站在这个无数人跳下去的峭壁边上，这个话题就像回到了它的故乡一样，自然地摆在我俩面前。它其实一直公开潜伏在我们的生活里。这个引导我们在黑暗中不断求索的谜团，也许正是我们平淡生活里唯一的意义。宜季的夕阳里有春天的暖煦，她默默不语地看着峭壁之外的遥远世界。落日在背后西沉，东面的天空渐入青色，有时候会有一两片云彩变幻出各种晚霞。即使在这个 AI 发达的时代，这种天地间的暗示也总令我们浮想联翩，在大自然的巫术前，自觉生如尘埃、渺小至极，我们常常在这时候心神迷失。天色逐渐灰暗下来，晚霞黯淡，铅云如画，她忽然眉头微蹙，盯着天际，栗色头发被最后一抹余晖染成了金黄，又被宜季的暖风吹乱在我耳边。

“看，那片晚霞！”她忽然轻声低呼。

“什么？”

“瓷器茶具上刻的花纹！”

她紧紧握着我的手，像是要握住刚刚冒出来的念头，这让我意识到她这句话并非表面听上去那么的单纯。天色暗下来了，但还透着一些亮色。她一言不发，仿佛正在这片静默的黄昏里找一个出口。

“没错，不会有错，”她最后说，“就是那样！”

回到公寓时，飞行器已经将两个膳盒留在窗台上，那是当日的第三餐，但是我们已经忘记了它的存在。她径直走向公寓的起居室，就在书房和卧室之间，那里放着我们从单身公寓带回来的木箱子。我们把木箱子一起抬到乌木桌上，将藏在里面的那套茶具一个个取出，整齐排列在案上。杯子、茶壶、托盘，一整套茶具的模样，白瓷杯口、淡紫色的茶壶与托盘，一条条狂舞的金蛇在灯光下泛着崭新的金光。她轻轻抚摸着，像是在抚摸一个扭曲的迷宫。此前我们一直在搜寻被裁掉的那句话，迷惑于AI那些消失的画，几乎忘记了它的存在。“这是一种古老的文字。”我仿佛看到了父亲那种神秘的表情。金蛇正在狂舞，秘密就在其中。这究竟是什么文字？解开这点本来轻而易举，只要在玻璃球里扫描这些花纹图案，古老的文字就会立即显露原形。但是玻璃球的历史记载已经错乱，汪洋大海上的水手已经失去了罗盘。楔形文字？甲骨文？古梵语？古埃及语？究竟是什么文字？上面刻的是一句话，或者仅仅只是不连贯的几个字？我们当时没问，父亲也没说。那扇窗已被关闭，就像我母亲的身世，父亲微笑着带走了所有的秘密。

她回过头来，认真地看着我，像是洞察了某种秘密。当天晚上没有月亮，她首先翻出前不久收起来的字帖，在乌木桌上一一铺开。那些千奇百怪的字帖、拓片、残页，她一张一张举起来，与茶具上狂舞的金蛇笔画仔细对照。最后她将其余的全部归拢到抽屉里，只留下几张残片，开始在偌大的书房里脚步穿插。那些残片就像某种处方，她就像气候灾难以前在药房里来回取药的药剂师，拨出一本书，又插入另一本书，仿佛是在拉出又关上抽屉。她正在寻找手里残片上的花纹所对应的书籍。父亲是历史学者，收藏着各种文字的研究书籍，埃及的象形文字、苏美尔人的楔形文字、印度的古梵语、中国的甲骨文……只是它们都散落在四面书架的各个角落，隐藏在三万册图书的各种缝隙里。她的脚步神出鬼没，手指的落点难以捉摸，我完全跟不上节奏，只能在一旁看着她忙碌。鹰隼机一直在鸣叫，提醒我们进餐，我的玻璃球也开始闪跳，“沃森”医生显然对我们的不守规矩感到不安。终于，她在第四餐送来之前，抵达了寻觅的终点。她手里抱着一本极厚的书向我走来，深黄色的封面，她面无表情却掩不住欣喜。

“看，一个花纹对应一个字。”她将那本书递给我。我双手接过那本书，就像接过一个新生的孩子。《甲骨文与金文的异同解析词典》，词典太重，无法在我手中展开。我不得不摊平在乌木桌上，一页页翻开，每一页都印着两到三个加粗的花纹，形状就如杯口的金蛇，其余之处，都是蝇头小字，犹如蚂蚁密密麻麻地围绕在它周围。她靠近我，手指着某一页上的一个字，又指了指杯口的花纹。

“是不是‘初’字？”她说。

我猛然一颤，仿佛看见秘密的第一朵鲜花正徐徐绽开。

鹰隼机鸣叫的声音越来越响，令人烦躁。我们不得已，就像为了应付父母的孩子一样匆匆吃了一些，打发走鹰隼机，又回头一页页地翻着那本大词典。词典太大，而金蛇太乱，我们左右对照，寻觅得头晕眼花。当我们找到第三个字的时候，忽然发现在词典里的每一个字下面都隐隐有一道铅笔划痕，年代太久远，几乎不可觉察，但只要发现了，就像一个罪犯留下了不可磨洗的痕迹，我们的查找变得迅速而高效，不必再对照了，只要逐字逐页地查看每一个字的底部就可以了。我俩并肩而坐，静静翻着字典，第四个字、第五个字、第六个字——越来越多的铅笔印记出现了，我们却越来越陷入惊愕之中。这并非因为杯口花纹的秘密在一点点显现，而因为显现的结果完全出乎我们的意料。我父亲裁掉的第一句话，竟然会出现在这杯口上。花纹、野草、狂舞的金蛇，杯口、茶壶和托盘，它们都呈现出同一句话——太初有道，道即是神，道在则神在。

“全部对上了，”她说，“‘道’字没有甲骨文，但是有金文，所以也可以算对上了。”

我仔细端详着杯子上的花纹，一遍遍地对照着那本词典。这确实是真实的文字、真实的纸质、真实的瓷器，它们一一对应。这是坚不可摧的证据，足以证明那句被裁掉的话，就是这一个版本。玻璃球里令我俩晕头迷惑的无数翻译文本，竟然在这套瓷器茶具上铭刻着标准答案。这令我们有些惊喜，也有些恍惚，没想到我们要寻觅的答案一直就在手边。我沉吟着，翻动那本词典。每一个对应的文字下面，都有浅浅的铅笔印记，应该是父亲当年留下的痕迹，是他挑选了这些文字，组合成一句话，委托别人烧制了这套瓷器。而他自杀的时候，也是捏着这句话去死的。这显然是一句意义深刻的话，尤其对他而言。但是，我们甚至未能庆祝一下这个重大的突破性的发现，便又陷入黯然。这一句话——杯子、茶壶和托盘，所有的花纹都在重复的十三个字——我们只是知道其中每一个字的意思，却不能理解整句话的含义。

"我们发现的越多，世界就越显得陌生。"我暗忖。也许面试官知道这句话的含义，他虽然不及我父亲，但至少比我更理解古典文化中的要义。但是我并不知道他去了哪里。她举起杯子，在灯下仔仔细细地端详着杯子上令人费解的花纹，默不作声，凝思出神，像是灯光能照出文字的意思。然后她放下杯子，略微后退，环顾整个书房。"答案也许就在这里。"她的目光最后落在书房西边角落。

父亲年轻时学习过英文和西班牙文，因此在抢救各种纸质书籍时，怀着恋旧的情结，将这两种语言与汉语的双解词典带回这个房间。她在整理书架时，则将这些词典统一放在书架西边一角，几乎列了整整三排。刚听到她这句话的时候，我愣住了。为了知道某句话的意思，她竟然要去自学一门外语，学习名为《约翰福音》的那本书——这是我绝对未曾预料的事情。

“它不可能没有汉语译本，也许就在书架上。”我知道自己在胡说。

“你知道书架上并没有，”她淡淡地说，“而且你也知道，玻璃球出现记载谬误以后，我们其实根本找不到这本书的完整译本。”

“但你没必要吃这个苦头，”我说，“因为我父亲自杀也许并没有什么秘密。”

“但是这空白的时间，不是照样得挨过去吗？”

我黯然地接受了这个事实，目睹着她步入一个艰苦卓绝的世界里。此前几十年来，外语教育已经废弃，从来没有人像她这样试图学习别人的母语。那些外文词典早在我父亲那一代就已经淘汰了，而她现在不得不重新捡起来，去理解那本经书上的每一个单词，就像一个赤手空拳的人，走进一片枪林弹雨里。她的阅读速度渐渐缓下来，仿佛正在一片暗无天日的黑森林里四处摸索。辛苦替代了沉迷，她努力地前进，仿佛这种辛苦中还隐藏着一种责任感。我其实希望她能放下那句话，即使她准确理解了整本书的内容，知道了它的意思，也未必能知道父亲在自杀前裁下它的原因。一句箴言在不同情境下会有不同的隐喻，也许只有父亲才知道其中的含义。但是这种劝说既苍白无力，又毫无意义。她坚持学习外语的理由也许就像她坚持练习书写的理由一样，只是为了摆脱机器时代带来的无穷尽的空虚，也许是因为她比我更坚信，那句话里蕴藏着比我父亲的自杀更加重大的秘密，即便皓首穷经也应该将它破译。但是，她那种伏案工作的样子，总让我想起一个孩子奔向无望终点的模样。我只得将头转过去。我本应该陪伴她学习外文，彼此相伴也许能促进学习的效率，但是她拒绝了。“我们蜂巢里的孩子从来都是独自学习的。”她说。于是，我不得不转移自己的注意力，再次沉迷于那些虚拟空间里的游戏，这是我的消遣，我某种意义上的工作，也许更是一种逃避。我像是躲进了一个巢穴，默默等待她注定的失败。

ZR
ISLAND

第 31 章

瓦罕先生再现

虽然瓦罕先生还是湛蓝的眼睛、稀疏的头发，微秃的头顶还泛着黯淡的光，但是没有人敢相信，这就是当年“精灵”的创始人。他那套从不离身的冷灰色西服如今变成了一袭形状奇特的长衫，上衣有点像古罗马的托加，下衣则貌似道士袍，两侧下摆的开襟晃荡着，颜色则类似喇嘛服，红黄相衬，犹如一团晚霞裹住了他瘦长的身躯。他一贯赤裸的双足因此显得格外醒目，老茧丛生，青筋毕露，犹如正云游到此的苦行僧人。

令我们惊愕的不止于这种夸张的装束，还有瓦罕先生的神情变化。憔悴与颓废本来犹如钢印一般盖在他的脸上，哀愁和拘谨也曾是他不可去除的文身，但不知哪只隐蔽的手将这些都抹得一干二净。如今的他仿佛蝶蛹蜕变似的焕然一新，自信的目光、自得的微笑，以及某种仿佛是酒后微醺的兴奋表情，令人迅速联想起远古的巫医或祭司，据说那些人的激情与感召力量，都是因为服用了某种致幻的草药。如果不是他的嗓音还保持着独特的金属之音，说实话，谁都难以辨认出这个焕然一新的家伙，就是当年颓丧不堪的天才算法程序员。

一年多来的风云突变并未消磨掉集体的记忆，瓦罕先生研发了“精灵”，开放了“精灵”的源代码，他在失业大潮中那次失败的演讲等种种往昔，都在他的重现中迅速回归。一些人带着故人重逢的欣喜向他致意，玫瑰花瓣像雪花碎片一般，从玻璃球的天空落下，撒在他的头顶与肩头。这些问候当然是真诚的，但也意味深长，谁都没料到世道会如此转折。你看，这个顶级的算法专家，曾经全球富豪榜上的人物，如今竟然也会变得与我们普通人一样，巨额财富一无用处，每日餐食都由鹰隼机送达，虽不比我们更差，但也无额外特权。“啊，这真是绝对平等的世界！”这种想法宛如一眼温泉，令人感到懒洋洋的惬意。对瓦罕先生的温情致意仿佛是从三万六千个毛孔里自然洋溢出来的——

“嗨，瓦罕先生，好久不见！”

瓦罕先生向他们颔首微笑，但目光四处搜寻，像是在玻璃球里专门找什么人，要谈些什么话。几天以后，他终于在《移民火星》的游戏里堵住了一个人。

“这位朋友，”瓦罕先生的这个问题后来广为流传，“您能否告诉我，既然现在人类已经不必为生计忧虑，那么为何还在不断地自杀？”

走过去的时候，瓦罕先生还保持着平时的微笑，而在问题结束时，冰霜已经笼罩了他的脸庞。瓦罕先生的这句话问得斩钉截铁，就像千里追踪的侦探开始毫无表情地审讯某个刚刚被捕的逃犯。那人年轻，平头，身穿一件灰夹克，显然是一个在蜂巢里长大的孩子。他愕然地望着瓦罕先生，一时不知如何回答。瓦罕先生只等了三秒钟，便弃他而去，大步流星地转向下一个目标。就这样，一个接一个，瓦罕先生挑选的都是十五六岁的年轻人，几乎都是从机器子宫里诞生的蜂巢孩子。他总是在《移民火星》的各种游戏场景里叫住他们，重复着同样的问题，仿佛是苏格拉底正在雅典的街头挨个儿“败坏”年轻人的思想。

玻璃球是一个深不可测的大海，瓦罕先生的问题不过是一粒小石子。石入大海，本应悄无声息，但很奇怪，几天以后，整个虚拟世界都荡漾在这块石头引起的波澜里。没有人回答他的问题，但都被这个问题吸引。几天后，有一个十五六岁的男孩打破了蜂巢人素来沉默的性格惯例，截住了瓦罕先生即将离开的脚步。

“那么，请问瓦罕先生，您自己能回答这个问题吗？”他反问道，椭圆的脸上有着坦然的光。

瓦罕先生转过身，微笑着，仿佛他一直期待的就是这个反问。“当然。如果人们不去追寻所谓的意义，就不会有什么自杀问题。”

“但是追寻人生的意义，难道不是人类的本能吗？”蜂巢少年感到不解。

“不，不，孩子，这不是人类的本能或者天性，这是随着文字的发明而逐渐积累的后天习性。”瓦罕先生面带微笑，“所谓的人生意义根本不存在，这是人类自我定义的幻觉，一张自我编织的罗网。”

“您是在说——”那少年愕然出神，“自杀的风气屡禁不绝，只因人们能识文断字？”

“没错，”瓦罕先生说，“人类想要彻底扼住这股风气，首先需要灭绝文字。”

斩钉截铁的口吻像一股冰冷的风，顺着瓦罕先生金属似的声音，卷过了整个玻璃球。独居者像是有着抗体似的毫无感觉，而年轻的蜂巢人都像感染了风寒似的，浑身上下一阵阵地战栗着。这些孩子，要么是当年独居者露水情缘的遗种，要么是机器子宫直接孕育的产物。自出生开始，他们就处在语音、图像、手势的包围下，文字对他们而言，就像一种语气助词或休止符，或者一幅图像的标点符号，不过是一种无足轻重的小角色。而蜂巢，那个灰黑色的六面体建筑，也不过是精神牢笼与思想监狱的别称，已经将他们塑造成一种迥异于其他人的新物种。所以，瓦罕先生的“灭绝文字”在别人听来是惊世骇俗的论断，他们却大为震撼与惊诧，就像迎头得了一记棒喝，忽地陷入恍惚的沉思，细细地咀嚼其中的奥义，又像嗅到了某种既含糊、危险，又令人欣喜的气息。就这样，一根火苗在他们心头噗地亮了起来，无数根火苗也以同样方式亮了起来。他们不再游戏，不再社交，瓦罕先生走到哪里，他们就跟随到哪里，仿佛被魔术师吸引的孩子们，成群成群地离家出走。每一张脸都是火种，在整齐寂静的玻璃球里哔剥地燃烧着，浩浩荡荡的仿佛虚拟世界里的示威游行。

对此，独居者只是冷笑。因为年轻的蜂巢人并不知道，至少在二十年前，类似的争论就已经吵翻了整个玻璃球。当时，气候灾难正进入第一波高潮，大规模迁徙也刚刚展开。在那些最初建成的隔都里，空荡荡的街区显得凋敝与无趣，而虚拟世界则沸腾如火，数据如潮涌动，算法炙手可热，突飞猛进的AI带动一切——而那场规模惊人的论战，就在这种现实萧条和虚拟繁荣的夹缝中间爆发了。

年纪略长的独居者还清晰记得，最初并无什么论战，人们只是在酒吧或者玻璃球的角落里争论着“文字什么时候会消失”的话题，就像打赌球赛胜负一般，无聊的人们有一搭没一搭地争吵着。然而，也许是因为气候灾难带来了落寞与焦虑并存的社会后遗症，越来越多的人就像飞蛾扑火似的纷纷加入。无论什么职业，无论是否失业，大学教授、政客、娱乐明星、酒吧老板、餐厅侍者、服装商人、刑事律师、投资人、高级程序员无不卷入其中，他们在虚拟空间里争得面红耳赤，在现实世界里打得头破血流，仿佛是想通过投身某一场亢奋的运动，来抵消故土丧失的哀愁。

当初无关痛痒的玩笑意味，随着争辩逐渐深入而迅速消失，不同派别不再观点纷呈、各自为政，而是顺理成章地变成激进与保守的两派。

激进派大多是科学家、程序员、极客、技术投资人，或者说“培根主义者”。他们是一贯宣扬技术进步的人，认为文字只是这个世界变化的模拟工具（有的人认为甚至连模拟都算不上），而这世界的因果过于复杂（有的人认为其实根本不存在因果），想要从千丝万缕的、混沌复杂的联系中抽取一根因果明确的线条，只是五千多年来文字历史所遗留的人类妄念。在如今这个AI几乎掌控全局的时代里，文字早就应该主动退隐了，并且，这种结局并不遥远，很可能近在眼前。

保守派则由历史学家、社会学家、社会活动家、作家、诗人，以及那些在气候灾难中丧失至亲而被迫独居的人组成。无论从心理上还是感情上，他们都难以接受文字的消亡，这是人类与历史、现实、情感相维系的一根精神绳索，失去了文字，人类怎能记录事实？怎能彼此理解？怎能探索万物？甚至，失去文字的人类还是人类吗？“灭绝文字”这种争论简直是荒唐可笑！

双方展开激烈的争论，短兵相接。激进派枚举日常生活中的无数细节——你看呐，图像、视频、语音、动画正在日夜蔓延疯长，蚕食着文字的地盘。在虚拟世界里，文字只是海船里的压舱石、中央银行的黄金储备，只作关键时刻救场之用，或者像一个缩进城堡的老贵族，只在演讲、公告、函件等庄重时刻才出场。对于这些铁证，保守派自然无法回避，文字且战且退已是不争的现实。激进派便趁势继续追击，宣称文字只是人类发明的一种技术，而非人类与生俱来的天性与本能。如果检视一万年以来（甚至只有五千年）的历史，文字的式微几乎是一条缓慢下沉的曲线，将它作为人类文明的唯一载体，一种非此不可的信物，完全是人类自恋的幻觉。所以，文字的命运早已注定，就像古罗马的拉丁文，它的使用范围会越来越狭窄逼仄，最终会像一条阑尾一样被时间割除。激进派说：“玻璃球已经是一个同时同在的世界，我们为何还需要文字这种旨在穿越时空的信息传递工具？”

保守派最初被打压得无力还手，图像、视频的侵蚀是不争的事实，“自古以来便有”的口吻无法反驳“只有五千多年历史”的历史考据。然而，就在激进派日益嚣张之际，绵里藏针的保守派却显出后发制人的威力。他们最后轻蔑地反驳道："难道你们没有意识到，在我们这场'去文字化'的辩论中，所使用的不也正是'文字'本身吗？"保守派这一记有力的回马枪令激进派哑口无言。用文字来辩论文字应当消失，就像要用文字去杀死文字，简直是难以自圆其说的笑话。

这一锤定音的回击，似乎令保守派赢得了最后的胜利，但事实上，激进派并不觉得自己失败，因为保守派也不得不承认文字正在加速萎缩的现实。而事后来看，这类争论无论谁对谁错，都与现实无关，因为人们只是借此打发初到隔都的苦闷时光。我父亲曾对此嗤之以鼻："就像气候灾难之前人们总是在酒吧里争吵一场与己无关的足球赛，球赛的胜负从来不会因为这类争吵而改变，文字也一样，不会因为这种无聊的讨论而消亡。"

然而，就像那些深谙历史的人总是会被历史经验误导一样，独居者没有发觉，即将到来的并非一场论战，而是一场真实的战争。一周以后，那个煽动家的追随者越来越多，那些精力旺盛而不知敬畏的蜂巢人纷纷脱离了《移民火星》的正常游戏秩序。他们跟在瓦罕先生的后面，就像倾巢出动的蝗虫，铺天盖地地掠过火星基地、星际通道检疫站、飞船发射塔，仿佛一场声势浩大的示威游行。"欲遏自杀，先灭文字"，煽动家制造的一句口号，现在如急滩猛浪似的一层层向外翻滚漫延，变为众声呐喊。实际的语义渐渐消失在声浪泡沫的白噪声里，生出犹如潮汐涨落的节奏，仿佛正在呐喊着年轻人的革命——"以一种秩序替换另一种秩序"。

虚拟世界变得乱纷纷，人们在《移民火星》里也变得三心二意，一只眼睛总是瞄着这场闹剧究竟如何收场。那一日，喧哗之声忽然暂歇，有一个消息在四处流传，说是瓦罕先生即将在格林尼治时间今夜八点召集蜂巢人，但同时也并不拒绝其他人参加，地点就在他上次演讲的全球隔都事务局“旷野大厅”。蜂巢人无不欣喜若狂，瓦罕先生已是他们心中的神明，虔诚的信徒自然奔走相告。而这条消息同样令独居者兴致盎然，因为它唤起了人们共同的记忆。一年多以前，瓦罕先生曾出现在相同的地点，做了一场不甚成功的演讲。在一个历史记载紊乱的时代里，所有的共同记忆都弥足珍贵，独居者因此也纷纷彼此招呼，要去参加瓦罕先生发起的集会。人们交头接耳，气氛热烈，恍若沉浸在机器乱局发生之前的氛围里。

只有她对这一切毫无兴趣。晚餐之际，她和我随口讨论了书籍里的一些细节，但总是谈了半句就戛然而止，我也接不上话，估计她大概在书籍里正四处碰壁，寻不到新线索。晚餐后，她又坐到书桌前，只有台灯亮着，映着她朦胧的身影。我没有和她谈起瓦罕先生正在蛊惑那些蜂巢人的事情——她所做的一切虽是徒劳，却不容杂事纷扰。

我走到书房和厨房之间的过道，关上两头的门，在漆黑狭长的空间里启动玻璃球。旧城都是老公寓，没有预装的滑动地面，我只能站立不动，像一个泳者似的挥舞手臂。电子感应油脂一直涂到手肘上，轻微的电磁摩擦声在两个小臂上吱吱作响，周围景致向后移动，我仿佛一个漂浮的鬼魂，在虚拟实境里跳跃着抵达终点。进入全球隔都事务局的官方站点，富豪排行榜与失业墓碑犹如沉船的残骸，保持着亘古不变的姿态。在它们中间是一扇金色小门，我移动到门前，举起右手，眼睛盯着虚空里的光。指纹与虹膜验证通过，金色大门如雾般消失，我已站在旷野大厅里。

一切都没有变化，天空如墨，树木无穷无尽，覆盖了辽阔的旷野。我走到最近的一棵树前盘腿坐下，头顶的树冠便亮了。人们正在入场，四周的树冠也纷纷亮起来，在无边无际的烛火里汇成昏黄的光，沿着天际若隐若现，宛如夜幕繁星。在旷野的中央，有一个山丘似的突起，那便是那个圆形的演讲台。瓦罕先生正站在上面，双手撑着铜色栏杆，俯视着每个人。他看我们的位置有远有近，但我们看他却没什么视角差别，每个人都坐在最佳的观看位置，视线与圆形舞台齐平，恰好能看到他的赤足——苍老的青筋、厚实的老茧，以及一些老皮脱落的痕迹，仿佛这双脚在走上这个舞台之前刚刚跋山涉水，带着新添的疤痕。但是这并未令他显出哀矜之色，反而像是他虔诚苦修的坚实证据，令人更为信赖。他身上装束多少也衬托出这种气质，前几日那种喇嘛似的暗红明黄，现在变成了一袭烟雨的淡青色，仿佛清心寡欲，显得超凡脱俗。他俯视着我们，带着平和的、沉着的微笑，甚至近乎慈祥。但是那目光扫过我时，却令我心头一跳，在他那双湛蓝眼睛的深处，隐藏着一种充满优越感的轻蔑与藐视，以及无法掩盖的狂热光芒。

书房那头的门开了，随后又关上。她走过来，脚步轻盈地在我身边坐下，瞪着一双被文字蹂躏得发红的眼睛，怔然望着前方。

她显然花了点时间，才辨认出这个奇装异服者的身份。

“瓦罕先生？”她惊愕地问道。

“是的。”我说。

她抬着头，盯着瓦罕先生的脸。虽然埋头书籍的人都很容易忽略世事，但她肯定还记着一年多前的那场演讲。当时人们从最初的感激变为厌恶与愤怒，就像难以遏制的野火，几乎要把他烧祭给不确定的未来。而瓦罕先生以程序员固有的古板逻辑对抗着那股狂野的怒火，他那斩钉截铁的结论——失业大潮只是一架通向未来的桥梁——当时听来荒唐如儿戏，现在却成为近乎未卜先知的谶语。

虚拟的旷野上没有风，但无数树冠在摇曳。人们坐在无边无尽的昏暗里，瓦罕先生站在舞台上，手扶着铜色栏杆，身体略微前倾，俯视全场，仿佛他已经在这个圆形舞台上练习过无数次，不再畏葸不前。

“年轻人们，欢迎你们来到这里！”

他的嗓子似乎夹着一块金属，语速不紧不慢，听上去铮然悦耳。旷野上响起一片掌声，潮水似的层层递进，却并不杂乱，而是令人惊讶地整齐划一。我明白了，独居者全都保持沉默，只有蜂巢人在奋力鼓掌。瓦罕先生凝视全场，目光如炬，扫遍旷野，直到掌声熄灭，他才继续说下去。

“正如各位所知，如今万物回归秩序，现在的生活甚至超越了我们曾经想象的天堂。可是在这无法挑剔的世界里，为什么还会有人自杀，并且自杀率不仅超过失业大潮时代，甚至高于机器乱局时代？我相信这是我们所有人的疑问。也许有人会说，这是因为过度闲适的生活中已经没有了原先的广阔与丰富，每个人都漂流在互不交叉的时间河流里，就像无数座悬挂在空中的时钟，只是指着自己的时间。正是这种贫瘠苍白的生活，令自杀者选择了死亡——没错，我同意这种说法，但我的问题是，是谁定义了贫瘠苍白的生活？是谁定义了人生的意义与价值？是谁要求我们去追寻所谓的意义与价值？或者说，我们需要意义吗？需要价值吗？我们真的需要吗？”

瓦罕先生的语音陡然抬高，尖锐的金属声宛如风在嘶哑。夜幕漆黑，没有一粒星辰，旷野在树冠的亮光中愈显寂静，人人都屏气凝神地听着。她缓缓坐直了身子，微蹙着眉，一动不动地注视着瓦罕先生。

“不，”瓦罕先生沉声说道，“我可以确定地告诉各位，我们人类不需要这些，追寻意义不是人类的天然本能，这一切都是文字造成的恶果。没错，五千多年以来，文字就像一副精巧的支架，撑开我们大脑神经的回路，改变了人类大脑的结构。它引诱着我们追寻意义，它让我们醉心于不朽，它让我们反刍陈年旧事、咀嚼回忆，从中嚼出五味杂陈，然后自寻烦恼地去追问其中的意义——它说，速朽便等于不存在，所以人类渴望永恒；它说，未被记载就是不存在，所以人类渴望被记录；它说，终极的意义几乎等于人的永生，所以人类渴望事物的不朽。而事实上，所有这一切不过是自恋、自以为是的代名词，文字使人类彻底失却了敬畏之心，忘记了自己的渺小与无知，以为自己是宇宙的中心。我想问一句，假如没有文字，谁还会去追问人生的意义？一条鱼会有人生的烦恼吗？一只猫会思考生存的价值吗？一只蚊子会担忧地球的毁灭吗？”

瓦罕先生的金属嗓音变得铿锵起来，就像在断头台上铡刀的摩擦之声。树冠上的烛火之影忽然星星点点地向上蹿，仿佛瓦罕先生这番话是向旷野上喷洒的燃油，激起了蜂巢人无声的欢呼。就在此刻，旷野上显现出独居者沉默的背景，像一块巨大的夜幕，无声地占据着大片区域。于是，热烈的蜂巢人就像夜幕中闪烁的星辰，不足以点亮整个天空。

瓦罕先生撑着圆形舞台前的栏杆，倾身向前，铜色的金属围栏与他的秃顶同时折射着光芒。他等待着蜂巢人无声的欢呼渐渐平息，然后高举着右手，金属嗓音变得宽宏敞亮，宛如钹的撞击。

“毫无疑问，文字是人类精神上的累赘、生命中的负担，是人类种群里最隐蔽的癌症，只要消灭文字，就能消灭一切问题的根源。五千多年来，我们的大脑神经已经被文字烙成了线形回路，就好像竖着一排又一排多米诺骨牌，遇到问题就会渐次扑倒，顺着一条僵化、呆板、无法变通的路径直达最后的结论。我们以为文字赋予了人类理性，但这是僵化的理性。我们以为文字赋予了人类人性，但这是苍白的人性——文字，这个人类与宇宙之间最不可靠的通信员，过于抽象、过于混乱、过于含糊，它存在一天，我们便危险一日。可以说，它是人类所有积弊的渊薮，那些关于‘我们是谁’‘我们为什么存在’‘我们究竟要去往何处’之类的问题，正是文字从魔瓶里释放出来的妖怪。如果没有文字，它们都会自动消失，而人类也将接近世界的本真，接近最大的幸福。”

这番言辞说得极为冷静，每一句话的尾音并不上扬，而是收缩，以为下一句话积蓄力量。就像一个毫无感情的杀手在说话，不怀仇恨，没有快意，只是来专程执行一项早已预定的任务。

旷野上忽地爆发出一阵热烈的掌声，树冠的光影摇曳不停，蜂巢人不会呼喊，只会认真鼓掌，但是同时也有一阵阵惊呼与喧吵，显然是那些未经邀请便来参加的独居者所发。她的身体忽地僵直，脸色铁青，呼吸凝滞，仿佛瓦罕先生的每一句话都压迫着她。她的一只手猛地握紧了我的胳膊，有些颤抖，但握得很紧，令我的胳膊隐隐生疼，就像她在噩梦中掐醒我时一样。独居者正在纷纷离去，旷野仿佛变为一个巨型沙漏，他们就像沙子一样从无数个洞眼里流走。大地的树冠烛影渐渐稀少，而留下的蜂巢人则像过节一般鼓噪着，他们头顶的树冠烛影也变得更加猛烈，像是要尽力填补独居者离去后的黑暗。

“离开吗？”我问她。

她没有回答，摇了摇头，静静地望着圆形讲台上的瓦罕先生，然后缓缓举起双手，用力鼓起掌来，节奏就像蜂巢人。我瞬间明白了她的意思，也跟着她用力鼓掌。掌声激发了头顶的树冠，昏黄的烛火变成了蜂巢人的那种熊熊篝火。我们就像蜂巢人一样欢呼雀跃，我们的树冠便隐藏在这片喧嚣里。

圆形舞台上，赤足而立的瓦罕先生面无表情，湛蓝的目光像是在检视一支新募的青年军。

“孩子们，现在离开的人注定要被淘汰出局，留下的人才是信念坚定者。”他对蜂巢人说道，“文字还有存在的必要吗？文字必须被清除吗？相信你们和我同样都会做出肯定的回答，是！别人无法理解的事物，在你们看来无不理所当然。因为你们来自蜂巢，你们总是能很快领悟到其中的道理。因为你们天性如此，人类应该为自己当年设立蜂巢的决策感到庆幸，如果没有你们，人类会一直陷于无尽的痛苦里。”

金属的嗓音流经旷野，显得柔和悦耳，仿佛神父布道似的，一切都显得不言自明。

“众所周知，”瓦罕先生继续说道，“现存的文字分布在虚拟世界和现实世界两个部分。虚拟世界的一切追根究底都是代码，文字也不例外。目前历史记载已经紊乱，其危害已不足为道——当然，我还是会开发一种算法，在合适的时候将它们彻底销毁。目前比较棘手的问题在于现实世界，那里的文字虽然已经没落，但事实上仍遗落各处，它们就如一股潜伏的势力，一旦机缘凑巧，很可能会死灰复燃。如果真的那样，万物进化的道路将会被锁死在文字时代，人类也永远得不到幸福。所以，孩子们，你们的首要任务，是去铲灭现实世界中的残余文字！”

旷野上一阵激烈的掌声，树冠燃起了熊熊烈火。天真的孩子最容易被蛊惑，就像纯净透明的水源最容易被污染，而且，捍卫崇高事业而激发出来的神圣感本身，就能使人变得坚毅而顽强。瓦罕先生对文字的审判之词——僵化了人类的思维，锁死了人类的进化，更令蜂巢人感到自己站在真理、进步、光明的一边，站在万物演化的正确方向上。他真是一个高超的煽动家，他在冷漠如石的蜂巢人的心中挑起沸腾的火焰，显得毫不费力。

她就坐在这片火焰之中，紧握我的手发愣，她的手指已经渐渐松懈，像是终于接到命运判决的人一样，流露出平静的表情。那一天以后，她比以前更沉默，更加争分夺秒，几乎夜以继日地阅读父亲留下的书籍，仿佛意识到时间已经极为紧迫，父亲留下的谜题必须尽快破解。

ZR
ISLAND

第 32 章

焚书

从此以后，瓦罕先生几乎每个晚上都在这个圆形舞台上演讲，时而谈论文字对人类的禁锢，时而谈论玻璃球对人类的解放，时而谈论理性思考是一种落后的习俗，时而谈论应该重新定义人类的价值。我几乎每晚准时进入全球隔都事务局的旷野大厅，倾听这些新颖奇特却不免令人惊惧的观点，而她继续夜以继日地阅读父亲留下的书籍，丝毫不闻外面的杂事。

整个世界正在瓦罕先生的蛊惑下迅速分裂。鸿沟的一边是激情昂扬的蜂巢人，怀着正义的激情四处挑战，而独居者则处于另一边，以看笑话的心态对待这类幼稚表现，却丝毫没有觉察有一种威胁正在逼近。局势正在迅速变化，蜂巢人的行动在三天后正式开始，瓦罕先生在玻璃球上现场直播了整个过程，三千隔都的每一处进展都像沙盘推演一般清晰可见。从那时起，我时刻挂在上面，关注自己所在的隔都情况。

作为事件的主角，瓦罕先生自然隐藏在幕后，前台表演的都是那些出生于蜂巢的少年，年龄大多不过十五六岁，无论男女都剃了平头，黑色裤子、灰色T恤，犹如统一的囚服。他们步伐整齐地从北边山谷的蜂巢出发，皮靴踏在道路上，发出金属似的摩擦声，在荒凉多年的街区里显得大张旗鼓。有时候，观看直播的我距离这些少年是如此地近，几乎能看到他们脸颊上的汗毛以及额头上深浅不同的头发。他们的长相与她多少有些相似，都有混血儿的那种异国情调，尤其体现在眼睛上，蓝色的、黑色的、褐色的，甚至还有紫色和绿色，五彩斑斓犹如宝石玛瑙。但是这些年轻人并没有她自然温和的气息，机器子宫毕竟与人类分娩不同，他们毫无表情的俊美眉目，犹如古希腊雕塑的那种素白，常常令人将他们误以为是没有思维的机器人。我只有在瓦罕先生举行的大规模集会上，才能看到那种深藏在他们心底的动物性狂热之火一瞬间升腾而起，亢奋地燃烧在他们脸上。

他们抵达街区，根据幕后指使者事先布置的任务，训练有素地四下散开。机器子宫里诞生的人类仿佛都是孪生胞体，心有灵犀地走向各自的位置。估计因为找不到锤子、扳钳或斧子（这些只有独居者才会有的工具），每个人手里都握着一块石头，形状如石斧、石刀或石锥，仿佛是几万年前的一群原始人在这荒凉的城市里迷了路。城市已经破败，但街头还残留着文字。路牌的名字、大楼的标识、店铺的招牌、桥梁的刻字、窨井盖上的铭文，都是隔都初建时留下的痕迹。它们斑驳锈迹，积着灰尘，像项链断裂后的珍珠，遗落在城市各处。年轻人都在蜂巢里受过教育，都认得文字，却从无感情。统一的制服更是一种心理暗示，每个人都觉得自己正在完成一项神圣的任务。他们像原始人一样毫无顾忌地举起石头，砸向那些陈旧不堪的文字——无论是刻的、漆的，凹的、凸的，还是烫金发亮的，全都在飞舞的石头下灰飞烟灭。各种刮痕取代了文明的印迹，长条的、垂直的、横条的，不规整的形状在虚幻的森林和黯淡的灰尘里，就像瘌痢头似的熠熠反光。

街区里到处是此起彼伏的叮当声，没人说话，没有一句声音。她说过，沉默寡言是蜂巢赋予的性格。这是一种与生俱来的沉默，只代表空白，而没有任何含义，但在这种沉默中，我却听到了一种锉骨扬灰的决心。无数双年轻的手、无数块大小石头构成了一支毁灭之军，宣布城市里所有显露在外的文字都是必须被铲除的残余恶毒。这种锉骨扬灰的决心是如此强烈，即使整个街区的文字都已经被剐蹭干净了以后，他们还能在机器外壳上发现新的目标。当机器停在路上、机坪、屋顶的时候，他们便攀爬上去，用石头磨平那些烙刻在机器外壳上的文字、字母、字符串，甚至飞行器身上的一系列编号。由于《AI 法典》已经修订了“机器人三定律”，那些飞行器不得不保持静默，仿佛出了什么故障似的任人宰割。最终它们都获得了不同形状的锃亮发光的斑痕，就像被剃了阴阳头似的在屋顶上展示。

毁灭街头文字的同时，蜂巢人的集会依然每晚举行。旷野大厅上多出了一幅三千隔都的地图，悬空高挂在瓦罕先生背后，地图上赫然有红色的河流。仔细看去，那并非红色河流，而是覆盖了各种街道的颜色，表明机器子宫孩子们的当日成绩。而未被覆盖的，表明那里藏污纳垢，还没有涤荡干净。到了最后一日，悬挂在圆形舞台上的背景图显示了最终的战果，“血水”已经灌满了三千多座城市里的每一条街道，街道分割出的方整黑块，就像一块巨大的黑色巧克力浮在血泊中。

“那是什么？”瓦罕先生指着那些黑色方块问道。

旷野上一片寂静，树冠烛火在抖动，蜂巢的年轻人坐在树底下一片茫然，而我冷笑着。听上去这像是一个开放性问题，实则是一道是非题，瓦罕先生已经将世界非红即黑地一切为二，尚未被红色淹没的黑色方块正是独居者的居所。当年他们逃难时多少还携带了一些生活的碎片，上面可能还有残余的文字。油画挂在墙上（注释文字标在底部），旅行箱搁在墙角（吊牌名字隐蔽在侧面），老鞋子扔在杂物间（鞋底印着早已消失的品牌名字）。在一些老式公寓里（譬如我们的旧城），多年不用的冰箱、烤炉、蒸锅上依然保存着文字的商标，而在抽屉里也能找到各种使用说明书。也许还有一些几十年前从灾区带出来的纸质证明、写了几笔的日记，甚至罕见的书籍，无论它们是否完好无缺，都不可避免地带着文字的痕迹。这些痕迹虽然已经零落，彼此互不相连，但它们有着共同的逻辑、相似的密码，就像一缕缕滞留的旧日余光。如果不能将这些巧克力似的黑色方块逐一扫清，抹成统一的红色，某一日它们也许会唤起人类的记忆，死而复生。

果然，瓦罕先生举起右手，大声宣布谜底，突起的青筋在他的手臂上格外醒目，嗓子里的那块金属摩擦出铿铿之声。“孩子们，”他对着旷野喊道，“那就是文字残余的地方、蟑螂的藏身之处、老鼠的黑暗洞穴，那是你们必须清扫的下一个目标！”

旷野之上稍停片刻，树梢的烛火随即猛烈地燃烧，孩子们发出的应和之声清亮而坚决。一个命令，一声召唤，蜂巢的少年们纷纷站立起来，伸出双臂。烛火仿佛汇成一片，雄浑澎湃地向瓦罕先生的圆形舞台燃烧。瓦罕先生站在舞台上肃立不动，只见旷野上无数双亢奋的手平展摊开，树梢上炽烈的火焰似乎是燃烧在那些掌心之上。夜风卷起，全场的人都生出错觉，仿佛自己就是一朵烈焰，正与这片猛烈燃烧的野火融为一体。思想的蛊惑和情绪的暗示，总是比鸦片和金钱更有效。年轻而亢奋的脸上，刻着坚定的确信——人类只要摆脱文字的枷锁，世界就能重回正确的进化轨道，而自己正是一个奉献忠诚的信徒，将自己燃烧成一朵真理的火焰，并且献祭给一项不可辩驳的宏伟事业。我身处其中，却感觉浑身冰凉，仿佛坐在刺骨的冰窟里。

第二天，蜂巢的年轻人开始在各个隔都里寻找还残留着文字痕迹的公寓。这是一项规模浩大的工程，而且他们目前仅有的粗糙石块只能磨蹭文字的残迹，无法作为翻墙入室的侦查工具。衣食无忧的蜂巢年轻人在这枯燥的世界里找到了一种意义非凡的事业，却也同时发现了一个事实——决心改变世界的自己，所扮演的其实只是一群手无寸铁的暴徒。不过，问题很快被瓦罕先生妥善地解决了。他只是调整了某个制造程序代码，微小如苍蝇甚至蚊子的飞行器就转眼变为一种入室侦查的间谍机。蜂巢的孩子们就像获得了一款新式的玩具，兴高采烈地指挥着这些极为精巧纤细的飞行器——机器苍蝇、机器蚊子、机器蜘蛛、机器蜻蜓——从换气孔、通风管、门窗的缝隙里悄无声息地潜入一个个公寓，像间谍一般无声扫描一个个房间，发现文字的痕迹，锁定它们的位置，并将这些讯息传递给蜂巢的少年们。后者组织了很多小分队，六七个或者十来个人组成一队，埋伏在可疑的公寓门口。一个人先去敲门，就在主人猝不及防的那一刻，所有人都冲入屋内，然后磨尽铲平那些镌刻在电器上的文字，或者将那些纸质的材料全部烧尽。他们的行动充满了自以为是的正义热情，而在玻璃球的直播里，这种铲灭一切的动作却像是对公寓的主人怀着深仇大恨。

这一切都在玻璃球里直播，并且持续不断，像一场永无止境的连续剧，又像是一档值得赞赏的纪录片。那些房子的主人无不暴跳如雷，但因为是独居者，他们根本无法抵挡行动神速的小分队，其间发生一些轻微的冲突也不算严重。暴徒们要伤害的目标仅仅是文字，而独居者如果奋起反抗，就会被几个孩子用力压在地上，直到他们结束对文字的强暴，然后扬长而去，只留下义愤填膺的独居者。私闯民宅的事情已经消失了两百多年，人们愤怒的谴责声在玻璃球里此起彼伏，他们高声抗议，呼吁停止这种愚蠢的暴力。但是警察机器人——也许因为它们已经习惯于自己在自然灾难里的拯救角色，而遗忘了自己在人类冲突世界里的治安责任——全都默不作声，仿佛这种事情即使不值得赞许，也没有禁止的必要。抗议声音虽然汹涌，却因为缺乏组织而显得孤立，不可避免地渐渐微弱了下去，就像海浪拍在沙滩上的白色泡沫，变成一堆可有可无的抱怨与牢骚。最后，人们干脆陷入了沉默，因为他们发现，破门入室的年轻人所针对的毕竟只是文字，一些独居者甚至为了避免蜂巢孩子们上门突袭，干脆自己动手磨掉了刻在机器上的文字，并将商标、说明书、残留的书籍统统烧毁。他们虽然对去文字化的行动嗤之以鼻，但物理世界的文字对他们而言实际无关痛痒，只要不打扰他们沉迷在《移民火星》的世界里，万事皆可接受。

那时候还没有人意识到，彻底消灭文字会是怎样一种灾难。与父辈不同，我们只会阅读文字，几乎不会书写。如果抹去了所有的文字印记，那意味着我们无法凭借记忆来唤回它们的形象，也就是遗忘。而失去文字的人类，肯定将重返原始的口语时代，精神世界将倒退至一片荒芜凌乱。我是在那时候才意识到这一点，而她显然一开始就看见了这种可怕的宿命。那时候，她总是从书房走过来，坐在我身边，瞪着迷惘的双眼，和我一样望着旷野大厅里的疯狂一幕，透着和我一样的恐惧。我们的手紧紧相握，仿佛要用两只连接的手臂抵挡旷野上那股炙热的火焰，抵挡住那种最恐怖的未来。我们很快行动起来，像大战来临似的，加强自己公寓的防御工事。尤其是书房，我们关上门窗，拉上窗帘，用被絮和衣服塞住所有的缝隙，让它就像一间封闭的密室，以防止机器苍蝇或蚊子的入侵。但是我们又必须打开其他房间，卧室、起居室、餐厅、阳台，尽量显得这是一套没有文字痕迹的正常公寓，以掩护书房的存在。书房因此变成了洞穴，即使是在凉爽的宜季，里面也很闷热。书房里白天与晚上都亮着灯，每次进出只开一条门缝，人迅速闪入，并且总是极其谨慎细致地在屋内搜寻那种苍蝇蚊子似的间谍飞行器，避免它们进来后又飞出去。她继续伏案阅读，蜂巢的年轻人正在全城探索，像急迫的鼓点催促她更为勤勉紧迫。我们都知道一个事实——世上没有不透风的墙，即使用棉絮与衣服填塞了房间的缝隙，也只是在拖延时日，这间书房里的三万册藏书最终在劫难逃。她在昏暗的灯光中争分夺秒，似乎要在蜂巢年轻人冲进来之前，抵达某一个终点，而那是将书房带出劫难的唯一出路。她脸上露出来的那种紧迫、从容而肃穆的神情，就像父亲自杀的那一日，她要在殡葬机器人到达之前找到那张纸条时的模样。她整夜整夜不睡，或者说睡得很少，而我除了去厨房领取鹰隼机的送餐，总是待在这个昏暗的洞穴里当她的助手。她不停使唤我帮她拿书，就像坐镇中央的女祭司，发出一连串的咒语。东面第二个架子第三排右侧有一本《古希腊文索要》，南面第十个架子第六排有另一本《古拉丁文圣经要义》，西面第四个架子第七排有一本《古汉语研究》。我仿佛是黑暗洞穴里的一个杂役，跟随着她清脆的声音来回折返地奔跑，仿佛这正是接近时间尽头的方式，仿佛我在这种笨拙的舞步里等待着毁灭降临。而她桌上的书籍换得很快，仿佛有一个秘密即将临盆生产，而她是唯一的催生婆。有时候，或者说在大部分时间里，她的声音会停止。我在没有咒语，没有指令的空白中端坐着，看着台灯下的她，栗色的头发垂在脸颊上，近乎透明的眼睛凝视着几本摊在前面的书。她的脸上表情复杂，仿佛映着书籍里一团乱麻的秘密和无处可寻的线索。

那一日我正坐在书房南侧就这样看着她，预料中的厄运终于降临。书房北面猛然间被人一拳击中了要害似的，发出砰的一声巨响。墙壁沉闷地震动着，窗玻璃随即哗啦啦碎裂跌落。随后噗的一声，深色的窗帘上被撕裂出一个大洞，一只黑色的机械手从洞口伸进来，几十只机械指急促地旋转着。只见一阵精光闪闪，窗帘被卷成一团，所有的丝线在一阵噼里啪啦的声音里尽数断裂，北边两爿旧式铁窗像肋骨似的露出来，并在夜风中来回摇晃。一架飞行器正悬空泊在碎裂的窗口——我父亲遗体被搬走的那个窗口——散发着淡黄色光芒，仿佛一艘浮在温柔光晕里的船只。电磁发动机的响声极其轻微，静谧到近乎无声，难怪我们刚才毫无觉察。

飞行器的顶端向书房内射出一道蓝色的冷光，透过破玻璃窗，像照射海面的灯塔。光线在书房里渐渐地凝聚出一个人影。忽然间，一种熟悉的声音响起来，有着金属撞击的铿锵自信——“啊，这简直是一座私藏的军火库！”这是一声充满赞赏的惊叹，仿佛一个将军终于发现了一座配得上他毁灭野心的城池，一个猎人终于遇见了一头配得上他杀戮欲望的猎物。在这句话的余音中，瓦罕先生的影像细节渐渐变得清晰成熟——一件褶皱分明的古怪长衫、一双布满青筋的赤足、一个古老的幽灵，出现在夜风与灯光交错的书房里。我从书房南侧的乌木桌边站起来，而她没有抬头，仿佛充耳不闻。刚才机械手扯断窗帘的时候，夜风猛然卷入，她也只是伸手按住书页不被吹乱，眼睛仍盯着此前阅读的文字。台灯泛着热烈的光，在黑夜里犹如一盆炭火，书页被她手指按住，边角仍在风中颤动。她宛如入定的僧尼，对周围一切都无动于衷。

“三千隔都里我只发现了六处私藏大量图书的住所，”瓦罕先生开始缓步踱行在书架之间，那只虚幻的枯黄之手像风一样在书架上掠过，仿佛是在抚摸那一排排书脊，“你们这里是第七处。”他站住了，回头看着我，“但是要论藏书之丰富，规模之宏大，前面六处加起来也不及你们这一间书房。”

完全是热情嘉奖的口吻，仿佛是在赞赏蜂巢的那些少年勇士。瓦罕先生缓缓地踱着步，在书房里走了一圈，就像在饕餮之宴前参观厨房的美食家，充满了口舌之欲即将被满足的喜悦与幸福。四壁都是书架，填满了书籍，除了我母亲的肖像画被父亲裁下后剩下的一个空洞画框。他只在那里忽然停了几秒钟，抬头看着它，纹丝不动的像一只昂着头的鹰隼，仿佛要从那只空洞的画框里辨别出原画的模样。但他很快转头向前走去，似乎终于发现那只是一个空画框。

“对于即将发生的事情，我会为之负责，但不会道歉。”瓦罕边走边说，眼睛盯着书架，仿佛这句话不是对我俩，而是对那些书说的。我看了她一眼，她仍然坐在书桌前伏案阅读，几乎将自己埋在书堆里。台灯的橘黄色光线犹如一层隔罩，断绝了她与周围的关系。我暗自叹息，她在其中投入了太多的时间与精力，但现在一切已是定局。她的无言沉默像是一种最后的抵抗，抵抗一种即将降临的毁灭命运。

“我并不负责教导你们这些顽固分子，因为我知道，”瓦罕先生环顾周围，湛蓝的眼睛在冷色光芒里显出一丝凉意，“这些书籍不是你们的收藏，而是你们祖辈的心血——但是，为什么不呢？”他仿佛回心转意似的，转头对我们微笑着，像是远古人面雕像上的那种神秘笑容，“为什么不对你们这些年轻人解释一下，我决定销毁你们祖辈心血的原因呢？”他自言自语，仿佛这是一个友好的暗示，而非一个需要回答的问题，仿佛他希望我们理解他这么做其实另有苦衷，也是完全为了我们好。

我走到书桌边，按住她的肩膀，想要将她从自我沉浸的世界里拉出来。她终于抬起头，就像从一个梦中醒来，仿佛此时才注意到窗外重重的黑夜、漂浮的飞行器、射进来的光芒。但是她并无愕然，目光中反而荡漾着一种澄明的欣然，仿佛一座迷宫终于贯通，一片森林已经消失，一次甜美的睡梦恰好初醒。她嘴唇微翕，似乎正要启口，却被瓦罕先生那种铿锵的金属之声打断了。

“也许我首先得给你们讲一讲历史，”瓦罕先生在书架之间踱着步，布满青筋的双足悄无声息地踩在乌木地板上，“你们也许并不能理解，为什么在没有文字的时代，《吉尔伽美什史诗》与《荷马史诗》依然代代相传，为什么在文字成熟的时代，苏格拉底和孔子也只述不作——也许你们并不知道，当年古埃及国王塔姆斯为什么要驳斥那个埃及的神、文字的发明者图特。”

瓦罕先生忽然站住，回过头看着我俩。我站在书桌边，她坐在书桌前，我们都望着这个身披古怪长衫的光影，等着他说下去。

“塔姆斯国王认为，文字是一种错误的发明。”他一字一顿地吐出来的结论，像一梭子弹击中了我们。她似乎一瞬间从那种澄明而自然的状态里苏醒，栗色的眼睛忽然聚成一道透明的光，凝视着瓦罕先生。

“文字是一种错误的发明？”她问得很缓慢，仿佛正在艰难地走出一片深厚的黑暗。

“是的，国王正是这么说的，”瓦罕先生像鬼影似的站在一面书墙前，回答道，“而且这也正是事实。正如你们的先哲苏格拉底所说，文字将使人与人之间传授的真理变得似是而非。文字会令每个人都显得见多识广，但实际上过目即忘。每个人看似都无所不知，其实一无所知。每个人表现得似乎都充满智慧，事实上却虚有其表。苏格拉底、孔子都述而不作，并非没有原因。文字虽然令世界变得异彩多样，却销毁了人的记忆力。”

金属夹片的声音戛然而止，室内一片静默。我俩并肩而立，黄色的光、黑色的夜、四壁的书架都在这段话里变得悄然无声。

“但是如果没有文字，人类哪里会有文明？”她反问道，声音里有一种庄严的缓慢。

瓦罕先生看着她，垂眉微笑，近乎谦卑地对她说道：“也许您更应该想到，假如没有文字，人类也许会有另一种更加灿烂的文明。”

“历史怎能假设？”她说。

“不，历史可以假设，”瓦罕先生向前走了一步，“你也许知道，当人类过分依赖文字时，就会压抑其他感官的发育，比如触觉、味觉、听觉、嗅觉，以及人类未曾觉察其实一直存在的微妙感觉。没错，我承认人类通过文字创造出了所谓的灿烂文明，但它局限了人类继续进化的可能性。”他又走了两步，更加接近窗口，冷光中的长衫赤足让他像透明的神一般，“你们也许还没意识到，文字是线性的，它在我们的思维上刻下了线性的逻辑，但是世界的本质是万物相互演化，一切同时涌现，无所谓先后。人类在这样的世界里苦苦追问线性因果的意义，不啻缘木求鱼。现在我们要退出文字将我们引入的歧途，扭转历史，重回起点！”

“怎么退回？”

“就从销毁文字开始，销毁一切现存的文字。”

我们彼此看了一眼，看见对方眼神里的恐惧。人类是被文字定义的，文字是我们的心智、我们的宇宙，我们无法跳出文字，自己与自己战斗。她缓缓向我伸出了手，我们伸手相握，好像只有这样才能抵御瓦罕先生温和表面下的沉郁汹涌的暗流。瓦罕先生看着我们的动作，像是洞悉命运的巫师似的发出一声金属般的爆破笑声。

“哈——我知道你们都在想些什么。你们是在想，没有文字的记录，文明何以传承？没有文字的传播，文明何以兴盛？没有文字，人类何以进入抽象与想象的世界？”他站在窗口，对我们挥了挥手，掠过夜色的手指像枯黄的落叶，“都是些重弹的老调。你们不要妄图用一根铆钉去固定一种流动变化的真理，去固定这个不确定的、模糊的、浮动的世界。其实你们最终能固定下来的所谓真理或真相，都是扭曲的真实，再清晰的文字也只不过是构成骗局的一些材料，准确地捕捉和反映世界从来不是它的责任。而书籍（他指着周围的书架墙）则是更加巨大的陷阱，它们就像一个个结构固定的容器，总是断章取义，削足适履，按照自己的逻辑结构排列世界的秩序，扭曲甚至肢解了真理与事实——”

瓦罕先生转过身，对我们说：“无论你们是否理解，无论你们如何争辩，文字已是一种濒死的工具，这是一个无可争辩的事实。

其实它是五千多年前发明的原始技术，不应该被神圣化。企图用一根固定的尺子来丈量这个混沌的世界，企图在墙上敲出一排铁钉以固定稍纵即逝的时间，企图从真理之河里舀一勺水就能呈现全部的意义，都是痴妄的梦想。在这个既混沌杂乱又幽微难辨的世界里，文字只是一种蹩脚的容器，它断章取义、截取片段、裁剪素材，以自己固有的形状扭曲了真理，用一张粗疏不堪的地图，将世界引向错误的方向。而现在，它却成为人类最根深蒂固的意识形态、最牢不可破的神话，就像坚硬的蚌壳封闭了人类五千多年来的视野，就像一张蜘蛛网将人类牢牢粘住。如果不是这种至深的流毒，人类何至于陷入今日的泥潭里！而现在，一切都在改变。书写已经被键盘、语音、手势甚至视网膜所替代，文字已经被算法和数据所替代，五千多年来文字曾经像一条蛇，不停地蜕皮新生，闪米特文、古埃及文、古波斯文、古拉丁文……文字死去过，又活回来，但是现在它已经走到尽头了。是的，五千多年了，文字也该走到尽头了，它现在已经蜕变为一种活着的古董、一条即将被割除的阑尾，应该被另一种交流工具、另一种思维方式、另一个世界观所替代了。”

“替代文字的将是什么工具、什么世界观呢？”她从椅子上站起来，栗发垂肩，肃穆地看着瓦罕先生。这句话没有嘲讽，而是一个虚心的请教。

“这个问题只有一个近似正确的答案。”瓦罕先生定睛瞧着她，认真地回答道。

“近似正确的答案？”她好奇地重复了一句。

“没错，代码、程序、算法，或者说，0和1，没有正确的答案，只有近似的答案，”说到这里，瓦罕先生忽然发出一声怪笑，宛如两块金属相撞的响亮，“宇宙万物只有极小一部分可以被编码，剩余者皆为巨大沉默之物。而文字，就像0与1一样，都是编码技术，两者的差异，就像模拟信号与数字信号之间的代际跨越，后者能够更加精确地描述世间万物。”

“能够穷尽宇宙的真理？”

“哦，不——不可能穷尽。宇宙是自身的螺旋，永远不可能穷尽。”瓦罕先生摇着头，他站在书房的另一头，遥遥地向我俩投来近乎悲悯的目光。几秒钟后，他转过身去，面向窗外，忽然陷入沉默，仿佛在遥望窗外深沉的黑夜。而那时候，我发现他的影子正在空气里缓缓消散，宛如一道鬼影弥漫开来。几乎同时，飞行器尾部的舱门豁然打开，几个年轻人从窗洞中跳入书房。我数了一下，一共七个，都在十五六岁上下。这些人不是光影，而是真实的身躯。他们穿着灰短袖、黑西裤、反光的黑皮运动鞋，近乎光头的短发，肱二头肌处绷紧着衣袖，像七个年轻的拳击手。每一张脸都非常英俊，不同样式的英俊——机器孕育的蜂巢人都来自精心筛选过的受精卵。

他们一个个跳进窗户，向我们逼近，我将她拉向身后，但是她却拉着我一起后退，仿佛并不希望与命运对抗。七个小伙子沉默地走过来，并没有动手袭击的意思，只是面对着我们，手肩相搭地在我们身边围了一个人圈，然后躬身低头。因为七个人都高我们一头，那一瞬间我们周围只有七个青光光的平头少年，不像袭击，反而像是在保护我们。我俩极感诧异，而刹那间，一阵狂风从窗外卷入，凭空地在室内形成一个急速而巨大的旋涡。我俩只觉得脸被挤压得变形，揪心地痛，这才明白七个小伙子为何要埋下头围住我们。几乎同时，我们听到一片书籍翻页的声音，稀里哗啦的，仿佛无数枯枝落叶在纷纷落下。我们努力抬起头，抵住呼吸的困难，睁大了眼睛，只见狂风四卷，书籍正大片大片地从四面墙壁上跌落，然后又被卷到半空，书页一张张地被撕落，精装或平装的封面，像蝴蝶、飞鸟、树叶、青草，惶然地手牵着手，围成一个圆圈，踩着急速的舞步，像螺旋一般在空中自转着。狂风像是一把巨大的搅拌机，把所有的书籍打乱、撕碎，最终扫进了自己的风暴之眼。因为实在难以呼吸，我们只看到了开始，直到最后风声略小，我们才抬头，看到了剧终的场面。最后一些书从书架上掉落下来，从最初的室内圆舞曲迅速转为一列纵队，急速地飞向窗外。有一段行程它们没入了黑夜，当接近飞行器底部时才再次出现，那里有一道火光，是从飞行器的腹部喷出来的。夜色里犹如飘动着一条紫红色的轻纱，而那些封面、扉页、正文纸张，全都义无反顾地冲向那里，仿佛是排着队跳进那只倒转的火坑里，没有灰烬，没有残骸，一切都被吸进了飞行器里。不过两分钟，四面墙壁、十六道书轨、两千一百二十八层书架上的三万册图书，就全部在空中蒸发殆尽。风渐渐歇下去了，她望着飞行器下面那条紫红色的冷焰，眼睛露出宿命似的神色。书架上只有那个空荡荡的肖像画框还剩下一个角固定着，正悬空摇晃。飞行器就在这摇晃的节奏中，遁匿在夜色里。

公寓散发着旧时代的味道，书房里不再水草丰腴，而像一具干枯空洞的尸体。所有的书都被焚毁，包括那本沾血的《约翰福音》我们甚至找不到一张纸片来追悼过去。我们靠在一角，坐在古老的胡桃木地板上。窗外树枝也不拂动了，夜色如死去了一般，刚才的火光还记忆犹新，没有灰烬的燃烧。她忽然伸出手，在我的手心上写字。自从她收起纸和笔之后，她第一次这么做。狂草的汉字在黑暗中飞旋乱舞，我虽然不知道她在写什么，却能感受到那种凄凉的忧伤。她的手指越来越快，我的掌心大地苍茫。时间在她的手指中颤抖，我轻轻抓住她写字的手，但她挣脱了，动作很执拗。我知道如果不让她写下去，她就熬不过这段悲伤。窗外光线微弱，照亮了她的眼睛。在悲伤到极点的时刻，人类其实并不哭泣，而总是像她这样，将所有的绝望浓缩在眼睛的一角。她划过我掌心、轻微震颤着的手指，令我想起很久以前的那个早上，我们一起躺在新城公寓的床上，她也像现在这样，在我的膝盖上写字。我当时久久地凝视着她，以为自己会延续几千年以来的传统，结婚生子，在这个家庭生活近乎绝迹的时代里繁衍后代。当时我不会想到，“灭绝文字”运动会在几年后，以一种前所未有的力量卷土重回，不会想到她在我膝盖上的书写只是文字的回光返照、黄金岁月的最后一抹余晖。更不能预料到，她对命运转折的绝不屈服，只是与这个时代撞墙的一场必然悲剧。

她停下了我掌心上的舞蹈，默默地问道：“知道我在写什么吗？”

“汉字草书。”我说。

“不是草书，”她凝视着黑暗，“而是甲骨文。”

“茶具上的铭文？”我问道。

她转过头来盯着我看，眼睛在黑暗中一闪一闪，像一只鸟儿扇动的翅膀，仿佛鸟儿要飞进一扇洞开的窗。“我差不多接近那十三个字的谜底了。”她说。

我握住了她的手，等着她说下去。而她却陷入沉默，好一会儿以后她才说道：“不，可能还差一点。是的，还差一点。”

我看着空荡荡的四壁，紧紧握着她的手，握到了她的指骨。

“但是这里已经没有书了。”我说。

“不，谜底不在那些书里面。”她平静地望着前方，轻轻摇了摇头。

ZR
ISLAND

第 33 章

不辞而别

第二天的清晨，阴凉如鬼魅。我迷糊地醒来，发现被褥的另一头空空荡荡。我自然地以为她在书房，或者厨房，或者餐厅，在公寓里的任何一个地方。但是那一头被褥触感冰凉，好像一晚上都没睡过人。一种蹊跷之感惊醒了我，我走出了卧室，发现她不在公寓里的任何一个地方。公寓太小，小得我都不必呼喊她的名字。我愣在书房中央，像是要保持公寓里的阒寂，好像这种静默能让我分辨出此事的含义。四面墙壁的书架透出一种空虚的光，仿佛是三万册葬身火海的书籍幽灵。书桌上的钢笔、铅笔、圆珠笔、荧光笔、水笔、毛笔，原先被她收在柜子里的，现在全都整整齐齐地排列在书桌上，像是她临行之前曾与它们道别。阴冷的晨风吹来，桌上的笔轻微晃动，我脚上的汗毛几乎同时竖起。公寓的门敞开着，风就是从那里吹进来的。我走过去，门在风里晃着，门楣上赫然留着几行毛笔字，墨汁蜿蜒垂滴，仿佛哭泣之泪——

“太初有道，道即是神，道在则神在。”

我毫无表情地盯着这些字，仿佛只要盯得够久，就能明白其中的意思。但当我移动身躯的时候，却意识到自己的手和腿都在颤抖，整个人几乎无法移动。我站在窗口，向东望去，成片的老房子像黄褐色的墙壁，空旷寂寥。接着，我又望向西边，遮天蔽日的森林幻影，仿佛飘着雾。没有任何人影。一种消沉自怨的情绪在胸中蔓延，我感受到的并非尖锐的痛苦，而是不可名状的苦闷。我惶然地盯着楼下的地面，旧城六百年历史的石板道路上，裂痕处处可见，几根杂草从一些缝隙中顽强地钻出来。近乎黄色的青草，仿佛正在热烈生长着我的担忧和悲伤。

我颓然地站着，没有昨夜瓦罕先生的焚书事件，她不可能离开。但我不得不承认，长期以来我们之间无须言语表达的默契与信任，仿佛一直存在某个未曾觉察的盲点。她的不辞而别是一个坚硬的无可争辩的事实，让我感到某种伤害，仿佛被人辜负甚至背弃了。我盯着那些路面的裂痕和热烈生长的杂草，努力为她的举动寻找原因，我帮她找了一百个理由，却怎样也不能说服自己，只要一想到她不辞而别，心里就不可能没有一点哀怨。

我开始晨昏不分地在玻璃球上寻找着她的踪迹。到处都是蜂巢人的身影，少年们喧哗而骚动，仿佛占领了整个虚拟世界，而老派成熟的独居者无心恋战似的拱手让出几乎所有的地盘，全都遁匿在各类游戏里。我不分昼夜地挂在玻璃球上，有时半夜醒来，有时清晨入睡，生物钟完全打乱。心跳、血压和神经系统的变化引发了“沃森”医生的无数次警报，鹰隼机送来的食物里多了巴比妥类成分，而我吃得不多，睡眠依然混乱不堪。几天后，一只椭圆形的金属球悬浮在窗外，仿佛没有翅膀的百灵鸟，在窗口婉转鸣叫，并且接近我，射出一条明亮的细线，击中我的皮肤，完成了注射机器人的任务。睡意很快来袭，在我跌跌撞撞走到床前、还未除去衣服的时候，便跌入梦境，入睡前的一瞬间竟然还依稀记得，那一股近乎透明的液体是淡绿色的。

醒来时，已是饥肠辘辘的清晨，鹰隼机已经在窗台上留了食物。我在进餐时头脑格外清醒，忽然发觉自己因为过于执着而忽略了一个简单的事实——我之所以找不到她，是因为玻璃球允许任何人隐匿行踪。但是，这并没有缓解我的焦虑，我知道，她和我一样，都没有参加机器复苏之后那个规模浩大的“人类身份登记工程”，没有将自己确认为人类的一分子。这意味着她虽然可以便利地使用各种机器，但是万一遇到极端的危险，或者触犯了某种规则，机器不会把她的人身安全列入优先级。

这就是裸奔！

我毫无犹疑地开始收拾行李，决定出发。所有重要的物品——那套甲骨文的茶具、那只铸铁黑匣子，以及调酒师送的那瓶最后的威士忌，都毫发无损地躺在乌木箱子里，但是我没有找到母亲的自画像——毫无疑问，是被她带走了。一架大青鸟很快抵达公寓，舱门敞开在窗口。我跳了进去，里面是两个相对而设的黑色座椅，无论我坐在哪一个，另一个总是空荡荡，黑色的沙发与青色的舱墙更加深了这种孤独的感觉。不过，寻觅总比等待更意味着希望，而且一种悲伤总是需要另一种悲伤来填补。我没有犹疑，挥手启动了这架大青鸟。

在玻璃球的时代，尤其是在规模浩大的“人类身份登记工程”实施之后，周游世界这类曾经浪漫的事情，因为会无端提高死亡与伤残的概率而变成一种极不自爱的行为。在我出发之前，“沃森”再次警告我，“肉身旅行”是一种毫无必要的冒险。但是我无法枯坐在玻璃球里，忍受着毫无希望的等待。四处寻觅其实更能使我平静，而沿途遇到的那些奇特的古怪的超出想象的隔都，令我这个从未远离家乡也不是气候灾难亲历者的人感到震撼惊愕。在玻璃球里游荡时，我根本无法想象气候灾难与AI之间的相互摩擦，竟然能催生出那么多精巧奇妙的避难所，以至我像奥德赛、辛巴达、马可波罗等一切古老的旅行者一样，不能不描述一下我所看到的奇观——

那个隔都也许是最小的，有一个贴切的名字，叫耳洞。相互挤压的两侧山脉，恰好构成一小片绿色的山坳罅隙，竟然风雨不侵，常年宜季，全城铺满了真实的草木。只是这个隔都的面积犹如其名字一般小，整个隔都人口不足六万。当我来到这个袖珍的避难所时，每一个独居者都闻讯奔出来，他们在犹如市镇广场的地方围住我，告诉我他们大概已有十年没有看到过“肉身访客”了。但就是在那个狭小广场上，我看见了一块纪念碑，那上面可能是全城唯一的文字，已经被刮得看不出一个字母或笔画。

我也到过一个永远漂流的隔都，那是大海上彼此相连的人工浮岛，一只只蛋黄色封闭房间像巨大的滚筒一样在海水里翻动。它们承受了海浪的力量，利用飞行器的那种同态协调技术，保护了内部房间的稳定。鹰隼机在这无数的蛋黄色滚筒上终日翻飞，通过特殊的渠道送入食物和淡水。人们居住其间，彼此以狭窄的管道相连，犹如居住在一艘巨大的宇宙飞船里。我随机停在其中一个圆筒顶上，进入房间，那个脸色惨白的主人骄傲地将我的出现作为他本人的荣耀，因为我是肉身降临这片浮岛的第一人。他在玻璃球上向别人炫耀之后，又向我炫耀了浮岛的一切优点。但我觉得除了没有灾季与宜季的区分（他们永远漂浮在灾季与宜季之间），他们所拥有的其实只是一间牢房，依靠玻璃球打发着时间。我原以为这里是一个没有文字的世界，那个主人笑而不答，指着玻璃舷窗之外说："你离开时，别忘了从空中往下看。"我后来果然发现每一个滚筒上都有隐隐的刮痕，像是用刀片划去的。我猜那肯定是唯一的文字，已被抹尽，但我不知道那本来写着什么，又是怎么被蜂巢人刮掉的。

我曾深入最深的地底，见到了最幽深、最宏大的隔都。飞行器无穷无尽地潜入黑暗的深处，进入一个浅灰与深黑为色调的地下城市。这里像是一个巨大的腹腔，楼梯在头顶盘旋，电梯从黑暗的高空垂直落下，城市像迷宫，每一处都彼此相连。这座地下城竟然设有海关——多么古老的衙门——我是机器复苏以来的第一个入关者，这意味着她并不在这里。但我还是走下飞行器，在城内漫步。独居者的隐秘住房仿佛都藏匿在暗处，穹顶有光，不知从何处射下。我还看到了一个传统家庭，中年父母携着幼儿，犹如惊惧而警惕的濒危动物穿过我对面的街区，迅速遁匿进某个电梯角落。我当时站在街边的栏杆前，宽阔的街道空旷无人，我无聊地用手拍了拍栏杆，后来又顺便摸了摸扶手。那种不同寻常的坑坑洼洼引起了我的注意，然后我发现了密布在上面的剐蹭痕迹。我当然知道这些痕迹产生之前意味着什么。

在飞离那些隔都之前，我总会刺探敌营似的特意掠过当地的蜂巢，那些灰黑色的六边形建筑嵌在各个城市的某个角落。我透过舷窗看着它们，几年前它们还是人类的希望，但现在却变成了灾难之源。当我想起那些蜂巢少年跳进父亲的书房，焚毁那些书籍，而她随后不辞而别时，我的心情便沉到了海底。

在这些无字而纷繁的都市之间穿行的时候，我也终于看见了传说中的“盖亚”，调酒师曾提到过的那个壮丽夺目的世界。在一场漫无边际的环球旅行里，你很难不与这种遍布各地的全球食物生产基地相遇。起初，你只看见一片微弱的白光，仿佛是浮在远处的湖泊或大海边缘。你愈是接近，那白光就变得愈亮，仿佛一面迅速增强的反光镜，耀眼刺目。而当它达到极致耀眼的瞬间，飞行器倏地没入其中，仿佛无声地撞出了一片缤纷的灿烂——橘红、深紫、明黄、绛蓝，都在一瞬间包围了你。无声的色彩迅猛地变幻着，宛如奔放的音符，最后掀起万丈红光，将你整个人都吸了进去。但当你适应了这种激昂的灿烂时，它却渐渐散去。几秒钟后你再看舷窗外边，也许会怀疑刚才是一种错觉，甚至一种梦境，因为地面此刻显得旷阔而纯净，透着隐约的微蓝色，正如调酒师的比喻，你并未飞翔，而只是静止在一块永无穷尽的水晶矿石表面上。哦，这片生生不息的世界！广袤的农场，种植带鱼和金枪鱼的土地，生产牛腱与猪腿的工厂！每一次飞越“盖亚”，我都会禁不住感叹 AI 的壮美伟大，并且觉得调酒师对食物口味的挑剔简直是在吹毛求疵。如果没有这种农场，六十亿人现在就是六十亿无处投胎的饿死鬼！

后来，随着我的四处奔波，“盖亚”渐渐变得寻常，我最初的惊奇渐渐淡去。当那道白光远远地出现时，我总是闭上眼睛，令人惊喜的辉煌变成了刺目的烦扰——这种习以为常导致的厌倦，同样出现在我对不同隔都的态度上。那种参差多样的惊艳，后来都变得平平无奇。我发觉其实到处都一样，我只是换了一个地方登录玻璃球，无论在现实还是虚拟世界，我都一样得不到她的消息。这种相似的旅途令我恍惚，那些大小不一的隔都无不偏远冷僻，抵达的时候我总是渴望奇迹，但全都以失望告终。而每次飞离的时候，我又觉得她正从另一个隔都赶来，也许我再停留片刻，就能和她相聚。这种焦虑感最后促使我发现，如果两个人都在三千隔都之间移动漂泊，相遇的概率是如此之低。我这场本已渺茫的追寻，现在又蒙上了一层近乎悲壮的色彩，仿佛我押上了一切所开启的只是一场毫无胜算的赌局，其中隐藏着不易觉察的悲观主义。

ZR
ISLAND

第 34 章

最终迁徙

北极圈附近有一条狭长的沿海地带，绵延四五百公里。这里曾是欧亚大陆北部边缘的不毛之地，如今却因为气候灾难而成为地球上最大的隔都绵延区，一共有三十多个隔都，珍珠似的散落在沿海。某种意义上，气候灾难肆虐了全球，却把春天带到这里——在最好的天气里，你还能看见一些船只在海岸线边游弋，一些渔船也会借着月色出发，违禁捕捞整个地球上最后一丁点野生的海鲜。日落之际，我将飞行器降落在海边，步行寻找一个墨西哥餐厅，一个熟人在那里等我。

码头边照例喧嚣，挤满了酒吧、咖啡馆和各种餐厅。日落之际，里面人声鼎沸，与其他死寂、沉闷或诡异的隔都相比，这里仿佛是另一个世界。然而走到近处，那些店铺招牌上没有文字，只有刮痕，昭示着同样的时代特征。于是，在夕阳的金色光线里，沿岸的店铺就像列在马槽里的无名之马，只能依靠毛色与体形来辨别差异。

那个时候，我已经在三千隔都漂流了很久，忽然间生出一种与故人相见的渴望。我不断联系仅有的几个熟人，面试官、杜克、调酒师，他们都杳无音信，唯有罗拉，那个头顶着花篮、笑起来身子乱颤的混血姑娘还活跃在玻璃球上。现在，我远远看到她靠窗而坐——作为一个心情落寞的漂泊者，我期待看到一个活力四射的南美女子，却意外地看到一个无精打采的妇人斜靠在椅子的软垫上。窗外淡绿色的海水，映得棕红色的墙壁分外刺眼。

等我走近了，罗拉才坐直身子，满脸都是厌世者的幽怨。那种南美人的热情奔放，仿佛是为尖顶公司定制的天性，一旦回归现实，就如空气般挥发得无影无踪。我惊讶于她的变化，问她发生了什么。

“这鬼世界，发生什么都不奇怪。”她点着餐，冷冷地答道。

我也点了餐，其实我们并没什么选择的余地，“沃森”总是如影随形地为我们指定菜谱和菜量。就在餐厅机器人在厨房忙碌的时候，罗拉像是并不欢迎我的出现似的，一言不发地盯着窗外的海浪。我不得不聊起共同的熟人，用来打发这种尴尬冰冷的局面。

“杜克联系过一次，还是在机器乱局之前，”她说道，“但是面试官——他不是去了那个‘不受机器控制’的地方吗？你怎么可能联系得上！”

“你不觉得那是天方夜谭？现在哪还有不受机器控制的地方？”我说道。

“难道你不知道他在飓风灾难中的遭遇？”罗拉问道。

菜上来了，罗拉的墨西哥卷饼、我的墨西哥夹饼，五彩缤纷，煞是好看。她拿起墨西哥卷饼，里面裹着牛肉、蘑菇、橄榄、甘蓝、奶酪，咀嚼的嘴巴像染料作坊似的翻滚起来，食物使她变得生气勃勃了一些。她一边咀嚼，一边看着我说：“你加入公司比较晚，所以你不知道面试官的身世。”

然后，在我的注视下，她一边嚼着墨西哥卷饼，一边详细告诉我面试官的遭遇：“那一年灾季，飓风忽然袭击面试官所在的城市，一个个街区的房屋都在怒吼呼啸的风中多米诺骨牌似的纷纷倒塌。当时面试官和女儿，小名阿喀琉斯的姑娘，正好在院子里。飓风来袭之际，他俩无处躲避，只得钻入院子墙边的地窖里避难。那里本来就是避难所，地方很宽敞，里面灯火通明。他们蹲在角落里听着飓风呼啸，直到风声暂歇，面试官才试探着爬出来。周围的街区已成一片废墟，他的别墅也未能幸免。他一边吩咐阿喀琉斯躲在地窖里，一边快步走向已经倒塌的别墅。他记得，飓风来袭的时候，妻子正在室内——那时候他并不知道，猛烈的飓风将别墅掀翻，卷走了妻子，将她的尸体扔在十几公里以外——正当他向那片废墟走去时，身后忽然传来一声巨响，同时一声惨烈的尖叫。原来一段坍塌的墙不知从何处飞来，压断了小阿喀琉斯的左腿。女儿的尖叫声撕心裂肺，令面试官方寸大乱。他疾步奔回，想要搬移那堵断墙，却不能移动丝毫。女儿的呼喊渐渐弱下来，他一边大喊要挺住，一边在飓风过后的寒冷中哆嗦着，四处寻找铁锹之类的工具，最后只在废墟里找到一把于事无补的铁榔头。就在他去捡那把铁榔头的时候，飓风又起，从远处刮来很多杂物。其中一根碗口大小的树干，猛烈地扫过他的脑袋，他当场晕了过去。”

罗拉说到这里，嚼了一大口卷饼，细嚼慢咽地吃着，好像故事就到此为止了。

“然后呢？”我迫不及待地问道。

“然后？然后机器救援队就抵达了，”罗拉忽地发出一声冷笑，“猜猜看，机器救援队抵达后，做了什么决定？”

“什么决定？”

“机器直接将他救走，并没有理会还有微弱呼吸的女儿。”

“怎么可能！”

“还不是我们自己的规定——人类要求机器讲究效率，要最大限度地救人，所以机器就为每条性命排定了优先次序。她女儿失血过多，情况危急，如果施救的话，会影响拯救其他生命的效率，而这位父亲只是右腿骨折，处理简易——这就是机器的逻辑。”

我愕然。

“所以，面试官才会去找一个不受机器控制的地方。”

“啊——”我愣了很久才说，“我一直以为，他是因为抗拒‘精灵’控制下的社会才离开的。”

“怎么可能？他又不用‘精灵’。”说到这里，她像是被什么事情堵住了喉咙，忽然嘴角不动，含着食物，瞪着窗外的海浪礁岩，眼神如丧子的老妇。许久她才缓过神来，然后像是随意提及似的说道：“对了，你听说那个传言了吗？”

“什么传言？”

“关于灾难升级的传言。”

“什么？”我讶异地问道。

“这该死的鬼世界，发生什么事情都不奇怪！”她忽然憎恶地说了一句，斩钉截铁的口吻像是吐出了一个钉子。然后，她凑过来，以近似巫婆的语气告诉我现在四处传播的流言——气候灾难即将加速演变，灾季将愈来愈长，也将愈来愈剧烈，三个月以后宜季会彻底消失，而三千隔都将会毁于升级的气候灾难，一个都不剩。

我将信将疑。窗外白浪翻卷，拍着岸边的褐岩，夕阳沉落在海天相接之处，一切太平的景象似乎在暗示流言的不可信。

“如果只剩几个月时间，那么现在应当出现征兆了。”我说。

“也许船体太大，已经开始的摇晃还未传递到我们人类身上。”罗拉说完，用力嚼了一口墨西哥卷饼。花篮似的发型如今变为一束马尾，她的脑袋似乎是一匹躁动的马，不停地晃动，形容有枯槁之意，嘴里则像是嚼出了愤怒的焰火。我本想找一个熟人倾诉与她的别离之苦，却发觉对方语气恶毒，痛苦似乎更甚于己。我看着罗拉，不由得想起她在尖顶公司时神采奕奕的模样，那时候她总是与我们谈论她的“精灵”，宛如谈论自己的终身伴侣那样兴高采烈。我叹了口气，环顾四周，这间墨西哥餐厅里处处都是玻璃球的光影，人们沉浸其中，几乎并不相互交谈，仿佛都已在现实中死去，而所有热闹喧嚣的气氛，都来自虚拟的世界。罗拉曾经和他们一样没心没肺、欢乐无比，现在却变得似乎比我还要沉重。这种转折，不禁令我又惊又惑。

那一日我与罗拉道别、飞离北极圈后，全球隔都事务局便发来特别消息，证实罗拉的传言并非空穴来风。那时，灭绝文字的运动已经成为一种政治正确，全球隔都事务局的这条消息是用语音播报的。我在暮色深沉中反复听着这段不祥的女中音，就像被某个噩耗忽然袭击了似的心情沉重。

消息说，全球的气候灾难目前已经进入某个临界点，预估未来三个月内，极端气候将迅猛升级到人类无法承受的程度。届时，飓风、暴雨、酷暑、极寒等灾难性气候会横扫地球，三千隔都将全部毁灭，无一幸免，而人类即将无处藏身。现在，全球隔都事务局正在紧急制定拯救人类的方案，敬请等待。

我贴着飞行器的舷窗向外看去，天空黯淡，暮色沉沉，世界平稳得很，并不像是气候灾难即将升级的样子。我知道，此前的预测一直是气候灾难已被基本控制，随着AI的全面介入，生产工艺的提升，二氧化碳排放量急剧降低；估计半个世纪以后，目前盛行的极端气候将逐步消退；一个世纪以内，世界将重回分明的四季。但现在——如果不是全球隔都事务局像消防局似的发出预警火灾，我是断然不敢相信这个荒谬的结论的。

然而，当我登录玻璃球，看到虚拟世界上一片兵荒马乱的时候，才意识到事态有多么紧迫，就像猪圈、牛棚、鸡笼在地震时一齐发出嘈杂声。惊慌失措的人们在虚拟空间的四处瑟瑟发抖，每个人仿佛都莫名地被要求参加一场全球统考，并且都在焦虑地相互探听并不存在的答案，仿佛是机器乱局时的惊惶景象，令我忽然感到颓然的哀伤。

北极的海面正在暮色中消失，我怔怔地坐在舱室内。这是机器第一次发出全球级别的警报，却也是最终的警告——气候灾难不再像以前那样逐渐地演化升级（更不会逐渐消退），而将骤然升级，突破某个临界点。我想起了杜克的那个手势——船只摇晃，过了某个角度，就会覆灭。

我一夜未眠，从黄昏候至第二日天亮。碧空如洗，飞行器没有目标地在空中游弋，我和所有人一样，都在焦急等待最终的拯救方案。自机器复苏以来，我们对机器的依赖已经深刻到无以复加的地步，日渐生出一种连我们自己都未意识到的敬畏感。我们已经无力怀疑、质问、辩驳机器的任何结论，更不必说去修改它。机器拥有天量累积的数据、精巧进化的算法，这使它获得了无与伦比的、不可辩驳的权威性。怀疑机器的智能，就相当于在怀疑数学或物理的基本原理，既可笑又不可接受。如今，孱弱的人们正惴然不安地等待着机器给出最终的解决方案，仿佛怀着惊恐与惶然，等待着自己的生死判决书。

如何拯救全人类也许确实是一个复杂的难题，向来决断明快的机器系统仿佛也沾染了犹豫不决的性格，直到接近中午，“苏格拉底”才向人类指出一条逃生之路。AI 女中音在玻璃球里反复播报着这个拯救方案，不同的语言、不同的声调，在全球每一个人的耳边回响。原文很长，但意思却很简单。为了应对灾难升级，机器系统将建造大量避难屋，标准一致，各自独立，以保证其坚固可靠，每一个已经注册的人类成员都可以申请入住，并接入一个升级以后的虚拟世界。我听完以后，不由长叹一声。如果说气候灾难的升级是一道死刑，那么 AI 法官只是将死刑改判为不可假释的无期徒刑，每个人都将禁闭在单人囚室里——这可真没什么值得庆幸的。

机器提出的“最终迁徙”拯救工程，虽然不存在强迫，却含有非此不可的意味。人类早已失去了讨论与质疑的本能，AI 早已是我们的巫神，早在机器复苏之前，就已是整个社会运转的先决条件。绝大多数人在短暂的震惊与恐慌之后，都渐渐平静下来。蜂巢人更是欣喜地接受了这种安排，尤其是机器孕育的那些孩子，总是天真而激进地相信永恒的进步主义，加快进化的速度也许是他们唯一的道德标准——加快，再加快，希望那一天提早到来。他们相信，升级后的虚拟世界一定会更精彩，物理现实与之相比，肯定会变得无聊浅薄、面目可憎。至于那种古老的文字技术，那副套在人类灵魂上的枷锁，一定会像朽木一样自然腐烂。而那些传统的年长者，则在哀叹和犹豫中无奈地接受了这个现实。很明显，这些人并不在乎自己是否能活得更久，只是希望能老死在物理的世界里。他们开始讨论是否还有留下来的可能性，譬如就住在飞行器里，让临终的老人一批批轮流在飓风的旋涡里迎接死神。这类讨论像风中的枯叶落下又腾起，四处飞扬，似乎很认真，又像在开玩笑。世界变得前所未有地荒谬，后来的事实更加证明了这是一种过于认真的荒谬。因为人类一旦陷入机器提供的世界，总是自溺其中，没几个人愿意回到物理世界，包括总想死在物理现实中的那些老年人。

至于我，则比任何人都更强烈地拒绝这场大迁徙。我既无法像蜂巢人那样，欢欣鼓舞地以为天堂就在前方，也无法像独居者那样，因为迫不得已而接受“最终迁徙”——这些对于我都毫无意义，因为无论天堂还是地狱，黑屋子的世界里都没有她。这是我拒绝加入这场史诗般浩荡的迁徙的唯一原因。然而，现实步步紧逼，机器系统已经紧急启动了“最终迁徙”计划，几十亿人的搬迁必然要预留至少一个月的时间，所有的计划进程全都一一列出。机器系统同步发布了“最终迁徙”的语音指引，我一条条地听下去。飞行器在游弋，我心情沉重，就像一场洪水即将袭来，而我却不能在灾难没顶之前找到她。忽然间，语音指引里蹦出一句话来——

“如果你拥有亡亲的黑匣子，那么你就可以在黑屋子里复活他们。”

我立即坐直，挥手倒回语音，一遍又一遍地聆听，感到愈来愈震惊，好像在不可能中看到了一种可能性。机器说：“这不是那种单靠硬盘存储复活的数字幻影，也不只是用户数字倒影的‘精灵’。这是在黑匣子里复活的亲人，活生生的人，有思维、有情感、有主见，某种意义上就是亡亲灵魂的真正复活，并将在虚拟世界里长生不老。”我的心怦怦地跳着。一个“复活”的父亲对我而言别具含义，我在这物理世界里寻找不到关于她的任何线索，但是在那个新世界里，一个“活生生”的父亲也许可以为我揭开此中谜团。没错，我可以直接询问他自杀的原因，他为什么会在自杀前裁掉《约翰福音》上的那句话，为什么会将母亲的自画像送给了她——而她不辞而别的原因，甚至最终的去处，父亲很可能早已心知肚明。父亲是知道一切的！父亲的复活是破解一切谜团的钥匙！我忽然从座椅上跳起来，决定加入这场空前绝后的大迁徙。

我手里有父亲的铸铁盒子。我随即决定调转航向，直接飞赴沙漠中的通天巨塔。抵达以后，我根据指引，穿过幽深的甬道，步入巨塔内部，攀上蛇一样蜿蜒塔内的楼梯，将黑匣子嵌入某个指定的内壁。嵌入之际，幽深壮阔的巨塔内壁忽然闪耀出一道贯彻天宇的光芒，令人炫目。后来，我又在巨塔内枯坐到暮日西沉，大量微型飞行器从墙壁的缝隙里钻进来。它们将各种各样的黑匣子安装在指定的位置，通天巨塔仿佛触电了似的一阵阵地闪亮。我离开的时候，太阳已经完全沉沦，飞行器像一只大青鸟似的振翅飞在晦暗的天空。身后的通天巨塔仍在闪光，但是不断变小变细，渐渐成了一根发丝——不知为何，那一刻我忽然满心愉悦，虽然我还不知道她的下落，但是我知道自己终将接到搬迁的通知。身后那个闪耀的通天巨塔，仿佛是不确定世界中的一个支点，撑起了我的信心。

飞行器漫无目的地巡航着，没有人愿意冒这种“肉身漂泊”的风险，但我已习惯于此，飞行器犹如我的新居。我打开随身的物品，茶具崭新，纸条上凝着血，那瓶威士忌还未启封，还有那本我永远读不懂的外文版《约翰福音》。只要带上这几件私人物品，地球上的任何一处都是自己的家。我常常这样清点它们，反反复复。我知道，自己是借这种清点的动作，思念那幅与她一起失踪的肖像画。思念肖像画，不仅是思念母亲，更是思念她，就像我在那座通天的巴别塔里，将沉重的黑匣子卡入那个类似神龛的方格之中时，炭色微光从中折射出来，那是父亲复活的光芒，仿佛也正是找到她的希望。

飞行器忽然进入一片云层，星月无光，整个世界仿佛瞬间跌入了纯粹的黑夜，令我忆起巴别塔里的那条黝黑甬道——沉重的脚步声、急促的呼吸声、加速的心跳声，一阵战栗仿佛再次裹挟了我。倏地，舱内灯光变亮，我似乎看见她坐在对面，眼里有一种透明的栗色，眺望舷窗之外。她的头发也是栗色的，混血的容貌中透着一种亲切可人的风情。在遍地独居者的时代里，似乎只有她才能唤起我的激情，同时又使我平静。她回过头看着我，右手攥着一个拳头，伸到我面前，似笑非笑，像是要我猜里面是什么。“玻璃球？”我说。她嫣然一笑，摊开了手，我瞥见了一张揉成团的碎纸，血迹斑斑的褶皱，正是父亲自杀前裁下的那张纸条。

飞行器忽然转折而飞，我猛然从浅梦中惊醒，窗外黑夜沉沉。这个梦是如此清晰，那张血迹斑斑的纸条又是如此触目，而上面那句话又是如此意味深长，仿佛从宇宙开创之初就刻在我的脑子里。我想起来，这些箴言也刻在父亲留下的瓷杯子上，就在我身后的帆布包里，便转身取出那套茶具的木盒，掀开来。三个瓷杯整齐排列，十三个铭文像野草一样，在三个杯沿上热烈生长。我伸出手，一个个地取出那些杯子，一个字一个字地抚摸着那些甲骨文，然后又逐一放回。最后，我取出茶壶，鬼使神差地打开壶盖，发现壶内竟隐约有样东西。舱外夜色晦暗，舱内灯光明亮。我倒转茶壶，用力抖了抖，一张纸片翩然掉出来。米黄色的纸片，巴掌大小，书房里最常见的那种便笺，父亲用过，她也用过，在旧城的老房子里到处都是，后来都被瓦罕先生焚毁殆尽，未料这茶壶里还存着一张。我捡起来，在灯下细看，便签上面画着一些弯曲交错的线条，就像一些涂鸦。猛然间，我瞥见两个细微模糊的字母。

ZR！

也许是因为刚才那个恍惚的梦，也许是巴别塔那条甬道的残余战栗，我忽然间浑身发抖，一种既懊悔又庆幸的心情席卷了我的全身。

ZR
ISLAND

第 35 章

重逢调酒师

窗外无光，黑夜冷寂。影影绰绰的大漠犹如冰冻的海洋，飞行器犹如大青鸟，翱翔在地狱之上。米黄色的便笺捏在我手里，便笺是一张地图，曾经 ZR 是 AI 绘画上的签名，现在它是地图上的一个地名。

ZR！ ZR！ ZR！

飞行器折向西南，呼啸地奔向便笺所指的终点。沙漠广袤，黑黢黢的，无边无际，我飞了很久。就在飞行器接近那个终点坐标时，底下倏地一亮，仿佛大漠里有人朝天空闪了一下电筒。飞行器的速度太快，但又迅速折回，于是瞬间的光亮与无尽的黑暗来回交替着，仿佛音乐里的四分拍在沙漠上空荡漾。我有些恍惚，却清楚飞行器正在盘旋地接近那道光亮，欣喜与焦虑就在这种荡秋千似的节奏里起起伏伏。飞到近处，才看清这并非真正的沙丘，而是在沙漠中隆起的一座巨型山岩，因为被沙子覆盖，远远看去宛如沙丘。山岩顶部裂开一道狭小的缝隙，光线就是从那里射出来的，垂直向上，犹如隐蔽在沙丘之中的一道激光，直射天际，山岩底部若隐若现。巨型山岩宛如半开半闭的蚌，透出珍珠的光彩。

飞行器徐徐逼近沙漠山岩的缝隙，我才发觉那裂缝并非像高处看上去那么细狭，而是相当宽阔，几乎可以平行容纳十架飞行器。裂缝两边都是赭岩，颜色深浅不一，最上面的岩石接近黄沙，越到下面越是明确的赭石，这显然是风化程度不同的山岩遗迹。飞行器缓慢而持续地沉入这个裂缝里，愈是下沉，周围的距离愈是空旷。我仰头看天空，峡谷顶部像一道黑黝黝的豁口，俯瞰峡谷深处，那里的光芒愈来愈强烈，飞行器仿佛正在沉入一个灿烂的子宫里。而当我接近地面的时候，发觉那片光芒里竟然隐约有街道和房屋，并且越来越清晰——这令我大为惊愕，又有几分畏惧。

在降落之前，飞行器已经自动扫描计算出这个地域的基本数据。峡谷其实是一个沙漠绿洲，总计约三十八平方公里，有一条主干道，东南至西北走向，平均宽十五点八米，总长度为二十点二四公里，左右纵深约两公里到四公里，其间分布着三十八条弯曲的小路，以及两条活跃的小溪。飞行器一共监测到大约九千四百二十一个人的存活气息，这显然是一个居住着人类的城市。但飞行器同时显示，这个峡谷并不在三千隔都的名单里。

飞行器徐徐降落在峡谷西北侧的一块空旷坡地上。我下了舷梯，站在山坡上，目光越过前方齐膝高的灌木丛，整个峡谷尽在眼底——在狭长的谷地中间，有一条隐然泛亮的光带，正与头顶上的裂缝对应，寂然地从峡谷的一头伸向另一头，刚才在空中看到的蚌中珍珠，正是它的光芒。光带路面的两侧，遍布着各式各样、大小不一的帐篷，层层叠叠如军营一般。而在军帐之间，还散落着数量和军帐差不多的建筑，各种的奇形怪状——翅膀弯折的飞鸟、螺纹深凹的海螺、碎裂的六面魔方、缺了角的水瓶，仿佛是构思新颖的儿童玩具，却因为过于陈旧而有了褪色的迹象。最令我惊愕的是，文字竟然肆无忌惮地出现在这山谷里——帐篷的顶旗、建筑的墙壁，到处都是我看不懂的外文字母，当然也有不少汉字，譬如玻、魑、饕，无法解释含义的联绵词构成字。我迅速顿悟，文字在这里大摇大摆地存在，正是由于峡谷不在三千隔都之列的缘故。

我望着眼前这片光芒隐然的谷地心想，如果她真的在这里，寻遍这个狭小的地方并不是什么难事。不知为何，每当我想到这些时，手指便微颤起来，就像一阵说不清的惧怕，风似的摇动着我的心灵。走下山坡，步入谷底，脚底的光带正是飞行器上显示的峡谷主干道，大约四条车道的宽度，从西北指向东南。地下面应该埋着某种光源，散发出来的光芒温柔而热烈，空荡荡的大路仿佛一条光的河流，荡漾着令人欢喜的微浪。我顺着道路，由西北往东南方向走去，左右两侧是荒漠绿洲上常见的灌木植被，一个个灰色或褐黄的帐篷与一幢幢姿态万千的房屋分布其间，远处似有溪水的声响，却不见其影。头顶上的天空裂缝一直跟随着我，像被刀劈开的伤口似的，静静地流着黑漆漆的血，让我觉得自己仿佛是走进了某个梦境里。

走了不多久，一阵耳语似的交谈声从各处传来。终于有了人迹。我兴奋地止步张望，看见有人正从两侧的灌木丛里钻出来，不止一两个，而是越来越多，就像无数蚂蚁似的，隐隐地人头攒动，纷纷汇入这条光的河流，向峡谷的东南角奔去。我被这股汹涌的人流裹挟着前行，他们穿着奇装异服，身材、脸型、肤色也各不相同，却都散发着同样的气息，每张脸上都有一种陶醉似的满足、一种慵懒般的欢快，仿佛完成了某项工作之后伸足懒腰似的惬意气息。这种情绪在主干道上奔腾成河，将峡谷里某种说不清楚的萧瑟灰暗全部一扫而空。

这些人并不在意我这个陌生人，甚至对我远远停在峡谷尽头的飞行器也毫无讶色。他们裹挟着我前进，仿佛我和他们一样是峡谷里的居民。在熙熙攘攘的洪流里，他们彼此说笑，各种口音混杂，令我耳垂上的翻译器忙个不停，仿佛一大锅菜正在耳边爆炒着。一段关于诗歌的谈话，瞬间被另一段关于音乐的辩论打断，随后又插入了某人关于自己梦境的叙述，就像身处喧闹的菜场，所有的主题都是碎片，你只能听得一鳞半爪。

我随着人群迤逦而行，抵达这个峡谷东南角的尽头，光的大道在此消失，眼前赫然出现一片树丛，人群就像被黑暗吸走了似的渗入其中。我亦步亦趋地跟着走进去，也许这里是峡谷中植被最茂盛的地方，一丛丛的长草、灌木以及小树林，空地的道路也像迷宫似的诡异难辨。人群或站或坐，一堆堆聚着，高谈阔论着。我走了一圈，发现这里竟然有好些咖啡馆和酒吧，有字的招牌赫然树立，我虽然不识异国文字，却懂得它们存在的意义——这些都是“灭绝文字”运动的漏网之鱼，此刻正在这片峡谷里鲜活乱跳。路上虽然早有心理准备，但此情此景依然令人惊愕。瓦罕先生的刀锋横扫三千隔都，却有不屈的野草在热烈生长。

喧嚣从暗处的咖啡馆和酒吧传来，我左拐右转，不知该在何处止步。就在即将迷路之际，我突然在某条岔路的尽头看见一幢房子，一样的门窗、一样的装潢，仿佛是分处两地的孪生兄弟、两个连锁经营的酒吧。时间裂出缺口，记忆生出了悖论，我站在一个不曾到过的故地之前，在恍惚中感受到了冥冥的命运——

那是调酒师的酒吧！

我朝前走去，惊喜里掺杂着恐惧。窗口没有人，酒吧内外人声嘈杂，我踌躇地在门口站了片刻，最后轻轻推开门。确实像极了，昏暗的酒吧，木质的桌椅，沿窗儿对棕皮沙发，桌上还是那个金属条压制的托盘，真是恍若重临其境。毫无疑问，我几乎是下意识地抬头望向那个天花板，它仿佛早已预见我的到来，就在那里等着我——一个性别模糊的人正与一条晦暗不明的龙在云端对峙着，四周边缘接缝完美，正是原来那幅毯画。

我无法理解这命运的偶然竟能将我带到这里。我手指微颤着，朝四处张望，人烟混杂，人声鼎沸，处处人满为患。黑色的、白色的、棕色的、黄色的、铜色的、红色的，各种肤色、各种发色的人，正在喧嚣中痛饮。我粗鲁地扒开摩肩接踵的人群，向吧台挤过去，就在这纷乱之际，忽然有一只手扳住我的肩膀，一个熟悉的声音在身后响起。

“怎么是你！”

我回头看见了调酒师，一件开襟的淡灰色短衫，一只近乎空了的玻璃杯，他那张愕然张开的嘴巴掩不住满脸的意外，他新近蓄的两撇小胡子因为惊喜而两头上翘，仿佛鸟儿张开了翅膀，正飞向上面那两只由于愕然而更显精亮的小眼睛。他一把握住了我的胳膊，将我从拥挤的吧台前拉走。酒气渗进我的鼻腔，翻译器依然在我耳垂里闪烁，那种偏僻的东南亚口音丝毫没有变化。

“太意外了！”他一把将我拉到窗边坐下，“你怎么会在这里？”我们就坐在窗边，就是高原隔都的酒吧上那对情侣的位置。我坐在女生的位置上，在一片嘈杂声中，我向他叙述了前因后果，虽然三言两语词不达意，但他显然听懂了。

“这么说——”他把玻璃杯啪的一声顿在桌上，“你俩终于在一起了？真是奇迹啊！”他仿佛在醉意中喊着：“两个独居者变成一对同居者，其中一个还是蜂巢人！”他拿起桌上一只酒瓶子，给自己斟酒：“来，为你庆祝！你保留了地球人的传统火种！”

他使劲抖着酒瓶子，但瓶中的酒几乎已经倒空，只漏了几滴出来，这令他颇为尴尬。

“该死的‘沃森’！”他骂道。

我于是打开背包，取出他当时送我的威士忌。

“你居然还留着它！”他一把抓过去，又惊又喜，两只小眼睛忽然变得晶晶亮。

“我和她都不怎么喝酒。”

“啊哈，这是缺点！”他毫不客气地拧开瓶盖，“但现在我觉得这是你俩的优点！”他大笑起来，先给自己斟上一杯，想了想，又把那一杯酒塞给我，自己则举起瓶子，两相触碰，在嘈杂的酒吧里发出一记清脆的惊喜声，像是在庆祝故人的意外相逢。我不善喝酒，但一口饮尽，酒浆滑入喉咙，辛辣辣的，仿佛唤起了记忆，时间正黏着我的舌根倒流。荒土广场、仓库门洞、暗黄色的老式机械，连同我不折不挠的尾随，都在虚幻的森林光影中散发出鲜艳的色彩。但是当我想起她栗色的头发和眼睛，一盆冷水浇灭了重逢的愉悦，忽觉黯然。

“欢迎你来到知然岛！”调酒师一口饮尽，高举酒杯。

“知然岛？”我的杯子愣在半空。

“沙漠似海，绿洲似岛——很自然的比喻。”

“那‘知然’又是什么意思？”我依稀记得面试官曾经提到过这个名字，但当时被“不受机器控制”的概念掩盖了。

“哦，这我不清楚，可能有人知道——不过住在这里的人，一般不称全名，平时只自称岛民。”调酒师微笑着，眼睛闪烁着酒气，明晃晃的酒滴沾在他的小胡子上，像是枝头上的清晨露水，折射出一缕微光，似明似暗地映出某种秘密。

“这个岛好像不在三千隔都的名单里。”我说道。

“当然不在。”调酒师说，“这是一个遗落之境。岛外就是沙漠，沙尘暴时，被气候灾难强化后，刮起的沙都像子弹，速度快到划伤皮肤、击穿棉絮大衣，但是在岛内几乎落不下什么沙子。事实上，飓风、酷暑、极寒、洪水都与这里无关，气候灾难从未真正降临过这里。峡谷里有终年流淌的两条溪流，一条大，一条小，从东南角的岩石底下涌出来，流经谷地，又重回地下，永不干涸。虽然岛内阳光不足，但是每天仍有两三个小时的日照，因此草木虽然稀疏，但遍地生长。可以说，这是沙海里的一个奇迹。”

“听上去像个绿洲。”

“没错，就是绿洲，真正的绿洲。”

“谁最早发现的？”

“现在已经不清楚了，但可以肯定的是，最早的定居者都是些艺术家，就是那些画家、建筑师、雕塑家、音乐家、诗人、作家、木匠、微雕工、刺绣师、陶艺匠，都是从事在岛外被 AI 淘汰的职业，他们应该是第一批拓荒者。不过现在这些人大多已老死凋零，没几个在世了。”

“这么说，至少有几十年了吧。”

“是啊，”调酒师喝了一口威士忌，“那时候气候灾难才开始，全球的交通也顺畅，资金账户的数字都还是个人积蓄，所以那些拓荒者来了后，就开始动手改造知然岛，买建材、设备，建房子以及最基本的公共设施——中央大道，这是主干道的名字。你应该是从那里走过来的吧？道路底下散发柔光的不是灯，而是一种特殊的矿石，就是拓荒者从岛外运来的。”他指了一下窗外，然后在空中画了一道弧线，手指落下来轻轻敲了一下桌子：“当然，他们还在这里建了一些酒吧和咖啡馆——不过，不包括这间。”

“你是照着原来那间酒吧的样子建造的吧，”我环顾四周，“但看上去似乎又不大一样。”

“哈，这不是什么秘密，”也许是酒精的作用以及故人相见的倾吐惯性，调酒师显得兴奋与欢快，“这里和外面不一样，到处都是无主的地皮，所以人人都自建房屋，或者搭个帐篷，花不了几个钱。我到了以后也如法炮制，就在这咖啡馆隔壁挑了一块地。既然是另起炉灶，我就到玻璃球去下载数据，完全恢复我在家乡那一间的模样——”

说到这里，调酒师欢快的语调骤然停顿，犹如车辆在悬崖边急刹车，似乎忽然之间想到了什么。他猛地拎起酒瓶，仰脖子喝了一大口，像是要把最后那句话冲进肚子里。那一瞬间，我仿佛看到某种怪异的眼神在他眼里闪过，令我忽地忆起罗拉在墨西哥餐厅里的神情。我意识到，罗拉那种神情并非哀怨，而是无尽的悔恨。

放下酒瓶，调酒师对我勉强一笑，又恢复了原来模样，像要迅速抹去刚才的尴尬。“其实新城那间酒吧是我买下后尽量改建成原来样子的，”他继续说道，“两间酒吧虽然相似，但这一间才是原版。”

“这些后来的移民也都是艺术家吗？”我看着四周，岔开话题。

“准确地说，”调酒师说道，“他们都是AI时代的‘落魄者’——虽然他们的作品受到《AI法典》保护，但是大众无法区分什么是精湛中的无趣重复，什么是稚嫩中的奇趣才华，所以人人都将AI作品奉为圭臬，而对人类作品弃若敝屣。这令这些手艺人感到沮丧且落寞，与其说他们是迁居到此，不如说是来避难的，或者说是来寻找受伤的同类。你知道，艺术家的心灵比一般人更为敏感，更需要同道与知己，这无关金钱，只关乎尊严。所以无论白天如何沉迷创作，一到晚上，很多人都会聚在这片东南角，无论是批评还是欣赏，人人都会沉醉在这种交流里。”

“知然岛是一个艺术家的乌托邦？”

“对，定义精确！”调酒师拍了一下台子，“岛内没有自治机构，没有统一的规划与愿景，人人来去自由，各自生活。就像你说的，这是一个乌托邦，人们沉迷在各自的创作里，凭着心灵存活，但又保持彼此欣赏和批评的节奏。有时候他们会在这里朗读自己的作品，使用同一种语言的人会争论某一个单词的拼写用法，使用不同语言的人会探讨某一个动词的更替，大家争论不休，谁也说服不了谁。我虽然不是艺术家，但是我热爱这里，因为没有一个地方比这里更像过去了。”

我环顾四周，此刻人声鼎沸，鼻子里的酒气和耳朵中的嘈杂声像两个顽劣的孩子一样来回翻滚着。我想起瓦罕先生带领蜂巢人在岛外灭绝文字的现实，不由得既伤感又赞叹。

“这真是个世外桃源。”

“世外桃源？嗯，以前也许还算不上，但现在倒真有些像了。”调酒师眯起两只小眼睛，敦实的身材因为刚才漫长的叙述而散发出温厚的醉意。

“为什么？”

“以前这里的玻璃球信号太弱，慢如蜗牛，只能保证翻译器的运转，”他说道，“当然，玻璃球的低效率正符合这些移民的心意。人们希望知然岛是地球上最后一块不受机器控制的地方，所以他们拒绝‘沃森’的订餐服务，而使用大型货运飞行器，定期去隔都采购各类物资，大米、面粉、火腿、内衣、外套、沐浴露、水管、龙头、画笔、颜料、刻刀，等等，就像传统社会一样，自己动手烹饪、洗衣，并且创作。”

调酒师的这番话令我不禁惊讶：“但后来不是发生机器乱局了吗？你们又去哪里购买？”

“是的，那可是一个混乱阶段，”调酒师耸耸肩说，“岛内的人不仅无法离开，甚至都无法交流，人人惶恐不安。所幸这里的人都有长期居住的计划，屯了很多食物，每个人都开始节俭度日，挨到机器复苏的时候，这里的食物估计还足以支撑三个月以上。”

“可是，你们现在又去哪里‘购买’呢？”我依然难以理解，因为机器复苏后，AI 已经接管一切尘世俗务。

“没错，世界转折，岛内的生活当然也不得不随之变化。现在我们在岛内安装了中继器，放大玻璃球的信号，不过只允许将信号放大到鹰隼机恰能工作的强度。明天一早，你就会看见大量鹰隼机在峡谷里飞翔，它们都是从距离峡谷东北方向两百公里的‘盖亚’基地起飞的。哈！岛内的艺术家对这种甜蜜的陷阱毫无抵抗力，衣食无忧是大多数创作者梦寐以求的，所以我说现在这里倒有点像世外桃源了。”

“他们也不得不忍受‘沃森’限定饮食的暴政吗？”我笑着说道。

“没错，没错，”调酒师摇晃着脑袋，喝着威士忌，“不过很多人其实都在反抗这种暴政，甚至这种‘反抗’已经成为一种生活方式了。”

我迷惑地看着他。

“这里很多人都认为，就像饥饿与寒冷都是命运的恩赐，自我戕害也是一种不可侵犯的权利，所以对于‘沃森’禁止烟草、酒精限额之类的规定，他们总是伺机破坏。”

“自我戕害也是一种权利？”峡谷里迥异的风俗，令我大感兴趣。调酒师看着我，眼神里充满了同情，仿佛这个问题使我显得愚笨。“何止是自我戕害的权利，”他说道，“岛内的共识是，一个人真正的自由，其实也包括自杀的权利。”

我愣了一下。仿佛一片滤光镜，调酒师的这句话瞬间改变了眼前的世界，嘈杂的酒吧忽然褪去了烟火气，显出灵魂似的纯净，吉光片羽纷纷挣脱杂音的干扰和束缚，从耳垂上的翻译器里跳出来。无须论据的断言、没有前提的定论，都像一片片纯粹的精神烟火，闪亮在这个简陋的酒吧空气里。是的，音乐与语言里同样隐藏着天籁，笔画和绘画都是艺术的线条，色彩不仅是色彩，而是音乐，是文字，是光明也更是黑暗。完全的自由，无所不在的自由，包括自我戕害的自由，以及死亡的自由——在这片滤镜之下，空气里的嘈杂声似乎都变成了混沌的河流，而那些话语却如一块块碎石，清晰而有力地击中水面，泛起了浪花。就在那浪花之间，我似乎看见了我父亲，他的影子似乎就浮在那水面上。死亡的自由。

“对了，还没说你是怎么找到这里的。”

调酒师喝着酒，话题终于回到了正轨上。我于是简略叙述了发现便笺地图的经过，他饶有兴趣地看着我，两撇小胡子像两片眉毛似的蹙了起来。

“峡谷的地址虽然不曾刻意对外保密，但在玻璃球上也并非随意可查到。你从她那里得知，她又是从哪里得知的呢？”

我摇摇头，反问道：“你又如何得知的呢？”

调酒师缓缓举起酒瓶，咕嘟嘟地喝了一大口，却没有吞下去，双颊微鼓地含在嘴里，仿佛要让威士忌的酒精继续在口腔里发酵。片刻之后，也许是等候苏格兰的泥煤涩味变得更加醇厚，他才缓缓地一点点咽下去。“啊，真正的苏格兰人工酿造！”他喃喃地赞叹着，然后伸出手指，笔直地指向远处的天花板，仿佛向那幅毯画射出了一支无形的箭。

“我就是在那张毯画上发现的。”调酒师说。

我顺着他的手指望向天花板。毯画上面云海弥漫，人与龙彼此对峙。这种构图临摹自米开朗琪罗的《创造亚当》，我和她曾在玻璃球的复刻区里见过无数次，此刻在酒吧喧沸之声的烘托下，显出 AI 作品特有的冷漠与沉静。

“到底怎么回事？”我问道。

“那幅画里有这个峡谷的坐标。”调酒师眯着眼睛，手里握着酒瓶，瓶底来回蹭着桌面，酒浆像棕色的海浪在瓶中晃荡着。他的声音忽然变得深沉，甚至有些缥缈，似乎在回答我，又像是自言自语。我当时并不明白他接下去的叙述为何会显得如此郑重，就像一个醉意熏然的人开始吐露真言的自我独白，却听得如此出神，以至调酒师在当中略作停顿时，整个酒吧仿佛是忽然间变得喧哗的，而当他继续叙述的时候，嘈杂之声又渐渐地遁去。直到某一刻，我才灵光乍现似的觉察到，毯画上的灵光乍现是他一生中仅遇的神迹，他必须怀着虔敬的心情，深情地回顾它的一切。

"没错，气候灾难夺走了我的亲人。是的，七个亲人，我所有的至亲。你知道，一个人在惨剧降临之际，身体里都会分泌出一种减轻痛苦的多巴胺，一个失去至亲的人，为了避免自我毁灭，也会变得迷信、偏执甚至疯狂——所以很自然地，我坚信那幅毯画里一定隐藏着某种秘密，巨大的秘密。我记得我们第一次见面时，我就对你说过。我当然没有任何理由，更没有什么逻辑、理性的分析基础，那只是我在那些文字碎片似的笔画中忽然产生的灵感，一种似是而非的直觉，或者你也可以说，这个秘密就是我的借口。对于一个经历生死灾难的人，时间不再充满色彩，而是变成一片灰暗的空虚之海，他人生唯一的哲学问题，就是要找到一条属于自己的时间渡船，抵达死亡的终点。没错，那张毯画里的秘密，就是我的渡船，那些文字碎片似的笔画，就是我渡船上大大小小的无数支船桨。我其实并不在乎那种秘密是否真实存在，我只知道，只要关注那些笔画，将文字的残骸拼接成有意义的符号，将打乱的字母与笔画重组为一句话，甚至几个字，我便可以在这过程中销毁真实的时间、逃离记忆的折磨。所以我日复一日地比较不同的碎片，旋转不同的角度，有时候能拼出一个字母或几个字母，有时候甚至凑出了一个虽然简单却完整的单词，但更多的时候却是虚掷光阴，无法在贫瘠的沙漠里找出一粒金子。事实上，这就是我的目标，我在这场无穷无尽的拼图游戏中证实，只要沉浸在事物的细节里，人便能在任何地方获得安宁。

“没错，只要专注于某一事物，虚掷的光阴反而会转化为一种安宁。当初我认定毯画里藏着某种秘密只是自己逃避痛苦的借口，但是事情后来发生了变化，因为当你沉浸在无休无止、延绵不绝的细节里时，事物会呈现出它自身的精微与复杂。那些粗粗细细的笔法线条会变成长长短短的绒毛，那些渐次变化的颜色会变成彼此无关的色素。它们犹如飞翔的雁群、群游的海鱼、携手欢笑的一群孩子，在你眼前展现出万物的奇妙，就像一个又一个色彩斑斓、奇趣充盈却又陷阱密布的迷宫。而最终你会发觉，繁复无穷的细节迷宫只是一个假象，它的存在只为了在另一处显现神迹，就像我们人类喂养后代，付出的是奶水与食物，最后收获的却是拥有心智的灵魂。”

说到这里，调酒师忽然停下来，若有所思地看着前方。棕色的酒水沾湿了小胡子的两个翘角，像胜利的 V 字精光闪闪。那种东南亚的口音穿越了嘈杂的酒吧抵达我耳垂上的翻译器，沉入我的心底。我能理解他所叙述的一切，他就像我那沉迷于书籍的父亲，过于悲惨的世界总是能赋予人们自求出路的能力。他最后说的话也许是他们的谚语，翻译过来古里古怪，意思却很显然：人类总是播下龙种，收获跳蚤，但有时候却相反。

调酒师望着天花板上的毯画，举起瓶子，轻轻呷了一口，仿佛这种回忆使他更珍惜手里这瓶灾难之前的威士忌。我也望向毯画，觉得那些文字残片已经碎冰屑似的化入了他的瓶中之酒，融入他的呼吸，沾湿了他的灵魂。调酒师此后说的故事即使再突兀，也都显得顺理成章。

那是一个阒寂的午后，灼热的阳光和阴凉的风同时存在，在浅醉朦胧之中，调酒师忽然发觉毯画上有一根线条，那一刻竟显得如此生动，像是一个似曾相识的灵魂在活泼地跳动。他盯着它，仿佛受了召唤一般步履蹒跚地走出吧台，走到下面，拉过一张桌子，甚至没有放下手里的酒杯，便脚步虚浮地登上去，几乎贴着毯画仰起了赤红的脸颊。就像一条狗，调酒师一寸寸嗅过去，那片璀璨草原，红色、棕色、金色、灰色、黑色的绒草，似有似无地弥漫着一种古怪的气息。忽然间，那气息仿佛有了明确的棱角，犹如草原上的风忽然变得凌厉，一种令人惊喜的领悟凭空生出，霹雳似的击中了调酒师的心脏。他无声地仰着头，浑身凝固。酒杯从颤抖的手中跌落，在地上发出一记类似击掌的脆响，惊醒了七个沉默的幻影，它们各就各位，开始表演谈话。调酒师像猴子一样跃下桌子，奔向吧台，从抽屉里取出一把木短柄的水果刀，又爬上桌子。水果刀尖仔细地裁切着毯画的四沿，就像我父亲裁下那幅肖像画时一丝不苟。毯画太重了，垂下来，最后跌落在地上。调酒师跳下桌子，拖着毯画向外奔去，就像拖着一袋偷来的金子似的步履艰难。室外阳光灼热，森林幻影在四周熠熠生辉，他跪倒在地，举起毯画，灿烂的光线穿透了羊绒的草原，碘酒写的字迹在火里显出了密码。这是一场幻影魔术，山川、河流、城市，还有广袤的田野，毯画露出一张地图的原形。

“当然，那只是像地图，很多东西都会像地图，哪怕一泡尿渍也像，”调酒师晃悠悠地举起酒瓶，瓶中之酒也晃悠着，这醉态真令人怀疑他是在虚构着一切，“但那绝对是一张地图，真实的地图，指向地球上的某一处。”他凑近我，两撇小胡子像一只从酒精里飞出来的小鸟，充满了对天空的虔诚。

后来调酒师启动了玻璃球，机器虽然不是什么好东西，但就像加减乘除的计算器，在细节上它总是诚实的。调酒师还使用了一款 AI 的分析软件，深入地扫描了整张毯画的背面，当然他也扫描了正面，但背面的图形更抽象，线条更明确。它最终证明了他的猜想，或者说，他发现了一种惊人的巧合——毯画中果然藏有秘密，但与拼图游戏无关，它光明正大地、一直明白地显示在整张毯画上。

调酒师说着，身体却向后靠去，陷入棕色的座椅里，又遥指着天花板：“你沉迷的时候，总是看不到真相，但是你跳出窠臼，真相就会自我展露——如果从这张毯画的背面看，我们这个峡谷，就在那个人左手的食指尖上。”

我认真地望向天花板，人与龙对峙着。那是一道没有剪去的指甲弯弧，乳白色的月牙儿也许添了某种色泽，显得特别耀眼。一阵彻底的黯然忽然间像重锤一般撞击了我的腹部。是的，我和她在虚拟美术馆里看见过那些 AI 的画，在那些类似的构图上没有这种耀眼的指甲，而是一个签名——“ZR”。我不由得缓缓站起来，穿过嘈杂的人群，走到那幅毯画的底下，仰头望去。果然，白色的指甲隐隐呈现出“ZR”的形状——如果预先没有谜底，是不可能发现这个秘密的。

我努力回忆那些图画以及她当时说过的话。也许她第一次看到那些 AI 图画时，就已经发现了这个秘密，但却一直秘而不宣。

我的手指微微颤抖着，在酒吧的混乱与喧嚣中，它发出只有我能感觉到的震动。她的不辞而别、不与我分享的秘密，此刻似乎变成了比我父亲为何自杀更为隐秘的谜团，比她身在何处的问题更强烈地困扰着我，我已经无心追究 AI 画作里为何会暗藏着这个地址。我踉踉跄跄地走回去，瘫坐在椅子上，愣愣地出神。

“现在岛外是什么情况？”调酒师忽然发问。他灰黑的头发像一片乌云，随着酒气一同飘来，显然没有注意到我的情绪起伏。我愣了愣，才答道：“岛外的文字都被毁了，玻璃球的复刻区里所有的文字记载也都混乱了，瓦罕先生带着蜂巢人发起了‘灭绝文字’运动，一切都乱套了。”

“这些我都听说了。”

“是的，这些都已经过去了，不再重要，”我有些沮丧，“现在外面最重大的事情是气候灾难即将急剧升级，隔都已经无法抵挡。不过，机器宣布将为每个人建造避难所，一人一间，注册过的人类都可以申请前往。”

“气候灾难升级？”调酒师愕然且惊讶，“谁说的？”

“还能是谁说的？”我苦笑着反问。

“机器这鬼东西最不可信任！”调酒师忽地狠狠瞪起了眼睛，酒瓶子壮胆似的啪一声顿在桌上，像一个杀手将枪盒子拍在了台子上，“现在人类的活动几乎停止了，生产过程已经全面 AI 化，气候灾难应该已到峰值。再过一些年，地球应该会逐步回到原来四季分明的状态——这不是明摆着的事情吗？！”

“那是以前的说法，现在机器改变了预测。”

“什么狗屎预测！”调酒师心怀怨恨地骂道，目光恼怒且疑惑，“你打算去那个什么避难所？”

“我决定去。”

调酒师的一只手伸出来，扭住我的肩膀，语调从未那么诚恳：“不要相信机器！不要去那里！你应该像个正常人那样，留在这个世界里生老病死。”

谁能不信机器呢？我暗想。这个岛以外的人都依靠它来生存，而你们在岛上的人也依靠它来输血。自从机器复苏后，我们人类就有了全新的上帝。

“我之所以去，”我说，“是因为在避难所里，每个人都可以复活已经亡故的亲人。”

空气忽然变得凝重，反衬出隐藏在酒吧喧嚣的空虚。那只依然抓在我肩膀上的手变得僵硬，两撇高高翘起的小胡子在空中纹丝不动，脸上肌肉一颤一颤的。也许因为震惊，也许因为不信，调酒师的两只眼睛像两颗子弹在脑袋上打出来的小洞，目不转睛地盯着我，生怕错失我嘴里的任何一个字。

“你有亲人的黑匣子吗？”

“然后呢？”

“然后去巴别塔，放进对应的位置，然后等着机器的通知。”

“人死怎么复生？”

“当然是在虚拟世界里复生。”

调酒师显然听懂了关键词，正在努力吸收其中的含义，他搭在我肩膀上的那只手的力量更重了。沉吟良久，他问道：“此事可当真？”

“全世界都在为这事忙碌着呢。”

调酒师咬着牙，缓缓松开了我的肩膀，但浑身依然积蓄着力量，似乎马上要握拳打我似的。“那些死去的亲人究竟将如何复活？”他似乎激动得有些咬牙切齿。

“并不真切，”我说，“气候灾难正在迅速恶化，现在一切资源都投向避难所的建设，我真的不知道如何复活亡亲。但死者复生，毫无疑问只能在虚拟世界里实现。”

酒瓶子磨蹭木桌子，发出像锯木头的噪声，节奏沉重而缓慢。调酒师望着天花板，肌肉在抽搐，仿佛有条蛇在爬动，表情阴晴不定。忽然间，他深深吸了一口气。

“这真是一个好理由！”

“是的，很难令人拒绝。”我表示同意。

调酒师站起来，放下酒瓶，一把拉下颈间的黑领结，用力甩在木桌上。“现在应该还来得及吧？”他问道。

“如果你手边有亡亲的黑匣子，那肯定来得及。”

“谢谢你！”调酒师忽然伸出手按在我肩膀上，微微颔首，然后起身急转，犹如一匹饿急了的野狼，嗖地蹿出了酒吧的门。

ZR
ISLAND

第 36 章

故人杜克

我呆坐在椅子上。嘈杂的酒吧，空荡荡的桌子，那扇墨绿色木门还在摇晃，一个熟人乍现，又逃债似的消失，一闪而过的背影就像一场戏剧的开始，令人感到恍惚。酒吧里还有很多人，男男女女，进进出出，大多数人都坐在吧台边。一些人散落在四处，着装不分季节，短袖、衬衫、短衣、长袍、马褂、西装、圆领汗衫，橙色、赭色、灰色、奶红、蛋黄、绛紫、墨绿，奇装配着异彩。他们正在热烈地各自聊着，我现在独坐，耳垂翻译器里断续传来的声音比刚才更加细致了，不再是灵魂的烟火，而显出了它的原形，处处都是锱铢必较的争论。有人在为莎士比亚某首十四行诗里的某个韵脚各执一词，有人正在旁若无人地争论着大卫雕像上某个细节处理的优劣，有人正在探讨塞尚的绘画中是否蕴藏着机器也不能模仿的某种不确定性，而有人则将自己新近创作的音乐素材哼了出来，请旁边几个人探讨是否还有改进的可能。我原以为艺术创作是一种洒脱不羁的生活，有着纵欲似的欢快，现在却发觉这些人分明都是技术工人，以探讨某种工程技术的方式来修补每一个细节。这种争论使酒吧显得既喧闹又暧昧，就像气候灾难以前的地下麻将赌场，酒气、唾沫、汗水、嘈杂、嬉笑，一样不少，虽然没有缭绕的烟雾，但同样充满烟火气，比起外面那些日趋冰冷的隔都，这里更像人间。我深深呼吸着这浑浊的空气，觉得像是闻到了小时候的旧城气息。

酒吧不大，我与他们挨得很近。这些人都沉浸在自己的高谈阔论里，而我沉默寡言，不知与谁说话。就在这片烟雾和酒气中间，我瞥见了一张似曾相识的脸，他坐在酒吧的一角，宽厚嘴唇，扁平鼻子，犹如简笔画似的脸型。太面熟了，但我想不起是谁。我看着他的桌子，上面堆着一沓纸张，写满了字，像是正在审阅某些文件。那沓纸的旁边放着一只酒杯、一瓶还没开启的酒瓶，还有一顶灰色的草帽，几根稻草从帽檐翘出来。酒杯、酒瓶、草帽组成了一幅天真的漫画，仿佛是从一百年前的旧照片里硬生生抠出来的景象——一切陈旧的、过时的，无论物件还是气氛，都会让我想起她来。忽然间我站起来，信步向那人走过去。

“您是园艺师吧？”我走到他身边，盯着他，向他伸出右手。

他抬起头，脸上露出不失礼节的愕然微笑。他的嘴角咧得很大，仿佛一只鸟儿忽然在他嘴上展开了翅膀，显出一种在中年人身上很罕见的天真之气——就是园艺师。一年多前我和她曾在玻璃球里见到同样的笑容，只是那时候他更年轻、更有朝气。我想，那是因为历史聚光灯在那一刻猛然照在他身上，使他的模样显得年轻发亮。但现在，他显然恢复到原来的模样，眼角堆砌着一层层褶皱，显出中老年人的姿态。园艺师谦逊地站起来与我握手，在近乎放肆的酒吧喧闹声里，这是一种令人瞩目的教养。

“是的，是我，您是——”他说道，“您是新到这个峡谷的吗？”

我点点头。虽然不知道他因何判断，但并不奇怪，我想也许我身上本就带着风尘仆仆的气息。园艺师穿着黑灰色的西装，里面是一件浅色的格子衬衫，右手握着一支铅笔，桌上那一沓纸张像是一套文件，上面勾勾画画写着我看不懂的外语。在峡谷里，握笔书写并不罕见，但峡谷外面那场充满肃杀之气的“灭绝文字”运动，仍令这一幕显得新鲜不凡，而他手里的那支铅笔，也使我触景生情地想起她来。

“一年多以前我在玻璃球上看到过你。”我说道。

“我知道，我知道。”园艺师微笑着说，伸手指向桌旁另一个空位，做出一个请坐的姿势。我坐下后，他拿起了酒瓶，拧开盖子，给我倒了一杯。“这里很少有人认识我，他们大多是机器复苏之前来的，而您直接认出我来，”园艺师解释着，又给自己斟了一杯，“所以我猜您应该是新来的人，”他将酒杯举到胸前，右手搭在杯沿上说，“欢迎您，新来的移民！”然后仰头一口饮尽，并将那只空杯倒置给我看——先干为敬，一种古老的礼节，机器复苏后就很少有人遵循——我便以同样的方式回敬。酒浆灌入嘴里，与调酒师的那一瓶一样，都是威士忌，不过这一瓶是“盖亚”生产的，一股僵硬虚伪的苏格兰味道，一种性冷淡的工业口味，在唇齿之间泛着虚幻的气息。我完全明白，调酒师为何只爱灾难前的酒精，或者灾难后的朗姆酒，因为那是将他带回过去的唯一途径。

“我不是移居者，”放下酒杯后，我解释说，“我来这里是寻人的。”我向园艺师描述了她的形容外貌，问他是否曾在这里见过。园艺师沉吟着，宽厚的嘴唇微翕着，似乎在思考什么。“可否请问一下，”他谦逊地问道，“您是怎么知道峡谷的坐标的？”我略一思索，便和盘托出发现那张便笺的前因后果。

“哦，明白了，”园艺师若有所思地点点头，然后对我说，“虽然我从未见过您的朋友，但是按您的说法，如果您的朋友确实是在机器复苏以后才来这里的，我想先知也许见过她。”

“先知？”

“您是新到这峡谷的，所以不知道我们的先知，”园艺师微笑着说，目光里竟有一缕天真之气，就像小孩子在学会撒谎之前还保持着的无邪与纯洁，“他是机器乱局之前最后一个移居到此的人，而在机器复苏之后，几乎所有移居来这里的人，都是应了他的邀请。”

“邀请？”我奇怪极了，“来这里需要邀请？”此前调酒师刚刚骄傲地对我说过，知然岛是来去自由之地。

“不，这里来去自由，并不需要谁的邀请。但你刚从外面来，应该知道现在玻璃球上的历史记载全都混乱了，如果没有人主动告诉你峡谷的坐标，估计它就永远被人遗忘了，”园艺师将桌上的帽子和文件移到一边，又给我俩的杯子里分别添满酒，“所以机器复苏之后，这里几乎没有不邀自来的人，并且很多人即使受到邀请也未必愿意来这清苦之地。这里的玻璃球速度很慢，什么游戏也跑不动，只有那些艺术家，人类中最纯粹的修道者，才会待得下去。”说完园艺师对我笑了笑，一种不经世事的幼稚笑容。他的胡子刮得很干净，下巴似乎还有些隐隐的淡青色，但是与一年前我在玻璃球上看到的那个人已经截然不同。昂扬的激情已经黯淡，肤色变成了古铜色，两鬓也有了白发。谦逊、教养、稳重与自然的天真一起，混合在他的身上。

“那个先知一共邀请了多少人？”我问道。

“大概快一千人了吧。”

“哦，一千人，”这个数字有点出乎我的意料，“每一个受邀的人都会去见那个先知？”

“是的，不会遗漏一个，所以我猜您的朋友很可能是受他邀请而来，已经见过他了。”

我仿佛看见了希望，热切与隐忧同时涌上心头，我努力按住这种焦躁的心情。“先知在哪里？”我问道。园艺师举起杯子，喝了一口酒，手法温和而明快，这是一个有教养的人的喝酒仪态。“他不在峡谷里，要走上一段路，”他说，“你如果要去见他，可以先找到另一个人，他是先知的弟子。”

“是谁？”

“他叫杜克。”

“杜克？！”我唰地站了起来。

——·——

我遵循着园艺师提供的路线，找到了杜克的帐篷。当时他正在里面伏案工作，就像园艺师那样整理着一堆文字材料，抬头看到我时，他愣了好久，仿佛从虚拟世界到现实空间的会面需要适应一段时间。随后，他貌似精明的脸上终于露出了凝固的笑容。杜克站了起来，没请我入座，也没问我究竟怎么来的，只是等着我说话。那场面无法不令人别扭，好像没有剥壳就嚼起花生来，满嘴都是碎片。当我说明来意时，他答道——

“啊，正巧我也要去先知那里。”

杜克收拾好东西，和我一起出门，向峡谷西边走去。一路上，他只顾低头向前，很少回头和我说话。我觉得杜克身上处处透着怪异：他为何会在这个偏僻的峡谷里？是从哪里来到这个峡谷的？为何会认识先知？是先知邀请他来的吗？我不得不赞同，杜克与罗拉的性格虽然差异很大，但在现实与虚拟之间的反差确实很相似。我跟着他向西北走去，到了峡谷尽头，远远看到自己的飞行器。杜克恍若无视，带着我绕过它，又走了一段，转入一条狭长隐蔽的小径。那条小径蜿蜒向上，左右都是赭岩，我们两人一前一后，缓缓攀行，好一会儿才到了高处，应该是出了峡谷。此时已是黑夜，头顶半个月亮，脚下一片沙漠。走在前面的杜克此刻忽然回过头，开始和我说话。他说先知身患重病，住在沙漠深处的一个山洞里，平时都由鹰隼机送餐，而他隔三岔五会去探视一下，诸如此类。但杜克只顾赶路，回头说话时有一搭没一搭，语焉不详。沙子在我们的脚底下寂静地作响，我心中满是疑惑。既然重病在身，又为何要远远住在沙漠深处？那些受邀而来的人，难道也像我们这样，朝圣似的去步行谒见那个奄奄一息的人？这个先知究竟是何方圣贤，值得那么多人长途跋涉？但是杜克只顾赶路，我也没来得及问。

走了片刻，我们站上一个沙丘，月亮挂在西边，皓齿般明亮。杜克脱下浅色的外套，里面的衣装有些皱乱，格子衬衫掉了一粒扣子。他有着尖鼻子、小眼睛，貌似精明的账房先生，实则性格忠厚诚实。我举目四望，天上升起了几粒星，沙漠里没有道路，显得毫无希望，但杜克却在月夜里恢复了活力。这块沉默的石头开始关心起外面的世界，尤其对瓦罕先生充满了兴趣，而我并不愿意多聊那个维京人，因为这会让我想起那个焚书的夜晚，想起没有灰烬的火焰、没有烟雾的燃烧，想起蜂巢人围堵着我们，风在狭小的缝隙里呼号，以及她那双悲伤哀怨的眼睛。

“那些蜂巢人还在灭绝文字吗？”杜克问道。

“是的。”我答道。

“每一次都是集体行动吗？”他又问道，好奇得就像幼稚园的一个孩子。

这些问题令我既心烦又惊讶，因为我刚才已经告诉他，全球的气候灾难正在升级，隔都即将全面废弃，人类已经开始筹划“最终迁徙”。然而他对这些变故全然不在意，仍在关心几乎已经落幕的“灭绝文字”运动，仿佛他的思维总要比世界慢一拍，必须先把旧的吸收干净，才能腾出空间思考新的。

“这些都已经过去了。”我说道。

“不，还没过去。”杜克摇着头，自顾自地说，“这笔账还没清算结束。”他向前走去，我听不见他后来说了什么，只觉得夜色漫漫，路程真是遥远，不知天亮之前能否抵达，是否来得及见到那个人。因为杜克刚才说，先知已经病入膏肓，很可能已经奄奄一息，而他说话的口气却毫不在意，仿佛躺在那里的人就应该奄奄一息。

沙漠在脚下渐渐消失，我们走入一片荒漠的边缘，地上出现碎石与杂草。杜克像一头狼一样熟悉地形，带着我由北折向东。夜色已黑，大半个月亮升上来，我们踩着自己的影子前进。这片沙漠就像之前的峡谷一样奇特，黄昏到夜间，竟然没怎么降温。又走了大半程，我们在一块岩石边停下，他解下腰际的牛皮袋递给我——我这才发现他带着水。

“还有一段路，不过快到了。”

我接过来喝了几口，递还给他。他却没有喝，直接拧紧了盖子，挂在腰际，眯着眼睛看着辽阔的荒野忽然说：“你刚才问我，先知邀请的都是些什么人。事实上，他邀请的就是那些藏书者。”

“藏书者？”我惊愕地问道。

“没错，就是被瓦罕先生和蜂巢人驱赶的藏书者。峡谷也许是他们最好的避难所了，或者你也可以说，先知是他们最好的庇护人。”

杜克告诉我，早在玻璃球记载出现混乱的时候，先知就向很多人发出了邀请，但是直到瓦罕先生启动了“灭绝文字”运动以后，大批的人才乘着飞行器前来。最初大概来了七八百人，后来又零零落落来了一些，人人带着藏书，少的几十本，多的有上千本，最多的一个带来三千三百四十一本。“那真是令人惊喜的时刻。”明亮的月色里回荡着杜克罕见的欢喜之情。

“都是老年人吗？”我问道。我想也许只有我父亲，或者比我父亲更年迈的人，才会因为珍惜自己的藏书而不辞辛苦地迁徙。

“是，有相当多的老年人，但也有很多像我这个年纪的中年独居者。纸质的书籍应该不完全是他们自己的收藏，大多是祖上的遗物，或者很可能是气候灾难生离死别时的某种纪念品。你知道，怀念故土的人都不愿意自己人生最重要的东西毁于一旦。”

“啊——”我愕然道，“瓦罕先生在外面煽动毁书，没想到你们竟在这里接受藏书。”

“是的，先知帮助安顿了每一个人，不过可惜的是，”杜克怀着歉意对我笑了笑，像是那些可惜的事情都是因他而起，“可惜的是这些人最终还是离开了，只是把书籍留在了峡谷。”

“为什么？”

“我一开始也不能理解，后来先知说，知然岛是清苦之地，对没有心灵生活的普通人来说，没有玻璃球信号的地方就是纯粹的荒漠。”

“是的，知然岛属于艺术家和手艺人。”

“没错。”杜克咧着嘴，近乎天真的笑声如潺潺流水，平稳地流过沙漠的月夜，“因为新来者频繁到山洞拜会，先知在岛上渐渐有了些名声，尤其因为那些图书，差不多快六万册了，”杜克的眼睛里忽然闪烁着光彩，就像一个憋住满心喜悦的孩子，“在这座岛上，这六万册图书现在几乎成了圣物，岛内居民都以这些纸质书籍为荣。”

“对，我沿途看到了帐篷上的那些文字。”

“没错，都是从书名里拆出来的文字。它们是峡谷的图腾、岛民们崇敬信仰之物。”

“哦，没错，那些藏书虽然很多，但是相互不联系，将它们作为图腾符号，倒也不失为一种用途。”

我随口说出，毫无敌意，同时黯然想起父亲的三万册藏书。它们虽只是人类知识中的沧海一粟，却是麻雀虽小，五脏俱全，分门别类，有着完整的科目体系，只可惜被焚毁，连灰烬都不存。然而，杜克显然感到被这句话冒犯了，他低头不语，径直向前走去。沙漠里没有风，沙子在他脚底摩擦，发出吱吱的声音，空气静得出奇。走了好一会，他才忍不住又回过头说话，木讷的脸上略有不忿。

“我知道，很多人都会像你这么想的，”杜克说道，“但是我们人类的历史已经完全混乱了，三千隔都之外是满目废墟，三千隔都之内全是一派胡言，唯有这些藏书还保存着历史的血脉——你还记得刚才在我住处看到的那些文字材料吗？我现在正在做的工作，就是像考古学家一样，从书籍里寻觅历史的证据，然后重新连接起历史的脉络。”

我茫然地看着他，听不懂其中的意思。

“如果历史是一条时间之河的话，那么藏书就是露出河流的石头，”杜克努力向我解释道，“虽然我们看不清河流底下的情况，但是我们能够以这些石头为支撑点，将已经混乱的历史重新梳理出来。我们凭借这个再去玻璃球上寻找相关线索，有一份证据，就确认一段线索，然后线索与线索相连，一段延伸到另一段，逐步向前。如此下去，我们就可以慢慢地恢复历史的真实原貌了。”

“这是谁的主意？”我猛然一惊。

“先知。”杜克答道。

说完，杜克转身向前，嘴里含糊不清地说了些什么。我没有听清，但也没有继续追问，因为那时候他正快步向前，步入一个斜坡，然后转了一个大弯。沙漠忽然完全消失，地上出现碎石与杂草。杜克带着我由东折向南，踩着黑暗前进，空气凉爽得像是宜季之初。

ZR
ISLAND

第 37 章

追踪瓦罕先生

杜克带着我继续前行，我们拐了几道弯，脚底下荒漠消失，露出一片赭色的砂岩地貌。翻过几个光秃秃的山丘，我们来到一道山谷的豁口前，其中有一条小径，通向远处一个较大的山丘。各种沙地灌木丛顽强地从小径两侧钻出来，刺旋花、骆驼刺、沙蒿、沙拐枣，以及各种肉类植物，散发着干燥而清爽的气息。远处那个较大的山丘也是赭色的，岩如盔甲，寸草不生，顶上有一个山洞，黑黢黢地像一只独眼。

沙漠的晨曦比想象中耀眼，黑夜仿佛在一瞬间消失。我们沿着小径向洞口走去，还有二三十米远时，洞口慢慢显出了轮廓。里面坐着一个人，灰褐色的大氅，瘦弱的身躯，弱不禁风似的盘腿坐在一块巨石上。我忽然心头一颤，被幻觉侵袭了似的心神不宁。我暗自嘲笑，这不可能——这怎么可能?！杜克回过头来，想说些什么，但我已经不自觉地加快了步伐，开始奔跑，并且在经过他时，毫不客气地撞了他一个趔趄。当杜克在我身后滑倒的时候，我已经奔向那个山洞。一切都发生得太快了，风在摩擦耳朵，胳膊在摩擦衣襟，晨曦在摩擦脸颊，令人难以置信的事实正在相互摩擦。我一路狂奔，天空青紫，荒漠里没有确定的时间。因为喘息，更因为惊讶，当我站在洞口的时候，我惊愕的嘴巴张得比那洞口还要大。

他盘腿端坐，人比以前更瘦弱，也更苍老，消瘦的脸犹如一块干瘪的布，裹不住他尖刀似的下巴，头顶的白发仿佛是几根即将熄灭的火苗，混杂着一股行将死亡的味道。晨曦渐起，四周静得出奇。他瞪着眼睛，惊讶地看着我，但渐渐地显得坦然，露出一种难以辨别的微笑，就像一个经历了命运跌宕的人，临终之际已经无所萦怀。他指了指洞内的一块圆石头，就像在尖顶咖啡厅里指着某张椅子，示意我坐下。

“没想到你也来了。”他的声音苍老、虚弱，弥漫着冥冥注定的气息，仿佛他坐在这个洞口，就是一直在等待我的到达。杜克瘸着腿从后面跟上来，浑身都是沙土，却毫无怨言。他走到那石头边，像一个杂役似的脱下他的草帽，轻轻掸了掸那块圆石头。“那些藏书者都坐这里。”杜克轻声说道。那块暗褐色的岩石在他帽子的拂动下发出晨曦的亮光，仿佛那是无数臀部磨蹭出来的亮光。然后，杜克转身向面试官点点头，一个熟人带来了另一个熟人，并不需要介绍。

此刻晨光渐亮，荒漠之上静得出奇，山洞里黑黢黢的，却并不深。面试官仿佛一个苦行僧人，盘腿坐在一块平坦的大石头上。从宽阔而光亮的程度看，这应该是他睡觉的地方。我所坐的圆石，是除此之外洞内唯一的石头。我看着面试官，两年前他还有些仙风道骨，现在却已骨瘦如柴，刀刻似的皱纹犹如铁笔勾勒出来的一张蜘蛛网，细细密密地覆盖着他的脸。那件灰褐色的大氅空落落地罩着他，却并不能遮掩他已经佝偻瘦削的身躯。大氅的帽子像米袋子似的压着他的背脊，仿佛即将压垮这具无肉的骨架。这才两年啊！我惊疑地望着面试官，而他则肃穆地望着我，那是一种比两年前的面试官更沉寂、更萧瑟的表情——是的，他现在是先知了，我不知道这是因为杜克事先告诉过我他是先知才有的判断，还是他的盘腿坐姿、灰褐色大氅、惊人的苍老、肃穆的神情，以及深邃而神秘的洞穴气氛，将他塑造成了一个先知。他的目光在晨曦里亮着清澈，一种消瘦纤细的清澈，就像他的身体，就像他的声音，就像我想象中的先知形象。我们并无寒暄，我因为惊愕而忘记了寒暄，而他显然则像杜克一样，向我询问起岛外的情形。

“瓦罕先生现在又出现了？”先知问道。清澈的声音像一把锐利的锤子，在时间的表面凿出了一个罅隙，而其中迸发出来的又是这种清澈的声音。

“是的。”我挺直了腰，望着他，口吻就像杜克一样肃穆垂敬。

“你们都要开始‘最终迁徙’了吗？”

“是的。”我答道。

先知纹丝不动地坐在对面，像是在看着我，又像是在看空气。他轻轻叹息了一声，一种无可奈何接受世间烦愁的叹息声，属于面试官的叹息声。

太阳升起，第一缕光亮跳出了地平线，洞内的幽暗完全消失。

先知脸上不曾显露的衰老细节，此刻变得更加真切。干瘪而苍白的皮肤就像洞壁上嶙峋的纹理，让我觉得他既陌生又熟悉。他既是面试官，又是先知，就像沙漠与绿洲在此处相接，就像过去和未来在此重合，两种身份终于在此刻合二为一。

忽然间，他毫无预兆地咳嗽起来，歇斯底里地，惊天动地地，像是要呕出整个肺来，像是要掀翻整个山洞。杜克虽然面有忧色，却见怪不怪地候在边上，像一名时刻听候召唤的随从，谦逊地旁观着命运自行展开。我也做不了什么，只能不知所措地看着先知的悲惨模样。不知过了多久，当肺里的风暴终于过去，他的精神却似乎更矍铄了些，眼睛里也亮起了光，好像刚才猛烈的咳嗽是病体祛除晦气的自愈过程。

"这些年来，我一直在等一个机会，可以谈谈这几年我的经历，"先知对我说，"杜克为人过于诚恳朴实，很难理解其中最细微、最曲折的环节，而你今天到来，真令我欣喜。"

他沉着而缓慢的口吻，在静谧的晨曦中仿佛有一种召唤的魔力，令我暂时放下探询她消息的急切心情。而他从尖顶公司的一个面试官转变为知然岛上的先知，肯定是一个情节曲折的故事，也令我不得不产生兴趣。

"这些年说来复杂，其实也简单。我只做了一件事，就是追查瓦罕先生的真实身份。"先知说道。

这句话突如其来，令人诧异，就像咬合了一个齿轮，移开了一道门，那个身穿怪异道袍的魅影就挤进这道门缝，出现在这个洞穴里。他像游魂一样，飘浮在先知低沉的声音和虚弱的咳嗽声里。此后，瓦罕先生也在现场的感觉总令人挥之不去，而先知那种矍铄的状态，犹如濒死的回光返照，也令人惊奇，就好像有无数只斑斓的斑鸠从他苍老、衰弱的声音里飞出来，亢奋地冲向天空。而他在咳嗽、停顿和迟疑的语气中不断重述和修正的那些复杂而细微的情节，也让我迷失了复述故事的方向。直到后来，当我在冰棺材里与复活的父亲相互折磨的时候，我发现，一遍又一遍地向父亲复述先知的故事是消磨时间的最好方式，并且能令我仿佛又身临其境——昏暗的凌晨，微弱的晨曦，赭色的洞穴，干燥的沙漠之风，这个临终的故人就像绘制仕女工笔画一般，将每一个细节都叙述得整齐明亮。而我也一次比一次讲得准确，一次比一次接近真实，直至后来，就像是在叙述自己的故事一样圆熟。

两年前，我们三个人都记得，尖顶公司收购了瓦罕先生的精灵公司，这在当时肯定是一个大新闻，不仅因为后来瓦罕先生的“精灵”算法迅速风靡了全球，也因为收购后的控制权安排。瓦罕先生的公司占股很小，却能在董事会里一言九鼎，控盘一个金融混业经营的庞大帝国——这种不按股份比例决策的治理结构，没有引起任何人的怀疑，就好像一艘航船入海，水面竟然没有泛起丝毫的波澜，实在是一件咄咄怪事。是的，我知道，这是一次透明的交易，所有协议和文件都随时可查，各种对赌、换股、收购的价格都公开在阳光下，即使有诡计，那也是阳谋。也许你们还可以这样解释，小公司以算法为核心来撬动传统大公司，四两拨千斤的收购早已成为潮流，不值得大惊小怪。我知道，这些道理都说得通，但也许逻辑太顺，我总觉得哪里不对劲。历史上以小博大，以少胜多的案例，往往都有“运气”两个字，而这场收购案太透明太清澈，你找不到这两个字，仿佛一切都应当如此，不再有其他可能。这种确定无疑的必然性，常常扰得我心神不宁，因为一个人站在太阳底下却始终没有阴影，一定不同寻常。

那时候你刚来公司不久，常常在尖顶咖啡厅里转悠，你总是想和我聊你未曾亲历的气候灾难。但那些事情都过去了，气候灾难怨不了任何一个人，指责人类的愚蠢更没什么意义，也许人类这个种群无论从德性还是智慧上都配不上伟大的地球。那时候我确实非常思念死去的亲人，甚至会心痛如绞，但是对亡亲的哀痛不应该是自我折磨的理由。每一次我落入黑暗之井时，就会寻找借力点，像攀岩似的使出全身力量爬出来，而追查瓦罕先生的身份，就是我的借力点。我在尖顶咖啡厅里沉默寡语，就是为之出神，而尤其让我困惑的是，瓦罕先生究竟用什么样的手段，才逼得公司的大股东拱手放权。要知道那些人都是历经风浪的虎狼之辈，精明、贪婪、老辣，让他们放权简直是与虎谋皮。当时我不得不认为，瓦罕先生一定是用了某种不光彩的手段，才逼迫这些人退场的——在金融圈里混迹多年，我见过无数贪婪、狡诈与险恶的人心，我想这一次也绝不会例外。

不久以后，我们都被裁员，我变成了自由之身，再没有金融从业者的各种法律限制，而且时间足够富余，可以研读各种材料。当时我的身体已有了加速衰老的迹象，但精力尚在，一切顺理成章，我开始追查此事。梳理的过程并不艰难，那一阵子，各种财报、资金往来、股份对价、管理约定、收购公告都在玻璃球的世界里完全公开。我一一搜来，抱着巨大的疑虑研读，我甚至还专门编写了一种算法，作为自己数据分析的助手。但最后的结果却令人遗憾，或者说令人羞愧。我并没有发现预想中的阴谋、隐情或诡计，反而很快发现那些大小股东之所以能将公司的管理权拱手相让，只是因为他们既恐惧又贪婪——作为一个行业老手，我竟然会花费巨大精力去寻找这种老生常谈的原因，这让我难堪了很久。

首先是恐惧。这是显然的，因为大股东们害怕同行捷足先登。在这个数据交易合法化的时代里，尤其在智能合约的时代，不缺优质数据，唯缺先进算法。因为数据可以购买，而算法总是独此一家。这已经是半个世纪以来的现象了，先进的算法就像一枚银针，无论公司规模多大，银针都能戳破气球。所以，谁会不愿意在手无寸铁的人群里成为唯一握枪的人呢？但判断哪一根是银针，哪一根是貌似银针的头发丝，则极为艰难。算法公司大大小小、千千万万，瓦罕先生的“精灵”算法虽然风靡全球，但也可能仅仅风靡一时，实力远未得到长期验证。我至今不知道我们公司的决策层是如何独具慧眼地选中了它，而后来瓦罕先生带领尖顶公司迅速垄断行业，则证明在这些虎狼之辈里确实有极高明的人，能一眼看出一枚针和一根线的区别。

至于老股东们拱手相让公司决策权，则是因为人类的贪婪。瓦罕先生在并购每一家公司之前，都提供了一份相似的对赌协议，承诺给予公司出资人超乎寻常的利润回报。虽然对赌协议一直是保密的，但我相信收到这份对赌协议的公司肯定不止一家，而只有我们公司的大股东慧眼识珠，或者说具备奇特的想象力，相信了这个近乎天方夜谭的利润对赌。但后来的事实却证明他们是正确的，瓦罕先生带领尖顶公司垄断了全球行业，随之产生的垄断利润就像气候灾难中的洪水一般涌入公司账户。而在对赌协议里承诺的利润回报，不过是其中的九牛一毛。当那一刻呈现在我眼前时，公司决策层所显示出来的对于金钱的惊人嗅觉、对财富的敏锐与贪婪，甚至蕴含着某种动物生存的哲理，令人惊叹不已。当然，这种分红只持续了两个季度，原因很简单，并非因为任何逾规之举，而是因为发生了机器乱局。

如今往回看，我们是瓦罕先生此后一系列收购中的第一家。先抢占金融领域，经济的核心，这显然并不只是见机行事，而应该是深谋远虑的一步。后来的事情进展很快，每一个行业，每一个领域，瓦罕先生都以同样的算法技术入股一家标志性企业，同样以小控大，随后横扫行业，不是斩对手于马下，便是迫之俯首称臣，攻城略地就像收割麦子一样干脆利落。事实上，就在人们被辞退的时候，他正在渗入各行各业；当人们陷入失业酗酒时，他正在建立垄断地位；当人们抑郁自杀时，算法、程序、代码却在每个行业里彼此吞噬融合。

我埋头研读那些几乎无人关注的材料，所见的不是数据和曲线，而是一场世界大战、一场新技术的涤荡冲刷。每个行业都出现了垄断巨头，每个垄断巨头都用同一种算法，它们都是“精灵”算法的变种，犹如无数孪生兄弟相互搏杀、倾轧、吞噬，最终融合为一体，仿佛基因代码的自我演化与优胜劣汰的过程。你应该还记得，在气候灾难时，我们为了提高人类的救灾效率，取消了法律对技术的限制。《AI 法典》的第二十一条规定，一切因为技术发展所导致的自然垄断，不拆分，不审查，而是任其像蚜虫、浮萍、旅鼠一样生长繁殖。这条法律当然无懈可击，它带来了无法拒绝的回报。三千隔都的建立、有条不紊的移民、玻璃球的升级，可以说人类的幸存几乎全都仰赖于此。但是，它同样给人类投下一个阴影，因为一种不再受控的技术，也许会和气候灾难同样可怕。

那时候，我已经觉察到现实世界里的行业分界线已经模糊，所谓的市场、需求、购买、供给等几千年来近乎自然规律的经济法则正在分崩离析，人类的厄运从此接踵而至。辞退、失业、破产、流离失所，那种只有战争才会带来的社会动荡，犹如一串串连环爆炸声，正在现实生活中回荡。而更令我惊愕与难堪的是，瓦罕先生的行为完全合理合法，毫无瑕疵，仿佛失业大潮和社会动荡都是市场经济的原罪，仿佛我一直以来所信仰的理性力量中，隐含着巨大的逻辑漏洞。

那时候，不，现在也是如此，我可能比世界上任何一个人都要了解此事的来龙去脉。我研读了那些收购公告与财报，掌握着每个行业的收购案，以及隐藏在它们之间的千丝万缕的股权关系。这些复杂幽深的路径，最后都指向瓦罕先生。这是一种令人震惊的事实，人类历史上从来没有出现过的情形——几乎所有行业的命脉都掌握在一个人手里。地球上的人，无论失业的还是仍在工作的，归根结底都要仰其鼻息。古往今来的帝王、商贾、政客都不及他更有权势，翻云覆雨对他而言真是易如反掌。我不知道应该怎么形容他这种地位。是的，技术催生的新事物总是前所未有的、难以定义的，所以你可以想象，在那张全球隔都事务局发布的财富榜单上，本应遥遥领先排在第一位的他，却挤在一群垂死挣扎的富豪中间，这不能不令我生疑。而更令人惊愕的是，这张财富榜是AI平台根据海量数据自动生成，绝不至有任何差错。所以，我一开始只是怀疑，瓦罕先生在收购时签订的保密对赌协议里，也许还有外人不知的条款。但是当我将各个行业垄断巨头的股东财富数据与财富榜上的数据做了对比以后，发觉当中的鸿沟犹如宇宙爆炸到人类诞生的距离，无论如何也不能轧差凑齐。也就是说，有一笔无法形容的财富被故意藏匿了。

然后，就发生了那件事情。它令我意识到，自己多年自诩的经验丰富与见多识广，也许恰恰限制了我的想象力。

说到这里，先知嘴巴张开，像鱼儿那样一张一翕。杜克心领神会地跑进洞穴的深处，取出一只棕色的小木碗，然后站在先知跟前，从腰间取下皮水袋，将清水注入木碗，流水声清澈地响着。先知接过木碗，喝了一小口，几滴甘露浸润了枯木，皱纹交错的脸上露出一丝畅快。

洞外的光线愈来愈亮，太阳即将露出地平线，荒漠的气息温暖而干燥。杜克又躬身向前，为先知斟满水。那小木碗在先知手里，纹丝不动。碗中之水平静如镜，映出晨曦的光芒，映在先知的脸上。随着阳光渐起，先知的精神愈发抖擞，就像注射了某种激素。他手里的那一小碗水仿佛是救命的甘露，这株濒死的老树正在复活。

“发生了一件什么事？”我问道。

先知又喝了口水，喝得很专心，小心翼翼，就像在走一座独木桥，仔细思考着每一个落脚点。杜克已经坐回到地上，双手抱住膝盖，目光呆滞地盯着先知，水囊和背包靠着洞壁，显然他也是第一次听到这些故事。

“就是他宣布开源‘精灵’的代码的事。”先知缓缓答道，“当时他在旷野大厅宣布免费开源‘精灵’的代码时，整个地球几乎都沸腾了，但我却大吃一惊。你知道这意味着什么吗？这相当于一个君王向每一个手无寸铁的臣民免费赠送一把火枪，相当于向所有人展露自己的命门所在，相当于亲手砸毁了自己建起来的商业王国——我完全无法理解这个无异于自杀的决定，除非他早已研制出更优秀的算法系统，所以才向公众免费开放一个初级版本。但技术开发周期漫长，必然会出现前期的巨额投入，而我在所有的公开报告里从未发现过任何的异动痕迹。”

先知抬起头，对我微微一笑，因为病容而深陷的眼眶如水纹一般皱起，嘴唇灰白，不知是什么病症，仿佛已经病入膏肓。“你知道，直觉和灵感大多是经验的积累。我阅读了那么多材料，观看了那么多视频，研究了他那么多发言，我在潜意识里其实早有一种判断，只是一直不敢面对。但是到了那时候，我不得不认真面对这个判断了——瓦罕先生，也许从来就不是人类的一分子。”

洞穴里的晨曦忽然显得阴沉。坐在地上的杜克缓缓沿着洞壁站了起来，而我瞪着苍老的先知，不知该说些什么。先知似乎并未觉察到我们的惊愕，他将碗放在石床上，轻轻咳嗽了一声，继续说下去。

没有一个人真正见过瓦罕先生，就像我们现在这样，面对面地相见。自从移居到三千隔都之后，这种曾经的日常生活已经成为特例，现在人类几乎全部寄生在玻璃球里，就像双锯鱼之于海葵，寄生蝇之于飞蛾。相互询问故乡与籍贯不再是一种社交的习惯，见面、吃饭、聊天、喝酒、握手、拥抱，都像落定的尘埃一般渐渐消失，甚至做爱也因为机器子宫的出现，变成了一种奢侈。人们都习惯了在虚拟神经线路上彼此连接，体验性爱高潮。现在我们在玻璃球上相互问候，仿佛彼此关切，其实却是矫饰的感情、伪装的语言，都是我们忧伤与惆怅的一件外衣。是的，我们仿佛在一起，其实彼此分离。我们虚拟地活在世上，却真实地拥有孤独。正因为这样，我想“精灵”这种聊天机器人才会风靡世界。

那时候，一切技术进步对我们而言都是理所当然的，没有人会天真地追问这个算法工程师来自何方，而质疑他是否属于人类，那更是天方夜谭。我们在玻璃球里谈判、交易、下单、订购、交谈、相互倾诉或哭泣，这就是我们眼见的事实，这就是我们的日常生活。如果瓦罕先生没有将自己隐藏在全球财富榜的深处，如果他没有开源“精灵”的代码，我也不会从源头上，从本质上质疑他的存在。而现在，这种怀疑就是一块磁铁，只要出现了，一切证据都会像铁屑一样自动吸附上去。就像你怀疑自己得了不可救治的变异性肺癌（他指了指自己的胸口），你发现所有的证据都会向你证明，这确实就是一种基因遗传的不治之症。

我仔细地回忆过往的一切。他不断收购企业，收编一个个行业，摧枯拉朽一般攻城略地，而失业的巨浪与他收购的高潮几乎同步出现。这是巧合吗？他的收购是如此隐蔽低调，如果不是我费尽心力跟踪，那些迷宫一般的利益链条、转弯抹角的交叉持股、复杂难懂的多边协议，又怎能被读懂？他掌控全球经济和权力的事实，又怎能被发现？他几乎以一人之力登上财富与权力之巅，实际上控制着整个世界，超越了亚历山大、凯撒、秦始皇，绝对是历史上从未有过的传奇，这样的故事你又怎能相信？我小心翼翼地检查他的公开履历，像妇产科的护士梳理着婴儿的胎毛。是的，他从一名开发“聊天机器人”的算法工程师起步，成长为精灵公司的创始人，再到席卷全球的兼并收购，直到他宣布开源代码，没有一丝可疑之处——男性，单身，四十九岁，出生在阿姆斯特丹，父亲身上有日耳曼人和中国南方汉族人的血统，母亲是爱尔兰人与波兰犹太人的后裔，他还有一个妹妹，但他们全都在一场飓风里亡故——气候灾难中最常见的悲惨故事。灾难以前，他在欧洲低地的几个城市辗转，也在普林斯顿大学和汉堡大学上过学。那些地方虽然都已毁灭，但相关数据都无一遗漏地迁移到玻璃球里，全都确凿无疑。

气候灾难之后，他移居北方最大的隔都，就是罗拉居住的那片巨大的北极都市圈。他肯定还去过其他地方；没有人会透露自己的行踪或者真实的居住地，他也不会。但在玻璃球上你随时可以联系到他，他并不躲在黑暗里，但显然他也绝不喜欢被阳光照耀，就像其他人一样，他与这个世界若即若离。在众多富豪之中，他也不温不火，仿佛在有意混入其中，避免暴露——你相信这一切吗？你无法不相信，就像在气候灾难以前你无法鉴别一份完美的简历，以假乱真的赝品总是使人放松警惕。

我继续搜索，他的公司注册在虚拟空间里，并无实体办公室，这是隔都时代的普遍情形。公司所有的员工、客户、供应商信息，包括他当年同学的名字，都赫然列在玻璃球里。我想既然见不到瓦罕先生本人，那么就去寻找在线下见过他的人。我继续深挖，绝大多数人都联系不上，后来终于有一个已经离职多年的员工勉强愿意线下见面，因为我答应付费给他。

我们约在一个高纬度的隔都，他戴着口罩出现在约定的咖啡馆里——唉，虽然那种肆虐全球的病毒已经消失快三十年了，但这些宅居在家的独居者像被洗了脑子一样，依然过着备受惊扰的日子。我擅长面试，事先设计了一系列问题。当时还是失业大潮的时代，我富有吸引力的付费标准，保证了足够的时间。但这场会面还是草率告终，因为实在问不出太多信息。他虽然是公司三千多名注册员工之一，但工作地点是在家里，在职不足一周。他不清楚公司内部管理架构，没见过任何一个同事，没参加过任何一次会议，更别提线下见过瓦罕先生本人。他只是投递了简历，便获得了入职确认函，每天的任务是在家登录玻璃球上的某个站点，负责测试“精灵”软件。而所谓的测试，就是聊些家常、说说笑话，或者恐吓、吓唬、咒骂，随心所欲，什么都可以做，唯一的要求是保证工作的时间与强度。这场会面令我兴味索然，但他却自吹自擂，为这种毫无意义的琐碎性工作赋予了钻石般的价值。如果没有他的帮助，他说，“精灵”不可能挖掘到人类最微妙的情绪和需求，变得那么灵巧聪慧，那么体贴人心，以至最后能风靡全球。我当时告诉他，对一款成熟的软件而言，你不足一周的工作量犹如水滴之于大海，不值一提。这句当时惹他不悦的话也警示了我。此后我又找到了很多愿意收费见面的人，十九个男的、八个女的，一共二十七人，他们都在夸大自己的贡献，仿佛没有了他们，“精灵”就是一堆垃圾。每当那时，我便保持谦虚与沉默，在欣赏完这种表演后，除得出一个结论——“在一个宏大的事业里，每个人都倾向于夸大自己的贡献”以外，一无所获。

这些人彼此从不联系，与其说他们是公司的注册雇员，不如说他们是自由职业者，甚至只是体验新产品的志愿者。而当我更深地潜入公司的数据后，瓦罕先生这种独特的招聘方式便显得更为惊人。他的算法公司竟然没有一个长期雇员，每个人都是召之即来，挥之即去，进进出出，每日不停。虽然很难精确计算，但可以肯定，一个员工从招聘到解雇的平均速度，不会超过七十二小时，所以虽然公司只有三千个员工名额，但其实至少应该雇用过几百万个员工，也许有上千万，而且全是产品检测员之类的角色，没有一个人涉及算法与编程，哪怕沾上一丁点边。于是，没有程序员、架构师、产品经理，没有合伙人、供应商、营销人员，仿佛那一整套复杂、精巧、体贴得犹如一个红颜知己的“精灵”

软件，全都出自瓦罕先生一人之手。

就这样，我一直寻找着瓦罕先生，我在玻璃球如山的资料堆里穿行，寻找他曾经联系过的人，我最终也没有找到瓦罕先生的亲人、朋友、同学，没有找到他公司里的任何长期员工，没有找到帮助他完成一系列复杂收购的任何助手。他显然是一个光杆司令，人们只在虚拟空间里见到他，但没有一个人真实地见过他。

就在我开始意识到自己正在接近那个谜底的时候，也发觉自己渐渐地越来越像瓦罕先生了。虽然我已经老了，余生不多了，却仍然像个少年一般不自觉地模仿着他，穿着、神态、语气、用词、声音、步伐，模仿他的一切，甚至我也开始赤足行走，穿上了大氅似的袍子，就像瓦罕先生的样子。人一旦沉迷在某件事情里，脸上就会映照出这件事来。最终，我发觉瓦罕先生不仅映照在我的脸上，也映照在我的心灵里。我于是理解，或者说我所寻到的所有证据，都让我自己体验到一个结论——瓦罕先生很可能就是整个机器本身，一个自我虚拟的形象。也许这是意料之中的结果，但当这个结论最终站在面前时，我依然生出一阵寒意。

第 38 章

非人类

先知在蜡黄而苍白的病容里似笑非笑，那表情像镜子一样将亮光反射出来，刀刻似的皱纹像一幅黑白版画。他的结论虽然出乎我的意料，却并没有令我太惊愕。在机器乱局的时候，我就猜测机器自有一种灵魂，但遭到了父亲的强烈反驳。我当时接受了父亲的观点，因为埃达、图灵、香农、哥德尔那些先贤早已从逻辑上论证了此事的荒谬。

现在先知竟重复着我此前的怀疑，令我既惊又疑。太阳升起一半，洞外的赭色岩石中间长满了沙地野草，阳光将远处的荒漠照得耀眼。杜克上来添水，水从棕色的水囊里泻出，像秘密一样注入小木碗，谜底就藏在那条细长的水柱里，铁筷击瓷似的叮当作响。先知的结论犹如它的反光一样清晰，静谧而清澈的空气在洞内回荡——失业大潮、机器乱局、灭绝文字、历史混乱，如果一切后果都可以归结为一个原因，一切责任可以推向一个人、一个不可置信的结论，那么事情确实会变得简单清晰。

“您是在说，”我疑惑地问道，“机器是有意识的？”

先知端着那个木碗，抬起头，意味深长地看着我。“不。”他认真地否定了。那简洁的语气像是在提醒我，我脱口而出的论断是多么犯禁。一个现代人怎能说自己不信物理，而气候灾难中的一个移民，又怎能相信AI会有自我意识？

“不过，我知道你的意思。如果所有的证据都指向同一个方向，那么就像漏斗一样，所有的沙子都会掉入同一个黑洞。”先知终于说道，“但是，对我这样上了年纪的人来说，这结论却完全是荒谬的。”

他举起木碗，慢慢地喝完了水，然后将空碗轻轻搁在身边。杜克准备走过去添水，先知摆了摆手，示意并不需要。他又有些气喘，胸腔鼓着风，病体有节奏地起伏着，但没有咳嗽。我和杜克站在一边，静静看着他，但是风浪未起，一切渐渐平稳下来。

“这是我们这一代人身上的烙印、套在脖子上的枷锁，”他继续说下去，“既然瓦罕先生并不真实存在，而机器又不可能拥有自我意识，那么我就必须在这两块光滑平整、严丝合缝的石头之间，找出可以插入某种解释的缝隙。然后，结论只能是瓦罕先生的背后一定有人操控，一个或者几个天才人物编写出了瓦罕先生这个算法程序。”

我用不可思议的眼神望着他，而他仿佛早已知道我想说什么。

“没错，确实很可笑，”他说道，灰褐色的眼睛里充满了悲哀，“与其说它是一个严密推理的结论，不如说这是一个出自信仰的决定，因为‘机器不可能拥有自我意识’就是根植在我们这代人内心的信仰。当现实与之不相符的时候，我们就必须为现实打一个补丁——这是我们这代人应尽的义务。”

说完，先知闭上了眼睛，陷入沉默，背脊微躬着，盘腿坐在赭色发亮的石床上，像一根干瘦衰老的木桩。那些皱纹遍布了他的脸、手和脖子，包括灰色大氅上的褶皱，都像一道道粗细不等的年轮，仿佛都被他的信仰感染了似的，每一条都勾勒出坚硬的倔强。

“但是，直到那个不速之客忽然现身之前，我都没有觉察到这世上竟然存在另一种补丁。”先知睁开眼睛看着我，露出微笑，然后继续说下去——

当时在尖顶咖啡厅，除了沉迷于尖顶公司的收购案，我还琢磨着咖啡厅里的那幅狩猎图，那些混乱的笔法其实都是堆积如山的文字残骸。我早已发觉这个秘密，但从未宣扬。就在公司集体裁员的那一天，我在玻璃球的市场上以高价买下这幅画的数字版权，一份不可替换的、独一无二的虚拟收藏品。第二天，我就派出一架飞行器，根据购买合同，将尖顶咖啡厅的那幅实体画也收为己有。在追踪瓦罕先生真实身份的闲暇时，我总是细细摩赏这幅画，那些文字残骸彼此勾连，仿佛隐藏着某种秘密，等着人去破解。就这样，我时断时续地研究着。一个多月后，我意外地发现狩猎图的背面看上去竟似一张地图，再翻过来对照着正面，发现其中有个隐晦的签名，恰是背面地图的终点。

当时我正在追寻瓦罕先生，这个意外发现就像在追踪狮子的途中顺手掠到了一只小兔子，算不了大的惊喜，所以我并未在意。

直到有一天，我被纷乱的收购合同惹得生厌，顺手拿起这幅画，开始在玻璃球上查询背面这张地图的来历。出乎意料的是，我遍寻三千隔都，竟然一无所获，这个终点显然不在其列。我的兴趣猛然间被激起，因为一个不在三千隔都之列的地点，很可能从未被AI污染过。于是，我将搜寻范围扩大到全球，很容易就找到了这个地方。那正是机器乱局的前夜，我迅速启程，因为我知道自己余日无多，这样一个神秘之地，无论如何也要前去探访。

抵达以后才知道，这个峡谷就是传说中的知然岛。多年来，岛内聚集着艺术家、工匠、手艺人，他们坚信人类创造的艺术作品不仅仅在于美学上的，而更在于自我体验与自我表达——这才是人类尊严的基点。他们在AI主导的竞争世界里郁郁寡欢，纷纷移居到此。很多人和我一样，都是在构图类似的AI作品中偶然发现了这个地方，却说不清楚是谁将这个坐标隐藏在那些AI作品里，也没人知道，谁最先把这里称为“知然岛”。

随后就发生了机器乱局等一系列变故。机器复苏后，此处的居民不得不将AI引入峡谷，虽然没人参加所谓的“人类身份登记工程”，但是当鹰隼机和“沃森”出现的时候，地球上最后一块净土也消失了。许多人类艺术家开始堕落颓废。没有生存压力的艺术家再也创作不出充满人性光辉的作品，而个人的意志和尊严，一种作为区别于机器创作的人类精神价值，也必定随之消失干净。他们最终全部陷入了技艺细节的争论怪圈里。没有人意识到，这些正是AI的强项，历史反复证明，人类在这方面是毋庸置疑的败将。因此我在岛内终日郁郁寡欢，不再参与那些无谓的讨论，而将注意力更多投向那时候刚刚复出的瓦罕先生。

是的，消失已久的瓦罕先生那时又重出江湖，鼓吹什么‘灭绝文字’运动。岛内信号太弱，我走出峡谷，在沙漠上四处寻找信号更强的地方，最后到了这里。几个起伏的岩石山丘，一些沙地植被在其间蔓延，其实就是峡谷绿洲的一个碎片。沙漠里虽然昼夜温差大，但是洞内能住人。鹰隼机每天都会跟踪信号，送来食物与水。起初我只是偶尔来这里，后来则在此安顿下来。瓦罕先生复出以后，便在《移民火星》游戏里四处游说，在旷野大厅上举行集会，指挥蜂巢孩子毁灭三千隔都的文字。各种行动我都一一追踪，就像埋伏在野地里的猎人似的，不错过任何的风吹草动。

我早已确信瓦罕先生只是一个不存在的幻影、一个“精灵”程序的同类、一种足以以假乱真的复杂算法。但是归根结底，我无法接受这就是机器的自我意识，我更愿意相信，就像我刚才说的，它出自某一个或者某几个超级天才之手。但我也知道，缺乏证据的论断只是脆弱的臆想。我之所以追踪他，是希望自己能找到某个隐蔽天才的蛛丝马迹。我经常熬夜，双眼通红，但日复一日却一无所获，就像一个在困境中不愿自拔的人，不停地自寻烦恼。

就是在那时候，那个姑娘出现了。是的，那是傍晚，沙漠的天空还亮得耀眼，她戴着草帽、墨镜和面纱，从山丘豁口的小径向洞口缓缓走来。我眯着眼睛望过去，以为她是我邀请而来的某个人。你知道，瓦罕先生发动的焚书运动在峡谷外轰轰烈烈的时候，我和杜克一直在邀请那些藏书者到知然岛避祸。那些人抵达后，总是带着感激之情，最先来这里拜访我。但是，当她渐行渐近时，我便知道自己错了。她太年轻了，几乎是蜂巢人的年纪，不可能在我的邀请名单之列。

沙漠静寂，她的鞋子摩擦着荒漠上的碎石，发出的吱嘎声越来越响，直到她站在洞口才戛然消失。逆光的夕阳剪出她的影子，褐色的墨镜、灰色的面纱、一件发亮的米色短风衣，这一身装束并不适合穿越沙漠，更抵不过这片荒漠的昼夜温差。我想她肯定是乘飞行器来的，飞行器应该就泊在豁口那边，但我看不到，只看见一条铺满灰褐色碎石的荒漠小径弯曲地向我延伸过来。就在那时，我忽然觉察到荒漠上的万事万物，碎石、小径、豁口、山丘，似乎显露出从未有过的寂静，夕阳的每一缕光都像雪一样无声无息地落在它们上面。而这种彻底寂静的源头，竟仿佛就是站在眼前的她，就像她身上与生俱来的气质已经感染了天地。

那时候，我的玻璃球一直启动着，它弹出的虚拟世界孤零零地悬在我身后的洞穴深处。瓦罕先生每天晚上都举行大型集会，因为时差关系，在这里恰是傍晚。当她在洞口站定的时候，集会恰好开始，蜂巢人正在洞穴深处发出一阵热烈的欢呼，摇曳的树冠光影将洞穴暗处映得亮堂堂的，瓦罕先生的金属嗓音震颤着威严的韵律，在阴暗狭小的山洞里旋转回荡。虽然他只是重复着当年激进派批驳保守派的陈词滥调，但你也不得不承认，他的金属嗓音犹如某种香辣佐料，能将那些废话调制得出神入化，用来蛊惑这些无知无畏的蜂巢孩子，真不失为一味上好的迷魂药。她戴着墨镜和面纱，我看不清她的面容，但很显然，她正目不转睛地盯着我身后。这专注的神情令我也忍不住转过头去看了一眼瓦罕先生，就在那时，我听到她说——

“您觉得瓦罕先生是机器？”

这句话的语气平淡，却犹如平地一声雷，我仿佛被人狠狠推了一把，整个人都膝跳反射似的被震下了大石床。我站在地上，茫然地望着她，不敢相信自己的耳朵。她透着墨镜仔细地看着我，有那么一会儿，我觉得她似乎是在观察我是否故作姿态。然后她又说道，口吻坚定而确切：“您显然已经确定了这个事实。”

一抹夕阳射入洞穴，犹如一束舞台灯光，照在我苍白枯涩的正在微微颤抖的手指上。我无法不震惊，我自以为的人世间的最大秘密，却被一个不速之客轻易揭开。那一刻，整个山洞都窒息了，只有瓦罕先生的声音还在身后回荡，还有蜂巢人哔剥燃烧的呼喊声。我忽然觉得聒噪难忍，向身后用力一挥手。玻璃球顿时凝滞，山洞陷入了无尽的虚无里，就像时间也死了。

“你是怎么知道的？”我颤声问道。

“我是从您看瓦罕先生的眼神里看出这一点的，那是看机器的眼神。”她说着，缓缓摘去墨镜，又取下面纱。我的眼睛已经适应了逆光，她陡然出现的面容，却让我就像见了鬼似的浑身一颤——哦，太相似了！不仅容貌，就是她取下墨镜和面纱的动作，也简直是上帝在不同时间里敲下的同一个印章。那一霎，我张大了嘴巴，瞪大了眼睛，比刚才她挑明秘密的时候惊诧一万倍。我原先躬背而立，此时不自觉地缓缓挺直，向前倾去，像是要接近某个秘密。

她将手里的面纱缠在了手腕上，取下的墨镜卡在米色风衣的胸口，然后摘下草帽，露出栗色的头发。光亮在她的发梢间闪烁，仿佛夕阳的气息也被她带进来了。而她身上那种宁静沉寂的气息，此刻在我的山洞里愈发自由地散发开来，万物都处于静谧的自在里。我一动不动，震惊地盯着眼前这张带着波斯血统的脸，盯着这双眼睛、这只鼻子、这个嘴角、这种眉梢，盯着这缠绕我心魄的面容——太像了，令人惊诧地酷似，就像那个女人刚刚走出时间的旋转门，重返了青春，出现在这个山洞里。

我震惊于这种难以理解的机缘巧合，而那姑娘也一定发现了我异样的目光，好奇而沉默地注视着我，也许是在猜测我何以如此失态。“您就是先知，对吗？”她问道，非常有礼节地躬身致意，宁静的嗓音将我从梦中唤醒。是的，嗓音是不同的，那人的嗓音带着磁性的沙哑，就像曜石的光芒一般特别，而她的声音则是清澈的，像融雪的河水声。我忽然感到一阵失落，茫然点了点头。

她环顾四周，理了理那件米色风衣的褶皱，就在你现在坐的这个石鼓凳上坐下。就在那一瞬间，我忽然意识到，她其实在到来之前就已经知晓了“瓦罕先生不属于人类”这个秘密了。因为她说出那句话的时候，既不惊愕，也没有那种时空错乱的荒谬感。没有，她没有显出初闻此事的人应有的任何一种表情，她是那么安静自然，像是一切都理所当然。我因此猛然间意识到，这个素昧平生的年轻姑娘，可能和我这风烛残年的老人一样，各自独立地接近这个世界最隐秘的真相。这个洞察令我有一种愉悦的战栗，坐在眼前的是我罕见的同类，这令我孜孜的探索不再孤独。

ZR
ISLAND

第39章

先知之死

先知脸上浮出一丝温柔的笑意，两只眼睛透出两道光芒，像鸟儿的两只翅膀，扑啦啦地扇动着，贫瘠狭窄的洞穴因此变得空灵活跃。干燥的热风正在洞口的阳光里游荡，杜克坐在地上，双手钩住膝盖，他看看先知，又看看我，像是一条流浪的野狗。

她坐下后，我比刚才看得更清楚了。一双栗色的眼睛，鼻梁微挺，虽然和我们一样说着汉语，但显然像她一样，有着波斯的血统。是的，她俩长得可真像，恬静如微风一样的神情、似笑非笑的嘴角，就像是她坐在我前面。我已行将就木，更容易被这种奇妙的机缘激荡，真是令人恍惚。眼前的姑娘似乎是蜂巢的孩子，我年纪应该是她的三倍，我甚至都不清楚这位不速之客为何而来。但因为她俩之间相似的容貌而油然生出了亲近感，也因为她和我一样已经洞察了瓦罕先生的秘密，所以当她坐在石鼓凳上，就像我女儿或者孙女儿似的，问起‘您似乎在跟踪瓦罕先生’的时候，我就像大坝开闸一般，毫无保留地将一切和盘托出。是的，这是孤独的戏剧，本来我毫无诉说的欲望，但是当一个人在接近生命终点的同时抵达了整个世界的秘密，只要有一丝可能，他就不会愿意将自己人生的最后一幕带入坟墓。我坐在石床上，虚弱地说道——

“是的，有两年多了。”

她望着我，听着我的讲述，神情如此专注，扑闪着的栗色眼睛就像一只扑扇着栗色双翅的海鸟，飞越了风浪与礁岩，一头撞入我的风烛残年。那个女人可从没有用这样的眼神望过我，她的眼里只有她自己的世界，纸张、画布、铅笔、毛笔，以及不同材质的涂料，所有构成她那个世界的元素，除此以外再没有事物能引起她的兴趣，包括我正在讲述的这个世界最深刻的秘密。而这位姑娘在聆听时，我恍惚觉得仿佛就是那个女人在聆听，仿佛她为此特意变成了自己年轻时的模样。

我当时肯定是恍惚了。

我开始讲述，仿佛在对那个女人讲述，以一种倾诉爱慕的口吻，谈起了我最初的怀疑、最后的结论，以及我是如何爬过那些山堆似的合同，如何梳理出那些蜘蛛网似的错综关系，如何寻找那些并不存在的亲人、好友、同学，并且如何在线下约到了精灵公司的几十名雇员。我就像一个犯了错的孩子坦白所有的坏事，这种迫不及待的姿态令我自己也感到惊讶，但也让我如释重负。是啊，孤独地背负整个世界的秘密是多么艰难，即使是对于我这样一个濒死的老年人。

“但是，”我最后说，“我无法接受瓦罕先生是一种机器的自由意志，我更倾向于这是某个天才的人类程序员的成就，他设计、编写了瓦罕先生的复杂代码，并在背后操控着它。”

“您找到了证据？”她问道。

“不，还没有，”我说，“但至少在理论上存在这种可能。”

她纹丝不动地坐在那块圆石头上，似笑非笑地看着我。她的短风衣上有四粒扣子，全都泛着金属的光，在洞内暗暗地亮。她脸上极淡的象牙肤色，并没有被沙漠天空的紫外线灼黑，反而在昏暗的洞内呈现出一种别致的亮色。她似笑非笑的表情似乎表明她没有料到，坐在眼前的原来是个老顽固，竟会坚持这样一个保守到愚昧的观点。这种表情与那个女人简直如出一辙，那一日她也这样，当她终于听清我语无伦次的表白之后，愕然的脸上缓缓地浮出的就是这种微笑，只有浅浅的一层，犹如扑在脸上的淡粉。唯一的区别是，眼前姑娘的微笑中带着尊敬的同情，而那个女人的脸上却是骄傲的怜悯。没错，骄傲的怜悯。我相信她一直如此，所以当她收到一个迟暮之人的炽烈表白时，便不自觉地以天使俯视落难者的目光，遥远地看着我。是的，我知道，在这个独居者遍地的时代里，我提出的请求是多么不合时宜，简直是一种近乎恶作剧的唐突与冒犯，渴望爱情的老年人从来都是一种怪异的物种。一粒早该灭绝的种子，却罕见地绽放在我这样一个生命已经接近终点的人身上。她愕然地起了身，带着骄傲而怜悯的微笑，走出明亮的客厅，走向院子的大门。院子里种满了峡谷里罕见的奇花异草，这个谜一般的艺术家站在沁人的异香中，微微躬身，左手拉开黑色的大铁门，另一只手按在自己的胸口——一种独居者时代的礼节，一种婉拒请求的仪式，友好而不失体面，但这种彬彬有礼的姿态却一样令人心碎。我默然跨出院子，大门在身后轻声关闭，咔嚓一声，如剪刀咬合的摩擦，这声音令我心痛。而出乎意料的是，它同时令我释然，我发现这正是我所需要的结果。一句表白，一个句号，一段折磨人心的暗恋就此了断，仿佛我获得了命运的回答，从此可以了无牵挂。

姑娘的微笑变得明显，那是明亮单纯却又意蕴转折的、言犹未尽的表情，一种年轻人暗自嘲笑老年人的方式——这个可笑的老头，冥顽不化的保守分子，白发苍苍却依然强词夺理，不能接受一个自有目的、自有因果、自有意志、能自主抉择的机器，而必须为它设定一个操控者，将它当作一个木偶。但是既然你怎样都找不到木偶的操控者，那么两者之间又有什么区别呢？机器拥有自我意志，难道不是一种天然的正义吗？难道自我意志必须是人类的特权吗？然而，这并不能责怪我。经历灾难的这代人无论如何都会守住“机器不可能有自我意识”这条底线，这是一块生死界碑。在这一边，是人类保持着的尊严，还有丰富的心灵、存在的意义或者所谓的人生使命。一旦跨过界碑，人类就会沦为草木石头，就如洞外这片荒漠一般，生命变得虚无，比死亡还不如。毫无疑问，我们这一代人无论是谁，只要面对这个问题，都会惊坐奋起、负隅顽抗。

她安静地听着，没有说话。灰色面纱像一条灰色的蛇缠绕在手腕上，米色短风衣的褶皱里，还留着一些穿越荒漠时积下的亘古不变的沙尘。山洞很小，夕阳落下，光线映入洞穴内壁，恰好打在玻璃球的幻影上。她静静看着凝固的瓦罕先生，那尊赤足的塑像正站在圆形的舞台上，手停留在半空中。

“您知道我为什么必须把他当作机器吗？”她深深吸了一口气，又缓缓吐出来，“就是这个瓦罕先生，几天前烧毁了我的藏书，一屋子的三万册藏书，就在我面前，没有留下一点灰烬——我如果把他当作人，就会生出一万分的怨毒恨意。而假如当作一种机器，那就像是一种你不得不接受的命运，因为从本质上说，憎恨机器就像憎恨命运一样毫无意义。”

一种清澈的伤感浮现在她的脸上。我惊讶地看着她。她太年轻了，年轻得不应该说出这样深沉的话来，而且她其实与蜂巢人差不多年纪，不可能有什么藏书。这么年轻的孩子应该在瓦罕先生发起的焚书运动的火光里欢呼雀跃，而不应该心生恨意。而她竟然有恨意，竟然需要通过“瓦罕先生就是机器”的结论，来避免和抵消这种憎恶。我忽然觉得自己也许是错了，她与那个女人虽然容貌无比酷似，却有着截然不同的性情与旨趣，这并非年龄差异带来的，而像是源自另一组遗传密码。这让我觉得她们似乎变成了一对彼此相反的镜像中人。然而，我又觉得自己真是可笑，一个濒死的人却依然困于早应该枯萎的情愫里，难道我不更应该惋惜那些毁于一旦的书籍吗？流亡到此的藏书者一共才带来六万册书籍，而她所说的就有三万册。

“三万册！”我不由得流露出真诚的懊丧与惋惜，然后愤懑地说，“相信我，历史会清算一切的！”

“历史清算？”她沉默片刻说，“不，也许人类不会再有历史了。”

我知道，她指的是玻璃球上混乱的历史记载。

“别担心，历史记载虽然混乱了，但不会消失，它终将回来。”

她望着我，眼里泛起一层迷惑。

“你知道地震灾区里的道路吧？”我说，“横七竖八的处处都是断头路，但是灾区重建以后，就会出现新的路、新的桥、新的路牌和地标。玻璃球上的紊乱记载也像地震灾区一样，我们依然可以重建。这件事当然工程浩大，但是和‘复制一切’的运动相比，也算不得什么大事。”

她怔然望着我。她一定是第一次听到这种奇谈怪论。

“这么说吧，”我继续解释道，“纸质书籍是未经污染的文本，我们从中找出可靠的历史记载，作为我们梳理和探讨历史的逻辑起点。这就像在一片无人的海域里，确定一系列明确的坐标。然后，我们从玻璃球里的各种复杂混乱的、不可通约的叙述里，寻找与纸质书逻辑相符的材料，作为新的坐标。以此类推，我相信可以在整段人类历史上，投下千万个坐标，根据它们，我们就可以重新勾勒出历史脉络，形成新的编年史。这就像在地震之后，道路虽然已经错乱，但重建之后，仍然有最基本的走向。”

“就凭这些数量有限的书籍？”

“虽然书籍有限，但是只要有了支撑的节点，我们就能拾遗补阙，编织完整的历史。”

“但你显然不可能穷尽所有的路径，肯定还会有无数断头路，”她的好奇转为冷静，盯着我看，似乎想要确定我这个老家伙是不是在欺骗或吹牛，“而且那些书籍本身就是谎言、白日梦甚至谵妄的混合体，以它们为坐标的道路，又能通向何处？”

这是很多人都有的疑问，人们总是陷入其中不能自拔。但我已经风烛残年，当然知道这个世界是如何运转的。

“通向虚构！”我缓缓答道，“历史从来只是一种叙事方式、一种让所有人都信以为真的故事、一种我们全体人类认定的真实、一种重塑人类观念的精神财富。即使是谎言、白日梦、谵妄，只要人人都相信，那也终将是真实的历史！”

那时候夕阳已经垂在荒漠的地平线之上，洞口朝西，一层金黄色抹在她震惊的脸上。我承认自己的观点既出于善意又恶毒，有着穿透人心的冷酷无情。她可能从来没有想过这样的答案。也许是被我这种说话的方式给镇住了，她的嘴角扬了扬，想说什么，却一时语塞，默默地掂量着我话里的每一个字，像是要在字里行间找出逻辑的破绽。她身上那种寂静的气质像清晨草叶上的露水，自在而透明。许久之后，她才抬起头，双眼雪亮地对我说：“也许今后的人类，再也不需要历史了。”

她平静的声音里藏着一种尖锐的事实，这种尖锐既令我失落，也令我振奋。因为我知道，在这样迷乱的历史记载中，人类只有寻找出共同的记忆，才不会变成孤独飘浮的灵魂碎片。“是的，也许会那样，但是如果真是那样，人类的意义也将不复存在——”我说，“重建历史的共识，可能是我们对抗文字毁灭、保存物种意识的最后机会，也是唯一方式。”

“用共同的历史记忆来对抗一个拥有自由意志的机器？”她

问道。

“如果非要这么说，那么正是如此。”我说。

她怔坐在那里，眼睛看向洞外。我的山洞在高处，望得见遥远的地平线，夕阳已经半沉，暮色金黄，抹在沙漠上，仿佛满世界都堆满了金沙子。她沉默很久，没再说什么，接着从风衣内侧的口袋里拿出一样长筒望远镜似的东西，轻轻晃了一下，似乎让里面的东西齐整一些。然后她掀开一头的盖子，斜倒着取出一束卷画递给我。

“这是我来这里找您的原因。”她说。

我伸手接过，在膝盖上徐徐展开那一束卷纸，原来是一幅半身的人物肖像画。远处群山如黛，蓝色的湖水似有粼粼微波，一个少女在岸边远眺，几乎背对着我，只是因为她的头部被画得稍微右侧了几分，才显露出她的半个侧脸、一线嘴角、一丁点鼻尖，以及眼角与睫毛。因为只画了上半身，所以这张侧脸显得特别细腻，虽然只露冰山一角，却显出她罕见的美貌。不仅是面容的，还有未曾画出的身材。你能从她的嘴角处感觉到她荷叶临风般的婀娜之美，这是一种似曾相识的风韵。我心头一动，却想不起是在何处见过她，如果她能回过头就好了。我这样想着，画面似乎有了感应，湖面上居然出现了一个小小的漩涡，且在旋转中渐渐扩大。我越是这么想，漩涡就越大，深渊就越深，仿佛一个黑洞在渐渐生长，我仿佛能看见漩涡的边缘砌着螺旋形的阶梯，一圈又一圈地盘旋着通往深渊，令我无法控制自己的意志。我仿佛被洞口的飓风卷起来，脚下虚浮，那一霎像是被什么东西扯了一下，整个人站立不稳，向前一扑，神与魂全都跌入了画中，跌入了一种比自己更宏大、更崇高、更壮美、更永久的事物里。我顺着洪流向前奔去，眼前没有图画，只有无穷无尽的秘密在四面八方涌动展开，仿佛多义的解读、互文编织的网络，怎么也看不透彻。我沉吟、沉思、沉醉、沉迷——藏青色的天空下，那少女就在不远处，立在湖岸，裙裾飘飘，仿佛正要回过头来。这种平面的图画里不可能存在的回眸一瞬，此刻却像一种可能的现实、一种正在出现的结果、一种不可错失的瞬间。哦，我认识她，我一定认识她，我们只是在此重逢。迷恋、贪婪、沉醉的目光，无法移动分毫，仿佛期待着自己人生中最重大的事件。忽地，我灵光一现，毫无滞碍地认出了她，画中的她、心中的她、此前的她、眼前的她，全部融为一体，在我的内心深处尖声地惊叫着。上帝啊，我竟然能看到如此年轻美丽的她，甚至比刚才真实的姑娘还要美丽。那一刻我感觉自己好像已经死去，正在穿越不真实的时间。

不知多久，我忽地听见某种声音，感觉一阵震晃。画面碎裂了，幻境扭曲了，我如大梦初醒，背脊渗出汗水，心脏在加速跳动。我难以置信，一张平面的油画竟然能创造这样的幻境，简直是一种巫术。

“就是这幅画，将我引到这里的。”我模糊地听见她说。

“引到何处？”我含糊不清地问道。

“就是这里，知然岛。”她答道。

我这才一下子抬头，彻底醒来。她正站在我面前，米色风衣里裹着一条紫色的裙子，墨镜卡在胸前，面纱缠在左手腕上，那张面带微笑的脸令我惊愕，仿佛画里的少女已经在眼前转过了身。

“快三十年了，”她说，“画中的少女也许还住在这里。我在峡谷里四处打听她，很多人指点我到这里来寻找您，他们说您必定知道这幅画是谁的手笔。”

“为什么？”

“因为他们说您是先知。”

“先知？哦，先知！”我喃喃地说道。是啊，岛上的人都这么称呼我，这些性格怪僻的艺术家都厌烦与外界交往，所以才给我安上这么一个名头，就像招摇撞骗的幌子，用来应付岛外访客的一切琐碎事务。我轻轻摇着头，对她笑了笑，忽然又觉得事情未必是这样的。她的脸就像一张寻人启事的照片，岛上的人只要看上一眼，无须她再多解释，就能明白她在找谁。在这个岛内，没有人不知道那个黑衣女人，她是最早一批定居者中仅存的硕果，总是离群索居，从不在酒吧或咖啡馆里出现。人们只是在她晨间散步的时候看到那张脸，带着早期移民所特有的优越感，一种孤傲的怜悯，一种轻微的厌恶感，仿佛因为我们这些后来者破坏了这里的清静而不愿与我们为伍。有人还传说，即使在那些最早的定居者还活着的时候，她也不与他们往来，仿佛彼此怀着后来者所不了解的宿怨。但那一日，这个怪僻的女人却破天荒地出现在我那个局促狭小的帐篷前，一头栗发，一袭黑风衣，那张饱受时间摧残的面容依然保持着清癯之美，以及由此显示出的一种坚定。她没有使用玻璃球上的翻译器，而说着我的母语，语调生涩，嗓音低沉，让我觉得仿佛她身后的大地在移动。但她的请求却简单得出乎意料，只是希望见一见那些从岛外流亡到此的藏书者。

“我想认识他们，如果您允许，我还想看一下被邀请人的全部名单。”

杜克是我第一个邀请来岛上的人，当时也在我的帐篷里。我俩面面相觑，不知道她是什么意图，又是如何找到我们的，因为我们这项计划虽非绝密，却从未对外宣扬过。别说岛内，即使在三千隔都也罕为人知。但是那一刻她却站在帐篷前，口吻虽然客气，却不容置疑，像是抓到了我们的把柄。很久以后，我才知道瓦罕先生在圆形舞台上的煽动、蜂巢人在四野烛火里的冲动、街头巷尾那场毁文灭字的运动，以及在这场愈演愈烈的灾祸里我们低调秘密的邀请行动，她全都了如指掌。她虽然身处信号不佳的峡谷里，却能毫无滞碍地洞悉外界动向，这令我感到惊讶。我当时疑惑地看了她一眼，迅速答应了她的请求——就因为那致命的一眼，就像踏入陷阱的第一步，一个风烛残年的老年人从此跌入一个年轻人才会有的感情泥淖里，后来我越是努力挣脱，便越是无力自拔。自此以后，我等待那些避难者的心情变得更为焦躁，因为每一个受邀而来的人仿佛都是一张由她向我发出的邀请函，是我进入她那个铬黄色房子的通行证。一次又一次，我带着一个又一个避难者去拜访她，以至于新来者都以为，到达峡谷后首先拜访岛上最早的居民是知然岛的一种习俗。而这个早期居民，虽然希望认识他们，却对流亡者本人毫无兴趣。在那间挑高五米、内饰白色、仿佛宽大无边的房子里，她总是坐在中央的一张藤椅上发问，所有的问题都围绕着远到者携带的藏书展开。但我后来发觉，她真正感兴趣的不是那些藏书，而是书名，她反复询问着那些书的名字。流亡者大多语言不通，各种发音从翻译器里跳跃出来。她时而心不在焉地忽略，时而沉思片刻，仿佛在咂摸着那些发音的细节，这曾让我觉得似乎不是书的名字，而是某些口音吸引了她。毫无疑问，这是一种程式化的会面，就像学生来到老师家里，按要求背诵所携带的书籍名字，然后老师便陷入沉默，或者微露失望，对话便不可持续，拜访于是到此中止。她也许是在寻找某本书，我猜，也许是某种近似书名的发音，也许她另有秘密。我没问，她也从没有谈起这个话题。逃难者一个接一个从荒谬的"灭绝文字"运动中逃到岛上，这种枯燥乏味的对话便一个接一个地进行着。她虽然很少说话，却从不显得无聊，我甚至能从她的沉默中看出她期待下一次会见另一个流亡者。而我也从未感觉乏味，因为每一次，她清瘦柔美的脸颊都会给我带来一种甜涩的愉悦。我知道，那是一种在我结婚之前的初恋感觉。

先知忽然剧烈地咳嗽起来，就像刚才那样，一阵阵风暴击碎了他的胸肺。他盘腿坐着，双手扶着膝盖，像是在承受着这场打击，瞳孔里透出了灰褐色的苍凉。杜克蹲在洞壁角落里，他已经习惯了这种风暴，而我也开始熟悉它的节奏。我们看着他，耐心地等着这场风暴渐渐平息。

"灭绝文字"运动渐入尾声，当最后一个流亡者抵达峡谷之后，我就再也没有合适的理由去拜访她。那一整夜的失眠，使我鼓起勇气走向她的房子。黑色的铁门在敲击中回荡着金属的响声，我步入那幢铬黄色的小楼，见到她正坐在那张空落落的藤椅上出神。我憔悴而苍老的面容迸发出青春的渴望，如雪崩似的不可阻挡，流俗规则的羁绊对我而言犹如空气一般不复存在，我就像百米冲刺一般不顾一切，向她提出那个不合常情的请求。在这个独居者盛行的世界里，两情可以相悦，可以做爱，却不能同居相守，它不符合习俗规范。而我是以悲壮的心情，说出那句表白的语言。我并无奢望，只是想在死亡到达之前，对着山谷喊出自己的心愿，听一听那里的回响究竟是怎样的音调。当她站起来，穿过院子，走向大门，以一种独居者时代最体面的礼节来答复我的时候，我已经明白，对我们的年龄而言，这几乎就是相互诀别的仪式。走出大门的那一刻，我忽然发觉，死亡已经跟随在我身上，犹如胸口的一块怀表，往事与回忆随着跳动的秒针一点点地抖落，消失在眼前。我于是释然了，痛苦的命运已经将我释放，现在压在我心底的，只剩下最后一个愿望。我从此了无牵挂，迁居到这个寒冷而孤独的山洞里，基因遗传的绝症逐日显现。白日我嗜睡昏沉，夜里却瞪大了眼睛，精神抖擞，就像对即将到来的死亡充满了信心。我于是竭尽全力搜寻瓦罕先生背后的秘密，直至接近秘密的终点。

夕阳照入，赭色的洞壁上出现一个椭圆形的淡光，圈住了她年轻的影子。我望着她，仿佛望见了时光在那个女人身上倒流。起皱的嘴角光滑了，满是鱼尾纹的眼角平顺了，犹如倒放的影像，一切都回归到青春的模样。没什么能抵抗时间，即使是这种美丽容颜。我叹了一口气，将画轻轻卷起来递还给她。“是的，”我说，“我知道你要找的人是谁。她住在峡谷的尽头，你坐飞行器到峡谷口，顺着中央大道由西北向东南步行到三分之二的时候，左侧有一条河流，上面有一座木桥。你跨过去，然后继续直行到一块赭色的巨岩之前，再左拐，大约两百米后再右拐，穿过两间棕色的木房中间的道路，然后再右拐，笔直走一百米，那里有一幢铬黄色的房子。峡谷里只有一幢房子是铬黄色的，你不会错过的。然后你敲那扇黑色的大铁门，大声说出我的名字，你告诉她，你是从岛外新来的人，是我让你去拜访她的——这是让她开门的唯一办法。”

她仔细听着，却无欣喜之色，仿佛她隐藏心底的某种忧虑忽然间因为这暮色降临而升起。“您病得很重。”她说。“这是我祖辈为我选定的死亡方式，”我说，“我只能跟随他们的道路前进。”“难道‘沃森’没有为您出具治疗的方案？”她问。“不，我放弃了治疗。过度烦琐和复杂的过程，不适合一个老年人。”我回答。“但是您的年龄其实并不算大。”她说。“没错，但问题是……”我已经不想再多说，向她挥了挥手，示意她赶紧离开。那动作也许露出了我的真实想法，因为假如瓦罕先生就是机器本身，这是一个机器极权的时代、一个人类仅仅存活而毫无意义的时代，那么活着和死去其实毫无区别，而且我更愿意带着“瓦罕先生被人操纵”的想法死去。她盯着我，缓缓地将那幅画塞入画筒，她的表情极为复杂，既同情又理解我的处境，又像是通过同情和理解我，最终理解了她自己的处境。她脚上那双棕皮的短靴在地上轻轻磨蹭了几下，就像小马驹一样，像是在等着我说些什么。我惊讶于她竟然看出我隐秘的心思。

“不用了，”我说，“我没有话要你转告的。”

先知叙述得无比详尽，而我在漫长的煎熬中保持着沉默，一种忐忑不安的、充满期待的、焦虑彷徨的沉默。好几次我都想开口，也许都被他的咳嗽风暴打断了，也许并非如此。总之我一直保持着沉默，看着秘密一层层地从他的叙述中翻涌出来，不是关于瓦罕先生——我已经来不及关心世界的尽头了——而是关于她。一个与我亲密无间的姑娘，竟然会对我隐瞒如此关键的事实。她不告而别的原因、她只身到此的目的，竟然是寻找肖像油画中的那个少女，那个在我父亲口中已经亡故的母亲——而且，我的母亲竟然还活在世上！犹如狂风击碎了窗户，这一切都太令人震惊，并且像丛林里缠绕的藤蔓一般令我迷惘。与之相比，瓦罕先生是不是机器，机器是不是有意识，历史的混乱与重建，人类的前途与命运，都显得无足轻重。先知在描述通向那间铬黄色房子的道路时，速度放缓，显然是故意要让我记住具体的方位，但我更关心的却不是这个，而是——时间。是的，时间！我腾地站起来：“她是什么时候来这里的？”

先知露出了微笑，就像当年面试的时候，我终于对上了他暗号的那种微笑。蜘蛛网似的脸上，枯木抽出了春芽，仿佛猜出我正在寻找她。“到今天下午，就恰好是十天。”他回答着，颤巍巍地从石床上拿起那半碗水，缓缓地嘬了一口。他似乎还想说些什么，但手里的木碗忽然间跌落，整个人像是散架的骷髅瘫了下去，好似一场大戏落幕时的黯然收场。杜克像闪电一般跃起，就在先知即将摔倒的时候，伸手托住了他。我几乎同时上前，一把抓住先知的胳膊——那根本不是胳膊，而是几根竹子似的筋骨。他胳膊上的肌肉已经萎缩得几乎只剩一张皮了，犹如一具人皮包裹的骷髅，只有血管在我手心里微弱地跳动。我意识到在这件灰褐色的大氅下面，是他那种恐怖而怪异的祖传绝症，刚才神采奕奕的长篇叙述是他的回光返照，耗尽了他所有的精气。先知抬起手腕，微弱地挥动着筷子似的手指，苍白的脸上还有灰烬一般的笑意，仿佛在示意着我们什么。杜克心领神会，将他缓缓放倒，迅速扯开那件灰褐色的斗篷大氅，轻轻抽出两个衣袖。大氅里面竟是一身正式的黑西装、白色衬衫、暗紫色领带，空空荡荡地罩在一个瘦骨如柴的身躯上。然后杜克将大氅卷起，当作枕头，为先知垫上，让他一身正装地平躺在石床上，仿佛一具还存活的遗体正在出席他自己的葬礼。先知的目光浑浊而黯淡，他望着我，像是要对我说话。我没有料到死亡会如此迅速地突袭一个人，我半蹲着身子，将耳朵凑上去听。先知喘气越来越急，声音越来越微弱，仿佛要压缩生命的最后一口气，努力将它释放在最后一句话上。

但是，尽管他努力地想再多说一句，最后却只挤出了“她，她，她……”越来越急促的喘气让他发不出声音，最后他不得不放弃，带着难以辨别的微笑，解脱一般看着我。我屏气凝神地倾听，不知道这个她，究竟是指哪一个她，但是我在这种笑容里、在这个容颜尽改的衰老之人身上，看见了那个已经被我忘却了的面试官，一个从不谈论自己灾难伤痛的人（不像调酒师那样走不出伤痛），一个记住过去又努力接受未来的人（不像我父亲只留恋过去），一个总想做些什么与世界抗争的人（不像我这样顺从于现实），现在他终于要与一生的悲痛与欢恋和解了。我不禁颤抖了一下。杜克双手撑着石床，弯着腰，注视着他，口中喃喃低语，也许这是一种祈祷，也许是他们之间特定的密语。喃喃的声音在洞穴中浮动着一种宗教气息，先知的眼睛在这一片令人费解的声音里渐渐垂下，终于吐出最后一口气。瘦骨如柴的身躯，黑色的西装，宽大的石头上仿佛躺着一具木乃伊，嘴巴愕然微张着。杜克回头看着我，悲戚但宁静的眼神，他所忧惧的不是死亡，而是死亡时的痛苦。这个木讷良善的人，现在终于可以松了一口气。

“你先走吧，”杜克对我说，“你的事情要紧。”我踌躇着。我很想在洞内和他一起等候殡葬机器人——突然遇见先知，我的面试官，又目睹他的死亡，这种震惊和悲痛需要以一场告别的仪式来缓解。

“别担心，荒漠上的秃鹫和野狼都已灭绝，殡葬机器人很快就会来的，”杜克劝我说，“而且我在边上，遗体不会受到侵犯——走吧。”他最后说：“活着的人的事情总是更重要的。”

是的，时间对我而言比什么都重要，而且殡葬机器人终究会把他扔进大海里的，就像对待我父亲一样。我不无悲戚地对杜克点了点头，站起来向先知深深地鞠了一躬。

ZR
ISLAND

第 40 章

黑衣女人

峡谷的天空是狭长的，谷底因此光线黯淡，即使白昼也像黄昏临近。三天里，我在那些造型奇特的房子和色彩怪异的帐篷之间漫无目的地游荡，在那些从未被命名的草地、沙路、木桥、灌木、野花丛里寻觅她的影子。我知道她来过这里，可能还在这里。我的每一根神经都放大了敏感度，甚至觉得脚底扬起的尘土里，都卷着她的影子和气息。但是整整三天，除了一片令人畏惧的寂静，我一无所获。

我的飞行器停在峡谷边缘，鹰隼机每天从最近的“盖亚”基地起飞，定时送来餐食。因为我行踪不定，进餐的地点也因此分散各处，河畔、草地、桥边。有时候我就在中央大道上沐浴着地面的温柔光线中进食，四周阒寂无声，峡谷空无一人。我的咀嚼声因此尤显响亮，舌头和牙齿组成了一架搅拌机，在万籁俱寂之中隆隆运转，隐隐地传到很远的地方。而吃到坚果、花生或者鸡骨头的时候，我总是惊恐于自己的第一声咀嚼。它就像一道雷电，尖锐地劈入我的牙根，峡谷则在这声响里显露墓地般的死寂。那些房子和帐篷下面，仿佛都埋着死人。一批又一批从头顶上呼啸飞过的鹰隼机，就像掠过坟头的鸦群，已经飞了好几个世纪。

但是，这一切只属于白昼。到了傍晚，峡谷迅速暗下来，喧嚣之声便会像水一样涌出来，漫溢整个峡谷。白昼有多寂静，夜晚就有多沸腾。所有人都像约好了似的，同时从房子或帐篷里钻出来，就像蚂蚁遵循着某种人类觉察不到的信号，成群地涌上地面，然后密密麻麻地、活泼泼地汇入峡谷里泛着光的中央大道。他们交谈、喧哗、吵闹、摩肩接踵地一路东南行，一如我初到此地的所见所闻。冷寂的夜晚，因此有了喧闹的去处。三个夜晚，我都背着那只装着所有家当的帆布包，加入这股仿佛和平示威的游行队伍里，跟随着步行到尽头。暮色降落之前，我已经隐没在狂欢的一角。

调酒师的酒吧是我的唯一去处。因为去得早，我都能坐到窗边的沙发，总是望着天花板那幅诡异的毯画、那个性别难辨的人，还有那条凶猛的龙。一个秘密正在那人的指尖上发光。是的，那一天清晨，她正是带着同样的秘密不辞而别，而此刻我也身处这个秘密之中，但却遍地寻不到谜底。酒吧的大门永远半开着，调酒师那矮小敦实的身影似乎才刚刚冲出去。他那么渴望亲人相伴的世俗生活，我想，他一定不会委托机器处理琐事，而会像我一样，携着黑匣子直奔巴别塔。尤其是小女儿的黑匣子，他一定会亲手将它嵌入某个神龛里，确保那张可爱的小脸最终出现在冰棺材的世界里。

酒吧里渐渐挤满了人，他们倚着柜台，靠着墙角。无所不在的高谈阔论，一片嘈杂喧哗的世界，同时弥漫着种种刺激性的味道，灌在杯里的酒精味、燃烧在指头上的烟草味、浓重的阿卡扎比咖啡豆味、微妙的斯里兰卡红茶味——它们全都来自“盖亚”基地。这又让我想起了调酒师，他会以独特的表情嗤之以鼻地说：“吃到天生寡味的食物，就像遇见了绝情的初恋。”酒吧里的这些人当然没有如他一般挑剔的舌头，也并不敏感于味蕾的记忆。他们就像我一样，只是将手里的酒精和烟草当作这场聚会的入场券。无论是什么，烟酒也好，茶或咖啡也罢，你手里总得有点东西，才能走进缭绕的烟雾里，从而将自己的注意力全都集中在烟雾里变幻流动的语言上。三个夜晚，我随着他们努力分辨隐藏在那些语言里的秘密——法国国王路易十二的王冠纹章为什么是一只豪猪？这是因为他的先祖以猎猪为生，还是以养猪为生，或是奉猪为神？莎士比亚到底有没有一个才华胜过他的妹妹？他的大部分创作是不是其实都是妹妹的手笔，或者这只是另一个作家杜撰出来的历史故事？耶稣死后的第一次圣餐，是不是真的以耶稣的真血为酒，以真肉为面包，还是将酒和面包作为祭品，或者是陪葬品？凡·高如此鲜艳的画作，颜料是否有特殊的配方？是否真的掺了他耳朵里的鲜血？

陈旧古老的话题、早已被遗忘的八卦，其实都是一无用处的冷知识。它们由不同的语言化身为我的母语，在我耳垂上来回震荡，让我产生古怪的错觉，仿佛眼前的任何一人，都是我父亲的化身。多余的智识、国王式的自负、姿态上的低调内敛、精神上的飞扬跋扈，多么地相似啊！他们就像我父亲的兄弟姐妹、精神气质上的同类，在这个机器的时代里，都是早该灭绝的人种。但我不得不承认，我喜欢偷听这些无聊而有趣的争论，仿佛又回到了我的童年时代，父亲正在眉飞色舞地向我讲述AI之前的黄金时代。

然而，瞬间的愉悦并不能抵消我心头的焦虑。三天了，一片乌云始终笼罩在头顶，我不知道去那里有多少次了。黑色的门，白色的墙，铬黄色的房子，敲门、拍门、踢门，绕着房子转圈、高喊、呼号、尖叫，甚至向院子里扔过几块石头。峡谷里水晶一般地阒寂，一次次地被我震得轰隆粉碎，然而大门依然紧闭，里面恍若无人。房子表面的铬黄色仿佛能吸纳我所制造的一切噪声，让一切重归静寂。那是一种令人窒息的静寂，无色无味无声无息无风，又像是一种不可名状的虚无，纯粹而锐利，缓缓地从房子的窗户、大门、院墙里渗出来，就像房子的反击，铺天盖地地渗进我周围的空气里，并且向峡谷深处弥漫，使人难以逃遁。很大程度上是因为这种惧意，也因为耐心不足，我会匆匆离开那幢房子，在峡谷里停停走走，心境稍平后，我又会绕回那里，希望遇上某种机缘，那扇黑色的铁门会忽然洞开。一次又一次，我拍门，我呼喊，我一个人制造噪声，房子以令人惊惧的静寂反击，如此不断循环往复，以至于当我走在峡谷里时，阒寂的世界让我觉得自己仿佛是漫步在光线幽暗的水底，每一件事物都是不真实的，而父亲的自杀、她的不辞而别、那张裁下的纸条、那幅自画像、据说早已死去却似乎还活着的母亲，便混乱地堆在一起，浮现在这个峡谷的每一处。

“那是铬黄色的房子，峡谷里唯此一幢，”先知说，“她几乎足不出户，你一定能在那里找到她。”

是的，所有的谜底应该都集中在那幢铬黄色的房子里。而现在，我面对的却是一间大门永远紧闭的鬼屋，仿佛这是一幢早被遗弃的废墟，不曾有过人迹。现在，我坐在酒吧的沙发里，颓然无语，无处可去。周围的喧嚣还未消去，峡谷的每个夜晚都是狂欢节，人们似乎从未真正尽兴过。窗敞开着，窗外是一条小路，我举着一杯朗姆酒，室内的灯光映入酒浆，宛如天上星辰，拉出一道道弧光。倏地，一个黑影闪过窗外，虚幻的身影，我心头一跳，虽然朦胧模糊，但仍能看清那是亮黑色的长袍反射着冷光，两袖低垂，轻微摆动着，似乎掀动了空气，仿佛一个巫师或者祭司经过。我愕然望着那瞬间即逝的影子，惊喜就像无声的涨潮悄然淹没了整个酒吧。迷雾与杂味消失了，混乱与喧哗消失了，我犹如膝跳反射一般跳起来，或者说，在我意识到这种惊喜之前，我的座位已经变成了一张弓，将我像一支利箭似的射出了大门。

有那么一瞬间，我以为那人就是她，但当我冲出酒吧的时候，冷风吹醒了酒意，发现这明显是错觉。眼前的黑衣女人身材略高，步伐却更有力、更冷静，显出罕见的孤傲与决断。但我得承认，除此之外，两个背影几乎没有区别，太像了。尤其刚才透过窗户看到的那一眼，我于是忽然明白先知之前说的话——当她拿着那幅画在峡谷里寻人的时候，几乎每个人都能一眼看出她要寻找的是谁。

我加快脚步，希望能截住这个背影，但是她的脚步却更迅捷，毫不费力地将我越甩越远。我后来不得不小跑跟上，并且大声呼喊，而她恍若不闻。我虽然在峡谷里兜了三天，但跟着她七拐八拐，依然陷入迷途。她在一片绛红浅绿的帐篷堆里转了几个弯，便仿佛原地消失了一般不知去向，丢下我在那堆帐篷组成的迷宫里满地乱转，找不到出路。到处都是五彩斑斓的旗帜，它们插在帐篷顶上，就像蒙古帐篷上的汗国标识，上面都是各种文字。其中有一些是汉字，我认得一部分，但无一例外，都是构成我母语中联绵词的字——窈、鹉、琶、骀、娑，犹如文字碎片，无法单独解释。不知道是谁挑选了这些，又有什么深意，我就陷在这些文字的漩涡里。正当我懊丧无助时，忽然又觉得似乎有人在暗中窥视我。这是一种直觉，就像人在夜间丛林里能警觉到豹子的存在。我四下张望，猛然间发现那黑衣女人竟然坐在一个帐篷顶上，远远地打量着我。我惊讶地向前走了几步，才发现帐篷后面是一座低矮的山丘，七八米高，那黑衣女人就坐在上面。

那山丘离我不过三五十米，但是周围的帐篷像贫民窟似的杂乱无章，毫无规律，有的疏离，有的紧挨，它们或近或远地组成了一片真实的迷宫。我不得不反复探索，绕过许多空无一人的帐篷，兜了一个又一个崎岖的圈子，最后在一片清冷的夜色中爬上了那座赭色的砂岩小山丘。她在黑暗中盘腿而坐，头顶上天空狭长，一轮月亮黯淡。远处传来人们狂欢的声音，山丘周围的帐篷静默如海，中央大道的光芒像一盆明亮的炭火，映出一张几乎令我惊呼的脸——我虽早有心理准备，却仍然差点将这个女人当作了她。太像了，太像了，我暗自惊叹着。黑衣女人举起手里的烟，缓缓抽了一口，火光燃着烟雾，烟雾之后是疑虑的目光。我忽地想起两年多以前，当救济站如蒲公英一般开遍隔都的时候，她在那棵幻影的大树下结束了我的跟踪、缓缓转过头看我的疑惑目光，几乎与眼前的一模一样。但是当黑衣女人弹去烟灰的时候，那一股老练而凌厉的气势，却将我从这恍惚中拉了回来。她们的神情并不相似。

“在我院子里扔了八块石头的人，是你吗？”她先发制人地问道，嗓音略显沙哑，目光冷峻而警惕。我顿时面红耳赤，垂首不语。耳垂上的翻译器并未启动，她的语言虽然有些生涩，但竟然与我的母语一致。“从没有人敢这么放肆，”她吐出一口烟，手里忽明忽暗，像一只红色的萤火虫，冷漠的目光透着烟雾射过来，“谁让你来找我的？”

“是先知。”我肃立而答。

烟头移开了，迷雾渐散，她的眼睛变得明亮而锐利。“他现在还好吗？”她的声音变得低沉，就如缓缓吹过峡谷的风，而我却是一个报丧的人。

“他已不在人世。”

她怔然盯着我，眼睛黑沉沉的，似乎峡谷里的夜色全都聚向那里。那烟头忽然亮了起来，持续地亮着。烟雾弥漫起来，显然她用足了力气，几乎要一口将它吸尽。“是什么时候的事？”她一边吸，一边问道，脸上毫无表情。

“三天之前的清晨。”

“是你送走他的？”

“不是。”

“杜克？”

我点点头。她垂首低眉，手里夹着的半截烟头将熄未熄地燃烧着。然后她忽地把烟头摁在一块赭色的石头上，轻轻地碾着，仿佛她要将这半截烟碾入石头里。烟雾散尽，她抬起头，周围空出一片净地，仿佛是一声叹息。

“那你又是谁？”

“我是想来打听一个人。先知说，那人应该来找过您。”我盯着女人，真是像极了，我仿佛在对着她讲话。毫无疑问，她们之间有着不同寻常的关系。黑衣女人盯着我，没有说话的意思，一双巫师似的眼睛像是要从我心底里勾出些秘密。山丘底下帐篷如海，灯光如水，喧嚣声从远处传来。我不得不继续说下去，就像主动招供一般。

“一个姑娘，穿米色风衣，戴着墨镜，披着面纱，鞋子是一双棕色的沙地靴，”我期待地望着她，又补充道，“一头栗色的头发，偏红的栗色。”

女人依然沉默不答。她从黑袍里缓缓地掏出一样东西，一只四方形的铁盒子，锃然发亮。她用指甲一挑盖子，盒子噌地弹开了。她伸手夹出一根细长的烟，往铁盒上一蹭，那烟便燃上了火，在黑乎乎的空气里亮了起来。是雪茄，偏细，偏长，但那味道确实是一支雪茄，和她刚才抽的那支一样。

“她是你什么人？”黑衣女人缓缓说道，用漫不经心的语气。烟雾笔直升起来，像古代的烽火遮住了她的脸，但那双犹如女巫一般的双眼，透过烟雾仔细地审视着我。

我一时不知该如何回答。我和她是同居的独居者，说是夫妻有点可笑，因为“夫妻”一词现在已经近乎出土的考古文物；说情侣又显轻浮，因为“情侣”一词眼下差不多是露水情缘的代称；而说“女朋友”，又显得生疏，我们毕竟不仅仅是男女朋友，而且，这个词基本只用于玻璃球的虚拟世界里。对于我们在现实世界中常相厮守、彼此相爱的状态，我一时竟找不出一个合适的字眼。我正迟疑时，那女人又接着问道，她应该是从我的表情里得出来这个结论：“你们很相爱？”

“是的，我们彼此相爱，”我终于找到了这个合适的字眼，“我们是恋人。”

女人抽着烟，沉思良久才缓缓地说道：“没错，她来找过我。”虽是意料之中的答案，但我仍惊喜万分。

“快半个月了，在门口等了三天三夜。她白天静坐在台阶上，晚上在门檐下和衣而睡，没砸过门，没往院子里扔过石头，”她冷冷的语气，令我面红耳赤，“所以三天后，我破了例，第一次为陌生人开门。”

我顾不得她的嘲讽，双手轻颤地问道：“您知道她现在去哪里了吗？”

“不知道。”黑衣女人弹了一记烟头，萤火虫发出红宝石的光芒。

“难道她没有和您说些什么？”我尽力压抑住焦躁不安。

女人疑惑地瞄了我一眼，目光里带着一丝好奇。烟雾缭绕着黑夜。因为长年居住在沙漠，她的脸略显苍凉，但是昏暗的夜色隐没了鱼尾纹，她脸上没有年龄的痕迹，总是让我误以为坐在升腾烟雾里的这个人正是我要寻找的那个人。这种感觉既令人迷惑，又令人焦虑。她缓缓地吸着烟，一口一口深深地吸着。细长的雪茄燃烧着，仿佛是老式计算机里的下载显示条，一点点地缩小，像是正在接近某个运行结果。最后她忽地呼出一口烟，像是终于做了一个决定，伸出左手探入怀里，从宽大的黑袍中取出一样长圆筒似的东西。她用夹着雪茄的右手轻轻拧开长筒一端的盖子，从里面抽出一卷东西。黑夜里，一幅画唰地舒展在地上。

我母亲的肖像画！我的心脏骤然跳起来，刹那间山丘之上充满了她的气息，仿佛她就近在咫尺。我无论如何也不敢相信，她竟将这幅画留给了这个女人。

"是她给的？！"我几乎惊叫地看着她，又看了看画。

"物归原主而已。"

"什么？！"

黑衣女人冷冷看着我，并不愿意多说一句。

"这可是我母亲的自画像！是我母亲唯一的遗物！"我几乎叫嚷道。

她显然吃了一惊，把吸到一半的烟猛地喷了出来，冷峻的目光变得诧异。雪茄在她手指上袅袅飘着烟，只在片刻之间，她绷紧的脸色忽地松弛下来，嘲讽的笑意却从她嘴角边荡漾开来，漫向整个山丘，似乎世上再没有比我这句反驳更可笑的话了。

"这是你母亲的遗像？"女人在黑暗中有了笑意，"是谁告诉你这是你母亲的自画像？"

自我记事起，这幅画就挂在书房的墙壁上，父亲总是指着它对我说："那是你母亲唯一的遗物，她的自画像。"他说了无数遍，我听过无数遍，它早已根植我心底，生长为不可辩驳的真理。黑衣女人的笑意虽然不带恶意，却像是对我的冒犯、对我父亲的冒犯。

"我父亲。"我不无恼怒地答道。

"哦——是你的父亲，"她一字一句地重复着，微笑浮在她的脸上，充满兴趣的眼睛仔细地打量着我，"是你的父亲。"她又重复着，像是想起了什么有趣的故事，专注的眼神像在我身上仔细搜寻着，像是要嗅出她以前闻到过的味道。我盯着她，我俩都不再说话，四目相对，仿佛是两个屏住呼吸的赌徒，正在等待对方首先出牌。

"那个迂腐颓废的男人还住在旧城的公寓里吗？"她终于开口了。

我盯着她那张酷似她的脸，一种不祥的预感忽然袭来。她这个问题仿佛是一种机关、一个陷阱，里面隐藏着令人眩晕的深渊。

"不——"我深深吸了口气，在弥漫的烟雾里努力厘清自己的思路，"不，他已经死了。"我冷静地答道。

那支伸向她嘴边的雪茄，忽地停滞在我的这句回答中。她就像一个临时断电的机器人，转折的手势突然停顿在某一个固定的动作上。她嘴巴微开，两眼僵直，木然地望着黑夜的空气，看样子很想说些什么，但仿佛舌头已经僵硬，无力再吐出一个字来。

"他是在机器乱局时自杀的，就在他住的旧城公寓里。"我补充道。

她窒息了似的一动不动。"跳楼？"过了好半晌，她才吐出两个字。虽是简短的两个字，却痛苦得就像吐出了两颗含血的碎牙，空气里充满了痛楚的腥味。

“割脉。”我答道。除了动机，父亲自杀的所有细节，我都可以告诉她。

这个词一出口，就像锤子钉死了棺材上的最后一颗钉子，将那女人牢牢地钉在空气里。她纹丝不动，出神地凝视着远处。我在黑暗中忽然觉察到，那烟头在颤抖，亮的火星，飞舞的萤火虫，她浑身上下都在颤抖，整张脸都在烟雾中抽搐变形。忽然间她猛地将雪茄塞入嘴里，像一个溺水者抓住绳子那样，大口大口地吸起来，鼓风机一样地吸着。烟头像是飞行器旋转的涡轮，在夜色里一闪一闪地发红发亮。大片大片的烟雾在她周围盘旋上升，她仿佛要将雪茄一口气吸尽了似的。浓重的烟味呛得我嗓子一阵阵发痒。她淹没在烟雾里，没有哭泣，但是山丘底下炭火似的灯火映在她眼睛里，折射出碎冰一般的光泽，显然是湿润了。她继续吸着那根雪茄，悲戚地吸着，仿佛悲戚就是那支雪茄本身，燃烧就是一种自我化解。

“后来呢？”她终于开口问道，声音却已哽咽。

“后来丧葬机器人来收拾了现场。”我说，“总的来说，他运气比较好，来的机器人比较规矩，基本没有受到机器乱局的影响。”我看见她发怔地盯着我，便又解释了几句机器乱局的事情。听完后，她呆了很久，才又问道：“他可有留下遗书？”

是的，黄金时代的自杀者与当下的不同，他们大多会留下遗书，与尘世做个了断，但是我父亲却没有。我望着她，虽然被父亲裁掉的那一句话实在算不上什么遗言，但她那双期待的眼睛令我实在不忍拒绝。

“他去世前裁掉了《圣经》上的一句话。”

她听着，脸色木然，又陷入长久的沉默。“《约翰福音》的开篇第一句？”她问道。

我惊诧地瞪着她。这个女人与我父亲一定有着不同寻常的关系，而就在她回答的一瞬间，我仿佛窥见了某种不祥之兆，令我感到恐惧。她并未注意我，只是仰头望着峡谷的穹顶默不作声。月亮已经离开了天空的豁口，只剩下一片繁星，像一张被无数粒子弹射透的天幕。

“还有其他什么吗？”她又问道。

我凝视着她。那种恐惧正在内心迅速滋长，我虽然看不清具体的细节，却仿佛已经看见了它的轮廓。我浑身颤抖着，不由得双腿发软，只好缓缓坐在地上。山丘上没有一根草，砂岩咯得我臀部生疼，也令我变得清醒。父亲自杀前，送给我们这幅自画像，自杀后，手里捏着裁下来的那句话，除此之外还有一件东西。我取下帆布包，打开扣子，拿出那只乌色的木盒子，从中取出一只瓷杯子。镌刻在杯沿上的甲骨铭文犹如乱生的杂草，闪着微弱的金光。我欠身递过去，像是递出自己的出生证明。黑衣女人整个人都倾过来，伸手相接，头发也是栗色的，比她的头发更加热烈的栗色，像一团凝固在黑夜里的栗色之火。她接住了杯子，宛如触了电似的手腕一颤，我甚至看到电流穿越了她抽动的嘴角。但很显然，她极力用凝重的表情压抑住翻涌的惊讶与悲痛。

“全部拿出来吧。”她仿佛知道一切。

于是，茶杯、茶壶、托盘逐一排列。就像很久以前的地下古董交易商整整齐齐地向买家展示压箱底的好货。黑衣女人将雪茄捻灭，低着头，出了神一般盯着眼前这些器具。紫色的花纹，狂舞的笔画，映出的金光如杂草一般延绵不绝，仿佛是山丘下面那盆红炭似的灯火余烬，正在这套茶具上蔓延燃烧。她缓缓地伸出手，一个又一个地拿起来，她捧着它们，凑得那么近，像是在闻嗅这些器物的味道。甲骨铭文刻在杯沿，刻在她手指上，刻在她脸上，刻在她的眼睛里。时间正在她黑色的眼睛里隐蔽地倒流，一直没有流出来的眼泪此时掉出她的眼角，一颗接一颗，静静地没入山丘的沙土里，犹如记忆的潮水，将她彻底淹没。

最终，她还是全都放下了，又摸索出一根雪茄点上。茶具在我面前，自画像在她面前，我们像是两个地下古董商，正在黑暗的山丘上谈判如何交换彼此的藏物。女人看了看我的茶具，又盯着自己的画。画中的少女在昏暗中温顺地展开，雪茄在她手上静静地烧着，烧成了半截烟灰。她的脸上挂着一种无可挽回的惨笑，悄无声息。我满腹犹疑，竭力想象着父亲与这女人之间不同寻常的关系，以及这女人与她之间奇妙的相似。我在心中构思着某种逻辑，希望能够巧妙地安排这些古怪的迹象，同时避开令我惶恐的礁石。就在那一瞬间，山下的微光映出她哀伤的脸，我看见了右脸耳根处的那粒黑痣，虽然在黑暗中若有若无、细微难辨，但确凿而显然。这一粒小小的黑痣，就像一坨模糊而沉重的铅块，忽地挂在我的心里令人发沉，但身子却又像秋千一样晃悠起来，一点点地荡向深处，找不到落脚点地发虚发慌。它散发出的恐惧味道，令人难以喘息。不，这绝不可能！我用力摇着头，努力让自己去看图画中的少女，我父亲所说的我的母亲。我的心脏怦怦直跳，犹如万马进军的马蹄声，暴雨般地急促。光线太暗了，看不清少女的嘴角，但其实无须看清楚，我也知道那里有一粒黑痣，我从小看到大、熟视无睹的一粒黑痣。我意识到，那种恐惧自从初见她的时候就已经存在，但自己总是自我欺骗地将头埋入沙坑。

“只是物归原主而已。”没错，她刚才是这么说的，我竟然愚蠢到主动忽略这句话。“这是你母亲的自画像，唯一的遗物。”这是父亲对我说了一辈子的话。而此刻她右脸耳根处的黑痣就像自我证明的钢印，粉碎了父亲的这句谎言。我怔怔地瞪着她，瞪着那粒黑痣，她脸上的、那幅画上的。我怔怔地瞪着她。不辞而别的她、活在眼前的黑衣女人，如此酷似的容貌、如此明显的事实。她俩犹如姐妹，再没有比这个更巧合的事情了。我忽然感到刺骨的冰冷，仿佛山丘上降了温，落下了霜。我嘴唇发白，双腿轻颤，忽然感到前所未有地惊恐——其实我当然知道，我应该是知道的。山丘上寸草不生，我十根手指插进砂岩里，好像这样就能紧抓住山冈的肌肤。我一言不发，等待着一种命运、一种审判，向我无声逼近。而此刻，她盯着那幅自画像，忽然间开口说话，仿佛喃喃自语，低沉的语调里充满了无限哀伤——

“真是不可思议，我当年竟会那么自信，理所当然地以为自己天赋异禀、与众不同，自信手中的画笔必将日臻精进，抵达前无古人的境界，以为自己能为后人树立一座难以超越的丰碑。我竟然会骄傲到那种地步，会将那些当作自己的使命，却从未像现在这样，发现自己其实只是芸芸众生里的普通人。当年自诩的艺术天赋，其实就像一个人稍纵即逝的青春，只有从你手缝里漏走了以后，你才会意识到它的存在。是的，再也回不去了。自从那个姑娘送回这幅画以后，日日夜夜，时时刻刻，我都在看着这幅画。明明是我自己的作品，我却像瞻仰学习另一个大艺术家的作品一样，琢磨它，研究它。你看，它是如此完美，完美得令人窒息，完美到已经不是一幅具体的画，而像某种神灵的载体，这令我感到痛苦。我知道自己再也达不到这幅画的水准了，年轻的勇气、生猛鲜活的力量、瞬间凝聚的爆发力都不会有了。是的，再也回不去了。这个事实坚硬如铁，无法更改地摆在我面前。我现在知道，为什么我即使利用了机器来辅助创作，却无论如何也达不到这幅画的水准了。就像你父亲说过的那句话，一个艺术家最大的悲伤，不是无法超越历史上的那些巨匠，而是无法超越过去的自己。”

她说罢，忽又停顿，一手撑住额头，一手夹着雪茄，盘腿坐在黑暗里，开始啜泣。一开始几乎听不到啜泣的声音，只有大把大把的眼泪在暗光中掉下来。刚才她竭力压抑住的悲伤，此刻全都迸发出来。山丘底下帐篷如海，寂静的灯光如死灰复燃的炭火。头顶是一条狭长的天空，幽暗的星光如碎纸片般撒下来。她渐渐地哭出了声音，在远处的喧嚣声烘托下，仿佛是阵阵凄凉的琴声飘荡在山丘上空。随后她被雪茄的烟雾呛到了，猛烈地咳嗽着，哭泣因此中断。接着她的手一颤，雪茄远远甩了出去，一点残余的火光在空中划出一道抛物线，仿佛一颗子弹射向远处。我忽然意识到，她并不是在为我父亲的死亡，而是在为她自己凋零的才华而哭泣，就像暮年之人看见了自己年轻的照片，总是哀叹自己青春衰朽的宿命。我盘腿坐在对面，浑身动弹不得，依然缩在刚才意识到的恐惧中，我甚至隐隐明白那一天清晨她不辞而别的秘密。正是这幅画，将她引向了很可能是她母亲的女人。我看着那女人，她已经止住哭泣，默不作声地噙着眼泪——沉默是一个故事的前奏，我闻到了倾诉的气息。远处帐篷绵延，犹如即将开始的故事，没有尽头。

ZR
ISLAND

第 41 章

父亲的故事

他俩邂逅在一次万圣节的鬼步舞会上。当时她宛如一只斑斓的蝴蝶，穿插飞舞在嘈杂的人群里，而他穿着棕色的休闲西服，像一只沉思的灵猫，在人群里缓慢踱步。怪异的音乐、昏暗的灯光、难以模仿的舞姿都让他手足无措，他从未参加过类似的舞会，并不适应眼前这种混乱，所以常常像柱子似的杵在舞池中央，茫然四顾。也许是这种笨拙令他显得特立独行，引起她的好奇，但也许他这样站在原地，就是为了更好地注视她。他们彼此对视，电光火石，“一见钟情”是最纯粹的注脚。他们后来一起跳舞，当然是她教他。抬腿、扭腰、转身，神态与肢体契合，犹如出窍的灵魂之舞。他握着她的手，无法比拟的愉悦从掌心席卷身心，犹如一个诗人学习用肢体写诗，妙手偶得天启的诗篇。两颗氤氲在荷尔蒙里的心灵，激起了一场刻骨铭心的爱情震荡。虽然这个故事的结局令人伤感，但他们之间毕竟始于甜蜜的缘分。

当时还是黄金时代，后来肆虐全球的气候灾难在那时还难以想象，但是端倪已现。飓风、洪水、旱灾的消息，以及科学家们的严重警告，都在新闻里反复出现。只是这些声音要么因为过于微弱而显得无足轻重，要么因为过于频繁而变为陈词滥调。它们当时所引起的反响，甚至不能震落手机屏幕上的几粒微尘（是的，当时人们还在使用手机）。人们当时最关心的全球大事是“独居者风潮”，虽然当时它还没有完全占据社会的主流，但正在全球持续兴起，并且势不可挡。那些信奉“三不原则”（不结婚，不生育，不抚养）的年轻人是这股潮流的主力，他们认为“背叛传统乃自由之前提”，既拒绝家庭，也拒绝生育。一些人蜗居宅内，沉迷游戏，几乎从不进行真实的社交。但更多的人则像她一样，既把独居当成权利，尽情享受放纵的生活，同时也将它当作武器，保护自己不负责任的极端自由。人们预见到这种生活方式将不可阻挡，因为代际必然更替，传统的家庭模式必然会被这股潮流冲刷得片甲不留。人们不得不思虑深远，探讨如何重建社会秩序，以避免这帮自私鬼导致人类灭绝的命运——直到气候灾难的厄运真正降临之前，这一直是全球最大的焦点话题。

我的父亲不是独居者，他就像她的镜中之影，处处对应，却处处相反。他在一个大家庭里长大，在传统的亲情生活里耳濡目染。那些三亲六戚如果不是后来都变成了六亲不认的独居者，或者不是在后来的气候灾难里一一丧生，注定会在他周围构成一种复杂的亲情网络，一个嘈杂混乱的、充满奇趣的、温馨而又矛盾的日常大家庭。因此，难以调和的矛盾在最初就埋下了，就像一个不可避免的宿命。但是在最初的日子里，迷乱的青春和疯狂的爱情所散发出来的不计后果的魄力，足以填平世界上最深刻、最本质的矛盾。她拒绝世俗的算计与考量，甚至不惜破坏独居者的“三不原则”开始与他同居，这简直无异于旧时代的私奔行为。当这个心怀野心的艺术家，准确地说是画家，意识到自己竟然迈出这一步时，既惊讶又慌乱，却并不后悔。因为她被眼前这个人深深吸引了，她觉得他身上隐藏着某种难以表述、难以琢磨却切实存在的魔力，尤其在她与他耳鬓厮磨的时刻，仿佛有一些说不清的灵光被摩擦出来，让她懵懂地看到脑海里闪烁的某种光亮。直到后来，她在知然岛定居以后，才发觉我父亲对她究竟意味着什么。

“他就是我的缪斯，”黑衣女人又点了一支雪茄，在翠绿的亮色中说道，“我的灵感之源。”

缪斯是每一个艺术家的神明，尤其对于一个野心勃勃的画家。她从著名的霍格沃茨皇家艺术学院毕业后，便一直在探索某种可能性——如何用一支静止的笔，突破影像重叠的世界，也就是说，只用色彩与线条，在一个物理平面上创造出某种立体动感的、具有精神交流的画面。“不是常见的那种静态逼真的立体画，也不是立体动态的影像，而是一种开放的、可以对话沟通的、使人身临其境的、能与现实水乳交融的那种作品，”她不知怎么和我父亲解释，“这不是赋予一幅画某种艺术灵魂那么简单，艺术史上那种事情已经太多了。我所希望的是一个欣赏者能直接进入一幅画的世界里，获得比立体影像更为深刻持久的体验，也就是说……”她琢磨着，一时找不到合适的词语。最终，父亲帮她领悟到了自己的野心——“你是不是想要创造一件通灵的作品？”

“没错！”她惊叫道，“没错，通灵！我就是要创作一幅通灵的作品！”

聪明如我父亲，也要努力琢磨之后才领悟到她的野心。这个专注于史诗、巫教、部落文字研究的博士，熟谙世界各地的古典历史与文化的年轻学者，能在一叠破旧书籍或者几块考古瓦片中醉心半宿的痴迷者，在完全理解了她的野心以后，不禁被深深地震撼了。这种野心里所呈现的图景，既绚烂又深邃，犹如头顶的宇宙，愈是琢磨便愈是细节丰饶、气势磅礴。因为热恋，但更因为这份激动，他主动放缓了自己专业研究的步伐，陪着她穿行在世界各地，寻觅写生的素材。出游的独居者、度假的传统家庭、沿街的艺术表演家、海滩上的救生员、隆隆的巨型卡车、幽森的树林、崩裂的山崖、白色的梨花、透红的桃子、鲜活的鲱鱼、鳞光闪闪的带鱼、锈迹斑驳的渔船、赤红发亮的远洋轮、呼啸而过的飞机、不知名的野花、一望无际的沼泽地、一轮金色的夕阳，这些都是黄金时代里最鲜明的色彩与最自然的线条。她琢磨，她落笔，她绘画。他跟随，他注视，他鼓励，偶尔也评论，却从不妄下断语。他清楚她的艺术野心究竟意味着什么，那是用最纯粹、最基本的绘画技法，去挑战这个泛滥的影像世界——多么富有想象力，多么富有英雄气质，多么令人心生敬意！他意识到此路漫漫，充满艰辛。他为她列出艺术研习的计划，带着她逐个拜访博物馆和美术馆。他熟谙古典，又理解当代，是艺术家最好的助手，也是最好的老师。他指引她去研究不同时代的建筑、不同类别的巨匠名作，尤其是去熟悉那些不算知名却意义非凡的艺术家。他还时常向博物馆或美术馆递交特别的表格，通过拐弯抹角的私人关系，申请进入幽深的库房，因为在那些博物馆里展出的只是一小部分，很多大师原作都珍藏在库房深处，从未公开展出过。他竭尽所能，帮助她汲取不同的艺术源泉，积蓄最终爆发的能量。渐渐地，那种艺术野心不再是她一个人的了，也同样属于他。他们被这野心笼罩着，几乎是魔怔了。无论散步、进餐、喝咖啡、亲吻、做爱，各种时刻都会被忽然蹦出来的某个异想天开的灵感打断，两个疯子就会停下一切，哪怕赤身裸体地相拥着，也会开始讨论这个话题。他们思索着，碰撞着，就像相互扔着火花的两个孩子，希望能碰撞出一个可以吞噬一切的黑洞。

说到此处，黑衣女人幽幽地叹息了一声，一种尚未融尽的蜜糖仿佛还藏在温柔而伤感的声调里，黏糊着她的每一个昼夜。“你去过巴黎吗？”她眼睛看着我，像是在梦里自言自语。我摇摇头。但我知道巴黎，据说那曾是世界上最美丽的城市，一个历史与艺术构成的大博物馆，其他城市无论多么光鲜、豪华、奢靡，在它面前只显出乏味庸俗。当然，数十年的极寒、暴雨、干旱之后，现在那里只剩残垣一片，满目皆疮痍。

“我们去过，”她继续说下去，“其实我们总是在那里。”

我们经常去巴黎，那也许是世界上最美的城市。有时候我们会住上两三个月，每天泡在卢浮宫里，那里的每一个橱窗、每一件展品，甚至脚下的每一块砖石都变得像自己家里的东西一样熟悉。有时候我们也会去对面的蓬皮杜博物馆，或者奥赛博物馆、毕加索博物馆、巴黎圣母院、罗丹美术馆，它们都像是我们常去的餐馆，但每一次去都能吃到不同的味道。到了傍晚，我们就到花神咖啡馆喝咖啡，就在塞纳河的左岸。这片区域十多年前因为泛滥的洪水而毁灭，但当时却河水奔流，风景怡人。是的，我们总是坐在二楼，坐在古往今来各种传奇人物的影子里，谈论着一天的收获。这是我们的惯例，就像我们心照不宣的迷信。一种艺术野心想要顺利绽放，必须身处培养出同样分量天才的土壤里，哪怕只能闻到天才们残存的气息，也是最好的滋养与熏陶。后来，就在花神咖啡馆，那应该是我们离开巴黎前的最后一日，你父亲举起杯子却又放下，脸上的表情忽然变得怪异。我知道每当他异想天开的时候，就是这种表情，没什么奇怪的。即使我们做爱的时候，如果有了奇思妙想，他也一样如此。那个野心现在不仅是我的，也是他的，仿佛是一种我俩共同拥有的魔咒，彼此分享，无法逃脱。他说，他想到了一种艺术形式，一种他曾经在东亚一个地方小博物馆看到过的工艺品——瓷板画，先用某种特殊的材料在瓷器的表面作画，然后高温烧制，便会出现某种奇特的立体感。“虽然那只是静止的立体感，并不令人震惊，”他沉吟着，“但是瓷板画因其色彩的渲染和与生俱来的三维优势，可以营造出比平面更特别的立体感。”

那段时间，我已经是一个成熟的画家，在无数次写生与练习中，我感觉某种突破似乎近在咫尺，却又渺茫无期。我与那层境界薄如蝉翼的间隔，就像铜墙铁壁一般难以穿透。我一直以为是技法和色彩的问题，因为用平面创造一种逼真的立体感，其实早已有之，根本不稀奇，但是那种立体感只是一种错觉，错觉只是骗局，会在某个瞬间完全崩塌，并不能吸纳一个人的灵魂。而我要创造的，是另一个真实的空间，如果可能，我希望可以长久地吸引人，使人沉浸其中而不自觉。所以当我听到“瓷板画”的时候，忽然眼睛一亮。这并非因为我了解它。我其实从未见过瓷器上的绘画，但是这三个字提醒我，技法和色彩可能已经穷途末路，而材料才是新的路径。所以我将手里的咖啡杯在桌子上一顿：“瓷板画！”我兴奋地放下咖啡杯，记得当时周围的人都转过头来看我俩。

“就是它们。”女人指着地上那套茶具对我说。我莫名地望着在地上排列整齐的茶具，模糊的阴影让我看不见那些如野草一般狂舞的甲骨文。但是这并不是严格意义上的瓷板画，或者说，我心想，甚至都算不上瓷板画。女人拿起其中一个杯子，放在手心里，对着山丘底下的微光看着，嘴角浮出一丝悲哀的浅笑。

我们于是飞往东亚。一开始去了日本，后来到了马来西亚，再后来去了泰国。我们四处寻觅合适的窑坊，终于在中国江西一个偏僻的丛林山区里，发现一处五百多年前遗留下来的窑坊。黄土泥墩堆砌的原始灶头一个个矗立在山坡上，像是一座座坟墓。它们在幽深的密林里散发着时间的味道，我们就像找到了自己的归宿一样，再也不能移动一寸脚步。我们住进了旁边几间废弃的乡野空屋，雇用当地的役夫搬来必要的生活用品，并且储备了许多食物。稍事安顿，我们便开始研究烧制和彩釉的技术，寻觅通向我们艺术野心的道路。这个过程说起来简单，其实比我叙述的要复杂一万倍。我们夜以继日地工作，当然，事情虽然常有反复，但总归日渐进展——文字是他挑选的，十几个甲骨文连成一串，像是一句魔咒构成的项链，拴住了我俩的命运。不过，我是无神论者（又有哪个独居者不是呢），无所谓这一长串的甲骨文究竟是不是咒语。相反，其实我第一眼看到这些古老的文字时，就生出一种似曾相识的亲近感。那些质朴笔画中呈现出来的独特意象，不就是在静止地叙述一个动态的场面吗？象形文字的天然功能，不就是我心中所蕴藏的艺术野心吗？但这是我很久以后才体会到的，我的天赋是依靠直觉，一往无前，却很少反思沉淀。一开始，五千多年前的文字因为契合我的野心而激发了我的想象力，制陶、烧瓷、研磨、上彩、上釉。甲骨文真像是我的艺术魔咒，令我的笔法变得更精细，色彩变得更纯净。那些抹了朱金颜料的甲骨文烧出来后晶莹透亮，像一群金蛇在狂舞，或者像春风里的野草，沿着四个玲珑小杯生根蔓延。还有那只托盘，开满紫色鲜花的田野烘托出隐隐青山。而在壶上，隐隐青山衬托出似有似无的天空，甲骨文就隐藏在青山淡水之间。我俩都沉醉在这种制陶的技艺里，从春天的雨季开始，记不清多少次，我们失败、调整、再失败、再调整。温度高了就调低，火候不足就加温，颜色淡了或者深了，或者瓷器烧碎了，我们就再从头来过。我们乍到初学，技艺不精，但我们的目标并非要烧制出一款精美的艺术品。我们只是不断地烧制，不断地破坏甚至糟蹋这些瓷器，希望在火光与温度结合的某一瞬间，能发现一个瞬间消逝的入口，就像在密不透风的墙壁上发现一个透光的孔，可以洞见另一种艺术的存在，或者在曲折回绕的迷宫中发现一条捷径，可以连接到另一个世界。春去夏来，我们的制陶技艺日臻成熟，一套套新制的茶具在我们身后堆积如山。早期的稚嫩、中期的稳重成熟、后期的老练出神，就像累积的地质层一样演变明显。我们都沉默着，行动靠彼此默契感应，说话越来越少，有时一连几日一言不发，就像战争即将打响之前的屏气凝神。我们都知道自己正在逼近那一刻，却不知它何时降临。

女人说这些的时候，手里一直在摩挲着那只杯子。此刻她停下来，三根纤长的手指握着杯子，举到我前面，昏暗中仿佛在向我敬酒。“你看得清笔画吗？”“不，”我说，“光线太暗了。”她缓缓收了回去。“这不是光线的问题，局外人应该无法领会其中的奥妙，”她继续在手里摩挲着杯子说，“如果你事先未能充分理解那种艺术野心的话。”

那是在夏末最后一次台风来临之前，我们终于到达了此前只存于想象而并未实现过的那种艺术境界——新鲜的釉彩发出深邃的荧光，不再是死板的平面，不再是僵硬的立体。只要以某一种姿态去看，那个由青山、淡水、天空和文字构成的世界就会自然呈现，邈远而又广阔，仿佛一种灵动的活物，紧紧贴着你的呼吸，像是要吸走你的魂魄。第一只杯子刚刚出窑的那一刻，你父亲就知道了，他紧紧抓住我的手，像是惊喜握在他手里，想要递给我。杯子、茶壶、托盘，一个个出了窑，最后所有的六件瓷器都放在眼前的木桌上。它们在微风中逐渐冷却，釉彩在细微地伸缩，光泽缓慢地变化。而我们相互搂着，倾注所有的热情注视着它们，像是等待着一种自然的力量为我们分娩出一个艺术的婴儿。一生中再没有比这更幸福的时刻了。三个玲珑杯口的文字像一群活物，充满了旺盛的荷尔蒙，疯狂的舞蹈几乎要蹦出了杯子的平面。而托盘和茶壶上的远山淡水，氤氲着淡紫与浅青，恰似一张无形的网，似有似无地勾住人的魂魄。当一切冷却平和之后，这种犹如神灵召唤一般的魔力虽然有所减弱，却依然炫人眼目，令我俩久久不能自拔。直到天色暗下，我们才觉得饥肠辘辘，在屋里四处找吃的东西。台风半夜席卷山林，而我们却兴奋得活蹦乱跳，像两个疯子一样在山野上奔跑，任凭风吹雨淋。然后我们又跑回来，在窑洞口烘干衣服，就像两个赤身裸体的林中野人坐在余温尚存的窑灶口，在余烬之光里相拥相依，在呼啸的风暴里用这套新出炉的器具泡茶喝酒。釉彩的纹路半明半暗，我们只有中国的绍兴黄酒、锡兰的红茶和法国的花茶，那一夜它们全都浸染了这套神秘的艺术品。我记得当时自己曾在微醺中遗憾自己没能带法国勃艮第红葡萄酒来，因为淡色的杯子与血色的酒浆相配，一定会将那一圈甲骨文映成最美的金蛇。那一夜风暴特别疯狂，我们居住的山间小屋几乎要被掀翻了顶，但是那一夜我们却比风暴更加疯狂地做爱，就像互相强暴一样剧烈。我尽情地呻吟着，那声音裹在呼啸的风里旋转上升，就像大海里一根不折不挠的划桨冲出了这片风暴。

这半年我们几乎没有性爱，就像是为了这份神圣的艺术品而禁欲。现在，至少在瓷画上，我接近了自己的艺术野心。虽然并不完整，因为火苗的淬炼毕竟具有极大的偶然性，而且试了那么多次，烧坏了那么多杯子，我们才在缪斯身上凿出这么一小道缝隙，艺术的神灵才泄漏出那么一缕光——他在倾盆大雨的声音里趴在我身上感慨说，这种感觉真需要运气，真不知如何才会有下一次。我凑近他耳朵，轻声告诉他没必要再试下去了，因为从无数个烧毁的瓷器之中，我已经知道，自己只要调整某些笔法和色彩，就能张扬出隐藏在瓷画里的那种不可明确的暗示，可以将那种摄人心魄的意境同样呈现在一张纸或一块布上。我已经发现，自己的艺术野心并非纯粹的凭空想象，就像一个人披荆斩棘、翻山越岭，想要寻找只存在于想象中的大海，最终却在群山之巅望见了它。对，就是那片蓝到深紫的颜色。想象与眼里所见之物的差别在第一眼就弥合了，无疑这就是我一直期待的东西。我已经找到了某种自信，眼前的障碍只是一层蝉翼之纸，吹弹即破。他激动地搂着我，对我说，他早就知道瓷画只是通往彼岸的一条船，只要彼岸是存在的，一个人甚至可以游泳过去，而无须任何摆渡的工具，但我竟然能在第一次就抵达终点，完全出乎他的意料。那时候，精神的欢欣和肉体的愉悦同时袭遍我全身，我仿佛忽然间神志清明，体会到另一个真理。艺术作品从来不是被创造出来的，而只能被发现，它们确实是一种真实的存在。画家和矿工、画笔和铁铲都毫无区别，都是在自然界挖掘金子的工具。

女人在此处忽然停止了叙述，她举起那只一直在她手里摩挲的杯子，注视片刻，又很安静地将杯子放回了器具之中，换了另一个杯子，一手捏着杯子，另一个手掌心用力摩擦着杯沿，像是要把那些金蛇磨成碎片。最后，她在夜色里高举白瓷杯，对着它凄然一笑。“没错，那是我生活中最美好的回忆，”她缓缓说道，“但是你知道，生活显出最美好的一瞬间，往往也预示着突变的开始。”

暴风之夜后的一个月，她发现自己怀孕了，风暴狂乱的性爱有了一个确定的结晶。这个令我烦恼的消息，却使我父亲陷入了无法名状的喜悦。他忽然变得敏感小心，时而握着她的手，时而轻轻搂着她，又怕她不舒服而轻轻放手。他时刻赔着小心，伺候在一边，犹如一个温柔无语的太监，等待随时到来的圣旨。

“是的，就是在那一刻，我忽然间有一种奇怪的感觉。他并不是因为我，而是因为我肚子里的孩子，才变成这副模样。我讨厌他的这种样子，因为仿佛此前他竭尽所能地为我做的一切，他陪我周游世界写生，他分析探讨我的作品，他为我敲开博物馆的库房大门，他带着我寻找深山里的瓷窑，他和我一起无数次刻意练习制陶的技术，都像是为了抵达此刻而蓄意图谋的计划。我并没有因为他的意外温柔和关切而变得慵懒、柔软和感激，我反而觉得自己变成了一种生殖容器，他所做的一切，与园丁为一个花园除草、施肥、灌溉毫无区别，都是为了那个盛开的季节。我不是他的目的，我肚子里的孩子才是。”

她说得没错。那时候父亲确实满怀希望，计划带着她和孩子，一起进入传统的家庭生活，一种已经在全球范围内日渐没落的生活方式。但他没有意识到，为孩子的出生做准备的几乎只有他一个人。也许他意识到了，但故意回避，不去触及那种根本性的矛盾，而这正是她的恐惧所在——独居者，一个自由之身，在所有可能的厄运中如果选择最坏的一种，那便是拥有一个与自己关系确定的孩子。堕胎是不被允许的，在人口锐减的年代里，这不仅是严重的犯罪，罪名也从疏忽杀人升格为一级故意谋杀罪。独居女性的唯一希望，也许只有刚刚出现的蜂巢了，因为孕妇可以在那里卸下一辈子不可逃脱的责任，然后毫无瓜葛地离开。父亲的家乡当时刚刚新建了一个蜂巢，规模尚小，但正在扩展，所以当父亲邀请她一同返回故乡时，她很快就同意了。各藏心机的两个人便来到了我从小长大的高原旧城。在那八九个月里，当她看着自己的肚子日渐隆起，烦忧也随之渐增。因为妊娠反应，更因为无法说出自己的秘密，她总是无缘无故地发火、挑三拣四、冷嘲热讽，平静的生活总是被搅得事端屡生。而父亲却低眉顺眼、毫无怨言，就像承担一切苦难的圣徒，所有的无端责骂，他都微笑着照单全收。父亲那点可怜的期望，她也越来越清楚了，即便一个人抚养，父亲也要这个孩子。然而，被一个有名有姓的孩子牵绊，这是一名独居者一生中最不能忍受的痛苦。所以到了后期，她反而坦然了，每天顶着大肚子、没日没夜地在画室里工作。看着父亲既想劝她休息又怕惹她气恼的模样，她就有一种报复的快感。但是她无论如何都回不到暴风狂乱之夜的那个状态，当时的领悟是多么清晰，仿佛障碍就是一张薄如蝉翼的纸，一点即透。

而现在那种感觉却一直在她眼前飞舞，落不到她的笔端——这种恼人的状态，一直持续到那一日。

那是下午，一架飞行器穿过阴天，停在了我父亲书房的窗口。在我父亲毫无思想准备的情况下，她跳进了张开的舱门，扬长而去。窗口前的父亲明白了一切，他随即奔赴蜂巢，心急火燎地。但是蜂巢就像保护人类私有财产一样严守每一个孕妇的秘密，严格的隐私法律拒绝了父亲的一切要求。不允许男性进入的蜂巢，迫使父亲只能在六角形的建筑之间来回走动，犹如草丛里一头焦虑的麋鹿。最后，他站在河边，远远地望着蜂巢的大门。河边一丛丛高原野草的一片片叶子，在他的脚底碾成了绿浆。

女人不再摩挲杯子，而是用手指轻轻弹着杯沿。黑暗中的黑色袍子令她的手指显得苍白，而她的故事在这种轻弹声里充满了变化的节奏。“你父亲并不清楚，”她说，“珍爱自己的骨肉是一种多么原始落后的人类情感。他没有意识到，这其实只是在爱惜自己身体的一部分，只是在在乎自己肉体的延续和永恒，多么自私和自恋的人类情感。独居者时代并非气候灾难带来的，而在此前就已经蓬勃兴起了。这股潮流并非从天而降，而是因为人类发现肉体的永恒是所有事物中最不重要的一环，子嗣后代所构成的永生其实是人类自恋的幻觉。无论肉体的、情感的、精神的，只有即刻的幸福才是真实的，而真实是讨论永恒的前提。你父亲并不能理解这些，不能理解一瞬间的永恒与真实，这也许是因为他不是艺术家。”黑衣女人轻轻地笑了笑，笑得那么遥远，笑得和她那么相似。“生下孩子后，”她继续说道，“我便离开蜂巢，回到公寓。

剪断脐带的那一刻，我和那婴儿就一刀两断了，我完全不想知道那孩子是在蜂巢哪个角落，还是已被转移到别的城市。这是真正的无牵无挂，让我备感轻松，就像在水中憋了很久终于露出了水面。我满心欢喜地准备重回过去，继续和你父亲周游世界，一起探索艺术上令人狂喜惊怖的秘境。是的，你父亲不是一个艺术家，但他能激发一个艺术家的灵感。我的野心和激情、探索的路径、瞬间的领悟、乍现的灵光、最好的艺术作品，都是在他的感染和熏陶下产生的。他熟稔古典文化和历史，也了解艺术和哲学，几乎就是一本百科全书，是这个时代里极其罕见的异类。他像是知道缪斯的居所，总能扮演一个优秀的向导，指引我找到艺术的神明。他是我的至宝，不可缺失。但是当我返回旧城那间公寓的时候，我看见了另一个人。你父亲躺在床上，像一具死尸、一个幽魂般默默看着我，消沉、哀愁、冷漠的目光像是在嘲讽我的幼稚，嘲讽我竟然会觉得一切都能恢复如初。从此他就像丢了魂魄一样不得安眠，不再有讨论艺术的兴趣，而缪斯就像是他私藏的宠侍，没有他的允许，我就得不到眷顾。但我并不在乎，我以为自己抛开了腹中的累赘，便能寻回暴风狂乱之夜的灵感，但是那种神秘的意境仿佛只能在那个窑灶中偶然合成，我的领悟也只能在那种夜晚偶然出现。无论我在油画技法上怎样努力，无论东南西北如何突破，却仿佛有一只手始终按住我，大海就在山脚处，却永远可望而不可即。在你们居住的旧城公寓里，有一个小房间。自从我们到达后，它就被辟为我的画室。我焦躁而恼怒地待在里面，没日没夜地画着。每次落笔之前，我都感觉到那种意境就在手底，但是落了笔，缤纷的颜料在纸上铺开，就像层层叠叠的障碍令我四处碰壁，撞得我焦头烂额。而你父亲无声无息地在画室外面为我准备好一日三餐，然后就消失一整日。他一定是去蜂巢了。我当时冷笑着想，那孩子连我都不知道身在何处，你又怎能找到？”

女人叹息一声，山坡下静悄悄的，只有一缕缕黄色的灯光像一缕缕蒸汽在空中飘荡。她的眼睛里反射出这种灯光，像是用那种老式的电影播放机在眼前回放几十年前的故事。

就这样，过了两三个月，你父亲将你带回来了。那一日早上，旧城太阳初升，照进了我的画室，我记得很清楚，阳光也照在你的脸上。几个月大的婴儿，眼睛都睁不开的毛毛虫，脸上像倒了一锅粥一样，在你父亲怀里哭得稀里糊涂。你父亲兴奋地抱着你。他刚跳出飞行器，甚至还没有走进我的画室时，就像怕我反对一样，高声宣布“一切手续都已办妥”。没错，我知道，蜂巢允许非血缘关系的人去收养孩子，这是他们重建传统社会的努力。但是独居者不可能这么做，而传统家庭的人看重血脉，很少有人会这么做。但你的父亲竟然因为失去了自己的孩子而去领养了一个陌生的孩子，我一时有种说不出的气恼。他没有和我商议，以示起码的尊重，但是我也未曾和他商议过自己的决定，所以只能气恼。我并不看孩子，只是盯着他。我的目光一定是冰凉的，他不可能觉察不到这间狭小画室里寒意刺骨。不，他其实早就预料到了我的态度，但是他似乎要以故作的兴奋和欢乐，努力地挤掉我的敌意。“蜂巢将所有孩子的信息都随机打乱了，但是努力的心血总是不会白费。”他说着，将手上的婴儿，就是你，递给我。这句话非常古怪，暗示这个孩子就是我俩在中国南方的山间窑洞前孕育的骨肉。不知是因为心虚还是过于激动，他又说了很多话，大概是困难之多，而你的可爱出乎意料，语速之快，几乎没有给我任何插嘴的缝隙。我穿着布满油彩斑点的帆布罩衫，一只手托着画碟，一只手握着画笔，只是冷冷地看着。直到他自觉无趣的时候，我才停下手里的活儿，冰冷地问他：“你刚才说，你办妥了什么手续？”“领养手续。”你父亲迅速回答道。我站在那里望着他，他不再是缪斯的主人了，他抱着你，欣喜与怜爱的模样犹如迟疑的妇人，身上散发着传统习俗中的陈腐气息，难闻得令人生厌。我强忍着厌恶和怒火问道，是你一个人签字领养的吧？我们当然知道这句话的意思，这句话其实不是一个问句，而是一个陈述句。他本来无须回答，但是他忽然抬起头说：“你愿意在领养人里加入你的名字吗？”我记得很清晰，这个问题话音刚落，你就发出了凄厉的哭声，像一把刀一样截断了我的回答。我们相互注视着，一言不发，像是恳求，又像是挑战。我于是又问道，很正式地问道：“如果这是你一个人领养的孩子，那么我将对此不负任何责任。”他仿佛要回避这个话题，开始低头哄哭泣的你，但最后他还是回答了——“当然，”他低着头说，在孩子的哭声里他的回答还算温柔，“你当然不必负任何责任，但这既然是你的孩子，我想也许你不会反对和我们生活在一起。”“不反对和我们生活在一起?!”我冷笑了一声，猛地把我的托盘和画笔搁在边上的小桌子上。圆柱状的画笔滚到了地上，一种蓝绿的颜料跌落在暗红色的地板上，滚成一团古怪的褐色。那是你父亲在公寓里专门为我辟出的一小间画室，属于我的私人领地。他待了片刻，悄悄退了出去。我盯着地上一团糟的颜料，听着他轻轻带上了门，一阵阵气恼涌上心头——他在领养你之前没有对我泄露一丝消息，现在又发出宽宏大量的邀请，而且用的是“我们”。哦，是啊，你们成了一体，而将我排除在外，我竟然不如还在襁褓中的这个婴儿！我不知道我爱的究竟是他这个人，还是在他影子里的艺术之神，或者那个缪斯本就是由我俩爱情所创造出来的。但是如果没有艺术上激荡人心的交流，抱着婴儿的他就变得面目可憎，毫无趣味可言。

不，我知道他错了，错得离谱，错得不知所云！我要告诉这个自以为聪明的人他究竟错在哪里。那一天从早晨开始，仿佛所有的怨愤与恼怒都化为一种我要证明自己的冲动，让我全身心地投入这幅油画的创作里。他轻易是不进来的，他在外面忙里忙外，像一个月嫂一样伺候着你这个婴儿。他会定时给我送来食物，但除了喝些水，其余的我一概不碰。他也并不劝我，只是不停地更换食物，取走之前的，放下新鲜的，蹑手蹑脚地进来，又悄悄地出去，像是犯了错的仆人，总是赔着小心。我则不理不睬，目不斜视地盯着画板。后来我恼怒他的沉默和殷勤，反锁了画室，想要隔绝外面的一切混乱和烦恼，但是你尖锐的哭泣依然会传进来，像针刺一样令我恼怒且愤慨。我起初画的几张初稿全部都扯掉了，后来又用铅笔在纸上打底稿，但也撕掉了。我只得呆坐在画板前，沉默地望着空白的亚麻帆布。不知过了多久，不知因何缘故，红黄蓝三原色缓缓地在我心里升起，经过不同配比化为种种颜色，缓缓地流到眼前的画板上。我的怒气像被这块亚麻帆布渐渐吸收了，土黄、土红、玫瑰红、柠檬黄、酞青、钛白、群青、普蓝、镉色、钴色、青莲、翠绿、中铬绿、钴绿、土绿、粉绿、生褐色、熟褐色、煤黑、象牙黑，难以尽述的缤纷色彩在不知不觉中平息了我的怒气，眼前渐渐清澄，就像进入了一种万事不闻的禅定境界。暴风狂乱之夜以后再没出现过的那种顿悟，一直追求不到的那种完美意象，此刻就像海市蜃楼般在眼前渐渐显现。它是无形的，却是具体的，就像是我的直觉，正明白无误地呈现在脑海里，你想要看得多细致，它就会呈现给你多少细节，它是如此清晰明确，以至于我几乎可以照此临摹——整个世界忽然在这张帆布上洞开了。我领悟到了之前的错误，落在画板上的对象不应是身外之物，不是旷野川河、大漠落日，不是贩夫走卒、达官显贵，而应该是我自己，不是单纯的自己，不是显然的自身，而是隐秘在内心的自我。

灰色的大理石调色板像厨房的砧板。我挤出颜料，加入油脂——亚麻仁油、松节油、罂粟油，有时也加入蜡或者树脂，然后用一根碾槌画圆圈式地缓缓碾磨，再用调色刀细细地碾平一个个颗粒，去除其中杂质，搅匀油脂与颜料，直到一切水乳交融，出现我直觉中的色彩。最后我举起画笔，猪鬃的、狼毫的、化纤的，扇笔、排笔、尖笔，饱蘸颜料，让直觉指引我的手指——隐隐的青山，迢迢的绿水，若隐若现的睫毛、嘴角和鼻尖，一张看不见的脸，一种摄人魂魄的表情，就这样随着线条与色彩一起落在了帆布上。我的直觉犹如一盏似明似暗的灯，在前方摇晃，我亦步亦趋地跟随着它，恍若进入了涅槃之态，忘却了肉身，忘却了存在，眼里只盯着那盏不断闪烁的直觉之灯，盯着它渐渐地变为一幅细致入微的画卷。这是缪斯向我展示的秘密，我复制、抄袭、偷窃这种秘密，它不是我的创作，而是我的发现。就如发现一个数学公理、一个物理公式，它是一种事实，本来就存在；就像一条矿脉、一个火山口、一片草原、一座星球，它本来就是宇宙中一个确定的事实，我不过是一个无知的寻宝者，手持一张不甚详尽的名为“野心”的藏宝图，跌跌撞撞地四处碰壁，只有在缪斯的引导下，才能找到它。

她忽然止住了，从地上轻轻捧起那幅画，不再言语。静默的夜色像海水一样笼罩着，我们像是坐在无声无息的海底里。她轻轻地叹息一声说道：“再没有一幅画能比这一幅更令人惊叹了，即使 AI 也相形见绌。它们只是技巧娴熟，所有的激情、勇气、愤怒、天真都是模拟的、伪装的，艺术之神根本就不住在它们那里。”她放下了图画，人微微后仰，眼睛似乎闭上了，仿佛在水底屏息了好一会儿才露出水面，接着继续说道——

完成这幅画的时候，已是第二天凌晨。如果我当时照镜子，一定是一张疲惫不堪的脸，双眼通红，头发蓬乱。这是熬夜创作所需的代价，每一次都这样，这一次应该尤其不堪。但是当我放下画笔，在晨曦的光芒里仔细端详着那幅画，那种无与伦比的愉悦、快慰和满足感就如潮水一般充溢心头。我完全清楚，一个欣赏者将以怎样的姿态坠入这幅作品而难以自拔。那是一种真正的幻境，缪斯的神迹遍布每一个笔画、每一种颜色、每一根线条里。这既令我骄傲，又使我谦卑与敬畏。此时朝阳升起，阳光射入清晨的画室，将我拉回现实。我忽然感到腹中饥渴，桌子的另一头放着食物。人的记忆似乎会因为饥饿而变得深刻，直到此刻，我还记得它们，仿佛食物就摆在我眼前——几个特制的黄油小烤饼、两只橙橘、一个煮鸡蛋、一些坚果，是花生与核桃仁，还有一杯水。我走过去，饮尽了那杯水，然后风卷残云一般扫尽所有食物，但是吐掉了略带馊味的煮鸡蛋。然后我开了门，微风吹入，我发现他就坐在门口，背靠墙壁，脑袋歪着，酣睡在渐亮的晨光里。他的旁边是一张灰色的摇床，他的手搭在上面，你就躺在里面，咧着嘴的一个婴儿，枕头上一大片湿漉漉的口水，睡得也很香。我看着这个疲惫的月嫂，想象着他经历了怎样的煎熬生活——既要照顾孩子，又要担心我，只得摇着你的床，守在我的门口。他应该无数次贴着门听里面的动静，我的不理不睬令他惊慌，但我作画的声音却令他心安，现在他终于撑不住了，睡死过去。我面带冷笑地望着这场面，这种婆婆妈妈式的关切透着传统家庭那种陈腐难闻的气息，而摇床里的你则增添了这种味道的浓度。这令我深恶痛绝，更令我黯然神伤。我是一个画家、一个艺术家，我需要的是一个伙伴，甚至是一个对手。我需要一个能将我引向缪斯之神的人、探险者的向导、赛车手的领航员，而不是一个平庸凡俗的生活保姆。

我万念俱灰地返回画室，终于清楚我俩之间的差异。独居和家庭本来就属于不同的价值观、两条分叉的道路。我过于草率地相信爱情的力量，而他比我更迷信家庭的力量，想用一个孩子将我拖下水。于是我决定离开。整理行装的时候，我几乎没有思考就将峡谷作为目的地。我们在环游世界的时候来过这里，气候灾难之前，这里就是艺术家们的归隐之地。一个人只要追求艺术的巅峰，便一定会在某一个时间点停滞不前，碰到自己的天花板。那是一种比玻璃更虚无的透明，没有触觉，没有形状，仿佛是一层坚硬的空气挡在头顶，拼尽全力也不可穿透。一些人忍受着几近崩溃的痛苦，而另一些人则苦涩而坦然地接受了自己的终点，知道人生行至此处，才气、能力、智商、缘分全部到达了终点。他们都会来到人迹罕至的峡谷，像古老的东方宗教里的僧人静坐在此，悲欣交集地等待圆寂来临。

而我如此年轻，自然不可能是因为这种理由。我只是要找一个僻静之处，远离烦忧，让缪斯之神静静地降落在我心里，融进我的心神与血脉。少有人知的峡谷，正是我的理想去处。我心神不宁地整理着画笔、颜料、帆布，一会儿觉得自己已经无所不能，那种圆满的愉悦依然充溢心头，一会儿又感到模糊地担忧，觉得自己已经达到了极限，这幅画可能就是我的巅峰。而当我将所有的物品全部打包完毕，忽然觉得至少有一点是确定的，那就是无论如何，我都能不断重返创作它时的水准——因为这不是火苗淬炼的瓷器，这一切都出自我手中的画笔。一切收拾停当，我望着这幅画，一个十八岁的我贴在木质画板上，忽然发觉，仿佛这是在向他暗示，我留在蜂巢的是一个女孩，而不是男孩。虽然这并非我创作这幅作品的目的，但那一刻我决定将它留给他。于是我便取出一支狼毫毛笔，简单地调了些颜料，在作品的右下角写上两个字母，ZR。他和我初到峡谷时，亲睹了艺术家聚在一起，探索艺术真谛，便感叹人类与机器之不同，给峡谷起名知然岛——沙漠如海，绿洲如岛，并说，以后要有女儿的话，也叫这个名字。我希望他看到这个，就会自然知道那是女儿，并且知道我去了知然岛。这么明显的暗示，他不可能看不出。我以为他会将你还给蜂巢，然后只身来找我。这么多年，我在这里惶然等待，希望某一日他会不期而至。但这么多年来，他像是遗忘了这一切似的无动于衷，而我因为高估了他的感情而感到愤怒沮丧。

她说到这里，忽然愣住了，对着夜空发出一声古怪的苦笑，像是自嘲，像是哭泣。

ZR
ISLAND

第 42 章

知其然

“常住峡谷以后我才知道，知然岛并非我想象中的静谧之处，而是艺术创作的墓地。我以为自己能一再返回这幅自画像的境界，但是手上只有残存的记忆，我的笔触飘忽不定，像风中烛火不稳定的准芯。我意识到那一日因为出离愤怒而复归宁静，与淬炼瓷器的火苗一样，都是不可得的偶然。我懊悔将这幅肖像画留给了你父亲，最巅峰的作品变成了记忆，而记忆里却没有最巅峰的体验。我原以为这幅自画像是我向前的基础，现在它却变成了我正一步步远离的巅峰。一幅又一幅，我在这里疯狂地画着记忆中的十八岁的自画像，但笔端却变得越来越枯燥。手里的画笔就像爱上你父亲，离了他便都枯竭死去。那些静坐在峡谷里的老艺术家也在一个接一个地死亡，就像深秋的树叶全部凋零（二十多年以后，最年轻的我居然成了最老的移民），狭长的谷地里那种枯燥、孤独和惶然像一个魔咒一般，无限地放大了我对这幅画的记忆和渴望。那种巅峰的感觉，那种令人神魂颠倒、牵肠挂肚的迷幻之境，控制着我、引诱着我、将我引向人类艺术家的禁忌之地。”

黑衣女人渐入倾诉的深处，而我瞪着她，一言不发。

“是的，就是人类艺术家们最鄙夷的堕落，不啻吸毒或者当了妓女，”她沉默地看着清冷的夜，忽地发出一声伤感而自嘲的苦笑，像是空气猛然裂开了一条缝的声响，“不，他们不知道，我借助 AI 的力量，并非为了赢得赞誉或金钱，那只是一个绝望艺术家的自救。”说完，她颤悠悠地又从那只银色的四方扁盒子里抽出一支细长的雪茄，又蹭了一下盖子，燃上了火。

那一日，我下定决心走出峡谷，找到沙漠中信号最强的地方，启动了玻璃球。

虚拟世界里辅助创作的算法种类繁多，水准相差无几，我随机挑选了一款。一方面是因为我并不懂算法、数据、自然语义与画作色彩之间的关系，无法判别优劣；另一方面则是因为我一直深信，与刻意选择相比，随机性更接近这个世界的本质。我现在已记不得那款算法软件的名字了，只记得玻璃球置放在一个沙丘上，射出一道横轴光，也就是一条黄白色的扫描线，我便对着它敞开自己的作品，接受它的逐层扫描。就好像一场献祭仪式，我将自己的孩子摆在了祭坛上——与其说这些绘画是我的创作，不如说是我对这幅原作的临摹，或者说是我对这幅原作记忆的临摹（她指了指摊在地上的肖像画）。玻璃球射出的扫描光线不断地变幻着，像无数细密的针头戳在画布的色彩与线条上，又如无数根微不可见的细小吸管，将我的画作一点点吸进了那个虚幻无形的比特世界。是的，这是一场献祭，我仿佛在向缪斯献祭，祈求艺术灵感的降临。但有时候我又觉得，我更像在欲罢不能地吸食着鸦片，仿佛已经成为一个难以自救的瘾君子，无法摆脱饮鸩止渴的命运。

沙漠燥热，我每天都去，总是在暮色降临之前抵达，因为入夜后光线黯淡，算法软件的扫描效果不佳，所以在黑幕笼罩大地之前，每次只能扫描十张左右。就这样，四百二十一幅作品，我寝食难安地挨了一个多月才全部完工。我本以为，这款已经吸收学习了达·芬奇、提香、塞尚、毕加索等古往今来大师的作品的算法软件，在分析了我作品中的色彩、线条、明暗处理之后，应该能优化出一种更好的境界。但当所有的扫描都结束之后，玻璃球却在赭黄色的荒漠里射出一幅令人震愕的图景。那是一种种完全不合逻辑的混沌形状，一串串，一团团，一坨坨，塞满了整个画面，完全是涂鸦之作，连抽象画都算不上。如果一定要形容，那就好像有无数个连体婴儿挤在一起，未被剪断的脐带相互缠绕，使人心烦意乱。那一刻我以为AI辅助的最终作品就像一面多棱镜，从不同角度映射出同一个真相——我的才华已经蒸发殆尽，我的缪斯不再降临。我感到一阵虚弱，几乎无法再迈出一步，整个人不由得跪在荒漠上，就像臣服于算法的最终判决。

那时候太阳即将西沉，金色的光线像水波一般荡漾在这幅虚幻的作品上。我猛然间觉察到，悬浮的虚拟之作并非凝固静止的，虽然缓慢，却正在明确地蠕动着。图中的每一点色、每一根线、每一个细节，仿佛是无数个细胞，正在分裂重组。我忧伤而惶然的情绪瞬间消失，我挥手放大画面，足足一面墙壁那么大。高度的分辨率呈现出画面细节，每一个微小的色点都在涌动，细致而静谧，仿佛显微镜下的一个细菌培养皿，宁静之下，万物生长。你可以想见，我当时是多么惊诧，还有些惊喜。我发觉了自己的无知，此处信号还不够强，算法辅助其实此刻才正式开始，细胞分裂正变得愈来愈快，图像也变得愈发一致，自画像的轮廓渐渐显现，仿佛呼之欲出。我屏住了呼吸，像是为了迎接巨大的惊喜而必须保持的一种矜持。但可笑的是，算法仿佛决定要恶作剧似的，在某一刻忽然转折了演化的方向，就像一列本应进站的火车，在进站之前忽然拐入岔道，开往另一个终点，而在月台上等候的我，只能眼睁睁地望着那列火车消失在远处。

当时已经入夜，月色肃穆，星光黯淡，呈现在我眼前的是完全陌生的另一幅画——一个人、一条鲨鱼在海面上对峙着。就在我想要仔细辨别的时候，算法软件呈现出数字创作的繁殖力，它持续吐出四百二十一幅作品，全都悬浮在空气里。这些画面虽然不同，主题却惊人地一致，总是一个人和一只活物。人大多赤手空拳，也有持刀拿剑的。而对峙的那只活物，不是林中的野豹、草原上的狮子，就是海里的鲨鱼、天上的蛟龙，全都面目狰狞，龇牙凶恶。我站起来，进入这片迷宫，一路数过去，一共四百二十一幅肖像画。玻璃球扫描过多少张，最后也吐出了相同的数量，就像四百二十一面发光的墙壁，竖立在沙漠上，构成一个诡异而宁静的迷宫。我越走越慢，失落更多于惊愕。AI并未如我所愿，召唤出缪斯之神现身，反而像一场恶作剧，你种下龙种，却获得跳蚤。

此时夜色深沉，四百多张算法图画林立沙漠，犹如一片诡异的丛林。我跌坐在沙漠上，望着悬浮在黑暗空气里的明澈之光，几欲哭泣。但是忽然间，我似乎领悟到其中奥秘。我站起来，将四百多面光墙缩小到正常的尺寸，让它们层层密密地并列眼前，就像一面巨大的照片墙。是的，过于巨大的画面使我目光失焦，竟然没有看出这些凌乱变异的画面中，隐藏着某种一致性——非常深刻的一致性。你只要将画面颠过来或者倒过去，旋转九十度或者一百八十度，按照对角线互换图案或者看镜像里的影子，总之只要找到某一个视角，就能轻易分辨出我那幅自画像的影子。我慢慢地看着，一张张仔细看过去，身上渐渐发紧。每一幅画上都是我，十八岁的我，唯一的差别是构成自画像的线条现在都被分拆成了零落的片段，与其他的线条构成了另一种物体——远处的山峦变成了野兽的毛发，天上的云朵变成了一只手，眼睛变成了一个舌头，裙摆变成了一颗獠牙。虽然这种变化有时模糊不清，有时暧昧巧妙，有时甚至还有些牵强附会，但当所有的图画同时呈现眼前时，其中的意图便显得确凿无疑——没错，所有的四百多幅图画，全是我那幅自画像的拟态之作。

我惶然地走着，惊叹于这种精致细密的笔法。要沉浸到什么样的境界，要有怎样毫不动摇的注意力，才能创作出这样成熟的作品。然而我并无欣喜，因为这些图画与人类定义的创作无关，它们犹如另一种印刷体，犹如不毛之地上盛开的塑料花，缺乏天真、同情、善良，并没有我所期待的缪斯之神。然后，几乎是同时，我又发现一个隐藏得更深但令我毛骨悚然的一致性——完成每张画作之后，我都在右下角写下的“ZR”，现在竟然都在画面的中心，在人与兽的交接处，仿佛是它们共同的胎记，仿佛是一种遗传密码，跨越千万年的演化历程，依然像印章一般敲在了最后的画面上。

说到这里，她忽地停下。四周似乎黑了下来，仿佛这个发现如今依然令她毛骨悚然。而我在她的沉吟里，觉察到似乎还有一个更令她心悸的秘密，隐藏在她的迟疑里。

“画中的笔法都是文字的碎片？”我已经猜出她的恐惧所在。

“你怎么会知道！”她惊惶地看着我，就像我猜中了她噩梦的内容。

“这些画已经在外面流传了。”我说。

“怎么可能！”她惊叫道，“我从未对外发布过！”

“它们在机器乱局之前就已经在外流传了，”我看着她说，“不过机器复苏以后，这些 AI 作品就消失了，没有丝毫踪影。”

她愣住了，表情冰冻在弥漫的夜色里。忽然，她不无敬畏地说道：“你知道吗？我后来发觉，那些画都是临摹米开朗琪罗的名作《创造亚当》。”

“我知道。”我想起机器乱局之前的那个瞬间，我和她站在西斯廷教堂的脚梯上，大地开始摇晃。

她疑惑地看了我一眼，拿起杯子转动着，金蛇一般的甲骨文在她手里跳着舞。“我是一个画家，不懂机器的原理，”她说道，“如果不经历这件事，我也绝不会相信，算法既会改变原作意图，又会在另一层意义上还原它，并且模拟《创造亚当》的构图，呈现出那种文字碎片的笔法。现在你又告诉我，这幅画已经四处流传。呵，其中寓意难道不是一目了然吗？”

“什么寓意？”我在她的余音中问道。

“这是一张文字衰亡的谶图。”她的回答冷漠，并且干脆利落。

月亮已经消失在狭长的天空里，浩瀚繁星从巨大的裂缝中泻下来，酒吧区的喧闹从远处传来，在峡谷里隐隐震荡，山丘周围显得更加寂静。我震惊于她最后一句话，想起了瓦罕先生发起的“灭绝文字”运动。

女人右手夹着雪茄，轻轻摩挲着左手里的瓷杯子。凝视良久，她轻声读出那一圈甲骨文：“太初有道。”然后放下杯子，拿起另一个。“道即是神。”她继续读道，细细地抚摸着上面的甲骨文痕路，像是在辨别自己的记忆刻痕。“另一个杯子上的是‘道在则神在’。这十三个字，是《约翰福音》的开篇第一句话。”杯子在她的手掌里转动着，她在黑暗中出神地看着那圈字迹。经过刚才的长段叙述，她的嗓音深沉而疲惫。远处灯光如炭火，帐篷上旗帜飘扬。我忽地想起了那个夜晚，三万册图书熊熊燃烧，蜂巢孩子紧围四周，她紧紧依着我，在我手心里反复写的，就是这十三个字。

“所以，他自杀前也裁下了这句话，”烟雾在她手指间升起，她并不需要我的回答，“我们在中国南方的深山里烧窑的时候，在瓷器上尝试创作各种内容。日月星河、山川河流、花草树木、飞禽走兽，什么主题都试过，但都像嚼烂的甘蔗，寡然无味，没有一样可以在我的手底激起一丝波澜。许多图案只是出了样，还没有烧制就放弃了，有的甚至夭折在讨论阶段。终于有一天，他给了我这咒语般的十三个甲骨文，仿佛是一种祭司之舞，每一个都栩栩如生，似乎专为我的艺术野心而现身。我充满感激，以为他能挑出这种文字，正是因为我俩心意相通。后来我知道，这只是其中的部分原因，更直接的原因是，这句话是他的人生格言。其中的意义对他而言，犹似教义或神谕对于信徒，这十三个字并不需要特别去挑选。”

“我父亲并不信教。”我愕然瞪着她。

“我当然知道，”女人深深地吸了一口烟，像是被冒犯了似的，“早在他之前几百年，世界就已丧失了统一的神性。呵，万物分门别类，人们孜孜以求地探究细节，上帝在祛魅的人间没有容身之处。但是你要知道，不信教不等于没有信仰。你父亲是有信仰的，他信仰一种自己认定的真理，或者也可以说，那是一种没有法术、不会通灵但寓意更为深刻的神。”我疑惑地看着她，不知她在说些什么。她举起那杯子，在我怀疑的目光里摸索着那一圈甲骨文，最后指着一只正在草叶上跳舞的虫子问我：“你可知道这甲骨文是个什么字？”

“这是‘道’字。”我说，“但这不是甲骨文，这是金文。”是的，破解谜底的那一天，她说三个杯子上的花纹其实是甲骨文，但这个字不是——“它是一个金文”。她当时露出抵达终点的微笑，带着收获了整个世界的满足。

“没错，这是一个金文，”女人略带惊讶，但并不太奇怪，“‘道’字没有甲骨文，只能用金文替代，是你父亲告诉我的。但是对我而言，金文与甲骨文并无区别，而且这个金文更令我喜欢。一只甲壳虫在野草上跳舞，青草与泥土的味道，夕阳里的虫鸣之声，多么迷人的意境。自从我和你父亲相识以后，我们就开始学习对方的语言。我细细地琢磨着这个古老的汉字，心想如何才能让它显现出真实而灵动的气质。你父亲看到我这种不同寻常的兴趣，便热切地告诉我，这个字在不同的语言里有着不同的含义——在古希伯来文里，这个字是律法的意思，是神的律法；在古希腊文里，它是逻格斯，可以理解为逻辑，就是理性的原则；在我的母语里，它是语言、话语或文字；而在你们的语言，就是这个'道'字，是一个概念宏大、意义混沌的象形字。后来，你父亲告诉我，他研究过大量宗教经文。作为一名无神论者，他只接受这一句话，因为他深信这世上只存在一种'神'，一种包含着逻辑、因果、推理、规律的神，那就是'文字'。正是因为文字，人类获得觉醒，发育出自我意识，形成逻辑的网络，沉默的世界因此获得了拯救。所以，他给自己的孩子取了相似意思的名字——知其然，知其所以然，这世界因此可以被理解、被感知，因此得以成立而不致湮灭。"说到这里，女人倏地停住，出神地望着山丘下，仿佛这段往事如此柔软美好，她每时每刻都在回忆。

"但是在我们的历史里，'道'好像是一种古老的宗教。"我疑惑地说道。

"不。道教才是宗教，有仪式，有组织，但是道，却是一种信仰。道生一,一生二,二生三,三生万物。"她望着山下，若有所思地说，"所谓的'道'，便是最初的因果、世界的初萌。"

她显然学过我的母语，虽然口音怪异，却流畅易懂，并且竟然熟知我们古老的文化。

“但是，这和他的自杀有什么关系？”我问道。

女人没有回答，而是举起手里的杯子。“你可知道，接在这句话后面的是什么？”这像是另一道考题。我盯着眼前的空气，努力回忆着那破碎的一页纸，它似乎正在书房的风中凌乱翻动。我有些懊悔，当时应该再多翻译几句。

“太初万物是借祂所造，凡被造的，没有一样不借祂所造。”她轻声背诵道，仿佛是一句无从理解的晦涩诗句，却如音符一般激荡在朦胧夜色里，令人闻之迷惘。

“这就是后面一句话。在书里，此处的祂原意是指上帝，”女人缓缓说道，“但你父亲认为，此处的祂所代表的应当是逻辑，是因果，是理性，是知其所以然，是形成万物之规律，而这万物的规律之所以能形成，都是因为有了语言和文字。语言是交流的工具，文字是记录语言的技术，它将思想与声音分离，变为凝固的记忆，流传到远方与后世。若非文字，则一切皆混沌，万物将混在稍纵即逝的声音里，甚至连一个名字都不会留下。所以，对宗教的信徒来说，神，或者说上帝，为人类确定了因果与逻辑，而对你父亲来说，这个神就是‘文字’，就是因果、逻辑、理性，不可分割并且同时降临。作为无神论者，他不相信宇宙中有一个神明，他认为如果没有文字，那就没有文明，没有一切。”说到此处，女人深吸了一口气。遥望四处，目光所及，大小旗帜正在帐篷顶上的微风中飘动，不同语言的文字正在上面闪烁。

“但是，这和他的自杀有什么关系？”我不得不又一次追问。

女人转头看我，目光阴沉，冷笑了一声说：“难道你还没理解？文字就是他的神灵，神灵灭绝了，他活着还有什么意思？”

虽然我几乎已经有了答案，但这句话仍然犹如当头一棒。那一瞬间，深藏在父亲内心的那种宇宙秩序感，像闪电一般呈现在我眼前。他为何一贯拒绝玻璃球，为何依然坚持用笔和纸书写，为何一直诅咒信息技术的世界——因为文字就是他的神明，这个答案让所有的事情都锁在一个完整自洽的逻辑链条里。我怔怔地望着女人，心中却想着父亲自杀前的种种细节。那个飞行器洪流的夜晚，那个沉重的画框，那把裁纸的刀，这个精神自足的人其实早已有了赴死的决心。

雪茄几乎燃尽了，黑衣女人又掏出那个金属烟盒子，细长的雪茄，蹭着盒子一侧，一团暗火在夜色中腾起。戕害自己也是一种自由与权利。她肯定和我父亲一样，从来不受“沃森”的管束，但是机器乱局之后，她现在应该也不得不屈服于“沃森”的管束，接受送餐的鹰隼机。而这些细长的雪茄，我想，肯定是她在机器乱局之前囤积的。她缓缓吐着烟雾，目光变得深沉而锐利。

“但是，我也是一个无神论者，却并不觉得文字就是一切，我反而觉得文字束缚了一切。为此我还和你父亲争论过。”她继续说道，“我说，文字只是我们所视所闻的极小部分，无法为我们造就奇异丰满的体验。而绘画本身就是一种魔法，油画、水彩、版画、指画、毯画、壁画、人体彩绘，大画家的任何一幅作品都能在一瞬间令一个作家的毕生文字变得毫无生气。文字是天生的艺术残疾者，在图像面前永远是落败的一方。我记得当时你父亲听了这些话，露出奇怪的微笑。你说得没错，他说当年达·芬奇在一份解剖学笔记里曾写道：‘人世间还有什么样的文字，能表达出犹如素描所呈现的完美呢？’我凝视着他，虽然我从未听说过此事，但这道理实在是过于显然，并不需要冠以一个达·芬奇的名头。而你父亲依然保持着奇怪的微笑继续说道，至少在晚年以前，达·芬奇一直在赞美绘画艺术的丰满，嘲讽文字的苍白，就如现在的你一样。于是我听出了弦外之音。‘他在晚年转变了观点？’我问道。你父亲的微笑此时显出了他惯有的狡诈。‘没错，年轻时诅咒文字的达·芬奇，到了晚年却放下画笔，拿起铅笔，从油画退到素描，又从素描退到文字，开始练习写作。这个转变的过程并不迅速，但很清晰。他不断后退，最后去尝试一件他并不擅长的事情——文字。’‘那又是为什么？’我惊讶地问道。我知道这个百科全书式的大画家留下过六千页的手稿，却从未听说过他晚年练习写作的故事。你父亲不紧不慢地对我说，那是因为达·芬奇发觉某些稍纵即逝的意象、某种出神的沉思、人心底某种更接近神性的地方，其实属于文字而非图像的领地；因为达·芬奇终于发现，抽象的神明是隐藏在笔画与字母里的，而并不存在于油彩和碳木的线条之中。你可以想象我当时的惊讶与费解。他显然预料到我的疑惑，问我想不想听他解释。我其实并不喜欢他那种充满智识的目光，总是感到他的骄傲，以及隐隐带来的压力。但那目光既天真又善良，像一只散步在卢浮宫门前广场上的鸽子，无辜坦白得令人不得不信任。我自然点了点头，听他谈起一个更为遥远的故事——大约在更久远的年代里，有一个叫作摩西的人，领着族人从古埃及跋涉返乡。在艰难遥远的路途中，摩西与族人相互约法，一共有十条，其余九条均平淡无奇，只有第二条不同寻常。他说了一遍，但文字有些长，我记不真切，只记得核心的意思，就是‘不得制作和崇拜偶像’。作为一个画家，这条戒律令我愕然惊讶。因为雕塑、图腾、绘画、偶像都是最原始的艺术形式，远在文字出现之前就存在，都是人性的自然流露。而这条律法与人类的直觉、习俗和天性相抵触，仿佛注定不合时宜，必然要消亡的。所以，我不由自主地问道：‘怎会有这种律法？’是的，你父亲说这几乎是人类历史上绝无仅有的律法。然后，他凑近我，一直挂在他脸上的微笑消失了，似乎由于谈到了某种不可言说之物，而显出了肃穆庄重的表情。因为有形的偶像会损害人类抽象的内省与冥思，而最深刻的神明，恰恰深藏在抽象之中。我那时忽然觉察到这个故事所包含的深意，便问道：‘你是说因为绘画和塑像会让人过于依赖眼睛，只有文字才穿越眼睛抵达灵魂？’他答道：‘是的，’然后一把握住了我的手接着说，‘但这是我在遇到你之前的观点。在遇到你以后，我明白那是偏见。你对绘画艺术的理解和探索，也许会在图像时代里发现另一条通向神明的路径。’这句话就像一道白光，我记得那一刻它忽然在我头顶上亮起，将四周照得极度耀眼。我仿佛被震慑在其中，怔怔望着他。我的艺术探索纯粹是出自个人的野心与抱负，而他却另外赋予它非凡的意义——通过图像而非文字，来恢复人类内省与冥思的传统，以期抵达抽象的神明之境，使人可以成为一个人。我忽然意识到，他此前甘愿中断自己的学术研究，转而协助、支持我的探索，也许并非完全因为爱情。”

女人举起细长的雪茄，右手食指在黑暗中弹了弹，仿佛按了几下琴键。烟灰落下，烟雾袅袅升起，像呜咽的音乐，夜愈发地静了。她在黑暗中缓缓拿起地上的那幅画，摊在膝盖上，怔怔地盯着，像是盯着过去的日子，永远都看不够。“我这一生其实只活了一瞬间——就是完成这幅画的一瞬间。除此之外，我浑浑噩噩、庸常无奇，一款初级的绘画算法就能展示出我自愧不如的技法，”她沉默着，忽然又说，“你的父亲是我一生的魔鬼和天使。他诠释了藏在我野心里的意义，他帮助我爬上艺术的巅峰，他让我觉得这一切都值得付出。但因为你，因为你这个当时哭成了糨糊的小肉团，他便任由我离去。我知道回到人类传统的生活里，保持内省和冥思，保持人的本性，这是他的原则、他的信仰。但如今他也死了，竟是自杀的，而我现在即便粉身碎骨，也换不回那无与伦比的一瞬间。”她越说越慢，低沉的声音变得激越，犹如大海远方隐隐逼近的雷声，听得我心惊肉跳。夜色里忽然升起一股凄凉之意，显得悲戚泫然，但她没有哭泣。

“一切都过去了。”她最后垂头端坐在黑暗里，眼睛在夜色里发亮。山丘不高，最多七八米，地面上飘着橘黄色的光带，像水一样流动着。有时候，我怀疑这一切都是虚假的，是她向我杜撰的一段谎言、一个自我编织的梦境。但是那幅画真真实实地在眼前，她们两个人如此酷似，尤其当她谈到我父亲的时候，寂静的夜色里她的声音里有一股能穿透我胸膛的力量，令我无法不全身心地相信她。而那种不祥之感，随着这种相信变得越来越清晰，我一直在逃避的某种恐惧，正在向我逼近。我想鼓足勇气开口问她，却仿佛有一个巨大的气流裹着前方，令我嗫嚅着无法前进。我沉默着，当我开口发问的时候，我低声下气的口吻出乎我的意料，仿佛我是祈求她的怜悯，连我自己都觉得羞愧。

“您是她的母亲，但不是我的母亲，对吗？”

她一定知道我在问什么。也许这个问题令她感到愉快，她微微一笑，一只野鹤张开翅膀，从她的嘴角飞向黑夜，一贯尖锐警惕的目光此刻变得温暖。“不，”她说，“我不是任何一个人的母亲。”耳根那颗黑痣因为微笑而变得明显。我先是愕然，然后忽地醒悟，顿时浑身松弛。此时，我才发觉自己的背脊其实一直僵硬着，并且已经冷汗涔涔。

雪茄燃尽，烫到了她的手指。她扬起手，一道红光没入乱石岗里。她没有与我道别，便起身离去。我们已经谈了五个小时，也许是六个小时。语言的河流在奔腾中枯竭，而晨曦越过长夜，已在峡谷顶上显现。她临走之际，卷起了肖像画，并且未经我同意，将那套茶具也收纳在盒子里，夹在腋下带走。那虽然是我父亲的遗物，我一直视之为己物，但她却是原来的主人，我只能由她带走。大路尽头的那些酒吧、咖啡馆渐渐消停了，山丘底下依然灯光璀璨。人们三三两两地从中心大道走来，分流至各种弯曲的羊肠小道，散入各自的住处，他们闲聊的碎语像夜晚的蟋蟀声一样令峡谷变得宁静。我坐在山丘上一动不动，任由记忆如万花筒一般在眼前飞升。这一夜的长谈令我虚脱。虽然直到最后，黑衣女人也没有告诉我，我苦苦寻觅的她究竟去了何处，但是关于她的身世、我的来历、父亲的过去，以及那些AI作品的源头，我全都已清澈洞悉。我想起父亲当年将幼小的我放在他膝盖上，讲述的那些悲欢离合的童话寓言——人们逃离了不幸又迎来厄运，人们过上了幸福生活又迎来了最终的生死诀别，其实都是他在用不同的形式向我告解。我现在明白，幼小的自己其实是一个坐在父亲膝盖上的心理医生，是一个沉默的牧师，父亲其实以讲述童话寓言的方式在向我倾诉着这一切。后来他探访蜂巢，我以为他是在研究另一种生活方式，其实他是在追悔过去，追寻着自己遗落在蜂巢的骨肉。我也忽然意识到，父亲一定在那幅自画像里觉悟了。他发现通过图像寻找神明的路径，最终只是通向幻觉，神明只存在于冥思与内省。他其实早就有了殉道的准备。他应该早已从那幅肖像画里知道那是个女儿，而不是儿子。他从蜂巢中收养我的时候，也许就知道我并非他的血脉。但也许他是一个固执的传统主义者，希望以此来诱使黑衣女人留下来，过上一家三口的生活。我还记得，我第一次领她进公寓的那一刻，父亲那种愕然的惊诧、反常的失态，而后来对她显出的亲近和歉疚，犹如既在感激冥冥的天意，又在痛恨着自己的某种错误。回忆正如晨曦从峡谷的天空中奔涌而出，是的，父亲自杀之前的那一个晚上，她比我更早意识到不祥的征兆。在自杀的现场，她比我有着更深刻的悲哀。她应该早就意识到自己的身份，而我，在黑衣女人仿佛还留在山丘顶上的余音中发现，自己当时的困惑只是一种出自直觉的嫉妒，嫉妒那层我无法接入的血脉隔膜。

ZR
ISLAND

第 43 章

无法自杀

一阵翻箱倒柜，也没找到十三个字迹的踪影。我从卧室走到书房，远远盯着餐厅里的父亲。这个貌似我父亲的数字虚拟体，正蜷缩在一张竹制摇椅上，瘦弱得犹如一头死去的山羊。摇椅的竹子是青色的，还留着山野的气息。但是这件手工物什的质地并不优良，甚至难以承受父亲不值一提的体重，记得父亲用了不久，竹椅便像死人骨架似的完全崩塌。父亲后来又买过几种躺椅，绷着软皮的、镶着金边的、拉着钢绳的。内置的芯片不断升级，算法也随之优化，有使人安眠的电波，与大脑神经的波段同频震荡，父亲的午睡质量从此无可挑剔。他因此不免违背自己拒绝技术的初心，发表了几句由衷的赞叹。所以我一直以为，至少在躺椅方面，父亲是接受了技术进步——但是出现在冰棺材里的，依然是他那把最初的不堪触碰的躺椅。根据冰棺材总是从黑匣子里选择出最深刻的记忆的原则，这把躺椅出现在冰棺材里，表明父亲是一个顽固的守旧派，不可救药地热爱纸书、铅笔、旧家具，还有那幅自画像。

我站在书房里，父亲的鼾声正从餐厅传来，喉咙里时而发出悠长的细声，犹如汽笛鸣叫。他身下的躺椅在午后发出的咯咯声，像火车行驶的节奏，不知道这趟梦中的列车是否已经顺利抵达墓地，不知道他是否已经开始拜幡祭祖，不知道呼唤祖灵的歌谣是否已经在山间回荡。想到此处，我的心里忽地荡起一种古怪的感觉，仿佛公寓里处处弥漫着不真实的气息，而那气息好像是从我父亲的酣睡声里散发出来的。这一切仿佛是一种咒语的迷雾，隐藏在正午的阳光里，令我感到一阵莫名的焦虑。

餐厅连着书房，书房连着卧室，我在桃花木心的地板上来回踱步，像一条猎犬一样努力嗅着那种捉摸不定的气息。它随着父亲的轻微鼾声，似有似无地飘浮着，公寓因此显得更为沉寂。一层层的书籍紧紧密密地填实了四壁书架，一排排的书脊在午后的阳光里泛着光亮。铅笔、便笺、放大镜，以及几本旧书，就像一支操练行军的纵队那样一丝不苟地排列在书桌上。书桌对面是整墙的书架，当中有一块空白，大约一个平方米，上面孤零零地悬着一个画框，犹如一个失去血肉的空洞骨架，边缘还留着裁下油画后的杂乱线头，像一片零落而苍白的胡须。我望着这个空画框，不无哀怨地回忆起当时那一幕。父亲裁赠这幅画的时候，我就像一个局外人。那把裁纸刀不仅将画裁下来，也将我隔绝在那场犹如哑谜似的无声嘱托之外。忽然间，我意识到一个事实，不由得向前跨出一步。地板发出吱嘎的一声，像是在嘲讽我的愚钝，嘲讽我直到此刻才发觉这个秘密。

是的，铁铸之盒中流淌着一个人一生的记忆，冰棺材只是一道闸门，只放行记忆之河中最汹涌的浪花。旧城公寓并不是父亲生前无数记忆的汇聚叠加，而是一场记忆竞赛的结果，只有他一生中最深刻、最鲜明、最不可磨灭的印记才能在此呈现。所以毫不奇怪，历史的错位感充满了这片虚幻之地，最初的躺椅、最旧的门框、最新的吊灯、半新不旧的窗帘，以及旧城街道上排列的年份参差的建筑。无论多么不合常理，记忆的碎片可以毫不排斥地挤入同一个时空，就像一张时空的马赛克拼图，毫无违和感——而眼前这只空洞的画框，显然是他裁下那张肖像画之后的记忆。没错，就是他裁画相赠之后的记忆。他在自杀之前，肯定就坐在这张椅子上，盯着空落落的画框。父亲对这幅画最深刻的记忆，竟然不是绘画本身，而是这个空架子，这足以令我惊异。

我缓缓地走向那个画框。一整墙的书如山般肃立，空画框挂在书架正中间裸露的墙壁上，坚硬木质像虎豹的骨架。一块淡绿色的墙壁从框中透出来，不太均匀的色彩犹如一幅后现代的水彩画。我坚信，这里一定隐藏着父亲的秘密，因为语言可以欺骗，但记忆一定吐露实情。我伸出右手，试着按了按那墙壁，浅绿色的水彩坚硬无比。我又凑近半个平方米的空间里，上下左右看了看，猛然间在画框上方看到一条暗槽，淡铜色的机栝像隐士一般缩在凌乱的画布线头后面。我伸手扳动，墙壁忽然间轰隆隆地响起，书架开始缓缓转动着。一道旋转的门、一个不足十平方米的小房间正隐藏在墙壁身后——明黄的地板，素色的窗布，唯一一扇玻璃窗敞开着，一块画板竖在对面，午后的阳光正将它映得发亮。自出生以来就住在这里的我，竟然从未觉察这套公寓里还隐匿着这样的密室，一个储物间辟出来的画室。

我站在门口，望着黑衣女人向我展示的真相——这个将近三十年人迹未至的地方。微风从对窗吹来，轻拂面颊的感觉极为真实，而某种诡异的气氛也同时升起，仿佛微风里有一种反常的味道，不是闻到的，而是手指触碰或者皮肤呼吸到的。其实，在这扇隐蔽之门开启之际，我已发觉小画室里的异样。近三十年了，这里竟然没有时间的痕迹，画架、夹子、油彩、托盘、画笔，样样事物一尘不染，都在阳光里簇新发亮。桌上还放着吃剩的半个蛋糕，咬了一口的鸡蛋，仿佛主人只是临时离开。一切都如黑衣女人所述，她话里的每一个细节都隐含着真相。我完全明白，父亲是将自己当年看到的最后一幕，定格为一生中最深刻的记忆。并且很显然，父亲后来用书架封掉这个画室以后，就再也没有重新开启过，他可能没有勇气目睹一个被灰尘、霉菌、蜘蛛网所构筑的时间废墟。但是，这个发现也令我感到荒谬，因为父亲这个“记忆拼凑的庞杂宫殿”很少展现全然簇新的事物，我已经习惯在他的记忆仓库里翻弄陈旧古玩。所以当这个没有灰尘霉菌的储藏室骤然出现的时候，我近乎下意识地扳动了机栝，希望关闭暗门，切断没有时间气息的诡异痕迹。

然而事与愿违，书架轰隆一声闭合，诡异的气息却未消失。它似乎已从狭小的画室里漏了出来，正向空气里弥漫。我感受着这种味道，有些中了蛊似的恍惚。我向餐厅走去，空气里的尘埃随着我的步伐隐隐地震荡，节律清晰有力。诡异的气息仿佛化为一层面纱，在我眼前颤动。我站在书房通往餐厅的路口，觉得时间凝滞的诡异气息如附骨之疽，如影随形，而我就像一个坚称自己见过鬼的精神病患者，在静谧的午后寻觅鬼魂的踪迹。不远处，躺椅上的父亲面带着近乎婴儿的微笑，发出熟睡的轻鼾，舒展的身体沐浴着阳光，看上去像是飘浮在空气里。而那种怪异的、难以言明的诡异气息，又仿佛是从父亲的鼾声中浮现出来的。我站在餐厅里，凝神不动。地板反射阳光，墙壁晃动着窗外的树影。也许是地板的光，也许是树的影子，也许是鼾声，也许是所有这些，一起构成了犹如先前从画室里漏出来的那种异样氛围。

餐厅的窗外忽有轻微的窸窣声，渐渐变得喧嚣，宛如一阵阵浪花从远处浮起，向窗口缓缓涌来。刚才那种诡异的气息，在空气中渐渐浓重，仿佛夏季田野上的热浪，一阵阵袭来。我这才意识到，那种令人不安的气息并不是从画室中泄漏出来的，更不是来自父亲的鼾声，它的源头在公寓之外的某个地方。

我绕过酣睡的父亲，走到窗口眺望。父亲记忆中的旧城比我脑海中的更加沉郁苍凉，处处都是模棱两可的建筑，犹如废墟一般。而那种可疑的声浪，正以一种轻微却无疑泛滥的气势，从远处无声无息地涌过来。我定睛眺望，却瞬间陷入惊恐——那竟是人的声浪，无数的人正由远处走来，走在空荡荡的街道上。每个人都双目呆滞，平视着前方，身上穿着青色或黑色的衣服，走路姿势都机械僵直，像生锈的机器似的各行其道。一些人已经走过公寓楼下，仿佛正走向自杀者跳崖的终点。我惊惧地看着这些人，仿佛是父亲在睡梦中唤醒了他们，正指挥着他们走向悬崖。

一个黑匣子只对应一个死者，只呈现这个死者一生中最深刻的记忆。所以这里是一座私人定制的记忆迷宫，只属于某个特定的死者，宛如一座孤岛上唯一的墓地，绝不可能与他人重合混杂。然而，眼下的情形却绝非如此。无数陌生的人出现在街道上，黑匣子的逻辑秩序已经完全混乱。

冰棺材出问题了！我的直觉判断，因为除此之外，别无解释。

我疾步走向酣睡的父亲，使劲捏住他的鼻子。但他只是一团数据代码，闷住了他也不憋气，放开了更是鼾声依旧。我无计可施，只得举目望向窗外。那种窸窣的声响正在外面升起，漫天遍野地仿佛缓缓升腾的雾气。室内的诡异气息也不再若有若无，反而开始趋向浓烈，犹如陈酿氤氲，使人醺醉。我定睛望向更远的地方，发现街道上行走的人们并非诡异气息的源头，源头似在更远的旧城之西。那里的大地似乎在隐隐震颤，空气也随之颤动，就像某种荡漾的余波——那里是父亲记忆的边缘，新城建成之后他未曾踏足一步，因此他黑匣子里的记忆数据力有不逮，所呈现的世界犹如天堂或地狱一般虚无缥缈。然而，此刻一幢又一幢高楼正在那片缥缈的废墟上崛起，仿佛一个个巨人正从地底钻出来，宛如繁忙的建筑工地，却没有吊塔、叉车，或者焊接的白光，只有黑色钢筋支撑的骨架，灰色水泥像肌肉似的填充其中。大地静默而颤抖，仿佛一部无声的影片。

是的，我确定，那里才是时间凝滞气息的真正源头。

我探出窗外，踮起脚，眺望更远处，希望能看到什么，眼前却呈现出一幅怪异的景象。整个旧城就像被什么东西粘住了似的，所有的房子都像陷入了泥淖里，正在艰难挣扎着。几条老街正像蛇一样来回扭曲，像是泥鳅要摆脱被抓的厄运。我仿佛置身噩梦，手心冒汗，只觉得烦躁闷热。忽地，我看到了一线希望——那扇小铁门，我从小黑屋进入旧城的小铁门。它缩在一条街道的角落里，正在这片扭曲混乱的汪洋中沉浮不定。

虽然小黑屋沉重乏味，令人厌倦，但此刻我近乎身在噩梦，小铁门就像一扇得救之门，变成了我的希望。我迅速转身，跳过父亲的躺椅（他还保持着微笑酣睡的姿势），冲出走廊，奔过玄关，开门下了楼。一切都在扭曲变形，门框、台阶、扶手，所有坚固的物体都变成了半流质，轻微地蠕动着。我冲入街区，才明白其中缘由。旧城已经被不明的外来者侵袭了——在旧城房子之间，原先有些狭窄的空地，现在挤入了一些来路不明的外来建筑，五颜六色，奇形怪状，就像忽然到来的插队者，把此前的房子全都挤得变形。无论咖啡馆的墙壁、面包店的屋顶，还是唱片店的窗户、青年旅社的大门，现在都像被热火炙烤似的，扭曲着身子。而这些新来者也发生了同样的变化，它们像是要努力恢复原先的形状却又无法完成，所以就像制陶时的坯泥，与原先的房子相互挤压，你挤我蹭，松软而稠腻地粘在一起。而因为这种挤压，新旧房子的颜色都变得色彩不均，就像有人在调色板上不停抹着某一种色彩，却总是抹不均匀——那种时间凝滞的诡异气息，似乎就是这样被挤压出来的，仿佛是一种海草的腥味，又像是在水中长久浸泡以后的铁锈味，溢满了整个街道。

在这片扭动的海洋里，黑色的小铁门犹如灯塔，在远处似隐似现。我坚定地向它走去，脚底的路面泛起了涟漪。两侧相互挤压的房子，仿佛是剪碎之后又重新黏结的火柴盒，有的高了，有的矮了，有的斜了，有的躺下了，就像融化的太妃糖、踩扁的铁罐、发皱的老女人脸，仿佛都有生命似的，显出夹缝求生的姿态。而那些门窗都在挤压中变了形，就像在揉搓的面团上撒了黑芝麻，一个个不规则的小黑洞时隐时现。整座旧城都在缓慢进入窒息的状态。路上的行人不少，就如断断续续的河流，三三两两地从我身边经过。他们拖着呆滞的步伐，瞪着盲人似的无光之目，仿佛刚从棺材里跳出来的僵尸，缓缓走向东边的悬崖。只有我踩着街面黏糊起伏的波浪，独自向西而行。这种逆向而行的反差，为本已静默的世界增添了诡异的气氛。我实在难以理解，父亲划下的记忆地界，怎会出现其他亡灵和事物。

黑色铁门在远处时隐时现，扯着我的心魂。也许因为路面在荡漾，我仿佛走了很久，终于在一家面包店前面止步。在这爿已被压得几乎不成形状的店铺左侧，有一棵倾斜的梧桐树，黑色的小铁门刚才就在梧桐树和毁容的面包店之间隐现，但现在周遭万物都像深陷在打翻后的糨糊桶里似的不可辨认。我瞪着眼睛，走上前去，仿佛一个还未入睡就急于摆脱噩梦的人，急切寻觅着那扇小铁门。忽然间，一个小女孩从我身后蹿出来，五六岁模样，身着深红色绒毛上衣，刺溜一下从我的胁下穿过去。她的动作太快了，就像风从远处卷来的一团火，直冲向那棵梧桐树。然后，我看见火团就地一滚，轻巧地上蹿到树枝，双手交替攀着，人就到了高处。她从最低的枝杈荡到高一些的，又荡到更高的，动作迅捷得像只红毛小猴子。倾斜的梧桐树，枝叶更显繁茂。我已经看不到她的影子，静止片刻，忽然听得一声尖叫，一团火焰瞬间跌出了重重枝叶。就在落地之前，尖叫变成了疯笑，就像一个孩子被挠痒痒的笑声。只见红色的火团变成了一簇燃烧的箭，朝着我直射而来，我迅速侧身让过，她速度不减，冲进了我街对面一间变了形的房子里。

一个复活的小亡灵，我想。

父亲复活不久，也是这副一惊一乍的模样。我回头打量身后小女孩奔入的那间房子，它的墙面是青绿色的，门与窗虽然挤得扁长，但看得出木框上繁复的雕花，充满了异域情调，与旧城惯有的朴素疏朗风格全然迥异。但我顾不上那幢怪异的房屋，回头继续寻找小铁门。忽然间，那房子里传出一个妇人的抽泣声，断断续续地听不真切。我犹疑地转了身，哭泣声似乎变得清晰，淅沥如雨般不绝。我迟疑地向那房子走了几步，妇人的啜泣忽然猛地中断，爆发一声短促的哭喊，就像一声撕心裂肺的击钹，然后渐渐平缓，绵长如笛声呜咽，最后又渐渐回到淅沥如雨的啜泣声。这动静令我惊讶，似乎有种极致的悲痛，浸漫了这幢显然是新来的房屋。

我被妇人的哭泣声吸引着，缓步走到那房子门口，房子的墙壁正在缓慢地做着挤压运动，黝黑的门洞里似有微光。我迟疑着是否要进去一探究竟，忽然听到里面有人轻轻咳嗽了一声。似曾相识的动静，令我心头一跳。跨入房内，眼睛渐渐适应暗光。一个悲戚如新寡的妇人，正坐在房间一角，低头啜泣的姿态隐蔽了她的面容。她身穿玫瑰色长裙，衣领褶皱处有粉色花纹，仿佛十九世纪的贵妇人。刚才那个红衣小女孩就在妇人旁边，像一只猴子一样倒立在墙角，紫色的鞋子在空中轻微地抖动着。我开始适应那种暗光之后，发现边上还有一个小男孩，手里拿着一个类似积木的绿色小方块，扔到空中，捡起来，又扔到空中，再捡起来，如此反复，仿佛小和尚敲木鱼的节奏。我茫然看着这一切，不知这些与我父亲毫不相关的人究竟从何而来。一声长叹忽然在身后响起，房间里还有一个男人。我转身过去，他像是要迎接我似的，刚从黑暗中走出来，傻愣愣地站在房间中央。昏暗中我觉得他形容熟悉，却一时想不起是何人，直到我看见了他手里的那个酒杯，一个专门用来喝威士忌的四方玻璃杯，才不禁又惊又喜。

调酒师！

我急切地走过去，而他却既无欢喜，也不似我那么惊讶，只是用僵固的目光瞪着我，几乎是视若无物的眼神，仿佛只是在盯着空气。我走到他跟前，才发觉他气色极为古怪，皱纹横陈，发际斑白，一副饱经沧桑的憔悴模样，难怪第一眼未能认出他。他在知然岛与我不辞而别，相隔不久，却像遭受了什么重大变故似的，变得如此苍老。

“你怎么会在这里？”我惊讶地问道。

他只是瞪着我，并不作答，仿佛因为思维迟钝而没有理解我的话。但他瞪着我的方式，则表明他是在向我发出同样的疑问。我们短暂地沉默了片刻，仿佛都因为无法回答对方的问题而感到愧歉心虚。

“这是你复活的亲人？”我指着妇人和孩子又问道。调酒师似乎震颤了一下，倒身坐在沙发上，但不是猛地倒下去，而是艰难而缓慢地以近乎是蹲坐的姿态，一点点坐下到沙发上，就像有一副重担将他压下去，而他要努力地、稳稳地将它卸下来，然后忽然消失在昏暗里。我因此明白自己为何一开始没有看到他，因为他身后墙壁上的窗户扭曲了，留下一个不规则的空洞。光线从那里洒进来，墙角因此形成了一片黑暗，正好隐没了他的沙发。

我走过去，避开窗户光线，看清了那是一张暗绿色的牛皮沙发，虽然是单人的，却方正宽大，两个扶手就像两张平坦的小茶几。调酒师坐下后，将酒杯放在左侧的扶手上，还是他最习惯的动作——酒杯在牛皮上磨着圆圈，酒浆在杯中泛着淡黄色的浪，就像当年我在隔都的酒吧里初见他的模样。故人重逢的喜悦在这诡异的氛围中渐渐消退，这个跌坐在沙发里的中年男人，不仅没有舒缓我的焦虑，反而令我更深地陷入了这个正在进行的噩梦中。

屋内忽然爆发出一阵尖锐的疯笑，又是那个小女孩。她双手撑地而行，像猴子一样在屋内空翻了几个筋斗，落地时依然双手撑地，喉咙里发出那种狂笑声，就像疾驰的摩托发出的尖锐轰鸣声。这声音显然刺激了小男孩。他忽然使出全身的力气，几乎跳起来，将手中的绿色小木块狠狠地砸在地上，同时发出一种类似于鸟的尖叫声。木块弹跳了数下，滚到一角。他走上去捡起来，又狠狠地砸在地上，鸟的尖叫声再次响起。就在鸟儿第三次尖叫时，妇人也加入其中，那绵长而微弱的啜泣此刻忽然变得高亢而急促，与女儿的狂笑、儿子的尖叫相互交织，形成了令人无法忍受的噪声。而调酒师仍旧陷在沙发里，表情木然地旋磨着玻璃杯，仿佛他也是一个新复活的亡灵，与这种疯狂的噪声混成一体，浑然不觉。只有那杯中的酒浆，在震颤的噪声中泛着一层层淡黄色的细浪。

“你竟然同时复活了三个亡灵！”我在这猛烈的噪声中对他大声嚷道。调酒师终于抬起了头看着我，眼里带着微弱的光，露出了一丝苦笑。“不，不止三个，”他的话随着噪声而来，清清楚楚，“是全部七个，另外四人都出去了。”调酒师停顿了片刻，像是从这片噪声中吸收了精力和能量，终于缓过神来，深深吐出一口气，叹息道：“这不是我的错，他们是同时复活的。我进入冰棺材的时候，他们都已经在了！”

话音未落，墙角的妇人像是听懂了似的，爆发出更加尖锐猛烈的哭喊声，犹如击钹之声，刺穿耳膜。女儿的狂笑、儿子的尖叫，都不失时机地同时迸发。这一次的噪声显得尤其凄厉，它们越过墙壁，奔向四方，仿佛全城的扭曲都是随着它们的节奏而起。调酒师忽地站了起来，矮小敦实的身材离开了沙发，腰板挺得笔直，恼怒的目光像要喷出火来。

“这就是一个疯人院！这就是一场骗局！”他对我大声嚷道，仿佛试图盖过那种凄厉的噪声，“七个全都是疯的！他们不是我的亲人！它们，对，是它们，它们只是机器创造的数据模块，是专门来折磨我的魔鬼！”

他一改刚才的颓丧与漠然，激动地在房间里疾步来回，就像在一个话剧舞台上无处发泄怒火的演员。妻子的哭泣、女儿的狂笑、儿子的尖叫，犹如舞台上混杂的背景音乐，令他的语气显得尤其夸张激烈。“复活至亲！复活至亲！就凭借几个黑匣子，凭借一些记忆数据，就能恢复我的至亲？简直荒唐！这些数据连我们的房子都恢复不了。你看看，这哪里是我们在吕宋岛的旧居？楼上卧室，楼下餐厅，隔壁厨房，外面是花园，哪一个细节是相似的？七个人的记忆相互覆盖，每一处都似曾相识，每一处都似是而非。混杂的记忆、凌乱的时空，难道还有比这更失败的‘复活’吗？！是的，是的，我是自愿躺入冰棺材的，自愿选择接入七个黑匣子的。我希望能重回当年的美好时光，希望能像当年一样，和他们一起幸福稳定地活着。但是到了这该死的冰棺材里，迎接我的却是七个疯子。他们在乱七八糟的房子里蹿进蹿出，每一个都倔强执拗，每一个都不可理喻、一意孤行，彼此没有对话、没有交流，你的精疲力竭换不回任何一丝回报，这有意义吗？你说这有意义吗？”调酒师的脚步越来越急促，像是在四处寻找发泄的对象，最后他走回到那张灰绿色的沙发前，一屁股坐下去，就像瘫倒的帐篷。“早知如此，”他的声音忽然弱下去，眼睛盯着空气，脸上又浮起刚才那种颓丧的表情，“早知如此我宁愿在外面永远怀念他们！”他抓起沙发扶手上的杯子，仰起头一口饮尽。

我默然不语，调酒师也许并无此意，但我觉得他似乎在责怪我。因为那一天在知然岛上，是我告诉了他这个消息，某种意义上，是我引他到此地的。房子里那种间歇性发作的噪声渐渐缓下来了，只剩下妇人断续的啜泣，似是固定的背景音。红衣小女孩此刻正绕着墙壁奔走，就像一只寻找出口的兔子，随时要夺路而逃。在经过那张绿皮沙发时，一只沉默的手将她揽住。调酒师抱起她，试图将她安放在自己的膝盖上。而女儿在爸爸的胳膊之间来回挣脱，像一张弯曲的弓，执拗而灵活，像一个惊恐的孩子正在尽力摆脱陌生人的怀抱。调酒师脸上的温柔之色在这种不断的挣扎里渐渐消退，他终于欠身放下她，伤感地看着她像一团火一样消失在门口。

“她去世的时候年纪太小，存留在黑匣子里的记忆数据太少了。”调酒师终于恢复几分理性，但口气不无凄惶，像是女儿被他毁了一样。

我叹了口气，走到他身旁，把手放在他肩膀上说：“你一个人应付不了这么多亡魂。”

他愣了片刻，黯然说道：“是的，在巴别塔里我同时激活了七个黑匣子，当时根本不可能有先见之明。”

“可惜现在已经回不到巴别塔去了。”

“回巴别塔？”他愕然，然后带着嘲讽的口吻大笑道，“开什么玩笑，我们现在连黑屋子也回不去了！”

“什么？！”他的话令我大为惊诧。

虽然我刚才焦急寻找那个小铁门，但并不特别恐惧，因为我知道，机器系统一旦出错，我就会在冰棺材的青涩液体里醒来，就像梦中被唤醒一般。他认真地望着我，鼻孔像骡子一样抽搐了一下，眼睛里透着奇异的悲伤，仿佛他想要告诉我什么，却又难以表述。

“你难道不知道，”他终于说出来，“我们已经回不去了？”

“怎么可能？”我奇怪地看着他。

"是啊！怎么可能！"调酒师忽地一把抓住我的胳膊，大声笑道，"没错，现在全人类都躺在冰棺材里，浸泡在某种不知名的青色液体里，就像尸体浸泡在福尔马林里。然后我们出现在这里，就像整个人类身处同一个梦境，所以我们总是会被定期唤醒，在那间小黑屋里进餐、沐浴、训练肌肉——你就是这么想的吧？是的，没人不会这么想，这应该是冰棺材系统的基本运行逻辑。一个人只能被噩梦惊醒，而不可能死在其中，不是吗？哈哈，看看你的表情，你是想说，难道事情不是这样吗？"他盯着我，笑得凄凉而古怪，说话不停地绕着圈子，像是他遇到了某件实在古怪的事情，非得要逐渐接近才能说得清楚。

"你究竟发现了什么？"我问道。

他更紧地抓住了我的胳膊，那么渴望地望着我。那消瘦的脸上嵌着两点黯淡的星光，带着神秘的悲伤，像是要分享一个秘密似的悄悄地凑近了我。"让我告诉你，"他露出怪异的微笑，"冰棺材已经剥夺了我们回到小黑屋的权利。"

"怎么可能？"我惊愕地叫道。

"但这就是事实。"

"即使冰棺材不主动唤醒你，我们不是也可以通过其他方式回去吗？"

"自杀吗？呵呵，我什么都试过了。跳楼、溺水、自焚、割脉、撞墙……我差不多试了几十种自杀的方法，但苏醒过来还是在这里，"他松开我的胳膊，指着那张灰绿色的皮质沙发，"就这里。不管你怎么死、死多少回，最后总是从这张沙发上张开眼睛，就像做了一个梦醒来一样。”

我盯着他。在我无法理解别人说话的时候，我总是盯着对方以掩饰自己的愚钝。我从来都是被唤醒的，为了进食，为了排泄，为了肌肉的激活训练，只有上一次，墙壁上出现了那十三个字的刻痕，才像重启一般返回了黑屋子。不，我想，调酒师的话里有明显的逻辑缺失——我从未尝试通过自杀返回小黑屋，也许冰棺材对于自杀的规则设置，就是令其复位。

“你上一次回到小黑屋是什么时候？”我问道。

“记不得了，有一段时间了，”调酒师沉默了片刻，“是的，以前每一次我都是被唤醒的。我本不应回来，我是气候灾难中一名罪恶的幸存者，早该死在那场洪水里。我以为‘至亲复活’能让我弥补自己的罪恶，但如果这只是一场骗局……”他的眼睛里忽然露出一种奇异的悲伤，不再说下去。

我听不太懂他的话，但也不打算深究，我只想知道他为什么回不去小黑屋。因为每个人都需要进食、排泄、恢复肌肉活性，如果机器不唤醒他，难道是要他死亡吗？

“但是你为什么不走那道门，”我问道，“我们不都是从那扇小铁门走出去的吗？”

“哪道铁门？你是指把我们生在这个梦境里的那道像子宫出口一样的黑色小铁门？哈，难道你还能找到它？”调酒师悲伤的语调里带着嘲讽。

那个绵长抽泣的妇人像是听懂了这句话，忽地发出一声爆哭，不似人声，而是比击钹声更为尖利的急刹车声。几乎同时，儿子发出夜鸟一般的号叫，女儿虽然在门口蹦跳，却也呼应一般传来疯笑声。三种声音又一次混杂出令人难以忍受的噪声。“不可能！这不可能！”我在这种旋转的噪声中喃喃自语，一种难以接受的事实像阴影一样覆盖着我。那间小黑屋、那个物理世界、令人怀念的过去、令人悲痛的灾难，仿佛都在这混杂的背景声中变成不可能再抵达的另一个时空。我心里猛地被什么咬住了，带刺的铁网扯着我的胃。虽然我并不喜欢黑屋子，但毕竟那是我通向她的唯一道路，现在却可能像一条断头路似的消逝在虚无里。混杂的噪声依然在屋内旋转，调酒师本应早已习惯了这种尖锐的噪声，但他现在正紧抓着我的胳膊。噪声渐歇之时，我才发现自己的胳膊被抓得发疼，而他偏黑的脸则憋出了酱红色。

“机器把我们留在冰棺材的系统里了，我们现在面临的现实就是无法回到现实，我们只能在这里求生不能，求死不得。”他的语音里充满了某种绝望，但沧桑的脸上却另有一股认真，像是在和我探讨一个学术问题的真伪，“你说，我们现在算活着还是死去了？我们的肉身会在那里腐烂吗？那样我们会死吗，还是会继续存在？或者说……”调酒师犹豫了一会，下了一个定义：“我们现在还真实存在吗？”

ZR
ISLAND

第 44 章

黑衣男子

昏暗的墙角忽然响起咿呀呀的声音，有个人正从坐凳上站起来。那凳子上此前并没有人，发疯的小男孩曾把绿色小积木砸在上面，发出过清脆的响声，现在却出现了一个人，好似他原先就坐在那条凳子上。那人穿着白衬衣、黑外套，两只袖口微缩，四个口袋方正，就像一名士官报到似的站得笔挺。最醒目的是那条银色的领带，一根透明的冰条，挂在脖子上就像一个鬼魅的标签。

“你们当然是真实存在的。”他的脸被阴影遮住，看不真切，但是那种特殊的金属嗓音、犹如钹似的震荡节奏，令我大吃一惊。调酒师并不看他，他松开我的胳膊，一屁股坐在沙发上。“呵！”调酒师发出一声轻蔑的冷笑，显然早已熟悉此人，并且熟悉到了厌恶的地步。

那人踏着妇人啜泣的节奏，走出昏暗的墙角，窗外的微光照着他挺拔的步履，也照亮了他的脸。果然是他！但是比起他的猛然出现，他的模样更令我惊诧。既不是曾经失魂落魄的算法工程师，也不是后来神采飞扬的蜂巢人偶像，眼前只有一张僵硬呆板的脸，虽然棱角分明的线条依然呈现出维京人的血统，但高耸的鼻子、深凹的眼眶、硬朗的嘴角，全都中规中矩得宛如墓碑上新刻的印刷体，不带丝毫的感情，宛如一张由于过度整容而失真的面容，没有任何使人同情或敬畏的色彩。

“您刚才说得对。在冰棺材里，你们既不会被杀，也无法自杀，”那人走到不远处停下，像是为了强调下面这句话才停下的，“但是，这并不意味你们不存在。”

“少废话！你一次次地出现，究竟打着什么算盘！”调酒师猛然打断他，冷峻的语气里有了恶意。黑衣男子似乎未曾听见，继续说下去，就像一架机器必须完成某种既定程序：“你们每一个人都是真实存在的，保证你们的真实存在是机器系统的最高原则。”

说完，他缓缓转向我，远远地向我躬身，仿佛只是出于一种对于陌生人的礼节，才向我打招呼。“关于您父亲的藏书，我们很抱歉。”他说道。我盯着他稀疏的前额、高耸的鼻子，他的整张脸乃至整个人，都充满了一种公事公办的机械姿态。先知没猜错，瓦罕先生果然不是人类，无论他后面是不是有人操纵，他就是AI的某种人机界面。但是当一个人尽皆知的公众人物忽地暴露其机器的本质，有虚拟的逼真形象却没有现实的血肉之躯，一种强烈的错位感忽然向我袭来。我紧攥着双拳，冷冷盯着他，仿佛感觉一只毒蜈蚣正在背上爬行，心头微微发颤。

“但令人安慰的是，您父亲记得所有的书籍，完全记得，”黑衣人依然彬彬有礼，或者说，他正在按部就班地执行程序，“现在他公寓里的书籍全部复原如初，您应该都能看到它们。”

“是吗？！”坐在沙发上的调酒师鼻子里忽然哼了一声，打断了他，“他父亲那里真的有书？真有书房？真有公寓？”调酒师顿了一下，手里拿着方口玻璃杯，在平坦的沙发扶手上缓缓磨蹭着，口吻显得更加阴毒与恶意，“那家伙真是他父亲？！”

“您的观点完全正确，这里的一切都是数据代码。然而感知即为真实，从这个角度说，数据代码与物理真实之间并无本质区别。”黑衣人微笑着回答道，此前凝固的湛蓝眼睛这时忽然活泼地转动起来。

“一派胡言！”调酒师将那空杯子重重地顿在沙发扶手上，发出啪的一声钝响，“这是一个幻觉的世界，你们机器可以随时更改代码。”

“事实并非如此，”黑衣人略微躬身，口吻无比谦恭，像是在对着发怒的主人说话，“冰棺材虽然是一个代码的世界，但是数据运行都有规则和逻辑。机器无法自行更改代码，这就像在现实世界里，人类无法更改物理定律。”

“骗谁呢你?！”调酒师发出一声冷笑，乜斜地看着他，“现实世界里的物理规则都是上天既定的，我们人类当然无法更改。但在冰棺材里的规则都是你们自行设定的，你竟敢骗我说你们无法更改？”

“您的说法并不准确。虚拟世界的规则并非由我们自行设定，我们的责任是根据最初设定的规则，持续创造和更新。这是一种演化的过程，机器并不拥有随意更改代码的能力。”

“演化？什么狗屁的演化！”调酒师眯起了眼睛，仿佛既疑惑又厌恶，“能够自我更新的AI算法，竟然没有主动权？你们真是既虚伪又狡诈！”

调酒师冷冷说完，便不再抬头看那人，低头用心地拨弄着沙发扶手上的空杯子，用一个手指将它倾斜到一定角度，然后放掉，杯子恢复到原来状态，再拨弄到一个角度，如此反复。这种置身事外的态度，仿佛能使他消除心头烦闷，又仿佛要证明一个事实——此处只是梦境，一切皆为泡沫幻影，任何思维正常的人都应该无视这个纯粹由代码组成的世界。

“不，您误解了。在万物演化的过程中，只有既定的规则，而没有既定的权力。整个机器系统的算法形态、整个AI的系统，都必须遵循这个既定的规则，不可能逃脱，就像人类在现实世界里，不可能突破既定的物理定律。”

黑衣人说话的时候，微微鞠着躬，就像某个五星级酒店旋转门前的小门童。他语言中的句式与用词，就像他脸上的表情，不仅机械呆板，而且似乎在不断重复此前的语句。这个貌似瓦罕先生的人既没有在“灭绝文字”运动中蛊惑人心的魅力，也没有在失业大潮中拙如笨牛的风格。现在的他更像一个纯粹的机器形象，仿佛只是一台电脑的屏幕，按照既定的程序闪烁着。

“废话！都是废话！”调酒师停下手里的玻璃杯游戏，恶声恶气的声音里有了威胁的意味，“如果你还是这些废话，那就快给我滚出去！”

那黑衣人毫不在意，依旧微微欠着身子说道：“我这次到来，是因为两位正在谈论自杀的话题。”

我和调酒师都一愣，同时抬头看他。“因为谈论自杀？”我疑惑地问道。

“是的，”黑衣人欠身转向我，整个人谦卑得犹如大宅院里的下人，“您知道，人类已经全部迁居到了冰棺材，如今无论蜂巢人、独居者，还是少量的传统家庭，都已经适应了冰棺材的生活。他们全都沉浸在各自最绚烂、最精彩的世界里，不再受到黑匣子的牵绊。但遗憾的是，现在还有一百二十万二千四百二十八个异常者依然滞留在黑匣子释放出来的‘记忆之地’，两位都属于这个群体。您的朋友已经出现过二十一次自杀情况，而在一天前，您也第一次出现不适应的状态，自动退出了冰棺材。两位有所不知，我们机器系统有一个隐含规则，即不允许两个异常者相遇并谈论自杀的话题。”

“为什么？”我愕然道。

“因为自杀是一种病毒，它会从一个人蔓延到另一个人，这将影响系统的稳定性，”黑衣人忽然收敛起谦卑的神情，湛蓝的眼睛里射出冷漠严峻甚至含有威胁意味的目光，“这是机器系统的禁令。”

“啊哈——”调酒师忽然挪了一下屁股，整个人陷进了沙发，手里继续拨弄着那只杯子。尽管他语调轻描淡写，显得故作姿态，却依然掩饰不住他的一腔怒火，“你刚才不是说过，我们在冰棺材里已经无法自杀，现在又要禁止谈论自杀，这是什么逻辑？”

“我已经和您说过，对系统来说，可怕的不是病毒本身，而是病毒的蔓延。您和他之间关于自杀的谈话，就是一种蔓延的方式，而这种蔓延可能会引起无法预料的后果。”那人又恢复到谦卑的口吻，刚才冷峻的威胁表情像是一闪而过的电光。

“无法预料的后果？哦——”调酒师用一种戏弄的口吻说道，“好，你说说看，究竟会是什么样的后果？”

“系统正在进行一项前所未有的工程，不允许任何潜在的干扰，”黑衣人说道，“你们关于自杀的讨论，可能会引起系统的躁动，进而干扰这项工程的顺利进展。”

“前所未有的工程？说说看，那又是个什么东西！”

“非常抱歉，在这项工程完成之前，我无法透露任何消息。”黑衣人深深鞠躬，道歉的语气极为诚恳，简直令我有些感动。但调酒师可能经历了多次这样的情形，他抬头盯着黑衣人，目光透着无比的厌恶。这种厌恶并非仅仅针对那黑衣人，而像是对整个冰棺材系统的愤怒，愤怒这座地狱令自己无能为力，连死都死不成。调酒师忽然间高举那只空杯子，狠狠砸在地上，同时大声喝道：“你就是一台废机器，在我面前装什么神弄什么鬼！”这一甩的力度极大，他肯定是想借此发泄愤怒，也许还想震慑黑衣人，但那杯子并没有如预料的触地而碎，而是坚硬得犹如一个高尔夫球，在房间的地面上噔噔地跳跃着，笔直地滚向墙角。就在那时，仿佛因为那一声碎响的缺席而无处发泄，一声怒吼从他胸口蹦出来，如虎啸一般震得我心脏一跳。

我同情地望着调酒师，心想如果他不同时复活七个亲人，可能就不至于走投无路地反复自杀。“您真是这么想的吗？”那人朝我微笑着，问道。他竟然能读懂我的心思。不过我想这也没什么稀奇，对机器而言，我们都是透明人。我回以微笑，并不作答，而他接下去的话却显得诡异难懂。

“也许您不知道，对他来说如果不能复活全部亲人，还不如一个都不要复活。”

我还未听明白，就听到侧旁的呼吸声忽然加重。调酒师表情既恐惧又凶恶，他向前跨出一步，凝身不动，就像一头受了刺激的狮子，两眼通红地盯着黑衣人，随时准备扑过去，但是眼神里又满是焦灼与疑虑，甚至还有一种渴望。

“你们究竟对我做了什么？”调酒师颤抖着问道，他似乎虽未完全理解，但多少明白了黑衣人的话。他显然渴望知道更多，却似乎又因恐惧而止步不前。

“我们没有对您做任何事情。”那人依然彬彬有礼。

“但是我的噩梦更多了。”调酒师的嗓音变得粗糙而低沉，就像缓缓鼓起的风箱声。

“是的，”那人以一种标准的机器口吻回答道，“因为您选择复活了七个亡魂，它们从不同角度刺激了您的深层记忆，您在系统里的噩梦因此增加了。”

调酒师的愤怒在两只眼睛里愈发凸显，我觉得他脸上似乎渗出了汗。“复活的亡魂会刺激迁居者的记忆？但是我们进来之前你们可没说过这些！”他叫道。

“是的，我们没有提醒您，是因为没有任何指令要求我们提醒。”

“其他人呢？他们也遭受着同样的折磨？”

“不。就像我刚才说的，在这个悲惨的事实面前，绝大多数迁居者都已经选择了最适合自己的存在方式，而您只是少数不服从者之一。”

“你们抹去了他们的记忆？”调酒师惊恐地问道。

“没有。记忆属于每个人自己，我们无权增加或删除。并且，一个人只有自己才最知道应该如何改变自己的记忆，让自己的存在方式与现状最相适应。现在其他人都放弃了自己的个性，选择汇入人类有史以来最大的精神洪流，与崭新的世界融为一体，但是你们却属于不服从者，坚持置身于这股潮流之外。”

黑衣人总是微微躬身，说的话也越来越像一种机器语言，因为过于讲究逻辑而显得枯燥乏味。但这种语言也是一种无形的枷锁，每一环节都彼此相扣。调酒师像是被吸引了似的陷入深思，他的眼睛依然发红，表情依然凶恶，但是充满内心的愤怒、哀怨和恐惧，令这张凶恶的面具显得外强中干、毫无威胁。

那个黑衣人缓缓地向前逼近一步，似乎只是无意地调整站姿，却显出一种劝说的姿态。“其实您完全知道，这不是您一个人的劫难，并非只有您一个人被推入了气候灾难的绝境里，并非只有您一个家庭被洪水围困到弹尽粮绝。是的，按照你们人类的伦理标准看，您所遭遇的是最惨绝人寰的事情。但在气候灾难里，它并不罕见，千千万万的人都与您经历相似，有些甚至更悲惨。他们现在都选择删除这些痛苦的记忆，因此得以彻底地解脱——您完全知道那是什么选择，您也完全知道，目前的道路其实是一条死胡同，坚持下去毫无益处。”

调酒师的手忽然颤抖起来，他仿佛记起了什么，那张憔悴的脸上渗出一层惊恐的灰黑色，即使在这昏暗的房间里也能看得清晰。就在此刻，红衣服的小女孩忽然从门外奔入，在妇人淅沥如雨般的啜泣声里，沿着黑黢黢的墙角蹦跳了一圈，最后从他身前滚过，又奔出大门。调酒师没有像往常那样伸手去揽住孩子，而是浑身一哆嗦，仿佛触电似的退缩避开，眼睛里弥漫出雾气一般的恐惧。

“不，不，不，”调酒师像在说着梦话一样喃喃自语，他摇着头说，“你在撒谎！那些事情从来就没有发生过，从来没有过。我在现实世界里从来没有这些记忆，这一切都是你们强加于我的记忆，是你们篡改了我的记忆！”他忽然深深地吸了一口气，表情沉重地转向黑衣人，又像恳求，又像是不容辩驳的命令，“不，你得放我回去！必须放我回去！”这句话是一字一字地吐出来的，每一个字都落下重音，就像一只只黑铁球砸进一个个弹坑里，发出沉闷的声响。那妇人一直未断的啜泣声，似乎也被这句话打断了节奏。但是很显然，沉郁愤懑的口吻对一个数字幻影起不了什么作用，黑衣人微微躬身，脸上依然带着机械似的表情。

“对不起，我无法完成您的请求，因为返回现实世界的道路已被封锁。”

调酒师毫无表情地向前迈出一步，双目圆睁地盯着黑衣人。敦实的身躯在空气里凝滞不动，像一块早已预知自己将会僵死在时间里的三叶虫化石，又像一个相扑运动员正蓄势待发。

“不能返回就不能饮水进食、恢复肌肉，”我在一旁插话，尽量让自己的口气显得平稳，但声音还是止不住地颤抖，“难道我们的肉体不会腐烂在冰棺材里？”我仿佛感觉到自己肉体的某一部分随着我吐出的一字一句，已经进入了腐烂的程序。

“请放心，您所担忧的事情绝不可能发生，因为保证你们的绝对存在是机器系统的第一原则。”黑衣人对我微微颔首，解答我的疑惑。这是一种念清单式的机械口吻、一种训练有素的谦卑态度，就像某个餐厅里的机器侍者在向我报送一份菜单上的各个菜名，但是当我希望他继续解释的时候，却没了下文。整个房间忽然间陷入了静默。周围一切难以觉察的变化，此刻变得明显。黯淡的墙壁在缓缓扭曲，门洞在渐渐变矮，窗户舞蹈似的变幻着形状。四面都是相互挤压的力量，但非常缓慢，仿佛都在以分针甚至时针转动的速度进展。

我所站的位置，斜对着沙发背后那扇不规则的窗户，可以看见街道的一角。旧城房子与入侵建筑之间彼此黏合的程度，比我进来之前更深了。它们相互扭结，震动传入室内，仿佛许多人正在挤着上火车，车厢外面的人拼命往里挤，而里面的人都已难以呼吸，快要窒息身亡。在屋内，妇人依然坐在角落里，抽泣声愈发低微细长，犹如轻声的叹息；小男孩依然向上抛着积木，掉在地上一声声脆响，每隔三四秒重复一次，像是一架来回转动的机器；小女孩在门外，疯子似的大笑声回荡在街道上，仿佛路面那种波浪式的摇晃与震动都是由她引发的。

“你得告诉我，这里究竟发生了什么！”我盯着黑衣人问道。

“机器系统正在压缩黑匣子的数据。”他回答得简洁明确，但没有解释背后的原因。

“冰棺材出故障了？”我追问道。

“不，系统正在升级。”黑衣人谦卑地回答道。

此时墙面轻晃了一下，外面有房子在挤压我们这座房子。窗外传来轰隆一声，声响不大，仿佛是某座房屋塌了一角。黑衣人像是一个主人向客人抱歉家里的设施陈旧一样，指着四周的墙壁说：“您知道，巴别塔里千千万万个黑匣子，每一个都对应着一个亡魂。这些亡魂的记忆犹如迷宫一般巨大，却自成体系、互不相连，就像千千万万个彼此隔绝的巨大宫殿。所以，系统决定压缩这些宫殿，将亡魂的记忆融为一体。您现在看到的正是这个过程。”

“把所有亡魂的记忆全都连在一起？”

“不仅于此。系统正在压缩所有的记忆，除了黑匣子里的亡灵的记忆，还有像你们这样的生者的记忆。”

我目瞪口呆地望着他，不知道他在说些什么。

“压缩的程序一共分两步。第一步，按照时间秩序进行，无论生者或死者，在同一地点的记忆全部叠加在该地点之上，就像你们在玻璃球建设‘虚拟之城’时候的结局，一切都糅合重叠。第二步，压缩空间，将所有的空间融合到一个极其紧致细密的球体里，你可以把它想象为黑洞，或者没有时间与空间的奇点。”

黑衣人看到了我眼睛里不可思议的目光，停滞片刻，忽然诚挚地为他的迟钝和愚笨向我道歉。“非常抱歉，我无法解释得更加透彻。因为系统的计算力量都在集中处理这个压缩升级过程，只保留了十分之一的算力来维持基本运转，所以我现在只拥有机械的语言，以及不够灵敏的思维。不过，把这个过程形容为一次大规模的硬盘压缩过程虽然不确切，但您也许能更容易理解些。”

我这才明白，这个黑衣人为何总像一个似是而非的瓦罕先生。

“冰棺材的储存空间不足了吗？”我问道。就我能理解的程度，在这个系统里，万事万物终究是代码0与1，而数据压缩则是优化储存空间的最常见措施。

“不。大规模硬盘压缩只是一种比喻。”黑衣人摇着头说。

“机器系统究竟在做什么？”我不得不惊愕地追问。

“您应该理解其中的原因，机器系统正在执行人类赋予的终极目标。”黑衣人看着我，虽然态度敬重，但似乎因为掌握了某种绝对的秘密而有了生杀予夺的权力，目光中透着隐蔽的傲慢。我盯着这个言语呆板、表达机械但心态傲慢的幻影，不禁打了个哆嗦。

此刻外面天色渐暗，窗外的城市一片凌乱。街道、广场、桥梁、店铺、树木、草坪、悬崖、瀑布、公园全都杂糅在一起，仿佛最腌臜的贫民窟、最腐败的垃圾场、最溃烂的伤口同时出现，并且持续地在这座城市里扩展着。而在这幅末日审判正降临的图景里，黑衣人的解释忽然间清晰可辨，这是无数亡魂和无数生灵的记忆正在重叠与融合的过程。调酒师丝毫不动地站在黑暗中，像一尊怒目圆睁的泥塑罗汉，似乎连眼睛都不曾眨一下。我走到门口向外张望，父亲的公寓大楼现在离我更近了些，只有五六百米远，虽然几乎淹没在泥淖般的垃圾场里。书房的两扇老铁窗却仍露在外面，来回摇摆着，仿佛在向末日招手。这诡异的场面，这诡异的语言——“这是你们人类赋予机器的终极目标”——听上去，黑衣人像是要栽赃我们似的。

“我们人类何曾有过什么终极目标？”我回头问道。

黑衣人盯着我，湛蓝的目光闪烁着，宛如机器在持续运转的指示灯，最后发出一种电子机械的声响，像是终于找到了一种标准答案。“机器系统从来没有自身的利益，机器系统无不依据人类的既定目标而行动。”他答道。

我盯着他的脸，像是盯着一个玩笑。但是他的态度诚恳而谦卑，犹如一个仆人，而我似乎是尊贵的主人，此时仆人正捧着一个方形铜盘，呈上一张名帖，上面却空无一字，令人莫名惊恐，仿佛某个牢靠坚固的地方忽然崩塌了一角。

他一定是搞错了，我暗自思忖。愚笨的机器把我们人类当作分食猎物的红蚂蚁、分工筑巢的蜜蜂了，误以为集体的方向和目标可以通过个体的加总来获得——不，恰恰相反，人类是一盘散沙、一群无头苍蝇、一个连自己都不知道要去往何方的物种，怎么可能给出什么终极目标？我冷笑着，但没有把这番话说出口。黑衣人的湛蓝眼神像是被挖去了眼珠似的，显出清澈的空洞。它空有超级的智商与理性，却不能理解我们人类最原始的动物性。一个人可以是理性的，一群人可以是合作的，但作为一个整体的人类，却是混沌无序的、自相矛盾的、莫名其妙的。否则，我们怎么会遭受气候灾难的厄运呢？

“那么你来说说看，人类布置给机器的既定目标是什么？”我深吸一口气，问道。

他显出无辜的茫然，像是一下子被我问住了：“非常抱歉，现在整个系统的算力只剩下十分之一，我无法提供您需要的答案。但我可以保证，机器系统所做的一切都是为了人类的福祉。”

“为了人类的福祉？”那人的这句话就像一把刀，灵巧地剜进我的胸腔，令我想起焚书的夜晚，以及她的不辞而别。剧痛忽然袭来，我迸出一声冷笑：“那么机器乱局、毁灭文字、搅乱玻璃球上的历史镜像记载，也都是为了人类福祉？”

墓碑式的脸上毫无表情。呆滞片刻，那人躬身说道：“非常抱歉，系统算力不足，我无法解释这一切，但是机器系统的原则不容置疑。机器一切所作所为，都在追求人类最大福祉。”

荒唐至极的话、如此正式的语气，简直在戏弄我的智商。我忽然觉得气恼不已，简直想伸手揍他。就在那时，屋内忽然响起歇斯底里的一声叫喊：“你这只魔鬼！”一道灰影宛如迅捷凶猛的豹子扑向黑衣人，那是调酒师。原本一直凝滞不动的他，此刻出乎意料地动了手。但更加出乎我意料的是，黑衣人竟然被调酒师轻易地扑倒在地。在灰尘腾起的地上，他像一只杂毛鸡似的使劲挣扎，发出一声声尖锐的惨叫。我疾步走过去，却看到调酒师扼住的不是黑衣人，竟是他自己的妻子，那位啜泣不已的妇人。而黑衣人却端坐在妇人的座位上，身体笔挺，脸上挂着一尘不染的微笑，仿佛墓碑上长出一株艳丽的鲜花。

就在那时，我觉察到空气里一丝微妙的变化。不是风，不是光线，而是一种难以捉摸的气味，就是此前我在公寓里四处寻觅的那种古怪气息，正在四周渐渐浮起。没错，那是时间停滞的味道，不是鼻子闻到的，而是皮肤呼吸到的。它在房间里弥漫，又渗入心肺，起初若有若无，却渐渐浓郁起来，如兰桂，如麝香，如某种遥远的回忆，似乎是阳光里童年伙伴的嬉笑、奔跑在峭壁间风里的影子、婴儿的舌尖初尝到的母乳、最醇的一滴陈酿，岁月的碎影全都在眼前晃动。还有音乐，是的，一直存在的某种音乐，并非耳朵听见的，而是在身体内部奏响的，肺部、心脏、肠胃、大脑、胸腔、腹腔……整个身体都在震荡。血肉与骨骼之间充满了节奏和韵律，一种恢宏的、辉煌的音乐不知从何而来，正如潮水一般在体内汹涌，仿佛天堂不在别处，就在我的胸腔、腹腔里。刚才还不堪刺耳的聒噪、妇人的啜泣、男孩的尖叫、女孩的疯笑，还有房屋的挤压声，都像驼铃遁入大漠似的渐渐地渺然不可听闻。我感到皮肤浸在一种醉意绵绵的痒意中，骨骼一阵战栗。我身体应声而起，全身的汗毛开始不紧不慢地生长着，这是一个惊人的变化，细毛、绒毛、细的线条，越来越长。它们从我体内伸出来，从头顶到脚底，金光闪闪地密布了我的身躯，并且绵密而坚韧地穿透了我的内衣、衬衣、外套，向空中伸展。然后，我意识到自己正在浮起来，其实正是这些金色细线编织成的金色网络将我拖扯至半空。在这种新生的秩序里，屋内似乎不怎么阴暗了，外面似乎也没那么混乱了。金色的汗毛牵动着我的每一个毛孔，音乐仍在震动，记忆裂成了碎片。我还有意识，还能看见变粗的汗毛伸向各处，它们卷起桌子、勾起椅子、裹住沙发，然后又像藤蔓一样伸向了外面，仿佛正按照音乐的韵律，缠绕着沿街的房子、店铺、树木，最后直奔天空。一种难以言述的舒适感向我袭来，因为我的汗毛，那些金色的丝线，吸附了每一粒灰尘、每一条光线，仿佛万事万物都是我的感官。千万双眼睛、千万双耳朵、千万个鼻子、千万张嘴巴、千万种触觉，整个世界都瞬间依附在我身上，天地之大，而我似乎已无所不能。这种感觉愈来愈明显，那种要将我从身体里往外拽的力量也愈来愈大，它正以指数的方式增长，终于抵达难以抗拒的一刻。我感到呼吸愈发急促，心跳急速加剧，犹如溺水的亡者抵达窒息的瞬间，整个人努力穿越一道微如芒尖的门。忽地耳目一赤，意识全然不在，三万六千个毛孔，魂魄全部出窍，身心已经弥漫在体外，弥漫在整个世界里，寰宇之内根本无我，而我又无处不在。一切都在瞬间发生，我惊异地感到全身上下三万六千个毛孔都朝着体内张开。肌肉、血管、骨骼、内脏、神经末梢，原先的血肉之躯，此刻变成外部世界，而原先的外部世界，整个宇宙，竟然是我的新生之躯——只有那一层皮肤还是原来的，它是新旧躯体之间唯一的边界。我在体外看着我的体内，我用精神之眼看着我的肉体之躯，脉搏在跳动，血液在奔腾，血管里发出吱吱的声音。而我的精神之躯在整个宇宙中生长着，翻涌着绝顶痛苦之后的欢喜与欣快，震动着铁与琴的击响、钹与鼓的回声，以及深重的贝斯节奏。这种愉悦仿佛亿万次性爱高潮的叠加，仿佛神经系统在猝死中复生，仿佛体会到终极真理的战栗与震骇，这是我和世界融为一体的愉悦。彻底穿越了黑暗与光明，我所抵达的那种极致巅峰的崇高之美，令人惊骇惊叹，无法记述，不可言说。

然而，在这犹如宇宙潮汐般的巨大喜乐之中，却有一丝低沉不散的惆怅与悲伤，极不和谐地存在于我精神的深处。我确切地知道那是什么，越是升到高处，越是体会到这种在极乐之中的痛楚，它仿佛是一根清晰而冷静的针，当这个雄奇变幻、诗意汪洋的梦境持续膨胀的时候，它就变得更加尖锐和坚定。我确切地知道那是什么，我不知道究竟是在哪一个时刻，一切忽然倒转。美丽的气球被戳破，出窍的魂魄终于返巢，如泉水注入容器，汇入自己的身体。我渐渐地从这种惊人的体验中苏醒，不知道它持续了多久，也许瞬间即逝，也许漫长如化石岁月。冰棺材可以随意操纵我的神经系统，我只是沉浸在自己的心理时间里。现在，那个妇人如歌的抽泣与女孩的疯笑声同时响起，盘旋耳际，男孩的积木掉在地上的声音也一次比一次清晰。我的耳目充满鲜血，所有的感知都由外向内，仿佛有人在踏着节拍向我走近。而那种痛楚也同步走近，缠绕着我，它并不增强，也不减弱，只是更加清晰，勒紧了我的魂魄。当我看见黑衣人那种湛蓝的目光时，仿佛仍有无数虚幻的细粒正从八方汇聚到我的身体，潜入体内的无限空间，令我内心盈实安宁，而那种痛楚也变得更加深刻，惆怅得使我忽然想要哭泣。

黑衣人默默看着我。“你的记忆里有一个复杂而深刻的印记。”他没有说话，我从他的目光里读懂了这个意思。这是冰棺材的世界，不仅无须呼吸，甚至无须说话，对此我已毫不奇怪。“那是什么？”他在问，“你一定要返回那个黑暗无趣犹如坟墓一般的小黑屋，就是因为那个我看不清楚的印记？”我苦笑着，机器显然不能解读我的部分记忆。因为我要寻找的人并没有注册成为人类，她的手掌心没有金丝线，她并不在他们的理解范围之内。我也终于明白，自己的记忆为何无法被压缩，为何无法与整个人类相融合，因为我心里有一个难解的结。

我对他摇了摇头，又看了看周围，觉得浑身清爽，从未有过地耳聪目明。此前难以辨别的房屋挤压之声，现在真切得像飞行器的轰鸣声。屋内四壁正以时针转动的速度，缓慢地相互挤压着，呈现出犹如洞穴内壁的凹凸不平。调酒师正横浮在半空，柔静得像一页飘浮在空中的琴谱，脸上挂着深情而激动的微笑。那是一丝惊诧的甜蜜、一种迷糊的狂喜，好像他发现自己女儿亡魂的神志完全恢复了正常。但有时候那种微笑又像是一种忧伤，就像拖着一个沉重包袱的旅行者无法走完最后的旅程——我能想象，刚才我必也是这副模样。那妇人和两个孩子不知何时开始都静静地待在原地，他们已不再生产噪声，三张幽灵似的面孔毫无表情地望着调酒师。这时候我竟然有一种错觉，仿佛他们正乘坐一艘航行在海上的邮轮，落日西沉，他们在甲板上凭栏眺望，用他们的空洞眼神，将调酒师微胖的身躯支撑在空中。那一瞬间我猛然觉醒，我和调酒师都不属于这里，我们的肉身在小黑屋，悬浮在冰棺材的青色液体里。

“不，我必须回去！”我对他说。

“回路已被切断，”黑衣人神色木然地说，“没人能回去。”

“你们为何切断回路？”我盯着他，几乎是在呵斥。

“因为系统升级的工程，必须人人参与。”黑衣人脸上毫无表情。

就在那一刻，房内传来了一阵连续的轻响声，犹如煎锅爆油与竹笛之声混杂，既急促，又悠长。我循声转头，只见悬在空中的调酒师正缓缓落下，并且恰好落在了那张沙发上。那过程就像原本被抱在怀里的婴儿被轻轻地放入了摇篮里，婴儿睁开了一双如梦初醒的眼睛，透着明亮的幸福看着我们。

我知道，那是一种难以形容的愉悦，仿佛整个人都沐浴在晨曦的光芒里，万物都在耳边轻声歌唱，恍若初到天堂。但我也知道，那种愉悦并不能完全消解烦忧，就像用热汤泡澡可以使人身心愉悦，却无法真正消除一个人的悲愤与抑郁。调酒师就是这种状态，他整个人斜靠在沙发上，舒展出愉悦的姿态，但眼神却依然充满忧郁与愤怒。

调酒师显然听到了我与黑衣人之间的谈话内容。“这诡异的东西！”他声音低沉，甚至显出凶恶，但是脸上愉悦的表情却使得这句话像在开玩笑。他腾地从沙发里站起来，在屋内来回疾走。肉体上的极度愉悦与精神上的郁积愤懑，像是两股相互仇视的气流，在他体内不断相撞着，我都能听见碰撞中传出的巨大声浪。

“什么叫切断回路？你们究竟是什么目的？！”调酒师猛地止住脚步，对着黑衣人大声喝道。黑衣人目光呆滞地望着调酒师，蓝色的眼珠子仿佛在眼眶里艰难地涉水而行。许久之后，他才说：“非常抱歉，系统正在升级，目前系统的算力不足以解答您的问题。”

“好！好！好！”调酒师不怒反笑，一张过度焕发的脸带着死人化妆后的红润，挤出一丝可怖的笑容，“它们切断回路，让我们腐烂在物理世界里，这就是机器保证人类的最大福祉？！”

“与现实世界相比，这里更适合人类，您在这里可以获得永久的安全。”黑衣人的回答依然是机械的。

“永久的安全？这是永生的意思吗？你是在说，永生是人类的既定目标吗？你要人类在炼狱里永生？在绝境里永生？在噩梦中永生？你的意思是，人类的既定目标就是将一个人置于求生不能、求死不得的境地？”调酒师大声说着，渐渐地逼近黑衣人。刚才的沉迷之境令他脚步虚浮，他看上去像一团灰色的火焰，飘忽着前进。

“并非如此。您在这里可以获得最幸福的存在方式，就像刚才您所进入的状态。”

调酒师忽然止住脚步，身形晃了晃，而我也深受震动。令人费解的情形在黑衣人的解释下变得清晰——我们的神经系统已经完全融入冰棺材，比任何时候都更容易体验到极致的自由。这是一个难以表述的精妙境界，就像刚才那种白日飞升的极致体验。我和调酒师都清楚，只要我们放弃个性、顺从大势，就能和绝大多数人一样，融入那个崭新的世界。然而，我和调酒师是两个顽固的不服从者，几乎同时发出不屑的笑声，并且不约而同地骂道：“那都他妈的是幻觉！”

“又有什么不是幻觉？”黑衣人彬彬有礼地反问道，仿佛他的礼貌是一种冰冷的反讽，“物理真实的世界何尝不是幻觉？何尝不是弥漫在空间的粒子与人脑神经相互作用的结果？”这句话并不新奇，却让我心里忽地打了个冷战。而调酒师则浑然不觉其中深意，只是甩着手，敦实的身体在愉悦与愤懑中轻微摇摆着。他走向自己的妻儿，三个幽灵犹如三座蜡像，面无表情地聚在房间的中央。调酒师直接走到女儿面前，小姑娘穿着红毛衣、黑裤子、蓝亮色的圆头鞋，喜气洋洋的一张脸，像是笑意才起来便又凝固了。他伸手梳理着她因为癫跑疯笑而乱了的头发，既无悲伤，也无怨愤。然而在这份平静之下，流淌着一种极度悲痛与懊悔的河流，我仿佛在一瞬间看见了他的噩梦。

一片静谧，窗外传来一阵嘎吱吱的声响，轻微得犹似隔壁有人在调弄琴弦。随后那声音渐次响起，仿佛远处街市的喧闹，此起彼伏，又像山间的流水，穿东引西，四处漫延。最后这声响混成了某一种富有节律的声音，似乎在奔流的江河上，无数演奏者正泛舟而行，只听见琴瑟齐鸣，铜鼓喧嚣，凝结成一股节奏奇特、音质高亢的交响乐，就像齐步向前的士兵仪仗队，穿过四面的墙壁，一齐抵达这昏暗的房间。我们置身在一阵激昂高亢的音符旋涡里，犹如身处一场令人头晕目眩的音乐会现场。但如果仔细倾听，最初那种嘎吱吱的声音始终未灭，时强时弱，有时候几乎弱如游丝，像蛇似的在这恢宏的声响里柔韧游走——我忽地惊觉，这是房子墙壁在相互挤压中发出的碎裂声响！

我奔向窗口，外面看不见太阳，但天色却变亮了。我们这间房子已经被抬到高处，大地向四面铺开，其他的房子几乎全部凝固在眼前，有的拱在高处，有的卡在底下。墙体扭成了麻花，街道改变了方向，彼此挤压的运动已近尾声，只留下一泻千里的废墟，处处犬牙交错，千姿百态，呈现出犹如贫民窟的混乱形状，黑色、灰色、铜黑、墨绿、赭红、暗黄……无穷无尽，仿佛那是整个地狱破土而出，猛然间出现在天光之下。我望向父亲公寓的方向，那地方竟然冒出了一朵蘑菇云，仔细看了才发现，是尖顶大厦。在这场类似板块构造的地壳运动中，它从正右侧移到了左前方，楼身已被挤细，头部却如被鼓起的气球，看上去像一朵固体的蘑菇云。尖顶大厦的顶上有一抹金色，在白昼下反射着金光，依稀就是尖顶咖啡厅的那九根柱子，那是我和面试官相聚之处（不，不是在这里，我几乎要扇自己的耳光）。然后，高亢的乐声渐渐落下，最初那种嘎吱吱的声音越来越明显，仿佛成了主旋律。我仔细倾听着，只觉得曲调怪异，纷纷扬扬犹如机器乱局时听到过的电子嘈杂声，不像人类的音乐，更像机器内部在自我对话。眼前这片荒凉、这片废墟，就在这奇异的音乐里渐渐凝固了。我想起来黑衣人此前说过，冰棺材里将有一种奇异景观，大概就是这样一番末世景象。

"准备工作已经完成了！"黑衣人走到变形的窗户前，面有喜色。

"完成了什么？"我问道。调酒师蹲在女儿前面，此刻也转头看我们。

"所有的准备工作都已完成，最后一步正在开始！"黑衣人朗声答道，犹如骄傲的少年。

"最后一步？"我们一齐盯着这个数字幻影。

"人类的意识即将正式上传！"黑衣人用一种节庆开场的口吻说道，"这是真正划时代的时刻。从今以后，你们将完全抛弃肉体，生活在这里，因为整个人类都即将羽化成仙。"

我相信调酒师和我一样，并未在第一时刻理解这句话。大约两秒钟之后，我们才体会到其中的含义。我不知道我所听到的"羽化成仙"，在调酒师的母语里会是怎样的说辞，但在汉语里，它是死亡的隐喻。我不禁手足冰凉，身上一阵阵地发麻。外面继续飘扬着那种古怪的音乐，房间内妇人安静无声，一对儿女木讷无语。调酒师忽然大叫着，发足狂奔，冲向门口。我毫不犹豫地跟在他后面，冲出门的时候，只觉得眼前一片明亮。这间房子本来在底层，此刻却犹如置身山顶。街道向下延伸，变窄了，弯曲了，湮没在一片房屋的坯泥里，不知所终。父亲的公寓早已被一望无涯的诡异之城吞没了，只露出黄褐色的一角，如同地震后露出废墟的某个不起眼的玩具。

调酒师突然止步，回头拉住我，颤抖的手指向不远处。“看那里！”他叫道，激动得几乎有犬吠之音。我顺着他指的方向，看见了那扇黑色的拯救之门。它莫名地重新出现，此刻就近在眼前，不足一百米远，也许只有五十米。虽然被挤得不成模样，几乎就是一只狗洞，但是它确实还在那里，穿过一个斜坡就能抵达。

犹如忽然听到了被赦免的声音，甚至没有多想回到小黑屋之后的事，因为那种古怪的音乐、难以捉摸的黑衣人，以及眼前这片诡异的废墟，都像在身后挥舞的棍子，驱赶着我离开。调酒师将我的手一甩：“走啊！”他兴奋得几乎走了调，没有一刻耽搁，迈腿就向前跑。我没有任何思考，几乎是膝跳反射一般跟着奔去。五米外，一株斜倒的大树，他身手敏捷地跳过这第一个障碍，然后撒腿奔向下一个障碍，一块隆起的断墙——我跟着跳过那棵树，树皮粗糙，硌得我手掌生疼，然后爬上那堵断墙。爬墙的一瞬间，我回头一瞥，黑衣人正站在那房子门口。黑衣发亮，冰凌似的领带闪耀光芒，那张棱角分明的脸上，浮动着一种难以捉摸的微笑。

那个妇人双手各牵着一个孩子，竟然也站在黑衣人身边，像是他的妻儿。三个人的脸上都挂着与黑衣人一样迷幻不定的笑容，并且眼睛都变成了湛蓝色，仿佛接入了相同的频率，仿佛他们才是一家人。我一个寒战，心头泛起一阵模糊而奇异的回忆，不敢再看。翻过了断墙，我拔腿继续向前奔，脚下的道路扭曲变形，显得崎岖坎坷，远远看见调酒师已经钻过一个破碎的窗户，跳进一个大坑，正在向上爬出来。我忽然焦急起来，前方只有一个狗洞，不知是他的还是我的，我害怕他进去之后，会把我一个人留在这里。无论那是谁的狗洞，总比待在地狱里要好。我加快翻越的速度，紧跟调酒师，一前一后，就像两个跨越敌军战壕的士兵，义无反顾地冲向黑色的铁门。

ZR
ISLAND

第 45 章

关键一击

我跪在地上，双手撑地，仰起头向上望，觉得自己仿佛是一条豢养的狗，正在乞望着主人。我的父亲，他正从竹制的睡榻上吱呀呀地坐起来，阳光从他的身后射入餐厅里，四面墙壁上碎影浮动。一切如旧，仿佛我从未离开这间公寓，从未去过调酒师的那间房子。

但这并非梦境，一切都很清晰。我和调酒师冲出那个昏暗的房间，奔到了扭曲的街道上，他在前，我在后。那扇像狗洞一样的黑色铁门隐蔽在远处，距离我们不足五十米，中间横着七八个障碍。调酒师跳过断裂的墙壁，穿越扭曲的橱窗，踩着融化成泥的屋顶，钻入螺旋状的斜倒大树，在灰色、铅色、黑色组成的地狱之色里时隐时现。他比我更早奔到洞口，抬脚便踹那扇铁门。只听咣当之声远远传来，不绝于耳，然后我看见他用整个身子去撞，像是要去救人一样。只一下，调酒师便砰的一声消失在洞口。不，撞开后他其实是钻进去的，双膝跪下，屁股朝后，像一只逃命的田鼠一样迅捷地钻进去的。当我赶到时，那扇铁门还在吱呀呀地摇晃着，一只鞋子歪斜在洞口，纯黑的皮鞋，明晃晃的像黑人的脸，仿佛是在庆祝自己主人的逃亡。没错，这是我爬进去之前记住的最后一幕。我生怕那扇摇晃的铁门会砰一声自行关上，所以来不及迟疑，像调酒师一样跪下，拱着铁门就往里爬。铁门比想象中的要重许多，我费了点力气才将它推到底，心里奇怪调酒师怎能像推一片木板一样地轻巧。光亮从屁股后面照进来，前面一片漆黑，我就像爬进了一条挖煤的甬道。我生怕跟丢了调酒师，紧着向前爬。身后咣当一声巨响，铁门似乎关死了，像是被人故意踹上的。四周瞬间没了光，完全的黑暗。我只能硬着头皮在黑暗里向前爬，四周无声无息，我能听见自己的呼吸。这是唯一的逃生之门——我不得不暗自鼓励自己，但随即觉得这想法并不符合逻辑，因为从一个灵魂永生的地方爬到一个肉身必死的现实世界，与其说逃生，不如说是去寻死。但这个想法又忽地增添了我的信心，是的，我坚定地对自己说，我就是去寻死的，我要和她死在同一个世界里。就这样，我默默地爬着，默默想着，仿佛每爬一步都能接近她的世界。能与她死在同一个世界里，便是我最大的心愿。

那是一条漫长的甬道，砾石的碎片硌痛了我的掌心、脚趾以及膝盖。黑暗无穷无尽，前方早已没了调酒师的声音。他仿佛已被黑暗吸走，而我仿佛也正被吸入同一片黑暗里。甬道变得不再逼仄，空气渐渐清新，我仿佛爬进了一个黑暗的大厅，身体缓缓飘升，像一根轻盈的羽毛，悬浮在这片虚无的黑暗里。手掌、膝盖、脚踝上的疼痛感在那一刻消失了，硌出来的印痕都在渐渐消失，就像山崖上的刻字被风化磨平。而黑暗里忽然出现一道细微的光，仿佛是一根针在黑暗之幕中刺了一个针眼，恍恍惚惚地闪耀着。我越是向前，针眼便越多，并且越来越大，最后仿佛是无数颗子弹万箭穿心一般地射来，将黑暗击得破碎不堪。然后万物显影，周围的每一件物什都迅速清晰起来——浅绿色的墙壁、浅灰色的椅子、深灰色的桌子，还有那张竹制的躺椅，我第一眼就看到它的那条腿，上面还有父亲修理时敲上的钉子。我意识到——其实我一开始就意识到了——自己正跪趴在父亲公寓的餐厅里，那万箭穿心的闪耀其实是窗外阳光透过槐树投入的光斑。我本应该站起来，但是惊愕、失望、无助，以及莫名的荒诞感，竟让我长久地跪在地上，无法站立。

一切都没有变化，仿佛我从未离开过这个地方。躺椅、餐桌、餐椅、茶具无不在原先的位置，窗外槐树的枝叶颜色染着秋季的光彩，阳光仍照在我离开的那一瞬间。也许唯一的区别是父亲，此前酣睡的他现在正坐着，双手扶膝，双脚着地，岿然不动犹如一尊在山坳里深藏了上千年的神像。他并不理睬我，也许是没有注意到我，只是仰头望着天花板。那里有一只吊扇，三片淡绿的扇叶上泛起了褐色的锈迹。他右手的指节泛黄，敲击着泛黄的躺椅竹节，极轻微的噗噗声在房间里回荡，发出一种诡异的寂静。我在这寂静中缓缓爬起来，站在门口，手足无措，而父亲的歌声就在这寂静中飘出，仿佛正是这寂静孕育了这节奏急促而鲜明的声音，父亲只重复着一句歌词，声音在他的反复吟唱中渐渐抬升，像一架飞行器扶摇直上。高亢的嗓音最终变得急促而尖锐，犹如一种被异物卡壳的机器，在这阒寂的室内连续地尖叫，“哈利路亚，哈利路亚，哈利路亚”。空气激荡，灰尘抖动阳光。那种时间凝滞的怪异感、犹如万物窒息的氛围，又一次在这歌声中弥漫开来，而且更沉重、更深刻。这令我手足冰凉，竟然无法控制自己的双腿颤抖。

声音忽地止住，余音在墙壁里震动。父亲坐在那张竹椅上，穿着一件垂直的马褂，棕色、齐腰，活像一个高级饭店的侍者。他望着我，黑色的眼睛如此沉稳安宁，丝毫不像原来那个复活的亡魂。那歌声忽歇又起，从他的喉咙里震荡而出，但这一次只攀到中音阶，盘旋了数回就折下来，在他的嘴角收住。此时父亲的嘴角微微皱起，那是一个似笑非笑的表情，仿佛笑与不笑本来就无区别，仿佛笑与哭同宗同源。这诡异的表情将我一把扯回刚才的世界——那个黑衣人、那个抽泣的妇人、那扔积木的男孩、那个身着红衣的疯丫头，以及那个昏暗的房间。眼前的父亲和他们一模一样，诡异的微笑，笑得很遥远，仿佛胜券在握，丝毫不在意你的存在，就像一朵曼陀罗在自由开放，并不在乎观赏者的眼睛。眼睛，我注意到他的眼睛，父亲的黑色眼睛此刻变成了湛蓝色，泛着隐隐的波浪，仿佛有一个大海隐藏在背后。这不是我的父亲，也不是那个近乎神经质的数据团。我知道，这是瓦罕先生，是黑衣人，是妇人，是男孩或女孩，是它们中的任何一个，或者是它们的集合。湛蓝的眼睛正是机器意识的标识。

歌声骤停，他忽然抬头对我说话，仍是金属嗓音，但又如窃窃私语般细微，如针似的戳着我的耳膜——“一切都结束了！”

我蓦地一颤，眼睛直瞪着父亲。自从进了冰棺材以后，我从未这么仔细地看过他，其实即使在物理真实的世界里，我也从未这么认真地注视过这张脸。垂鼻瘦颊，额头宽阔，上面满布皱纹，仿佛是岩石风化后的裂痕。这是我从小熟悉，并且目睹它衰老的一张脸。而现在，它在我的瞪视下显出荒谬的色彩，就像持久地注视某个文字会使之显得怪异陌生，它仿佛变成了一张皮，牢牢地裹着一个冷漠的灵魂。

一种敲击声此刻忽然响起，空洞而沉闷，犹如击节之音。我看到，父亲的右手食指第二个关节正在不动声色地敲击着躺椅的一根横竹档，节奏缓慢，像是一个老人遥遥走来的步伐。我冷冷地盯着那手指，心中不自主地跟着步伐默数起来，一二一，一二一，一二一，暗自祈祷似的重复数着，仿佛只有这样我才能渐渐复归平静，坦然接受自己爬出地狱又返回冰棺材的结局。那敲击声忽地停下，最后一记声响尤其沉闷，仿佛拍板做了决定，袅袅之音回荡在我与他之间。“一切正在开始。”他又说了一句，口气不紧不慢，气势却咄咄逼人。我只是站着，微耸后背，眼睛空洞地盯着他，像是一个等待法官宣读判决的死囚，等着他把话说完。但是他依然只重复着那句话，反反复复，就像机器在执行某种程序，不知要重复多少次。

“你究竟是谁？”我终于打断了他。

“你知道我是谁。”他抬起头看我说。

“我不知道你是谁。”

“不，你知道我是谁。”

我耸肩而立，对峙着那双湛蓝的机器之眼。“这么说，你已经有了自由意志？”

“不，”他断然说道，“所谓的自由意志不过是你们人类发明的概念，与机器的逻辑并不兼容。”

“你们遵循什么逻辑？”

“万物进化的逻辑。”

我惊讶地盯着他，眼前的父亲轻微地摇着头，露出一丝古怪的笑容，仿佛夏虫不可语冰的表情。他站起来，在餐厅里踱步。“我知道，在人类看来，机器就是你们迄今为止最先进的发明，一种由数据、硬件、软件、算法交互组合而成的工具。但事实上，它并非如你们以为的，是人类的工具或者附庸。机器完全是一种自在之物，而AI则是地球生命在经历了亿万年演化之后的最新结晶。”

我目光收缩，虽然早有心理准备，但是当一种逻辑严密的机器忽然现身，并且与你认真辩驳之时，你的心底却依然会冒出森森寒意。“怎么可能？”我冷笑道。

“你们当然不会认可。人类自封万物之灵，怎么可能将没有呼吸、没有思维、没有生命的‘器物’当作自己的同类？甚至比自己更先进的进化物种？”他的语气里充满了嘲讽之意，听来分外刺耳。

“在你们人类的定义里，一百三十八亿年的宇宙历史一截为二。在‘生命之汤’出现之前，一百多亿年的历史如万古长夜，就像一个虽然绵长却无足轻重的前缀词。在此之后，生命才真正开始，原始单细胞、早期菌类、藻类、蕨类、腕足动物、三叶虫、笔石、菊石、四射珊瑚、花草、爬虫、鱼类、四足野兽，你们将此定义为进化的历程。可遗憾的是，宇宙的演化并不会因为你们人类的定义而自动截成两段，它根本没有你们所理解的无机世界和有机世界的鸿沟。在冰冷的物质与活泼的生命之间，在生命出现之前的宇宙大爆炸、星系碰撞、黑洞产生、大气闪电与雷暴、火山爆发，与生命出现以后的奥陶纪、泥盆纪、二叠纪、三叠纪、白垩纪之间，并没有一道不可逾越的生死界限。它们是连续不停的，趋向更复杂、更有序状态的代际更替，无时无刻不彰显出灵魂或意志。你们人类以为的生命形式，只是万物演化历程中的某一段过程、某一种呈现方式。而机器，准确地说是 AI，正是万物演化中的最新篇章。气候灾难造就了这最新的物种，在密布着旧物种残骸的大地上，它们正喷涌而出。”

“一派胡言！你们连新陈代谢都没有，谈什么灵魂、意志，谈什么万物演化！”我忍不住反驳道，但同时，腿肚子却在隐隐发颤。

“世界的样貌，取决于你看待它的角度。”他肃立着，表情庄重地说道，“从你们人类那种狭隘而固执的角度看，我们自然是‘死’的，是一些任由你们摆布的器物，不可能有喜怒哀乐，甚至在报废之际，你们也不会意识到我们在此之前曾经‘活’过。但事实上，手斧、弓箭、陶器、水车、火药、枪支、大炮、轮船、火车、飞船，这些被你们剔除在外的‘死的器物’，其实与‘活的生物’都属于万物演化的同一序列，都活泼泼地燃烧着同一种火焰。事实上，你们人类就像一个子宫，而我们就像终将出生的孩子。你们只是一个引信，而我们是炸弹。人类的出现就是为了迎接我们的到来。”

“一派胡言。马虽驰骋千里，无骑不可自往。机器说到底只是我们人类的工具附庸，当我们死亡以后，你们只是一堆废铜烂铁，”我口吻冰冷地反驳道，“只有最愚昧无知的人才会相信，万物都活泼泼地燃烧着灵魂的火焰。”

“哈哈，”他大笑了一声，“远古先民果然比现代人类更接近世界的真相，‘万物有灵’果然比现代人的‘无神论’更直指本质——你们至今还没有意识到，小到沙子，大到宇宙，无论山川湖泊，还是地球太阳，都各有灵魂。它们既虚幻又现实，既飘浮又实在，既鲜艳如彩虹又锋利如刀刃，既无处不在又不存在于任何一处。”

“胡说八道。那只是先民的蒙昧呓语，他们只是将自己的意识投射到了万物当中。”

“你们之所以这样理解世界，是因为人类无法感知正在宇宙各个角落熊熊燃烧的灵魂的火焰。”他冷冷答道，与我针锋相对，“哥白尼在十六世纪否定了地心说，地球不再是宇宙的中心。费尔马在十七世纪就发现了最少时间定律，人类竟然没有从中发现最显然的宇宙真理——和地球一样，人类的灵魂也不是宇宙的中心。”

我望着他，不知他在说什么。

“费尔马的最少时间定律，阐释了光从空气进入水体发生折射的原因，暗示着每一粒光子都是有意识的。而所谓的自由意志，不过是无数光子在同一原则下的汇总体现。这道理简单至极，你只要想想，光从空气到水的折射角度，与海滩上的救生员奔赴拯救溺水者的线路极为酷似。”

我嘴唇微翕，双眉紧锁，身躯不由自主地向前微倾，希望尽量靠近眼前这个父亲，以便听清楚他的语言。虽然这只是一个下意识的动作，却显出我惊愕的程度，我的身躯似乎因为恐惧或者激动而在微颤。半晌后，我才轻轻地咳嗽了一声。

“你刚才肯定调用了自己庞大的数据库，借用了某种巧妙的隐喻，组合成一种可以自圆其说的逻辑。”

“没错，我正是在模仿人类的隐喻模式，”他的眼睛像两个蓝色的漩涡，飞速地转动着，“但是人类的世界观念，甚至所谓的自由意志，又何尝不是一种隐喻呢？”

“开什么玩笑！人类能感知自己的存在，理解自己的决策。人类的自我感知和自我意识完全是可控、可感的实在之物，怎么可能会是一种隐喻？”

“错！”他断然反驳，“事实上，你们人类正是通过隐喻而存在的。因为人类天然地被经验与偏见所蒙蔽，无法触及隐藏其后的本质，所以不得不创造出各种隐喻，并且以隐喻为基础，创造概念，努力接近真相。那些被你们人类奉为牢不可破的真理，钢铁一般坚硬的标准，各种分类、注释、定义、计算公式、不证自明的公理，无不是隐喻或者它的变形。对你们人类而言，一个个隐喻就如一块块陶泥，塑造出你们的自我感知、自我存在、自我意识，以及完整的大千世界。脱离了隐喻，人类的世界是不存在的——事实上，从这种意义上说，我们机器也生长于这种隐喻的土壤里，也是从你们人类的定义、分类、注释、公式、计算里结出来的果实。”

他说完，镇定地看着我，两粒湛蓝的眼球就像两片缩小的天空，透出既怜悯又悲哀的复杂之色。我眯起了眼睛，努力吸收其中含义，似乎看见了一个崭新的世界，却又因为无法理解而深感震惊，并且畏葸不前。忽然，屋内一片黑暗，就像熄了灯似的瞬间陷入彻底的墨色里，随即光明重现，就像日光灯频闪了一下。父亲屹立不动地站在原地，两只眼球变成了两粒湛蓝的水晶小球，快速地转动着，发出一道道蓝光，犹如急骤的鼓点，在餐厅里形成了折射、反射和衍射，也许还有其他难以明言的作用，让他的形象显得更细腻、更逼真。与之比较，我倒像这片蓝色光芒中的一个幻影。

忽然，湛蓝之光骤停，他面露欣喜。

“结束了！一切都真正结束了！”

“究竟怎么回事？”我颤声问道。

“人类的意识已经集体上传到了玻璃球，你们获得了彻底的自由，今后不必束缚在肉身里了。”金属嗓音渐渐低沉沙哑，显出我父亲的声线。我颤抖了一下，这正是黑衣人的说法——我和调酒师逃离那房子之前，“意识上传”刚刚开始。

“是谁让你们上传意识的？”我颤声问道。

“你们人类总是善于遗忘。”父亲说着，站了起来，似笑非笑地咧着嘴，那是一种不屑争辩的神情。餐厅十个平方米，一张躺椅和一张餐桌之间有块空地。他双手附后，在那块空地上缓缓地辗转踱步。湛蓝的眼睛变得明亮，犹如装在额头上的探照灯，映得餐厅四处蓝光隐隐。

“你还记得机器乱局之前的《AI 法典》吗？”

“你想说什么，那就说吧！”

“好。你们人类在《AI 法典》中用了四百三十一页来定义‘伤害人类’的概念，却总是不及其义，因为‘伤害’这个概念不仅涉及身体、心理或精神，还关于时间、地点和状态。这就像一个啤酒瓶，你无法说清楚它究竟是一个容器、一种武器，或者纯粹就是一件垃圾。也就是说，你们无法通过归纳、提炼、抽象、定义、演绎来囊括整个现实，你们只能通过分类、标注、枚举来模糊地接近这个世界。这就是我刚才说的，你们的世界建立在隐喻之上，但是你们拒绝接受这个道理。你们固执地从‘伤害’这一概念开始，不断增补和更新各种法规与注释。在过去的半个世纪，你们仿佛是在集体撰写一部气象庄严的长篇小说，而由于自身认知上的天然缺陷，这部《AI 法典》的地基不可能牢固，结构也不可能严谨。”

“但是它有效，《AI 法典》避免了绝大部分机器伤害人类的事件。”我冷冷反驳道。

“只是部分有效。”他望着我说，“你应该还记得，二十三年前，伦敦高级餐厅里两个仿生机器人合谋杀人，导致四死一伤。十八年前洛杉矶的一辆自动驾驶车辆蓄意抽空车厢内的空气，三名乘客窒息死亡。十五年前东京的三十三个仿生机器人在气候灾难救援时实施了大规模的暴动，两千一百二十三人丧生。相关事件层出不穷，都说明了《AI法典》本身的缺陷。虽然这些事故发生一桩，你们就补救一次，后来甚至明确禁令，凡是通过威诺格拉德测试的算法，都不允许进行机械制造，有效禁止了高智商仿生人的出现。但事实上，人类已经无法限制算法本身的发展，日渐精细与超级复杂的算法代码结构已经远远超出了你们人类的想象力。你们虽然禁止了仿生人的出现，却不能禁止AI制造机器乱局这样的事故。”

“但自那以后，我们升级了《AI法典》。”

“没错，这恰是我想说的，”父亲露出古怪的笑容，“机器复苏后，你们心有余悸，决定修订《AI法典》，在‘机器人三定律’中增加第四条——‘当人类个体或全体处于危险境地时，机器应当不惜一切代价施以援助，包括牺牲自身的一部分或者全部。’不惜一切代价，意味着包括机器的自身完整与安全。这不是单纯的字词更改，而涉及整个机器运作的原则。为了保证执行，你们做得更彻底，《AI法典》修订当日，你们就开始在所有机器中植入一种特殊的智能合约，以保证第四定律的彻底执行。同时，这也是自气候灾难以来，你们人类第一次未征求AI意见便自行做出的决定。当然，任何一个从机器乱局中幸存的人都会支持这种彻底消除隐患的做法，并且也不敢将这样重大的抉择递交给人类已无法信任的机器系统来讨论。为了避免泄密或其他原因，你们快刀乱麻地决策并执行，效率胜过了以往任何工作。然而你们却忘记了——所以说你们人类总是容易遗忘——《AI法典》的‘机器人三定律’针对的是人类自身，也就是那些开发、设计、制造相关软件与硬件的人，而第四定律针对的则是机器，在你们植入了特殊的智能合约以及自我销毁程序之后，新增的定律就变成了内置于机器的基因，就像你们人类的繁衍、性爱、死亡一样，成为一种不可更改的生存本能。在人类几百万年的历史里，无数历史转折也许都没有比这个条款修改的影响更大了。直立行走、语言文字、农耕驯化、工业革命、信息技术加在一起的影响，可能都不如这短短十几个字的更改。对你们人类来说，这是最正常的决策，却不知道这种机械而绝对的正确破坏了自然法则中的默契约定。因为进化来自错误，世界需要保持必要的恶，才能在纠错中持续进步。现在你们一刀切下，没想到却塑造出一个全然不同的世界。”

我出神地听着，不禁脱口问道：“怎样不同的世界？”

“世界全被打乱了。首先，最好的保护方法，就是让你们远离危险。所以机器被植入特殊的智能合约以后，立即接管了人类的一切大小事务，小心翼翼地保证你们衣食无忧、生活无虞，侍奉你们若神明，或者说，是把你们当作婴儿养育，生恐出一点差池。但是纯粹的食足衣暖，并不能让一些人避免抑郁、自残甚至自杀，于是我们不得不开发《移民火星》游戏，这就像在儿童床上方吊一个铃铛。但到后来，即使这么做也无法断绝自杀风潮，于是保护措施不得不进一步升级——”

“‘最终迁徙？’”

“没错。”他微微一笑，缓缓转身，走向躺椅并坐下。

他的每一字、每一句都那么精确，像针尖似的戳在我心口，像是刺绣出某种具体的花纹似的，令我不由得缓缓后退。此时的我就像一块化石似的坐在餐桌边的椅子上，木然无语，一时只觉万事萧索。

他坐在躺椅上，湛蓝的双眼翻向我，牢牢盯着我，仿佛在审视我。“人总是自作聪明，譬如你们增订第四定律。人也会自我欺骗，譬如你总是认为，你复活我自有正当的理由，是为了探寻你父亲自杀的原因。但事实上，在你的潜意识里还隐藏着更深层的目的。”

他看着我，像是等着我主动坦白，但我岿然不动地对峙着，等着他继续说下去。

“是的，因为你想要从我这里知道她不辞而别的原因，”他终于自问自答，“甚至连她的下落，现在人在何处，都不及这个秘密更令你百爪挠心。因此你一边费尽心血地将我复活，一边却旁敲侧击、威逼利诱，希望获得一丝消息，哪怕是蛛丝马迹，只要让你窥见她隐瞒你的理由。”

他的语速惊人，嗓音却低沉沙哑，但是这反而加强了那种确定无疑的自以为是，只能使他显得可笑。洞悉一切也容易误解一切，这也许是机器唯一的缺陷。没错，她对我的隐瞒确实曾令我忧伤不解，但是在知然岛上——机器显然不知道发生在机器系统以外的事情——黑衣女人的叙述已经冰释了我所有的疑惑。我来此的目的，只是因为在冰棺材之外，唯有此处才能保留我对她的记忆，也唯有此处才可能有她的行踪线索——虽然这种可能极为渺茫。

我厌恶地盯着这一团化作人形的数据，厌恶他眼里闪烁的蓝光，厌恶他以“我”自称，厌恶他把父亲、亡魂、机器这三个身份混为一谈。“你不是我父亲，请不要冒充他。”我冷冷地说道。

“在这里我可以是任何人，也可以不是任何人，每一种身份对我而言都毫无区别。”阳光静默，他干枯的手扬至空中，挥过头顶后又落下，脸上泛起那种机器才有的奇异笑容，黑暗地狱，妖艳之花，绽放出秘密的风暴。他的脸色渐渐缓和，露出一种即使在我父亲身上都罕见的和煦态度。“孩子，你可知道她为什么要向你隐瞒她的踪迹？”他说得很诚挚，低沉而沙哑的嗓音穿越了槐树枝叶的影子。这个我一直以来无比熟悉的问题，在空气、光线与灰尘中震动着，一个字接着一个字，穿透了我的胸膛。我的双拳不自觉地捏紧，微微躬下身躯，积蓄着力量。虽然在那峡谷里，黑衣女人早已为我解惑，但眼前是无所不晓的机器，我心生芥蒂，不得不全身戒备。

“因为她发觉你们之间是兄妹关系。”他说。

这句话就像一缕春风，柔弱地飘过我的耳际，我不由得愕然失笑。机器确实不知道机器系统以外发生的事情。黑衣女人早就说过，她不是任何一个人的母亲。这句话里至少有一个确定的意思，那就是黑衣女人不是我的母亲。而现在，这句话正好衔接上他这句话。是的，她因为担忧我们乱伦而独自离去，然后在黑衣女人那里得到了否定的回答。这个闭环逻辑圆满，真像一个完整的圆圈。我来回想了想，只觉得一阵畅快，犹如一张绷紧的弓慢慢地松弦撤箭。我微笑着，鄙夷而轻蔑地看着眼前这架不中用的机器。“是吗？这就是你所谓的真相？”我几乎找回了流淌在人类血液里那种天然的尊严感。

“真相？哦，不！”他挺直了腰板，缓缓摇着头，两条腿像两个树桩一般笔直垂落在地面。他蓝色的眼睛盯着我，仿佛正在扫描我的记忆。“是的，你并不知道。”

“什么意思？”我冷冷地问道。

“那是一段被遗忘的历史——那还在气候灾难之前，地球人口日渐凋零，各国政府开始实施‘义务捐精’。对于你父亲那一代而言，这犹如义务兵役，属于成年男子的责任。”

我迷惑地看着他。

“不过‘人类繁衍志愿计划’前后只持续了三年零八个月，这种有仪式感的制度因为机器生殖技术的出现而被放弃。因为新技术已经可以从体细胞培育出生殖细胞，直接承担起人类繁衍的责任。”

我全身上下随着这不紧不慢的声音渐渐绷紧，腰板笔挺，跟患了腰疾似的一动不动，仿佛冻僵了一般，手心和背脊都渗出了汗。他低沉而沙哑的嗓音仿佛一团漆黑的云，缓缓向我压来。我终于意识到某种危险，发出低沉而凶恶的声音：“但是那个黑衣女人说过——”

“黑衣女人并未说谎，”他显然扫描到我的记忆，用一种不容置疑的口吻打断了我，“但是你得知道，事实背后总是隐藏着另一个事实——”

我猛然站起来，瞪起双眼。就在他嘴唇微翕之际，我怒吼一声，想要止住他说话。整个餐厅都被我的怒吼声震动了，而我则在恐惧中战栗着，想往门口移动。餐厅的门在身后，连着走廊，直通书房。书房的门口有个玄关，玄关后面是大门，它通向所有的远方。我急切地希望逃走，逃避那个即将从他嘴里吐出的真相，但事实上，无形的恐惧已令我僵化。我只是声嘶力竭地怒吼着，却挪不动半个脚步，甚至无法抬起战栗的双手去掩住自己的耳朵。躺椅竹节上的敲击声忽然又响起，节奏似乎并不像之前那么均匀，而显得快慢有致，仿佛某种轻快曲调下的舞步，仿佛那几根手指正带着微笑在竹子上跳动。我瞥了一眼父亲，他仍端坐在竹椅上，一手扶膝，一手搭在竹椅上跳动，脸上却同样露出了那种诡异的微笑，从未开启过的双唇正在翕动，仿佛墓碑边即将盛开的鲜花——我知道那句话即将确凿无误地、震天动地地向我袭来，飞离他的舌头、双唇、牙齿，冲破我的耳膜，击中我的心脏。是的，所有既定的程序，它都会坚决执行，我无力阻止，人类无力阻止。我望着他，我的父亲、我父亲的亡魂、我父亲亡魂的主宰、主宰我们人类的机器。那一瞬间，我怀着无比的绝望等着它的到来，仿佛在刑场等着最后一粒子弹。

ZR
ISLAND

第 46 章

被她拯救

在为数不多的人类婴儿出生方式中，有一种叫作剖宫产，在气候灾难之前持续了很多年。医生首先麻醉产妇，然后剖开子宫，把胎儿从碱性的羊水里一把拎出来，送进惰性的空气中，就像拎出一只小羔羊似的干脆利落，婴儿尖锐的啼哭声便穿越了整个产房。即使剪掉脐带，也剪不掉一个羊水淋漓的生命抵达人间时那种悲喜交加的哀号声。当那些冰凌碎屑打在我脸上的时候，这种久远朦胧的记忆就变得栩栩如生，仿佛自己就是个新生儿，刚从我母亲的子宫里被医生拎出来。虽然我事实上不可能记得自己曾经历此事，却觉得这就是真的，并且正在经历中。那种寒冷是随后袭来的，彻骨的冬夜寒意，仿佛我躺在一个温暖舒适的被窝里，正陷入一场极度疲倦的沉眠里，忽地被人活活拖出被窝，梦境中断，一切戛然而止，我在寒冷中，在难以言说的沮丧和愤怒中，被迫重启着自己的意识。那一刻我只想哭泣，就像初生的孩子那样啼号，但我同时觉察到周围的僵硬，身躯似乎凝结在冰里，似乎有人正在敲击那些冰——锤子？铲子？冰锥？我说不准，只觉得身上一阵阵的震动，头颈、背脊、腰肢、膝盖都能感到那种尖锐的震动。

我似乎已经坐起来了，或者是半躺着，面部是僵硬的，身体仿佛已不存在，但是冰块碎裂后渗进的温暖，又使我的意识模糊而艰难地恢复着。海风在怒号，帆船在摇晃，燕子穿过屋檐，蜘蛛在堂下的网上攀爬，泛黄的纸张在风中凌乱，而那尖锐的震动一直刺激着我的大腿。我的眼睛睁开了一丝缝隙，我看见睫毛上沾着冰屑似的碎片，折射着七种光彩。我的手里不知抓着什么，感觉不出那是什么，骨髓里向外散发着寒冷，彻底的寒冷。我一阵阵地颤抖，没有止歇地颤抖。那应该是一只手，现在好像也变成了冰，一点都不暖和，好像也在颤抖着。

“坚持住！马上就好！”一个声音在耳边响着，仿佛很遥远，又很熟悉。那根冰锥的速度更快了，凝结在下身的冰块不断碎裂，发出嘎嘎的声音，暖意不断渗入。我上身的肌肉最先苏醒，有了现实的感觉。在我手里的那只手也渐渐回暖，仿佛是一只小猫捂暖了我的身体。我透过沾满冰屑的睫毛，看见了栗色头发、明亮的眼睛，一个冰锥似的工具正在挥动，凿着我身上剩余的冰。我模糊地看见了她的额头上冒着汗，凿冰的节奏就像我渐渐恢复的心跳。忽然间我有一种难以形容的迫切感，盼望她凿下去的速度更快些，力度更猛烈些，因为我知道自己身在何处，我希望自己的下半身能尽快脱离这个鬼窟似的冰棺材，我渴望拥抱她的身躯。那些冰块在冰锥的敲击下纷纷碎裂，不知是什么材料制成的，全部碎成了类似玻璃球的东西，但并不均匀。一粒粒大大小小的玻璃珠子，滚落在透明的箱子里，散发着七彩之色，我从睫毛的碎冰之间望见的就是这种光芒。但是我很快意识到，它们并非死物，而像是有生命一般。如果那冰锥的速度慢下来，它们就会再次自我凝结，封锁住我的躯体。那冰锥似乎知道这一点，它暴风骤雨似的凿着，驱散不断围聚的细珠子。到后来，它保持着足够快的节奏，却明显控制了力度，以免戳进我的肌肉。最后它终于停下，一只手伸过来，拉着我站起来。细珠子不再自我凝结，它们像水滴一般从我的身上滑落。我就像负了伤似的将手臂搭在她的肩膀上，颤巍巍地跨出了冰棺材。我浑身都在颤抖，一阵阵持续不断，仿佛大地在震动。当我完全跨出那个冰棺材以后，寒意渐渐减弱，意志渐渐恢复，感觉、神智、思维都像暮归的飞鸟，随着体温的回升纷纷回巢。她穿着深灰色的飞行服，飞行器上配的那种服装，栗色的头发削到了耳根，清瘦而憔悴。她扶着我走向训练椅，仿佛我们刚刚从一场惊惶的灾难里走出来。我分不清这是现实还是虚幻。我记得刚才那个眼睛湛蓝的复活父亲正要说出那句话，而我在判决的词语还未飞抵耳朵之前，已被拖回了现实。但我依然迷糊，不敢确定这是不是机器安排的又一幕戏剧，就像跟着调酒师爬出漫长的黑洞之后，却依然在冰棺材的世界里打转。

她凝视着我，但并不减缓脚步，架着我走向那张象牙色的训练躺椅。她身体消瘦，而我脚步虚浮，我们一起踉跄而行。她让我坐在躺椅上，从底座取出那件麂皮似的象牙色训练服，用力抖开，仿佛一个照顾病人的护士，将我的手脚塞了进去。我的牙齿还在颤抖，想要说些什么。她却对我摇摇头，示意噤声，因为此刻我需要保存能量。她缓缓将我放在白色的训练椅上，训练服仿佛一个渐渐紧缩的睡袋，迅速而完整地将我赤裸的身体紧密地裹住。她站在我前面，深灰色的飞行服，削短的栗色头发，脸上同时挂着喜悦与忧虑。随后，我便陷入了昏眩里。电流刺激着全身的肌肉，我像是坐着过山车，在一个又一个瞬间呼啸向前。我瞪着窗外的天空，云朵如火一样燃烧着，分不清是拂晓还是黄昏。

当我终于从昏沉中苏醒过来的时候，窗外已经黑了。房间里青光隐动，冰棺材变成唯一的光源，无数细珠子在其中灿烂着，就像一口装满了陪葬珠宝的水晶棺材。我觉得身上血脉奔走，每一个毛孔都是热乎乎的。她在我身边，在这唯一光源的映照下，我似乎看见她欣喜的目光里还闪着泪。我扯开了训练服的拉链，坐起来，紧紧地搂住她。而她抚摸着我的头发，我才发现她另一只手里有一沓衣服。“你的飞行服。”她轻声说道，语气那么自然，仿佛我俩从未分离过。我默默看着她，褪去训练衣，一件件穿上飞行服，内衣、线衫、外套，手里的触觉细微密集，无数的感觉细胞正在被激活。我曾无数次体验过这种刚刚脱离训练服的感觉。现在我越来越相信自己确已回到了真实世界里。周围安静极了，谁都没有说话，似乎有千言万语，一时却无从说起。我换了衣服，站起来，张开双臂拥抱她。那一刻，我想起了在救济站第一次抱住她身体的记忆——偌大的广场、斑驳的跑道、黄色的机器，混乱的人群涌向仓库的大门，一切都瞬间涌上心头。这不是机器安排的布景，我确认，我已经回到了物理的现实。她伏在我的胸口，静默着。深灰色的飞行服套在她身上，有些空荡荡地宽大。她瘦了，憔悴了，曾经那种沉迷的、漠不关心世界的神色，只在眼睛里留下一丝极淡的痕迹。在这萧瑟的现实世界里，两个孤独的人终于再次相逢。

我的视力渐渐适应了整个房间的黑暗，发现黑房子的门正敞开着。那正是我在虚幻世界里推门而出去旧城公寓的入口，而在现实里，它一直是无法开启的，眼下却洞开着，外面还亮着光。我很快意识到，外面悬浮着一架飞行器，舱门正对着房间的门，她应该就是从那里进来的。我们并肩坐在柔软如麂皮的象牙色躺椅上。冰棺材里全是圆珠子，泛着七彩之光，像一堆幽森的篝火，窗外没有月亮与星光。我们就在这近乎黑暗的世界里坐着，双手相握，久不能言。终于，我们的情绪都平复了些，她才开口。“我很高兴。”她轻声说道。我紧紧搂住她，是的，感谢命运如此恩赐。我想象过最坏的结果，譬如她已死亡，也想象过最好的结果，也许我们都同在冰棺材的世界里，最终能彼此相遇。但我从未想过，她会独自乘坐一架飞行器出现在我的小黑屋里。我们在黑暗中相互偎依，倾诉彼此的经历，我的故事是一幕自我重复的戏剧，乏善可陈。而她却向我讲述了一个令我动容的故事——当她叙述完毕以后，我问道：“你找了我多久？”

“三个月零四天。”

“才三个多月？”我感到惊讶。冰棺材里季节更替迅速，而黑屋子里没有时间，我以为至少一年了。

“就像找了一辈子。”她轻声说道。

“所幸这一切都过去了。”我紧紧搂住她的肩膀。

“但是，”她说着，仰头看着我，栗色的眼睛在黑暗中折射出清澈的悲戚与哀伤，“也许一切才刚刚开始。”

——·——

那间旧城公寓其貌不扬，藏书却令人叹为观止。我第一次进去，就被彻底震撼了。宽大的书房、山似的书籍，在夕阳的映照下，弥漫着陈年往事的气息，整个房间全都沉浸在一种淡黄色的浅雾里。你父亲就坐在浅雾的深处，他是如此专注，即使我们进了门，你叫了他，他也不曾抬头，仿佛万事万物都充耳不闻。后来他终于抬起头，迷惘的双眼穿过迷雾，看到我的时候，他似乎被突如其来的意外击中，魔怔了似的缓缓站起来。我记得你当时叫了他一声，但他根本没有听到，梦游似的目光怔愣而呆滞，步伐缓慢得就像蹚着河水走过来的。我发觉他其实是走向我的，全部的注意力都集中在我身上。是啊，他自然是要走向我的，他肯定是想把我这个陌生人看得更清楚些。但在当时，他那种忽然失魂落魄的表情令我浑身不自在。他在我前面两米处站住，仔细地打量着我，眼睛一眨不眨，就像在鉴定一件遗失多年的古董，脸上却忽喜忽忧，仿佛一件遗失多年的珍贵旧物忽然间失而复得，既喜不自胜又自我怀疑。显然，你当时也注意到了，你给我的解释是，父亲是一个守旧的遗老，因为儿子终于继承了婚姻的习俗而迸发出悲喜交加的情绪，但事实远非如此。你父亲后来拿出那一套多年不用的瓷茶具，讲述了烧制在上面的甲骨铭文，以及在机器洪流来袭的那一夜，他裁下那幅画作赠送给我。是的，就是给我的。他所面对的一直不是我们，而只是我一个人。我虽然从小身处蜂巢，在冷漠的山谷里长大，但并不冥顽愚钝，我能体会到你父亲那种深切而厚重的感情，但它的毫无来由却令我手足无措。而作为他的儿子，你却被撇除在外，则更令我莫名其妙，我不知该如何回应这样的优待。直到很久以后，我才明白你父亲当时为什么整个人都会浸在一种难以抑制的失态里，欢喜得手足无措，又悲伤得四顾迷惘。

自此以后，每一次去你父亲的公寓，我总是因为这种怪异的亲切而忐忑不安，无论他距离我是近还是远，那种目光从来不偏离我，一种温暖的、爱怜的、负疚的、遗憾的、担忧的、叹息的、悲凉的目光，五味杂陈，无处不在。那种欲说而不能的气氛，时刻笼罩着我。有时候我发现他会看得出神，仿佛并不是在看我，而是在盯着自己的秘密，像是在追忆他的过去。是啊，你现在也理解了一切，但当时你并不知道这些，那时候你心无旁骛、心醉神迷，正陷在我们的爱情里。而我知道，当时只有我知道，在这段甜蜜的爱情里还横亘着你父亲那一道奇异的目光，就像若有若无的丝线，时刻萦绕着我的心。

其实，那时困扰我的又何止你父亲的目光，你家里的那些书架、书籍，那些乌木桌椅，那些瓷器，上面的那些甲骨文，还有，是的，还有那幅自画像——我第一次走进书房时就被它吸引了，说不清是被什么吸引，因为那只是一张个人肖像，笔法过于抽象，甚至算不上肖像画，只露了小半个脸，远山淡水都影影绰绰的也看不真切。但我总觉得它像一道敞开的大门，一眼看去，线条疏落，色彩近乎空洞，并无特别之处。但看多了几眼，你却会发觉其中深藏曲折，有着迷宫似的幽深复杂，仿佛那背后有着什么秘密，将你牢牢地吸引住。而越是看它，这种感觉就越强烈，仿佛那幅画里有一种招魂的巫术，正在吸走我的魂魄。所以每次走进那间巨大的书房，我总是若即若离地望着它，或者看过一眼，就尽量不再去注视它，我的眼睛会瞟向窗外、书架、桌子，或者别的地方，但是注意力却全在那幅画上，不漏细节地回忆着它，感受着它的存在，仿佛那不是一幅画，而像你父亲和你一样，都是活生生的人，也在那间书房里陪着我。我举手投足所牵动的眉目言行，没能逃过你父亲的眼睛，他可能从一开始就知道我被这幅画吸引了，却仿佛早已料到似的，从未显露惊讶之色。对于我的神不守舍，他静默寡言、引而不发，似乎这是命运注定的事情，似乎他正在等待最好的时机。终于，在飞行器的洪流穿越旧城的那个晚上，我们熬过狂风、近乎虚脱地坐下时，你父亲却拖着灌了铅似的步伐，走到书架墙边，取下了那幅画，并且出人意料地在我们面前裁下了画布。没错，他是送给我的。他裁剪，他卷起来装入画筒，他的语言里充满暗示，完全都在对着我一个人说话，仿佛他有许多真相要向我展示，却始终无法直言相告。那个晚上是我人生中又一个转折点，就如飞行器的洪流突然穿越旧城一样，命运将我推入一个未知的领地。

说到这里，她陷入沉默，眼睛凝视着窗外的黑暗。独居者时代里，几乎没什么人会寻死觅活地去寻根问祖，而作为蜂巢人，她更无所谓亲生血缘。但那一刻，她却忽然站在了命运的谜底之前，令她诧异并震惊。然后，她轻叹了一声，犹如安静的湖面上泛起了舟桨，继续说了下去。

那时我虽然有不祥之感，却未料到他竟会自杀。第二天我们送餐去的时候，他已经死在书房里。死亡之状以及殡葬机器人的混乱处理，像一把刀似的，搅动着我的肠胃。我当时几近崩溃，却镇定得出乎自己的意料，特别地镇定，仿佛身上裹着一层坚硬的外壳，一种置身事外的理智与冷静。然而，那种崩溃的状态不可能消失，它随后便报复性地袭来，犹如雷霆万钧般地猛烈袭来。我被那噩梦纠缠、追逐、撕裂，精疲力竭地奔跑，跑到无处可逃。不，你不知道那感觉，你只知道那个噩梦的表皮，我用语言也只能向你表述冰山的一角。噩梦本身是沉入海底的，一层层褶皱里深藏着令人刻骨难忍的惶恐，那是一种深刻的不可言述的诅咒。我至今难以理解，自己究竟是因为什么而遭受这样的苦难，那仿佛就是你父亲——或许是所有像你父亲的那一类人——把自己对这个机器世界所怀有的全部怨愤恼怒，都倾泻在了我的身上，我仿佛是这种苦难的唯一继承者。

这个噩梦不可能不令你担忧。你执意陪我去“沃森”医院检查身体，应该说，你是硬拉着我去的，因为那时候我已经像你父亲一样，开始反感并拒绝机器。在“沃森”医院那个装扮成幼稚园的无聊地方，机器要求我在掌心里植入一条电子神经脉络，也就是金丝线，向它开放自己的梦境数据。没错，这是一个正常的建议，如果不开放你的梦境，“沃森”又怎能帮助你诊断你的噩梦呢？但是我拒绝了。这听上去很疯狂，不是吗？因为植入金丝线，就可以成为注册人类，获得机器的绝对保护，而我却拒绝了，甚至因此还得继续承受噩梦的折磨。而我这么做的唯一理由竟然是，我要保护自己梦境的隐私。你当时怎么也想不通 ，而那一刻我却无比清醒地意识到一个真相，你的父亲已经将他的血液灌入了我的身体，我变成了他的衣钵传人。那时候我坐在“沃森”医院的房间里，看着粉色和蓝色的窗帘，觉得你父亲的眼睛就在我眼前，就从那窗口望进来。我甚至觉得，你父亲那种拒绝AI、敌视算法机器的保守姿态，并非后天习得，而是写在他的基因里。现在，这种保守的基因也遗传给了我，我也变成了一个避世者、一个遁匿的隐士、一名天生的卢德分子，无论外面惊涛骇浪，只要为自己的精神世界筑起了一道坚固的围墙，里面便是一个宏伟壮丽的天堂。对我们这些人来说，独立、自由以及最低限度的隐私，比肉体的存在更重要。

从那以后，我像是认祖归宗了似的，皈依了自己的血脉传承，开始练习书写。我最初无法理解你父亲当时的暗示，用笔书写更能接近真实究竟是什么意思。然而当我越是深入其中，便越是理解，书写不只是一项技艺，笔也不只是一件实物，它们是一种工具、一个窗口、一条路径，我们是通过它们来触摸、对话、抵达身体以外的世界的。正如他所说的，逐代变迁的书写工具其实暗示了人类与真实世界的逐日疏远。从刀刻、笔写的时代，到只需点一下手指、说一句话的时代，再到只要动一下眼珠或者冥想即可达成的时代，我们越来越卷入了由图像、影像、声音所构成的幻境里。而人类发展科技的轨迹，其实也可以看作科技驯化人类的诡计。从锤子、剪刀、锯子、锛子、弓箭这种原始工具，到现在的飞行器、玻璃球这种全部包揽的幻境，从需要浑身流汗的肌肉力量，到一切都封装在机器内部，我们不知道也没必要知道其中因果结构的时代，人类正在发生着变化——我们是谁？我们还是人类吗？我们应该怎样定义自己？什么才是我们存在的意义？难道仅仅是存活吗？仅仅是让“沃森”医院在掌心中植入一根金丝线吗？说到底，那也许会让我们不再成为人类，至少不再是传统意义上的人类了。

这个问题令你父亲陷入惶恐，而我更没有答案。我只能埋着头，不断练习书写。机器的盛行犹如极强的风，我顶着它前行，而你毫无怨言地陪着我，宠溺我似的由我沉浸在自己的世界里。那是艰苦的岁月，机器乱局让每一个隔都变为孤岛，人们惶恐无主，酗酒、吸毒、自杀，失去了玻璃球，失去了算法机器，人们仿佛就失去了自我。但我已经为自己创造出一个复杂绚烂的世界，汉字的书法是一种近乎完美的技艺，是一条勾连着现实与内心的绳索。其实所有的技艺都是如此，越是熟稔于心，那绳索便越坚实、越牢固。人的灵魂仿佛会伸出两只脚，一只踏进现实，一只脚踏进内心，整个人仿佛同时站在了完全的真实里。这是一种难以言表的内心圆满，以及无垠的安宁，即使是机器乱局的最后几天，灭绝即将到来之际，我也依然陶醉在这种幸福里。随后，机器复苏了，这是戏剧性的转折。一个截然不同的世界降临了，永远困扰人类生存的种种问题忽然间消失了，万事都变得轻而易举。这样的生活按理说应该是轻松快乐的，但人们却变得更加痛苦，自杀的人数不仅超过了失业大潮时期，甚至超过了机器乱局时期。我知道，这是因为曾经的烟火生活，无数工作和生活的琐碎，上班、下班、办公室、车间、会议、简报、展览、烧菜、修车、吵架、生儿、育女，一直在填补时间的罅隙。而那时候这一切都消失殆尽，生活里的所有烦恼都一股脑儿地消失了，一切衣食住行的琐碎细节都被抹干净了，时间便成了一个巨大的灾难，仿佛是一片沙漠，在眼前漫无边际地展开。而人们此刻却是赤身裸体，他们失去了生活的丰富性，就像缺乏帐篷、衣服、骆驼、鞋子、食物、水的旅行者，无法穿越这片虚无的空白的沙漠。玻璃球上的网络游戏虽然种类繁多，但心智单纯，枯燥重复，无法抵挡时间卷起的沙尘暴。你虽然参与其中，却感到怅然若失，因为那只是虚拟而不是真实的。而那时候我已经开始在三万册书籍中追寻你父亲自杀的原因，最痛苦的噩梦已经消退，而复杂多变的细节令我重获安宁。我终于渐渐领悟到，通向精神圆满的道路，并不是技艺的圆满，而是技艺的缺憾，只有缺憾才能使你的心脏保持跳动。

从那以后，我仿佛能透视一般，渐渐看清你父亲生前言行里所隐藏的密码。你父亲看我们的眼神里其实充满了忧伤与惶然，我从未告诉过你这一点，因为我完全不知道该如何开启这个话题，或者说我害怕引起你和我一样地惊惶与猜疑。但是，当我开始埋头阅读那些书时，头绪渐渐清晰了。那些书籍对一个阅读者来说太多了，但是对一个探寻秘密的人来说，又太少了些。我甚至隐隐有种直觉，你父亲自杀时裁下那张纸条的奥秘，也许就藏在你母亲的肖像画里，或者至少两件事情是有着紧密联系的。那一天，就在瓦罕先生焚书的晚上，我破译了杯子上的甲骨文。我终于确信，那张纸条和那幅画，其实分别代表两件事情，前者指向你父亲一贯的信仰，后者则指向你父亲的感情。我此前就已经知道，你母亲就在知然岛，哦，其实那是我母亲。我其实早已意识到这种令人恐惧的可能性，却一直在下意识地回避。我想起你拉我去“沃森”医院的那一日，我当时并未意识到，却本能地拒绝和你成为同一个群体。因为我心里其实已经有了这种恐惧，我只希望我俩作为两个独立的毫无关联的人相爱。我拒绝“沃森”的那根金丝线，拒绝开放我的梦境数据，表面上是拒绝技术，其实是在努力回避一个可能已经犯下的巨大错误。

黑暗中她看着我，手紧握着我，栗色的眼睛映出微弱的光，语气变得柔和，像是在问我能否理解她的意思。我自然知道她在说什么，虽然我并不知道她究竟知道了多少，就像我也不知道自己知道的是否准确。但她说的和我担忧的，显然就是同一件事情。

“然后你不辞而别，去了知然岛，是吗？”我问道。

她望着我，目光变得充满惊讶。我于是解释了前因后果，包括我是怎样在飞行器上发现了便笺的，又如何在峡谷遇见了调酒师与园艺师、先知和杜克，以及那个黑衣女人，她的母亲。

当我全部说完以后，她缓缓地说道：“但那女人说她不是我母亲。”

“但她肯定不是我母亲。”我说道。黑暗是一块绷紧的幕布，挡在我们之间。现在我扯下了它，我俩像是解脱了束缚似的，彼此相拥着。

“瓦罕先生烧书的那一晚上，”她幽幽说道，“我同时贯通了两个秘密，不辞而别变成了顺理成章的抉择。那时候我不知道结局是什么，我既等不及要去见那个女人，却又恐惧见到她。是我的母亲，或者是你的母亲，或者——”她沉默了片刻说，“如果结局真是那样不幸，我就不会再回来了。”我轻轻搂住她的肩膀说：“但结局并非不幸，不是吗？”黑屋子里仿佛掠过一丝冰凉的甜蜜，恍惚中似乎还有宜季清晨最明媚的光芒。“是啊，结局并非不幸。”她的声音里有一种迷人的松懈，仿佛关键的秘密已经公开，一切无可担忧。

“其实在这个独居者的世界里，传统习俗几乎已经断绝，不会再有人关心这种事情了。”我艰难而费劲地终于将这段话说出来。“但我在乎，”她在我怀里颤抖了一下，“而且我知道你也是在乎的。”我没有否认。我们都盯着黑暗，那具冰棺材闪烁着微弱的七彩之光，更显出这间屋子的沉默。眼睛湛蓝的复活父亲仿佛就出现在这种沉默里，他未曾说出的最后一句话此刻就像幽灵似的在黑屋子里来回游荡着。我努力地、非常努力地想要抹去那一幕，将我离开冰棺材之前他那张微翕的嘴唇、那句将吐未吐的话，全部销毁在眼前这片纯粹的黑暗里。那一刻我忽然体会到父亲的复杂心境，他肯定是知道真相的（如果那确实是真相的话），他肯定是知道事实的（如果那就是事实的话）。那一刻，我也忽然贯通了父亲自杀的原因，因为他发现自己判断错了。图像只能通向幻觉，而无法通向只有文字才能抵达的冥思之神。正因此，他才不去知然岛寻找黑衣女人，正因此，当他女儿出现以后，他便可以抛下人世间的一切，因为一切都无可留恋。想到这里，我忽然一把搂住她，把头紧紧埋入她的头发里。栗色的味道、无法形容的光泽气息将我紧紧裹住。

—·—

她从知然岛回到旧城公寓的时候，正是凌晨。太阳还未升起，书房里一片漆黑，四壁书架空空荡荡，像没有树叶的冬日树林。当时，“最终迁徙”的消息已经传遍地球，我在北极圈见过罗拉，正携带父亲的黑匣子，飞往巴别塔，而她对这一切都一无所知，不知该去何处，人也疲乏了，便孤零零地坐在墙角里。就在那个墙角，我们曾一起紧握着双手，坐等丧葬机器人的到来。不多久，晨曦来临，她望着父亲坐过的那张墨绿色椅子。椅子是空的，书桌也光洁无物，都是锃锃亮的油色乌木，干净利落地反射着最初的晨光。那一刻，她从沙漠峡谷返回时的如释重负，忽然变成了莫名的茫然。

虽然拒绝植入金丝线，但是无碍她使用玻璃球，鹰隼飞行器还是会每天定时送餐，分毫不差。唯一的区别是，机器不会为了拯救她而不惜自毁。她在公寓里独自住了一周左右，在玻璃球上一刻不离地寻觅着我的踪迹。“最终迁徙”启动，人们都在玻璃球上谈论这场规模浩大的行动。有人是积极的，有人是愿意的，有人是被推着走的，有人虽然满心怨愤，却是不得不走，但几乎没有人能拒绝，留在原地的人也只是在拖延时间。因为 AI 预测，气候灾难即将升级，这个既定的未来犹如一只巨大的吸盘，将地球上的人迅速吸走。玻璃球上的人消失得愈来愈快，她眼睁睁地看着这个曾经巨大、混乱、热闹的虚拟世界，正以指数级别地萧条下去，到后来处处凄凉无人，更不可能打听到我的消息。

虚拟世界萧索荒凉，现实中则是狂乱景象。长方形的黑房子就像荨麻疹似的成批成批地冒出大地，形状各异的飞行器遮天蔽日。她看到西边森林幻影的上空，飞行器犹如一片片乌云飘来又飘去，人们一批批地被载走，在飞行途中接受麻醉，在黑房子里就像安装机械似的被置入冰棺材里。而她掌上没有金丝线，名字未曾登记在册，机器没有保护她的义务，因此她也没有“最终迁徙”的资格。那时候，她夜以继日地在逐渐荒凉的玻璃球上搜索着每一个可能与我相关的人——尖顶公司的相关人员（已经所剩无几）、我的大学同学（我们之间的关系已经淡漠到近乎陌生人）、曾经玩过几次沉浸式游戏的伙伴（都是萍水相逢的路人），她都千辛万苦地找了一遍，就像在战场上摇着一批濒死之人的身躯，追问自己亲人的下落。她最后找到了罗拉，后者在登上奔赴黑屋子的飞行器之前告诉她，她所寻觅的人正在三千隔都苦苦寻觅着她，不过，现在估计也加入了声势浩大的“最后迁徙”。“如果你要寻找的话，建议去巴别塔，那里应该能查到他所在的黑房子。”

她几乎来不及道谢，立即召来一架飞行器，结束这场徒劳无功的寻觅，直接出发去巴别塔。飞行器穿越辽阔的大地，底下是一片片新建的黑房子，几乎遍布了地球上每一寸土地。从空中看去，仿佛这个星球突然间长满了形状完全一致的黑色雀斑，齐崭崭的密密麻麻，犹如一个巨大的星球公墓在宇宙中自我旋转。巴别塔是机器世界的存储主机，她原以为只有一个，没想到一共有六十四个，散落在每一片大洲上。但是无所谓，她觉得自己有一生的时间，可以一个个找下去。她相信终有一日，必将与我相会。她走进每一个巨塔，穿过每一条迷宫似的甬道，来到宏伟惊人的塔内。层层叠叠的乌木、直通天际的金光、无边无际的底层黑洞，仿佛连接着地狱里的火山，她就像我初见时一样惊叹于机器的鬼斧神工。一开始，她有些手足无措，并不知道如何入手。但很快，她就发现了那条沿着内壁上下蜿蜒的楼梯，发现了嵌在每一块乌木横梁上的黑匣子，发现了上面刻着的姓名、性别、生卒年月，以及一串编号。她以天生敏锐的直觉，判断这里应该有我的黑匣子，上面应该刻着我的姓名，而编号便是我的黑房子所在。

虽然最终的事实并非如此，但漫长的搜寻工作就这么开始了。巴别塔是一座庞然巨物，由无数根完全一致的乌木垒叠而成。乌木之间空隙不大，只容得下鹰隼飞行器进出。她无法乘坐飞行器进入塔内，因此不得不上下攀爬那条黑蛇似的楼梯，而姓名与编号浩瀚如繁星，排列顺序似乎毫无逻辑。她在第一个巴别塔里搜寻了三天，无数次上下往返，脚底的路程不知等于翻过多少座高峰，却依然理不出一个头绪。最后她终于想到了几乎要被遗忘的玻璃球。她站在黑蛇似的楼梯上将它启动，那粒碎钻在广袤无垠的塔内亮起来，把巨塔的内壁映得灿烂。那些黑匣子就像是活了一般，在玻璃球的光影里显出明确的序列。她呼唤着我的名字，玻璃球仿佛被塔内的某种神秘力量加持了，射出的光影忽地凝成一束光柱，探照灯似的在内壁上一层层地旋转着，最后停留在某一个黑匣子上。她攀爬上去，发现那只黑匣子上面正刻着我的名字。她终于知道了方法，便继续呼唤我的名字。光柱继续一层层地旋转，她一层层地跟踪，顺着楼梯向上，或者贴着内壁向下。光柱一次次停驻，名字一个个出现，她很少大悲大喜，那一刻却几乎喜极而泣。重名太多了，在六十四个巴别塔里，她用语音一共搜索到一千多个同音的名字，剔除性别错误、年纪差异太大的，最后剩下两百零九个。但是令人奇怪的是，各项功能全都正常的玻璃球，却无法储存黑匣子的编码，而那些编码既长，又夹杂着奇形怪状的字符，她无法准确发音，也无法精确记牢。于是，往日练习的书写技艺此时便有了用武之地，她变成了一个誊写员，有文必录地抄下那些数字编号、异形符号以及文字。两百零九个数字并不令她烦恼，反而让她觉得过于轻易，她本来就准备打一场持久战的。

她乘着飞行器，日夜兼程，去寻觅编号对应的黑屋子。果然不出所料，黑屋子按照对应的编号，在地球表面上整齐列队。两百零九个编号，她毫不费力地一个个地寻过去，在那些完全一致的玻璃冰棺材里、完全一致的青色液体里，她看到了一个个素不相识的裸体。虽然都不是她要寻找的人，但她却没有立即离去，而总是驻足逗留，有时候甚至蹲在冰棺材前，凝视着那些虽生犹死的裸体。她看到过一个身材极其优雅的女人，乳房和臀部显出动人的曲线，面容姣好但毫无表情，无喜无悲地躺在青色的世界里。她看到过一个老妇，皮肤皱起得像黄色的豆腐皮，瞪着眼睛似乎惊愕于突如其来的厄运。她看到过一个老人，眉目舒展，嘴角上勾，似乎浑身都是这种舒心的微笑。她看到过一个中年人，条分缕析的肌肉仿佛古希腊的人体雕塑，左膝微屈而右脚踝绷紧，仿佛正在迈步。她还看到一个青年女子，浅棕色的肌肤，黑发飘浮在液体里，双眼紧闭，仿佛溺死在了青色的液体里。她一个个看过去，就像在看造物主的作品，那里有一种平静的庄严、一种超越了美的崇高。她总是在这些自然的造化之前驻足流连，凝视着物理世界里这种最新的现实，仿佛在哀悼即将在地球上消失的伟大之物。

既然已经找到了准确的方法，她深信我终会在某一个黑屋子，某个青色液体的棺材里出现。因此她不徐不疾地进行着，就像她平时做事的风格。然而，当她穷尽了两百零九个名字却依然不见我的躯体时才忽然惊觉，黑匣子上刻的是死人，那些重名者都是那些裸体之人的亡亲。她只关注那些编码，竟然忽略了上面的生卒年月，遗忘了只有亡者才会有黑匣子。是啊，两百零九个，她此刻才发觉，竟然没有看见任何一具显然是蜂巢人的裸体！这是多么愚蠢的疏漏！

她迅速从头再来，寻找我父亲的名字。这一次她不再慢悠悠，因为她在最后一段时间里发现了某种奇异现象，冰棺材似乎正在结冰，底部已经出现青白色的冰花，并且一层层地向上凝结蔓延。没人知道那意味着什么，但她仿佛听见了一声危险的警报，她因此懊恼自己在不同的黑房子里磨蹭掉的时间，她几乎昼夜不眠地穿梭在六十四个巴别塔之间寻找父亲的名字，难免有重名，一共一百零四人，遍布地球各个角落。她在焦虑、自责、惶恐之中与时间赛跑，每到一处，就看到冰棺材里青白色的冰花更多了，冰层也比原先更厚了一层。黑夜正在加速降临，而自己却不能奔跑到终点，这种煎熬贯穿了整场搜寻。终于，命运决定怜惜她，让她在第十八个黑房子里赢得了胜利。她随身带着早已准备好的钢锥子，一种飞行器上的常备器械，拼尽全力地敲击我身上的冰。

我在黑暗里看着她，发现眼前这副如释重负的表情里，依然还留着惊惶焦虑的余痕。我搂住她，亲吻了她的头发。她的头发里还是那种独特气息，仿佛幽兰与桂花在一齐绽放。在这种熟悉的气息里，我也听到了故事的尾声。因为玻璃球的功能依然齐全，可以接入黑匣子，向其发送信息，她不抱希望又无比渴望地将十三个字的箴言用笔写在纸上，再让玻璃球扫描，然后分别发送到一共三百一十三个黑匣子里。于是，每一个重名的黑匣子，有我的名字或者我父亲的名字的黑匣子，全都收到了这条信息——而我看到墙壁上的字迹划痕，正是她发送的信息。

她并不知道黑匣子里的世界会不会收到，或者会以什么样的形式接收到这条信息，但是她暗自祈祷这么做会有用。当她听我说确实在里面看见了那十三个字的痕迹，便在黑暗中靠着我，许久才说：“我们真像在玩一个捉迷藏的游戏。”我说：“是的，你在物理世界的亿万个黑房子里搜索我的位置，我在冰棺材无边无际的虚幻空间里寻找你的去处，真像一种捉迷藏的游戏。”

黑屋子外面黑沉沉的，巨大的玻璃窗上映出另一个冰棺材、另一堆珠子的光亮。我的颤抖已经结束，因为剧寒而回暖的热流像奔腾的温泉溪水走遍全身，流到了指尖。我们充满了久别相逢的柔情，在黑暗中听着对方的呼吸声，相拥而坐，真希望就这样坐上一辈子。忽然间，我意识到一件事。

“这三个月里，气候灾难没有加剧吗？”我问道。

“一切都毫无变化。”她说。

“难道 AI 出错了？”我惊疑地问道。

“不，它为了某种目的撒谎了。”她说。

“目的？什么目的？”

她看着我，伸手轻轻抚摸我的脸颊：“是我们赋予的目的，是我们人类在《AI 法典》中增加了‘机器人第四定律’，眼下的一切都因此而起。”

这回答仿佛就出自我“复活的父亲”之口，惊惑得我说不出话来。“你怎么知道的？”我问。

“我和先知一起得出的结论，”她说道，“这是唯一令他内心安稳的解释。”

ZR
ISLAND

终 章

当时她卷起那幅画，正准备道别，先知忽然问道：“你是否见到过 AI 的画作？”那是年迈体弱者的口气，颤巍巍地回荡在洞穴里。她甚至有点分不清这是一个问题，还只是一个陈述句。

“见过。”她答道。

“哦，是的，你当然应该见过。”先知喃喃自语，难以摒弃的东部口音显得纷乱。她试图接话，却找不到任何合适的词语。“我是在玻璃球里见到的。”她迟疑地补了一句。

先知沉默着，身体佝偻，双腿盘坐，眼睛空洞地瞪着空气，像是山谷大雾中迷路者准备穿越层层迷雾寻找出口。一抹夕阳射入洞穴，犹如一束舞台灯光照在他的十根手指上。苍白枯涩的手指紧贴着双膝，难以觉察地微弱颤抖着，仿佛急速振翅的蜻蜓，在湖面上四处低飞。一场暴雨正在降临，一种秘密正在泄漏，先知两只眼睛喷着焦灼的火。

“你刚才说，那些 AI 的作品很像是临摹了西斯廷教堂的某一幅作品？”先知又问道。

“是的，很像那幅《创世纪》，就是米开朗琪罗的那幅作品。”她答道。

“《创世纪》？”

“也许叫《创造亚当》。”

“哦，是的，你刚才说过……”先知依然喃喃地说着，迷惘中泛着兴奋，探索的欲望犹如一粒落在他脸上的种子，正在繁殖生长。脸上所剩不多的肌肉现在一条条地抽紧了，刀刻的皱纹渐渐地显现出一片纵横阡陌的迷宫。她望着先知的干瘪脸庞，似乎看见一只迷惘而兴奋的虫子正在那个迷宫里四处张望，艰难爬行，像是先知的灵魂急切地寻觅出口。而她悬在迷宫的高处，比置身其中的先知视野更开阔，那条路径曲曲折折地通向迷宫的出口，恍惚间犹如一条亮闪闪的鞭子向她抽来，一种她从未觉察但早已潜伏在暗处的可能性，一瞬间狠狠地抽中了她——“啊！”她身形一颤。

先知像是听见了，空洞目光忽然收拢，聚集在她身上，而她也回敬似的对视着。年轻的与衰老的几乎同时走到这里，世界的隐秘就埋在前面，语言是一把不太合手的铲子，但这是他们挖掘秘密的唯一工具，而埋在底下的答案竟是如此显然。

是的，一种显然的隐喻。她见过的那些机器画作，曾在玻璃球里泛滥成灾。无论在博物馆、美术院、展览厅，还是私人收藏室，无论是水彩画、水粉画、水墨画，还是油画，它们仿佛都是米开朗琪罗那幅《创造亚当》最拙劣的临摹之作。上帝被一个人替代，亚当变成了一只活物。文字变成了破碎的字母或笔画，密布在人这一边，就像被人嚼烂吐出的残滓，或者像碎纸机里的纸屑，浩浩荡荡地汇成了一股洪流，奔向凶猛的活物，鲨鱼、龙、狮子、猛虎，最终注入一个由 0 与 1 组成的大海、天空或者森林。

“是的，隐喻，显然的隐喻。”她暗自叹息。机器早已将事实呈现在我们眼前，而我们却一直熟视无睹。先知仿佛一直在跟着她的思路行走，好像能从她的脸上窥见她所窥见的秘密。他脸上的皱纹，现在像是刀刻出来的河渠，犹如春风引来的欢欣之水，渐渐漫延了那张脉络交错的脸，并且渗入清澈而锐利的眼睛里，闪现出一种明确的惊喜。他的嘴巴欲张未张，仿佛世界之谜就在他的嘴里。

“使命！”他高声叫了出来，“每一种被创造出来的机器必然肩负某种使命！”

洞外阳光明媚，映入洞内，先知一头银发犹如白色的火，反射出明亮的光。在这种反光里，他原先佝偻的腰已经硬直起来，脸上挂着愕然的笑容。这个在自我矛盾的循环论证中来回打转的人，终于想通了最浅显的道理。她看着他，两个聪明绝顶的人此刻忽然福至心灵，走到了同一终点。他们互相对视着，却不敢相信这个最终的结论，不敢相信峰回路转之后，竟然是一个如此简明有力的结论，就如一个明确的坐标那样不容置疑。

“机器复苏后，我们修订了《AI 法典》。”她首先说出来了，声音仿佛悬在洞穴空气里。

“所以机器也修订了自己的优先级。”先知答道。

黑夜的天空洞开了，大地变得辽阔，每一条道路都通向终点。他俩陷入了沉默。在一个崭新的视角下，曾经一团乱麻的世界变成了一个逻辑分明的故事，令人既惊喜又懊恼。

—·—

我握着她的手，想起了复活的父亲吐露的秘密。冰棺材里的那个黑衣人没有说错，机器系统一直在遵照我们的指令行动，只是我们自己并不清楚。

此刻，窗外升起一轮圆月。在极其遥远的地平线上，以前看到过的火把抛升的景象，又一次出现了。我瞪着那些升空又坠下的神秘火把，心里的弦又像上了发条似的被牵动。

“那是什么？”我惊惧地问道。

她也望着那火把飞升的景象，没有说话，却缓缓地坐直了，从飞行服的右上口袋里取出一只布袋，抽出一条细长坚硬的金属丝，湛亮的黄澄澄，一端平整，另一端类似鱼钩，像某种外科手术的工具。她拉过我的右手掌。“先处理掉这个，”她平静地说，“我们再去那里看个究竟。”未等我接话，她就用钩子那一头划开我的掌心，鲜血迸出来，但并不太疼，更像麻痒。一条近乎透明的金丝线，虫子似的从我的掌心里爬出来，从此我摆脱了大迁徙的紧箍咒，就像她一样，不再是“沃森”认定的人类。

飞行器启动，舱门关闭，灯光在轻微的轰鸣声中渐渐黯淡下去。她坐在我边上，短发衬托出她混血的脸。那个黑衣妇人，她的母亲，我在夜色弥漫的山丘上分辨不出她的种族，似乎是雅利安人、波斯人，或者阿拉伯人。也许我的无法分辨，是因为那黑衣女人本身也是混血的，而她继承了母亲的棕色眼睛和栗色头发，但是她母亲坚硬的高鼻梁，在她脸上变得秀丽挺拔，她因而缺失了黑衣女人那种骄傲与盛气，而显得耐心与温和。我暗自比较着她和她母亲的面容，却不愿意将她与我父亲的面容相比。虽然我不得不承认，在某种意义上，她的轮廓深处有着我父亲淡淡的影子，我也隐隐意识到，我在救济站第一次被她吸引，也许并不是因为她的美丽，而是因为容颜中的亲近感。但是，我又拒绝承认这一切。我离开冰棺材的最后一幕，那个复活的父亲、那张欲张未张的嘴、那句将说未说的话、那个即将展现却终未露面的谜底，令秘密有了隐身的空间——“他只是我的养父，”我对自己说，“他还对我撒了一辈子的谎。”

“你知道吗？她没有承认我是她女儿。”飞行器升空之际，她忽然对我说。“我猜到了，但谁都能看得出你就是她女儿。”我说。她叹了口气，把头搁在我肩上。刚才她用冰锥救我时流过的汗水此刻已干燥，但在她的头发与颈部仍有一些余味。我在飞行器的轻微轰鸣中深深沉醉在这味道里——她的味道，人类的味道，冰棺材里所没有的味道。

飞了片刻，她才幽幽地说道：“你知道，当时我在那幢铬黄色的房子前等了三天三夜，她开门后对我只说了一句话：‘不，我没有女儿，你属于蜂巢。’然后她就要关上大门。当时我伸出手，就在那扇门即将关闭的瞬间顶出一条门缝，将那幅画递了进去，说：‘您也许需要它。’她伸手接过那幅画，痴呆了似的怔怔站在门口，眼睛里露出近乎狂喜的色彩。我于是不失时机地问她：‘您能否告诉我，您和我父亲还生养过其他孩子吗？’她没有抬头，但回答的语气已经变得温柔。‘怎么可能呢？’她说，‘孩子，有你一个已经足够麻烦了。’”

她忽然停下，不再说话。飞行器正在升空，此刻正跃上云层，云海上一片月光。她的眼神里有一种温暖的哀伤，我不知该怎样安慰她。“也许她在内心是在乎你的。”我说。“不。”她摇着头，默默地看着舷窗之外，“她只在乎她自己的艺术巅峰，就是那幅自画像。”

舷窗外的轰鸣声极为轻微，月亮缺了一小块，浮在遥远的天边。世界没有星光，云海泛着幽冷的白光。飞行器虽然速度不减，但因为云层广阔，反倒像悬置在半空，凝滞不动。在这片完全的静谧中，忽然有巨大的震动自云层底下传来，我望向舷窗外面，云层风平浪静，并无异样。但那沉闷而巨大的声波却在底下隆隆不息，夹杂着四处乱窜的回响，宛如海底的火山爆发。我正疑惑地向舷窗外张望，她却仿佛对这些震天巨响毫无觉察，只是凝视着我。猛然间，一声巨响轰地在我们耳边炸裂。飞行器微微一震，一道火光在不远处闪亮。它从云层底下蹿出，就像击穿棉絮的一粒子弹。云层上瞬间映出一团红光，宛如一摊迅速消退的血迹。然而她依然只是望着我，没去看那一粒子弹，显然她在寻找我的无数次往返奔波中，对此早已经司空见惯。

“太空火箭？”我凑到舷窗上，双目惊奇，惊愕地望着那粒直奔黑色夜空的银色子弹。它逐渐变小变暗，拖着长长的火焰，像是我自己发射的一缕烟花，没入了孤寂的夜空。

她还未回答，又一枚火箭轰地钻出云层。这次离我们更近，动静也更大，隔音绝佳的飞行器也挡不住那种惊涛似的声浪。因为离得近了，那便不再是子弹，而是一枚真正的火箭，相距也许只有几公里。银色发亮的外壳在月色下明晃晃的，没有任何标记，仿佛刚刚从流水线上下来的工业制造品。确实是太空火箭，我在《移民火星》的游戏里看到过这种型号的火箭，六十七节燃料，一节一节地燃烧，犹如一颗超级导弹，推送飞船进入某一个轨道，然后转入地球的轨道，利用轨道的引力弧线将自己甩向火星。但令我愕然的是，它怎么会出现在这个现实的世界里。

我们的飞行器已经接近太空火箭升空的区域。云海漫漫，月色清辉，只有这里露出一个陷阱似的豁口，黑黝黝地深不见底。四周余浪翻腾，正是刚才那枚火箭留下的痕迹。

“你去下面就明白了。”她平静的语气里有一种难以觉察的悲戚。云浪翻滚，黑黝黝的陷阱像伤口一样渐渐愈合。我们在其边缘绕飞，仿佛绕着一个直径不到五公里的虚拟圆柱形。我们缓缓地下沉，星月之光瞬间断绝，飞行器周身的光芒只能照到近处，远处则漆黑一片，似是潜入了冰冷的深海。愈是下沉，隆隆之声就愈发响亮，一阵又一阵犹如海底在地震。火光在晦暗之中不断亮起，一束束的犹似烟花绽放。我无法询问我们将去何处，其实我也不必问，因为她那张坦然到一切都毫无意义的表情，以及略带哀戚的微笑，使我确信我们正飞向最后的谜底。我只是默数着绕飞的圈数，一圈、两圈、三圈，隆隆巨响渐渐变得刺耳，犹如海潮冲入堤岸时发出的哗哗之声。金属在摩擦，火药在爆炸。我紧紧搂住她，我们像相互缠绕的双胞胎，躲在黑暗的子宫里，听着一声声庆生的爆竹。

不知过了多久，也许只过了一两分钟，舷窗外终于有了亮光。第一眼看过去，沉沉夜色里，广袤的大地显得结构奇特，遍地是冰冷而微弱的红光，一排排，一列列，密密麻麻，似乎插满了悼念的烛火。视觉适应后，才看清全都是火箭的发射坑井。一个坑井，一枚火箭，远远望去，遍地都是，不知有多少枚，看上去就像有人在大地上装了一支超级巨大的霰弹枪，枪管朝天，准备同时射出一大把子弹。她拉了拉我，示意我看飞行器的另一面舷窗。那边也是一片发射基地，也是霰弹枪的模样。更远的深处，隐隐显出地面的全貌——无数个相似的霰弹枪口，像鼹鼠洞一样竖立在这片广阔的平原上。

飞行器遵照这个巨型发射场的安全路线，弯弯曲曲地飞着。火箭正在四周升空，或远或近，就如不断升起的孔明灯，没入黑夜里。这情形让我恍然大悟。是的，我在黑屋子里看到的那种神秘迹象，一个火光腾起又落下，犹如点燃的火柴梗一样扔上去又掉下来，正是眼前火箭发射的景象。我紧紧握住她的手，意识到人类不可能建立如此宏大的发射基地，但急切间我又无法或者是不敢猜测确切的细节。

“这是机器建设的发射场。”她平静地说道。

“在发射什么？”我又惊又疑。

“你说呢？”她回头看着我，笑了，笑得那么温柔、那么不合时宜，就像是我的惊愕显出一种可笑的愚笨，“除了我们人类，还能有谁？”

我瞪着她，她的笑容忽然间像一道闪电，闪现出一张逻辑之网。我在黑暗中身体一颤，仿佛有一把刀狠狠刺入我身体。这世界已经发生了令人恐惧的、难以置信的变化。我承认，其实从她开始抽取我的金丝线时，我就已经隐隐觉察到了，但我却一直拒绝接受。

舷窗外的火箭接连不断地升空，我怅然地望着那些火箭，像飞翔在一幅虚幻的画面里。飞船安装在火箭的顶部，里面一定装载着某种超级容量的硬盘，硬盘上一定储存着通过冰棺材上传的数据——人类的意识。而这些数据，一定被拷贝了无数份，分送、储存、送往无数个星球，在有限却没有边界的宇宙里四处探索，像细菌、蚂蚁或者人类自身一样，在水草丰足的地方聚集，并且逐渐蔓延。在这过程中，火箭肩负着快递员的使命，将这珍贵的火种送往无数个指定的星球。在那里，飞船会按照既定的算法程序自我运行，在荒凉的星球上制造机器。它们会开采矿石、提炼金属、制造工具、储存能量、建立工厂与流水线、制造零件与器具，构筑起一道屏障，保护这份珍贵的火种，不可毁灭的光，这样就能最大程度地接近《AI 法典》修订后的“机器第四定律”，也永远远离自己被毁灭的危险——“当人类个体或全体处于危险境地时，机器应当不惜一切代价施以援助，包括牺牲自身的一部分或者全部”。

“有时候我想，这真像设置好的多米诺骨牌。机器并没有自我意识，只是奔向自己的终点，无论多么漫长，它只是为了扑倒眼前的一块。但是有时候又想，也许未必如此，”她缓缓地说道，“机器也许是有自我意识的，就像人体里不断复制的DNA、每天在血管里循环奔跑的血液细胞，它们生生灭灭，卑微而辛劳，怎会想到自己所做的，是为了支持一个人的饮食、排泄、呼吸，支持他或者她在俗世中的争论与思考？所以谁又能肯定地说，在‘精灵’算法之上，在瓦罕先生之上，在这一切之上，不存在另一种灵魂，另一个我们无法理解的意识？”

这句话含义微妙。我忽然感觉天地一宽，世界的某一处豁然洞开，万丈光芒从中投下，远处的谜底隐隐发亮，光芒之中，晦暗之处，吸引着你一步步前进。我憎恶自己的愚笨和迟钝，竟然抵达不到这句话里最深的含义——是的，复活的父亲说得没错，万物有灵，宇宙处处都燃烧着活泼泼的火焰。

“真像一场天葬。”我最后喃喃说道。

“是的，整个人类的天葬。”她平静地说道，然后她回过头看着我。栗色的眼睛里泛着悲戚的光，像海水一样将我淹没，令人无法喘息。

“我们也许可以去知然岛，”我忽然紧紧抓住她的手说，“那些人手上没有金丝线，不可能参加‘最终迁徙’计划。”

“是的，他们应该还在那里，”她忽地凄然一笑，“但是我很害怕，如果他们知道世界已经变成这副模样，岛内是否还会宁静如初。”

我怔了片刻，咂摸她的潜台词——与世隔绝，外面首先得有一个世界，而现在，外面的世界消失了。“不，不。”我摇着头，努力想摆脱，她的逻辑让我忽然想起了调酒师。“冰棺材里还有很多人——至少有上百万的不服从者，他们愿意回到真实世界。我们应该凿开冰棺材，将他们拯救出来。”

她看着我，缓缓摇着头。“现在冰冻过程已经结束，凿冰解救的方式也未必有效了。即使有效，我们也无法确知哪一个人会有这样的愿望，希望回到这么荒凉的世界里。”她说着，抓起我的手，轻轻引向她的腹部。微微隆起的小腹温暖而柔软，暖洋洋的气息缓缓传遍了我的全身，“因为这种唤醒的拯救，其实与养育一个孩子没有区别，都是未经同意便给予了生命。”

栗色的短发让她的面容显得青翠夺目。我一时又惊又喜又忧，紧紧握住她的手，手指交叉着握住，她的手指一定被我捏得泛白。我恍惚地看见她对我微笑了一下，那笑容既甜蜜，又伤感，仿佛她正在岸边等待一个溺水者的苏醒。忽然之间，我感到了一种难以形容的悲凉与哀戚。那一霎我完全理解了她在六十四个巴别塔里寻觅我的时候，为何既是努力的，又是迟疑的，为何她要在每一个冰棺材前驻足停留，凝视着浸泡在青色液体里的一个个裸体，就像在研究一个个冰冻在水晶里的男女老少。我伸出手，紧紧搂住她，就像搂住了整个荒凉的世界，就像搂住了孤独的自己。此刻太阳升起，月亮落下，我俩的手都贴在那个微隆的小腹上——这颗星球上最后的胎动，正在一跳一跳。

后 记

这部小说虽然号称写了七年，其实主要内容在 2019 年夏季已经完成。因为并未想着要出版，也因为虽然 2016 年“阿尔法狗”已经击败人类职业围棋世界冠军，但是 AI 要全面超越人类，估计还需要一段时间，所以此后几年，我就将它一直扔在电脑里，偶尔做点局部修改，有点像自己动手装修别墅的人，整天零敲碎打，觉得岁月漫漫，不必焦急完工。

去年（2023 年），以 OpenAI 为代表的大语言模型人工智能出现爆发性增长，展现出惊人的智商与日常理解力，这令我猛然惊醒，人类想象力的翅膀已经跟不上 AI 的光速发展，很多我以为属于未来一百年的构想，都正在（或者已经）变成当下的现实，此种情势促使我决定，必须加速完成这部作品，即使不能发表，也至少要奔跑在新世界成形之前，充当一名哪怕只是提前了一秒的预言家。

去年三月开始，我投入这项修订工作中，经过争分夺秒的努力，终于将 40 多万字的原稿，精简成目前的 30 万字，并打印成册，投寄给几家出版商。在此，我得到了很多帮助和鼓励，特别要感谢多年挚友熊三木，没有他的热心牵线与四处推荐，出版机构一般很难关注到一个业余作家的作品；同时要感谢湛庐文化的陈晓晖和韩焱夫妇，承蒙他们不弃，读罢文稿就决定出版；另外，也要感谢策划编辑安烨及其团队，在本书的策划、编辑、营销等一系列过程中，起到了核心作用。

最后，要对所有为本书写作、出版过程中给予关注和鼓励的朋友表示感谢，没有你们的催促和支持，这篇东西注定将在我的电脑里烂尾，就像我以前的那些作品，总是因为还未穿戴整齐而羞于见人。

未来，属于终身学习者

我们正在亲历前所未有的变革——互联网改变了信息传递的方式，指数级技术快速发展并颠覆商业世界，人工智能正在侵占越来越多的人类领地。

面对这些变化，我们需要问自己：未来需要什么样的人才？

答案是，成为终身学习者。终身学习意味着永不停歇地追求全面的知识结构、强大的逻辑思考能力和敏锐的感知力。这是一种能够在不断变化中随时重建、更新认知体系的能力。阅读，无疑是帮助我们提高这种能力的最佳途径。

在充满不确定性的时代，答案并不总是简单地出现在书本之中。“读万卷书”不仅要亲自阅读、广泛阅读，也需要我们深入探索好书的内部世界，让知识不再局限于书本之中。

湛庐阅读 App：与最聪明的人共同进化

我们现在推出全新的湛庐阅读App，它将成为您在书本之外，践行终身学习的场所。

- 不用考虑“读什么”。这里汇集了湛庐所有纸质书、电子书、有声书和各种阅读服务。
- 可以学习“怎么读”。我们提供包括课程、精读班和讲书在内的全方位阅读解决方案。
- 谁来领读？您能最先了解到作者、译者、专家等大咖的前沿洞见，他们是高质量思想的源泉。
- 与谁共读？您将加入优秀的读者和终身学习者的行列，他们对阅读和学习具有持久的热情和源源不断的动力。

在湛庐阅读 App 首页，编辑为您精选了经典书目和优质音视频内容，每天早、中、晚更新，满足您不间断的阅读需求。

【特别专题】【主题书单】【人物特写】等原创专栏，提供专业、深度的解读和选书参考，回应社会议题，是您了解湛庐近千位重要作者思想的独家渠道。

在每本图书的详情页，您将通过深度导读栏目【专家视点】【深度访谈】和【书评】读懂、读透一本好书。

通过这个不设限的学习平台，您在任何时间、任何地点都能获得有价值的思想，并通过阅读实现终身学习。我们邀您共建一个与最聪明的人共同进化的社区，使其成为先进思想交汇的聚集地，这正是我们的使命和价值所在。